CHAOS CALME

Né près de Florence en 1959, Sandro Veronesi exerce ses talents dans de nombreux domaines. Journaliste, il a publié plusieurs ouvrages qui rassemblent ses enquêtes et ses reportages ; traducteur de romans et de films, il a également écrit de nombreux scénarios et a fondé, avec Domenico Procacci, la maison d'édition indépendante Fandango Libri. Romancier, il publie en 2000 *La Force du passé,* lauréat de plusieurs prix, traduit dans une quinzaine de langues et adapté au cinéma. Cinq ans plus tard, *Chaos calme* lui vaut le prestigieux prix Strega et est également adapté à l'écran, avec Nanni Moretti dans le rôle principal. Sandro Veronesi vit actuellement à Prato, en Toscane.

SANDRO VERONESI

Chaos calme

ROMAN TRADUIT DE L'ITALIEN PAR DOMINIQUE VITTOZ

Traduit avec le concours du Centre National du Livre

GRASSET

Titre original :

CAOS CALMO
Publié par Bompiani, Milan, septembre 2005

A mes enfants.

« Je ne peux pas continuer. Je vais continuer. »

Samuel BECKETT.

PREMIÈRE PARTIE

1

« Là ! » dis-je.

Nous revenons de surfer, Carlo et moi. *Surfer* : comme il y a vingt ans. Nous avons emprunté leurs planches à deux petits jeunes et nous nous sommes jetés dans les vagues hautes et fortes, si inhabituelles dans cette mer Tyrrhénienne qui a bercé toute notre vie. Carlo plus agressif et téméraire, qui crie, tatoué, obsolète, ses longs cheveux au vent et sa boucle d'oreille étincelant au soleil ; et moi, plus prudent et soucieux de mon style, plus zélé et contrôlé, passant davantage inaperçu, comme toujours. Son chic agaçant de beatnik et mon bon vieux sens de l'euphémisme sur deux planches filant au soleil, et nos deux mondes qui reprenaient leur duel, comme à l'époque de nos phénoménales engueulades de jeunesse – rébellion contre subversion –, quand les chaises volaient, et pas pour rire. Nous ne nous sommes pas donnés en spectacle, non, il faut dire que c'était déjà bien d'avoir réussi à ne pas tomber ; ou plutôt : nous avons donné le spectacle de deux types qui ont été jeunes eux aussi et qui, pendant une courte période, ont cru que certaines forces pouvaient l'emporter pour de bon et se sont entraînés alors à un tas de choses qui sont par la suite apparues d'une souveraine inutilité, par exemple jouer des congas, faire rouler une pièce entre ses doigts comme David Hemmings dans *Blow Up*, ralentir son rythme cardiaque pour simuler un accès de bradycardie et être réformé au service militaire, danser le ska, rouler ses joints d'une seule main, tirer à l'arc, pratiquer la méditation transcendantale ou, justement, le surf. Les deux petits jeunes ne pouvaient pas comprendre, Lara et Claudia étaient déjà rentrées à la maison, Nina 2004 est partie tôt ce matin (Carlo change de fiancée chaque année et, du coup, Lara et moi leur attribuons un millésime) : sans personne pour en profiter, ce fut un spectacle en sourdine, entre nous, un de ces jeux qui n'ont de sens qu'entre frères parce qu'un frère est le témoin d'une inviolabilité qu'à partir d'un certain moment, personne d'autre n'est plus disposé à vous reconnaître.

« Là ! » dis-je soudain.

Puis nous nous sommes allongés sur le sable pour sécher, sonnés de fatigue, les yeux clos, avec le vent sur la poitrine qui nous ébouriffait les poils, et nous sommes restés sans parler, relax. Mais soudain, je me suis aperçu que, pour jouir de cette paix, nous négligions quelque chose qui, depuis un petit moment, se manifestait avec une urgence retentissante : des cris. Je me suis assis, aussitôt imité par Carlo.

« Là ! » dis-je soudain, en désignant un groupe de gens en effervescence, à une centaine de mètres sous le vent.

Nous nous levons d'un bond, les muscles encore chauds de notre longue chevauchée sur les vagues, et nous courons vers cette petite foule. Nous laissons sur place téléphones, lunettes, argent, tout : il n'existe soudain rien d'autre que cet attroupement et ces cris. Certaines choses se font sans qu'on y réfléchisse.

Le reste s'enchaîne à toute vitesse, comme dans un état second, avec pour unique sensation de ne faire qu'un avec mon frère : les questions pour comprendre ce qui s'est passé, le vieil homme évanoui au bord de l'eau, l'homme blond qui essaie de le ranimer, le désespoir des deux enfants qui crient « Maman ! », les visages affolés des gens qui indiquent la mer, les deux têtes minuscules perdues au milieu des vagues, et personne pour se bouger. Sur cet immobilisme frénétique, se détache le regard bleu de Carlo, intense, chargé d'une formidable énergie cinétique : ce regard dit que, pour une raison indiscutable, il nous revient d'aller sauver ces deux pauvres baigneurs, que c'est comme si nous l'avions déjà fait, oui, comme si tout était déjà fini, que nous, les deux frères, étions déjà les héros de ce petit peuple d'inconnus parce que nous sommes des créatures aquatiques extraordinaires, des tritons, et que, pour sauver des vies humaines, nous pouvons dompter les flots avec le même naturel qui nous a permis de les dompter en surf, pour le fun, ce dont personne d'autre dans les parages n'est capable.

Nous courons à l'eau et nous avançons jusqu'à l'endroit où se brisent les premières vagues. Là, nous tombons sur un drôle de grand type roux et efflanqué qui s'emploie à lancer maladroitement vers le large un filin très court, alors que les gens à sauver se trouvent au moins à trente mètres. Nous passons à côté de lui sans nous arrêter, il nous regarde avec des yeux que je n'oublierai jamais – les yeux de quelqu'un qui laisse mourir les autres – et d'une voix lâche, digne de ces yeux, il tente de nous dissuader : « N'y allez pas, nous souffle-t-il, vous risquez d'y rester vous aussi. » « Va chier ! » est la réponse de Carlo, une fraction de seconde avant de plonger sous une vague et de partir à la nage. J'en fais autant et, en nageant, je vois à contre-jour les ombres noires des mulets passer à l'horizontale contre le mur vert qui se forme chaque fois qu'une vague se lève pour ensuite se briser au-dessus de moi : ces poissons surfent, ils s'amusent, comme nous tout à l'heure.

Vues du bord, les deux têtes semblaient proches l'une de l'autre, en réalité elles sont assez éloignées si bien qu'arrive un moment où Carlo et moi devons nous séparer : je lui fais signe d'obliquer vers celle de droite tandis que je partirai vers celle de gauche. A nouveau, il me regarde en souriant, puis il acquiesce et, à nouveau, je me sens invincible ; nous repartons vigoureusement tous les deux.

Quand je suis assez près, je m'aperçois qu'il s'agit d'une femme. Je me souviens des deux enfants désespérés sur le rivage : « Maman ! » La tête disparaît sous l'eau et réapparaît selon un jeu indéchiffrable de forces auquel la baigneuse semble désormais tout à fait étrangère. Je lui crie de tenir bon et j'accentue mon crawl tandis qu'un courant puissant tente de m'entraîner ailleurs. Cette femme est prise dans un tourbillon. Arrivé à quelques mètres d'elle, je distingue ses traits marqués, le nez légèrement aplati, à la Julie Christie, mais surtout la terreur pure qui voile ses yeux : elle est à bout de forces, elle n'arrive même plus à crier, elle ne peut que sangloter. Je la rejoins à la brasse. Des profondeurs de son corps, monte une espèce de gargouillis sinistre, comme d'un lavabo bouché.

« C'est fini, madame, je vais vous ramener sur… »

En un éclair, comme si elle s'y était soigneusement préparée, elle plaque ses mains sur le creux de mes clavicules et m'enfonce sous l'eau de toutes ses forces. Surpris au milieu de ma phrase, je bois la tasse, puis je remonte à la surface non sans difficulté, toussant et crachant.

« Du calme, ne me faites pas cou… »

Et rebelote, elle m'enfonce sans me laisser finir ma phrase, je bois une deuxième fois la tasse et je peine pour remonter et reprendre mon souffle. Elle essaie aussitôt de me renvoyer d'où je viens et je dois me débattre pour échapper à sa prise. En voulant me retenir, elle me laboure la poitrine de ses ongles jusqu'au sang, douloureusement. Suffoquant, la chair à vif, je recule de deux brasses ; et toute ma force, cette sensation merveilleuse d'inviolabilité qui m'accompagne depuis que j'ai quitté le rivage, a déjà disparu.

« Ne me lâche pas ! gargouille la femme. Ne me lâche pas !

— Madame, dis-je en restant à distance, comme ça, on n'y arrivera pas. Gardez votre calme ! »

Mais pour toute réponse, elle disparaît sous l'eau et ne remonte plus. Merde. Je plonge pour la récupérer, je réussis à l'attraper par les cheveux alors qu'elle coule comme une pierre, puis je l'attrape sous les aisselles et je la hisse, en luttant contre le courant qui nous tire vers le bas. Elle pèse des tonnes. Quand je refais surface, mes poumons sont sur le point d'éclater, mais au moins elle me laisse le temps de prendre plusieurs inspirations avant de recommencer à me faire couler.

« Ne me lâche pas ! », et elle recommence de plus belle.

J'esquive une nouvelle tentative de m'expédier par le fond, en l'anticipant d'un coup de reins. Désormais, je ne me laisse plus surprendre et, au moins, je ne bois pas la tasse, mais je gaspille toutes mes forces à l'empêcher de m'occire, et ça ne va pas du tout.

« Ne me lâche pas !

— Non, je ne vous lâche pas ! Mais vous, lâchez-moi ! Sinon on va couler tous les d… »

Inutile, il est clair désormais que cette femme ne veut pas être sauvée, elle veut juste ne pas mourir toute seule. Mais je ne veux pas mourir, moi. J'aime la vie. J'ai une femme et une fille qui m'attendent à la maison. Je dois me marier dans cinq jours. J'ai quarante-trois ans, un travail : nom de Dieu, je ne *peux* pas mourir…

L'idée me traverse de me défiler, d'abandonner encore un peu de ma peau sous les ongles avides de cette femme, de me dégager de son étreinte mortelle et de la laisser se noyer en solitaire ; mais je vois ses yeux verts et liquides, qui en temps normal doivent être très beaux, si totalement vaincus, terrorisés et éteints qu'il devient obligatoire de la sauver. Je repense aux enfants. A l'imbécile qui nous a dit de ne pas y aller. A mon frère qui, en ce moment, ne doit pas être à la fête.

« Ne me lâche pas ! »

Non, je ne la lâche pas, je ne me défile pas, et je trouve même une solution. En esquivant ses prises, je réussis à passer derrière elle et là, à emprisonner ses bras dans le creux de mes coudes : sans ces deux tentacules en folie, elle ne peut plus m'envoyer *ad patres*, et c'est déjà un sacré progrès. Sauf que maintenant, mes bras qui emprisonnent les siens et les rendent inutilisables, le sont tout autant, et la ramener sur la plage s'avère délicat. Il me faut transmettre à ce corps inerte le peu de forces qui reste au mien, et alors que la mer est agitée au point que je viens de surfer, que nous sommes aspirés par un tourbillon et que je ne peux pas utiliser mes bras. Un joli casse-tête. J'essaie d'être logique et je ne vois vraiment pas d'autre possibilité que de recourir à mes jambes et à mon bassin. Alors, j'impulse une forte détente à mes jambes et, péniblement, je la transmets de mon bassin au sien : nous progressons un peu vers la rive. Je recommence l'opération, pendant que son inconscient suicidaire la pousse à s'agiter et à lutter pour l'entraver : détente des jambes, coup de bassin et de nouveau, nous avançons. Encore une détente, encore une légère progression, et ainsi de suite : patiemment, calmement, en dosant mes forces, je comprends qu'ainsi nous pouvons nous en sortir, et je me sens plus tranquille. Sauf que j'ai dit « bassin » parce qu'en effet on peut l'appeler aussi comme ça, mais la vérité est que nous sommes dans une position parfaitement obscène, qu'en fait son bassin est un cul, un large cul moelleux de mère abbesse tandis que le mien, de bassin, n'est autre que mon zob. Je lui envoie de grands coups de zob dans le cul, voilà ce à quoi je m'emploie, de toutes mes forces, en immobilisant ses bras dans son dos, en poussant comme un malade sur mes jambes, dans une posture tellement absurde, impudique et sauvage que, sans crier gare, il arrive une chose absurde, impudique et sauvage : je me mets à bander. Je m'en aperçois quand l'érection arrive, quand cette sensation paroxystique de puissance émerge du néant (*où était-elle*, un instant plus tôt ?) pour se concentrer en un seul point et, de là, tendre mes muscles, les *courber* si c'était possible, pour ensuite se répandre à rebours dans mon corps comme une vague de chaleur, en le remplissant, de sorte que bientôt tout mon corps est en érection comme si je pratiquais cette position avec cette femme, non pas au milieu de la mer en tempête, tous deux en danger de mort, mais pour l'enculer furieusement dans le grand lit inconnu d'une fabuleuse chambre des *Mille et Une Nuits* : je m'en aperçois et je suis effaré, mais tout l'effarement de ce monde n'empêche pas mon zob de continuer à gonfler et durcir dans mon slip de bain comme s'il était une entité autonome, indépendante de moi, une irréductible minorité hormonale qui refuse d'accepter l'idée de la mort, ou peut-être justement parce qu'elle l'a acceptée, lance à l'univers son dernier, ridicule cri de guerre.

Donc ça, c'est moi. Me voici, en danger, qui carillonne du zob comme un damné contre le cul de cette inconnue folle de mort, en me disant que je le fais pour elle, mais désormais aussi pour moi, pour Lara, pour Claudia, pour mon frère et pour tous ceux que la nouvelle d'une inconnue noyée en mer sous mes yeux ne perturberaient pas plus de cinq minutes et qui en revanche souffriraient, pleureraient et ne seraient plus jamais les mêmes si en même temps qu'elle, là maintenant, je me noyais moi aussi. Certes, il s'agit d'un sauvetage, et où je me sauve aussi moi-même, mais cette incongruité maintenant m'effraie plus que la mort elle-même parce que je ne l'avais jamais tant approchée, et constater sur le terrain que regarder la mort dans les yeux me fait cet effet et découvrir qu'au bout du compte, après y avoir tant pensé ou avoir tant évité d'y penser, après en avoir tant souffert au cours de cette terrible année 1999 qui a emporté d'abord le père de Lara, puis sa mère, puis la mienne aussi, en l'espace de dix mois seulement, et après l'avoir tant analysée et, à partir de là, l'avoir acceptée, amadouée, apprivoisée jusqu'à en faire une espèce de lionne de salon, la mort m'excite au point que je l'associe à un fantasme sexuel de bas étage qui, pour autant que je me souvienne, ne m'avait jamais effleuré, tout ça, bordel, et pas la mort en soi, *tout ça* m'effraie.

Et pourtant, tout en m'effrayant, ça me tranquillise. C'est fou, mais c'est comme ça. Malgré l'incertitude objective qui a soudain frappé ma survie, je sens de nouveau sur moi l'aile protectrice de l'inviolabilité. Ce que me promettait, au moment de me jeter à l'eau, le regard bleu et jamais aussi pluriel de mon frère (« Nous les sauverons, nous ne mourrons pas ») et qui, au premier contact avec cette femme, s'était évanoui, cet esprit-guide porteur de jeunesse et d'invulnérabilité est tout à coup revenu me visiter, cette fois au singulier (« *Je* la sauverai, *je* ne mourrai pas »), et maintenant je sens quelque chose d'efficace dans cet acte de me damner qui, il y a un instant encore, n'était absolument pas présent, comme si je n'avais commencé à sauver cette femme que maintenant. Cette érection m'a insufflé un nouvel équilibre, ma respiration est désormais synchronisée avec mes mouvements, et je la tringle, je pousse et j'avance aveuglément en résistant à la tentation de m'arrêter pour reprendre mon souffle, ou de changer même un tout petit peu de position pour contrôler par-dessus son épaule la distance qui reste jusqu'à la rive – car ce qui reste est bien là, c'est la distance que je dois combler, et le savoir n'y change rien. Je continue simplement, convulsivement, com-

pulsivement, avec ce fardeau de chair qui frémit, sanglote et essaie encore de s'opposer à mon geste héroïque – car sans l'ombre d'un doute mon geste, par
ailleurs inconscient, désordonné et de plus en plus
obscène à cause de cette érection et des râles gutturaux
dont je scande mon effort comme Serena Williams
quand elle frappe la balle, eh bien, sans l'ombre d'un
doute mon geste est héroïque. Et il y a quelque chose
de formidable dans cette répétition nue, une espèce de
zen longuement recherché au cours de l'existence, à
travers les pratiques les plus diverses, aux âges les plus
divers, pour échapper aux menaces les plus diverses,
qu'on n'a jamais ne serait-ce qu'approché et qui maintenant en revanche semble là d'un seul coup, grâce à
cette simple combinaison d'éléments primaires – Éros,
Thanatos, Psyché – enfin à l'unisson, en un seul geste
simiesque…

Mais soudain, il n'y a plus rien de tout cela. Une
gigantesque claque m'écrase et tout change : plus de
femme, plus de lumière, plus d'air, tout est devenu
eau. Je sens une espèce de harpon se planter dans ma
jambe et un autre dans mon flanc et je me débats plus
sous la douleur que pour essayer de remonter à la
surface, je me débats et je nage en tous sens comme
un bar harponné de plein fouet, et il se trouve que de
cette façon, tout à fait par hasard, dirais-je, je parviens
à refaire surface. Je reprends de l'air, je vois à nouveau
mais je suis presque aveuglé par la lumière, la femme
maintenant me tient fermement par le bassin et les
pointes sont ses ongles plantés dans ma hanche. Pendant un long instant, je vois son visage congestionné,
son regard implorant, et j'ai l'impression que ses yeux
noyés de terreur me demandent pardon, oui, et me

promettent qu'elle ne me fera plus couler, qu'elle se laissera sauver comme elle aurait dû le faire depuis le début. Sauf que moi maintenant, je suis à bout de souffle et que je n'arrive pas à le récupérer, mon cœur éclate dans ma poitrine, l'érection a disparu, je sens la morsure des crampes imminente, je m'aperçois que nous sommes à l'endroit où les vagues se brisent, et j'ai soudain l'absolue certitude qu'avec le peu de forces qui me restent, je peux encore réussir à revenir sur la rive tout seul, mais que désormais il est hors de question que je puisse l'emmener avec moi. Et, je ne sais comment, je comprends aussi que le temps presse, que je dois me débarrasser d'elle au plus vite, sur-le-champ, si je ne veux pas en effet finir de mourir aussi lamentablement que j'ai commencé. Soudain, je la hais, cette femme. Non mais, sale conne, tu viens te noyer devant moi dans l'endroit où j'ai passé tous mes étés depuis mon enfance, l'endroit où j'ai appris à nager, à plonger, à surfer, à faire du voilier, du ski nautique, à descendre à quinze mètres en apnée sans oxygène et donc à me sentir immunisé, je dis bien, *immunisé* contre la mort par eau, et quand je réponds à ton appel et que je fais ce que tu voulais que je fasse, c'est-à-dire me précipiter pour te sauver bien que je ne te connaisse même pas, que je vais me marier dans cinq jours et que j'aie un maximum de choses à perdre, probablement beaucoup plus que ce minable aux cheveux roux qui m'a conseillé de te laisser mourir, quand je viens vers toi, tu essaies de me tuer ? Et puis tu regrettes ? Va te faire foutre !

Une baffe. Je décide de lui balancer une baffe et de la laisser mourir ici toute seule, de me laisser rejeter sur le rivage par cette vague énorme, putain, vraiment énorme qui arrive, et je vais le faire, en réalité j'ai déjà commencé car je me penche en arrière pour prendre le recul nécessaire étant donné qu'elle s'accroche à ma hanche avec ses ongles et que, son visage étant presque submergé, désespérément tourné vers le haut, ma cible clapote à la hauteur du creux de mes genoux, quand l'énorme vague s'écrase sur nous et tout n'est à nouveau qu'obscurité, eau et crochets qui se plantent de plus en plus loin dans ma chair – dans mes cuisses, désormais –, il n'y a plus ni haut ni bas, tout n'est que tourbillon indistinct d'eau, d'écume, de sable et de bulles d'air, jusqu'à ce que mon relâchement de vaincu – la languissante et inexorable descente en vrille des noyés – m'emmène taper la tête contre le fond. Paf. Le choc me redonne vie et repères, si ici, c'est le bas, alors de l'autre côté, c'est le haut, et je convoque mes jambes pour qu'elles m'aident à remonter, et elles répondent à l'appel, certes, mais avec une peine infinie, comme si non pas une, mais dix femmes mourantes s'y agrippaient, et je réussis quand même à poser un pied sur le fond et à prendre un élan qui toutefois s'avère aussitôt malhabile et décevant, vraiment trop faible comparé à la force surhumaine que j'avais cru y mettre, et je sens que tout est perdu, alors, car j'ai perdu la dernière occasion de revenir à la surface et je suis vraiment en train de mourir, oui, voilà, maintenant je meurs, à cet instant précis, je meurs, voilà, c'est fait, je suis mort, il y a un instant, je suis mort noyé comme un crétin ; après quoi, ma tête se retrouve hors de l'eau.

Oui, bon sang, ma tête est *dehors*.

J'ai l'impression de respirer pour la première fois de ma vie et au même moment, je vois une espèce de grand bec blanc qui me surplombe, et j'entends une voix qui crie « Accroche-toi ! Accroche-toi au surf ! », ce que je fais immédiatement, automatiquement, je plante mes ongles dans la mousse de la planche comme la femme tient les siens plantés dans mes cuisses, et la planche nous hale vers le rivage, juste ce qu'il faut pour nous retrouver, mon lest humain et moi, au-delà de l'endroit où les vagues se brisent. Je tends mes jambes vers le fond et mes pieds le touchent – jamais, je le jure, jamais contact n'a été plus merveilleux –, l'eau m'arrive à la poitrine, les vagues qui me frappent sont désormais désamorcées, des traînées d'écume morte. Dans un flash, je vois une longue chaîne humaine qui part de la plage comme une farandole pour arriver jusqu'à moi et, à son extrémité, un de nos deux petits jeunes, à califourchon sur sa planche de surf, me dit des choses. Que je ne comprends pas. Je lâche le surf, mes jambes me portent, j'essaie de me repérer, de *comprendre*. Pendant ce temps, la chaîne humaine se rompt et j'en ressens aussitôt la nostalgie : je ne l'ai vue qu'un instant, et cette vision a été inoubliable, de celles qui donnent un sens à toute une vie – les *autres* qui se donnent la main pour aller jusqu'à vous – et évidemment, elle a trop peu duré. Pourtant, le temps de ce bref instant, cette vision m'a quand même blessé, dans son incompréhensible beauté, parce qu'elle m'a tout à coup mis en position d'*être sauvé*, merde, moi qui suis le sauveteur, et c'est insupportable. C'est pourquoi je reprends illico ma mission, j'attrape la femme sous les aisselles, je la soulève parce qu'elle semble disposée à se noyer ici aussi où on a pied, mais maintenant tous ces gens se bousculent autour de moi, ils me l'enlèvent des mains, ils s'emploient à me porter moi aussi, pauvres crétins, à me soutenir, à me rassurer, et il faut que je m'en débarrasse, que je déclare que je vais bien, que je n'ai besoin de rien, mais je n'ai pas la force de lutter pour défendre ma proie et la porter dans mes bras jusque sur le rivage, comme je le souhaitais, auprès de ses enfants, saine et sauve, grâce à moi. Non, je n'en ai pas la force, et la femme s'en va, elle glisse doucement et s'éloigne, dépassant des bras de l'homme roux, ou peut-être pas, ce n'est quand même pas lui qui la tient dans ses bras, c'est un autre, lui est juste là à côté, mais de toute façon il est là au moment décisif, il sort de la mer en même temps qu'elle et que le costaud qui la porte dans ses bras, ainsi que tous les autres qui sont en train de s'attribuer le mérite de l'avoir sauvée, y compris le jeune surfeur, qui est resté le dernier à vérifier si je vais bien, si je ne souhaite pas par hasard m'agripper à sa planche pour qu'il me remorque jusqu'au bord, et je lui répète, non, je lui aboie que je vais bien, que je n'ai besoin de rien, merci, et lui aussi retourne vers la petite foule au bord de l'eau, et je me retrouve tout seul. Voilà, c'est fait. Voilà. Faut-il préciser que je ne vais pas bien du tout : mon corps tremble, ma respiration est encore haletante, j'ai froid, mais j'ai voulu qu'on croie que j'allais bien, et ils l'ont tous cru. Ils l'ont cru et m'ont laissé seul. Je respire. Encore. Et encore.

Tout à coup, comme si je m'éveillais d'un gigantesque cauchemar, les priorités de ma vie m'assaillent toutes à la fois. Lara. Claudia. Carlo. *Carlo.* Depuis combien de temps n'ai-je pas pensé à lui ? Que lui est-il arrivé ? Je regarde désespérément autour de moi, comme quand on croit avoir perdu sa gamine au supermarché parce qu'on a été distrait une minute, et qu'en fait, non, elle est là à côté de vous ; et Carlo aussi est là, à une vingtaine de mètres sous le vent, encore dans l'eau comme moi, il parle avec l'autre surfeur, comme moi il y a un instant, tandis qu'autour de lui aussi les restes, semble-t-il, d'une chaîne humaine qui s'était formée pour arriver jusqu'à lui et puis s'est rompue pour toujours, migrent vers la limite entre mer et sable, porteurs de leur vie humaine sauvée. Carlo me voit, et me fait un signe de la main. Je réponds de la même façon. Il vient à ma rencontre. Je fais de même, et l'évidente symétrie de nos situations devient parfaite quand, à son tour, son surfeur le laisse seul pour partir de son côté. Nous nous retrouvons à mi-chemin – comme du reste chaque fois que lui et moi nous sommes rejoints.

Nous nous jetons même dans les bras l'un de l'autre. Nous nous racontons le film des événements qui s'est déroulé de façon à peu près semblable pour tous les deux. Nous nous montrons nos griffures, les zébrures saignantes que nos deux moribondes (lui aussi avait une femme) nous ont laissées sur tout le corps. Mais Carlo est moins troublé que moi, il plaisante, il rit, il n'a pas dû frôler la mort d'aussi près que moi, ou ça l'a peut-être moins impressionné ; et j'en ai un peu honte. Pendant ce temps, nous nous dirigeons lentement vers le rivage, nous avons encore de l'eau jusqu'à la ceinture et la frénésie des secours en action est maintenant audible – un brouhaha nerveux de voix en phase avec l'activité chaotique qui se manifeste autour des deux femmes étendues sur le sable. Carlo me regarde avec un sourire :

« Tu sais ce qui va se passer ?

« — Non, quoi ?

— On va sortir de l'eau, n'est-ce pas ? »

L'eau nous arrive aux cuisses, nous sommes presque arrivés.

« Oui, dis-je.

— Je me trompe peut-être, mais selon moi, si nous posons le pied sur la plage sans que personne nous ait remerciés, ce sera comme si nous n'avions rien fait.

— Oui, à se demander sur qui on est tombés. »

Nous avançons toujours, l'eau désormais aux genoux. Personne ne nous remarque, tout le monde se prodigue au sauvetage. Carlo continue à sourire, et moi à trembler de froid. L'eau nous arrive maintenant aux mollets, personne ne nous voit. Aux chevilles ; personne ne nous prête attention.

« Dans trois pas, dit Carlo, nous ne serons que deux cons de plus, venus voir ce qui se passe.

— Ce n'est pas possible. » Malgré ma réponse, je partage désormais cette sensation. Ça y est, nous sommes sortis de l'eau. Personne ne nous accorde un regard. Beaucoup sont aux prises avec leurs téléphones portables, il y a semble-t-il un problème avec les ambulances. D'autres – la majorité – se pressent autour des deux femmes. Carlo s'approche d'un des deux attroupements, joue des coudes, et moi derrière lui. Il s'agit de ma noyée : étendue pâle comme une chiffe et enveloppée dans des draps de bain, elle boit de l'eau dans un verre en carton. Ils sont tous là, autour d'elle : le costaud qui l'a portée sur le rivage, le type roux, deux autres hommes, les enfants, des vieux à la mine effarée, le surfeur. Ils me voient, mais c'est comme si j'étais un autre. *Ils ne me reconnaissent pas.* La noyée, elle, ne me voit même pas : le regard éteint, une expression douloureuse, elle caresse ses enfants accroupis près d'elle, composant un tableau qui apparaît d'une intimité insupportable. Carlo recule de quelques pas, et moi avec lui. Un rempart de chair dérobe aussitôt la noyée à ma vue. Carlo aborde une dame à la peau distendue et aux cuisses ravagées par la cellulite.

« Que s'est-il passé ? lui demande-t-il.

— Deux baigneuses ont failli se noyer, répond-elle en s'escrimant sur son portable. Aujourd'hui, il ne fallait pas se baigner. Ils devraient mettre des surveillants, des drapeaux rouges. D'abord un homme, puis ces deux pauvres femmes.

— En effet, dit Carlo, puis il me regarde avec un sourire en coin. Mais ça va ? Je veux dire, elles sont saines et sauves ?

— Oui, sauf qu'on ne trouve pas d'ambulance. Il n'y en a qu'une au village et elle n'est pas disponible.

— En effet », répète Carlo.

Le regarder est devenu presque insupportable. Il déborde de la satisfaction d'avoir eu raison : nous avons sauvé deux connes, au milieu d'un tas de cons qui, étant cons, ne s'en sont même pas aperçus. Et le fait qu'il l'ait compris avant moi est l'ultime humiliation.

Nous nous éloignons. Pour ces gens, nous avons épié un instant un drame qui ne nous concerne pas et nous reprenons notre promenade. Nous arrivons à nos serviettes, récupérons nos affaires et quittons la plage sans rien dire. Sur mon téléphone, il y a quatre appels de la maison, en effet, il est très tard, plus de deux heures et demie, Lara et Claudia doivent être inquiètes. Je décide de ne pas rappeler parce que je serai rentré d'ici à cinq minutes et que je leur expliquerai toute l'histoire. Sauf que je ne sais pas comment passer ces cinq minutes, tout se bouscule dans ma tête et je n'arrive pas à parler, j'ai la hargne contre le monde entier et la sombre sensation que si Carlo non plus ne dit rien, ces cinq minutes creuseront un abîme entre nous aussi. Oui, un abîme, pas moins.

« Non, mais t'as vu cette incroyable bande de nazes ? » Carlo explose tandis que nous descendons le chemin entre les dunes. Et c'est un vrai bonheur de le lui entendre dire car alors, je peux le dire moi aussi, nous pouvons en parler ensemble, et donc affirmer que, tout bien considéré, ces gens nous indiffèrent totalement, l'important c'est que nous soyons en vie, que nous soyons frères, que nous ayons accompli ensemble un geste que personne d'autre ne pouvait accomplir, comme ça, par *générosité*, et que bientôt nous le racontions à des personnes qui nous attendent et qui nous aiment. Il nous a suffi d'échanger quelques phrases pour prendre la juste distance par rapport à tout ce que nous venons de vivre et récupérer la juste dose de cynisme et d'ironie, et nous voilà hilares, nos pas martelant le chemin du retour, lançant des gros mots à la cantonade – nous, deux hommes mûrs – comme deux gamins que nous avons été, et que nous avons été ensemble, inséparables pendant toute une période, comme Laurel et Hardy.

Quand nous prenons l'allée de la maison, je prépare la version édulcorée pour Lara et Claudia – sans érection, sans le danger de mort – centrée sur la constatation, non plus terrible mais simplement cynique désormais, et même joyeuse, que dans la vie on peut accomplir quelque chose d'énorme, comme sauver quelqu'un de la noyade, sans que personne vous en remercie ; et automatiquement je me demande si ce n'est pas un peu trop pour une enfant de dix ans comme Claudia, s'il n'y a pas lieu de la protéger aussi de ça en lui racontant une version encore plus édulcorée, ou même en mentant (« … et alors nous avons formé deux chaînes humaines avec tous ceux qui étaient sur la plage, *n'est-ce pas, Carlo ?* et nous avons poussé les deux jeunes sur leurs surfs jusqu'à elles, alors elles ont pu s'accrocher aux planches et… ») : et c'est à ce moment-là que je vois la lumière bleue du gyrophare. Je regarde Carlo, lui aussi est saisi, je presse le pas et, au bout de l'allée, garée à côté de nos voitures, je vois l'ambulance, toutes portières ouvertes. Je me précipite vers la maison et sur ces dix mètres, je vois, dans l'ordre, nos voisins de droite, les Bernocchi, nos voisins de gauche, les Valiani, Maria Grazia, la femme de ménage, Mac, la nounou de Claudia, et Claudia dans ses bras. Pendant un long moment, je ne vois rien d'autre, et j'en vois déjà assez pour m'angoisser à mort. Mais je ne vois pas que, parmi tous ces gens bouleversés, en larmes, il manque Lara. Et je ne vois même pas qu'au contraire Lara est là, ô combien, qu'elle est même au centre de la scène, entre le médecin et les brancardiers, allongée par terre près d'une civière scintillante et inutile, entourée d'éclats blancs d'un plat brisé et d'éclaboussures rouges et orange un peu partout au sol (jambon cru et melon), belle, bronzée et immobile dans une pose désarticulée qui n'a rien de naturel. Un long moment, je ne vois rien de tout ça, mais après, oui ; tout à coup, tout à la fois, je vois tout ça parce qu'il n'y a rien à faire : au centre de la scène, chez moi, devant ma fille, mes deux employées, deux couples de voisins et mon frère qui vient d'arriver avec moi, sur fond d'ambulance clignotante garée à côté de ma voiture, *il y a tout ça*.

2

Je m'appelle Pietro Paladini, j'ai quarante-trois ans et je suis veuf. Au regard de la loi, cette dernière affirmation est inexacte car Lara et moi n'étions pas mariés ; mais comme nous étions ensemble depuis douze ans et que depuis onze, nous habitions ensemble, que nous avons une fille qui en a maintenant dix et que, si ça ne suffisait pas, nous avions décidé de nous marier (« finalement », ont dit un tas de gens), que nous avions déjà reçu des cadeaux, qu'à l'improviste Lara est morte et que le jour qui aurait dû voir son mariage a été celui de son enterrement, la loi n'est pas le meilleur angle sous lequel considérer les choses. En outre, je suis assez aisé. Je possède un bel appartement dans le centre de Milan, un bâtard de fox-terrier qui répond au nom de Dylan, une belle résidence secondaire à la mer, dans la Maremme, en copropriété avec mon frère Carlo, et une Audi A6 3000 noire, équipée d'options très chères, que je conduis actuellement dans les embouteillages milanais, pour accompagner ma fille Claudia à l'école. En effet, c'est la rentrée aujourd'hui et pour Claudia, c'est le CM2.

Je suis sonné, hébété ; les deux dernières semaines m'ont ballotté dans une succession ininterrompue de visites, accolades, larmes, soutiens, coups de fil, conseils, détails macabres, coïncidences, télégrammes, éloges funèbres, services religieux, problèmes pratiques, cadeaux de mariage qui continuaient à arriver, cafés, flots de paroles, compréhension – un maximum de compréhension ; mais dans tout ça, je ne souffre pas encore. Et Claudia semble suivre mon exemple : sonnée, hébétée, mais encore loin de souffrir pour de bon. Dans ce tourbillon, nous avons toujours été ensemble, sans jamais nous séparer, et nous avons fait beaucoup de choses, certaines banales, comme finir les devoirs de vacances, ou acheter les fournitures pour la rentrée, ou emmener Dylan chez le vétérinaire soigner une infection à l'œil. Chaque fois, je pensais que c'était la *dernière*, comme une espèce d'étrange appendice de la vieille vie se prolongeant au-delà de l'événement qui l'avait clôturée pour toujours et, chaque fois, je m'attendais à trouver, tapi derrière les divisions à deux chiffres, l'agenda des Simpsons ou le collyre pour le chien, le vrai coup sur la tête, pour tous les deux, le coup dont on ne se remet pas, qui n'était pas encore arrivé. Mais chaque fois, à ma grande surprise, nous en sortions indemnes. Et maintenant, je me demande si ce n'est pas pour aujourd'hui ; si l'explosion à retardement n'est pas prévue pour ce jour de rentrée, le premier jour où elle et moi nous séparerons vraiment et où le cours normal des choses reprendra le dessus sur la douce promiscuité de l'urgence qui nous a bercés pendant deux semaines. Chacun désormais est retourné à sa propre vie, même si tout le monde s'est déclaré à notre disposition : ma belle-sœur qui a deux enfants et s'en sort déjà tout juste, mon frère qui vit à Rome, tous mes collègues en plein stress à cause de la fusion et leurs épouses stressées par ricochet, même mon père qui est malade et vit en Suisse avec Chantal, son infirmière devenue sa compagne, isolé du monde, absorbé dans ses recherches sur Napoléon à qui il s'est identifié comme les fous des histoires drôles... Ils sont tous à notre disposition, oui, tous prêts à nous aider, mais ils ne peuvent rien contre ce qui est en train de nous arriver en plein visage – parce que ça va arriver, ça doit arriver, et ce matin lumineux semble parfait pour que ça arrive.

Nous sommes en avance. Devant l'école, il y a même une bonne place où je peux me garer sans manœuvrer. Claudia s'est fait une tresse fine et elle la touche tout le temps, calme et silencieuse sur la banquette arrière. « Allez, petite fleur, on y va », lui dis-je, en voyant qu'elle s'attarde après que j'ai coupé le moteur. Et si ça lui arrivait *là maintenant* ? C'est le moment de nous séparer, petite fleur, de nous donner un bisou et de retourner chacun à nos tâches quotidiennes parce que la vie continue avec plus d'amour qu'avant, comme a déclaré le prêtre à l'enterrement, et maman nous bénit et nous protège du haut du ciel où son vrai Père l'a rappelée à lui (drôle de père) ; et comme tu as dix ans, on pourrait comprendre que maintenant tu relèves lentement la tête, que tu me regardes avec des yeux rouges comme dans *L'Exorciste*, qu'au lieu de mettre ton sac d'école neuf sur ton dos et de descendre de voiture, tu vomisses en gerbe sur ma veste les biscottes que tu viens d'avaler dans la cuisine de la maison où ta mère ne prendra plus jamais de petit déjeuner avec toi, et que tu éclates en un sabbat de sanglots et de convulsions, éventuellement en m'accusant, de front et d'une voix caverneuse, ou pire encore, dans ta tête et en silence, d'avoir laissé agoniser ta mère sous tes yeux sans même te procurer le réconfort d'être là moi aussi, tout occupé que j'étais au même moment, comme quelque génie de la psychologie te l'a raconté (je n'ai pas encore compris qui : sûrement pas Carlo, il me l'a juré), à arracher à la mort une autre femme, une autre épouse, une autre mère que je ne connaissais même pas. C'est ça qui va se passer, petite fleur ? C'est ça ?

Mais non, pas du tout : Claudia descend de voiture, sage, docile, et me suit en trottinant, par la grande porte de l'école, dans le hall où déjà quelques parents se racontent comment ils ont passé leur été, où et pour quel prix, tandis que leurs gamins se flairent et se reconnaissent comme des chiots. Grande, lumineuse, très dix-neuvième siècle, c'est le genre d'école dont on se souvient plus tard avec émotion. Elle porte le nom d'un certain Enrico Cernuschi, « patriote milanais » et en effet, on y respire quelque chose de cet élan de la nation italienne vers son unité politique, un sentiment d'espoir tout à fait adapté à des personnes qui ont l'avenir devant elles. Tandis que j'observe Claudia chercher ses copines du regard, je pense que je suis content que ma fille fréquente cette école.

La première personne qui vient à notre rencontre, est une de ses institutrices, Gloria, une belle femme plantureuse aux cheveux gris et toujours souriante. Elle *sait*, bien sûr. Elle porte ses condoléances sur son visage et, dans la prudence avec laquelle elle manipule les mots, j'entrevois ce que désormais, et pour un bon moment, les autres me réserveront : rentrant dans le vaste monde après le tourbillon de la famille et des amis intimes, nous passons des manifestations de douleur aux expressions de peine. C'est normal. Paolina, l'autre institutrice, arrive à son tour, puis la mère de Benedetta, la meilleure amie de Claudia, que j'avais déjà rencontrée à l'enterrement, et petit à petit toutes les autres mamans que je connais, et aussi un certain nombre de pères puisqu'aujourd'hui c'est la rentrée. A nouveau, on m'assure de toute la disponibilité imaginable pour accompagner Claudia à l'école et la raccompagner à la maison si je suis retenu par mon travail, pour la prendre chez eux si je dois partir en voyage, et c'est étonnant comme certaines de ces offres ont un ton presque menaçant : comme si tout le monde ici donnait pour acquis que je ne pourrai pas m'occuper de ma fille, comme s'ils voulaient me l'enlever. Il y a de l'affection, bien sûr, dans ces élans ; et, comme je l'ai dit, il y a toute la peine que je devrai m'habituer à me voir exprimée, la peine réservée à ceux que le malheur a frappés, mais il y a aussi la colossale méprise de ceux qui essaient d'imaginer une situation qu'auparavant ils n'avaient jamais réussi, ne serait-ce qu'à concevoir, et qui doivent improviser. La plupart du temps, cette méprise empêche les gens de comprendre combien un individu souffre profondément, combien il se sent perdu et sans espoir, et les pousse à lui donner des conseils presque toujours ridicules ; mais dans certains cas, cette même méprise peut conduire au défaut opposé, en décrétant purement et simplement que la douleur de l'autre est insupportable quand en réalité cette douleur n'est en rien insupportable, ou ne l'est pas encore. Hé oui, car quoi qu'en pensent tous ces gens, je continue à constater que le coup n'arrive pas, même pas aujourd'hui, et même pas pour Claudia qui chahute avec ses petites camarades et, toute fière, exhibe ses affaires neuves…

« Bon, je t'attendrai ici, lui dis-je quand la cloche sonne. Je ne bougerai pas d'ici jusqu'à quatre heures et demie, quand tu sors. »

Claudia reste interdite un instant, puis elle comprend que je plaisante et elle sourit. Je me penche pour me mettre à sa hauteur. Je murmure :

« Je parle sérieusement, petite fleur. J'irai sans doute un peu dehors puisqu'il fait beau, fumer une cigarette dans le square ou prendre un café au bar, mais sache que je suis là, que je t'attends. Même si tu ne me vois pas, compris ? Je suis ici. »

Elle sourit à nouveau, ma petite fille, elle *comprend* à nouveau. Quel bonheur quand on constate qu'on s'entend vraiment avec ses enfants. Je lui donne un baiser sur le front, et elle sur la joue, puis elle s'éloigne dans le couloir avec les autres enfants qui regardent derrière eux et font des signes de la main. Elle aussi, au bout d'un moment, se retourne et me fait signe : je lui répète par gestes, en souriant, que je resterai à l'attendre jusqu'à quatre heures et demie. Puis elle disparaît en haut de l'escalier et moi, en effet, je reste longtemps où je suis, pour donner le temps aux autres parents de se disperser sans moi, sans m'inviter à prendre un café, sans continuer à me manifester leur peine. Pour ce matin, j'ai eu ma dose.

Quand je sors de mon immobilité, les autres parents sont déjà partis. Personne n'a osé me déranger. Maria, la gardienne, qui m'a regardé contempler le couloir vide, me sourit d'un air maternel. Peine, compréhension. Je lui adresse un signe de la main, je sors dans la rue et j'allume une cigarette ; j'avais décidé d'arrêter le jour de mon mariage, et je l'aurais fait, mais ce jour n'est jamais venu et maintenant, je fume de plus belle. Je branche mon téléphone et l'écran m'informe qu'il est huit heures trente-neuf. Je regarde l'école, les hautes fenêtres à carreaux qui rythment les salles de classe, et je me demande laquelle sera cette année celle de Claudia. L'année dernière, c'était la première du deuxième étage. Le soleil est encore fort, estival, et il inonde de jaune les façades des immeubles. Une brise bien peu milanaise caresse les arbres du square voisin. Nous sommes surélevés d'une dizaine de mètres par rapport à la rue, et les bruits de la ville arrivent atténués, inoffensifs. Bel endroit, vraiment. On entend même pépier les oiseaux.

J'actionne à distance la télécommande de la voiture, qui clignote en émettant un bip au moment où passe une femme qui tient un enfant trisomique par la main. J'assiste alors à une scène étrange : l'enfant se retourne vers ma voiture – lentement, mais pour lui, c'est à toute vitesse, parce qu'il est trisomique – et la fixe d'un regard intense, comme s'il avait pris ce bip et ce clignotement pour un bonjour qui lui était adressé. C'est évident, mais je suis le seul à le remarquer parce que sa mère doit être pressée et continue à le tirer par la main en regardant droit devant, et lui maintenant la suit à contrecœur, la tête tournée vers ma voiture, attendant quelque autre signal. Qui arrive, car j'appuie à nouveau sur la télécommande, exprès pour lui : alors il sourit, satisfait, et il veut l'expliquer à sa mère, lui dire que cette voiture l'a salué deux fois, avec le bip et avec les clignotants ; mais il est lent et sa mère est pressée, elle ne l'écoute pas, elle l'entraîne avec elle. Ils traversent la rue et pénètrent dans l'entrée d'un immeuble blanc, moderne, assez cossu. Avant d'entrer, l'enfant se retourne à nouveau vers ma voiture et à nouveau ma voiture le salue parce que j'actionne la télécommande pour la troisième fois.

Voilà qui est fait. Huit heures quarante-quatre. Je monte dans la voiture, je mets le contact. En route pour le bureau maintenant, je vais retrouver mon travail après ces étranges vacances ; je vais retrouver ma secrétaire, mes amis, mes ennemis, et l'épée de Damoclès de la fusion qui nous menace tous autant que nous sommes. On va me réserver un traitement spécial à base de peine et de compréhension. Jean-Claude va m'appeler dans son bureau de président et me répéter de ne me soucier de rien, de consacrer du temps à ma fille, de ne pas me bousculer, et il va m'inviter à déjeuner. Et ça pourrait venir là, au restaurant, devant le carpaccio de loup, sur le coup des deux heures moins le quart de cette splendide journée, ça pourrait venir à cet instant précis, le coup sur la tête…

Une Mégane veut déjà prendre ma place. Le conducteur me le demande par gestes et verbalement aussi – à voix basse, sûrement, comme quand on parle à quelqu'un qui ne peut pas vous entendre. Je le regarde : il a l'air déjà fatigué, à neuf heures du matin. Dieu sait depuis combien de temps il tourne pour se garer. Son clignotant indique aux véhicules derrière lui que c'est sa place et qu'il est disposé à en venir aux mains si quelqu'un ose prétendre le contraire.

« Non, lui dis-je par la fenêtre baissée. Je ne pars pas, je suis désolé. »

Il est très désappointé, il était convaincu que je partais. Il insiste, espérant avoir mal compris, il redemande, et ma réponse cette fois est sans équivoque : je descends de voiture et je la ferme avec la télécommande. Bip.

« Je viens d'arriver, je suis désolé », lui dis-je, avec l'immense avantage d'être dehors, tranquille, à pied, libre de parler à ma guise sans gêner la circulation, tandis que lui est enfermé dans une voiture, énervé, déçu, et que derrière lui s'est déjà formé un mini-embouteillage pestilentiel. Il me regarde, me déteste, enclenche la première et part en faisant crisser ses pneus, le clignotant encore en marche. L'embouteillage se résorbe aussitôt, l'air redevient léger. Je sors mon téléphone portable de ma poche et j'appelle Annalisa, ma secrétaire. Elle aussi est venue à l'enterrement, et elle a pleuré. Je l'informe que je ne viendrai pas au bureau ce matin et qu'elle me passe les communications sur mon portable. Elle me rappelle que j'ai un rendez-vous à onze heures, et un autre à midi et demi. Je lui demande de les repousser, tous les deux, et de faire suivre les fax sur mon appareil de voiture, comme ça au moins il servira à quelque chose. Je consulterai mes mails par téléphone, bien que ce système Wap soit un peu une escroquerie parce qu'on ne peut pas ouvrir les pièces jointes. Annalisa ne dit rien, prend note et, bien sûr, ne pose aucune question, mais je comprends que la curiosité la dévore de savoir ce qui m'arrive. Et soudain, ça me semble bien, oui, ça me semble bien de pouvoir le lui dire.

« Tu sais, j'ai promis à ma fille de rester aujourd'hui devant son école, jusqu'à ce qu'elle sorte, à quatre heures et demie.

— Ah, répond-elle.

— On est bien ici. C'est une belle journée et je peux travailler dans la voiture. »

Annalisa se tait, embarrassée. Je connais bien l'expression qu'elle doit avoir, c'est comme si je la voyais. C'est une chouette fille, efficace, loyale, mais elle semble toujours aux prises avec des choses qui la dépassent et son visage, normalement plutôt beau, a pris un pli effaré presque permanent qui ne l'avantage pas du tout. Comme si elle pensait tout le temps : « Ça ne me concerne pas, je ne fais qu'exécuter des ordres et me conformer à un monde incompréhensible. » A mon avis, cette expression est liée au fait qu'elle n'a pas de fiancé. Elle en est soit la cause, soit la conséquence.

« Le président a déjà cherché à vous joindre, murmure-t-elle. Je dis quoi s'il rappelle ?

— Que je suis devant l'école de ma fille.

— Ah ! répète-t-elle et l'effarement envahit à nouveau son visage.

— Au revoir, Annalisa. A demain.

— A demain, monsieur. »

Je referme mon portable et je sens que j'ai bien fait. C'était gentil de dire à Claudia que j'allais rester toute la journée ici, mais le faire réellement, c'est autre chose. De temps en temps, il faut prendre au pied de la lettre ce qu'on dit aux enfants. J'avais sans doute une bonne raison de lui dire ça. Si elle a souri, elle avait sans doute une bonne raison. Eh bien, la raison est simple : nous séparer aujourd'hui est trop risqué ; pour elle, et peut-être aussi pour moi. Oui, j'ai bien fait.

Le ciel est dégagé, bleu, brillant. Un avion qui vient de décoller scintille au soleil et vire lentement en continuant à monter. Il ne devrait pas, selon les normes de sécurité, mais dans la pratique, à l'aéroport de Linate, c'est comme ça : les avions décollent et virent tout de suite avant d'avoir pris de l'altitude. Il paraît qu'il s'agit d'un service rendu à Berlusconi quand il était encore entrepreneur immobilier, pour éviter que les avions survolent son Milano 2. Je suis du regard l'avion qui continue à monter, même après son virage, et se dirige vers le sud. Vers Rome, car c'est désormais la seule destination au départ de Linate. Il est très probable que cet avion emporte dans quelque attaché-case à combinaison (la date de naissance du propriétaire, en général, ou de sa femme, ou de sa maîtresse, ou d'un de ses enfants) des documents concernant la fusion dont le bruit grandissant paralyse l'entreprise qui m'emploie : en ce moment, pas un avion ne quitte Milan sans emporter quelque chose concernant cette fusion.

Neuf heures et quart.

J'ai envie d'un café.

3

Liste des compagnies aériennes avec lesquelles j'ai voyagé :

Alitalia, Air France, British Airways, Aeroflot, Iberia, Air Dolomiti, Air One, Sudan Air, Lufthansa, Aerolineas Argentinas, Egypt Air, Cathay Pacific, American Airlines, United Airlines, Continental Airlines, Delta, Alaska Airlines, Varig, KLM, TWA, Pan Am, Meridiana, Jat.

Voilà ce que j'ai écrit sur mon carnet. Une drôle d'idée m'a traversé pendant que je buvais mon café et m'a poussé à dresser cette liste. Une espèce d'exercice, je crois : pas de mémoire, mais bien de mise à distance de la mémoire, pour la dominer, pour la *plier* à un but aussi précis qu'abstrait et fondamentalement inutile. En effet, à quoi me sert cette liste ? Qu'a-t-elle ajouté à ma vie ? Rien. Et pourtant je suis fier de l'avoir établie : primo, parce que ça n'a pas été facile et que j'ai vraiment dû me creuser les méninges pour récupérer par exemple l'Alaska Airlines, utilisée une seule fois en catastrophe entre Calgary et Seattle au cours d'un trajet mouvementé de Vancouver à Miami ; secundo, parce que j'ai réussi à la reconstituer en parcourant un territoire qui, vu la situation actuelle, m'effraie. Oui, j'ai peur de mes souvenirs. J'ai peur de chacun de mes souvenirs. Et ça m'a rassuré de découvrir que je peux musarder une heure dans ma mémoire à la chasse aux papillons, en croisant des souvenirs de voyages enthousiasmants ou juste réussis ou agréables – dont beaucoup partagés avec Lara ou accomplis pendant que j'étais avec elle – sans avoir mal. C'est pour cette raison que je peux affirmer que cette liste, maintenant qu'elle figure sur une page de mon carnet avec l'objectivité qui n'appartient qu'aux choses accomplies, est importante. Je la regarde longuement ; ma mémoire l'a distillée, c'est un concentré d'informations sur ma vie et elle ne me fait pas souffrir. C'est important.

Mon portable a sonné plusieurs fois pendant que je rédigeais ma liste. De brefs coups de fil de travail précédés de longs prologues de condoléances, des voix embarrassées d'hommes et de femmes qui, en m'assurant de leur disponibilité, semblaient en réalité me tester : l'objet de ces appels était toujours vague, rien de décisif, comme s'il s'agissait d'un prétexte pour vérifier, maintenant que je suis revenu, si j'étais resté un interlocuteur fiable. Un mélange de solidarité et de cynisme. D'un autre côté, la situation dans l'entreprise est assez confuse pour justifier de semblables vérifications. La fusion qui va nous tomber dessus est colossale et chez nous, il n'y a littéralement personne qui n'en ressente déjà les effets. Tous sont plus ou moins aux aguets, les oreilles dressées, effrayés comme des singes dans la savane. C'était le cas du moins il y a quinze jours, avant que je m'éloigne de la horde pour raisons personnelles ; et il n'y a pas lieu de croire que ces deux semaines aient changé quelque chose. C'est pourquoi je comprends ces coups de sonde, surtout à mon endroit. Je ne blâme pas ces gens : à leur place, je ferais pareil. It's a wild world.

A wild world.

Par exemple : qui a dit à Claudia que, pendant que sa mère mourait, j'étais occupé à sauver une autre femme ? Carlo m'a juré que ce n'était pas lui, et je le crois ; mais quand je lui ai demandé s'il en avait parlé à quelqu'un, il m'a répondu avec candeur que oui : à ma belle-sœur, à nos cousins de Bologne, et même à tante Jenny… Résultat : toute la famille connaît cette histoire de sauvetage, et Claudia la première puisqu'un soir elle m'en a parlé, me glaçant les sangs : de but en blanc, elle m'a demandé si j'avais eu des nouvelles de la dame que j'avais sauvée et je lui ai répondu que non, mais je n'ai pas eu le courage de lui demander qui lui avait raconté cette histoire. Qu'elle le sache, c'est vrai, m'a beaucoup inquiété. Qu'a-t-elle pu penser ? Que peut provoquer, avec le temps, le fait de savoir que, pendant que sa mère mourait sous ses yeux, son père sauvait une inconnue ?

Du reste, il est vrai aussi que les enfants sont étonnants : on dirait parfois qu'ils savent déjà tout. Le même soir, par exemple, peu après m'avoir demandé des nouvelles de « cette dame », alors qu'elle était déjà en pyjama dans son lit et que je m'apprêtais à lui lire un chapitre du livre qui la passionne (*Les Aventures de Pizzano Pizza*), Claudia m'a cloué sur place d'une question parfaite : « Tu sais, m'a-t-elle demandé, ce qui m'avait le plus troublée dans toute ma vie ? » Textuellement. Et avant que je ne recommence à m'inquiéter encore plus en constatant combien était implicite pour elle le fait que l'histoire du sauvetage se reliait au verbe troubler et combien impitoyablement l'emploi de l'imparfait, *m'avait*, pouvait laisser entendre « jusqu'à la mort de maman » – mais aussi, plus subtilement, « jusqu'à ce que j'apprenne ce que tu faisais pendant que maman mourait » –, avant que je plonge dans tout ça, c'est-à-dire juste après qu'elle a formulé sa question, elle m'a donné la réponse : « C'est quand j'ai découvert que *ma* mamie était aussi *ta* maman », avec un sourire de tendresse envers elle-même. Et ainsi, ce soir-là, alors qu'une angoisse insidieuse m'envahissait, parce que ça pouvait bien être le prélude au vrai coup sur la tête, c'est Claudia qui m'a rappelé qu'un enfant raisonne très différemment des adultes, et qu'il n'est pas dit qu'il soit troublé par les choses que les adultes estiment pouvoir le troubler tandis qu'au contraire il peut être troublé par des choses que les adultes ne voient même pas. Par conséquent, il n'y a peut-être pas lieu de s'inquiéter outre mesure du fait qu'elle sache pour le sauvetage, ou de chercher qui le lui a dit, mais juste de tenir compte désormais qu'elle le sait, et c'est tout...

Un autre avion qui vient de décoller vire au-dessus de ma tête, et je me rappelle deux autres compagnies à ajouter sur ma liste : Aero Mexico et Mexicana Airlines sur lesquelles j'ai voyagé de Merida à Cuba, et retour, au cours d'une longue équipée latino-américaine, il y a vingt ans. Comment se fait-il que tout à l'heure, quand je cherchais dans mes souvenirs, je ne les aie pas retrouvées ? Et Air Lingus, aussi : le voyage à Dublin, juste après le bac. Et Swissair, quand je suis allé à New York en partant de Zurich, affligé d'un abcès dentaire. Et celle qui a fait faillite après la catastrophe aérienne d'Ustica, Itavia, j'ai volé aussi avec eux, une fois. Et Alisarda, aussi, quand elle existait. Et cette compagnie hongroise, comment déjà, Malev…

J'ajoute ces noms à la liste, qui devient vraiment respectable. Je les compte : trente. J'ai voyagé avec trente compagnies aériennes. Adossé contre la voiture, sans veste parce qu'il fait chaud, je regarde autour de moi : un agent de police, quelques personnes âgées sur les bancs du square, une belle fille en tee-shirt qui promène un golden retriever, trois ouvriers qui ravalent une façade d'immeuble, un vieux Pakistanais qui lave les pare-brise au carrefour, une femme qui se coltine une bicyclette de gamin ; il est presque sûr qu'aucun d'eux n'a voyagé autant que moi. Et pour ceux qui voyagent peu ou pas du tout, une vie pleine de voyages est sans conteste une belle vie. Bien sûr, ce n'est pas toujours le cas : je connais des forçats qui, pour leur travail, doivent prendre six avions par semaine et le week-end se déplacent encore, éventuellement en voiture, avec leur famille, pour aller à la mer ou à la montagne, ou bien de nouveau en avion, grâce à leurs points fidélité, avec leur fiancée ou leur maîtresse, en Sardaigne, au Maroc, à Londres, dépensent plein de fric et disent chaque fois qu'ils n'en peuvent plus mais continuent quand même jusqu'au moment où ils s'écroulent. Mais ce n'est pas mon cas. La vie que j'ai menée jusqu'à présent a vraiment été belle, et la longue liste des compagnies aériennes avec lesquelles j'ai voyagé en est la preuve.

Je regarde les hautes fenêtres de l'école et à nouveau je me demande laquelle correspond à la classe de Claudia. J'aimerais bien qu'elle jette un coup d'œil par la fenêtre et qu'elle me voie. Enfin, j'aimerais bien m'en apercevoir. Un petit coucou de la main, un sourire de surprise que je devinerais sur son visage, juste pour donner un peu plus de sens au fait que je reste ici. Non que ce soit dépourvu de sens, bien au contraire : je suis dix fois mieux ici qu'à mon bureau, et en effet, le coup sur la tête n'arrive pas ; mais ce serait chouette si, à un moment de cette étrange journée, ma fille se rendait compte que je suis resté pour de vrai devant son école, comme je le lui avais dit en ayant l'air de plaisanter. Et ce serait encore plus chouette si je la voyais s'en rendre compte…

Les portes de l'école s'ouvrent, et Gloria, l'institutrice, en sort. Je suis juste en face d'elle, appuyé contre ma voiture, de l'autre côté de la rue, mais elle ne me voit pas : le soleil l'aveugle, elle doit porter sa main devant ses yeux en visière, puis fouiller son sac dans cette position désinvolte que, même âgées, les femmes n'abandonnent jamais, un genou levé et le sac posé dessus comme quand elles étaient jeunes et que leur petit copain les raccompagnait chez elles tard le soir, qu'elles craignaient d'avoir perdu leurs clés, et que dans cette même position, elles les cherchaient dans le foutoir qu'était leur sac à main, et que le garçon restait dans la voiture, moteur en marche, se demandant comment se comporter si les clés ne refaisaient pas surface et s'il fallait sonner à cette heure-là : les abandonner à elles-mêmes ou bien les accompagner jusque sur le palier et essuyer en personne la très probable ire paternelle ? Cette incertitude durait un certain temps et, avec elle, cette position : puis les clés étaient retrouvées – toujours : jamais elles ne furent perdues pour de bon –, elles brillaient, brandies sous l'éclairage public et chacun allait se coucher, soulagé. De la même façon, l'institutrice de Claudia fourrage dans son sac, en extrait ses lunettes de soleil, les chausse et, à ce moment-là, m'aperçoit. Je lui souris mais sans bouger, j'attends que ce soit elle qui me rejoigne si elle le veut. Juste pour prendre mon temps, pour décider ce que je lui dirai. Mais le répit est déjà fini, Gloria a déjà traversé, elle est déjà devant moi.

« Comment va Claudia ? » Je lui pose cette question comme si c'était la chose la plus naturelle du monde.

« Bien. Elle a été calme, attentive. »

Je ne vois pas ses yeux, cachés par les verres fumés, et je n'évalue pas avec exactitude *combien* elle est surprise de me voir ici.

« Elle a une grande force de caractère, ajoute Gloria. Mais il faut l'entourer car, dans ces cas, il suffit d'un rien et… »

Et fatalement, cette remarque générale, de circonstance, *trop* sensée, que tout le monde peut formuler sans effort et qu'en effet tout le monde formule, meurt sur ses lèvres. C'est obligé : elle a fini ses trois heures de classe, elle est sortie en pensant aux courses qu'elle doit boucler à la supérette, ou à sa demande de mutation à déposer avant treize heures au rectorat, et la première chose qu'elle voit, c'est moi, appuyé contre ma voiture, devant leur école. Pourquoi aurait-elle dû finir sa phrase ?

« Bien sûr », dis-je, au moment où mon portable sonne. Je lui fais un signe pour m'excuser et je réponds : c'est Annalisa, à propos de dossiers en souffrance depuis plus de dix jours maintenant et que je dois signer au plus vite. Elle dit qu'elle a essayé de me les envoyer sur le fax de ma voiture mais que ça n'a pas marché. Tout ça, bien sûr, l'institutrice de Claudia ne l'entend pas. Elle n'entend que mes réponses.

« Il n'a jamais marché, Annalisa. D'ailleurs, il n'y a peut-être pas de papier. On ne peut pas attendre demain ? Un jour de plus ou de moins, quelle différence ? »

Annalisa hésite, puis elle convient en effet que ça ne change rien, elle voulait seulement m'informer que mon fax de voiture ne marche pas.

« A moins que tu veuilles me les apporter ici. Je ne bouge pas jusqu'à quatre heures et demie. »

Comme c'est bizarre de connaître l'expression précise d'une personne que vous ne voyez pas, à l'autre bout du téléphone, mais, à cause d'une paire de lunettes de soleil, pas celle de la personne qui est en face de vous. Annalisa s'est tue, reprenant à coup sûr son expression effrayée : tout son problème maintenant est de comprendre s'il s'agit d'un ordre ou bien d'une proposition qui peut se discuter.

« Mais non, ne t'embête pas avec ça, lui dis-je. Je les signerai demain. Et à propos, prends donc ton après-midi. »

Annalisa me remercie, mais précise qu'elle restera au bureau. Elle ne saurait sans doute pas quoi faire dehors : cette femme est seule. Ça se lit dans ses yeux.

L'institutrice de Claudia est immobile et impénétrable derrière ses lunettes. Je rempoche mon portable et je lui souris.

« Je vous prie de m'excuser », dis-je.

Un étrange silence s'installe. Je crois savoir ce que Gloria voudrait dire, et je pourrais l'aider, je pourrais faire le premier pas ; mais je ne le fais pas. Je suis habitué à beaucoup parler, trop même parfois, et maintenant il me semble important de réussir à ne pas le faire. Privée de mon aide, elle ne parvient à rien dire, et ce silence, je ne sais pas très bien pourquoi, m'est précieux.

Un coup de klaxon dans la contre-allée, et l'institutrice se reprend comme s'il lui était adressé.

« Alors, au revoir, me dit-elle.

— A demain. »

Tandis qu'elle fait demi-tour pour se diriger vers le square, je suis assailli par une quantité de détails de sa vie, en vrac, comme s'ils étaient tombés de sa poche dans ce mouvement : sa passion désormais en veilleuse pour la danse, les soins accordés aux plantes de son balcon, les pansements fripés sur l'arrière du pied, le bénévolat hebdomadaire dans une petite association culturelle des Navigli, le parquet à rénover dans sa salle de séjour, les heures passées la nuit sur des ouvrages de recherche en pédagogie, les régimes inutiles pour arrêter de grossir, les CD de Caetano Veloso que son mari n'apprécie pas, sa lingerie blanche toute simple, les risottos cuisinés pour les dîners entre amis, les contrôles tous les six mois au Centre de prévention contre le cancer, la photo ratée sur sa carte d'identité et celle réussie, encadrée et posée sur le meuble du séjour où elle semble presque belle, un enfant dans les bras et un autre agrippé à sa jambe, il y a douze ans, en Sardaigne, sur fond de mer étale, d'un vert unique… Je crie dans son sillage :

« S'il vous plaît ! »

Elle s'arrête et se retourne d'un bloc, comme si elle s'attendait à ce que je l'appelle.

« Pourriez-vous me dire quelle est la fenêtre de votre classe, cette année ? »

De nouveau, les lunettes qui cachent ses yeux, en plus des six ou sept pas qui désormais nous séparent, m'empêchent de saisir l'effet de ma question. L'institutrice de Claudia lève son regard vers l'école et s'attarde quelques secondes sur la façade comme si elle calculait :

« Donc, la fenêtre de notre classe… »

Il est évident qu'elle ne s'était pas encore posé cette question. Puis elle lève la main et désigne un point.

« La troisième ! La troisième au deuxième étage, en partant de la gauche !

— Merci ! »

L'institutrice de Claudia me dévisage une dernière fois, cherchant peut-être la force de revenir sur ses pas et de me demander ce que je peux bien fabriquer ici. Mais si c'est le cas, elle n'en trouve pas le courage et elle se contente d'acquiescer de la tête, avant de se retourner à nouveau et de reprendre son chemin. Et à nouveau, dans ce mouvement, les petites choses de sa vie dégringolent sur ses talons, parfaitement visibles, tristes : son désir trop coûteux d'un week-end en balnéothérapie, sa passion pour les livres de Daniel Pennac, les tracas administratifs pour régulariser une petite extension de surface habitable dans la maison de ses parents, sa tendance à beaucoup transpirer…

Je regarde la fenêtre de la classe de ma fille et j'éprouve une infinie et soudaine tendresse. Elle est derrière cette fenêtre, avec toutes ses fournitures qui sentent le neuf, au milieu de camarades d'école inconscients, et elle lutte. Elle ne s'aperçoit peut-être même pas qu'elle est en train de lutter de toutes ses forces, pour rester elle-même, pour rester une enfant, pour se sauver. Et elle est seule. Oh ! si quelqu'un pouvait lui donner l'idée de regarder par la fenêtre : un petit oiseau venu se poser sur le rebord, un bruit inattendu ou, simplement, mon appel muet d'animal, la tête levée, le cri du sang qui maintenant pulse avec violence dans ma poitrine, dans ma gorge, à mes tempes, comme quand on va s'évanouir : « Allez, petite fleur, arrête d'écouter la maîtresse, sois distraite, lève-toi, va à la fenêtre, regarde dehors, regarde en bas... »

Mon portable sonne. Je le laisse sonner.

4

Les premiers parents arrivent à quatre heures moins cinq. Ce sont deux pères. Je ne les connais pas, je ne me rappelle pas les avoir jamais vus ; ils arrivent ensemble, bronzés et en cravate, la veste sur l'épaule, bavardant avec entrain depuis peut-être longtemps, et ils se postent devant les portes encore fermées de l'école. Mon impression est que ce n'est pas un hasard, qu'il s'agit d'une habitude. On voit assez facilement quand c'est le cas : la personne ne regarde pas autour d'elle, elle n'observe pas les autres, elle semble à son aise, chez elle. Ces deux hommes se comportent ainsi. Ils arrivent en avance, les premiers, ils bavardent, rient, gesticulent dans une grande intimité, même s'il manque encore le groupe des autres parents pour les noyer dans la masse, les rendre moins voyants. On dirait deux amis d'enfance et c'est peut-être bien le cas : deux amis d'enfance qui ont fait ensemble la primaire et le collège, puis se sont perdus de vue au lycée et retrouvés plus tard, peut-être parce qu'ils ont épousé deux amies, voilà, et que soudain ils se sont découvert beaucoup plus d'affinités qu'ils ne le pensaient, et le fait de se connaître depuis qu'ils étaient petits les a rassurés et liés d'une vraie amitié. Il est clair, en les observant, qu'en cas de problème chacun appelle l'autre. C'est tout à fait évident. Ils regardent ensemble les matches en retard à la télévision, ils se servent réciproquement d'alibi pour leurs incartades conjugales, ils partent en vacances ensemble, avec leurs familles, les épouses rassurées à leur tour par le fait d'être elles aussi liées depuis si longtemps, et les enfants d'âge égal obligés de participer à cette double intimité même si, peut-être, ils ne se supportent pas. Ils sont venus ensemble chercher leurs gamins à l'école et ils ont décidé que, cette année, ils le feront le plus souvent possible, oui, ils quitteront plus tôt leur travail avec un *éros* qu'ils n'y trouveraient pas si c'était pour leurs épouses, et cette pause qu'ils s'accorderont les aidera beaucoup tous les deux à continuer leur vie, à l'accepter…

Les autres parents arrivent d'un seul coup, tous ensemble, comme si l'on avait ouvert un enclos où ils auraient été parqués : qui en scooter, qui en voiture, qui à pied tout en téléphonant, créant chacun un problème que l'agent de police n'arrive pas à résoudre. Ce n'est pas le même que ce matin. Certains veulent se garer en double file juste devant l'entrée, d'autres se mettent à bavarder au milieu de la rue en bloquant la circulation et il a un mal de chien à maintenir un minimum d'ordre. Il n'y arrive d'ailleurs pas, il est harcelé de tous côtés et, à quatre heures vingt-cinq, c'est le souk habituel, celui dont je me souvenais, les fois où je venais chercher Claudia. Le chaos. Mais un chaos joyeux, sans drame, car les enfants, même s'ils ne sont pas encore sortis, répandent déjà ici, dehors, la substance qui leur permet de survivre au milieu des adultes, cette espèce d'antihistaminique naturel qui détend un peu les parents et les fait régresser, les rapprochant et parfois même les rendant carrément complices du chaos dont eux, les enfants, se sentent partie prenante : le chaos de leurs chambres avant l'injonction de ranger, le chaos des sacs d'école de retour à la maison, des trousses, des tiroirs, des cahiers ; le chaos simple et calme en somme où ils vivraient tout le temps si on les y autorisait, eux qui, la plupart du temps, ne comprennent pas tout ce qui leur arrive mais qui, pour cette raison, ont la capacité de tout vivre dans l'intensité. Voilà ce qu'il se passe, je le comprends maintenant, quand arrive cette heure, à la sortie de toutes les écoles primaires occidentales : les parents abandonnent pour un court laps de temps la conduite civilisée à laquelle ils sont tenus toute la journée et se comportent comme leurs enfants, de façon chaotique, en risquant de se faire renverser, d'égarer le chien, de rayer la voiture en tentant de la garer dans une place trop petite ; et l'agent de police qui devrait les rappeler à l'ordre n'y peut rien. Mais il suffit que les enfants sortent, eux qui sont pétris de ce chaos – cols déchirés, chaussures délacées, pantalons mouillés de pipi, genoux écorchés, flûte oubliée dans la salle de musique, cris et bousculades – pour que les parents aient peur et se tournent à nouveau vers l'ordre d'où ils proviennent et qui sera pleinement rétabli une fois à la maison, avec le planning domestique qui dicte les rythmes jusqu'à l'heure du dîner, sans discussion.

C'est étrange, mais quand je venais chercher Claudia les années passées, je ne me rendais pas compte que je participais à un phénomène aussi absurde : moi aussi j'étais pressé, moi aussi j'essayais de fléchir l'agent de police en me garant en double file, moi aussi je m'arrêtais pour parler au milieu de la rue. Moi aussi j'arrivais au contact physique avec ma fille après avoir transgressé en dix minutes presque toutes les règles que je respectais le reste de la journée, et moi aussi, l'espace de ces dix minutes, je me sentais mieux. Même si je ne venais pas souvent chercher Claudia, je considérais normal ce chaos systématique, ici, à quatre heures et demie. Tandis que maintenant, après l'avoir vu naître du battement d'ailes de deux amis d'enfance qui bavardent, ce chaos m'apparaît comme quelque chose de beaucoup plus complexe et structuré ; un phénomène trop voyant, trop commun et trop absurde pour ne pas être de quelque façon nécessaire : nécessaire, oui, pour que les parents puissent reprendre la responsabilité de leurs enfants de la façon la moins brutale possible – en les rencontrant à mi-chemin pour ainsi dire, en se laissant même contaminer, justement, par le calme chaos qui les inspire.

Les portes de l'école s'ouvrent, et l'on entend résonner à l'intérieur une sonnerie désuète. Maria, la gardienne, demande aux parents de ne pas s'entasser devant l'entrée, de se disposer en demi-cercle, et son intervention produit un minimum de géométrie dans la complexité fractale de l'attroupement. Il est clair que, même si aujourd'hui est un jour spécial, Maria doit répéter cette manœuvre chaque jour que Dieu fait parce que autrement les parents-en-régression se bousculeraient devant les portes. La mère de Benedetta quitte un groupe de mamans et se dirige vers moi, de l'autre côté de la rue où je suis resté immobile, appuyé contre ma voiture, m'excluant volontairement de la compétition pour gagner les places au premier rang. C'est une belle femme dans la quarantaine, aux yeux égyptiens, aux cheveux blonds coupés court et à la mâchoire forte. Elle porte un tee-shirt court, comme les ados, qui découvre une belle portion de ventre plat et lisse autour du nombril. Elle doit pratiquer l'aérobic de façon assidue pour garder cette ligne. Mais la peau du visage est abîmée, presque fripée, peut-être par excès d'UV pour rester toujours bronzée. Ses dents sont régulières, très blanches, et elles irradient maintenant leur blancheur sur moi.

« Comment ça s'est passé ? » me demande-t-elle, comme si c'était une question sensée. Si elle savait que je suis resté ici toute la journée, elle le serait, mais elle l'ignore, et sa question est dépourvue de sens.

« Bien.

— Tu veux que j'emmène Claudia chez nous avec Benedetta, et puis que je te la ramène pour le dîner ? »

Des petites têtes se montrent à la porte. Conduits par leurs maîtresses, les enfants commencent à regarder à la ronde. Mais ce sont les plus petits, ceux de CP ou de CE1. Dans le demi-cercle des parents, des mains se lèvent. Je réponds :

« Je ne sais pas. Voyons ce qu'elles en pensent.

— Je le dis pour toi, si tu es occupé.

— Oh non ! merci. Je n'ai rien à faire. »

Je ne sais pas ce que c'est, peut-être l'expression de mon visage pendant que je disais cette chose si naturelle, ou tout simplement parce qu'elle est vraie, mais le fait est qu'un élan de compassion douloureuse traverse son visage. Je vais devoir surveiller ce que je dis dorénavant, et ma façon de le dire si je ne veux pas que les gens me prennent en pitié.

« Bon alors, dit-elle, il vaut mieux que tu restes avec elle. » Elle reprend sa respiration. « Mais je te l'ai dit, si tu as besoin, si un après-midi tu ne peux pas venir la chercher, ou si tu es coincé au travail, il suffit que tu m'appelles. Pour n'importe quelle raison, tu sais. Benedetta s'entend tellement bien avec Claudia... »

Par-delà les têtes des parents, j'observe la dispersion des enfants un peu plus grands, de CE2 et de CM1. Les maîtresses regardent à la ronde, en retenant les enfants parfois même avec vigueur (évidemment, eux se jetteraient au hasard sur le tas des parents et ne se poseraient qu'après le problème de retrouver les leurs) tant qu'elles n'ont pas reconnu la mère, le père ou la baby-sitter autorisée qui lève la main et dit bonjour : alors elles lâchent l'enfant et lui indiquent où il doit aller mais, presque toujours, l'enfant le sait déjà. Je répète :

« Merci. » Et soudain en voulant ajouter son prénom à mon remerciement, je m'aperçois que je ne m'en souviens pas (Barbara ou Beatrice ?). Et alors mon « merci » reste en suspens, et je dois improviser une autre conclusion :

« C'est très gentil.

— Sans façons, d'accord ? » insiste-t-elle.

Souvent ce sont les enfants qui repèrent le parent avant la maîtresse, et le lui signalent tandis qu'elle est occupée à chercher celui d'un autre. De cette façon, ils bousculent l'ordre dans lequel la maîtresse entendait accomplir cette dernière tâche de sa journée, les affectations se chevauchent et le chaos extérieur pénètre l'intérieur.

« Tu sais un truc ? dis-je. On dirait une vente aux enchères.

— Quoi ? »

Je désigne du menton l'entrée de l'école.

« Cette façon de rendre les enfants aux parents. On dirait une vente aux enchères. »

La mère de Benedetta se tourne vers les portes et regarde.

« On dirait que les enfants sont mis aux enchères les uns après les autres et que les parents se les disputent en levant la main pour faire une offre. La maîtresse les adjuge au plus offrant qui, pour finir, est toujours le vrai parent. »

D'autres enfants arrivent, encore plus grands. Les CM2. La mère de Benedetta est immobile, le regard rivé sur le peu que, d'ici, elle réussit à voir. Elle n'est pas très grande et il y a encore beaucoup de gens qui lui bouchent la vue. Je sens soudain monter un blues étrange. Et j'ajoute, mais je voudrais me taire :

« D'ailleurs, comment pourrait-il en être autrement ? »

Et voici Paolina, l'institutrice de Claudia. A côté d'elle, je reconnais Francesco, Nilowfer et Alex, plus une gamine que je ne me souviens pas avoir déjà vue. Derrière, dans la pénombre de l'entrée, s'entassent tous les autres, et parmi eux j'imagine aussi nos deux filles qu'on ne voit pas encore.

« C'est notre tour », dit la mère de Benedetta en affichant à nouveau un sourire d'une luminosité laiteuse. Nous traversons la rue qui, de toute façon, est bloquée par tous ces parents qui s'attardent à bavarder et s'organiser après avoir récupéré leurs enfants, et parmi eux revoici les deux amis d'enfance tenant deux petits garçons par la main et discutant avec une maman jeune et belle. La circulation est paralysée et la queue des voitures est retenue par l'agent comme si, sans son intervention, les véhicules allaient foncer sur la foule et faire un massacre. Et nous n'y coupons pas : nous aussi, ayant rejoint le groupe, nous immisçons dans l'espace inexistant entre deux personnes pour atteindre le premier rang comme des gamins excités et comme nous ne le ferions jamais dans une queue à la poste ou au supermarché. « Pardon, pardon… » Personne ne proteste.

Quand nous regardons à nouveau vers l'entrée, Claudia et Benedetta sont là, à côté de Paolina. Claudia me remarque tout de suite, elle sourit et mon blues augmente ; puis elle donne un coup de coude à sa copine qui cherchait de l'autre côté pour lui montrer sa mère. Il ne nous reste plus qu'à nous manifester à l'attention de l'institutrice et l'affaire sera entendue. Je lève moi aussi la main, je fais mon offre : Paolina me voit, acquiesce et indique à Claudia qu'elle peut me rejoindre. Adjugée.

« Comment ça s'est passé, petite fleur ?

— Bien », répond-elle, et tel semble être le cas en effet. Elle est souriante, détendue, tranquille. Mon blues se dissipe.

« Qu'avez-vous fait ?

— Alors au revoir, Pietro, nous interrompt la mère de Benedetta qui semble pressée.

— A demain. » Puis je caresse les cheveux de sa fille.

« Comme tu es bronzée, Benedetta. Tu es toute jolie. »

La petite sourit, lance un mystérieux regard de complicité à Claudia et s'éloigne avec sa mère. Laquelle toutefois s'arrête après un pas et se retourne vers moi.

« Sans façons, d'accord ? répète-t-elle. Tu ne te gênes pas.

— Mais bien sûr. »

Puis c'est un enchaînement de salutations et formules de politesse échangées au vol avec d'autres parents de camarades de Claudia, dont il me faut plusieurs minutes pour me dégager. Claudia reste à côté de moi, bien sage, et son calme m'aide à ne pas m'énerver, parce que tout ce que je veux, c'est rester seul avec elle. Elle ne s'est pas aperçue que je n'ai pas bougé d'ici de toute la journée, j'en suis presque sûr, mais le clin d'œil qu'elle a échangé avec Benedetta m'a redonné le blues parce qu'il pourrait signifier qu'au contraire elle s'en est aperçue et qu'elle l'a dit à sa copine et qu'ensemble elles ont mis au point une stratégie pour s'en amuser…

Puis, quand Paolina aussi nous a dit au revoir, nous pouvons enfin nous glisser dans la voiture.

« Alors, dis-je avant même de mettre le contact, qu'avez-vous fait ? »

Mon téléphone portable se met à sonner, mais je ne réponds pas. Et je ne regarde pas davantage l'écran pour voir qui appelle. Claudia marque un temps, en tortillant sa tresse. Puis elle prend sa respiration, comme pour parler, mais ne dit rien.

C'est ça ? Elle m'a vu, et ne sait pas comment me le dire ?

« Qu'y a-t-il, petite fleur ? lui dis-je en souriant.

— Ta bête te bat », déclare-t-elle en me regardant dans les yeux.

Je mets le contact, histoire de faire quelque chose. Je sens son regard rivé sur moi tandis qu'une lueur amusée traverse ses yeux. Mon portable recommence à sonner, je l'éteins. Ta bête te bat.

« Je ne vois pas », dois-je admettre.

Claudia semble en éprouver de la satisfaction, elle hoche imperceptiblement la tête de haut en bas, en baissant les yeux. Quand, à vingt ans, elle fera le même geste, elle sera superbe.

« On a fait les palindromes. Tu sais, ce qui se lit pareil à l'endroit et à l'envers. »

Pendant ce temps, je sors de mon stationnement et je roule au pas à travers ce qui reste de grouillement parental en voie de dispersion.

« Ta bête te bat peut se lire à l'envers, ajoute-t-elle. Essaie… »

J'essaie et, un sourire niais plaqué sur le visage, je parcours à l'envers cette phrase loufoque : Tab êt eteb at.

« Ça marche… »

Et je me souviens d'une devinette palindrome en anglais que j'avais apprise à Harvard quand j'étais étudiant : able I was ere saw I Elba. Je fus habile tant que je ne vis pas Elbe. Napoléon. A l'époque, cette phrase me frappa parce que c'était un palindrome qui avait un sens. Mais ta bête te bat est beaucoup mieux, justement parce qu'elle *n'a pas* de sens – et pourtant, à la différence de l'autre, elle paraît naturelle.

« Super, dis-je. Et pourquoi avez-vous parlé des palindromes ?

— La maîtresse nous a expliqué la réversibilité.

— La réversibilité. Pas mal. Et que vous a-t-elle expliqué ?

— Elle nous a dit qu'en mathématiques certaines opérations sont réversibles et d'autres irréversibles. Et puis, elle nous a dit que c'était pareil dans la vie. Et que, si on peut choisir, il vaut bien mieux faire des choses réversibles.

— C'est sûr. Elle vous a donné des exemples de choses réversibles dans la vie ?

— Non.

— Mais toi, tu as dû y réfléchir, j'imagine. »

Claudia hoche affirmativement la tête.

« Mm…

— Du genre ? Dis-moi une chose réversible qu'on fait dans la vie.

— Se marier.

— Quoi ?

— Ben, il y a le divorce. La maîtresse nous a dit que les choses réversibles sont toutes celles où l'on peut revenir en arrière. »

Et elle sourit. Incroyable. Sa mère et moi devions nous marier il y a dix jours ; nous avions décidé, puisque Lara n'avait plus ses parents, qu'elle arriverait à la mairie accompagnée par Claudia ; nous lui avions acheté une robe magnifique et elle bouillait d'impatience de la porter, mais sa mère est morte sous ses yeux et jamais elle ne portera cette robe… Cette enfant est suspendue à un fil, mais elle aborde des sujets de ce genre, avec le sourire par-dessus le marché. Et moi maintenant, que puis-je lui dire ?

« En effet. »

Il y a beaucoup de circulation. Nous avançons lentement dans le flot des voitures, vitres baissées, ce qui annule l'effet de la climatisation. Le vent agite les cheveux de Claudia et met en valeur leur beauté et leur brillant. Seule sa petite tresse est restée immobile de côté, le long de sa tempe. Que puis-je dire ? Comment changer de sujet avant qu'on arrive aux choses qui, en revanche, sont *irréversibles* ?

« Tu sais quoi, petite fleur ? J'ai oublié comment s'appelle la maman de Benedetta. Barbara ou Beatrice ?

— Barbara. » Puis elle ajoute sur un ton batailleur : « Mais pourquoi tu la gênes ?

— Je la gêne ? Ah... Ah non ! petite fleur, c'est une façon de parler, à propos d'autre chose, dont nous discutions avant que... »

Voilà. A propos de ce qui trouble les enfants et de ce qui ne les trouble pas.

5

Encore une journée estivale. Encore en avance à l'école…

Pour nous distraire, Claudia et moi avons joué à « Malheureusement » avec le GPS : nous avons entré comme destination l'adresse de l'école, puis nous avons à chaque fois désobéi aux ordres de la voix féminine – froide, péremptoire et fort antipathique – qui nous indiquait le trajet le plus court : « Tournez à droite, MAINTENANT », disait la voix, mais je lui répondais « *Malheureusement*, je n'en ai pas envie », et je continuais tout droit ; le GPS s'embrouillait, recalculait le trajet et Claudia riait. Puis quand tout était rétabli, la voix féminine reprenait : « Dans cent mètres, tournez à gauche » ; je répliquais : « *Malheureusement*, ça va être difficile » ; la voix insistait : « Tournez à gauche MAINTENANT ! » et c'était Claudia, pendant que je tournais à droite, qui disait au navigateur : « *Malheureusement*, nous avons tourné à droite » ; de nouveau le navigateur perdait les pédales et recalculait le parcours de fond en comble, pendant que nous éclations de rire. Car le contraste est comique entre le ton péremptoire de ses ordres et la soumission ovine avec laquelle, une fois les ordres transgressés, l'ordinateur se remet à recalculer notre chemin sans protester : une espèce de patience digitale obtuse qui ridiculise la voix intransigeante chargée de lancer ces injonctions ; le comique désespéré des machines qui répètent de façon obtuse, toujours et à jamais, les mêmes choses, sans autre solution ni salut possible que de tomber en panne. Un comique que les enfants connaissent bien et c'est pour cela qu'ils s'amusent à casser les objets : parce qu'ils ont un talent naturel pour trouver les points faibles de tout mécanisme et autant de férocité que les machines dans la répétition. Claudia ne se serait jamais lassée de faire tourner en bourrique le navigateur, et ses éclats de rire cristallins ont été un antidote puissant au malaise que les embouteillages essayaient d'introduire dans ma journée. C'est pourquoi, tout en rallongeant le chemin – et donc le temps passé dans les embouteillages – pour désobéir au navigateur, nous sommes arrivés à l'école tout contents ; et comme, sous prétexte de prendre notre petit déjeuner au bar (mais en réalité parce que nous étions déjà prêts pour sortir tous les deux à sept heures et quart), nous étions partis de la maison très tôt, nous sommes quand même arrivés en avance. De nouveau, comme hier, nous avons trouvé une superplace pour nous garer, et de nouveau, comme hier, nous avons vu arriver un à un tous les autres dans le hall de l'école. Ce qui m'a exposé, pendant que Claudia bavardait avec ses camarades, à de nouveaux assauts de disponibilité de la part des parents qui hier étaient restés en retrait parce que moins proches ou presque inconnus – des mamans surtout, vu qu'au deuxième jour d'école les pères ont presque tous disparu. Ce sont des gens de bonne volonté dont la participation à mon deuil est sincère et qui se sont rajoutés à la longue liste des personnes sur qui je pourrais compter en cas de besoin – même s'il m'est très difficile de m'imaginer leur demandant de l'aide. Ils savent très bien, du reste, que je ne les appellerai jamais ; mais ils ont fait le geste, et je l'ai apprécié. Sauf qu'avec tout ça le temps a volé et que la cloche vient de sonner, me prenant par surprise ; Claudia m'a fait un bisou, elle s'est éloignée dans le couloir avec Benedetta, et aussitôt le blues est revenu me nouer la gorge. Et maintenant ce que je devrais faire (sourire et la regarder disparaître avec ses camarades) me semble honteusement inapproprié.

« Claudia ! » A mon cri, elle s'arrête. Je lui fais signe de revenir vers moi, et elle s'approche. Sa copine Benedetta s'est arrêtée aussi, mais elle ne la suit pas, tandis que la mère, Barbara, m'observe et que je lui souris. Et la voici, Claudia, avec l'air interrogateur de quelqu'un qui attend Dieu sait quoi. Pourquoi l'ai-je rappelée ? Je me penche et je l'embrasse sur le front mais il est évident que ça ne suffit pas à justifier mon élan. Pourquoi l'ai-je rappelée ?

Je m'entends lui murmurer :

« Hier, je suis resté pour de bon toute la journée dehors devant l'école, petite fleur. »

Elle écarquille les yeux.

Hé oui. Mais ce n'est pas encore suffisant. Mon blues n'a pas disparu.

« Tu sais quoi ? Je resterai aujourd'hui aussi. Toute la journée. Jusqu'à ce que tu sortes. Ici, devant l'école. »

Maintenant, c'est suffisant. Claudia reçoit la nouvelle avec élégance, sans se laisser désarçonner, mais son expression est étonnée, agréablement étonnée. Elle se tourne vers sa copine qui l'attend au milieu du couloir. Puis elle me regarde à nouveau.

Étonnée.

Je reprends, toujours à mi-voix :

« Alors, pendant la récréation, tu peux jeter un coup d'œil par la fenêtre. Je serai là. »

Je lui donne un autre baiser sur le front et je me relève. J'ai lu quelque part que les parents européens, à la différence des parents américains, ne prennent jamais la précaution de se pencher quand ils parlent à leurs enfants : je ne sais pas si c'est vrai, mais pour ma part, je me suis toujours penché pour parler à ma fille. Un geste spontané. Claudia lève la tête et ne dit rien, mais elle me caresse la main d'une façon si délicate, alanguie et parfaite que cette caresse à elle seule vaut tous les mots qu'elle n'a pas prononcés. Puis elle tourne les talons, rejoint Benedetta pour se laisser happer avec elle par le ventre sombre du grand corridor désormais vide.

Voilà qui est fait. Voilà ce qui m'a réveillé si tôt ce matin ; voilà ce que j'avais en tête. Rester aujourd'hui aussi devant l'école. Et plus trace de blues.

Barbara et la mère de Nilowfer (elle est égyptienne, je ne me souviens pas de son nom) m'invitent à prendre un café au bar et j'accepte. Nous parlons de nos filles comme si de rien n'était, et c'est tout autre chose que de s'entendre assurer de compréhension et de disponibilité : Nilowfer a eu une méchante otite qui lui a gâché ses vacances ; Benedetta a écrit sur son agenda neuf : « Je veux être dure, sexy et méchante » ; ce genre de choses. Je raconte un épisode avec le cousin de Claudia, Giovanni, qui est venu cet été chez nous à la mer avec sa maman et son petit frère et a gravé au fronton des siècles la plus belle menace que j'aie jamais entendue. J'explique qu'il est plus menu que Claudia bien qu'ils aient le même âge et qu'il a toujours été sous sa coupe parce que avec lui elle se montre (ou je devrais peut-être dire se montrait : allez savoir comment elle va se comporter dorénavant) un peu despotique. Je raconte qu'un matin il est arrivé sur la plage avec un masque tout beau tout neuf que sa mère venait de lui acheter ; il savait très bien que Claudia le lui prendrait aussitôt pour s'en servir la première, comme c'était le cas avec presque tous ses jouets, mais cette fois, il avait décidé de tenir bon et il s'était préparé, il s'est avancé avec courage, poisseux de crème, fluet, gracile, *inférieur*, serrant son masque dans ses mains ; et quand il est arrivé devant ma fille, laquelle avait déjà lorgné le masque et allait le lui arracher sans autre forme de procès car désormais entre eux c'était ainsi, elle dominait et lui subissait, et il avait accepté cet état de fait depuis si longtemps que c'était devenu tout naturel – à ce moment-là, très probablement le dernier où le masque allait encore rester entre ses mains, il a proféré la première menace de toute son existence : « Fais gaffe avec moi parce que *je suis gentil* ! » Voilà ce qu'il a dit. Avec Claudia, ça n'a servi à rien, ça a juste provoqué une légère hésitation avant le geste inéluctable, qui est arrivé de toute façon – prévu, féroce, innocent – et le masque a en effet changé de mains ; mais à mes yeux, à ceux de sa mère, de Lara, et maintenant aussi de ces deux autres mamans qui, je m'en aperçois, sont épatées, c'est-à-dire aux yeux des adultes, ce petit garçon est devenu tout à coup un héros romantique, et sa phrase une espèce de manifeste des perdants.

Nous revenons devant l'école, et tandis que nous nous disons au revoir, je vois passer à côté de ma voiture l'enfant trisomique d'hier, tenant sa mère par la main ; j'actionne aussitôt la télécommande – bip – et il sourit, satisfait, car il s'y attendait, mais cette fois encore, sa mère ne remarque rien et le tire derrière elle, sans l'écouter. Barbara et la mère de Nilowfer ne le remarquent pas davantage, elles ont vu mon geste mais elles le prennent pour ce qu'il semble être : je vais aller au bureau et je déverrouille ma voiture ; et le plus beau, c'est qu'aujourd'hui non plus l'enfant ne me remarque pas et donc, de fait, il s'agit d'une question réservée, excitante et secrète entre lui et une voiture noire. Entraîné par sa mère, il entre à contrecœur dans le même hall qu'hier, et la première chose que je fais, dès que je suis seul, est de pousser jusque-là pour essayer de comprendre où il peut aller, tous les matins à cette heure. Sur le tableau se trouvent douze sonnettes, plus trois plaques élégantes, en cuivre, de cabinets d'avocats et une en plexiglas, moins cérémonieuse, qui annonce un cabinet de kinésithérapie, au rez-de-chaussée. Voilà où il va…

Je reviens à la voiture et j'appelle Annalisa, au bureau. Annalisa, aujourd'hui aussi, je reste devant l'école. Pause. Annule mes rendez-vous, bascule les appels sur mon portable, viens ici m'apporter les papiers à signer car il fait un temps magnifique. Pause. Je lui donne l'adresse. A tout à l'heure. Stop. Histoire de la déstabiliser un peu ; qu'elle s'approche d'Emanuela, la secrétaire de Piquet qui occupe le bureau voisin, derrière la demi-cloison, dans cette espèce de plateau ouvert du pauvre voulu par les Australiens quand ils ont acheté notre entreprise il y a des années, et que les Français, l'année dernière à leur arrivée, ont décidé de démanteler mais sans être encore passés à l'acte ; qu'elle aille lui dire, à voix basse, « Paladini reste aujourd'hui aussi devant l'école de sa fille » ; qu'elle arbore ses expressions incrédules : je peux le faire, nom de nom. Je suis directeur, je ne dois pas pointer. Tant qu'on ne me licenciera pas, c'est moi qui déciderai où je travaille, et si l'on me licencie, ce sera à cause de la fusion, et pas du tout parce que j'ai passé deux journées ici.

Je regarde à nouveau en l'air, la grande fenêtre au deuxième étage, la troisième en partant de la gauche. Neuf heures cinq. Je me demande si Claudia a déjà regardé dehors, sans me voir puisque j'étais au bar. Mais si elle ne m'a pas vu, elle a de toute façon vu notre voiture et, dès qu'elle le pourra, elle regardera à nouveau. Je me sens tranquille à cet égard : Claudia me fait confiance. Cette fois, je le lui ai dit d'un air sérieux et elle m'a cru. Je regarde à la ronde, appuyé contre la voiture : l'agent de police, le Pakistanais qui lave les pare-brise, les moineaux qui pépient, quelques voitures, quelques passants, deux jeunes qui s'embrassent sur un banc dans le square. Comme hier, la tranquillité surprenante, bucolique de ce coin du monde me rassure, même si en moi, je continue à percevoir un tumulte, ou plutôt l'écho d'un tumulte : une espèce d'agitation lointaine, mais pas très lointaine, comme semble lointain, mais pas très lointain, le bruit de la circulation, en contrebas, qui arrive atténué, adouci, mais arrive tout de même. Calme chaos : comme chez tous les parents hier après-midi à la sortie de l'école, comme à chaque moment dans l'âme de tous les enfants du monde. Sauf que maintenant je le pense

pour moi, pour cette situation de flottement qui continue à me sauver de la souffrance à laquelle tout le
monde, sans exception, m'imagine en proie, alors que
ce n'est pas encore le cas. C'est un calme chaos, ce
qui m'habite. Un calme chaos.

Les deux jeunes gens sur le banc continuent à
s'embrasser béatement. A quelle heure est la récréation ?

6

Liste des filles que j'ai embrassées :
Lara, Caterina, Patrizia, Silvia, Michela, la campeuse française, la campeuse allemande, Giuditta, Laura, Lucia, Gabriella, Cristina, Marina, Luisa, Betty, Antonella, Monica, Nicoletta, Amelia, la fille de Cagliari, Paola, Beatrice, Daria, Leopoldina, Sonia, la biothérapeute amie de Sonia, Barbara, Eva, Silvia 2, Antonella 2, Eleonora, Isabelle, l'Allemande de Paris, Alessandra, Marcella, Daniela, Isabella, Carmen, Laura 2, Annalisa, Marta, Angelica, Betta, Maria Grazia, Mia, Claudia, Phil, Patty, Sandra, Chiara, Patricia, Valentina.

Cinquante-deux. J'ai embrassé cinquante-deux filles. Filles, pas femmes, parce qu'elles sont presque toutes antérieures à Lara, quand j'étais jeune. Presque toutes. Je n'ai pas été complètement fidèle à Lara, non ; ce serait beau maintenant de pouvoir dire que je ne l'ai jamais trompée, que je n'avais jamais ne serait-ce qu'embrassé une autre pendant que j'étais avec elle, mais ce n'est pas le cas. Je l'ai trompée. Combien de fois, c'est sans importance – de toute façon, très peu – du reste maintenant, que je l'ai trompée n'a plus d'importance. Maintenant, ce qui compte, c'est qu'une liste obtenue en m'immergeant dans ma mémoire ne m'ait pas noué les tripes. Je n'ai pas souffert quand je l'ai dressée et je ne souffre pas maintenant que je la relis et que je recompte ces prénoms. Cinquante-deux. Combien l'agent de police en aura-t-il embrassé ? Et le Pakistanais laveur de pare-brise ?

Pourtant, malgré l'effort fourni pour les repêcher dans mon passé – et le risque, ce faisant, d'écoper du coup sur la tête – ces baisers, comme Lara, ne sont plus. Ces baisers ne sont plus des baisers. Ils ne sont rien. Autour de la plupart d'entre eux, il n'y a même plus le souvenir d'un baiser. Ils ont existé et, même si maintenant je n'ai pas envie de m'en souvenir, pendant que j'embrassais chacune de ces filles, j'étais peut-être tout ému, le cœur battant, et j'étais bien : et pourtant, il n'en est rien resté, rien, sauf l'autorité de ce nombre qui maintenant les regroupe et, dans le court espace de ses quatre syllabes, les réveille tous ensemble, tous autant qu'ils sont, donnant l'impression d'une vie débordant d'amour et de passion. Alors je le garde précieusement même si au fond il n'est rien, lui non plus. Ça reste un nombre élevé, de privilégié. Ça reste une chose dont on peut se vanter, assis au comptoir d'un bar de Lorenteggio, à deux heures du matin, ivre, alors qu'on essaie de retenir encore l'autre client attardé qui règle son ardoise. « Tu sais quoi, mon pote ? J'ai embrassé cinquante-deux filles. — Super ! Tu me laisses partir maintenant ? »

« Pietro ! »

Jean-Claude. Je le reconnais avant même de me retourner et de le voir – et de m'étonner surtout qu'il soit venu ici, et à cette heure matinale qui plus est, lui qui n'arrive jamais au bureau avant onze heures ; je le reconnais à son *r* guttural et à cette voix rauque qui n'est qu'à lui. Puis, tout de suite après, je me retourne et je le vois. Jean-Claude.

Il vient à ma rencontre en souriant, il marche sans hâte, en bras de chemise. Derrière lui, l'Alfa grise présidentielle, garée le long du square, avec Lino, le chauffeur, assis au volant. Étrange vision que cet homme, un des plus puissants que je connaisse – et parmi eux, assurément le plus brillant, le plus génial, le plus indépendant –, qui vient à ma rencontre en souriant, devant l'école de ma fille. Pourquoi est-il venu ? C'est mon chef, après tout. Il peut m'ordonner de retourner au bureau. Il peut me licencier. Je referme le carnet où j'ai noté la liste des filles embrassées et je le jette furtivement dans ma voiture, avec la crainte soudaine de m'attirer des reproches.

Nous nous serrons la main. Comment ça va, temps splendide, l'été dure cette année, il faudrait être à la mer… Il m'a déjà présenté ses condoléances, à plusieurs reprises, il est venu à l'enterrement, il a envoyé une couronne de fleurs magnifique, c'est lui qui m'a dit de prendre tout mon temps et de ne revenir au bureau que lorsque l'urgence sera passée.

« C'est beau, ici », dit-il en regardant autour de lui. Puis il contemple l'édifice austère de l'école. « C'est là ?

— Oui. La classe de Claudia est là-haut, la troisième fenêtre à partir de la gauche », et je la lui montre.

Jean-Claude lève le regard et scrute la haute fenêtre ; non, il n'est pas venu me ramener au bureau. Moi, c'est lui que je scrute, sa barbe d'illuminé, longue et effilochée comme celle de Ben Laden. C'est un élément violemment incongru de sa physionomie, une espèce de défi aux conventions du monde sur lequel il règne. Un affront criant à tout l'Occident, dirait-on, qui, de prime abord, vous déconcerte, provoquant une méfiance instinctive, et tout de suite après vous oblige à dénicher vous-même chez lui, pour vous rassurer, tous les agréments qui l'accompagnent : la beauté tranchante de ses traits, le bleu ferme de son regard dominateur, la grâce internationale de ses gestes, le raffinement de ses vêtements sur mesure, la recherche dans les détails comme son alliance tantrique – il est marié avec une Indienne – ou la montre d'époque qu'il porte au poignet. Une à une, vous puisez ces qualités dans sa barbe de taliban et au même moment, vous vous dites que vous êtes bien conformiste et bourré de préjugés s'il suffit d'une barbe hors du commun pour vous inspirer de la méfiance quand, au contraire, vous avez devant vous une personne noble et rare : et si quelqu'un vous oblige à une telle démarche, il vous a déjà conquis.

« C'est elle, ta fille ? » Je lève les yeux et je vois une petite tête qui dépasse du rebord de la fenêtre entre les battants soudain ouverts. Boum, boum, mon cœur bondit dans ma poitrine : oui, c'est Claudia, même si on reconnaît difficilement à une telle hauteur et dans l'ombre, sa tête si petite sous la masse archaïque de la grande fenêtre.

« Oui. »

Oui, c'est Claudia, elle me fait coucou de la main. Boum, boum. Moi aussi, j'agite la main. Elle sourit sûrement, même si d'ici on ne peut pas le voir, et ce sourire que je ne vois pas, me bouleverse. Je suis encore faible, très faible, s'il m'en faut aussi peu pour être bouleversé : non, Jean-Claude, l'urgence n'est pas passée. Lui aussi lui fait signe. Cet été, quand il est venu nous voir à la mer avec sa femme, il lui a offert un superbe canot.

« Mon père était pilote de chasse, dit-il, et peut-être, agent secret. Il était toujours par monts et par vaux. Il n'est jamais venu me chercher à l'école, pas une seule fois. »

En italien, son accent français adoucit beaucoup la rudesse de sa voix marseillaise, la rend délicate. C'est aussi un agrément. Claudia est toujours à la fenêtre, et maintenant à côté d'elle, il y a une autre fillette, que d'ici je ne reconnais pas. Je regarde l'heure : dix heures trente-cinq. Donc la récréation doit être à dix heures et demie. Nous échangeons à nouveau un coucou.

« Comment va-t-elle ? me demande Jean-Claude.

— Bien. Je ne comprends pas comment elle fait, mais elle va bien.

— Ah, Annalisa m'a donné des papiers que tu dois signer. Ils sont dans ma voiture. »

J'ai envie de rire car la vie est un véritable mystère. On croit connaître les gens et puis il arrive des choses qui, à ce qu'on croit savoir, sont tout bonnement impossibles. Comment les choses se sont-elles passées ? Où Annalisa a-t-elle trouvé le culot de confier au président, vu qu'il venait ici, la paperasse que j'avais à signer ?

« Ils m'ont retiré l'avion », fait Jean-Claude, en estropiant le mot italien pour « avion ». C'est le seul défaut de son italien, il ne parvient pas à dire *aereo*, il dit *aero*.

Je le regarde : il sourit, mais il est clair qu'il vient de dire une chose terrible. La brise absurde qui continue à souffler, comme si nous n'étions pas à Milan, mais à Smyrne, ou à Rhodes, ou à Tanger, agite ses cheveux et la pointe de sa barbe.

« Comment ça, retiré ?

— Une décision de Paris. Je ne peux plus utiliser l'avion de la société. »

Claudia là-haut m'envoie le dernier coucou, puis disparaît et la fenêtre se referme. Dans le square, il n'y a plus personne, le petit couple qui se bécotait a disparu, les bancs sont vides.

« On va s'asseoir là-bas ? » Jean-Claude acquiesce. Nous passons devant sa voiture où Lino est plongé dans la lecture de la *Gazzetta dello Sport*. Il lève les yeux de son journal, me voit, me salue, reprend sa lecture. C'est un excellent chauffeur. Et un supporter de la Juventus.

Sur le banc, Jean-Claude allume une Gitane, puis s'adosse et inspire une profonde bouffée. J'allume une cigarette moi aussi. Le vent apporte je ne sais d'où, au loin, une musique qui ressemble, oui, c'est *Cucurrucucú Paloma*.

« Pourquoi on te l'a retiré ? »

Jean-Claude a un petit rire.

« Restrictions budgétaires… »

Ay, ay, ay, ay, ay, cantaba…

« Tu sais ce que ça signifie ? ajoute-t-il.

— Je ne crois pas.

— Ça signifie que je suis out. »

De pasión mortal, moría…

« Out : tu exagères un peu. Au fond, ce n'est qu'un avion… »

Je dis ça comme ça, histoire de répondre, sans me rendre compte que c'est absurde. Des gens comme Jean-Claude sont allés trop haut, ils ont franchi depuis trop longtemps le mur de la vie aisée et bourgeoise dont ils auraient pu se contenter, pour ne pas souffrir atrocement et en toute sincérité, à l'idée de devoir après des années faire la queue pour enregistrer à l'aéroport. Pour obscène que cela puisse paraître, comparé aux motifs de souffrance d'autres personnes, Jean-Claude, là, souffre comme une bête : il souffre parce que le sens de cette décision est clair, et alors demain, on pourrait lui intimer de couper sa barbe avant de participer au prochain conseil d'administration ; mais surtout, il souffre parce qu'il s'était habitué à voyager dans un *aero* privé, et il adorait y emmener des gens, le piloter même par moments, pendant que le commandant assis à côté de lui le complimentait – il l'a fait les deux fois où il m'a emmené –, et maintenant qu'il m'a dit que son père était pilote, ce geste revêt une signification beaucoup plus profonde, bien sûr ; et même si ce n'était pas le cas – mais au bout du compte, c'est toujours le cas, il y a toujours un père derrière les satisfactions que les hommes trouvent dans la vie –, même s'il ne s'était agi que d'un super-jouet pour super-cadre, comme je le croyais, le lui enlever d'un coup, hop, quand il était désormais convaincu que cet avion lui appartenait, a dû engendrer en lui la même souffrance folle et insupportable qu'éprouve mon neveu Giovanni quand Claudia lui arrache sa Game-boy des mains. A la différence qu'un gagnant comme Jean-Claude ne peut même pas envoyer un fax à Paris en rétorquant : « Faites gaffe avec moi parce que je suis gentil ! »

Cucurrucucù, Paloma…

« C'est vrai, ce n'est qu'un avion. Et tu sais qui a signé la notification ?

— Thierry ?

— Bravo. »

Cucurrucucù, no llores…

« De toute façon, c'était lui qui devait signer, non ?

— Non. Il pouvait laisser Boesson signer. Il aurait pu même ne rien en savoir… » Il inspire une profonde bouffée de Gitane, puis rejette la fumée tout doucement et ajoute :

« Il a trahi.

— Mais vous n'étiez pas déjà en bisbille, Thierry et toi ? Tu ne t'y attendais pas d'une certaine façon ? »

Au lieu de répondre, Jean-Claude sourit, fixe un instant ce qui reste de sa cigarette comme pour évaluer s'il en prend une dernière bouffée, puis il la jette.

Silence…

De pasión mortal, moría…

Tiziana. Mais oui. Elle était plus âgée que moi. Un soir, nous nous embrassions sur son lit quand elle avait reçu un coup de téléphone et avait dû se précipiter chez sa fille qui ne se sentait pas bien. Cinquante-trois.

« Il a trahi… » répète Jean-Claude.

7

Nous avions fait un pacte, Pietro. Un pacte secret.
Car Thierry était contraire à la fusion, comme moi,
dès le début, dès que Boesson avait commencé à en
parler. Thierry aussi avait tout de suite compris que
se jouaient là notre passé, notre passion, notre liberté,
tout. C'était il y a un an, vois-tu. Nous sommes allés
dîner ensemble, chez Toni, à Venise, aux Vignole
– parce que j'étais là-bas, pour le Festival du cinéma.
Nous sommes partis dîner tous les deux, en cachette,
sans rien dire à personne. C'était mon anniversaire de
mariage et Élégance m'accompagnait, nous devions
dîner tous les deux, elle et moi, à cette occasion ; mais
Thierry m'a téléphoné de Paris et m'a dit dans deux
heures je suis chez Toni, viens seul, ne le dis à personne, il faut qu'on parle, c'est très important... Et
j'ai compris qu'il s'était passé quelque chose de grave,
car ce jour-là à Paris, s'était tenu un conseil d'administration auquel je n'étais pas allé. J'ai dit à Ely que
notre dîner était repoussé au lendemain et je suis sorti
sans l'informer pour Thierry. Parce que entre nous
c'était ainsi : pour moi, il passait avant tout, comme
moi je passais avant tout pour lui. Et tandis que je
l'attendais attablé chez Toni, sous les arbres, et buvant

leur vin blanc pétillant, et regardant Venise se découper sur le ciel le plus rouge que j'avais jamais vu de ma vie, Afrique comprise, j'étais ému, Pietro : ému et heureux. Je pensais à tout ce que nous avions fait ensemble, Thierry et moi, à toutes ces victoires impossibles remportées contre toute prévision, contre toute logique, depuis le moment où on nous avait appelés, avec mépris, *les outsiders* ; et je pensais que ma vie était belle si mon meilleur ami s'apprêtait à me rejoindre pour me parler d'une chose très importante ; comprends-moi : très importante pas seulement pour nous deux, très importante vraiment, pour l'économie du pays, pour la Bourse, pour la politique ; quelque chose qui ferait la une des journaux. Qu'y avait-il là de particulier, me demandais-je, pour rendre ma vie si belle ? Le monde est plein de cadres haut placés qui dînent ensemble pour décider de choses très importantes. Qu'y avait-il d'unique dans mon cas ? L'amitié, Pietro. Aucun de ces cadres n'est *l'ami* de celui qui est assis en face de lui. Bien au contraire : souvent, il le déteste. Et alors, pendant leur dîner, il ne boit pas, il ne regarde pas le paysage, il ne mange pas, il fait semblant. Il écoute, il doute, il calcule, il parle. C'est une machine. Il ne peut pas être en confiance, il ne peut pas se laisser aller, il ne doit rien éprouver : il doit se battre, là aussi, toujours. Et c'est ce qui lui gâche la vie. Tandis que moi, j'allais dîner avec mon ami et je pouvais savourer la brise nocturne et regarder le paysage et boire ce bon petit vin en l'attendant, lui et sa chose très importante, et ma vie était belle.

Puis il est arrivé, il était dans tous ses états, il avait même sniffé je crois car ça lui arrive encore de temps en temps, bref, et tout de suite, tu comprends, tout de suite, il m'a dit que nous devions empêcher la fusion. Il m'a dit ça avant même de m'informer que Boesson cet après-midi-là avait parlé d'une fusion avec les Américains ; il a dit : « Jean-Claude, la fusion, jamais », et j'ai dû lui demander : « Quelle fusion ? » car jusque-là, personne ne pouvait imaginer que Boesson était à ce point mégalo. Thierry était sincère, ce soir-là ; il était remonté, exalté, sincère...

Il n'a eu aucun mal à me convaincre : je déteste Boesson, je déteste tous les énarques, et je déteste aussi les Américains, ce n'était pas difficile. Et nous avons passé notre pacte. Ou nous l'empêchions, ou tous les deux, Pietro, *tous les deux*, nous partions fendre du bois devant nos chalets d'Aspen. D'ailleurs à nous deux, nous pouvions l'empêcher : il avait Paris, j'avais l'international et l'Italie, nous étions numéro un et numéro deux. Avec la fusion, la seule société du groupe que Boesson entubait, c'était la nôtre. Pas les autres, car les autres n'avaient pas d'âme, comme presque toutes les sociétés du monde : de simples pompes à fric, pour pressurer les épargnants, pour générer de la valeur. La nôtre en revanche avait une âme et c'était notre âme qui ne pouvait en aucun cas fusionner avec rien. Boesson nous dédommagerait, pensez donc, et après la fusion, nous donnerait, que sais-je, la présidence de quelque multinationale de cosmétiques ou de boissons alcoolisées, ou bien il nous enverrait à Hollywood, ça devenait comique, enseigner le cinéma aux Américains... Mais alors notre âme se faisait entuber pour toujours. Alors, nous avons fait un pacte. Non à la fusion ! avons-nous dit et comme nous étions tous les deux un peu partis, moi à cause de ce vin et lui de sa coke colombienne, nous avons fait un pacte de sang. Imagine la scène : deux Français du baby-boom, attablés chez Toni, qui s'entaillent la paume avec un couteau de restaurant et puis mêlent leurs sangs en se serrant la main et en trinquant avec le petit vin de la maison ! Non à la fusion ! Voilà ce qui s'est passé. Tel a été notre pacte. Non à la fusion ! Mais il n'était pas prudent de la combattre d'emblée tous les deux et nous avons décidé qu'à partir de ce moment-là nous jouerions le jeu du bon et du méchant flic : lui, le bon – avec Boesson, s'entend – et moi le méchant. Donc je devais refuser la fusion dès le début, et je l'ai fait, je l'ai dit clair et net à tout le monde, en toute occasion, dans les interviews, dans les conseils d'administration, partout, tandis que lui au contraire devait se montrer plus ouvert et se charger de négocier. Depuis ce soir-là, nous avons commencé à nous opposer devant Boesson, et même en public : pas au point de nous faire la guerre, mais nous contredisant, désapprouvant, débattant. Pour donner l'impression à cet enfant de salaud que nous étions divisés, que *les outsiders avaient fait leur temps.* Mais c'était du flan, tu comprends, Pietro ? De la poudre aux yeux. En réalité, nous agissions tous les deux pour baiser Boesson. Nous savions, Pietro, qu'une fusion de cette dimension engendre un dieu très faible, à savoir Boesson, et une flopée de gens frustrés, humiliés, mis au rencard, transférés, licenciés ; nous savions qu'elle génère de la valeur en Bourse quand on l'annonce, mais qu'ensuite elle dessert et annule la qualité du travail fourni par les sociétés concernées, et qu'à la longue elle se transforme en échec pour tout le monde. Nous le savions parce que nous avions vu le scénario se dérouler et que nous en avions même souvent tiré profit.

Donc nous laissions croire que nous étions en désaccord – un désaccord qui toutefois ne devait jamais paraître irréductible – et entre-temps nous continuions à nous rencontrer en secret, à Milan, à Londres et surtout à Venise, pour faire le point sur la situation. Et tout allait bien car, comme prévu, après l'euphorie et les gros gains en Bourse qui avaient suivi l'annonce, quand les Américains s'étaient attaqués aux conditions, ça s'était soudain compliqué pour Boesson. En face de lui, il avait Steiner, tu comprends ? Un véritable requin, un *propriétaire*, au sens où Boesson n'est pas propriétaire de tout ce qu'il contrôle tandis que Steiner, oui, ce qu'il contrôle, il le possède. Et Boesson avait beau penser qu'il décrochait des conditions favorables – qu'il *gagnait* comme il disait, la fusion, et qu'il devenait Dieu –, il n'en restait pas moins qu'on pouvait le virer à tout moment, ce qui n'était pas le cas du requin. Au cours de ces dîners clandestins, quand tout le monde croyait que nous étions désormais brouillés et que nous n'avions plus cette force qui, quand nous étions unis, avait été la nôtre, Thierry et moi avions la victoire à portée de main : elle consistait à ne pas vouloir devenir encore plus gros, à ne pas vouloir devenir encore plus riches, à ne pas vouloir grimper encore plus haut, à vouloir rester comme nous étions, amis, riches, puissants et encore relativement petits. Nous étions dans le juste, Pietro, je ne sais pas si tu comprends. Cela n'arrive presque jamais dans ce monde : on se bat, on gagne ou on perd, mais on ne se sent jamais dans le juste au sens où il n'existe presque jamais – ou on prévaut, ou on succombe. Tandis que Thierry et moi, cette fois, nous étions dans le juste. Et ça nous faisait rire de penser qu'un beau jour Boesson, quand ça tournerait mal pour lui, et qu'un simple écueil politique ou un veto de l'Antitrust bloquerait la fusion, se sentirait encerclé, encerclé et vaincu. Ça nous faisait rire, Pietro, de penser au jour où le conseil d'administration retirerait son avion à Boesson par une notification signée de Thierry et qu'alors il comprendrait…

Ça a duré jusqu'au printemps dernier. Puis Thierry et moi avons commencé à ne plus nous voir. Une fois, c'était lui qui ne pouvait pas, une fois c'était moi, nos dîners clandestins ont cessé. Ça ne semblait pas grave, même si maintenant je me traite d'idiot de ne pas avoir tout de suite compris ce qui se passait. Moi, j'étais à Milan, bien tranquille, et je disais ce que je pensais vraiment, tandis que Thierry était tous les jours au contact de Boesson, et sa mégalomanie a dû le contaminer. A côtoyer un homme qui voulait se croire Dieu, il a fini par se prendre pour Dieu lui aussi : pas Dieu, peut-être, mais disons, *un* dieu ; un être qui transforme en juste tout ce qu'il fait. Et il ne m'en a informé que lorsqu'il a été sûr de ne plus pouvoir revenir en arrière ; et il ne me l'a pas dit en face, en privé ou même en conseil d'administration : il m'a retiré l'avion.

Maintenant, la fusion se fera à coup sûr. Moi qui ai toujours été contraire, je ne suis plus dans la course. Pour vous tous, s'ouvre une période paranoïaque, shakespearienne. Les têtes vont tomber, de tous côtés, d'autres éclateront toutes seules, tous auront leur occasion de trahir, et ceux qui ne trahiront pas seront trahis. Après avoir éloigné Thierry de moi, Boesson se débarrassera de lui et quand il sera resté seul, Steiner n'en fera qu'une bouchée, comme de tous ceux qui ont osé venir nager dans ses eaux. Et ainsi les Américains débarqueront-ils en Europe grâce au Français qui voulait débarquer en Amérique et à l'ex-outsider qui a vendu son âme. Il en ira ainsi, c'est comme si c'était écrit. Il faudra des mois, peut-être même des années, ce délai dépend de bien des facteurs imprévisibles, mais il en ira ainsi. C'est comme lorsqu'on prend une tasse de café bouillant et qu'on la laisse là, sur la table de la cuisine : on ne peut pas dire au bout de combien de temps, mais le moment arrivera à coup sûr où la température du café sera devenue la même que celle de la tasse, de la table et de toute la cuisine...

Je ne ferai plus rien dorénavant car en réalité quoi que je puisse faire, je leur faciliterais la tâche. Je resterai immobile, j'attendrai, je me montrerai, mais je serai comme ces étoiles qui sont déjà mortes et qui pourtant continuent à briller parce qu'elles sont très éloignées. Ma façon de travailler dorénavant sera de ne pas travailler. Ma façon de communiquer sera de ne pas communiquer. Fais pareil, Pietro. Reste ici. Restes-y le plus longtemps possible.

8

Et je l'ai fait. Je suis resté ici. Après tout, Jean-Claude est encore mon chef : même s'ils lui ont retiré l'*aero*, même si bientôt il sera éliminé, c'est encore mon chef. Alors, voilà comment je vois les choses : jusqu'au jour où sa tête barbue roulera sur les pages économiques des quotidiens, je ferai ce que me dit Jean-Claude. Il m'a dit « reste ici », et je l'ai fait. Je suis resté.

Depuis dix jours, je stationne ici de huit heures du matin à quatre heures et demie de l'après-midi, et je n'y trouve rien d'anormal. Ça me paraît naturel. J'ai l'impression de m'y trouver mieux que n'importe où ailleurs. Claudia est contente : un peu abasourdie, peut-être, mais contente ; elle ne se dissipe pas pendant la classe pour me regarder par la fenêtre, elle se contente d'y venir quand elle peut et de m'adresser un coucou de la main. Puis, quand elle sort, nous rentrons à la maison et nous n'en parlons même pas. Je le lui ai dit une fois, et ça a suffi : petite fleur, j'ai décidé de rester devant ton école un certain temps ; je fais ça pour moi, et Jean-Claude est d'accord. Elle a réfléchi un instant, en penchant la tête de côté, puis elle a dit « et s'il pleut ? ». S'il pleut, lui ai-je répondu, je resterai dans la voiture. J'ai tout ce qu'il faut pour y travailler. Elle a souri. Point. C'était il y a six jours.

Depuis deux jours en effet, il s'est mis à pleuvoir. L'été a brutalement pris fin, la température a baissé, l'aménité de ce coin du monde s'est comme dissipée. Mais pas pour moi. J'ai approvisionné en papier le fax de ma voiture, j'ai sorti des vêtements plus chauds, j'ai acheté un beau parapluie rouge et je suis resté devant l'école sous la pluie. J'ai observé les changements que le début de l'automne a apportés dans ces contrées et, alors que tout le monde accusait le coup, j'ai continué à me sentir bien. J'ai travaillé, pour le peu qu'on vous demande dans une entreprise désormais paralysée ; j'ai reçu des gens dans ma voiture, ou au café d'en face, et j'ai signé les contrats que je devais signer. Je répète : quand on le dit, ça peut paraître énorme, mais quand on le fait, ce n'est pas le cas. C'est une question entre ma fille et moi, et surtout entre moi et moi ; un désir que j'exauce tous les jours. Peu de fois dans ma vie, je me suis autant centré sur un de mes désirs et me suis senti aussi satisfait et – mais oui, je le dis – aussi *excité* en le réalisant : quitter la maison tous les matins avec la curiosité qu'on devrait toujours ressentir mais qu'en réalité on n'a jamais, de découvrir quelles seront les variations sur le thème qu'on a décidé de donner à sa journée : c'est une sensation très agréable qui, à elle seule, suffirait à me retenir ici. Si en plus, je la compare à ce que, vu la situation, je m'attendais à éprouver, je me sens rien moins que miraculé. Je devais souffrir : un énorme doigt s'était soudain pointé sur moi et une voix avait tonné : « Toi, Pietro Paladini ! Souffre ! » ; et en fait, je ne souffre pas, voilà, et je réussis à rester tout le temps avec ma fille, comme je le désire, et à me désintéresser du bordel quotidien où tous mes collègues usent leurs nerfs ; et je réussis à me souvenir, à compiler mes listes, à observer les gens dans la rue, à rentrer chez moi, à regarder la télé, à manger et à dormir comme avant ; et si ce n'est pas un miracle, on n'en est pas loin. Et je ne culpabilise pas pour autant. Mon épouse est morte et je ne souffre pas. Je ne sais pas combien de temps ça va durer, mais pour le moment, c'est ainsi : je ne souffre pas et je ne culpabilise pas.

Les réactions des autres. Non pas qu'elles aient une grosse importance, mais elles sont l'aspect le plus étonnant de la situation. Désormais, tout le monde est au courant, aussi parce que je ne le cache pas – et comment le pourrais-je : comment cacher le fait qu'on passe toute sa journée devant une école ? Les enseignants sont au courant, et les autres parents, les serveurs de bar, les marchands de journaux, les gardiens de la paix – celui du matin va jusqu'à me réserver une place où me garer : et leur réaction est un mélange de respect et de peine sans que personne néanmoins hasarde un commentaire, vu ma réserve, ni même en parle. Je reste ici de huit heures à quatre heures et demie, et pour ces gens c'est sans problème. Je me suis dit que c'est peut-être parce que pour eux je ne suis pas n'importe qui : je me suis soudain rendu compte qu'être le directeur d'une télévision privée à laquelle tout le monde est abonné, ou voudrait s'abonner, vous auréole de prestige ; et si, après la mort de votre femme, vous accomplissez un geste aussi insolite, mais à l'évidence inoffensif, que rester tous les jours devant l'école de votre fille, ce prestige compte aux yeux des autres. Bien sûr, ce n'est pas juste, et à une époque, moi aussi, comme tant d'autres, je me suis battu contre cet ordre des choses : mais ça fonctionne encore ainsi. Si c'est un homme assez riche et puissant, comme moi, qui agit ainsi, on accepte et on respecte ; s'il s'agit au contraire, disons, d'un manœuvre, il devient suspect. Je me trompe peut-être – ce serait bien, cela signifierait que nous ne nous sommes pas battus en vain – mais selon moi, c'est ainsi. Je le vois, je le sens : plus il s'agit de gens simples, et plus ils se sentent comme honorés que je reste ici. Les gens de passage ne sont pas un problème.

Quant aux amis et à la famille, il en va un peu différemment mais, en fin de compte, c'est encore plus surprenant. Avec eux, pas question de réserve, et ils en profitent, se sentant autorisés à demander, objecter, essayer de me dissuader. Mais leurs tentatives ne durent que quelques minutes. Qu'ils viennent ici ou qu'ils se limitent à me téléphoner, eux aussi au bout d'un moment acceptent que je reste toute la journée devant cette école. Étrange comme certaines choses sont simples, en fin de compte : ils acceptent, voilà tout. J'ai remarqué qu'ils commencent tous par me soupçonner d'être devenu fou et leur première approche est avant tout une vérification : aurais-je par hasard perdu la raison ? Mais je n'ai pas perdu la raison et en répondant à leurs questions, en leur disant la vérité, je le prouve. En restant ici, je ne fais rien de mal, je ne néglige pas mon travail ni ma personne, je ne me soustrais à aucune de mes responsabilités et je détiens même une espèce d'autorisation de mon chef – dont personne encore ne connaît le sombre avenir. Ils sont obligés d'accepter. Ces derniers jours, j'ai répété les mêmes paroles à toute une série de gens : à ma secrétaire, à mon frère, à ma belle-sœur Marta, à tante Jenny, à mes deux collègues Enoch et Piquet – même à mon père qui m'a téléphoné, de Suisse, pour me demander ce qu'il se passait. Mais une seule fois a suffi, jamais deux, puisque à l'évidence mes réponses ont dû les rassurer. Et même plus : j'ai l'impression qu'une fois rassurés ils m'ont envié, un peu comme tout le monde. Si j'ai eu cette impression, c'est que je les connais bien, et que je sais qu'aucun d'eux n'est heureux, même si je ne suis peut-être pas au courant de tous les aléas qui en réalité compliquent leur existence. Partant de la certitude que je souffre – mais il y a malentendu car je ne souffre pas –, m'imaginant avachi devant l'école de ma fille comme un clochard et me voyant en revanche jouir d'une paix et d'une lucidité tout à fait inattendues, ils doivent avoir pensé à la leur, de souffrance, et à cette façon de m'arrêter en un point précis du monde, comme à un choix heureux qui pourrait leur procurer un peu de paix à eux aussi, à condition d'avoir le courage de l'adopter ; quelque chose du genre « je m'arrête ici, continuez sans moi » qui n'est pas ce que j'ai fait mais ce que, eux, en revanche voudraient faire – sans le pouvoir. Envié, dans ce sens, disais-je.

J'exagère peut-être, et surtout, j'ai tort de généraliser : mon frère par exemple, semble encore perplexe et il n'a peut-être que remis la discussion à plus tard, quand il viendra ici à Milan – il habite encore à Rome –, conscient, pour l'avoir expérimenté plus que quiconque, que s'il est déjà difficile de me faire changer d'avis en face en face, au téléphone, c'est rigoureusement impossible.

D'un autre côté, j'exagère parce qu'il s'est passé des choses pas anodines. J'ai reçu deux visites plutôt étranges, et même terribles, à leur façon. Une hier et une ce matin. De mon collègue Piquet et de ma belle-sœur Marta. Ils étaient déjà venus l'un et l'autre, il y a plusieurs jours, comme tout le monde pour s'assurer de mon état mental, et Marta était même revenue, un après-midi, avec ses enfants, attendre Claudia à la sortie ; mais c'étaient des visites tout à fait normales : avec Piquet, nous avions parlé de la situation dans l'entreprise, avec Marta de questions de famille, de projets de vacances et d'affaires liées à l'héritage de Lara. Des visites normales, donc. Mais celles d'hier et de ce matin ne l'étaient pas, à cause de la raison qui a poussé Piquet et Marta à venir. Ils ne sont pas venus bavarder, me tenir compagnie ou dissiper un dernier doute sur ma santé mentale : ils sont venus souffrir. Tous les deux, comme Jean-Claude : ils sont venus ici, devant cette école, décharger leur souffrance sur moi, sans autre considération ni répit.

Piquet est arrivé hier après-midi vers deux heures et demie, en taxi sous une pluie battante. Il est monté dans ma voiture, s'est assis à côté de moi et m'a regardé un moment en s'efforçant de sourire, mais sans rien dire. Son regard, déjà paranoïaque en temps normal, tout en clins d'œil obliques et en battements de paupières, ressemblait à un vol d'oiseaux après une détonation, s'éparpillant dans toutes les directions avec une frénésie qui avait quelque chose de funeste : le regard d'une personne en grand danger. Sa laideur en principe compensée par une élégance très agressive et par des expressions dures et impérieuses, ainsi désarmée, ressortait dans toute sa nudité : la peau de son

visage labourée par l'acné, sa bouche dépourvue de
lèvres, son front énorme, proéminent – comme un
casoar, avait observé Claudia ; et Lara et moi, qui ne
connaissions rien aux casoars, en avions trouvé confirmation dans son livre de sciences. Piquet m'a regardé,
donc, mais surtout il s'est montré dans cet état de
désarroi manifeste, et enfin il m'a demandé s'il pouvait
me parler d'une question personnelle. J'ai dit oui, mais
en réalité ça n'avait rien d'évident car Piquet et moi
n'avons jamais parlé de questions personnelles, et par
le passé, il n'y avait eu de personnel entre nous deux
qu'une aversion déclarée de sa part à mon égard, moti-
vée par ma nomination à un poste de direction que
nous visions tous les deux, ce qui l'avait poussé à
mettre en circulation de lugubres prédictions sur mon
avenir dans l'entreprise, plutôt injustifiées, mais assez
circonstanciées, si un certain nombre de personnes
avait commencé à m'appeler *Dead Man Walking*. Puis,
avec le temps, nos rapports se sont améliorés, il s'est
même excusé et je dois dire qu'il s'est révélé un collègue loyal : mais il ne s'est jamais instauré entre nous
cette intimité qui permet d'aborder des questions personnelles. Bref, j'ai accepté – d'ailleurs, avais-je le
choix ? Il a alors allumé une cigarette et il est encore
resté un moment en silence, comme pour évaluer la
possibilité qui lui restait de ne pas me parler du tout
et de s'en aller comme il était venu, sans rien dire.
Puis il s'est lancé, prenant les choses de loin : il m'a
résumé un certain nombre de choses que je savais déjà,
à savoir que, voilà deux ans, il a quitté femme et enfant
pour vivre avec une jeune et belle designer, Francesca ; que sa femme l'a très mal pris et mène contre
lui une féroce bataille juridique ; que son fils l'a encore

plus mal pris, manifestant d'étranges troubles psychosomatiques (ça, en revanche, je l'ignorais) ; et que malgré tout, avec sa designer, il était heureux comme il ne l'avait jamais été. Tout cela se sait et a suscité des commentaires dans l'entreprise, derrière son dos, bien sûr. Il a complété son exposé avec des allusions un peu olé olé à la vie qu'il mène avec cette Francesca, aux pratiques sexuelles africaines qui sont les leurs chaque nuit et à la profonde renaissance intérieure qui en avait découlé, et dès lors pas besoin d'être un génie pour comprendre de quelle teneur était sa question personnelle. Mais je n'aurais jamais pu prévoir ce que Piquet se préparait à me dire. Il a encore traîné en longueur, me décrivant par le menu le passage de la phase de la passion aveugle à celle de la relation plus consciente, le pas important qui avait consisté à vivre ensemble – toutes choses que je connaissais très bien car ce sont toujours les mêmes quand un homme quitte une femme pour une autre plus jeune, et on me les avait racontées déjà nombre de fois. Le tout sans oublier les vacheries de son ex-femme, sa souffrance de voir son gamin affligé de tics et de bégaiement et enfin son sentiment de frustration croissant au travail lié aux borborygmes de la Grande Fusion En Marche.

Nous en étions là quand il a cessé de pleuvoir et je lui ai proposé de continuer dehors. Il avait fumé cigarette sur cigarette, empestant ma voiture où, pour Claudia, j'évite toujours de fumer. Nous sommes sortis malgré son blouson léger qui ne devait guère le protéger du froid. Nous avons marché jusqu'au square qui toutefois était impraticable à cause de la pluie, et nous nous sommes arrêtés au hasard sur le trottoir, comme deux dealers. Ce n'était pas le meilleur endroit pour parler, mais Piquet continuait à fumer comme un pompier et je ne voulais plus de lui dans ma voiture. De toute façon, tout lui convenait, il n'avait qu'une hâte, continuer son histoire.

« Bref, un soir, en juin dernier, j'invite Tardioli à dîner à la maison. Comme ça, à l'improviste : nous avions travaillé sur le budget pour le Festival de Venise, comme d'habitude il n'y avait pas d'argent, comme d'habitude ton ami Jean-Claude nous avait dit débrouillez-vous, et nous étions restés tard, genre vingt et une heures. Je m'apprête à partir et je vois Tardioli, seul comme un chien ; je sais que sa femme l'a laissé tomber, qu'il n'a personne chez lui pour l'attendre et je lui dis de venir dîner avec nous. Il se fait un peu prier, proteste ne pas vouloir déranger, tu sais comme il est, et moi je le rassure en lui disant que s'il n'y a pas à manger à la maison, on ira au restaurant. Et il vient. Je pense d'abord avertir Francesca, puis je préfère ne pas lui téléphoner, la maison est à moins de dix minutes. Quand nous entrons, Francesca est à la cuisine en train de repasser. Elle travaille déjà comme une malade, mais elle doit à tout prix repasser : j'ai dû lui dire mille fois, pourquoi fais-tu le repassage, nous avons Lou, elle est payée pour, laisse-la repasser, détends-toi. Mais elle ne veut rien entendre, elle dit que notre femme de ménage ne sait pas repasser, qu'elle abîme les vêtements, et que malgré les apparences, repasser est pour elle une façon de se détendre. Bref, Francesca est à la cuisine, qui repasse. Bonsoir ma chérie, bonsoir mon amour, dans le couloir. Je lui dis que Tardioli est venu et que si elle préfère nous pouvons aller dîner dehors. Et elle, toujours de la cuisine, répond que non, qu'elle n'a pas envie de sortir, qu'elle cuisinera volontiers des spaghettis et elle s'excuse auprès de Tardioli de ne pas venir le saluer, mais elle finit de repasser une chemise. Je lui dis que je peux m'occuper des spaghettis, et elle qu'il n'y a pas de problème, qu'elle va s'en charger. Gentille, calme : bref, normale. Je marchais un peu sur des œufs car depuis quelque temps, je ne sais pas, nous nous comprenions souvent de travers : quiproquos, malentendus, genre "mais ce n'était pas moi qui devais venir ?", "Non, on avait dit que ce serait moi", enfin tu vois. Des broutilles à première vue, mais que je ne sous-estimais pas car, quand on vit ensemble, il faut se comprendre, non ? C'est pourquoi ce soir-là, j'insiste pour le restaurant : en effet, elle est là qui repasse après une journée de travail, et moi je lui amène un invité à l'improviste, alors rien de plus légitime que l'idée de se coltiner la cuisine lui reste en travers de la gorge. Mais elle me répète qu'elle préfère rester à la maison et que dès qu'elle aura fini son repassage, elle viendra boire un gin-tonic avec nous. Tout ça de l'autre côté du couloir, tu te souviens de mon appartement ? Tardioli et moi au salon, Francesca à la cuisine, et donc on parle très fort, à travers le couloir. Je prépare les gin-tonics, Tardioli s'assied sur le canapé, et cinq minutes après, elle arrive portant une grande pile de linge repassé. Souriante, belle, détendue. Elle me tend la pile de linge et j'entends : "Pourrais-tu la jeter par la fenêtre, s'il te plaît ?" Je suis médusé : "Que dis-tu ?" Et elle, avec la même expression, Pietro, le même sourire, la même intonation et le même rythme que précédemment, me dit : "Pourrais-tu la poser sur le fauteuil, s'il te plaît ?" J'ai pris la pile de linge mais j'étais estomaqué car la première fois, elle m'avait dit de la jeter par la fenêtre, j'en étais archi-sûr. Francesca s'approche de Tardioli, s'excuse à nouveau, lui fait la bise, comme si de rien n'était… Et moi alors, j'interviens, comme ça, d'instinct, je requiers l'attention générale, et je demande à Tardioli, qui était présent et a forcément entendu, de répéter ce que Francesca avait dit la première fois. Francesca ne comprend pas, Tardioli est gêné, mais j'insiste, je le supplie de répéter ce que Francesca a dit la première fois. *La première fois*, pas la seconde. Alors Tardioli, tu sais comme il est timide, rougit, baisse les yeux et dit d'une toute petite voix… "Elle a dit : Pourrais-tu la jeter par la fenêtre, s'il te plaît ?" Voilà. C'était une chance qu'il soit là parce que sinon Dieu sait combien de temps ça aurait duré, cette histoire de ne pas se comprendre. Francesca éclate de rire : "J'aurais dit quoi ?", et elle pense que nous nous moquons d'elle, que nous la faisons marcher. Elle ne veut pas nous croire. Je lui répète : mais non, Francesca, ce n'est pas une plaisanterie, tu m'as demandé de jeter la pile de linge par la fenêtre, il a entendu lui aussi ; elle, reste branchée sur cette histoire de plaisanterie, rit, dit arrêtez donc, mais moi j'insiste, ce n'est pas anodin, nom de Dieu, on ne peut pas laisser passer des choses comme ça ; Francesca, lui dis-je, tu m'as demandé de jeter ce linge par la fenêtre, et alors là, elle se met en pétard. D'un coup, elle pique une grosse colère : elle s'écrie qu'elle sait très bien ce qu'elle a dit, que nous sommes tous les deux sourds et qu'il faut nous faire soigner – ou sourds, ou imbéciles, d'insister avec cette plaisanterie, et moi, là, je renonce. Je renonce, Pietro, parce que je m'aperçois qu'elle est *sincère*, tu comprends ? Je la connais bien,

je sais quand elle fait semblant et quand elle est sincère, et là elle était sincère. Elle était sûre de ne pas
avoir dit ça. Je renonce, et Tardioli renonce aussi tu
penses bien, nous lui disons qu'alors nous avons peut-
être mal compris tous les deux, qu'elle avait la pile
de linge devant la bouche, que ça peut arriver, bien
sûr, parfois on est sûr d'avoir entendu une chose à la
place d'une autre, qu'en effet c'était trop absurde, le
linge par la fenêtre, trop drôle, bref, on clôt le débat.
Francesca se calme tout de suite, prépare un bon petit
repas, on mange sur la terrasse, on boit, on bavarde,
on rit, on plaisante, les hirondelles, les jasmins, et
quand Tardioli s'en va, Francesca et moi faisons
l'amour sur le divan, tout habillés, puis de nouveau au
lit, nus, avant de nous endormir fatigués et heureux.
Mais elle l'a dite, Pietro, cette phrase, elle l'a dite.
Elle m'avait demandé de jeter le linge par la fenêtre,
je te jure… »

Piquet s'arrête là, mais parce qu'il a recommencé
à pleuvoir. Il a dû parler sans interruption pendant dix
minutes, reprenant tout juste sa respiration, ses petits
yeux effrayés roulant dans tous les sens, la mine atter-
rée, vaincue. Une averse soudaine nous a obligés à
courir à la voiture et juste à ce moment-là, Claudia
s'est montrée à la fenêtre et m'a fait coucou. Je lui ai
répondu de la main pendant que je montais dans la
voiture avec Piquet et Claudia a tout de suite disparu :
elle a dû penser que je travaillais, que le casoar était
venu pour des histoires de bureau – je suis ici devant
son école depuis dix jours, et il lui semble déjà normal
que je travaille dans la voiture. Mais à ce moment-là,
il n'y avait rien de normal : Piquet était dans tous ses
états, et moi je ne savais que dire. Dans la voiture, je

suis donc resté silencieux ; j'ai mis un CD – toujours le même, celui que j'écoute toujours depuis que je suis ici, un CD de Radiohead que j'ignorais même posséder car il doit appartenir à Lara, c'est elle qui a dû nous le laisser – et j'ai cette fois allumé une cigarette, *moi*. La pluie crépitait sur le pare-brise et nous étions trempés. Piquet avait les cheveux dressés au milieu du crâne, il ne ressemblait plus à un casoar, il *était* un casoar. A quoi pouvait-il bien penser ? Il avait peut-être honte, il s'était peut-être aperçu de l'absurdité de son attitude. Pourquoi me racontait-il tout ça, à moi ? Bref, il restait silencieux lui aussi, et ce silence était dur, c'était le silence de la corde qui va se rompre. J'ai compris qu'il avait besoin que je lui pose une question, que je lui donne l'illusion qu'il recommençait à parler pour satisfaire ma curiosité.

« Et après, que s'est-il passé ? » lui ai-je demandé, mais je n'avais aucune envie de le savoir. Dans tous les cas, ce devait être moche.

« Ce qui est arrivé ? a-t-il répondu en éclatant de rire. L'enfer, voilà ce qui est arrivé. Elle a recommencé, deux fois, pendant l'été. Francesca disait une chose terrible, ou absurde, je lui demandais "Que dis-tu ?" et elle en disait une autre, tout à fait normale, avec exactement la même intonation, et je laissais courir. Une fois, à table, je lui ai demandé de me passer le sel, mais comme ça, avec courtoisie, je ne lui ai évidemment pas dit que sa saleté de salade était insipide, je lui ai juste demandé de me passer le sel, et elle, en me passant le sel et en souriant, m'a dit : "Tu peux te le mettre au cul" – je le jure devant Dieu. Et moi : "Que dis-tu, Francesca ?" Et elle : "C'est vrai, il faut en remettre." Et puis en août, en bateau, pendant que nous accostions à Porto-Vecchio, devant un couple d'amis qui étaient venus en croisière avec nous, elle passe à côté de moi, les pare-battage à la main et elle me sort : "C'est la dernière fois, pauvre con." Nos amis se sont retournés, effarés, j'ai lancé un "Hein ?" et elle, la bouche en cœur, souriante comme si de rien n'était, me répond en élevant la voix pour mieux se faire entendre : "J'ai dit que c'est moi qui mets les pare-battage !" Voilà ce qui s'est passé ! »

Il s'est interrompu, en désespoir de cause, puis il a arrêté de rire et m'a demandé de qui était le disque que nous entendions, et il est resté un moment sans rien dire, à écouter ; c'était un passage qui disait *we are accidents waiting to happen*, et il m'a commenté ces paroles, elles lui plaisaient. Mais on voyait qu'il n'avait pas fini. En effet, au bout d'un moment :

« Mais hier soir, elle a passé les bornes. Je ne pouvais plus continuer comme ça, Pietro, et hier soir, je le lui ai dit. Francesca, tu as un problème. Tu dis des choses terribles sans même t'en apercevoir, je ne peux pas continuer à faire mine de rien. Calmement, posément, mais je le lui ai dit. Ce soir, lui ai-je dit, pendant le dîner avec Fiorenza et la bande, tu es allée trop loin, et tout le monde a entendu, qu'est-ce que tu crois. Ils ont entendu. Et comme d'habitude, elle m'a demandé "J'aurais dit *quoi* ?", je le lui ai répété, à la lettre, parce que je ne l'oublierai jamais, et elle s'est tout de suite braquée, elle est partie au quart de tour comme le soir avec Tardioli, et remarque bien que, depuis ce soir-là, je ne l'avais plus reprise. Elle est montée sur ses grands chevaux, elle a nié, mais comme j'insistais, en essayant de rester calme et courtois, mais que j'insistais, elle m'a dit que le fou, c'était moi, tu comprends, *moi*, elle m'a sorti que je ne suis pas normal et que je lui fais peur, et elle est allée dormir chez sa sœur. Voilà ce qui est arrivé ! »

Cette histoire de Piquet m'était de plus en plus pénible, j'étais très embarrassé. Le pire c'est que, racontée ainsi, avec ce regard halluciné, elle me poussait à croire que c'était en effet lui le fou – un homme que je côtoyais au bureau depuis des années et, en ce moment, jusque dans ma voiture : ce n'est pas agréable comme sensation. Mais en même temps, il y avait dans son récit quelque chose de plausible qui me poussait à le croire et à imaginer sa Francesca en proie à un syndrome impitoyable qui, par moments et sans qu'elle en ait conscience, annule en un instant les efforts quotidiens qu'elle déploie avec obstination pour cacher, derrière la banalité, le mal qui couve en elle – irrémédiablement écœurée désormais par l'homme-casoar auquel elle s'est liée sur un coup de tête, mais incapable encore de l'admettre. Si bien que pour finir, au lieu de me pousser à trancher qui de Francesca ou de lui était fou, l'histoire de Piquet me persuadait qu'ils l'étaient tous les deux, de cette façon désespérée et inoffensive pour le reste du monde, dont deviennent folles les personnes qui croient s'aimer et puis s'aperçoivent que ce n'est pas vrai, que ça ne l'a jamais été, qu'il ne s'agissait que d'un flux de sérotonine à un moment critique de leur vie, et qui finissent par se haïr et se blesser à mort jusqu'au jour où elles se quittent pour toujours. C'est pour ça que je n'aimais pas cette histoire et qu'elle me mettait mal à l'aise. Et puis, j'étais curieux, d'une curiosité morbide, dirais-je, contre ma propre volonté, de savoir ce qu'avait dit Francesca la veille au soir, mais je ne comprenais pas si Piquet avait volontairement omis de me le répéter ou si, comme j'en avais l'impression, il était tellement secoué qu'il ne s'était même pas aperçu qu'il ne me l'avait pas dit. Ça aussi, c'était déplaisant. Il était à nouveau silencieux, mais il n'avait pas fini, ça se voyait, et pour ma part, je n'ai rien trouvé de mieux que regarder l'heure sur le tableau de bord. Quinze heures cinquante : au pire des cas, cette situation durerait encore une demi-heure, puis Claudia sortirait de l'école et le débat serait clos.

« Je suis allé chez Tardioli ce matin, m'a dit Piquet au bout d'un long silence. C'est mon seul témoin. Il sait que je ne suis pas fou.

— Et que lui as-tu dit ?

— Parce qu'au fond ça ne serait pas impossible. J'ai la tête qui explose : ma femme me harcèle, mon fils va mal, cette maudite fusion nous mine tous… Ce ne serait pas impossible que Francesca ne dise pas d'horreurs, que ce soit moi qui les entende parce que je suis en train de perdre la boule. Si ce soir-là chez moi, il n'y avait pas eu Tardioli, eh bien, je crois que j'irais consulter un psychiatre. Ce serait plus simple, au fond : docteur, j'entends des phrases que personne n'a jamais prononcées, je suis malade, soignez-moi, donnez-moi des gouttes. Point. Ce serait plus simple. Mais Tardioli était là et il a entendu, il a vu. Et ce matin à la première heure, je suis allé chez lui. Dans l'espoir, je te jure, qu'il ne se souvienne de rien. Pas de linge par la fenêtre, rien de rien. Avec l'espoir qu'il me regarde comme on regarde un fou…

— Et alors ?

— Et alors, il n'était pas là. Il est à Paris, devine un peu pourquoi ? Pour la fusion. »

Là, Piquet a éclaté de rire, puis il a sorti son téléphone portable de sa poche, l'a allumé et a appelé un taxi. Il pleuvait toujours, mais moins fort. Il ne se souvenait pas du nom de la rue, il me l'a demandé, je le lui ai donné. Il a attendu qu'on lui confirme le numéro du taxi, puis il a raccroché et éteint son téléphone.

« Bon, Pietro, j'y vais. Excuse-moi de m'être épanché. J'ai dû te paraître égoïste : tu es là, avec ta croix, et moi je viens te raconter mes petits ennuis. Il fallait que je crache le morceau, surtout après hier soir.

— Mais bien sûr, ai-je bredouillé. Tu as bien fait de vider ton sac.

— Au bureau, on ne peut parler avec personne, tu le sais. Je n'ai pas de vrais amis. Tu es la seule personne en qui j'ai confiance. Peut-être parce que – il a eu un petit rire – à une époque, j'ai été injuste envers toi...

— C'est de l'histoire ancienne...

— Bien sûr... »

Il m'a serré contre lui, m'a embrassé, m'a dit « tiens bon » et il est descendu de la voiture – ce qui était absurde, vu qu'il continuait à pleuvoir, qu'il n'avait pas de parapluie et que le taxi n'était pas encore arrivé. Il a contourné mon véhicule et s'est approché de ma vitre, en me faisant signe de la baisser :

« Euh, je n'ai pas besoin de te demander de n'en parler à personne. Nous sommes déjà tous assez vulnérables dans l'entreprise : si une chose pareille se sait, je suis mort.

— Ne t'inquiète pas.

— Et puis, j'ai honte, Pietro. Surtout ne répète à personne ce que Francesca a dit hier soir. Je t'en conjure... »

Donc j'avais vu juste : *il ne s'était pas aperçu* qu'il ne me l'avait pas dit.

« Tu peux dormir sur tes deux oreilles, je n'en parlerai à personne. »

Penché vers ma vitre, sous la pluie, trempé, suppliant, les yeux injectés de souffrance, et pourtant tendu dans l'effort de sourire, il m'a rappelé Harvey Keitel dans *Bad Lieutenant*, quand il brutalise les deux gamines.

« Merci, Pietro. »

Mais beaucoup plus laid que Harvey Keitel. Beaucoup plus ridicule, surtout : avec ce front du pléistocène et ce blouson d'adolescent étriqué au thorax. C'est pas beau de dire ça, et je ne devrais peut-être pas, moi qui me suis entendu appeler *Dead Man Walking* par jalousie, et pourrais donc sembler vouloir me venger : mais il était ridicule. Il n'y avait rien de légendaire, en lui ; ç'aurait pu être le cas – un homme pris en tenaille par la grande ville, stressé, menacé de toutes parts et seul avec sa souffrance, qui attend un taxi sous la pluie à quatre heures de l'après-midi pour retourner dans son enfer privé qui pour lui désormais est partout ; il aurait peut-être même *dû* y avoir quelque chose de légendaire en lui ; mais tel n'était pas le cas : il n'était que ridicule.

9

Et ce matin, Marta.

Marta est ma belle-sœur, mais j'ai beaucoup de mal à l'appeler ainsi. Elle a toujours été splendide et, il y a treize ans, quand elle en avait dix-neuf, un matin, au lieu d'aller au lycée, elle est restée traîner en ville avec une copine. Soudain, il se passe une chose, ou plutôt deux, qui rendent sa beauté publique : sortant de la boutique Krizia de via della Spiga, un type camé, qui vient de faire un hold-up, tire un coup de pistolet en l'air ; à cet instant précis, une touriste japonaise (dont on découvrira qu'elle était en réalité envoyée en Italie pour copier les modèles) prend une photo de la vitrine. Affolement, cris, le camé s'enfuit, les vendeuses sortent terrorisées, la police arrive, Marta et sa copine filent sans demander leur reste parce qu'elles devraient être au lycée et ne veulent pas qu'on les voie là. Le lendemain, les journaux publient la photo prise par la Japonaise, grâce à laquelle le drogué a été identifié et arrêté, et voilà la photo : Marta au premier plan, sur la droite, portrait craché de Natalie Wood dans *La Fièvre dans le sang*, d'une netteté parfaite alors qu'elle se retourne brusquement, une mèche de cheveux s'envolant sous l'effet du mouvement et, dans les yeux,

108

une expression de joie irrépressible que bien sûr elle n'éprouve pas du tout parce qu'il s'agissait plutôt de surprise, ou peut-être de frayeur, à cause du coup de feu, et le braqueur au deuxième plan, l'arme dans une main et le sac du butin dans l'autre, reconnaissable, mais quantité négligeable par rapport à elle. Pas trace de la copine, restée hors champ. Un cliché formidable de beauté et de mouvement. Comme des millions de personnes, c'était la première fois que je voyais Marta ; comme chacune de ces personnes, en voyant cette photo, je n'ai pas pensé au hold-up, à la coïncidence de cette photo prise pile à ce moment-là ou à la déveine de ce pauvre type qui allait davantage écoper qu'il n'avait causé de mal : j'ai seulement pensé que cette jeune fille était d'une beauté renversante. Je venais de m'installer à Milan, j'avais un contrat d'auteur pour un show de Canale 5. Je me suis entêté et j'ai convaincu les autres auteurs de retrouver sa trace pour lui donner un rôle dans l'émission. Deux jours plus tard, elle venait faire un bout d'essai et on l'a engagée. J'ai dîné avec elle le lendemain soir et la nuit même, à ma grande surprise, j'ai couché avec elle. Après moi, ce fut le tour successivement de trois autres gars de l'émission, y compris le présentateur, quelqu'un de connu, et tout ça avant même que l'émission commence. En septembre, Marta débutait dans le show, mais elle était déjà très connue : la photo du hold-up avait été achetée par une maison de produits capillaires et s'étalait sur tous les journaux d'Italie, sur les panneaux publicitaires le long des routes, sur les bus. L'émission fut un succès et Marta devint une petite célébrité de la télévision.

C'est à cette époque que j'ai fait la connaissance de Lara, sa sœur aînée : de temps en temps, elle l'accompagnait aux enregistrements, elle était un peu moins belle, un peu moins jeune et beaucoup moins dangereuse qu'elle. Entre nous, ce fut le grand amour, comme on dit, et nous nous sommes mis ensemble. L'année suivante, de façon plutôt inattendue, Lara est tombée enceinte : nous avons décidé de garder l'enfant et de vivre ensemble. Dans la même période, de façon encore plus inattendue, Marta tomba enceinte elle aussi, d'un chorégraphe, mais quand elle décida de garder l'enfant, son chorégraphe la quitta. Elle perdit son travail, accoucha, se démena, recommença à travailler un peu à la télévision, mais entre-temps le vent avait tourné et elle ramait. Puis, quand le petit eut quatre ans, le vent tourna encore et Marta fut choisie pour présenter une émission de mode assez importante. Ce fut un succès, mais elle tomba à nouveau enceinte, du producteur cette fois, et c'était reparti pour un tour : elle voulut garder l'enfant, le producteur la laissa tomber, la deuxième série de l'émission se fit sans elle parce qu'elle devait accoucher, et elle se retrouva de nouveau le bec dans l'eau. Elle passa ensuite une période très dure, se désintéressant de son travail, de sa beauté, de son avenir et même de ses enfants, s'employant de son mieux à s'autodétruire ; mais, alors qu'elle semblait sur le point d'aboutir, ses parents moururent de façon brutale, l'un après l'autre, en l'espace de six mois, et elle arrêta les frais. Elle avait vingt-sept ans, elle était encore très belle, mais elle avait déjà deux enfants et accumulait les échecs. Elle décida de renoncer à la télévision, acheta un appartement avec son héritage, se sortit des embrouilles où

elle s'était fourrée et nous fréquenta plus régulière-
ment, Lara et moi. Elle consacrait beaucoup de temps
à ses enfants et s'est mise à étudier l'art dramatique.
Elle a eu une histoire avec un architecte marié, qui a
duré un an et demi mais, quand il a quitté sa famille
pour vivre avec elle, elle a rompu. Depuis, elle s'est
tournée vers l'ésotérisme, le bio, l'ayurvéda et le yoga.
Elle a fait ses premiers pas au théâtre, des petits rôles,
avec beaucoup d'enthousiasme et peu de gratifications.
Puis cet été, elle est venue chez nous à la mer, et elle
était ravie parce qu'en décembre elle doit jouer dans
Oh les beaux jours de Beckett, un grand rôle, et avec
une troupe de bon niveau. Ces derniers temps, elle
s'est même comportée en belle-sœur : elle a aidé Lara
dans les préparatifs de notre mariage, elle a gardé les
enfants les soirs où Lara et moi sortions dîner, elle a
agrémenté la table de jardin d'une nappe à fleurs et
elle a même cuisiné – des spécialités mexicaines, la
plupart du temps, et une fois rien moins que des sushis.
Puis, alors qu'elle rentrait à Milan, nous sommes restés
à la mer une semaine de plus, et à la fin de cette
semaine, Lara est morte. Voilà, Marta, à trente-deux
ans, est encore très belle, elle ressemble toujours à
Natalie Wood, et elle est pour ainsi dire seule au
monde. J'ai toutes les peines à l'appeler belle-sœur.

Ce matin, il y a trois heures, elle m'appelle pour
me dire qu'elle veut me parler. Je lui dis de venir
quand elle veut et elle répond je viens tout de suite.
Elle est arrivée un quart d'heure plus tard, dans sa
Twingo déglinguée, et elle est passée à côté de moi
en me faisant signe qu'elle allait se garer. Je suis resté
dans ma voiture parce qu'il pleuvait, et je l'ai suivie
du regard à travers le pare-brise. Je l'ai vue s'arrêter

une vingtaine de mètres plus loin, à la hauteur d'un type qui parlait au téléphone devant la portière ouverte d'une Smart. Par gestes, elle lui a demandé s'il partait et il lui a répondu que oui mais il a continué sa conversation et en attendant, Marta est restée au milieu de la rue. Une queue s'est aussitôt formée tandis que le type continuait de téléphoner comme si de rien n'était. Un vieux monsieur au volant d'une Peugeot, juste derrière Marta, a perdu patience et a donné un coup de klaxon ; d'autres voitures, plus loin, l'ont imité et Marta a dû se pencher à sa portière pour expliquer, toujours par gestes, qu'elle attendait pour prendre la place de la Smart. Le type a fini son coup de fil et refermé son parapluie, il est monté dans sa voiture sans précipitation, il a pris encore le temps de ranger Dieu sait quoi et enfin il est parti, libérant la place. Marta a entamé sa manœuvre mais elle a mal estimé sa trajectoire : elle a trop serré et n'a pas pu entrer. Elle a reculé, mais comme elle a répété ensuite son erreur, elle s'est encore retrouvée coincée. Le vieux a recommencé à klaxonner, et les autres derrière l'ont aussitôt imité. Marta s'est dégagée pour essayer encore une fois, mais entre-temps elle s'était trop éloignée de la bonne trajectoire et du coup, la manœuvre pour entrer était devenue compliquée. Le vieux de la Peugeot avait carrément bloqué son klaxon, entraînant tous les autres à sa suite – et désormais la queue était longue : un boucan de tous les diables. Je suis descendu de voiture pour aller l'aider, j'ai levé le bras pour lui dire de m'attendre mais elle est repartie en avant, éperonnée par les klaxons sauvages des voitures coincées dans l'embouteillage, essayant à nouveau de réussir son créneau selon la même trajectoire mal estimée et elle a fini par coincer son aile contre le pare-chocs de la voiture garée à côté, une C3 flambant neuve. Tandis que je piquais un sprint, on aurait dit que tous les klaxons de Milan la prenaient pour cible, je l'ai vue se retourner, catastrophée par ce vacarme, l'aile de sa Twingo encastrée dans l'autre voiture, incapable désormais d'avancer comme de reculer : j'étais encore loin, mais j'ai pu saisir dans son regard une lueur de véritable désespoir, pendant un long moment où elle a dû chercher à affronter une dernière fois la situation, après quoi sa tête s'est renversée en arrière et ses bras se sont mis à faire des moulinets dans l'habitacle. J'ai refoulé dans sa Peugeot le vieux qui était en train d'en sortir et quand je suis arrivé à la hauteur de la Twingo, Marta s'employait à renverser son sac sur le siège : produits de maquillage, clés, porte-monnaie, agenda, pastilles mentholées, mouchoirs, tickets de caisse, papiers divers, tout le contenu éparpillé, tandis que les klaxons déchaînés sonnaient comme les trompettes de l'Apocalypse. J'ai plongé dans la Twingo tandis que Marta vidait aussi ses poches : encore des clés, des papiers, des bonbons, des pièces et ainsi de suite. « Marta, lui ai-je dit, laisse-moi monter », mais elle était ailleurs : le regard vaincu, un sourire béat aux lèvres, elle commençait à se déshabiller : le blouson, le pull, les bottes. Elle les enlevait dans l'urgence, mais en même temps, avec une sérénité étrange et tempérée comme si elle s'en débarrassait avant de plonger dans la mer en sachant qu'elle allait être avalée par une baleine qui la garderait pour toujours à l'abri dans son ventre. Pendant ce temps, le vieux avait fini par sortir de sa Peugeot et bramait contre la lunette arrière. Je me suis glissé à la place du conducteur, en écrasant Marta à moitié nue contre la portière pour atteindre les pédales, j'ai pris le volant et j'ai passé la première. Pendant deux très longues secondes, le bruit de tôle de l'aile contre le pare-chocs de la C3, annonciateur d'un irréparable désastre, a couvert celui des klaxons, mais après, tout est rentré dans l'ordre : la Twingo n'était plus au milieu de la rue, la queue s'est résorbée et le silence est revenu. Je me suis détendu, je me suis poussé sur le côté, en essayant de ne pas abîmer les affaires de Marta éparpillées sur le siège ; dès que j'ai cessé de l'écraser contre la portière, elle m'a souri, elle a déboutonné son chemisier jusqu'au bout et elle est restée en soutien-gorge. Je me suis aperçu alors que son autoradio passait le même morceau de Radiohead qui hier avait attiré l'attention de Piquet – celui qui dit *we are accidents waiting to happen.*

Une demi-heure plus tard, nous étions attablés dans le bar en face de l'école. Marta pleurait mais elle s'était calmée parce que je lui répétais que tout était arrangé, ce qui était vrai. Elle m'a dit en pleurant qu'elle voulait sortir, être à l'air libre. Il ne pleuvait plus. Nous sommes passés devant l'école, nous avons croisé le petit trisomique avec sa mère, j'ai joué comme d'habitude avec l'alarme de ma voiture et je lui ai raconté le secret qui existe entre cet enfant et moi. Elle a cessé de pleurer, elle a souri. Nous nous sommes assis sur un banc dans le square et, en souriant, Marta m'a annoncé :

« Je suis enceinte.

— Nom de Dieu. Et de qui ?

— Le décorateur de la troupe. Un garçon plus jeune que moi.

— Plus jeune de combien ?

— Six ans.

— Et il le sait ?

— Non. On ne se voit plus.

— Comment, vous ne vous voyez plus ? Et la pièce ?

— On se voit parfois aux répétitions. Mais on n'est plus ensemble.

— Et tu es enceinte de combien ?

— Quatre mois. »

Là, elle s'est remise à pleurer, peut-être parce qu'elle devinait ce que je pensais : si elle en est au quatrième mois, cela veut dire qu'en août, à la mer, elle le savait déjà mais qu'elle nous l'a caché – surtout qu'elle l'a caché à Lara. Et maintenant, Lara n'est plus là.

C'était très difficile de lui parler. Je ne suis pas son père, je ne suis pas son frère, je ne suis même pas le père d'un de ses enfants : mais désormais Marta n'a plus que moi au monde, et en effet, elle était venue me voir : c'était à moi de lui parler. Sauf que c'était difficile, et je ne lui ai rien dit. Je l'ai prise dans mes bras, voilà. Je l'ai serrée fort et elle a continué à pleurer dans mes bras, bafouillant que c'était un malheur, qu'elle allait perdre le rôle et se retrouver larguée sans rien, comme toujours, comme toujours...

Je ne peux pas dire combien de temps a duré cette étreinte – longtemps, c'est sûr – et cette situation m'embarrassait, entre autres parce que tous les yeux qui pouvaient nous voir appartenaient à des gens qui étaient habitués à me considérer comme le papa veuf d'une petite fille de l'école – la gardienne, les enseignants, le vendeur de journaux – et personne parmi eux ne savait que Marta était ma belle-sœur. Mais probablement personne ne nous a vus : c'était désert, dehors, à cette heure. Celle qui nous a vus à coup sûr, c'est la jeune fille qui promène toujours son golden retriever ici, dans le square, très belle elle aussi, qui ne sait rien de moi puisque, même si nous nous croisons chaque jour, nous ne nous saluons pas : mais devant elle, au contraire, sous le regard effronté dont elle m'a épinglé en pleine embrassade, je me suis senti fier de pouvoir être pris pour l'amant d'une femme comme Marta – parce que ça signifiait que j'aurais aussi pu être le sien. C'était une pensée tordue, je l'admets, d'un narcissisme, d'un égoïsme et d'une désinvolture qui m'ont sidéré, vu la situation ; mais elle m'est venue et la cacher ne servirait pas à me rendre meilleur. D'ailleurs, ce n'était pas un moment très noble pour Marta non plus, qui avait depuis peu perdu sa sœur mais souffrait pour un tout autre motif, et je souhaite que Lara ne soit pas tout le temps « là-haut au ciel qui nous regarde », comme de nombreuses personnes l'ont dit à Claudia pour la consoler, ou que du moins, elle ait eu un moment de distraction : Marta et moi étions les personnes les plus liées à elle, et voici qu'au lieu de nous embrasser et de pleurer sur le vide irréparable laissé par sa mort, nous le faisions pour tout autre chose, Marta en pensant à son rôle dans *Oh les beaux jours* qui partait en fumée et moi à ce que pouvait bien penser de moi une belle inconnue qui me voyait la serrer dans mes bras. Pas joli joli. Et pourtant, sur le moment, je n'éprouvais pas du tout la sensation de bassesse morale que j'éprouve maintenant en y repensant, j'étais vraiment embarrassé ou fier d'être vu la serrant dans mes bras, tout comme elle –

et cela se voyait – était vraiment désespérée de s'être fourrée dans un nouveau pétrin ; et rien de tout cela ne concernait Lara. Tout le temps qu'a duré cette étreinte, ce fut comme si nos deux corps, lovés l'un contre l'autre de façon si tendre, si complice, si sensuelle, se rejetaient la faute d'évacuer Lara de nos pensées, jusqu'à la consumer tout entière dans ce court-circuit. Je dis ça maintenant, trois heures après, pour trouver une explication à ce qu'il s'est passé ensuite, quand notre étreinte s'est relâchée. Car, alors que je n'avais rien dit, que je n'avais posé aucune question et que je m'étais bien gardé de rappeler que, de nos jours, la pilule existe, bordel, et les préservatifs aussi, surtout si on couche avec des individus qu'on ne verra plus au bout d'un mois, et encore plus si on a déjà deux enfants de deux pères différents et qu'on a décidé de calmer le jeu ; alors, donc, que je n'avais rien dit de tout ça, Marta a cessé de pleurer, elle s'est soudain détachée de moi et m'a regardé de travers. Pourquoi ? Et pourquoi m'a-t-elle ensuite sorti ce qu'elle m'a sorti ? En y repensant, je crois que la raison en est liée au sentiment de culpabilité que son corps n'avait réussi à étouffer que tant qu'il était resté blotti contre le mien.

Ce que Marta m'a sorti après…

« Vous avez recommencé », m'a-t-elle déclaré. Et la revoilà en pleurs.

« Recommencé quoi ?

— A ne plus sourire.

— Mais qui ?

— Vous, les gens. Tout le monde. »

Son regard était méchant.

« Comme l'autre fois, pareil, a-t-elle insisté. Qu'est-ce qui ne va pas ? Pourquoi, quand les enfants atteignent quatre ans, arrêtez-vous de leur sourire ? »

Je suis resté sans voix, c'était absurde de se défendre d'une accusation de ce genre, que je ne comprenais même pas ; mais pour elle, c'était égal parce qu'elle a explosé comme si je m'étais risqué à répondre.

« Vous ne vous en rendez même pas compte, c'est ça ? Et pourtant, vous le faites tous, et tous au même moment, à croire que vous respectez une loi à la con. Non mais, c'est écrit où qu'on ne sourit plus à un enfant de quatre ans ? Ou alors ne lui souriez pas avant non plus, ça vaudrait mieux, non ? Même pas quand il est dans son landau, nom de Dieu. Toi, la mère, tu te crèves la paillasse avec ton gosse, tu t'occupes de lui nuit et jour, tu te sacrifies, tu lui prodigues tous les soins, et tu ne demandes rien en échange, tu le fais, c'est tout. Puis tu sors, tu l'accompagnes chez le médecin, tu l'accompagnes à la crèche, tu retournes le chercher, tu l'emmènes avec toi au supermarché, et tous les gens que tu rencontres, tous, même ces connards de touristes, quand ils te rencontrent avec lui, ils te sourient. Ils sourient à l'enfant, à cause de l'enfant, mais ils te sourient aussi à toi, ils sourient à ce que vous êtes *ensemble*. C'est chouette tu sais, et c'est juste aussi, oui, c'est juste de sourire à une maman qui s'affaire avec son enfant. Bref, tout le monde fait ce qui est juste, et toi, tu t'y habitues, je m'explique ? Ces sourires sont de l'énergie qu'on met à ta disposition, et tu t'habitues à en disposer, tu penses qu'en dépit de tout ce qui déconne dans ta vie, quand tu es avec lui, il y a de grands sourires pour toi, là à l'extérieur, il y a de l'énergie, et ça te rassure. Les gens sourient, à toi et à l'enfant, au moins ça. Mais soudain, d'un jour à l'autre, vous arrêtez : ça s'est passé avec Giovanni, quand il avait quatre ans, et ça m'a sacrément secouée. J'allais dans les magasins, je me promenais dans la rue, *je venais vous voir*, et personne ne me souriait plus. Alors quoi, avais-je envie de vous demander, il est trop grand ? A quatre ans ? Que se passe-t-il ? Qu'est-ce qui ne va pas ? Pourquoi vous ne souriez plus, merde ! Puis Giacomo est né, et vous avez recommencé à sourire, tous en même temps, là encore. Chaque fois que je sortais avec Giacomo, sans exception, vous me faisiez tous de grands sourires en me rencontrant. Toi aussi, qu'est-ce que tu crois, pas la peine de faire cette tête, j'y ai été attentive et vous vous comportiez tous de la même façon. Dans le landau, dans le porte-bébé et puis quand il a commencé à marcher, qu'il trottinait à côté de moi en me tenant par la main : ça durait un éclair, un fichu tout petit instant, mais en croisant mon regard, vous aviez de nouveau le sourire, tous, et je recommençais à puiser de l'énergie dans ces sourires. Mais maintenant que Giacomo a lui aussi quatre ans, vous avez de nouveau arrêté, et ça, je ne le supporte pas. Je comprendrais si vous arrêtiez quand il arrive à huit ou neuf ans, ça resterait dur à avaler, mais je le comprendrais ; mais à quatre ans, c'est trop tôt. C'est trop tôt... »

Pendant qu'elle parlait, je le répète, Marta me regardait avec méchanceté et on aurait dit qu'elle me considérait comme personnellement responsable de cette histoire de sourires, le *chef* de ceux qui ne souriaient plus. Je continuais à me taire parce que je pensais qu'une demi-heure plus tôt elle avait eu une espèce de crise de nerfs et que cette diatribe en était sans doute une dernière manifestation ; tout le monde a le droit d'être agressif, me disais-je, et elle s'en prenait à moi parce qu'elle n'avait que moi sous la main. Je sentais toutefois dans son agressivité quelque chose d'un peu trop personnel qui ne s'expliquait pas ainsi. Après tout, je venais de la sortir d'une espèce d'enfer, je l'avais calmée, consolée, et je ne m'étais pas permis le moindre commentaire sur son dernier geste d'agressivité déplacée : pourquoi n'en tenait-elle pas compte ? La réponse à cette question pourrait être secondaire, ou de toute façon ne me concerner en rien, si ce n'était que, dans cette étreinte, j'avais senti pour la première fois, un lien profond entre elle et moi, quelque chose d'accidentel mais aussi de radical qui unissait nos destins de façon très étroite, comme quand on se rend soudain compte qu'on est suspendu à deux au même crochet. D'autant plus que, après une pause, une nouvelle crise de pleurs et un trafic rapide de Kleenex de son sac vers son nez, Marta est passée à une attaque directe, beaucoup plus lucide et culottée : elle ne s'est pas excusée, elle n'a pas sollicité ma compréhension pour la passe difficile qu'elle traversait, elle m'est rentrée dans le lard.

« Je ne veux pas finir comme Lara. Je veux être aimée. »

C'était sans rapport avec ce qu'elle avait dit jusque-là, mais ça avait tout l'air d'être la véritable raison de sa venue. Me dire ça. J'ai continué à me taire, ce qui s'est avéré toujours aussi inutile car Marta a continué comme si j'avais protesté.

« A part Claudia, elle n'avait que nous deux, Pietro : et nous ne l'aimions pas. C'est terrible. Et Claudia, qui nous ressemble beaucoup plus qu'à elle – et ce n'est pas un hasard – Claudia non plus ne l'aimait peut-être pas. Je ne veux pas finir comme elle. »

A ce stade, vu que me taire ne servait à rien, je lui ai répondu :

« Marta, mais que dis-tu ? » Ce n'était pas la réplique du siècle, je le reconnais. Mais je n'ai rien trouvé de plus percutant. Marta m'a souri, la méchanceté a disparu de son regard et a laissé la place à une expression complice, familière : elle y était arrivée, elle m'avait débusqué.

« Tu le dis toi-même que Claudia est tranquille, m'a-t-elle expliqué, qu'elle ne pleure jamais, qu'elle s'endort le soir comme si de rien n'était et qu'elle ne semble même pas triste. Eh bien, Claudia ne semble pas triste, tu ne sembles pas triste : et si, tout simplement, vous *n'étiez pas* tristes ? Lara meurt et vous deux, vous n'êtes pas tristes : on aura tout vu. Moi je suis triste, d'accord, et j'ai même des accès de panique, mais pour de tout autres raisons : moi non plus, je ne souffre pas de sa mort. Je ne l'aimais pas non plus. »

De nouveau – et avec une maladresse croissante car j'étais entraîné dans cette discussion à mon corps défendant –, j'ai réagi, et je n'aurais pas dû.

« Mais que dis-tu, Marta ? Nous aimions Lara. »

Maintenant elle semblait tout à fait satisfaite, elle souriait.

« Foutaises, Pietro. Je sais ce qu'endurait cette pauvre fille. C'est moi qui l'accompagnais au yoga, chez le gourou chinois, chez les jeteuses de sort. Elle savait très bien que tu ne l'aimais pas, elle était au courant de toutes tes *incartades* – comme elle les appelait –, mais elle ne te le disait même pas parce que toi, de toute façon, tu lui réservais toujours les mêmes conneries sur votre union, sur l'esprit qui régnait entre vous, et elle finissait par y croire. Elle n'arrivait pas à affronter la réalité, voilà, mais elle savait tout, en détail, et elle allait mal.

— Ce n'est pas vrai que Lara allait mal. C'est toi qui allais mal. C'est elle qui t'accompagnait chez tes gourous.

— Ne joue pas au plus malin avec moi ! s'est exclamée Marta, outrée. Lara allait très mal ! Et elle avait raison d'aller mal car son mari la trompait allègrement et personne ne l'aimait, pas même sa fille.

— Arrête, Marta. N'exagère pas maintenant.

— A moins que…, a-t-elle souri, à moins que… » Et un court instant, elle a repris la même expression mythique immortalisée sur cette photo devant Krizia, voilà treize ans. « A moins que tu ne t'en sois même pas aperçu. Regarde-moi dans les yeux, Pietro, réponds-moi. Vraiment, tu ne savais pas que Lara allait mal ?

— Lara n'allait pas mal. Toi, tu allais mal, tu es toujours allée mal, tu continues à aller mal, à ce qu'il semble. Pas elle. »

Elle me regardait droit dans les yeux, interloquée, et soudain, elle a éclaté de rire.

« C'est pas possible ! Je rêve ! *Tu es sincère !* Tu ne savais pas que ta femme allait mal ! Son cœur a littéralement éclaté tellement elle allait mal, et toi tu n'avais même pas —

— Maintenant, ça suffit, arrête ce délire. Lara allait bien, et je l'aimais. Et je ne faisais aucune incartade.

— Ah non ? s'est échauffée Marta. Et Gabriella Parigi, ça ne te dit rien ? Lara m'a emmenée avec elle une fois où elle t'a suivi, et je t'ai vu de mes yeux entrer dans cet immeuble du corso Lodi quand tu aurais dû être à Londres ! Tu allais où, à une réunion ?

— Mais ça n'a rien à voir, Marta, ça remonte à dix ans.

— Ah ! comme ça remonte à dix ans, ça n'a rien à voir ? Je te ferais remarquer que ta fille avait trois mois, et que Lara était en plein baby-blues. Ou bien l'ignorais-tu aussi ?

— Marta, s'il te plaît…

— Et l'autre, la présentatrice ? C'était quand, il y a *cinq* ans ? Oui, c'était il y a cinq ans, parce que j'attendais Giacomo : c'est trop loin aussi, cinq ans ? La nuit des Oscars, à Los Angeles, tu te souviens ? Tu te souviens la nana, avec qui tu partageais l'Imperial Bedroom au Beverly Hills Hotel ? Comment je sais certaines choses ? Eh bien, le hasard veut que —

— Écoute, je ne sais pas quelle idée te prend de ressortir ces vieilles histoires, et surtout je ne sais pas en quoi ça te concerne, mais la seule chose que je peux te dire, c'est que j'aimais Lara et qu'elle le savait, point. Il se peut que je l'aie trompée ces deux fois-là, et même si tu veux vraiment le savoir, je l'ai trompée deux autres fois, oui, quatre en tout, et toutes au début, dans les premières années quand, si tu permets, moi aussi je faisais mes conneries ; mais je l'aimais, je la respectais, et elle n'allait pas mal du tout. »

Là, elle a vu rouge et, quand j'y repense, c'était bien fait pour moi, vu que j'avais été infoutu de me taire. Elle a explosé :

« Là, il faut que tu arrêtes tout de suite ! Tu ne vas pas me bassiner avec tes salades ! Avec moi, ça ne prend pas, je ne suis pas Lara ! Je suis même pire que toi, qu'est-ce que tu crois ? Ou plutôt, je suis *comme* toi ! Tu as toujours agi à ta guise, sans t'inquiéter une seconde de savoir comment Lara le prenait, voilà comment tu la respectais ! Tu as même couché avec moi !

— Quel rapport ? Je ne la connaissais pas encore.

— C'est pareil !

— Mais comment ça, c'est pareil ? Marta, tu as pété un câble. Tu ne devrais peut-être pas être ici, tu devrais aller consulter un — »

Et là, au milieu de cette phrase inutile, après toutes les autres phrases inutiles que j'avais hélas déjà prononcées, j'ai eu une illumination, et j'ai fait la chose juste : je me suis levé et je suis parti. Je l'ai laissée en plan, et je suis revenu à ma voiture, parce que je sentais monter la colère, et même j'étais déjà très en colère, j'étais hors de moi, et la situation hors de moi devenait de plus en plus confuse et grotesque tandis qu'en moi elle restait claire. Je l'ai laissée en plan, assise sur le banc, et elle, par orgueil, ou parce qu'elle ne savait pas quoi faire, allez savoir, est restée sur ce banc un bon moment – au moins une heure. La récréation est arrivée, Claudia s'est montrée à la fenêtre et nous nous sommes fait coucou ; Paolina, l'institutrice, est sortie de l'école et nous nous sommes salués aussi ; j'ai passé quelques coups de fil de travail, j'ai fumé, j'ai mangé un sandwich et petit à petit j'ai essayé de me calmer car c'était, à ce moment-là, une priorité absolue. Et j'y étais arrivé, j'étais de nouveau calme quand Marta s'est levée de son banc et s'est dirigée vers moi. J'ai espéré qu'elle m'ignore, qu'elle aille droit à sa Twingo à demi défoncée que j'avais garée *moi* pendant qu'elle se déshabillait – après quoi, j'avais mis *ma* carte de visite sous l'essuie-glace de la C3 qu'*elle* avait bousillée, avec *mon* numéro de téléphone pour dédommager *moi* les dégâts qu'*elle* avait causés –, mais elle est venue à ma vitre et s'est penchée pour me parler, exactement comme Piquet hier. Exactement comme hier, une pluie fine avait recommencé à tomber et c'était curieux cette répétition si parfaite mais avec des paramètres esthétiques renversés : la veille, un des hommes les plus laids que je connaisse, le lendemain, une des filles les plus belles que je connaisse, tous deux dans la même position absurde sous la pluie, pour me dire une dernière chose par la vitre après avoir donné libre cours avec moi à une angoisse qu'ils couvaient depuis Dieu sait combien de temps.

« Tu sais quelle est la dernière chose que nous avons faite ensemble, Lara et moi ?

— Non.

— Nous sommes allées chez une voyante, à Gavorrano, le jour où tu as emmené les enfants au parc aquatique. Lara te l'avait dit ?

— Non.

— Et tu sais ce que nous a dit cette voyante ? Elle nous a tiré les cartes, d'abord à moi et elle m'a dit que j'aurais du succès, beaucoup de succès, dans le travail et en amour, et que j'aurais plein d'hommes, tous amoureux de moi, mais que hélas je mourrais jeune. Puis elle les a tirées pour Lara, mais après les avoir retournées, elle ne voulait même pas parler. Toutefois Lara a insisté alors la voyante lui a dit que non seulement elle mourrait jeune elle aussi, mais qu'elle n'aurait aucun succès d'aucune sorte et qu'elle resterait seule, sans homme, comme elle l'avait toujours été. Alors Lara a éclaté de rire et a dit à la voyante qu'elle se trompait car elle avait un homme. La voyante a consulté à nouveau les cartes et, impassible, lui a répété qu'elle n'en avait pas. Lara a insisté, amusée, elle lui a dit ton nom, elle lui a dit qu'elle vivait avec toi depuis onze ans, que vous aviez une fille, et que vous alliez vous marier au début du mois de septembre et que donc les cartes s'étaient trompées. La voyante l'a écoutée, elle m'a regardée, elle a regardé à nouveau les cartes, elle a regardé à nouveau Lara et, avec la douceur de ceux qui annoncent une mauvaise nouvelle, elle lui a dit : "Je suis désolée, ma belle, mais je te dis que cet homme, *tu ne l'as pas…*" »

Et elle est partie ; les cheveux trempés, le visage trempé, les vêtements trempés, Marta est allée jusqu'à sa Twingo de sa démarche magnifique. Elle a mis le contact et a réussi à sortir sans difficulté du créneau où deux heures plus tôt elle n'avait pas réussi à entrer. Je ne me suis pas soucié de comment elle se sentait ou de ce qu'elle avait pu fabriquer : elle semblait avoir retrouvé son calme elle aussi et, je ne sais pas pourquoi, j'ai l'impression qu'elle est allée devant l'école de ses enfants et qu'elle y est restée, comme moi, dans sa voiture, à attendre leur sortie.

10

Maintenant je suis ici, dans la tribune de ce vieux gymnase et je ne parviens pas à ne pas y penser. Claudia enchaîne sauts, flexions et torsions quatre mètres au-dessous de moi, et comme elle, d'autres enfants s'entraînent, garçons et filles, de son âge et plus grands, tressant ensemble une couronne de pur espoir – espoir de réussir à terminer l'exercice, à gommer le défaut, entrer dans l'équipe pour les prochains championnats –, et je dois me concentrer pour ne pas penser à Marta. C'est inquiétant. En général, ces deux heures sont mon yoga, mais aujourd'hui Marta m'a perturbé, et j'ai peur que quelque chose ait changé. Et pas seulement Marta : elle surtout, mais aussi Piquet hier, et Jean-Claude l'autre jour. Ils sont venus me voir, tous les trois, pour *souffrir*, ils ont déversé leur souffrance sur moi et sont repartis. Ce n'est pas anodin. Pour être sincère, j'ai appris depuis peu à apprécier cet endroit : avant, c'était Lara qui accompagnait Claudia à la gymnastique ; je ne l'accompagne que depuis qu'elle n'est plus là, maintenant que les cours ont repris, et c'est une véritable découverte. C'est formidable. Un vieux gymnase qui accueille quatre cours de gymnastique artistique en même temps, depuis les débutants jusqu'à la compétition, est un spectacle que je n'aurais jamais imaginé ; méditatif, pur, mais aussi énergisant, joyeux, harmonieux : parfait pour quelqu'un comme moi qui souhaite veiller sur sa fille, mais dans la légèreté, sans trop penser. Du reste, on est ici dans une espèce de temple de la légèreté : ici la force de gravité semble un vieux truc dépassé : vous regardez du haut de la tribune et vous voyez se succéder équilibres, voltiges, ponts, roues, grands écarts, sauts périlleux comme en apesanteur – et pour moi, vu la tournure que ma vie a prise, rester ici deux heures de suite trois fois par semaine est un cadeau précieux. Et dire que je l'ai eu à portée de main pendant plus de cinq ans et que je ne m'en étais jamais aperçu ; et Lara non plus qui accompagnait Claudia, mais ne restait pas la regarder et employait ces deux heures pour aller au supermarché, chez le coiffeur et autres courses : mais quelle vie menions-nous ? *Elle allait mal* – le sentiment de culpabilité que Marta a essayé de me refiler. Ce n'est pas vrai : Lara n'allait pas mal, pourquoi Marta dit-elle le contraire ? Et pourquoi dit-elle qu'elle et moi, et même Claudia, n'aimions pas Lara ? J'aimais ma femme, et Claudia aimait sa mère : jusque-là, Marta dit faux. Et elle ? Aimait-elle sa sœur ? Ou pas ? Peut-être la détestait-elle et cherche-t-elle quelqu'un avec qui partager cette faute ? Ce doit être pour ça que, pendant cette étreinte, Lara a disparu de mon esprit et que j'ai réussi à être assez égoïste pour ne me soucier que de la suite – Claudia, là en bas : je dois me concentrer sur elle. Les exercices au sol : sur la diagonale du praticable, deuxième de la file après Gemma, Claudia s'est attiré les reproches de Gaia, la prof, à cause de son vieux défaut de bouger le bassin. Un défaut que je ne parviens même pas à voir tant il est mince, mais qui semble être son point faible. Voilà, ça y est : Gemma qui s'élance, et tout de suite derrière Claudia, la voilà qui enchaîne bravement sa série d'équilibres avec salto avant pour sortir, un, deux, trois, et d'après moi, son bassin est au point, il me semble que cette fois on ne peut rien lui reprocher, eh bien non, la prof arrête les autres, s'approche de Claudia et, devant tout le monde, sapristi, sans une once de tact, elle lui dit qu'elle a de nouveau bougé le bassin. Elle va jusqu'à l'imiter, en effectuant elle-même un équilibre mais en exagérant grossièrement le défaut, si bien que maintenant je le vois moi aussi tandis que tout à l'heure sur Claudia, je jure qu'on ne remarquait rien – ah non ! ça ne va pas, ma chère Gaia : Claudia ne bougeait pas du tout le bassin comme ça ; elle est la seule à ne pas pouvoir le savoir, mais ses camarades le savent et le lui diront, Gemma le lui dira, elle lui dira, écoute Claudia, ou plutôt *Claudina* (car elle l'appelle comme ça, Claudina, du haut de ses treize ans et demi qui font d'elle la doyenne du groupe ainsi que la capitaine de l'équipe, déjà une demi-championne, qui décroche des médailles un peu partout, donc pour les autres une espèce d'idole, en particulier pour Claudia qui lui colle aux basques et essaie de l'imiter à chaque occasion, dans les exercices au gymnase mais aussi dans ses attitudes et ses poses à la maison et à l'école, avec des résultats grotesques car Gemma elle, est formée, elle a une beauté encore de nymphe mais déjà sculpturale, chez elle certaines poses ultra-féminines peuvent paraître naturelles, mais en aucun cas chez Claudia qui n'est encore qu'une enfant), écoute Claudina, lui dira-t-elle, tu ne le bouges presque pas, ton bassin, la prof exagère, ne t'en fais pas ; et moi, la prochaine fois, je crois que je vais apporter le camescope et filmer le cours, comme ça Claudia verra de ses yeux la différence entre son vrai défaut et celui que Gaia lui montre. Un défaut qui se résume, au bout du compte, à ne pas être parfaite à l'âge de dix ans et demi. Elle pousse un peu. C'est ce qui m'impressionne le plus ici, ce rapport imposé à la perfection. L'âge ne compte pas, ni la difficulté de ce qui est enseigné, ni la certitude presque mathématique de ne jamais se retrouver en situation de disputer une médaille olympique à quelques millièmes de point : ici, on vise la perfection, point barre, tout le monde et de toute façon – ce qui, de surcroît, me met hors jeu car je n'ai jamais connu cette pression de ma vie et j'ignore ce que ça veut dire : j'ai toujours essayé de faire du mieux que je pouvais, bien sûr, et dans certains cas, j'ai été obligé de bien faire, sous peine de perdre estime, argent et même affection, mais je n'ai jamais pensé un instant à flirter avec la perfection – le bien absolu, le vingt sur vingt. Tandis qu'on exige de ma fille la perfection depuis qu'elle a manifesté un talent pour la gymnastique artistique, et je n'ai pas idée de ce que cela signifie. Lara pouvait le savoir : elle avait fait de la danse classique pendant des années et là aussi, c'est costaud, tout doit toujours être parfait ; Lara peut-être pouvait comprendre ce qu'éprouve Claudia, mais pas moi. Sans compter que la plus douée pour la danse, celle qui atteignait la perfection, c'était Marta ; elle était la plus belle, la plus jeune, la plus brillante, la plus rebelle, bref la plus tout, et même la plus chanceuse jusqu'au moment où elle s'est appliquée à fabriquer son propre malheur – devenant du coup *la plus malchanceuse* aussi. Le cas échéant, c'est donc Lara qui aurait dû ne pas aimer Marta, la détester, et pourtant ce n'était pas le cas, j'en suis témoin : Lara aimait beaucoup sa sœur. Le contraire a-t-il pu se passer ? Une situation absurde, dostoïevskienne ? *Pourquoi hais-tu ton fils, Fédor Pavlovitch ? Quel mal t'a-t-il fait ? Aucun, mais moi, je lui en ai fait beaucoup...* Et en effet, je ne comprends pas comment Claudia a pu résister à cette pression, ne pas craquer. Et pourtant, elle y est arrivée, elle y arrive. On attend d'elle la perfection ? Alors elle a simplement cherché à l'atteindre, millimètre par millimètre – et elle l'a même atteinte, à ce qu'il semble, sur certains points. J'ai été interloqué, le jour où je suis venu au gymnase pour les inscriptions de rentrée, quand Gaia en bénissant ma décision de faire continuer la gymnastique à Claudia (quelqu'un avait dû l'avertir de ce qui s'était passé et elle craignait que la petite ne revienne pas), a résumé les points sur lesquels on peut déjà considérer Claudia comme parfaite : le grand écart, le cou-de-pied... « C'est-à-dire, parfaite ? » lui ai-je demandé, persuadé qu'elle allait me répondre « oh ! il s'agit d'une fillette de dix ans, ça veut dire satisfaisante » ; mais sa réponse a été d'une pureté nietzschéenne : « parfaite au sens absolu ». Bien sûr cette perfection, toute seule, ne sert à rien parce qu'elle équivaut plus ou moins à la perfection du nœud de lacets des chaussures de tennis avant le début d'une partie ; mais le fait est que Claudia l'a atteinte, ce qui autorise à penser qu'elle peut aller plus loin sur cette voie, et ainsi ce mot qui m'est étranger s'est installé dans la vie de ma fille. Surtout que Claudia *fait aussi* les exercices plus difficiles, ceux où – comme toutes les autres du reste –

elle est encore très loin de la perfection, et à mes yeux, c'est déjà prodigieux parce qu'il s'agit de l'équilibre, de la pirouette, de la roue, du saut périlleux avant et arrière – et d'une gamine de dix ans. Mais dans la conception en vigueur ici, qu'elle les réussisse n'a pas d'importance tant que ce n'est pas à la perfection. Même Gemma au fond se trompe bien plus qu'elle ne réussit à être parfaite et pour finir, malgré l'ébahissement qu'on éprouve d'ici en voyant ce qu'accomplissent ces petits bouts de bonnes femmes, aux yeux de leurs enseignants, elles ne font que se tromper. Et voilà un exemple de rapport entre adulte et enfant où on ne passe rien à l'enfant, et c'est autrement plus raide que l'histoire d'arrêter de sourire. C'est vrai que je ne souffre pas, et que Claudia non plus ne semble pas souffrir : mais – c'est ridicule de penser même en douter – cela ne signifie pas que nous n'aimions pas Lara. Nous – et j'inclus Marta parce qu'elle aussi aimait Lara jusqu'à preuve du contraire – ne souffrons pas encore ; nous accusons le coup comme ça, pour le moment, et même je dirais que nous ne l'avons pas encore accusé, nous tournons autour, nous nous comportons comme si rien n'était arrivé, comme si Lara était, que sais-je, en voyage, et nous attendons que la souffrance arrive et inonde nos vies, en nous limitant pour le moment à attirer celle des autres, comme dans mon cas, ou à perdre la tête au volant comme c'est arrivé à Marta – et là, il serait intéressant de comprendre pourquoi, parmi toutes les façons dont elle pouvait la perdre, la sienne a été de se déshabiller. Voici qu'elles se mettent en cercle, assises, les jambes écartées, et elles ploient le buste en avant pour le poser sur le sol, dans une position impossible. Et elles se mettent à jouer comme ça, aplaties au sol comme des crêpes : on ne comprend pas de quel jeu il s'agit, mais il est clair qu'elles en ont entamé un, sous la houlette de Gemma. Elles doivent dire quelque chose chacune à leur tour, c'est le tour de Claudia, elle dit allez savoir quoi et les autres rient. Gemma aussi rit, et Claudia est toute fière. Bravo petite fleur, tu as fait rire ton idole. Lara n'allait pas mal. Elle est allée chez la voyante pour accompagner Marta, comme toujours. Au fil des années, elle l'a accompagnée chez une kyrielle de guérisseurs, biothérapeutes, yogis, gourous, chamanes, sorciers, ayurvedas, maharishi, acupuncteurs, acupuncteurs sans aiguilles, thérapeutes-qui-appliquent-des-pierres-sur-les-chakras – un nom à coucher dehors, impossible de m'en souvenir –, podologues qui vous lisent les pieds, trichomantes qui vous lisent les cheveux, moines tibétains qui vous nettoient l'aura à l'épée, samouraïs qui vous la nettoient au katana, elles sont même allées voir un vampire, je n'invente rien, l'année dernière, sur le corso Magenta, un Roumain de Transylvanie, qui comme de bien entendu s'appelait Vlad, lequel pour cent cinquante euros vous prélève vingt-cinq centilitres de sang avec une seringue stérile, *les boit*, et ensuite vous dit ce que vous avez et quoi faire pour retrouver votre équilibre. Mais c'était Marta qui entraînait Lara et pas le contraire, et Lara l'accompagnait pour ne pas la laisser seule. Marta a renversé les rôles – situation dostoïevskienne, à nouveau – maintenant, elles se déplacent sous la poutre, une jambe sur le tapis, l'autre derrière, pour l'entraînement au grand écart. Et ici Claudia est parfaite, comme Gemma du reste. Tant et si bien que, du haut de leur supériorité, elles se mettent à bavarder en ignorant les autres et Gaia les réprimande. Et, alors qu'elle effectue avec son corps quelque chose de prodigieux, car en posant ainsi les pieds sur les matelas l'ouverture du grand écart dépasse les cent quatre-vingts degrés et qu'elle y arrive « à la perfection », on lit de la satisfaction sur le visage de Claudia, mais la raison en est cette réprimande qui la met dans le même sac que son idole, avec laquelle en effet elle recommence aussi sec à papoter comme si de rien n'était, et Dieu sait ce qu'elles se disent, ce que dit Claudia en ce moment, ce que lui répond Gemma tandis que les tendons et les muscles de leurs cuisses s'allongent et que leurs corps – celui simple, minuscule et provisoire de Claudia et celui plus important, féminin et définitif de Gemma – gagnent quelques angströms sur leur interminable chemin vers la perfection. Marta veut que je souffre, c'est clair, elle veut que je me sente coupable. Marta veut que je repense aux affirmations de cette voyante à Lara peu avant sa mort : « tu mourras jeune », « je suis désolée mais cet homme, tu ne l'as pas ». Mais quand ces paroles ont été prononcées, Lara était bien vivante, et si elle n'était pas morte, elle aurait été la première à en rire, elle m'aurait raconté la séance chez cette voyante, comme elle m'a raconté le samouraï ou le vampire et nous en aurions ri ensemble, parce que ça ne méritait rien de plus. Mais, coïncidence, elle est morte, et ce n'est qu'après coup que ces paroles peuvent sembler inquiétantes. Tout propos d'ailleurs, même le plus ridicule, prononcé peu avant la mort de quelqu'un, frôle la frontière obscure de la prophétie, mais il ne faut jamais oublier que le temps ne s'écoule que dans un sens, et que ce qu'on voit en le remontant est trompeur. Le temps n'est pas un palindrome : en partant de la fin et en le parcourant à l'envers dans son entier, il semble prendre d'autres significations, inquiétantes, toujours, et il ne faut pas se laisser impressionner. Je me souviens d'un procès fameux, contre les Judas Priest, un groupe de heavy metal accusé d'avoir poussé au suicide deux jeunes gens par des messages subliminaux, audibles quand on écoute leurs chansons à l'envers – des phrases comme « Décide-toi ! » ou « Tente le suicide ! » ou « Le suicide, c'est bien ! » –, donc, au beau milieu de ce procès, le chanteur du groupe se présenta au tribunal avec des bandes magnétiques qu'il fit écouter à la cour en les passant à l'envers. Sur l'une d'elles, il y avait une chanson de Diana Ross et à un endroit, diffusé à l'envers, le texte disait distinctement « Mort à tout le monde. Il est le seul. Satan est amour. » Sur les autres, il y avait des chansons de son groupe et là où le texte officiel disait par exemple « Force stratégique / Ils échoueront » ou « On ne nous volera pas notre amour », l'écoute à l'envers donnait « C'est si invraisemblable / Mais je le mérite vraiment » ou « Oh ! maman, regarde, cette chaise est cassée ! » Non, que cette voyante lui ait prédit qu'elle mourrait jeune ne signifie rien. Qu'elle ait avec un tel acharnement nié ma présence à ses côtés ne signifie rien. Que Lara soit en effet morte quelques jours après ces bêtises ne signifie rien. De l'autre côté du gymnase, les garçons s'entraînent à l'équilibre sur les barres parallèles. Leur professeur les harcèle. Mais ils ne sont que quatre, les plus grands : les autres sont assis et les regardent avec attention. Il n'y a aucun rapport entre garçons et filles ici, ni mots ni regards échangés, rien, pas même chez les plus grands qui, hors d'ici, se cherchent et se provoquent : la majorité est composée d'enfants qui imposent à tous leur chaotique calme des sens où l'attraction entre sexes n'a pas sa place. C'est comme si un mur séparait garçons et filles – et en fin de compte, grâce à ce mur, tous réussissent à bien mieux se concentrer sur l'entraînement. Il est extraordinaire de voir comment un groupe à majorité d'enfants finit toujours par être plus productif qu'un à majorité d'adultes. D'accord, mais *combien de jours* après est-elle morte ? Marta a dit qu'elles sont allées chez la voyante quand j'ai emmené les enfants au parc aquatique, c'était donc déjà la deuxième moitié du mois d'août, je dirais autour du vingt, c'était le jour du trophée Luigi Berlusconi ici à Milan, je m'en souviens car Jean-Claude m'a téléphoné pour me demander de l'accompagner dans la tribune d'honneur, et comme j'étais au parc aquatique, je lui ai dit que je ne pouvais pas, c'était donc autour du dix-neuf-vingt août. Lara est morte le trente, dix jours plus tard. Et maintenant Marta veut que je me demande pourquoi, pendant dix longs jours, Lara ne m'a pas parlé de cette voyante ; pourquoi pendant dix longs jours, elle s'est privée du plaisir de rire avec moi de ces prophéties idiotes. Marta veut que je croie que Lara avait des secrets, qu'elle la connaissait mieux que moi, pire, que je ne la connaissais pas du tout, elle veut que je me torture, que je fasse ce que jusqu'ici j'ai scrupuleusement évité de faire, comme fouiller dans ses affaires ou entrer dans son ordinateur, mais je ne le ferai jamais. Marta veut être aimée, mais par qui ? Un corps encore parfait, une poitrine superbe, un autre enfant, Fédor Pavlovitch. Buste plié, grand écart toujours, le front posé sur le genou (impressionnant que ma fille *fasse ça*), et Dieu sait où est Jean-Claude maintenant, ce que fait en ce moment cette Gabriella Parigi, ce que fait la fille au golden retriever, j'ai envie de la connaître, j'ai envie de connaître la fiancée de Piquet et de l'entendre sortir ses énormités ; j'ai envie de vérifier si, pendant que Lara mourait, quelqu'un pensait à elle – et il y aurait un moyen – puisque moi, j'étais occupé à sauver cette bonne femme. Claudia fait le grand écart depuis plus d'un quart d'heure à présent, Lara n'allait pas mal, elle n'avait pas de secrets, je ne fouillerai pas dans ses mails, et de toute façon, cette chanson a raison, nous ne sommes que des accidents qui vont se produire, et pour moi aujourd'hui, c'était Marta.

>De : "Josie" <Europa@thelightoflife.com>
>A : "Lara Siciliano" <larasic@libero.it>
>Objet : Stage Howard Y. Lee
>Date : 30 août 2004 13:38

Chers amis,
Nous communiquons aux personnes inscrites au stage
ÉLOIGNER LA PEUR ET LA COLÈRE
qui se déroulera le 15 novembre à Bologne que le lieu du stage a
changé pour des raisons indépendantes de notre volonté.
La nouvelle adresse est la suivante :
FORTITUDO GYMNASE FURLA
10, via Ugo Lenzi
Bologne (centre-ville)
à 200 mètres du Paladozza, où était initialement prévu le stage.
Une personne de l'association sera présente devant le Paladozza
pour accueillir ceux qui n'auraient pas été informés.

d'autres informations à l'adresse : http://www.thelightoflife.com

****

Healing Light & Longevity Center
Bologna, Italy.
Tel : (+39) 051 588 3808
Fax : (+39) 051 588 3753
Email : europa@thelightoflife.com

>De : « Gianni Orzan » <qwertyuiop@flashnet.it>
>A : « Lara » <larasic@libero.it>
>Objet : paranoïa
>Date : 30 août 2004 17:28

Lara, je t'écris dans un moment subit de paranoïa. Je ne sais pas comment c'est arrivé mais je suis là chez moi, à deux heures de l'après-midi, raide défoncé, avec un énorrme chien noir qui veut me bouffer tout cru. Énorme, Lara. Énorme. Que s'est-il passé, nom de Dieu ? Le chien me flaire, me tourne autour. Que s'est-il passé ? Donc : Belinda est venue ici. Tu ne la connais pas, Lara, moi c'est depuis pas longtemps. Elle s'appelle Belinda Berardi et elle est comédienne. On se téléphonait ces derniers temps, on devait se voir pour un truc de boulot, une lecture pour enfants qu'on doit faire ensemble ; et ce matin justement, elle m'a appelé et m'a demandé si j'étais libre et je lui ai dit oui, tu n'as qu'à venir ; et elle – voilà, c'est ça – me dit d'accord, mais il y a un problème : j'ai mon chien. Je lui dis ce n'est pas un problème, amène-le et elle O.K. alors j'arrive, et elle vient. C'est le genre de nana jetée, fabuleusement allumée, *phosphorescente*, elle oublie ses clés partout, elle renverse l'eau minérale, elle se tache avec la crème des éclairs, il lui arrive des coïncidences pas possibles, elle est toujours à moitié défoncée, on dirait qu'elle est plantée là et en réalité, c'est une tornade qui entre et donne un grand coup de propre. Certains trucs, je les sens tout de suite, tu le sais, je les sens intérieurement. Pour moi, elle est *la chose*, ou du moins, elle y ressemble beaucoup. She looks like the real thing, Lara. Avec tout ce que ça implique. Bref, on devait préparer cette lecture, elle et moi, mais on ne l'a pas fait. Parce que, maintenant je me rappelle plus comment ça s'est passé, mais elle a sorti de l'herbe et on s'est mis à fumer. Au lieu de travailler, on s'est fait un méga-joint. Il y avait le chien, mais moins énorme que maintenant, cette herbe me fait complètement partir, je me retrouve à lui parler du chiffre 4 et d'Esprit Neutre, tu comprends, et elle oui, bien sûr, j'ai toujours été très neutre – je veux mon neveu : tu es née en 76, sept plus six treize, trois plus un quatre, 4, c'est-à-dire Esprit Neutre comme Don Divin, tu es neutre, c'est clair. Je me lève et je donne à boire au chien, je crois me souvenir. Puis elle se met à parler d'elle et elle me fait rire, elle a un problème mais quoi, c'est pas clair. Cours de théâtre. Enseignant logorrhéique. Elle n'y va plus. Rien à faire, c'est pas clair, mais ce qui est clair, c'est qu'elle a un problème. Moi je pense : elle est géniale. The Real Thing. C'est dingue comme elle réussit à se bouffer le foie pour un problème qu'est pas clair du tout. Mais elle est très sympa, elle en rit aussi, et malgré son problème, on voit qu'elle est relax, pas stressée : une nana qui fume et qui a tout son après-midi devant elle. Et du coup, j'y vais tranquille moi aussi, tu comprends, parce que moi aussi, j'ai tout mon après-midi et on parle de l'Esprit Neutre, on rit, jusqu'au moment où, dring, son portable sonne. Elle répond et – voilà, c'est ça – elle blêmit. Comment, aujourd'hui ? Je croyais que c'était le trente et un, pas le trente, mais persuadée, je te jure, je ne sais vraiment pas quoi te dire, pardon pardon, et maintenant comment on fait ? Vraiment ? Oui, je fonce, dans un quart d'heure, je suis là. On l'attendait pour un doublage, cette andouille. Elle avait complètement oublié. Ça bloquait tout le monde. Bref, elle bondit, et merde de merde pourquoi je suis comme ça, c'est toujours pareil, j'en rate pas une, et le chien j'en fais quoi, et moi – voilà, c'est ça – laisse-le ici, Belinda, je te le garde. Ici ? Avec toi ? Oh non ! Je ne peux pas, il va te déranger – oui mais bon, où je peux le laisser ? Vraiment tu me le gardes ? Tiens. Et elle est partie. Tu comprends ? ELLE EST PARTIE. Pétée comme un coing, catastrophée, sidérée, elle a filé illico à son doublage, ventre à terre. Belinda, je lui dis, t'emballe pas. Réfléchis. Ne prends pas de risques. Tu vas galérer en voiture dans la circulation monstrueuse de Rome, raide défoncée, pour arriver dans un studio de doublage où tu vas te planter de première. Pourquoi tu te précipites ? Qu'est-ce que tu vas leur dire ? Que tu étais ici à fumer des joints et à parler d'Esprit Neutre ? Qu'est-ce que tu vas bien pouvoir leur dire, hein ? Penses-y. Pense, prie, conduis lentement et méfie-toi : c'est la jungle dehors. Et pendant que tu y es, pourrais-tu par hasard me dire à quelle heure ça finirait, ce doublage ? Je demande pas ça en l'air – et puis quoi encore – mais pour aviser avec ce chien. Savoir si je dois sortir le faire pisser par exemple, ou pas. J'ai du parquet, si tu vois ce que je veux dire. A cinq heures et demie, me répond-elle. Et elle s'en va. Et elle me laisse son clébard. Sauf qu'avant, il n'était pas si gros. Putain, il est énorme. Il me colle, il me renifle. Il ne doit pas apprécier que sa maîtresse l'ait abandonné. Tu paries que maintenant son poids chiche de cerveau va associer l'absence de sa maîtresse et ma présence, et qu'il va s'en prendre à moi ? Et qu'il va me sauter à la gorge, me dévorer ? A tous les coups. Comment me défendre ? Je peux essayer de l'étrangler. C'est une idée. J'ai entendu parler de chiens étranglés par des hommes. Il paraît que c'est même la façon la plus courante dont les humains tuent les chiens. Ils les étranglent. Bien sûr, c'est possible. Mais je dois bien préparer mon coup. Je dois être prêt à lutter pour ma survie. Avec cet énorme chien noir, au symbolisme criant. Et je me prépare mentalement à l'attraper par le cou quand il m'assaillira, et à serrer fort tout de suite – c'est fondamental – d'un geste décidé, terminal. Je suis bien bête d'ailleurs, pourquoi lui donner l'avantage de choisir son moment ? Je n'attendrai pas qu'il m'attaque, je vais anticiper. C'est moi qui vais l'attaquer. Hé oui : frapper le premier. Je le saisirai au cou et je l'étranglerai. Il se débattra bien sûr, mais je m'en contrefous, tu peux toujours te débattre, pris à la gorge, tu ne peux pas me mordre, forte pression pendant vingt, trente, quarante secondes, tout concentré dans ce geste, comme le Lorenzaccio de Carmelo Bene quand il plonge le fer dans la poitrine du tyran, je vais attaquer cette saloperie de clébard avant – compris ? – AVANT qu'il ne m'attaque. Et je vais l'étrangler. Fin du problème. Et quand elle reviendra le chercher, elle trouvera un cadavre. Ben oui. Ça sera un choc, c'est inévitable, mais je lui dirai ainsi va le monde, baby, ce sont les plus forts qui survivent. Ce chien a commis une grosse erreur, poupée. Il m'a sous-estimé, il m'a attaqué. Tu comprends ce qu'il a fait ? Il voulait me planter ses crocs dans la gorge, il voulait me mettre en pièces. C'est pour ça qu'il est mort. Légitime défense, poupée, je n'avais pas le choix. Lui ou moi. Non, inutile que tu le prennes dans tes bras, que tu essaies de le ranimer, il est bel et bien mort. Je te le garantis. J'ai vérifié. Elle pleurera et je la consolerai, c'est la vie, poupée, et elle acceptera parce qu'elles sont ainsi, Lara, les Real Things, elles savent accepter le mal, elles savent l'aimer, même… Il faut que ça se passe ainsi, ça ne dépend que de moi. Je dois l'étrangler. Je dois me concentrer, me préparer. Le voici. Il me flaire, le salaud. C'est sa vieille tactique, flairer n fois jusqu'à ce que sa proie s'habitue à être flairée, accepte le contact sans crainte, se relâche, pour ensuite à la fois $n+1$, gnap, plonger ses crocs dans mon cou. Il me prend pour un con ? Comme si je ne le savais pas ! Il me flaire, ou plutôt il fait semblant de me flairer parce qu'en réalité mon odeur le répugne, c'est l'odeur de Celui Qui Veut remplacer Sa Reine, et pour cette raison, il me hait. Il veut me tuer. Un chien noir, vingt dieux. On peut pas plus symbolique. Ce n'est même plus le symbole du diable, *c'est* le diable. La Bête en personne. Le Chien, avec un *C* majuscule. J'ai le diable chez moi, bordel de merde et je dois l'étrangler avant qu'Il me possède. Mais je ne suis pas encore assez fort pour ça, je le sens, je ne suis pas prêt. Je dois me fortifier. Il faut que je rassemble toutes mes forces, pour ne pas succomber. Et où est ma force ? Dans l'écriture. Bien sûr, écrire : là, je suis fort. Voilà, Lara : maintenant je me souviens.

J'ai décidé de prendre des forces en écrivant. Je me suis dit : je vais rassembler mes forces là où je suis fort, je vais écrire. J'écris à Lara et puis j'étrangle le Chien. Voilà ma stratégie. Et je suis venu ici, je me suis connecté et je me suis mis à t'écrire. Pour lutter contre le Diable, Lara, pour triompher du Mal. Ah ! Et puis, il y a l'autre paranoïa : et si maintenant, arrivait Simona, ma, disons, coloc, qui ignore tout de ce chien et qui a peut-être très peur des chiens, surtout quand ils sont Énormes et Noirs, au fond, je ne la connais pas très bien, elle a peut-être la phobie des chiens, elle va peut-être prendre une attaque rien qu'à le voir, rien qu'à entendre ce mot, CHIEN, j'en sais fichtre rien. Ça pourrait être le cas. Admettons qu'elle entre. Qu'elle entre maintenant. Que se passe-t-il ? Elle hurle, elle s'évanouit, et je me retrouverais très vulnérable, eh oui, car ma noblesse d'âme me pousserait à son secours, je me pencherais sur elle, et à ce moment-là, le Chien pourrait me sauter à la gorge ; en m'attaquant par-derrière, bien sûr, et pendant que je tente de sauver une vie humaine, bien entendu, nous parlons de Lui, braves gens, pas du premier imbécile venu, de Lui-Même en personne, il a la palme du plus salaud de tous, de très loin, il le ferait et comment, et il en jouirait même, et je succomberais, et il me tuerait. Oh non ! Impossible ! Je dois empêcher ça, je dois tout prévoir. Je dois mettre une affiche sur la porte, dehors. Au fond, écrire une affiche, c'est simple. Je l'écris et je la pose dehors sur la porte. SIMONA JE NE T'EN DIS PAS PLUS IL Y A UN GROS CHIEN CHEZ MOI VA FAIRE UN TOUR JE TE RAPPEL- LERAI QUAND IL NE SERA PLUS LÀ. Dans le genre. Bien écrit. Clair. Sur la porte. Mais il faut l'écrire tout de suite. Sinon elle va entrer, elle pourrait entrer d'un moment à l'au – Au secours. Il aboie. Il gronde. Au secours. Le Chien Aboie. Il a arrêté. Il a recommencé. Il a re-arrêté. Moi, je m'enferme ici, dans mon bureau. Si Simona arrive, elle n'a qu'à se débrouiller. Je m'enferme dans le bureau, voilà, je suis enfermé, et maintenant, tiens, je peux téléphoner à Simona, bien sûr. Et je lui explique de vive voix, car l'idée de l'affiche, c'est de la connerie. Mais oui, je l'appelle. Sur son portable. C'est facile, nous sommes à l'Ere de la Téléphonie Mobile. Voilà, je l'appelle. C'est libre. Réponds, Simona, réponds. Silence, elle ne répond pas. Merde, elle n'entend pas. Son téléphone sonne pour lui sauver la vie et cette débile ne l'entend pas. Ah ! mais oui, un texto. Je vais lui envoyer un SMS. Beaucoup plus condensé que l'affiche : « Attends mon msg pr rentrer (ce qui signifie attends mon message pour rentrer, mais les jeunes mettent des abréviations dans les SMS), g un pb (ça m'étonnerait qu'elle comprenne, cette histoire d'abréviations ne me plaît pas, et puis Simona est jeune, mais pas *si* jeune) – g un pb : j'ai un problème. » Fin du message. Elle comprendra. Cette petite futée de Simona comprendra, et elle fuira cette maison où je résisterai au Mal de toutes mes forces. Je résisterai. Il peut toujours courir pour que j'ouvre cette porte. C'est encore mieux que l'étrangler. Rester enfermé ici. Il ne pourra pas m'avoir comme ça. Mais – oh non ! Je me souviens maintenant qu'on doit m'interviewer bientôt, des gens du Canada. *Du Canada*. En anglais. Qu'est-ce que je vais leur dire ? Pizzano Pizza (ou plutôt Pizano Piza avec un seul *z*, comme ils prononcent chez eux) ? Pizano Piza, tu parles ! Je suis ici à combattre l'Obscurité (« I'm Here Struggling Against The Dark ») et vous me demandez de parler de Pizzano Pizza ? (« And Thou Dare Asking Me About Pizzano Pizza »). L'interview, mais oui. Merde. Voilà le téléphone qui sonne et c'est le Canada pour l'interview ; moi comme un con, je donne l'interview et va savoir ce que je peux leur raconter, défoncé comme je suis, je vais leur parler de Démons, de Chiens Noirs et de Real Things phosphorescentes, et le marché canadien va me passer sous le nez pour toujours. Le Canada : un pays où les gens lisent beaucoup, vu le froid. Ils lisent les livres pour enfants à leurs enfants le soir, assis sur le bord de leur lit, rassurants, patients, éminemment civilisés, et, parmi ces livres, pourraient se trouver les miens. Le Canada. Et zou, d'un coup d'un seul, il me passe sous le nez, un des huit pays les plus industrialisés me passe sous le nez. Parce qu'il me semble que le Canada fait partie du G8. Je crois bien que oui. Il compte pour du beurre, mais il en fait partie. Comme nous, d'ailleurs. Oh non ! Ce n'est pas juste. J'ai mis des années pour que des Canadiens m'interviewent. Une vie entière. Et maintenant que je les ai appâtés, je fous tout en l'air à cause de cette connerie. Ô Belinda, reviens, reviens vite. Cours. Toi qui cours toujours, cours à mon secours. Sauve-moi. C'est ton chien après tout. Ce Démon Noir est à toi. Je t'en prie, envoie-les tous balader, sur le doublage. De toute façon, le plantage de première, c'est déjà fait. Arrête le massacre, ne te laisse pas humilier, envoie-les se faire foutre, et reviens ici. Auprès de Lui. Ce n'est pas qu'il me fasse vraiment peur tu sais, au contraire, il me plaît bien, et c'est justement ça qui m'effraie. Voilà pourquoi je te demande de revenir. Viens. Et puis, ce sera une mort moins absurde, au moins nous serons ensemble quand ton démon m'attaquera et me mettra en pièces. Parce qu'il va passer à l'attaque, et ça ne sera pas beau à voir. De toute façon, je sais que je ne l'étranglerai jamais. Moi, étrangler un chien : mais comment ai-je pu le croire une minute ? Il va me baiser, et dans les grandes largeurs, mais au moins Belinda, que tu sois avec moi quand il me fera ma fête. Enfin merde. Au moins que tu sois ici près de moi à mon heure fatale. Allez, reviens. Au plus vite. Je suis ici, sans défense contre le Mal, Ton Mal, seul comme je ne l'ai jamais été. Cette herbe est vraiment super, t'as vu comme elle dure ? Reviens, Belinda. Maintenant je compte jusqu'à trois et on sonne à la porte, et c'est toi. Un. Deux. Trois. Allez, viens. Je t'en prie, viens. Viens maintenant. Viens. Un deux trois : viens. Maintenant, à cet instant précis, ton doigt va presser le bouton de ma sonnette. Un deux trois, viens… Bref, viens viens viens, et en attendant, tu ne viens pas. Et il faut que je me démerde tout seul. Voilà qu'Il gémit derrière la porte. Il gratte. Il pleure. Il veut me prendre par les sentiments, l'enfant de salaud. Tactique numéro deux : Jouer Les Victimes. Celui Qui Marche Est Baisé. Mais moi, je ne marche pas. Pleure autant que tu veux, Énorme Chien Noir, je ne te consolerai pas. Je n'ai pas voulu cette situation. Je n'ai aucune faute. Même si, en imaginant que tu n'étais pas le Chien, mais un très normal chien noir innocent et gentil abandonné par sa maîtresse, et donc très triste et quémandant une caresse, même dans ce cas, j'aurais le droit de te laisser souffrir. Pour ne pas prendre de risques, tu comprends. Alors, tu peux pleurer, je ne culpabiliserai pas par ta faute. Et je ne me sentirai pas attiré par toi. Et même si je me sentais attiré, je ne l'admettrais jamais, alors meurs de chagrin si tu veux, je ne t'ouvrirai pas – mais rappelle-toi que celle qui t'a abandonné m'a abandonné moi aussi. Hé oui, Chien, elle nous a abandonnés tous les deux, c'est pourquoi nous pouvons devenir amis et nous saouler ensemble et nous raconter toutes les autres fois où des femmes nous ont abandonnés. Un paquet, hein ? Et alors, il doit y avoir quelque chose qui ne tourne pas rond chez nous, tu ne crois pas ? Si elles nous abandonnent toutes, il doit y avoir une raison. Elles nous abandonnent pour un autre, pour aller à un doublage, parfois même pour rien, vingt dieux, nous sommes capables de nous faire abandonner pour rien. C'est pas vrai, petit frère ? Même en face de rien, on perd la partie. Comme Luciano Rispoli sur Canale Italia, quand son émission rediffusée à deux heures du matin a fait moins d'audience que le brouillard qui passait en même temps sur Rai Due pour cause de problème technique. Des triples zéros, voilà ce qu'on est. Allez, devenons amis. Je vais t'ouvrir. Te voilà. Là, tout doux, oui. Allez. Tu voulais juste te coucher là, c'est ça ? Là, voilà, à mes pieds, comme mon vieux Roy avant qu'Anna ne me le prenne lui aussi, tout, même le chien, mais au moins là, j'ai gagné et au bout de deux ans et demi, je vais récupérer et mon gamin et mon chien, et advienne que pourra, mais je les aurai sauvés tous les deux, ne me demande pas de quoi, je l'ignore, mais je sais que c'était là, que c'était coton et que ça avait à voir avec ce puits terrifiant sans fond et tout noir creusé en elle et qui arrive jusqu'au fin fond de l'Enfer. Pour rester dans le domaine des Real Things. Ce puits que j'aimais tant. Bref, toi, Énorme Chien Noir, dont je ne connais même pas le nom, tu t'installes ici comme faisait mon vieux Roy, et comme il fera à nouveau dès le mois prochain. Viens, mon beau, viens. Notre maîtresse nous a abandonnés, hé oui. Elle nous a laissés tout seuls. T'es un beau chien, tu sais. Tout doux. Regardez comme il aime ça. C'est qu'on aime jouer. Dring. LES CANADIENS ! Sur le téléphone fixe ! Presque personne n'a ce numéro ! Je l'ai donné aux Canadiens ce matin ! Aïe aïe aïe… Allô ? Qui ? Marcella ? De Viareggio ? Qu'est-ce qu'elle me veut ? Je n'ai pas de nouvelles d'elle depuis des années. Je n'exagère pas. Des années. Non, elle veut des conseils pour louer un appartement à Rome. Louer, au sens de trouver un locataire. Et comme ça, après des années, cette Marcella me téléphone pour me demander des conseils pour louer un appartement à Rome. Elle m'explique toute l'histoire de l'appartement resté vide, de sa tante âgée, de son oncle moribond, de son grand-père en fauteuil roulant. Adresse-toi à une agence, lui dis-je. Ah, qu'elle fait : une agence, hein ? Oui, que je fais. Une agence. Tu n'y avais pas pensé, Marcella ? Je ne peux pas croire que tu n'as pas été fichue d'envisager de t'adresser à une agence, dis-moi la vérité. Si, j'y avais pensé, mais je croyais que c'était dangereux. Dangereux ? Au sens où ça peut être de l'arnaque, et bref, je voulais te demander ton – *Dangereux*, Marcella ? S'adresser à une agence immobilière serait dangereux ? Tu veux que je te dise ce qui est dangereux, Marcella ? Tu veux le savoir ? Devoir se coltiner un Énorme Chien Noir après avoir fumé Dieu sait quoi avec une super nana de la race des super nanas qui vous ont brisé le cœur, ÇA c'est dangereux ! Putain. Dangereuse, l'agence. Bon, eh bien merci encore, qu'elle me fait, comment vas-tu, ça va, et le petit comment va-t-il, il va bien, tu viens des fois à Viareggio, j'y vais un week-end sur deux depuis deux ans et demi, Marcella, et tu ne peux pas ne pas le savoir même si on ne s'est pas parlé depuis des années, je sais même que tu le sais, tu me poses vraiment des questions à la con, bref tout va bien qu'elle me fait, et moi oui, bon alors si tu viens à Viareggio passe me voir, je n'y manquerai pas, salut, salut. Une histoire de fous. Dangereuse, l'agence. Bon au moins, ce n'étaient pas ces foutus Canadiens, et c'est déjà ça. Et le chien noir est couché à mes pieds, doux comme un agneau, regarde ça, au lieu de planter ses crocs dans ma gorge et de me faire ma fête. Et c'est encore mieux. Et il fait une douce fraîcheur, et je me sens très bien, l'effet de l'herbe diminue un peu (mais alors, costaud) et je dirais même que maintenant, je me sens vraiment bien, et je ne peux me plaindre de rien, c'est la paix, la disparition du mécontentement, je suis ici et j'y suis franchement bien. De toute façon, les choses vont comme elles doivent aller, un point c'est tout. Pourquoi je me casse la tête ? Simona n'est pas encore rentrée et ne s'est pas retrouvée à l'improviste nez à nez avec un énorme chien noir parce qu'il ne devait pas en être ainsi. Vous direz : pur coup de bol. Vous n'y êtes pas du tout. Elle n'est pas encore arrivée parce qu'elle ne devait pas arriver. Point. Ce n'était pas prévu dans le karma, rien à voir avec le bol. Sans compter qu'elle pourrait encore arriver à tout moment, c'est pourquoi il vaut mieux en reparler tout à l'heure de cette histoire de Simona. Mais je lui ai quand même envoyé le texto. Je l'ai quand même avertie. J'ai accompli mon putain de devoir. Et puis il n'est pas dit qu'elle ait la phobie des chiens. Peut-être même qu'elle les adore. Allez savoir. C'est peut-être elle qui va me sauver, parce qu'elle sait mieux s'y prendre que moi avec les chiens. Et puis, à dire la vérité, il n'y a personne à sauver ici. Et de quoi d'ailleurs ? De ce bâtard en carpette à mes pieds, pacifique – regardez-le – reconnaissant, soumis ? Oublieux, surtout de la Furie Symbolique qu'il a été, envoyé pour se déchaîner contre moi. *Laissé* ici, plutôt, par Elle, par cette New Real Thing inattendue de la race des Real Things qui m'ont brisé le cœur – et pourtant, pour être sincère, qui m'ont aussi rendu incomparablement heureux le temps d'instants de beauté sacrément et formidablement fugaces que je n'oublierai jamais, avec leurs Chiens Noirs couchés à l'intérieur, tout doux, et la plage, la lune, les lumières des bateaux de pêche, et même une connerie de feu d'artifice quelque part, et la plus belle façon de faire l'amour, Lara, sur le sable. *Tu m'épouses ? Oui.* Ah. A quelle heure elle a dit que ça finit ce doublage ? Cinq heures et demie ? Et quelle heure est-il ? Cinq heures six. Vingt-quatre minutes. Une broutille. J'y arriverai. Je me sens bien. Le chien avec un *c* minuscule est couché à mes pieds. Le temps passe et joue en ma faveur. Cinq heures sept. L'effet de l'herbe se dissipe enfin. J'en ai quand même pris plein la tête – qui t'a donné ça, hein, Belinda ? Reviens donc quand tu veux, au point où on en est, ne te presse pas, ne t'occupe pas de moi. Je suis ici avec ton chien. Avec ton énorme péché noir, que j'aime tant. Et ne va pas te faire mal, conduis prudemment et réfléchis, réfléchis calmement avant d'agir. Dring. Mon portable – les Canadiens n'ont que mon numéro de fixe. Elle. Je le sais avant même de répondre parce que j'ai couplé son nom avec la sonnerie la plus branchée, genre électrisant. Dring. Salut Belinda. Elle veut savoir comment ça s'est passé.

Bien, lui dis-je, aucun problème. Comment ça a été avec Cruise ? Bien, Cruise a été sage. Donc il s'appelle Cruise. Il n'a pas griffé à la porte ? Il n'a pas pleuré ? Non, lui dis-je, pas du tout. Tu nous as abandonnés, lui dis-je, et nous, on s'en est tirés comme des chefs. Maintenant on est amis, ce vieux Cruise et moi. Regarde. Il est à mes pieds. Cruise ! Couché, ici ! Il veut que je le caresse. Bizarre, dit-elle, d'habitude quand je le laisse, il a tendance à planter le souk. Ça veut dire qu'ici, il a trouvé une énergie positive, dit-elle. Tu dégages une énergie positive, dit-elle. Génial, pensé-je. Le chien a été sage exprès. Je dégage une énergie positive : et en effet, c'est une période où tout le monde me colle, on ne me lâche plus, je le jure, hommes, femmes, chiens ; mon aura doit péter le feu ces jours-ci ; mon corps astral doit être démesuré. Charisme. Force. Autorité. Bref, j'arrive, me dit-elle, tu veux que je t'apporte quelque chose ? Éventuellement des bières, Belinda, je suis à sec. Et elle dit oui, deux bières, et j'arrive. Super. Elle est super. Dieu sait ce qui se passera après. Avec elle, on ne peut jamais savoir. Je la connais à peine, mais je la connais trop, Lara, je sais trop bien ce qui la rend tellement super aux yeux d'un pauvre malade mental comme moi. Et si j'y pense, si j'ai le courage d'y penser, je sais trop bien ce qui lui est arrivé quand elle était gamine. Je ne tombe que sur des filles violées, moi. Toujours. Admettons que tu veuilles trouver une fille qui a été violée quand elle était petite ? Facile : il te suffit d'imaginer que ma quéquette est une flèche, tu suis mes érections et tu tomberas dessus. Désormais, je le sais. C'est ainsi, Lara. Belinda est aussi super parce que en elle il y a quelque chose de sauvage, et en elle il y a quelque chose de sauvage parce que quelqu'un l'y a mis quand elle était gamine. Sauvagement. Désormais, je le sais. Et donc personne ne peut dire ce qui se passera quand elle reviendra ici. Avec les bières et cette démo – je me souviens maintenant – qu'elle veut me faire écouter où elle chante avec son groupe d'allumés. Et si ça se trouve, elle dégage peut-être un max. Les Real Things sont bourrées de talent. Elles le jettent par-dessus bord, mais elles en ont toujours à revendre. Et de toute façon, maintenant je suis hors de danger, je peux arrêter d'écrire. Je ne suis pas complètement sûr d'avoir vraiment lutté au cours des trois dernières heures, mais si j'ai lutté, alors j'ai gagné. La vie est belle et je suis fort. Je dégage de l'énergie positive. Et je te bénis, Lara. Je te bénis d'avoir été à mes côtés quand j'en avais besoin, comme toujours. On s'appelle demain. Je ne peux pas venir au mariage, tu le sais, j'ai mon gamin tout le week-end et puis ça me met la rate au court-bouillon que tu épouses ce petit con de yuppie, mais au fond, c'est comme si vous étiez déjà mariés, vous êtes ensemble depuis si longtemps, il faut croire que ça te va, les goûts ça ne se discute pas, c'est toi que ça regarde, Sean Connery est plus beau vieux que jeune – on se parle demain, au téléphone. Comme si de rien n'était, parce que au fond ce n'était rien. Comme ont dit les astronautes il y a quelques semaines, je ne sais pas si tu as suivi, ces deux gugusses qui sont depuis des mois dans la station en orbite, le Russe et l'Américain, et qui, un matin, ont entendu *un bruit*, tu comprends, contre la poupe du module spatial, comme s'ils avaient heurté un tram, VOUM-BOUM, ils n'ont pas compris ce que c'était, ils ont demandé à la base, « Allô, Houston, c'était quoi ce boucan ? », la base a effectué tous les contrôles de rigueur, toutes les vérifications sur ordinateur et tous les essais, très scrupuleusement, pour répondre après tout ce binz : « Rien, les gars. Ce n'était rien… » Ce n'était rien. Ce n'est jamais rien. Tu crois que ça passe un message aussi long sur Internet ? Allez, je tente le coup. Bises.

Gianni.

13

Voilà, je l'ai fait. J'ai mis le nez dans les mails de Lara. En théorie, j'aurais pas pu, vu que Lara n'utilisait pas la connexion automatique et que je ne connaissais pas son mot de passe. Mais je l'ai trouvé au deuxième essai : VAMNCSH. Il faut dire que j'avais gardé en tête le jour où je lui avais proposé le test d'intelligence que, dit-on, la NASA emploie pour sélectionner les candidats astronautes. Soit la série de lettres : U D T Q C S S H N D O D T Q Q S D D D V V V... Quelle est la lettre suivante ? Quarante secondes pour répondre mais ceux qui n'y arrivent pas en vingt ne pourront jamais devenir astronautes. Top chrono. Évidemment quand on me l'a fait, j'ai été incapable de trouver la solution. Aucune des personnes à qui je l'ai proposé ne l'a trouvée, et pourtant, je l'ai fait à plein de gens. *V*, a répondu Lara au bout de vingt secondes. Quoi ? Je dis *V* : il faut mettre la lettre *V*. Ce n'est pas possible : tu as répondu au hasard, dis-moi la vérité. Non, je n'ai pas répondu au hasard : *V* comme vingt-trois. Ce sont les nombres : Un, Deux, Trois, Quatre, Cinq, Six, etc. Et ça s'arrête à Vingt-deux, donc... Alors tu le connaissais, on te l'avait déjà fait : allez, dis la vérité. Ce n'est pas pour te vexer, mais je ne peux pas croire que parmi toutes les personnes que je connais, tu sois la seule qui pourrait être astronaute : tu le savais déjà, reconnais-le, il n'y a rien de mal. Non, je ne le savais pas, je te le jure. C'est le système que j'emploie pour créer mes mots de passe : je prends des dates importantes, celles que je ne pourrais jamais oublier, et au lieu de les exprimer en chiffres, qu'on peut deviner facilement, je les exprime par les initiales de ces chiffres. Tu comprends ? Pour moi maintenant, c'est normal : quand je vois la lettre T, je pense tout de suite à 3, ou à 13, c'est la première chose qui me vient à l'esprit. Je ne suis pas plus intelligente que toi, rassure-toi…

VAMNCSH. Vingt Avril Mille Neuf Cent Soixante-Huit. Sa date de naissance. Je n'ai pas trouvé du premier coup parce que j'ai d'abord essayé avec TAMNCQVQ, Treize Avril Mille Neuf Cent Quatre-Vingt-Quatorze, la date de naissance de Claudia. Bref, je l'ai fait, j'ai ouvert son courrier électronique : je ne l'ai jamais espionnée de son vivant, je l'ai fait maintenant qu'elle est morte.

Je ne me sentais pas du tout à l'aise au début. En ouvrant Outlook, j'avais l'impression que l'ordinateur de Lara m'adressait des mots de reproche, et je suis resté plus d'une demi-heure avec les messages relevés sous les yeux, sans les ouvrir. Résiste, me disais-je, elle n'est plus là, ce que tu voudrais faire n'a pas de sens – supprime tout, plutôt. Et le plus drôle, c'est que plus je me le répétais, plus je me sentais fort loin des doutes qui m'avaient conduit là, de plus en plus décidé à taper sur l'ordinateur les seules commandes sensées – tout sélectionner, supprimer – pour aller ensuite me coucher tranquille. La liste de messages reçus par

Lara après sa mort s'étalait sous mes yeux, mais je réussissais à ne pas en lire un mot, comme s'ils étaient écrits en arabe, et je savourais cette façon de rester en équilibre sur le bord d'un précipice que j'avais ouvert moi-même sous mes pieds, cela me donnait une sensation enivrante d'inviolabilité, la même qu'on éprouve certaines fois en pratiquant un sport, dans ces rares moments de grâce où vous sentez que tout, mais vraiment tout, dépend de vous, et vous êtes sûr de vous, et sûr que – par exemple en surf – la planche ira là où vous voulez parce qu'il ne fait aucun doute que vos pieds exerceront la pression nécessaire pour l'amener à couper la vague selon l'angle qui l'attachera à vous aussi longtemps que vous le voudrez. Ou encore, et c'est la même chose, la sensation d'immunité que j'ai éprouvée deux fois en l'espace de quelques minutes le jour où Lara est morte – probablement juste au moment où elle mourait –, d'abord avec Carlo quand nous nous sommes jetés à l'eau pour secourir les deux baigneuses en difficulté, ou plutôt quand nous nous sommes regardés dans les yeux avant de nous jeter à l'eau et où on aurait dit que tout était déjà fini, et puis seul, peu après, en difficulté déjà à mon tour, avec la noyée qui essayait de me faire couler, quand je l'ai prise par-derrière et que je l'ai poussée vers le rivage à coups de zob et que, ce faisant, j'ai eu l'érection la plus mémorable de toute mon existence. De la même façon, j'étais devant la liste de messages reçus par Lara et j'exultais d'avoir la sagesse de ne pas les ouvrir, et j'étais de plus en plus certain que j'allais les détruire sans aucun effort, mieux, avec la sensation que la Création tout entière s'inclinait comme la piste d'un flipper vers mon geste imminent.

C'est à cause de ce plaisir, je crois, à cause de la prétention naïve, goulue, de le prolonger encore et encore que j'ai commis l'erreur de ne pas les détruire à temps. Ça devait arriver, mes yeux ont cessé un instant de les survoler et m'ont transmis une aride information alphanumérique sur deux messages qui portaient la date fatidique, *lundi 30/09/2004* – un avant, et l'autre après l'heure de sa mort établie par le médecin de l'ambulance à treize heures cinquante-cinq. Ça n'a duré qu'une seconde ou deux, puis mes yeux ont recommencé à glisser sur la liste sans rien accrocher, mais le charme était rompu et j'ai été aspiré dans un engrenage de gestes stupides que j'ai accomplis sans jamais croire que je les faisais sérieusement, presque sans m'en apercevoir, comme en pilotage automatique. J'ai ouvert le premier des deux messages, j'ai fait ça ; je l'ai lu ; et puis, j'ai aussi ouvert le deuxième ; et je l'ai lu, tout long qu'il était, d'une traite ; puis, je me suis arrêté à nouveau, mais cette fois au prix d'un immense effort, et j'ai pensé à nouveau tout détruire, mais pour m'apercevoir à quel point ce geste était devenu impossible, balayé par les intentions qui maintenant se bousculaient en moi avec une formidable urgence, de récupérer et lire tous les messages précédents de cet écrivain à Lara par exemple, ou d'aller repêcher dans le dossier des messages envoyés tous ceux qu'elle lui avait écrits au nom de cette amitié intime qui les unissait à l'évidence depuis des années, mais que j'ignorais, et faire de même avec cette association new age dont Lara ne m'avait jamais parlé, ou aller chercher et lire toute la correspondance entre Marta et elle, ou bien – mieux encore – tout lire, oui, avec méthode, en commençant par le début et en avançant chaque nuit, après avoir couché la petite, lire tous les mails envoyés et reçus par Lara depuis qu'elle a cet ordinateur, depuis... – quand Lara l'avait-elle acheté ? En 2000, il me semble, oui, l'été 2000, l'Italie avait perdu la finale du championnat d'Europe de football contre la France et pour se consoler, elle avait décidé de s'acheter un ordinateur – depuis quatre ans. Et alors, j'étais de nouveau scotché devant les mails de Lara, je me répétais à nouveau résiste, supprime tout, etc., mais cette fois, je me sentais sale, faible, et sûr de ne jamais y arriver. Parce que en effet ces moments de grâce sont beaux, spectaculaires, mais l'expérience aurait dû m'apprendre qu'ils durent ce qu'ils durent et qu'ensuite vient toujours leur contraire, tout aussi puissant : le surf qui se cabre et vous éjecte, l'épuisement qui remplace l'inviolabilité, *la liste de messages qui vous supprime*.

Je ne sais comment, ce débordement d'intentions qui me paralysait a débouché sur un acte modeste, de bureaucrate : imprimer les deux messages que je venais de lire – et je dis « je ne sais comment » parce que vraiment j'ignore ce qui a dicté cette priorité, pourquoi elle me semblait une propédeutique. Sauf qu'au moment précis où je cliquais sur IMPRIMER, la seule chose qui pouvait m'arracher de là est advenue : Claudia m'a appelé. Je me suis précipité dans sa chambre, elle était assise dans son lit et buvait de l'eau à sa petite bouteille. Que se passe-t-il, petite fleur ? Tu as fait un cauchemar ? Claudia a secoué la tête en continuant à boire, mais ses yeux étaient effrayés, sa respiration saccadée, elle venait de m'appeler en pleine nuit – *elle avait fait un cauchemar*. Elle a fini de boire, a rebouché la bouteille, s'est allongée à nouveau et a refermé les yeux. Moi aussi, je suis resté silencieux, je me suis contenté de la caresser, attendant qu'elle se rendorme pour reprendre ce viol interrompu de l'intimité de Lara ; et c'est encore ici que je suis : silencieux, caressant ma fille en attendant qu'elle se rendorme, avant de retourner fouiller dans le courrier électronique de sa mère morte.

Mais le temps nécessaire aux enfants pour s'endormir est une donnée toujours fragile, on court le risque de s'en aller trop tôt : je ne saurais dire le nombre de fois où je l'ai mal évalué et, trompé par une respiration devenue plus régulière, ou peut-être par ma hâte de retourner au salon voir mon film, ou parler avec Lara, ou même faire l'amour avec elle (mais jusqu'à présent, *jamais* pour l'espionner), je me suis éloigné avec d'inutiles précautions avant que Claudia ne soit endormie pour de bon ; j'ai une longue pratique de ces lentes manœuvres toutes en craquements d'articulations, et de ces trois ou quatre pas de démineur en direction de la porte au bout desquels, au moment précis où vous allez relâcher la tension parce qu'elle *ne vous a pas* rappelé – signe qu'elle était donc endormie, malgré votre vague et irrationnelle sensation qu'elle ne l'était pas, et votre crainte de vous être levé trop vite –, elle vous rappelle et vous devez revenir sur vos pas et tout recommencer depuis le début. C'est pour cette raison que je reste si longtemps ici, à la caresser. Et uniquement pour ça. Ce soir, ce n'est pas par amour, ni par tendresse : c'est par calcul.

C'est là le pire moment depuis la mort de Lara – et il arrive au terme de la pire journée. Je suis en train de caresser ma fille de façon mécanique, hypocrite, la tête ailleurs. Le ver que Marta a introduit corrompt tout, même mes câlins à ma fille, car en réalité j'ai une seule idée en tête : retourner devant l'ordinateur. Un seul véritable désir : continuer à lire le courrier de Lara. Un seul véritable espoir : trouver quelque chose de louche, de trouble, de malsain, c'est-à-dire des raisons objectives, et cachées, à son mal-être. Je cherche fébrilement une liaison, bien sûr, pourquoi pas avec cet allumé qui me traite de petit con de yuppie, l'auteur de ce livre que Lara avait apporté chez nous avant l'été et dont je continue à lire un chapitre chaque soir à Claudia avant qu'elle s'endorme. Une liaison secrète, forte et inavouable, ignorée de Marta elle-même, entretenue au-delà de toute prudence, devenue presque insupportable, mais en même temps, par sa nature ambiguë, de plus en plus étroite et indissoluble au point d'engendrer cette souffrance dont parle sa sœur et de pousser Lara à recourir, dans l'espoir d'un soulagement, aux pratiques orientales, aux chamanes, aux vampires, aux stages, dans le but d'éloigner la peur et la colère ; l'absence du moindre résultat avait augmenté, si c'était encore possible, sa souffrance déjà exacerbée par l'obligation où elle était, vu son origine, de me la dissimuler ; elle avait même dû feindre avec moi de vivre une vie normale et sereine, telle qu'en effet elle m'apparaissait, telle qu'elle l'était au début et telle qu'elle aurait certainement continué à être si, en ce fichu instant précis, Lara avait eu la bonne réaction et pas la mauvaise : refuser la première invitation à déjeuner au lieu de l'accepter, serrer les lèvres et détourner le visage au lieu d'échanger ce premier baiser, se dire « Je suis une femme mariée, j'ai une fille, je ne peux pas » au lieu de « Au diable, on verra bien »… Oui, un sentiment de culpabilité écrasant qui, combiné avec l'anévrisme de l'aorte qui de toute façon la condamnait à une mort prématurée, comme l'a révélé l'autopsie ordonnée par les autorités judiciaires de Grosseto (c'est de rigueur, m'a-t-on expliqué, s'agissant d'une mort, hem, *suspecte*, sans qu'on veuille avec cet adjectif insinuer rien d'inquiétant sur les circonstances du décès, ni aggraver – on en avait conscience – la souffrance déjà atroce de la famille ; suspecte, au sens où elle était dépourvue de causes évidentes, chez un sujet apparemment sain et encore jeune ; c'est le terme employé par les textes, voilà tout : suspect au sens d'inhabituel – et j'ai objecté : alors pourquoi les textes n'emploient-ils pas inhabituel ?) ; un sentiment de culpabilité écrasant qui, disais-je, combiné avec la malformation dont Lara souffrait depuis sa naissance sans le savoir, a aussi pu contribuer, mais oui, à déclencher en cet instant précis, mais oui, la rupture fatale – à propos de laquelle, et quoi qu'en pense Marta, il faudrait alors considérer mes responsabilités personnelles, pour ne pas dire mes fautes, comme égales à…

« Papa… »

… zéro.

« Je suis là. »

Claudia s'assied à nouveau dans son lit. Elle allume son étoile bleue d'Ikea à 9,90 euros qu'elle partage avec des millions d'autres enfants en Occident, et me regarde. J'avais raison de rester ici : elle ne s'est pas endormie une seconde.

« Tu allais où ?

— Quand ?

— Tout à l'heure.

— Quand tu m'as appelé ?

— Oui, tu allais où ? »

Sacrée gamine…

« Nulle part, petite fleur. »

Je lui caresse la tête, je souris.

« Ce n'était qu'un mauvais rêve. Recouche-toi. Dors. »

Claudia s'allonge, docile. *Où j'allais…*

« Pourtant on n'aurait pas dit un rêve… »

Et en effet, ça ne l'était pas, petite fleur. J'allais où il ne fallait pas, vers le mal, vers la faute, très loin de toi. Mais tu m'as sauvé…

« Les mauvais rêves ne semblent jamais être des rêves, dis-je. Puis on se réveille et ils s'évanouissent pour toujours. »

Je continue à la caresser et je sens que déjà tout est différent ; elle a sommeil, et bientôt elle s'endormira. Elle a accompli sa mission.

« Je ne vais nulle part, tu sais… »

Elle m'a sauvé, et maintenant je suis fort à nouveau et le monde est à nouveau sur la bonne pente. Je supprimerai ces messages, tous, et je ne retomberai pas dans l'erreur de tout à l'heure, je ne me contenterai pas de caresser cette idée pendant que ma détermination faiblira, j'agirai tout de suite…

« Tu as compris ? Je retourne un moment à côté finir quelque chose de très important, petite fleur : dors, ne t'inquiète pas, après je reviens et j'éteins. D'accord ?

— D'accord. »

Aussitôt dit, aussitôt fait, m'y voici. Rien de plus facile : *Tout sélectionner. 4 332 éléments sélectionnés.*

Supprimer. Zou, éliminés sans même passer par la corbeille. Le courrier électronique de Lara n'existe plus. Il n'a jamais existé. Cet écrivain redevient un parfait étranger et, à ce que je sais, il vit avec sa femme, son fils Francesco et son chien Roy – c'est du moins ce qui est écrit sur la quatrième de couverture de son livre. Mais ça ne suffit pas : tournevis et marteau dans le troisième tiroir ; qui l'aurait dit que le conseil de ce paranoïaque de Piquet se révélerait utile : « détruis le disque dur ». Toutes les fois que notre boîte a changé de propriétaire – et ça nous est déjà arrivé trois fois –, Piquet détruisait le disque dur de son ordinateur et incriminait un virus. La dernière fois, je l'ai vu de mes yeux : bam, bam, à coups de marteau. Mais tu as des choses si importantes à cacher ? lui ai-je demandé. On ne sait jamais, m'a-t-il répondu. Bam, bam. Exactement comme moi en ce moment : et voilà, bam, bam, le disque dur disparaît, Lara n'a jamais eu d'ordinateur, elle est morte sans en avoir jamais possédé ; il y a trois ans et demi, elle voulait s'en acheter un, mais pendant la finale des championnats d'Europe de foot, elle avait fait un vœu : à cinq minutes de la fin, quand la France avait un but d'avance sur l'Italie, elle avait dit : « Si nous gagnons, je ne m'achète pas d'ordinateur », on connaît la suite, égalisation de Delvecchio à la dernière minute et but en or de Del Piero, sur un fantastique coup de pied renversé, bam, bam, Italie championne d'Europe et Lara sans ordinateur. Lara *sereine*, qui allait bien – qui n'était peut-être tracassée que par les crises que piquait sa trop jolie, et scélérate, frangine. Bam.

Et voilà. Combien de temps m'a-t-il fallu ? Deux minutes. Quelle heure est-il ? Je n'ai pas ma montre, je cherche mon téléphone portable pour regarder l'heure. Il est à la cuisine, allez savoir pourquoi. Minuit quarante-quatre. Un SMS reçu. Il y a un quart d'heure. De Marta. « Excuse-moi pour aujourd'hui. J'ai honte de ce que je t'ai dit. Tu es la meilleure partie de moi. »

DEUXIÈME PARTIE

14

Le propriétaire de la C3 ne s'est pas encore manifesté. Bizarre. Sa voiture est à moitié défoncée depuis vingt-quatre heures et il ne le sait pas encore. Ce matin, une fois Claudia entrée en classe, je me suis aperçu que la pluie avait réduit ma carte de visite en bouillie et je l'ai remplacée par une neuve, glissée cette fois, pour la protéger, dans une pochette en cellophane des cartes Magic de Claudia. J'ai aussi changé d'emplacement : non plus sous l'essuie-glace du pare-brise mais sous celui de la lunette arrière, comme ça, s'il tombe ou s'il s'abîme à nouveau, je m'en apercevrai plus facilement. Pendant que j'y étais, j'ai rajouté mon numéro de portable et un – parfaitement inutile, je le reconnais – « je suis désolé ». Le fait est que la voiture est bien amochée, les phares cassés, le pare-chocs écrasé sur la roue et à mon avis, il faudra une dépanneuse pour la déplacer. Ce matin, en la voyant dans cet état, j'ai pensé au propriétaire quand il viendra la chercher, peut-être pressé, à l'aube d'une journée pleine de rendez-vous qu'il ne peut honorer qu'en utilisant sa voiture ; et un simple numéro de téléphone sur une carte de visite m'a semblé un peu court au regard du désastre qu'il trouvera. Ce n'est qu'après avoir placé la nouvelle carte sur le pare-brise que je me suis rendu compte de la stupidité de ce « je suis désolé » ; parce que si ce type vient chercher sa voiture pendant les heures d'école, je serai ici et j'aurai tout loisir de m'excuser en personne. Mais il n'est pas encore venu et je ne peux pas m'empêcher de me demander pourquoi. Est-il malade ? Qu'est-ce qui le mobilise, de plus important que s'apercevoir qu'on lui a ratatiné sa voiture ? Sans compter que…

« Pietro.

— Oh ! »

Enoch. Il est arrivé dans mon dos, silencieux comme un Peau-Rouge et j'ai sursauté.

« Tu m'as fait peur…

— Pardon, dit-il en souriant. Annalisa m'a donné ça pour toi. Tiens, avant que j'oublie. »

Il me tend un dossier. Des contrats à signer.

« Comment ça va ? »

Et c'est reparti. Comment va la petite, c'est joli ici, tu as raison, sois aussi présent que possible auprès d'elle. Rien à faire, je dois m'armer de patience. C'est le tour d'Enoch. Je l'avais vu à l'enterrement, je l'avais eu une fois au téléphone – lui aussi vérifiait ma bonne santé mentale – mais je ne pensais pas qu'il viendrait ici. C'est le chef du service du personnel : il devrait être le seul à travailler encore dans notre entreprise par les temps qui courent ; il devrait s'employer à rassurer et tranquilliser les salariés en effervescence – ce pour quoi il possède, selon Jean-Claude qui l'a nommé à ce poste, un talent mystérieux…

« Ils ont éjecté Jean-Claude », dit-il.

Nous y voilà. C'est arrivé plus tôt que je ne le pensais. J'acquiesce :

« Oui.

— Tu le savais ? »

Et que ne le pensait Jean-Claude.

« Oui.

— Quand l'as-tu appris ?

— Il y a une dizaine de jours. »

Enoch hoche la tête, surpris, et à dire vrai, je le suis tout autant : depuis quand suis-je aussi sincère ?

« Mais qui te l'a dit ?

— Lui. »

Depuis cette nuit. Ce qu'il s'est passé cette nuit a servi à quelque chose.

« Ah... »

Nouveau hochement de tête qui ne cherche pas à cacher une certaine amertume. Il faut le comprendre : dans une situation où les informations valent de l'or, il était venu me voir avec la plus loyale des intentions, c'est-à-dire m'informer que, pendant que je m'enlisais ici pour élaborer mon deuil, notre patron a été liquidé, et il découvre que je le savais depuis dix jours. Il découvre donc combien cette histoire le dépasse et force lui est d'en déduire que ça ne date pas d'aujourd'hui. Sa nomination comme directeur du personnel lui avait peut-être conféré du pouvoir, après qu'il avait galéré à un poste dans notre call-center, chargé d'inventer chaque jour un nouveau baratin à usage des abonnés dont les réclamations submergent notre numéro vert. Il n'en reste pas moins qu'il se démène toujours à un niveau très bas du jeu vidéo. J'en suis désolé, sincèrement désolé, mais son problème n'est pas là, et le mien encore moins.

« Et qu'en penses-tu ?

— Euh, ce que j'en pense… Je pense que nous, c'est-à-dire ceux qu'on considère comme *ses* hommes – toi, moi, Basler, Elisabetta, Di Loreto, Tardioli – nous avons maintenant un problème. »

Il hoche la tête, encore, et encore, il n'arrête plus.

« Houston, nous avons un problème, dit-il en imitant, très mal, la réplique de ce film, là, comment s'appelle-t-il, *Apollo 13*.

— Sans aucun doute.

— Écoute, me dit-il, as-tu un peu de temps ? Je peux te parler de quelque chose ?

— Diable. »

Et c'est reparti. Désormais, le scénario est rodé. S'il ne pleut pas – et c'est le cas – les deux personnages, celui qui campe devant l'école de sa fille et l'autre venu en visite, se dirigent vers le square. Dans le square peut se trouver, ou pas, la jeune fille avec son golden retriever – ce matin, elle n'y est pas. Les deux personnages peuvent s'asseoir, ou pas, sur le banc – cette fois, ils s'asseyent. Ils parlent de choses et d'autres : le visiteur commence par prendre les choses de loin, il aborde le sujet petit à petit, pour arriver à déverser sur l'autre, celui qui passe son temps là, ses soucis, sa souffrance et ses peurs. Mais les événements de cette nuit ont eu leur utilité, car j'ai compris que je dois me protéger, me défendre, si je ne veux pas courir le risque de me perdre corps et biens dans la souffrance des autres, moi qui parviens encore à éviter de souffrir. Comme il semble que venir souffrir ici et s'épancher devient, je ne sais pourquoi, une habitude, il faut que je reste à distance de ces gens, que je ne me laisse plus impliquer. Je ne dois pas oublier que je ne suis pas eux. Je dois écouter et observer, détaché. Je dois survoler. Je dois noter les détails, m'acharner sur l'inessentiel, me distraire. Aujourd'hui par exemple, le temps est redevenu beau avec un rodéo de nuages blancs dans le ciel et un soleil intermittent qui essaie de les dompter. Enoch enlève ses lunettes pour les nettoyer et devient soudain méconnaissable. Il est de ces gens qui semblent nés avec des lunettes, qui ont les sillons des branches creusés dans les tempes et quand ils les enlèvent, deviennent vraiment différents. Enoch, par exemple, semble beaucoup plus jeune, beaucoup plus méchant, et on dirait qu'il louche. Une autre personne, vraiment.

« Je ne sais pas toi, commence-t-il, mais moi, petit, je voulais devenir syndicaliste. »

Il les remet, et redevient lui-même.

« Syndicaliste.

— Oui, syndicaliste comme mon père.

— Ton père était syndicaliste ?

— C'était le secrétaire local de la CISL. Pour la province de Côme, quand nous habitions là-bas. Il aurait dû devenir secrétaire régional, mais il est mort... »

Son père. Curieux. Jean-Claude aussi a commencé en parlant de son père, si je ne me trompe pas. Son père, pilote de chasse, qui n'allait jamais le chercher à l'école...

Enoch a un rire amer :

« Et en revanche, je suis le contraire exact d'un syndicaliste : chef du personnel. Et j'aime ça. »

Voici Gloria, une des institutrices, qui sort de l'école. C'est à ce moment qu'un cône de lumière la frappe en plein, comme un coup de projecteur, et voici qu'elle répète les mêmes gestes pour mettre ses lunettes de soleil – je les ai désormais vus très souvent : sac calé sur la jambe soulevée ; longue fouille du sac ; repêchage et pose des lunettes ; départ, avec cette démarche saccadée qui donne l'impression qu'elle sème toujours quelque chose derrière elle. Allez savoir si elle se rend compte qu'elle fait toujours les mêmes gestes. Et pourquoi ne met-elle pas ses sacrées lunettes avant de sortir ? Elle me voit de loin, et me salue. Le soleil a déjà disparu derrière un énorme nuage en forme de lapin…

« Ou plutôt, continue Enoch, j'aimais ça. C'était chouette d'être directeur du personnel quand le personnel allait bien, était content et augmentait chaque mois parce que l'entreprise embauchait au lieu de licencier. Ces deux années ont été super. Maintenant, ça ne me plaît plus. Maintenant, c'est l'enfer, parce que cette fusion panique tout le monde. Tout le monde vient me voir, et moi je ne sais pas quoi leur dire. Jusqu'à hier, je comptais sur Jean-Claude, je ne pensais qu'à transmettre à tous les autres son calme, son assurance, et même si, dans les derniers temps, je l'avais vu un peu plus distant et que la situation se compliquait, je continuais à croire en lui. J'avais trouvé bizarre qu'il parte en vacances juste maintenant, mais j'avais confiance en lui, tu comprends ? Je n'aurais jamais pensé qu'il nous laisse en plan comme ça. Puis hier soir, à neuf heures, Basler m'appelle et me dit… »

Nous laisse en plan ? *Nous laisse en plan ?* Mais si c'est Thierry qui… Stop, je ne dois pas mordre à l'hameçon, je ne dois pas m'impliquer. C'est le problème d'Enoch, pas le mien ; c'est lui qui est venu me voir, lui qui a besoin de me parler. Jean-Claude nous laisse en plan, O.K. : à l'évidence, la version qui a cours en bas, au niveau du jeu vidéo où lui se trouve, est que Jean-Claude nous a laissés en plan.

« … mais ce matin, continue-t-il, je me suis réveillé à cinq heures, tracassé, et je ne me suis pas rendormi ; j'ai pensé à ce qui nous attend dans la boîte, le plan social, le recours aux prud'hommes, la énième invasion de nos bureaux, cette fois par des Américains et des Canadiens, et puis j'ai pensé à mon père, à son attitude s'il avait été à ma place… »

Mon portable sonne et Enoch s'interrompt pour me laisser répondre. Je regarde l'écran : Thierry. *Thierry*. C'est la deuxième fois qu'il m'appelle en deux ans, la première fois c'était pour me féliciter quand j'ai été nommé directeur. Ce doit être tout aussi important, mais de quoi s'agit-il ? Rien de bon, j'en suis sûr. Je crois Jean-Claude : je crois l'histoire qu'il m'a racontée ici même, assis sur ce banc, en souffrant de tout son être sous mes yeux ; je crois donc que Thierry est un traître, c'est pourquoi je ne lui réponds pas, et voilà, je laisse sonner mon portable, comme Lebowski, je le rempoche même et je souris, voilà, comme ça, pour dire à Enoch qu'il peut continuer, que ce n'est rien d'important, rien qui puisse le moins du monde rivaliser avec le souvenir de son père. Mais il semblerait qu'Enoch ait besoin de quelques mots d'encouragement car il reste muet, l'air presque soupçonneux – et s'il avait vu que c'était un appel de Thierry, non, ce n'est pas possible, il ne peut pas avoir lu sur l'écran, et de toute façon, si c'était le cas, tant pis, je ne réponds pas à un traître, quel mal à ça, alors juste parce que Thierry est un homme très puissant, « un échelon en dessous de Dieu », diraient certains, on serait obligé de lui répondre ?

« Vas-y, continue… »

Mais la sonnerie qui sort de ma poche semble avoir le pouvoir de paralyser Enoch, si bien que, pour le mettre à l'aise, je l'éteins, et toc – quelle n'est pas ta surprise en cet instant précis, ô toi la fidèle secrétaire de Thierry, au petit museau de renard et aux yeux couleur d'améthyste, Lucille, me semble-t-il, le même nom que la guitare de B.B. King, alors que, occupée au moins à trois autres tâches, tu surveilles d'une oreille le nombre de sonneries dans le haut-parleur, prête à répondre et à me saluer en italien avec ton *r* guttural, et que tu viens d'entendre le signal libre se muer à l'improviste en occupé, signe assez irréfutable que ce Paladini dont tu viens de composer le numéro de portable plein de sept en pianotant de tes longs doigts aux ongles vernis de – laisse-moi deviner – d'amarante, cette authentique nullité par rapport aux personnalités dont tu t'es retrouvée ces derniers temps à appeler de plus en plus souvent les numéros privés, cet Italien qui n'est personne a osé, eh oui, éteindre son téléphone au nez de ton boss tout-puissant – dont, comme toute secrétaire au monde, tu es secrètement amoureuse…

« Tu parlais de ton père, de ce qu'il aurait fait si… »

Ô Lucille, toi qui as refusé d'y croire et appuyé sur la touche *bis* en pensant que, au fond, vous avez pu être coupés et qui entends le message annonçant que le téléphone de l'abonné appelé *pourrait être éteint…*

« C'est ça », dit Enoch, de plus en plus abasourdi, presque méfiant : il a peut-être bien vu sur l'écran que l'appel venait de Thierry. Il glisse la main dans la poche de sa veste, en tire des feuilles pliées en quatre, les déplie et, au moment où il me les tend, la fille au golden retriever fait son entrée – somptueuse, comment le nier – dans le square et détache son chien.

« Bref, j'ai écrit ça, dit Enoch. Ce matin à cinq heures. »

Je prends les feuilles. La fille au golden retriever sort son téléphone portable et compose un numéro. Une idée absurde me traverse : si elle me téléphonait maintenant, je ne le saurais jamais.

« J'y ai mis tout ce que j'ai sur le cœur, ajoute Enoch. Tout ce que je sais sans rien excepter. »

Je tourne et retourne les feuillets. C'est une tartine de trois pages, en police Arial – il existe des gens dans le monde qui écrivent en Arial – émaillée de caractères gras. La jeune fille ne m'a pas appelé : on lui a répondu et elle semble ravie.

> Qu'est-ce qu'une **fusion** ? Une fusion est le **conflit** de deux systèmes de pouvoir qui en crée un troisième pour des **finalités financières**. Elle est conçue pour **générer de la valeur**, mais la génération de valeur est un concept bon pour les actionnaires, ou pour les banques d'affaires, pas pour les **êtres humains** employés dans les entreprises, pour qui au contraire la fusion est le plus violent **traumatisme** qu'on puisse leur infliger au travail.

Je relève les yeux. Enoch regarde le papier par-dessus mon épaule, l'air absorbé. Il le relit peut-être, en s'efforçant de suivre mon rythme pour imaginer mes réactions au fur et à mesure.

> Une fois qu'on a trouvé l'accord sur la transaction, ce qui n'est pas facile, on a tendance à croire que le plus gros est fait. Cette conviction découle de la **sous-estimation** que le

monde de l'économie réserve au **facteur humain** et, plus généralement, à la **psychologie**. Mais c'est une erreur. Les principaux problèmes dans une fusion ne sont pas liés au document qui la sanctionne.

La jeune fille éclate d'un rire cristallin, très pur, dont tout ce qu'on peut dire c'est qu'il donne envie d'être le correspondant qui l'a provoqué à l'autre bout du fil. Comment a-t-il fait ? Que lui a-t-il dit ? Même sans laisse, son chien ne s'éloigne pas d'elle : on dirait qu'il la surveille.

Avant les chiffres, en effet, une entreprise est faite par les **hommes** qui y travaillent, c'est-à-dire par ses **salariés**, et après l'annonce d'une fusion la réaction de tout salarié à tout niveau est **l'incertitude**. Qu'est-ce qui m'attend ? Va-t-on me garder ou me renvoyer à la maison ? Mes fonctions vont-elles changer ? A qui dois-je me fier ? Comment mes problèmes seront-ils résolus ? Réussirai-je à garder les privilèges que j'avais conquis ? Aucun ne se soucie de génération de valeur tant que la nouvelle organisation n'aura pas répondu à ces questions, en lui garantissant une nouvelle **légitimité**.

Pendant une fusion, il faudrait **parler** avec les salariés, **les infomer et les tenir tous au courant** le plus souvent possible ; le salarié a besoin de **confiance**, de sentir qu'on ne le considère pas seulement comme un **pion**. On lui réserve en revanche un **discours-standard**, pondu une fois pour toutes par quelques conseillers en communication interne, qui a pour tout effet d'augmenter ses **inquiétudes**. Ces déclarations aseptisées sur de futures **synergies** qui ne toucheront pas le personnel sont pure **hypocrisie** puisque tout le monde sait que la seule garantie concrète pour générer de la valeur sur les marchés est une **réduction des coûts de l'entreprise**, et les réductions de coûts sont réalisées à **80 %** par des compressions de **personnel**.

Fin de la première page. Je vais passer à la deuxième mais Enoch m'arrête.

« Excuse-moi », me dit-il.

Il prend la feuille et porte une correction au stylo. Quand il me la rend, il y a un *r* entre le *o* et le *m* de « infomer », au début du dernier paragraphe.

« Elle m'avait échappé », dit-il en souriant. Une ambulance passe toutes sirènes hurlantes, en bas dans l'avenue, et Enoch ébauche un signe de croix.

> Ainsi les salariés pendant une période de fusion entrent-ils dans une zone de constantes **turbulences**. Il s'agit d'une période assez critique qui, pour les grandes fusions, peut durer très longtemps et pendant laquelle le sentiment dominant est l'**angoisse**. Une angoisse qui, si on la néglige, d'**individuelle** peut devenir **collective** ou même se transformer en **panique**. L'**expérience** au contact avec le personnel pendant une fusion enseigne que l'**impact** est double. Au plan physique, la machine humaine tend à sentir davantage de **stress** et de **fatigue** et à accentuer toutes les propensions naturelles à la **somatisation**, avec une augmentation sensible des **allergies, troubles respiratoires, cystites, migraines, dermatites** et, chez les femmes, **candidoses, aminorrhées** et **dysminorrhées** ; tandis qu'au plan **psychologique**, les esprits sont envahis par l'**incertitude**, tout événement suscite des émotions anxiogènes telles que la **peur**, l'**angoisse**, le **découragement** et la **frustration** qui, à leur tour, produisent de graves symptômes de **dépression**, d'autant plus graves que les personnes concernées sont instinctivement poussées à les refouler car elles appartiennent à une culture de pure **performance**, où l'existence de ce genre de troubles est tout simplement inconcevable.

Je m'arrête là pour l'attendre s'il était allé moins vite, et lui donner le temps de relever la faute de frappe et de la corriger. Mais il n'était pas allé moins vite car lui aussi lève les yeux de la feuille et me regarde d'un air interrogateur. Je demande :

« Tu as quelque chose à corriger ?

— Quoi ?

— *Amé*-norrhées, *dysmé*-norrhées.

— Oh ! répond-il. Ce n'est pas une faute de frappe, c'est une faute. » Il prend la feuille, corrige au stylo et me la rend, mais il accuse le coup. Il aurait peut-être mieux valu que je ne m'en mêle pas.

Cet impact est plus **dévastateur** pour la tranche d'âge **entre quarante et cinquante ans**, quand le potentiel d'adaptation est inférieur et que le risque de **perdre** au change est beaucoup plus élevé. On a l'impression de **régresser**, on perçoit un sentiment d'**injustice**. Le traumatisme à absorber est énorme : on était attaché à une **culture d'entreprise**, à une **équipe**, à des collègues avec qui on travaillait avec **plaisir**, dans un **esprit de corps**. Quand on se retrouve en face **des autres**, c'est dur. Même s'il est précisé d'entrée de jeu que ce sont eux les « **victimes** », il s'agit bien de l'**ennemi** qui se matérialise. Hier encore, on était en rude **compétition** avec eux ; soudain, les voici qui pénètrent notre environnement. On se sent **envahi**, ne serait-ce que physiquement et on ressent le désir de les envoyer balader, de leur dire qu'on s'en sortait très bien sans eux. Et tout au contraire, il faut travailler ensemble, et le **choc** est grand. On a vu des cadres provenant d'entreprises classiques, où les titres et la hiérarchie sont sacrés ne pas réussir à supporter de participer à des groupes de travail avec du personnel provenant de l'autre entreprise, de rang hiérarchique nettement inférieur, au nom d'une compétence commune contingente.

Fin de la deuxième page. Bref, la manœuvre est claire et c'est toujours la même : Enoch aussi essaie de me mettre à mal. Il essaie de me rappeler que je suis un futur chômeur potentiel, à plus forte raison à cause de mes liens bien connus avec Jean-Claude et à encore plus forte raison parce que je suis affaibli par un grave deuil – la fameuse gazelle blessée – et que pour cela, je devrais souffrir et me tourmenter selon les modalités qu'il décrit – sans doute un mélange entre ce qu'il constate tous les jours chez les salariés qui viennent s'épancher auprès de lui et ce que lui-même éprouve. Mais je ne tombe pas dans le panneau. Il s'agit de quelque chose de trop grand pour que ça vaille la peine de s'en soucier. Je n'y peux rien, je ne peux que me tenir à distance, et si Thierry tout à l'heure ne m'avait téléphoné que pour m'accorder l'honneur (ou se payer le plaisir) de me licencier personnellement, eh bien, il vaut mieux qu'il prévoie de faire un saut ici, de Paris, avec l'avion privé, car moi je ne bougerai pas, et je ne le prendrai pas au téléphone.

La jeune fille téléphone toujours. Elle ne rit plus, et ne parle pas non plus : elle semble écouter maintenant, absorbée, la tête penchée en dessinant du pied un demi-cercle par terre.

C'est une situation très déstabilisante, et seulement trois catégories de personnes réussissent à la supporter : les **fidèles des fidèles**, ceux qui **tournent leur veste** et les **collabos**. Tous les autres risquent de sombrer. Il faut développer une grande **résistance**, physique et psychologique, pour ne pas s'écrouler et rares sont ceux qui y parviennent sans une **assistance** appropriée. Mais une telle assistance n'existe pas. Alors, la conséquence la plus courante est que, pendant les fusions, un grand nombre d'excellents éléments quittent **volontairement** leurs fonctions, avant même que la fusion soit achevée ; ce qui, à courte vue, est reçu positivement car l'étape suivante de la **compression** de personnel en est allégée d'autant, alors que cela représente au contraire une **perte** sèche. Car les hommes et les femmes qui partent emportent avec eux leur **savoir** et leurs **capacités** techniques et en comparaison de la valeur **virtuelle** créée sur les marchés, le résultat **réel** est un terrible **appauvrissement**. Voilà pourquoi on n'a encore jamais vu de grande fusion ne pas échouer, nom de Dieu, au bout d'un an ou deux.

Waouh. Je regarde Enoch. Il se demande sûrement si je suis arrivé là, si *je l'ai déjà lu* ou pas. Ma réponse est sans équivoque : j'éclate de rire. Je comprends très bien qu'il s'agit d'une chose très sérieuse, surtout sachant que l'humour n'est pas son fort, et j'essaie même un instant de me retenir ; mais je craque, il n'y a rien à faire, et j'éclate de rire. Lui ne rit pas, mais affiche un sourire qui est comme l'accompagnement de mon fou rire jusqu'à son extinction. Je m'enquiers :

« Que comptes-tu en faire ?

— Je ne sais pas, ce n'est pas important. Ou plutôt, ça l'est, mais il y a plus important… »

Le chien quitte soudain la jeune fille et s'approche de nous. Décidé. Convaincu. Vu que sa maîtresse reste au téléphone, il cherche des caresses auprès de ces deux inconnus. Et Enoch, comme si c'était la chose la plus naturelle du monde, se met à le caresser, en continuant à parler.

« … Tu vois, j'ai vraiment écrit ça du fond du cœur. Je l'ai écrit en pensant à mon père. Ce sont les choses que je dirais, *quelques-unes* des choses que je dirais si on me demandait mon avis sur cette sacrée fusion. Je les revendique à cent pour cent, tu comprends ? Elles sont vraies… »

La jeune fille, à distance, émet un étonnant sifflement de charretier pour rappeler son chien qui en effet dresse les oreilles, mais Enoch continue à le caresser avec douceur et puis, la main encore frémissante de ces caresses, il adresse à la maîtresse un bref et merveilleux geste de réponse qui dit un tas de choses en même temps, toutes claires, toutes rassurantes – une espèce de folle bénédiction de sa jeunesse, de son laisser-aller, de sa distraction. Un geste d'une telle grâce protectrice que, si j'étais cette jeune fille, j'arrêterais immédiatement de téléphoner et je me précipiterais pour faire la connaissance de l'être qui le lui a adressé et le prendre pour berger. Mais elle ne réagit pas ainsi et il peut être pertinent à ce stade de donner quelques indications sur le physique d'Enoch : grand et mou, un teint couleur gélatine qui n'a rien de naturel, de grosses lunettes en métal qui tyrannisent son visage, des cheveux gris en brosse comme on n'en voit plus depuis des décennies et une façon négligée de porter son costume sombre qui en devient presque subversive : il pourrait passer pour un prêtre presbytérien engagé en politique ou pour un professeur de collège farfelu dont les méthodes dérangent. Ce n'est pas qu'il soit laid – rien à voir avec Piquet, par exemple – mais son apparence est irréductiblement asexuée, comme s'il avait badigeonné son corps d'une couche d'apprêt antiaphrodisiaque, ce qu'une femme jeune et belle ne saurait en aucun cas pardonner. Voilà pourquoi la jeune fille n'a pas bougé, ne s'est même pas aperçue de la beauté de son geste ; voilà pourquoi Enoch est marié avec une femme plus âgée que lui, obèse et mystérieuse, à qui aucun autre homme n'a jamais dû prêter la moindre attention.

« Tu sais peut-être que je suis catholique, croyant et pratiquant.

— Oui, je sais.

— Comme mes parents, mes grands-parents et, que je sache, tous mes ancêtres. Nous sommes comme enchaînés à la Bible par notre nom. Tu sais qui est Enoch, n'est-ce pas ?

— En vérité, non.

— C'est un des patriarches de la Genèse, le père de Mathusalem et l'arrière-grand-père de Noé. Grâce à saint Paul, les chrétiens ont repris la tradition juive selon laquelle, avec le prophète Élie, Enoch est le seul personnage biblique à ne jamais être mort. »

Il parle avec moi et caresse le chien de la jeune fille, mais il ne regarde ni moi, ni la jeune fille : ses yeux sont maintenant tournés vers la rue où se trouve l'agent de police qui est mon ami, celui qui me réserve une place le matin, et il est clair qu'il ne le voit pas davantage.

« Fichtre…

— J'ai un frère missionnaire au Zimbabwe, tu le savais ?

— Non…

— Il s'appelle Pietro, comme toi, ça fait trente ans qu'il est là-bas. Et j'ai un oncle théologien qui enseigne à l'université catholique, et un certain nombre de tantes et grand-tantes, mortes ou vivantes, religieuses… »

Il continue à caresser machinalement le chien, comme moi Claudia cette nuit en attendant qu'elle se rendorme.

« Bref, on peut affirmer sans se tromper que dans les, disons, *quatre derniers siècles* – ici sa voix a un sursaut de colère et Enoch s'accorde une pause pour la maîtriser – aucun membre de ma famille n'a jamais été ne serait-ce qu'effleuré par l'idée de blasphémer.

— Bon, il ne me semble pas que —

— Voudrais-tu maintenant, me coupe-t-il, relire à voix haute la dernière phrase du texte que j'ai écrit ce matin, s'il te plaît ? »

Et nous y revoilà : le robinet s'est ouvert, et maintenant Enoch aussi souffre comme une bête. Lui aussi, ici, à côté de moi.

« Allez, Paolo, laisse tomber…

— Je t'en prie, dit-il d'un ton péremptoire. Juste la dernière phrase. S'il te plaît. A voix haute. »

Je déplie la feuille. Et maintenant je sais où est le problème. Le problème est que, si je la relis, je vais reprendre le fou rire.

« Voilà pourquoi on n'a encore jamais vu de grande fusion ne pas échouer, nom de Dieu, au bout d'un an ou deux. »

Je ne peux pas relever les yeux, je n'arriverais pas à soutenir son regard. Je ne peux pas prononcer un mot, je suis coincé. Il n'y a que ce chien, ici, à caresser : voilà, je le lui *vole*, merde, je l'attire entre mes jambes, de toute façon pour lui c'est pareil, pour le chien, pour sa maîtresse aussi, et moi en attendant j'ai quelque chose sur quoi porter le regard et me concentrer pour ne pas éclater de rire. Caresser ce chien, voilà…

« La question maintenant est la suivante, continue Enoch d'une voix grave, solennelle. Où était ce juron avant ? Il est venu de moi, du plus profond, mais je le gardais où ? »

Le chien, comme tous les chiens, est aussitôt en phase avec le rythme de mes caresses : il répond à chacune par un long battement de cils.

« Il était bien caché, tu sais, car jusqu'à ce matin, j'ai vécu dans la certitude, je dis bien, *la certitude*, qu'il n'existait pas. D'où vient-il ? Réponds, s'il te plaît. Ne me dis pas que ce n'est pas grave, ne dis rien de ce que tu voudrais dire, rends-moi le sacro-saint service de me dire d'où vient, à ton avis, le juron que j'ai imprimé sur cette feuille. »

C'est déjà mieux. Je me suis mis à gratter le cou du chien, qui me communique un peu de son olympienne indifférence.

« Je t'en prie, Pietro. Je ne plaisante pas. Dis-moi d'où il vient… »

Je peux même me risquer à répondre car cet homme veut vraiment que je lui réponde. Mais sans le regarder, toujours.

« Je ne sais pas, c'est peut-être quelqu'un qui l'a introduit en toi hier. Une des nombreuses personnes qui viennent chercher auprès de toi des assurances que tu ne peux pas leur donner…

— *Quelqu'un l'a introduit en moi…* Ingénieux. »

Je continue à gratter le cou du chien, à me concentrer sur son plaisir, et mon regard tombe sur la plaque de son collier : « NEBBIA 335 8448533 ». Je regarde la jeune fille, toujours au téléphone, toujours à distance : voilà alors son numéro de téléphone. Dieu sait combien de garçons voudraient l'avoir. Je regarde la plaque à nouveau. 335…

« Nebbia ! » La jeune fille appelle soudain son chien, et à l'appui, le siffle une nouvelle fois. « Nebbia, viens ici ! »

… et soudain je m'aperçois que ce numéro est inoubliable, nom de nom, parce que c'est un palindrome. Oui : 335 8448533, 3358448533, ne change pas si on le lit à l'envers. *Ta bête te bat.* Ça dure le temps d'un instant car tout de suite après, Nebbia dérobe son cou d'un mouvement qui évoque plus le cheval que le

186

chien, et le voici qui rejoint sa maîtresse d'un galop lent et compassé.

« Excusez-moi ! » crie la jeune fille en rattachant la laisse au collier et en se dirigeant vers la rue. Et dans la fluidité de cette sortie de scène, sans même attendre notre réponse, elle trouve un geste mutin d'au revoir à nous lancer quand elle est déjà de dos, sûre que nous ne l'avons pas lâchée des yeux.

« Tu la connais ? demande Enoch.

— Non. »

Mais je connais son numéro par cœur, pourrais-je ajouter : 335 8448533 ; et l'au revoir si naturel dont elle nous a gratifiés signifie que demain, quand elle sortira son chien au square et qu'elle me trouvera sur le banc, nous continuerons à nous saluer avec le même naturel ; et tout cela laisse prévoir que je ferai très probablement sa connaissance.

« Une jolie fille », dit Enoch avec indifférence.

Maintenant je sens que je peux me retourner, que je peux le regarder à nouveau : grâce au chien et à la jeune fille, j'ai ravalé le fou rire qu'un instant plus tôt, j'aurais déversé sur lui. Et en effet je le regarde, même si lui continue à ne pas me regarder : les yeux encore perdus au loin, il conserve une impassibilité qui au lieu de rassurer, fait froid dans le dos. Il semble impossible qu'un homme arrive à la rupture à cause d'un juron, c'est pourtant exactement ce qu'il me semble voir en ce moment.

« Écoute, lui dis-je, j'ai faim. Ça te dit de manger un sandwich ?

— *Ubi maior minor cessat.*

— Quoi ? »

Ses yeux ont brillé d'un éclair malicieux et d'un signe de tête, il indique devant lui pour m'inviter à regarder dans cette direction.

Thierry pénètre dans le square. Il avance à grandes enjambées, un large sourire sur le visage. Il porte un manteau, signe qu'il vient d'un endroit où il fait beaucoup plus froid qu'ici.

15

Nous y voilà.

Enoch s'est éclipsé. Le voici qui longe l'Alfa présidentielle de Jean-Claude qui n'est plus l'Alfa de Jean-Claude, garée en double file. Le voici qui salue Lino, le chauffeur de Jean-Claude qui n'est plus le chauffeur de Jean-Claude, sans doute plongé dans la *Gazzetta*, comme toujours. Le voici qui décline comme une lune grise derrière le dos d'âne. Et maintenant le juron qui le tourmente crève les yeux : c'est un petit drapeau que le Mal a réussi à planter sur lui et on a l'impression de le voir flotter au vent. Voici qu'Enoch a disparu...

« Alors, dit Thierry. C'est pas mal ici. »

Nous y voilà.

Thierry regarde autour de lui d'un air curieux. Il a comme toujours une mine joviale, le visage plissé de gaieté – pas ridé attention, il s'agit de crevasses dans l'argile de la chair, genre masque tribal. Ça faisait un bout de temps que je ne l'avais pas vu, depuis le dernier festival de Cannes où il faisait de brèves apparitions dans les réceptions, prenant les gens par le bras et leur transmettant cette bonne humeur raffinée qui lui donne une aura de gourou. A cette époque, je le croyais encore cul et chemise avec Jean-Claude, je croyais encore au conte de fées des *outsiders*, alors qu'il complotait déjà, qu'il trahissait déjà. Gare si je l'oublie car, quelle que soit la raison de sa venue, il saura s'y prendre. Je ne dois pas oublier que je crois en Jean-Claude, donc Thierry n'est qu'un top manager survolté et sans scrupule qui aspire à devenir un magnat avec l'argent des autres : certes plus brillant et plus original que son seigneur et maître Boesson, mais justement pour cela, plus dangereux. Je dois me méfier de cet homme, quelle que soit la raison de sa venue. A propos, pourquoi est-il venu ?

« Tu as su pour Jean-Claude ? me demande-t-il.

— Non. »

Et zut, qu'ai-je à perdre ? Je rectifie :

« Ou plutôt, si. Je savais qu'on lui avait retiré l'avion et tout à l'heure Enoch m'a dit, textuellement, qu'il "nous a laissés en plan". Je ne sais rien d'autre. »

Thierry sourit d'une grimace qui semble spontanée sans l'être. C'est comme ça avec lui : tout ce qu'il vous laisse deviner de son humeur reste plausible même si vous pouvez tout aussi bien affirmer le contraire.

« Alors, tu en sais déjà beaucoup plus que presque tous les autres. Sais-tu aussi pourquoi on lui a retiré l'avion ? »

Gare, c'est un piège. Je ne dois pas répondre, c'est lui qui doit se répondre tout seul.

« Restrictions budgétaires, dans mon souvenir c'est ce qui était écrit sur la notification. »

Thierry sourit à nouveau et cette fois l'ambiguïté de sa mimique vient de ce qu'elle pourrait contenir ou ne pas contenir de l'admiration pour la façon dont j'ai évité le piège. Puis il respire profondément, décolle un peu les talons et les repose lourdement au sol, comme pour bien s'y planter.

« Jean-Claude a démissionné hier soir de toutes ses fonctions. Pour ce qui concerne l'International, après la fusion, le poste sera supprimé, ce n'est donc pas un problème. En revanche pour ce qui concerne la présidence ici, en Italie, il faudra le remplacer. Je suis donc venu te demander si tu te sens de prendre sa place. »

Boum. Il accompagne sa bombe d'un regard droit, ferme, dépourvu – cette fois – de toute expression. D'ailleurs, son italien, presque parfait, tout en phrases courtes émaillées de « donc », possède une drôle de cadence militaire. Maintenant, c'est moi qui souris – mais, plutôt que sourire, je devrais dire qui *sens éclore* un sourire sur mon visage. Et maintenant ? Je bredouille :

« Quelle idée...

— Ce n'est pas une idée, c'est une décision. J'en ai parlé à Boesson, il est d'accord. »

Gamin, je voulais devenir producteur de cinéma. Et je l'ai été, à trente ans, avec un projet qui m'emballait : la transposition au cinéma de *Les Dernières Cartes* de Schnitzler. J'étais persuadé qu'il pouvait en sortir un chef-d'œuvre, et j'avais acquis – à prix d'or, à mon échelle – une option sur les droits, sans avoir encore le début d'un projet concret. J'étais convaincu que la force même de cette idée déclencherait toute seule la série d'événements nécessaire pour me transformer en producteur – et, pour étrange que cela puisse paraître, il en fut ainsi. Alors que je venais de m'installer à Milan, un jour à la banque, j'attendais, dernier d'une longue file d'attente, quand arriva Vittorio Mezzogiorno qui, pour moi, était et restera le plus grand comédien italien. A cette époque, sa popularité était à son apogée, parce qu'il venait d'interpréter le commissaire Licata dans la deuxième série du feuilleton télé *La Piovra*, tout le monde le reconnaissait et lui demandait des autographes. Je fus très frappé par le fait qu'il n'avait pas profité de sa célébrité pour éviter cette maudite queue, et qu'il se prêtait de très bonne grâce aux requêtes de ses admirateurs, dont beaucoup étaient des personnes âgées venues toucher leur retraite : il serrait les mains, gribouillait sa signature sur des bouts de papier et jouait à esquiver les balles que certains mimaient de tirer sur lui, souriant à tout le monde avec douceur et sans donner le moins du monde l'impression de penser à autre chose. C'est peut-être pour cela que j'avais trouvé le courage de l'aborder, de me présenter comme producteur et de *lui proposer* – là, comme ça : en pleine queue, au milieu de ses admirateurs qui ne le lâchaient plus – de tourner *Les Dernières Cartes* avec moi. Eh bien, il s'avéra que *Les Dernières Cartes* était son livre préféré ; qu'il avait plusieurs fois caressé l'idée de le monter au théâtre, repoussant toujours le projet à cause d'autres engagements qui se bousculaient, mais sans jamais l'abandonner ; et que, oui, nom d'une pipe, si je trouvais l'argent, il le tournerait comme comédien, et même comme réalisateur. La demi-heure qui suivit – la durée de cette attente aux guichets – fut pour moi sublime, une espèce de retour au bercail : comme si j'étais une abeille qui, ayant longtemps survolé le monde en vain, dénichait enfin le nectar vers lequel son instinct la poussait et qu'elle découvrait l'intense satisfaction de le pomper. En dépit des interruptions incessantes de ses fans, ce temps passa à discuter de *notre* projet avec de plus en plus d'enthousiasme. Il se trouvait que nous avions été conquis par les mêmes pages et que nous avions plus ou moins les mêmes idées quant à la transposition de l'histoire à l'époque contemporaine. Il ne restait plus trace en moi du doute qui m'avait toujours accompagné quand j'avais cru en quelque chose : aussi fou que cela puisse paraître, j'étais en train de parler avec Vittorio Mezzogiorno du film que nous allions faire ensemble, ça se passait en vrai et il s'en dégageait une force qui balayait tous les doutes : j'avais eu raison de croire dans le pouvoir karmique de mon idée, et on m'en donnait la preuve. Tout cela me revient en mémoire maintenant, en face de Thierry qui continue à savourer les effets de sa bombe car les pages de *Les Dernières Cartes* qui avaient le plus enthousiasmé Vittorio Mezzogiorno et moi étaient celles où le héros, Willi, qui est allé jouer au baccara à Baden-Baden, commence à gagner de façon insensée et, au fur et à mesure que les jetons s'empilent devant lui, il perd le contrôle de la situation. Son esprit s'emballe et se met à battre la campagne face à tout ce qu'un gain aussi énorme rend soudain possible : un nouvel uniforme, une nouvelle cape, une nouvelle dragonne, des dîners dans les restaurants à la mode et puis, les gains continuant à croître, de la lingerie neuve, des chaussures vernies, des excursions dans le Wienerwald, et même une voiture… Je me retrouve dans la même situation, et c'est pourquoi je ne dis rien, les yeux baissés, rivés sur mes chaussures devenues l'écran où on projette un film d'un luxe et d'un faste que, il y a encore quelques instants, je n'aurais jamais cru désirer : salaire fabuleux, pouvoir, contrat béton pour des années, stock-options, avion privé, œuvres d'art, voitures de collection, splendides demeures, chauffeur, privilèges de toute sorte… Il faut tout de même prendre en considération que cette proposition, pour puante, intéressée, sournoise et dégoulinante de sang qu'elle est, signifie l'accès à tout cela, et c'est ce que je suis en train de prendre en considération. Il s'agit des fruits les plus succulents que la civilisation à laquelle j'appartiens est en mesure d'offrir, tous sans exception, une espèce de richesse démonstrative *hors catégorie*[*], mise à la disposition d'un cercle restreint d'élus – rien à voir avec celle ordinaire et même banale dont je m'étais contenté ; il est évident que je vais refuser : il ne manquerait plus que ça, vu surtout qu'il s'agit d'une proposition assez équivoque, peut-être même d'un piège ; mais il faut reconnaître aussi qu'il n'existe pas de façon moins sale et risquée de pénétrer dans ce cercle, *et je suis en train de le reconnaître.* Il est évident que je vais refuser, la question ne se pose pas, de même que pour Willi la question d'arrêter de jouer ne se posait pas avant de tout perdre, mais en attendant, je suis là à contempler un voilier de vingt-deux mètres qui passe au ralenti sous mes yeux, moi à la barre et Claudia béate au soleil sur le pont en teck… Comme cette nuit devant la liste de messages de Lara, voici qu'une formidable limite en moi m'empêche de prendre la bonne position si je n'ai pas avant dangereusement tourné autour de la mauvaise.

« Tu ne dois pas répondre tout de suite, fait Thierry. Je voulais juste te communiquer notre décision pour que tu puisses y réfléchir. »

---

[*] En français dans le texte.

Bien sûr que je vais refuser, mais en attendant mon silence donne l'impression à Thierry que je vais réfléchir, tout comme Willi qui, en continuant à jouer, donne à ses partenaires l'occasion de récupérer l'argent qu'il a gagné. Mais pourquoi suis-je ainsi ? Je ne veux pas être avide, pourquoi le suis-je ? Pourquoi est-ce que je veux être plus riche et plus puissant que je ne le suis ? N'ai-je pas décidé d'entourer Claudia et de me désintéresser des rivalités de travail ? Pourquoi alors suis-je en train d'imaginer ce que serait ma vie si je prenais la place de Jean-Claude ?

« Non, Thierry, m'entends-je dire. Je crains que ce ne soit pas une bonne décision. »

O.K., je l'ai dit : mais pourquoi ai-je eu tant de mal ? Pourquoi ai-je dû appeler à la rescousse Schnitzler, Vittorio Mezzogiorno, Enoch, Claudia et Lara elle-même qui était devenue une *amie* de Jean-Claude et n'aurait jamais accepté de me voir occuper son poste ? Pourquoi ai-je eu besoin de la tutelle de tous ces spectres pour accomplir ce que, tout seul, je sais être juste ? Les voici qui me regardent, déçus par mon hésitation, soulagés de la réponse qui est enfin sortie – parce que je l'ai dit, j'ai dit « Non, Thierry », n'est-ce pas ? Je ne l'ai pas plus imaginé que maître Cerise au début de *Pinocchio*, même si lui aurait préféré avoir *inventé* la petite voix logée dans le morceau de bois qui pleurait et riait comme un enfant : je l'ai dit pour de bon, *n'est-ce pas* ?

« Pietro, ne me réponds pas maintenant. Tu traverses une passe difficile, donc tu n'arrives pas à penser à l'avenir. Mais dans un mois ou deux, ça aura changé et tu retrouveras de l'allant. C'est vrai pour tout le monde, et ce sera vrai pour toi aussi. Fais-moi confiance : tu es l'homme qu'il nous faut et nous pouvons attendre. »

Même Thierry a dû me donner un coup de main, avec ses creuses flatteries de traître – moi, « l'homme qu'il nous faut » : c'est quoi, cette connerie ? Je me sens de nouveau maître de la situation – j'ai déjà refusé, *n'est-ce pas* ? – mais il sera bon que je n'oublie jamais que j'ai été capable devant la proposition la plus pourrie qu'on m'ait jamais faite, de voir des voiliers et des terrains de golf. Il y a de l'ambition en moi. Et de l'arrivisme.

« De toute façon, ajoute-t-il, tant que la fusion ne sera pas achevée, tout sera paralysé. »

Willi n'arrête pas de jouer quand il est encore temps, il commence à perdre et à la fin, il se retrouve avec une dette démentielle, trois fois supérieure au gain qui l'avait ébloui.

« Non, Thierry. Si je suis ici, et pas au bureau, cela signifie que j'ai déjà pris une décision. La fusion ne m'intéresse pas une seconde. Ce qui m'intéresse, c'est ma fille. »

Mais Thierry continue à me regarder comme on regarde un pauvre veuf – et c'est normal, tant que je lui réponds comme un pauvre veuf. Alors je continue :

« Et puis, je ne peux pas occuper le poste de Jean-Claude. Il y a moins de deux semaines, il était ici, là où tu es toi maintenant, et il souffrait comme une bête pour cette histoire d'avion. Et il ne nous a pas "laissés en plan", comme dit Enoch : je sais parfaitement qu'il a été viré et comme je suis son ami, je ne peux pas m'asseoir dans son fauteuil. »

Je l'ai dit clair et net cette fois, je n'ai pas cherché d'excuses, je n'ai pas invoqué ma fille, mes paroles ont indiqué sans ambiguïté de quel côté je me place ; et pourtant Thierry les encaisse avec grâce, comme si je l'avais invité au théâtre. D'un autre côté, je dois me souvenir que cet homme, pour venir ici me proposer de trahir, a descendu plusieurs niveaux du jeu vidéo et que ce qui me paraît lourd et péremptoire pourrait être pour lui léger et discutable.

« Mais tu sais ce qu'a fait Jean-Claude ? me demande-t-il. Tu le sais ou pas ?

— Non.

— Il a volé, Pietro. Il a menti, magouillé, volé. Et c'est *à moi* qu'il l'a fait. Tu dis que tu es son ami, mais moi aussi j'étais son ami, tu sais, et depuis trente ans. Il a profité de la confiance que j'avais en lui et il a volé de l'argent à l'entreprise : beaucoup d'argent, Pietro. Il a truqué les bilans pour… »

Oh non ! Je ne veux pas entendre ce genre de choses. C'est sûrement un mensonge : je n'ai aucun moyen de vérifier : Jean-Claude viré, ils peuvent dire ce qu'ils veulent. Je ne veux pas entendre ce genre de choses…

« … et quand je m'en suis aperçu, il m'a fait du chantage. Tu ne le sais pas, tu ne peux pas le savoir parce que tu es honnête et que Jean-Claude ne t'a pas impliqué, mais… »

Et je ne *peux* pas les entendre, faible, avide et sensible à la flatterie comme – semble-t-il – je le suis.

« … joué sur le fait qu'en ce moment la fusion ne survivrait pas à un scandale de ce genre, nous étions donc obligés de… »

Alors que j'avais déjà enregistré ma société de production au tribunal de commerce et investi mes maigres économies dans le scénario, Vittorio Mezzogiorno est mort. Une tragédie brutale : soudain, je n'arrivais plus à le joindre, la proximité entre nous avait disparu du jour au lendemain, personne pour me dire quoi que ce soit ; et le temps que je découvre qu'il était malade, il était déjà mort. Je suis allé à son enterrement : il y avait des comédiens, des réalisateurs, des producteurs mais aussi beaucoup d'anonymes comme, d'un seul coup, je l'étais redevenu moi aussi – des gens qui pouvaient éventuellement rencontrer Vittorio Mezzogiorno à la banque, lui demander un autographe, le féliciter et se presser à son enterrement, mais qui ne rêvaient pas une minute de travailler avec lui. Ce fut aussi l'enterrement de ma carrière de producteur ; je n'ai jamais envisagé de continuer le projet avec quelqu'un d'autre : le signe à interpréter me parut péremptoire et je restai auteur pour la télévision – ce qui détermina ma rencontre avec Marta puis avec Lara, ma paternité et tout ce qu'a été ma vie des douze dernières années.

« … te fait honneur, mais, crois-moi, il ne la mérite pas. Alors je te prie de ne pas faire l'erreur de renoncer à cette occasion au nom de l'amitié que tu lui portes. Moi aussi, je lui en portais, et j'ai été bouleversé de le découvrir aussi malhonnête… »

Personne n'a encore adapté *Les Dernières Cartes* au cinéma, mais il y a quelques années en Autriche, on en a tiré une série télévisée ; et il est amusant que la décision d'acheter les droits pour l'Italie ait pratiquement été la première que j'aie dû prendre, juste après ma nomination – par Jean-Claude – comme directeur des programmes.

« … les belles années passées ensemble, nos succès, l'âge d'or des *outsiders*, et je n'ai pas réussi à trouver la moindre trace de cette malhonnêteté. Et pourtant, elle devait être là... »

Je ne l'ai pas achetée : c'était mauvais.

« ... ou au moins une prédisposition, on dit comme ça ? Il devait bien y avoir une prédisposition si ensuite il a fait certaines choses. Mais où était-elle ? Je me le suis demandé pendant des mois, ça m'empêchait de dormir jusqu'au moment où j'ai trouvé la réponse. Et tu veux la connaître, cette réponse ? Veux-tu savoir où se trouvait la malhonnêteté de Jean-Claude quand il était encore honnête ? »

Et de trois. Voilà qui est intéressant. Où était le juron d'Enoch ? Où était l'avidité qui tout à l'heure m'a ébranlé ? Et maintenant – même si je continue à ne pas croire un mot de cette histoire – où était la malhonnêteté de Jean-Claude ? Pour la troisième fois en une heure, je me retrouve devant la même question – une question qui jusqu'à aujourd'hui ne m'avait jamais effleuré. Ce ne peut pas être un hasard. Et si maintenant Thierry sait la réponse, cette réponse m'intéresse.

« Où était-elle ?

— Il n'y en avait pas, Pietro. Voilà la réponse. *Il n'y en avait pas.* »

Son regard maintenant brille d'une étrange lumière.

« Vois-tu, à l'université, j'ai fait des études de physique. Et je me suis souvenu d'avoir appris qu'un atome en passant d'un état à l'autre émet une particule de lumière appelée photon. Et surtout je me suis rappelé la question qu'on m'a posée à l'examen sur ce sujet : d'où sort ce photon ? Comment apparaît-il ? Où était-il avant ? Ce n'était pas dit dans notre cours : c'était une façon de voir si j'avais réfléchi. Et moi qui n'avais pas réfléchi, j'ai dit une bêtise : j'ai dit que le photon se trouve déjà dans l'atome. Alors on m'a expliqué que non, que le photon n'est pas du tout dans l'atome. Le photon apparaît au moment même où a lieu la transition de l'électron, et il apparaît précisément *à cause* de cette transition. Tu comprends ? C'est une notion très simple : *les sons que ma voix produit en ce moment ne se trouvaient pas en moi.* Voici comment j'ai réussi à me résigner à la malhonnêteté de Jean-Claude sans devoir effacer trente ans de ma vie : les actions qu'il a commises ces deux dernières années n'étaient pas en lui. Comme les photons, elles sont apparues à un moment bien précis, pour des causes bien précises. Pour être exact, tout comme un des atomes dont il est composé, Jean-Claude a produit cette malhonnêteté au moment du passage d'un état à l'autre. Car sais-tu depuis quand Jean-Claude vole ? Depuis deux ans, Pietro, c'est-à-dire depuis qu'il s'est remarié avec cette espèce de princesse vaishya. Elle a dû renoncer à sa caste, tu comprends, pour l'épouser, et il a dû se sentir soudain pas à la hauteur, *inférieur*, sensation qu'il n'avait jamais… »

Ça suffit. La réponse m'intéressait, pas le reste de la boue que Thierry entend jeter sur Jean-Claude. Et la réponse est venue, importante. Tant que la raquette ne la frappe pas, une balle de tennis ne contient aucune vitesse. Le jugement qui accompagne nos actions ne qualifie que ce que nous sommes, pas ce que nous étions avant. Je n'ai été avide que tout à l'heure, et pendant cet instant-là seulement. Le juron d'Enoch n'existe que depuis ce matin. Oui, cette histoire de photons est convaincante. Et maintenant que j'ai une réponse convaincante, je peux l'appliquer aussi au sujet que j'ai jusqu'ici soigneusement évité d'aborder :

je n'ai désiré physiquement Marta qu'hier, pendant cette longue étreinte sur le banc – parce que ce n'est pas la peine de le nier : hier, pendant que je la serrais dans mes bras, je l'ai désirée et elle a dû s'en apercevoir ; mais ce désir n'était pas en moi avant, il n'était pas resté là depuis l'époque où nous avons couché ensemble, il y a douze ans, comme elle a dû le croire ; et comme il n'était pas en moi, ce désir n'a en rien meurtri Lara pendant notre vie commune, ne l'a pas tourmentée de jalousie et encore moins tuée. J'ai désiré Marta voilà douze ans, avant de connaître Lara ; puis je me suis lié à Lara parce que je désirais Lara et pendant que j'étais lié à Lara, j'ai continué à désirer Lara ; et puis, j'ai de nouveau désiré Marta hier, dans une phase nouvelle de ma vie, après que la transition non pas d'un, mais de milliards d'électrons, a changé ma vie, ma situation – mon *état*. Aveugle et sauvage tant qu'on voudra, considérant que Marta est enceinte : mais ce que j'ai éprouvé hier n'était qu'une impulsion, un photon de désir à l'état pur, généré par ce qui était tout de même un étalage sous mon nez, inattendu et presque intimidant, de ses seins canon, pendant son accès de panique – un point c'est tout.

Pendant ce temps, Thierry s'est tu. Il semble s'être défoulé lui aussi, et maintenant il se tait ou peut-être il regrette d'avoir laissé échapper quelque chose de sincère alors qu'il n'était venu ici de Paris que pour effectuer l'étape numéro 109 de sa stratégie de traître hautement élaborée. Et maintenant, j'ai une occasion : un demi-dieu est descendu jusqu'à moi, il s'est abaissé pour accomplir une mission, et en effet les gens qui nous voient en ce moment – le Pakistanais, la femme au landau, le vendeur de journaux – ne peuvent pas soupçonner combien l'homme qui parle avec moi est plus puissant que moi : ils peuvent tout au plus penser qu'il m'est légèrement supérieur, pour une simple question d'âge. C'est lui qui en a voulu ainsi, pour des raisons que je ne connaîtrai jamais : donc, si je veux lui résister – et je le veux, même si je viens de mesurer que je suis plus faible que je ne le croyais – j'ai intérêt à le remettre sur le piédestal d'où il est descendu. De toute façon, c'est de la comédie : il s'agit seulement de ne pas confondre les rôles ni d'intervertir les répliques. Ce fameux voilier, rien ne m'empêche de le louer pour deux semaines, l'important est que Thierry redevienne le futur vice-chef du plus grand groupe mondial de télécommunications et moi un pauvre petit cadre insignifiant, veuf depuis peu.

« Alors, dit Thierry. Tu réfléchiras ? »

Étape numéro un : encaisser tous les crédits dont on dispose.

« Dis-moi une chose, Thierry. Vous me considérez vraiment si bon que ça ?

— Oui, répond-il sans hésitation. Il n'y a pas que Jean-Claude au monde qui t'estime. »

Parfait.

« Alors je peux te dire ce que je voudrais vraiment ?

— Bien sûr. Que veux-tu ? »

Étape numéro deux : les miser tous sur quelque chose, pour lui, d'incompréhensible.

« Je voudrais rester ici. »

Étape numéro trois : marquer une pause. Il est important de lui laisser le temps de croire que je l'entends comme une condition pour accepter la présidence, et de l'obliger à imaginer combien il serait embarrassant de rentrer à Paris avec un nouveau président qui veut passer ses journées devant l'école de sa fille. Mais avant qu'il ait formulé cette pensée, il faut suspendre la pause – étape numéro quatre – et lui rappeler qui il est.

« Et si ce n'était pas possible, je voudrais être licencié maintenant, par toi, et ne plus y penser, sans que cette histoire traîne trop. Au fond, tous ces jours, je ne me présente plus sur mon lieu de travail, vous avez une bonne raison... »

Envoyé, c'est pesé. Fin de ma stratégie, mais surtout, arrivés là, fin de la sienne aussi. Il est déconcerté, je le vois, il ne sait pas si c'est du lard ou du cochon. Il avait pour objectif la promotion du sujet comme président et, pour l'atteindre, une puissance de feu démesurée, tandis que là, il doit se demander : comment en sommes-nous arrivés à deux pas de son licenciement ? Et pourquoi parlons-nous de ce qu'il veut lui, et pas de ce que je veux moi ? A quel moment le sujet m'a-t-il piqué le contrôle de la situation ? Ah ah ! Les bonnes vieilles discussions avec mon frère sur la façon de combattre le système : lui penchait pour une attaque de l'extérieur, donc pour la rébellion, et moi pour une désintégration de l'intérieur, donc pour la subversion ; il citait cent glorieux exemples de rébellion, moi je ne réussissais pas à en donner un seul pour illustrer ce que signifiait exactement subvertir le système. Voilà, Carlo : c'était ça que je voulais dire.

« Mais pourquoi *ici* ? » demande-t-il...

C'est juste, Thierry : comment cet endroit est-il soudain devenu si décisif ?

« Parce que j'y suis bien.

— J'ai compris, mais encore ? Je ne saisis pas ce que tu as derrière la tête, Pietro. »

Exact : décisif pour quoi, d'ailleurs ?

« Il n'y a pas d'encore. Je n'ai rien derrière la tête.

— Je n'y crois pas. En ce moment, tu peux me demander de l'argent, du temps, tu peux poser des conditions très avantageuses pour ton avenir, et tout ce que tu me demandes, c'est de rester toute la journée devant une école, ce que tu pourrais parfaitement faire en prenant un mois de congé.

— J'ai déjà pris tous mes congés.

— C'est pareil, c'était une façon de parler : je n'arrive pas à croire que tu ne penses qu'à contenter ta fille. Où est le truc ?

— Ce n'est pas ma fille qui m'a demandé de rester ici. C'est une idée à moi. Et il n'y a aucun truc. »

A ce stade, ça ne gâtera rien de recourir à un mot dont le principe actif, pour Thierry Léon Larivière, par les temps qui courent, devrait se révéler aussi corrosif que du vitriol.

« C'est la vérité. »

Mais l'effet est mince. Juste une petite pause.

« Et tu ne veux vraiment pas la présidence ?

— Non, Thierry, vraiment. Ce n'est pas pour moi.

— Excuse ma franchise, mais tu es sûr que tu vas bien ? »

Un premier mariage avec une Américaine, une fille de dix-huit ans, droguée paraît-il, une nouvelle épouse française plus jeune, deux enfants qu'il ne voit quasiment jamais, une maîtresse canadienne encore plus jeune, que tout le monde connaît – même moi – car de temps en temps il l'exhibe en société, et une semaine rythmée par ses navettes au-dessus de l'océan Atlantique : il ne peut en aucun cas croire que je veux rester ici, *et c'est tout.*

« Oui. Je vais bien.

— Je veux dire qu'après ce qui s'est passé il serait compréhensible que… »

Je lui laisse tout loisir de finir sa phrase au cas où cette suspension serait due à l'embarras : mais non, pas trace d'embarras, il n'a rien à ajouter. Tant mieux.

Je répète :

« Je vais bien, Thierry. J'ai changé mes priorités, c'est tout. »

Il fronce les sourcils et acquiesce. Il doit décider s'il va me licencier ou m'autoriser à rester ici ; mais surtout, il n'était pas préparé à ça – comment faire tomber cette tête, doit-il se demander, si j'ai convaincu Boesson qu'il nous servait vivant et même président ? – et de toute façon, il ne rentrera pas à Paris avec ce qu'il escomptait obtenir. Pas mal. Il a peut-être raison, je serais peut-être un excellent requin. Ou peut-être pas ; et même, sûrement pas : je n'ai jamais été aussi percutant, et ce petit chef-d'œuvre n'est qu'un nouveau photon dont, il y a encore une demi-heure, il n'y avait pas trace en moi.

Au fait, c'est l'heure d'encaisser les gains, avant qu'il ne se réorganise.

« Alors, je peux rester ici ? »

Il sourit, regarde de côté, fait une grimace qui ne pourrait pas être plus française. Merde alors, comment a fait le sujet pour me coincer ? se demande-t-il.

« Pas pour toujours, quand même, souffle-t-il.

— Affaire conclue. » Je lui tends la main : « Pas pour toujours. »

Il me serre la main, puis me prend carrément dans ses bras, et cette étreinte est peut-être sincère, il m'aime peut-être, à sa manière. Il recule, glisse une main dans sa poche et en tire un paquet rouge avec un ruban argenté. Il me le tend.

« Donne ça à Lara de ma part », dit-il.

Et puis quoi encore : je vais au cimetière, je profane la tombe, j'ouvre le cercueil avec un pied-de-biche et je le dépose à l'intérieur. Ma gamine s'appelle Claudia, pauvre con : Claudia...

« Merci. »

Et il s'en va, totalement inconscient de cette gaffe finale. Je l'ai vaincu, mais il n'a pas du tout l'air défait. C'est un professionnel, que diable, il sait pertinemment que rater son coup de temps en temps fait partie du jeu. Il dira à Boesson que je ne suis pas en état de devenir président, et il se vengera à la première occasion.

16

Liste des comètes que j'ai vues :
Ça, c'est facile.
Halley (1985)
Hale-Bopp (1997)

Mais j'ai peut-être vu une autre comète. Quand j'étais petit, à Rome. J'ai ce souvenir : mon frère et moi tout petits, et notre père qui nous emmène dehors la nuit pour voir la comète.

« Allons voir la comète, les enfants… »

C'est l'été. L'air est parfumé, le long des Mura Ardeatine, on se croirait à la campagne. Caracalla. Le Circus Maximus. Mon père porte des chaussures blanches qui resplendissent dans l'obscurité. De quelle comète s'agissait-il ? Ou bien était-ce une éclipse de lune ?

« Allons voir l'éclipse, les enfants…
— Pietro ! »

Qui m'appelle ? Droite, gauche : personne.

« Ici ! »

Oh, une Yaris bleue qui me fait des appels de phares, arrêtée en double file en contrebas du square ; elle me parle, et dans le langage des Yaris bleues, semble m'inviter à la rejoindre. Une tête passe par la vitre : la mère de Benedetta. Que veut-elle ? Rien à faire, il faut que j'aille jusque là-bas… Le problème est que la chaleur est revenue, et ici à l'ombre, j'étais délicieusement bien. Il se passe en effet une chose étrange : l'automne est arrivé d'un seul coup, il y a deux semaines – pluie, froid, vent – mais après, le temps est redevenu beau et depuis, on dirait que l'été est de retour. La température a remonté comme si on était au début du mois de mai, tandis que le ciel, nettoyé par la pluie, se voile à nouveau, une couche de gaze par jour. Et le soleil cogne…

La mère de Benedetta me sourit, de ses petites dents très blanches qui donnent l'impression d'être indestructibles. Arrêtée au volant, moteur allumé, et un papier à la main.

« Excuse-moi, dit-elle, mais si je m'engage par là-haut, je ne m'en sors plus. J'ai oublié de te donner ça tout à l'heure. »

Un tract. *Les rendez-vous de Parents Ensemble. Cinq rencontres le mardi à 21 heures…*

« C'est une association de parents, des gens plutôt bien. J'y suis allée deux ou trois fois. Ils organisent des rencontres, des séminaires, des cycles de formation. J'ai pensé que la rencontre de ce soir pourrait t'intéresser. »

Puis elle s'adresse à mon chien qui bondit dans mes jambes et elle tend son bras nu, encore bronzé, par la vitre.

« Dylan ! Mon beau ! »

Dylan se dresse sur ses pattes arrière pour lui faire des fêtes mais elle trompe tout de suite ses espérances car elle bâcle sa caresse qui n'est qu'une halte intermédiaire de sa main dirigée en réalité vers le tract, où son doigt atterrit, pointé sur une des rencontres.

« Celle-ci, tu vois ? »

Son téléphone portable sonne, et elle répond, en s'excusant d'une grimace et tandis qu'elle parle au téléphone, je lis les lignes qu'elle m'a indiquées : « Les grands-parents, aide ou problème ? Gloria Avuelo, Nicoletta Skov, psychopédagogues. » C'est peut-être le sujet qui m'intéresse le moins au monde, sachant que trois des grands-parents de Claudia sont morts et que le quatrième, mon père, vit dans un monde à lui, à quelque deux siècles du nôtre ; puis je m'aperçois que le doigt s'est trompé : il a atterri sur la rencontre du mois prochain. Celle de ce soir se trouve à la ligne au-dessus : « Commençons par la fin : comment parler de mort avec ses enfants. Manuela Solvay Grassetti, psychothérapeute et formatrice Gordon. » Je lève les yeux, je regarde la mère de Benedetta.

« ... écoute, je suis au volant, dit-elle, je te rappelle dès que j'arrive. »

Elle me lance un regard malicieux, en coin, qui me rend complice de son mensonge ; elle reste quelques secondes sans rien dire, salue et coupe la communication.

« Excuse-moi », dit-elle. Puis elle marque une pause, secoue la tête comme pour se débarrasser de cheveux morts, et enfin sourit.

« Ça pourrait t'intéresser, non ?

— Ben, oui, en effet.

— Écoute, il faut que je me sauve, mais je voulais te dire que si tu veux y aller, Claudia peut dormir chez nous ce soir. Ça se passe à Gorgonzola, si tu y vas, tu risques de rentrer tard.

— Merci… » Et là, je reste en suspens d'une façon pas naturelle car l'intonation sur laquelle j'ai placé mon remerciement prévoyait que tout de suite après, je prononce son prénom, mais comme d'habitude je ne m'en souviens pas avec certitude : Barbara ou Beatrice ? Claudia a déjà dû me le dire quatre ou cinq fois, mais quelque chose dans mon esprit refuse de concevoir cette femme autrement que dans le doute, Barbara ou Beatrice, et au bout du compte, son prénom pour moi restera toujours ce doute. En plus, je suis un peu déconcerté : il est évident qu'elle est revenue ici exprès pour me donner ce tuyau, il est évident qu'à son avis, je dois y aller. Je bafouille :

« Je vais voir comment je m'organise.

— Tu peux prendre ton temps, dit Barbara-ou-Beatrice. Cet après-midi, je ne peux pas venir chercher Benedetta, mais on se verra après, au gymnase. Tu y vas, je crois ? »

C'est vrai. Benedetta a voulu faire de la gymnastique artistique elle aussi, comme Claudia : mais elle n'est pas douée, elle est loin derrière, dans l'équipe B avec une autre prof et, d'après moi, elle y est malheureuse, surtout quand elle voit l'adoration que Claudia voue à Gemma, la championne.

« Oui, j'y vais.

— Alors tu me donneras ta réponse là-bas. Ne te gêne pas.

— D'accord. Merci. »

D'une façon absurde, j'ébauche le geste de lui rendre le tract.

« Garde-le, me dit-elle. Tu verras, ce sont des gens bien, ils organisent des choses intéressantes. »

Barbara-ou-Beatrice sourit à nouveau : elle me dit

au revoir, passe la marche arrière et redescend jusqu'au boulevard où elle tombe dans un embouteillage. Même à cette distance, je la vois reprendre son portable dans son sac et le porter à son oreille.

Je reviens paisiblement vers mon banc. Comment parler de la mort avec ses enfants. Pourquoi pas ? Il y a peut-être des techniques, que sais-je, des métaphores. Le fait que jusqu'à aujourd'hui nous n'en ayons pas parlé avec Claudia ne signifie pas que nous n'en parlerons jamais. Il faut bien que je me prépare pour ne pas improviser le moment venu. D'autant plus que ce soir Claudia ira sans doute dîner avec son oncle. Mais je n'ai pas envie d'y penser maintenant. Ce soir, peut-être : mais pas maintenant. Maintenant je veux rester assis à l'ombre à caresser mon chien, c'est tout. Et le tract, je le mets dans ma poche – voilà.

Le fait est que cette dernière semaine, tout le monde m'a laissé étonnamment tranquille. Personne n'est plus venu me raconter ses problèmes, Marta ne s'est manifestée qu'une fois, je n'ai reçu du bureau que des dossiers et quelques visites de travail : cet endroit a cessé d'être le coin du monde où célébrer la messe de la douleur, et j'ai pu me détendre, me distraire, observer les choses avec attention et même m'ennuyer – l'exil, c'est bien connu, a ses moments creux. J'ai fait un coucou à Claudia à sa fenêtre, parlé de maladies exanthématiques avec les mamans de ses copines, assisté à des cours de gymnastique olympique ; j'ai retrouvé des souvenirs lointains à haut potentiel de danger en dressant un bon nombre de listes, sans jamais souffrir. Et à la maison aussi, le soir, tout baigne : après le dîner, j'ai inauguré pour Claudia la série des aventures de la Fusion, un féroce monstre bicéphale (deux langues fourchues, quatre yeux qui rendent fous ceux qui les regardent, une longue queue écailleuse avec laquelle elle décime le peuple des Imbourgeois) que l'imagination de ma fille semble apprécier plus que je l'attendais. Je suis allé au lit tôt. L'autre jour, j'ai trouvé, dans l'imprimante de ce qui est désormais l'ex-ordinateur de Lara, les deux messages de son courrier que j'avais imprimés pendant ma nuit de crise et que j'avais aussitôt oubliés ; je les ai jetés sans même les relire. Aucune douleur : je continue à me sentir comme quelqu'un qui est tombé du toit et qui, après s'être relevé indemne, ne cesse de se palper, incrédule. Le propriétaire de la C3 non plus ne s'est pas manifesté, elle n'a pas bougé, elle est toujours là, blessée et abandonnée, ma carte de visite glissée sous l'essuie-glace arrière…

J'ai fait la connaissance de la fille au golden retriever, ça oui : elle a un nom surprenant – Jolanda – et elle vient tous les jours ; elle sera bientôt là. J'ai pris l'habitude d'amener mon chien moi aussi parce que après tout il n'y avait aucune raison de ne pas le faire et avec cette compagnie, nos conversations – puisque conversation il y a maintenant – restent à un niveau de superficialité rassurante puisqu'elles portent presque exclusivement sur les chiens (les nôtres, mais aussi en général), sans toucher de question plus personnelle. Par exemple, elle ne sait pas que je suis ici toute la journée, et encore moins pourquoi : elle ne me l'a pas demandé et je ne le lui ai pas dit ; de même, je ne lui ai pas demandé ce qu'elle fait dans la vie, elle ne me l'a pas dit, et je l'ignore.

J'ai aussi fait la connaissance de l'enfant trisomique, celui qui communique avec l'antivol de ma voiture : il s'appelle Matteo, il a huit ans, et quand il sera grand, il veut être aide-cuisinier – et cette ambition si modeste m'a ému. C'est par sa mère que nous sommes entrés en contact, quand elle s'est aperçue de ma petite mise en scène avec l'antivol chaque fois qu'ils passent ici. En fait, elle m'a abordé avec rudesse, convaincue que je m'amusais à leurs dépens, mais c'est une personne de bonne volonté et quand je lui ai expliqué que j'essayais seulement d'ajouter quelque chose dans la vie de son fils, elle m'a cru et s'est excusée. Matteo jouait avec Dylan et n'a rien entendu et ainsi son amitié avec l'antivol est restée pure et mystérieuse comme avant ; mieux encore, comme son chromosome 21 l'a protégé en lui permettant de ne pas m'associer à ma voiture, ce qu'aurait fait tout autre enfant, maintenant il a aussi un nouvel ami avec qui en parler : « Je ne sais pas pourquoi, m'a-t-il confié à voix basse, mais, quand je passe ici, la voiture noire me dit bonjour. » Depuis ce matin-là, sa mère s'arrête souvent fumer une cigarette avec moi, avant de l'entraîner dans le cabinet du kinésithérapeute ; mais elle ne reste jamais assez longtemps pour me raconter les nombreux malheurs dont elle porte la marque sur le visage et, quand elle sort, elle est toujours très pressée.

Bref, je dois confesser une vérité embarrassante : la tranquillité qui m'est consentie, jointe à ce soudain retour d'été et – à cette persistante absence de souffrance – a fait de ces sept derniers jours, une des périodes les plus sereines de mon existence. Même le changement d'heure légale – événement qui m'a toujours affligé – n'a pas réussi à la gâter, mais il est vrai aussi que je vais bientôt avoir la visite de mon frère et je crains que sa venue ne me replonge dans cette tourmente avec laquelle j'ai pris mes distances ces derniers jours. Il est arrivé à Milan hier soir – de façon inattendue puisque la semaine des défilés n'est que dans un mois ; il m'a appelé alors qu'il se rendait à un dîner quelque part en Brianza, réservant sa soirée d'aujourd'hui pour Claudia, et voilà pourquoi je pourrais aller à cette rencontre ; puis, il m'a demandé si j'étais toujours devant l'école et quand je lui ai dit que oui, il m'a annoncé sa visite pour ce matin. A en juger par ce qui transparaissait jusqu'ici de ses coups de fil de Rome, Paris et Los Angeles, il semblerait que la prolongation de cette situation le perturbe, tout d'abord parce que lui-même ne tient pas en place et ne peut même pas imaginer rester plus de cinq jours de suite dans le même pays, alors devant une école, n'en parlons pas. Bref il sera bientôt là, et il y a de la discussion dans l'air, comme Carlo en a toujours soulevé dans le cercle familial, souvent avec virulence, plus ou moins sur tout, bien qu'au fond nous ayons toujours été du même côté. Entre nous deux, il n'y a jamais eu de véritable problème, voilà, et c'est peut-être ça le problème : nous étions trop semblables pour ne pas nous sentir obligés de saisir le moindre prétexte de nous montrer différents ; et ensuite, à force de poursuivre ce but comme un objectif dans nos vies, nous le sommes devenus pour de bon, et ainsi tout s'est brouillé, et si aujourd'hui je soutenais cette théorie devant lui, il affirmerait le contraire, à savoir que nous sommes très différents mais que nous nous efforçons de trouver des points communs, et au bout du compte, ce serait tout aussi vrai – je crois même l'avoir prétendu parfois moi-même. C'est pourquoi, avec mon frère, je me contente d'une conviction rudimentaire, à savoir que la nature nous unit autant que la civilisation nous sépare, et *vice versa* ; il doit exister une meilleure façon de définir notre relation, mais du moment que rien ne m'oblige à mieux la définir, je m'en contente. Je pense à nous deux pour ce que nous sommes, en dehors de toute définition : deux parties d'un tout. De temps en temps, ce sentiment d'appartenance commune, sans avoir besoin de spécifier à quoi, jaillit des fissures du monde, et nous rappelle que nous sommes frères, que nous l'avons toujours été, et qu'être frères est un état mental très puissant ; formidable par exemple, l'instant où nous nous sommes regardés avant de plonger pour sauver ces baigneuses, le jour où Lara est morte, quand j'ai eu l'impression d'être lui et d'avoir les yeux bleus.

Mais dans l'ensemble, on peut dire que nous nous fréquentons peu. Lui, est un styliste célèbre, célibataire, qui change de fiancée chaque année et passe son temps à parcourir le monde ; moi, je suis ce que je suis ; nos vies n'ont pas beaucoup de points de contact et dans la longue liste de nos différences, certaines ont d'étranges résonances. Par exemple, pourquoi vit-il à Rome et moi à Milan ? Le contraire ne serait-il pas plus logique puisque moi, Rome me manque et que lui, travaille dans la mode ? Bof. Je ne saurais l'expliquer. Depuis que j'ai déménagé à Milan, je projette de revenir vivre à Rome, mais sans passer à l'acte, et à force, ce projet devient de plus en plus vague et irréalisable. Et, depuis que maman est morte et que papa a vendu l'appartement de la via Giotto pour s'installer en Suisse, je n'ai plus de chambre à ma disposition pour le week-end. Avant nous y allions, Lara, Claudia et moi, à Noël ou en juin, parfois même en août, quand Rome est merveilleusement vide. Quand nous y avions une maison de famille – une famille –, tout était plus naturel, y compris l'intention de revenir habiter là un jour ou l'autre ; et quand je devais y aller tout seul pour le travail, même pour un jour, je me sentais *représenté* – je ne sais comment m'expliquer mieux – par cette maison et par cette chambre. Maintenant l'appartement de la via Giotto est occupé par la famille d'un certain Mandorlini, notaire, et je refuse la perspective de dormir à l'hôtel dans ma ville, le résultat est que je n'y vais plus. Évidemment Carlo ne comprend pas, et surtout depuis le malheur de Lara, il n'arrête pas de nous inviter chez lui : « Venez passer une semaine chez moi, Claudia et toi, ça vous fera du bien. » Mais ces paroles sont dépourvues de sens parce que primo, il n'est jamais là et que, secundo, il loge dans un studio où nous ne tenons pas tous les trois. Il est milliardaire, mais continue à vivre dans le petit appart du quartier de la Garbatella qu'il occupait avant que Winona Ryder porte ses jeans ; où il avait pris ses quartiers après sa dispute historique avec papa, dont la cause officielle était que Carlo fumait de la marijuana sous son nez, et la cause réelle que papa ne digérait pas son départ de l'université pour aller à Londres. Mignon, *cool*, branché, tout ce qu'on voudra : mais y dormir me déprime à cause de son armoire sans porte où s'entassent les cintres bourrés de fringues, de la ribambelle de bottes sur le sol, de la kitchenette inutilisée, des CD épars, du poster de Buster Keaton dans la salle de bains semée de vestiges féminins désormais fossiles – rouges à lèvres, épingles à cheveux, peignes, élastiques – laissés là par quelque fiancée dans une tentative désormais lointaine de marquer le territoire. Mais ce qui me met le plus mal à l'aise et m'interdit d'y emmener Claudia est la photo géante de J. M. Barrie que Carlo a accrochée au mur en face de son lit. Cette photo me donne des frissons. Je comprends que Peter Pan soit son mythe, et je peux témoigner qu'il l'a toujours été, depuis sa plus tendre enfance, encore avant de voir le film, quand il avait été ébloui par l'album que tante Jenny nous avait offert à Noël, *Peter Pan dans les jardins de Kensington* (c'est à moi que tante Jenny l'avait offert, et j'étais enchanté, mais il faut bien dire que lui fut littéralement fasciné), et je comprends qu'avoir appelé son entreprise Barrie, en transférant le culte pour ce blanc-bec volant sur son créateur, a été un coup de génie car tout cela a soudain pris de la profondeur – surtout dans un univers aussi superficiel que celui de la mode ; je comprends la cohérence, la reconnaissance, la fidélité aux mythes de l'enfance, je comprends tout : mais cette photo, je n'arrive pas à la digérer et il m'est impossible de dormir en face d'elle. On y voit J. M. Barrie âgé d'à peine cinquante ans et pourtant déjà vieux d'une façon obscène, qui joue à capitaine Crochet sur une pelouse avec un des orphelins qu'il avait adoptés – en réalité, il l'a saisi de sa main en crochet justement, une main affreuse, décharnée, et il serre le petit bras avec un rictus fanatique, malade, sous son grand chapeau de soleil. L'enfant ne semble guère s'amuser : il le regarde avec ce demi-sourire hésitant qui précède la peur car à l'évidence il a perçu la menace qui pèse sur lui, même si ensuite il devra se rassurer et se sentir même coupable de l'avoir éprouvée, du moment que Barrie ne lui fera – je crois – aucun mal ; mais même si ce mal ne sera pas perpétré, il est clair qu'il les unit, et l'expression de leurs visages fixée par le déclic de l'appareil en témoigne pour toujours. C'est une photo terrible : son seul souvenir m'incommode et je ne comprends pas comment Carlo peut la garder en face de son lit.

Mais je vais pouvoir lui demander, car il vient d'arriver. Le voici qui descend de taxi devant l'école – Carlo n'a jamais eu de voiture – et qui me cherche du regard. Il ne me voit pas, il ne regarde pas par ici. Mais il a vu ma voiture. Dylan le repère et commence à tirer sur sa laisse ; je le lâche et il s'élance en trombe vers lui. Ce sont des fêtes à n'en plus finir. Enfin, Carlo regarde par ici et m'aperçoit. Je n'ai pas besoin de lui faire signe de me rejoindre : l'ombre de ces arbres est en soi une invitation. Et le voici qui approche en souriant, son ample chemise blanche tombant sur son jean, la démarche en canard à cause de ses pieds plats. En fait, il m'intimide un peu. Depuis toujours. J'ignore pourquói. Le voici arrivé. Nous nous embrassons. Il dégage une très bonne odeur, de mer, de coquillages. Il voudra discuter, objecter. Mieux vaut que j'éteigne mon cerveau.

17

« Tu sais, je me disais… pourquoi tu gardes cette affreuse photo en face de ton lit ?

— Celle de Barrie ?

— Oui.

— C'est quoi le problème avec cette photo ?

— Mais voyons, elle est terrifiante, pourquoi tu ne l'enlèves pas ?

— Je l'ai enlevée.

— Ah ! Et quand ça ?

— Ça doit faire un an. Non, moins : depuis février. Depuis que Nina m'a dit : "ou moi, ou elle".

— Eh bien, épouse-la. C'est la fiancée la plus saine que tu aies eue. Comment va-t-elle ?

— Nous avons rompu.

— Non !

— Si.

— Quand ?

— Il y a un mois.

— Et tu vas remettre la photo ?

— Non.

— Tant mieux.

— Écoute, il s'est passé un sacré truc, un truc énorme. Devine qui participait à mon dîner d'hier soir.

— Qui ?

— Devine.

— Homme ou femme ?

— Femme. Cherche un truc vraiment pas possible.

— Je la connais ?

— Disons, de vue.

— …

— Disons, une vue assez unique.

— …

— Disons, inoubliable.

— Je donne ma langue au chat. Qui est-ce ?

— Une des deux nanas que nous avons sauvées à Roccamare.

— Allez ! La mienne ou la tienne ?

— La mienne.

— Et c'est qui ?

— Elle possède une galerie, ici à Milan. Son nom de famille est Francia. Ludovica, ou peut-être Federica, oui, Federica Francia.

— Et tu l'as reconnue ? Moi, je ne sais pas si je reconnaîtrais la mienne.

— Non, je ne l'ai pas reconnue.

— Elle t'a reconnu ?

— Non plus.

— Alors comment ça s'est passé ?

— Et alors, ça s'est passé d'une façon incroyable. On parlait de toi et —

— Comment ça, de moi ?

— C'est-à-dire qu'il semblerait que tu sois très populaire depuis que tu t'es installé ici. A en juger par la façon dont ils m'ont bombardé de questions, je dirais que la haute bourgeoisie de cette ville a les yeux rivés sur toi.

— C'est quoi ces conneries ?

— Je te dis qu'on parle de toi. C'est la nana de la galerie qui a rapproché nos deux noms, bien sûr avant que sorte l'histoire du sauvetage, en me demandant si j'étais parent de "ce Paladini directeur de Rete 4 qui, depuis la mort de sa femme, reste toute la journée devant l'école de son fils". J'ai répondu que nous étions frères et j'ai rectifié les informations erronées concernant la chaîne et Claudia, en pensant que ça s'arrêterait là, mais eux, sous prétexte de manifester leur admiration à ton égard (sincère et, dirais-je, presque romantique chez les femmes, plus forcée chez les hommes), se sont mis à me bombarder de questions sur toi, sur Lara, sur Claudia avec une curiosité morbide qui m'a chauffé les oreilles. Alors, je ne sais pas très bien pourquoi, au lieu de leur dire que je n'avais pas envie de parler de certaines choses (et entre parenthèses, j'en ignorais beaucoup, comme le nom de cette école ou la nationalité de la nounou de Claudia), j'ai pensé "eh va chier, je vais leur clouer le bec", et j'ai raconté la véritable histoire, les événements de ce matin-là sans les édulcorer, car ils n'en savaient rien. J'ai tout raconté, tu comprends ? Que nous avions risqué notre vie pour sauver ces deux nanas pendant que leurs copains regardaient du rivage, que pour finir personne ne nous avait remerciés et que, à notre retour à la maison, Lara était morte. Je l'ai fait pour les secouer, putain, parce que ça m'énervait que tu sois devenu un sujet de conversation de salon. Mais à un moment, pendant que je parle de ce sale crétin roux, tu te souviens ? celui avec la petite corde qui nous a dit de la laisser se noyer, je vois cette femme qui blêmit, mais grave : son visage devient comme de la

221

mozzarella, ses yeux se révulsent et elle s'affale de tout son long sur la table sans crier gare, évanouie. Et alors là, je l'ai reconnue, puisqu'au fond je l'ai vue seulement comme ça on peut dire, portée à bout de bras, plus morte que vive. C'était elle.

— Putain, Carlo. Tu ne pouvais pas tenir ta langue ?

— Qu'est-ce que j'en savais, moi ? Et puis, c'est bien fait pour elle, ça lui apprendra à se défiler : parce que ça faisait déjà un moment que je racontais, tu comprends ? Et elle avait forcément pigé que je parlais d'elle sans l'avoir reconnue, mais elle se gardait bien d'intervenir. Il y avait aussi son mari, une espèce de bradype qui, ce matin-là, était à Punta Ala, pense un peu, à jouer au golf, et il fallait voir comment il se taisait lui aussi pendant que je racontais. Attends, même s'il n'était pas présent, il a bien dû comprendre que je parlais de sa femme : c'est arrivé combien de fois, merde, que sa femme se noie à Roccamare il y a un mois et demi et qu'elle soit sauvée par un inconnu ? Qui c'est, cette nana ?

— Une fille qui promène son chien.

— Tu la connais ?

— Oui. Non.

— Oui ou non ?

— On se dit bonjour, c'est tout.

— Elle est canon.

— Oui.

— Quel âge a-t-elle ? Vingt-six ? Vingt-sept ?

— Je ne sais pas.

— Dylan est en train de s'étrangler, je le détache ?

— Non. Ça va lui passer.

— Ils sont copains, le chien de cette fille et lui ?

— Ils se reniflent l'arrière-train. Donc, cette bonne femme s'est évanouie…

— Donc, elle s'est évanouie et quand elle est revenue à elle, elle s'est mise à pleurer, blême, tremblante, à s'excuser, et elle s'est même disputée avec son guignol de mari, monsieur était offusqué, tu comprends, à cause du langage, disons, haut en couleur, que j'avais employé pour raconter l'épisode…

— J'imagine.

— Mais elle lui a cloué le bec, tu aurais dû voir comment. Moins laide qu'elle m'avait semblé pendant qu'elle mourait, soit dit en passant.

— Et toi ?

— Moi ? Je buvais du petit-lait. Parce qu'il paraît que, toutes sonnées qu'elles étaient, elles se sont rendu compte qu'elles n'avaient pas été sauvées par leurs copains ; il paraît qu'en reprenant du poil de la bête, elles ont demandé où étaient les deux *héros* qui les avaient sauvées, mais cette bande de nazes les a convaincues que non, que c'étaient eux qui les avaient sauvées, avec les deux surfeurs. Oh ! ç'a été *un grand moment*…

— Qu'est-ce qui a été un grand moment ?

— Voir le monde s'écrouler autour d'elle. Je veux dire qu'on n'assiste pas tous les jours à une telle scène : une grande bourge qui découvre soudain que ses amis les plus chers sont des pourris, lâches et menteurs, et que ce ne sont pas eux qui l'ont sauvée de la noyade comme ils le lui avaient fait croire, mais un inconnu qui parle d'elle en public en la définissant par "cette pute".

— Tu l'as appelée comme ça ?

— Bof, juste une fois. Quand je racontais qu'elle

essayait de m'envoyer par le fond au lieu de se laisser sauver. Disons que je me suis laissé emporter par l'ardeur du récit.

— Je comprends. Et comment ça s'est terminé ?

— Qu'elle n'en finissait plus de pleurer et de me dire que ce n'était pas de sa faute, et de s'excuser et de me demander de tes nouvelles, et comment elle peut nous remercier, au nom de la tienne aussi.

— De la mienne quoi ?

— De ta bonne femme à toi, celle que tu as sauvée.

— Ah ! Mais qui, elle, n'était pas au dîner.

— Non. Sauf que tu peux être sûr que ce matin, elle sait tout. Elles sont très amies, m'a-t-elle dit. Et tu sais qui c'est, la tienne, à propos ? C'est une Suissesse, elle s'appelle Eleonora Simoncini et c'est la propriétaire de la chocolaterie Brick, tu connais ? La pub avec le petit lapin qui mange les carottes en chocolat ? Son père est mort il y a quatre ans : unique héritière, une véritable milliardaire.

— Brick, tu dis ?

— Oui. Chocolats, glaces, pâtisseries. Un chiffre d'affaires faramineux.

— Bizarre…

— Qu'est-ce qui est bizarre ?

— La coïncidence. La Brick de Lugano fait partie du groupe canadien avec lequel nous fusionnons.

— Vous ? Et quel rapport entre le chocolat et une télévision payante ?

— Aucun. C'est une fusion gigantesque, globale, justement, qui touche plus ou moins tout.

— En effet, c'est une sacrée coïncidence. Il mord, ce chien ?

— Pfuuit !

— Non, il est gentil.

— Pfuuit ! Nebbia !

— C'est quoi ? Un labrador ?

— Nebbia ! Pfuuit ! Viens ici, tout de suite !

— Non. Un golden retriever.

— Nebbia ! C'est fini ?! Bonjour. Excusez-moi, je vais l'attacher.

— Ne vous inquiétez pas, mademoiselle. Il veut juste jouer avec son copain.

— Bonjour. C'est mon frère. Jolanda : Carlo. Carlo : Jolanda.

— Enchantée. Nebbia ! descends !

— Jolanda ? Quel beau prénom.

— Bof, moi, je le trouve moche.

— Mais non, pourquoi ? C'est un prénom ancien, baroque... Nebbia aussi, c'est un chouette nom. Je peux lui faire un compliment ?

— Bien sûr...

— Quelle jolie maîtresse tu as, Nebbia...

— ...

— ...

— ...

— Bon, au revoir. Et excusez-moi encore. Nebbia, viens ici ! Mais qu'est-ce qui te prend aujourd'hui ?

— Au revoir.

— Au revoir.

— ...

— ...

— Tu as vu ?

— Quoi ?

— Son jean.

— Qu'est-ce qu'il avait ?

— Barrie.

— Oh !

— …

— …

— Pietro ?

— Oui ?

— Qu'y a-t-il ?

— Rien.

— Ça t'embête que j'ai parlé de Lara ?

— Qu'est-ce que tu veux, c'est fait, c'est fait.

— Oui, mais ça t'embête.

— Ce qui m'embête surtout, c'est que des gens que je ne connais pas parlent de moi.

— Attends, comment veux-tu que ça ne jase pas ? Tu es connu, Pietro, à quoi tu t'attendais ? Tu campes devant une école comme un clochard et tu prétends que…

— N'exagérons rien…

— Excuse-moi, ça m'a échappé. Je voulais juste dire que ces gens n'ont rien à se dire : ils s'invitent à dîner un soir sur deux et après les premiers amuse-gueule, ils cherchent désespérément des sujets de conversation le reste de la soirée. Pour eux, tu es un Martien. Tu défraies la chronique, et ne me dis pas que tu n'en es pas conscient. Pour eux, c'est déjà bizarre que tu sois à côté de tes pompes, parce que si l'un d'eux perdait sa femme sa première réaction pour-rait bien être de s'offrir un lifting dans la première clinique esthétique venue. Et puis, le fait que tu leur jettes ta souffrance au visage de cette façon, tu com-prendras que —

— Hé, ça va pas ! Qu'est-ce que tu racontes ? Non mais, qui se soucie de ces gens, *qui en a rien à foutre* ? *C'est toi* qui dînes avec eux, pas moi. Et puis, je te l'ai déjà dit, je ne suis pas à côté de mes pompes, et je ne suis pas en train de souffrir.

— T'emballe pas ! Il n'y a rien de mal à ce que tu ailles mal, après ce qui s'est passé.

— Tu insistes ! Je ne vais pas mal. Je suis le premier à m'en étonner, mais je ne vais pas mal. Au contraire, je vais bien, surtout si on me laisse tranquille.

— Écoute, pourquoi tu continues avec cette —

— Carlo ?

— Hum ?

— Regarde-moi dans les yeux.

— …

— Je-ne-souffre-pas. C'est clair ?

— Ah oui ? Alors, qu'est-ce que tu fabriques ici ?

— J'y suis bien.

— Tu es bien, assis toute la journée sur un banc devant une école ?

— Oui.

— Depuis un mois ?

— Oui.

— Regarde-moi dans les yeux, toi, maintenant.

— Je te regarde déjà dans les yeux.

— C'était une façon de parler. Tu es sérieux ?

— Je n'ai jamais été aussi sérieux.

— Alors là, je ne te suis plus.

— Et qui te demande de me suivre ?

— Je déclare forfait, Pietro.

— C'est ça, déclare forfait.

— …

— …

— Je dis juste que, si tu acceptais ce qui s'est passé avec un autre comportement, les gens ne jaseraient pas.

— *Comportement ?* Depuis quand parles-tu comme un principal de collège ?

— Pour Claudia par exemple, ce n'est peut-être pas l'idéal de voir son père adopter une attitude de gamin.

— Bien sûr ! Claudia ! Je n'avais pas pensé à elle ! Heureusement que toi, tu y penses ! Ça t'embêterait de répéter plus lentement, comme ça je peux prendre des notes ?

— O.K. Fais comme tu veux.

— Je vais me gêner. Disons que je fais comme je veux et que toi, tu me fous la paix, et à la première remarque sur mon *comportement* qui affleurerait du tréfonds de ta conscience, tu vas vider ton sac dans ces dîners de bourges que tu méprises tant et à qui tu racontes mes petites affaires pour mieux les choquer. Ça ira comme ça ? Tu supporteras ?

— …

— …

— C'est que je m'inquiète pour toi, Pietro.

— Tu n'es pas tout à fait le seul.

— Je suis le seul à te le dire.

— O.K. c'est possible, et alors voyons si j'ai bien compris. Tu serais le porte-parole d'une inquiétude diffuse à mon égard qu'on peut synthétiser ainsi : si je souffrais mais en continuant d'aller au bureau, en serrant les dents, en disant la vie continue, en prenant des somnifères pour dormir et si, pendant ce temps, Claudia se montrait passive, éteinte, ne mangeait plus, vous seriez tous bien contents et vous me conseilleriez un psychologue à qui la montrer ; si je "campais ici comme un clochard", comme tu dis, parce que éperdu de douleur, vous seriez moins inquiets et vous me conseilleriez un psychologue, cette fois, pour moi ;

mais le fait que je sois ici et que je n'aille pas mal, et que Claudia non plus n'aille pas mal, et qu'il n'y ait aucun besoin de psychologues, ça vous inquiète beaucoup plus. Je me trompe ? Il faut souffrir à tout prix pour vous rassurer ?

— Ce n'est pas ça, Pietro.

— Ah non ? Alors c'est quoi ?

— C'est que ça ne peut pas durer. Ne me dis pas que tu ne le comprends pas.

— Je comprends que vous êtes en train de donner trop d'importance, tous autant que vous êtes, au fait que je sois ici, et pas au bureau. Vous ne le digérez pas, hein ? Pourquoi ?

— Par exemple, parce que ainsi tu risques de perdre ton boulot.

— Je regrette, mais ce n'est pas le cas. Il se trouve qu'avec la fusion en cours la moitié plus ou moins de mes collègues qui vont chaque jour au bureau perdront leur emploi de toute façon, soit parce qu'ils seront remplacés par leurs homologues canadiens et américains, soit parce qu'ils seront mutés, mis en préretraite, ou incités, comme cela se pratique, à profiter de l'indemnité qui leur sera versée s'ils quittent le groupe de leur propre chef. En plus —

— Mais, il y a une sacrée dif —

— En plus, laisse-moi finir, merde, et essaie pour une fois d'écouter ce que je dis avant de monter au créneau : en plus, j'ai reçu l'autorisation formelle de mes supérieurs de rester ici et j'y travaille aussi normalement que le permet une période comme celle-ci où tout est au ralenti, mais sans être exposé à la paranoïa qui a envahi nos bureaux et y régnera tant que la fusion ne sera pas achevée. Raison pour laquelle il n'y a rigoureusement aucune raison de s'inquiéter que je sois content de rester ici. Mais maintenant, essaie de réfléchir dix secondes à ce que je viens de te dire avant de répondre ; essaie de croire que je sais ce que je fais. Essaie, pour une fois, de changer d'idée.

— …

— …

— Ça veut dire quoi, qu'ils t'ont autorisé à rester ici ?

— Ça veut dire que j'ai eu l'autorisation de mon ancien chef. Et, après qu'il a été éliminé, ce qui a été annoncé la semaine dernière, je l'ai obtenue de mon nouveau patron en personne. *Ceci* est, pour le moment, mon bureau. Au revoir, Jolanda.

— Au revoir.

— …

— …

— Que veux-tu que je te dise, Pietro : je ne savais pas tout ça. Je m'inquiétais peut-être sans raison.

— Pas peut-être, sûrement.

— Alors, n'en parlons plus. Si je t'ai blessé, je te demande pardon.

— Laisse tomber.

— Je ne voulais pas te froisser.

— Je sais, Carlo. On n'en parle plus. Ça te dit de manger un morceau ? Ils ont d'excellents sandwiches au bar ici.

— Écoute, là, j'ai un rendez-vous et je serai occupé tout l'après-midi jusqu'à huit heures. Mais je voudrais emmener Claudia dîner dehors, comme je lui ai promis. Tu n'as rien contre ?

— Penses-tu ! Elle est folle de joie.

— Et toi, tu nous accompagnes ?

— Non. Elle préfère être seule avec toi. Elle t'adore. Tu sais ce qu'elle a écrit dans une rédaction ? "Mon oncle est un mythe impénétrable", texto.

— Ça te fera surtout une soirée de libre.

— Oh, les soirées libres...

— Si. Il faut bien que tu te changes un peu les idées, non ?

— A vrai dire, je n'en sens guère le besoin.

— Sur le principe, disons. Tout le monde a besoin de couper un peu, à un moment...

— Sur le principe, oui. Il faudrait que je me change les idées.

— Alors, disons que je passe prendre Claudia vers huit heures, je l'emmène au restau, puis je la raccompagne à la maison et je dors dans la chambre d'amis. Et toi, tu es libre de rentrer quand tu veux.

— Si je sors.

— Si tu sors, bien sûr.

— Je pourrais aussi me changer les idées à la maison.

— Je pense bien, c'est une excellente idée : tu te colles devant la télé, au fond de ton divan et tu t'endors bercé par le *Costanzo Show*.

— Je veux dire, sur le principe. On n'est pas obligé de sortir pour se changer les idées.

— Sur le principe, naturellement. Claudia aime la cuisine japonaise ?

— Avec toi, elle aime tout. Plutôt...

— Plutôt ?

— Mais ne le prends pas mal, à ton tour.

— Tu peux y aller. C'est à quel sujet ?

— Ben, vas-y mollo avec elle. Je ne crois pas qu'elle soit encore prête à parler de certaines choses.

231

— Pietro, je ne suis pas débile.

— Oui, je sais, mais je veux dire, tu verras, elle semble tout à fait normale, elle ne montre jamais la moindre faiblesse, ou tristesse, ou peur, comme si rien ne s'était passé. Sa réaction est un mystère et je ne me suis pas encore hasardé à l'affronter.

— Un mystère : elle t'imite peut-être tout simplement. Elle voit que tu ne souffres pas, alors elle non plus.

— Je ne sais pas comment, mais c'est comme si elle avait trouvé un équilibre à elle, absurde, imprévisible, et qu'elle vivait sur cet équilibre, jour après jour, en évitant le problème. Sauf que, contrairement aux apparences, ce doit être un équilibre très fragile. Vraiment fragile. C'est pour ça que je te dis d'y aller doucement, sur tout : pour ce qu'il m'est donné d'en savoir, il pourrait se rompre à tout instant.

— Sois tranquille, frangin. Je ferai attention. Comme si je marchais sur de la neige fraîche.

— C'est tout à fait ça. Voilà comment il faut faire avec elle. Marcher sur la neige fraîche.

— …

— Enfin, je crois. »

18

Gorgonzola. Un endroit où je n'aurais pas su arriver sans le navigateur. Une odeur de désinfectant. Une salle carrée éclairée au néon, des tables et des chaises en plastique comme dans les bars. D'étranges guirlandes bleues accrochées au plafond, d'étranges ballons rouges, et une banderole posée contre un placard, à moitié repliée mais où on peut encore lire : "BON ANNI-VERSAIRE TOMAS". Une cinquantaine de personnes dont une écrasante majorité de femmes : au jugé je dirais quatre ou même cinq contre un. Des femmes très dif-férentes de Barbara-ou-Beatrice si racée, élégante, bronzée, soignée, *élaborée*, qui m'a envoyé ici : ce sont des femmes plus simples, plus humbles, des mères qui travaillent – beaucoup d'enseignantes – ou bien des femmes au foyer, qui s'habillent de façon ordinaire et ne surveillent pas leur ligne, qui ont déjà perdu tout le bronzage de cet été, ne partent pas en hiver pour des destinations exotiques et dont le regard reflète leur pur-gatoire banlieusard. Seul l'âge est le même – l'âge justement où on ne peut plus se permettre de négliger la mort.

Deux d'entre elles viennent de s'asseoir à ma table et parlent de problèmes scolaires, mutations, rectorat ;

de temps en temps, l'une d'elles éclate d'un rire très vulgaire, mais curieusement, c'est ce rire qui la rend attirante, et ce qui est attirant c'est qu'elle réussisse à supporter avec autant de désinvolture le fait de rire ainsi, de l'accepter sans se prendre la tête. D'ailleurs, comme la barbe de taliban de Jean-Claude, cette espèce de rappel animal oblige à remarquer les qualités qui l'accompagnent : c'est ainsi que je note la formidable lumière surnaturelle qui émane de ses yeux verts, une lumière qui semble porteuse d'une énergie colossale et mystérieuse, peut-être la même qui alimente ce rire et confère à toute sa personne la sensualité sauvage des dominateurs. Ce n'est pas de la beauté, mais plutôt une évolution sidérale de la beauté : le moyen de subjuguer ses semblables dans une civilisation supérieure qui aurait abandonné le culte de la beauté. Le résultat est que je n'arrive pas à ne pas la regarder, et les deux ou trois fois où elle me regarde, l'effort pour soutenir son regard produit instantanément une étrange sensation liquide, comme si toutes les défenses tombaient, que l'instinct de conservation disparaissait devant une passivité mortelle et que soudain l'éventualité d'être, mettons, étendu sur un divan et dévoré vivant sans opposer de résistance, n'était pas si lointaine. Et il n'y a pas moyen de prendre de la distance, de se distraire, de *l'oublier*, car son rire qui éclate à intervalles réguliers vient vous chercher quel que soit l'endroit où vous vous êtes réfugié, et réactive la perception de ses superpouvoirs. C'est ridicule, je le comprends, et c'est peut-être lié à la digestion de ce cheeseburger trop assaisonné que j'ai avalé debout au McDonald's, sur la route pour venir ici, mais j'ai l'impression très forte qu'elle *n'est pas humaine*, et son voisinage m'effraie

– pour moi, et pour son interlocutrice, si concentrée sur ce regard, si exposée à la kryptonite dont il est chargé, à tel point que, lorsque celle-ci se lève pour rejoindre la table des conférenciers, je suis soulagé pour elle. En fait, il s'agit de la présidente, qui allume le micro (marche, marche pas, siffle, ne siffle plus, ronfle), nous souhaite la bienvenue, s'excuse pour le retard de la conférencière coincée dans un embouteillage, et annonce les prochaines initiatives de l'association Parents Ensemble. Un dîner au siège de l'ARCI de Melzo samedi prochain, deuxième étape du circuit « Saveurs de l'ancienne Lombardie » : 13 € pour les adultes et 9 € pour les enfants de moins de quinze ans. La fête d'Halloween la nuit du 31, toujours dans les locaux de l'ARCI de Melzo, avec un dîner tout compris à 12,50 € et une animation pour les enfants proposée par la troupe Teatro Hinterland, comprenant des contes, un spectacle de marionnettes, des masques pour le dessert ou des surprises. La conférence sur les grands-parents *aide ou problème* le mois prochain se tiendra elle à dix-sept heures dans les locaux du Quartiere 11, à Vimercate…

A présent Rire Vulgaire me tourne le dos pour fixer la table des conférenciers, et je regarde la salle avec une sensation de gêne : je me sens étranger à cette assemblée – où tout le monde se connaît. Tous sont venus accompagnés et même ceux qui continuent à arriver sont toujours à deux ou trois : ainsi je n'ai pas l'impression d'être venu à une conférence mais de m'être introduit dans une fête. Rire Vulgaire est restée seule, ici à ma table, mais elle est arrivée en même temps que la présidente, elle fait partie des organisateurs, d'ailleurs voilà que la présidente elle-même annonce que Letizia, c'est-à-dire elle, va relever nos adresses mail. Comme par hasard, je suis le premier, j'aurais préféré ne pas donner mes coordonnées, mais j'ai perdu toute capacité de résistance à son égard, je me liquéfie, c'était à prévoir : son regard vert, lourd, minéral sur moi et j'ai déjà obtempéré. La vache. Si la catégorie existe, c'est une sorcière.

Enfin, la conférencière arrive et elle non plus n'est pas seule : elle est accompagnée de pas moins de quatre personnes, un homme et trois femmes, qui l'escortent jusqu'à la table comme une garde d'honneur, pour ensuite se disperser dans la salle. La présidente lui cède aussitôt le micro, sans la présenter, et elle, une femme mûre à l'air énergique, entre Grand-Mère Donald et Jessica Fletcher, se présente elle-même – « je m'appelle Manuela Solvay Grassetti, je suis psychothérapeute » – et commence en nous posant des questions. *Comment parler de la mort avec ses enfants* : elle veut savoir comment ce sujet s'est imposé, si c'est nous qui l'avons suggéré ou s'il rentre dans un cycle d'élargissement de nos connaissances. La présidente répond qu'il est venu de nous, de nos exigences de parents tenus de parler de la mort avec leurs enfants, sur quoi la conférencière lui pose une question étrange : « De *quelle* mort ? » Comme sanctionnant le véritable début de la conférence, une femme du premier rang pose un petit magnétophone devant elle sur la table. « Comment ça, quelle mort ? dit la présidente : la mort, le concept de mort, son mystère. » Alors la conférencière, avec un beau sourire, explique que sa question visait à souligner le premier et principal aspect du problème posé par l'intitulé : quand nous parlons de mort, dit-elle, à moins d'être des philosophes, en général nous nous référons à la mort de quelqu'un, la nôtre ou celle de nos proches, ou de connaissances ou même seulement de soldats morts dans les guerres dont on parle à la télévision ; presque jamais de la mort en soi. Très peu d'adultes s'intéressent au mystère de la mort en soi, mystère qui en revanche intrigue beaucoup les enfants. Et c'est pour cela, insiste-t-elle, que j'ai demandé d'où venait l'intitulé : le fait qu'il vienne de nous, d'une exigence liée à notre vie quotidienne avec nos enfants et non d'un cycle théorique de formation, signifie que ce soir, elle devra plutôt répondre à nos questions car il est clair que si nous avons proposé ce sujet, c'est que nous sommes aux prises avec des problèmes concrets et spécifiques et que nous espérons que cette soirée puisse nous aider à les résoudre. (En effet ses paroles, suivies d'une pause opportune, suscitent un murmure d'approbation.) C'est pourquoi, reprend-elle, elle se limitera à nous proposer une brève introduction, et sera ensuite à notre disposition pour – et là, apportant une contribution exemplaire, pavlovienne, à notre soirée, le micro rend l'âme. Il meurt de cette façon péremptoire qu'ont les objets de nous claquer d'un coup entre les doigts, en nous signifiant que cette fois, il ne s'agit pas d'un caprice, d'un défaut auquel on peut remédier en bricolant, ou d'une panne qu'on peut réparer, mais bien du fameux Événement Inéluctable qui tôt ou tard survient pour tout objet en fonctionnement dans notre univers. Une mort, justement : un trépas. La chose est si claire que personne ne tente un geste pour le ranimer, pas même le type à l'allure de lémurien qui tournicote dans la salle avec l'air d'en être le responsable et qui, au signe interrogateur que lui adresse la présidente, répond en secouant sa grosse tête chauve. Alors, la conférencière se lève et d'une voix étonnamment différente maintenant qu'elle n'est plus amplifiée (plus jeune, semble-t-il, plus posée, plus nette), dit qu'elle va continuer sans micro. Elle demande si tout le monde entend bien, s'attirant un chœur de « oui », à la suite de quoi elle boit un verre d'eau et reprend en annonçant que son introduction se limitera à exposer une notion, une seule, très simple, mais selon elle, fondamentale : nous projetons nos émotions sur nos enfants. Jusqu'à un certain âge, dit-elle, ce qu'ils éprouvent n'est que la reproduction, ou une élaboration, de ce que nous, parents, ressentons. Pas de ce que nous nous efforçons de manifester, attention : *de ce que nous ressentons vraiment.* C'est pourquoi, dit-elle, avant de nous occuper du rapport de nos enfants avec la mort, nous devons nous occuper de *notre* rapport à la mort. Le problème n'est donc pas les mots, les artifices ou les images à utiliser pour en parler, dit-elle, mais la façon dont nous nous situons par rapport à la mort – comment nous l'avons reçue, s'il s'agit de celle d'un être cher –, et cela concerne tout ce qu'on appelle le *paraverbal* que notre comportement envoie directement dans l'inconscient de l'enfant, à savoir le ton de la voix, les soupirs, les expressions du visage, les larmes, etc. ; ou, pour employer une expression plus imagée, l'énergie de douleur que nous émettons. Travailler sur la façon de présenter la mort aux enfants revient à travailler sur la façon dont nous la présentons à nous-mêmes : tout est là. Fin de l'introduction. La conférencière se rassied et maintenant, c'est à nous de poser des questions.

Nous sommes pris au dépourvu, personne ne s'attendait à une introduction aussi brève, et le silence tombe sur la salle. On dirait presque qu'il s'agit d'une technique pour nous obliger à réfléchir : nos cerveaux étaient prêts à emmagasiner une certaine quantité d'informations avant de revenir chacun à ses propres préoccupations et maintenant ils sont réunis dans un travail silencieux de reconfiguration, qui dilate la seule notion reçue jusqu'à ce qu'elle remplisse tout l'espace disponible. C'est intéressant. Comme est intéressante cette histoire d'énergie de douleur, après tout. Alors, ce serait comme Carlo disait ce matin, et comme au bout du compte je suis tenté de le croire moi aussi, bien que cela continue à me sembler *trop* simple : si Claudia ne souffre pas, c'est parce qu'elle m'imite ; comme je n'émets pas l'énergie nécessaire pour souffrir, elle n'y a pas accès. Le mystère alors, ce n'est pas elle, mais moi.

Une femme se lève et demande si elle peut raconter une expérience personnelle ; puis, sans attendre qu'on l'y autorise, elle se met à parler d'un deuil important qui a frappé sa famille, et de son fils de douze ans qui est resté totalement indifférent. Elle a un cheveu sur la langue, ce qui la rend attendrissante, malgré son physique très anguleux. L'enfant, dit-elle, n'a pas vu cette mort, il a été *protézé* le plus possible, mais il était très lié au mort. Pourtant, dès le début, il a *affissé* une totale indifférence. A l'enterrement, il *ssoupirait*. Au *ssimetière*, il *zoue* avec des cailloux, les *lansse* sur les tombes, *sse* montre mal élevé. La conférencière lui demande qui était le mort, la femme répond qu'il *ss'azissait* d'un cousin un peu plus grand que lui, et la conférencière hoche la tête, comme satisfaite : elle dit que la mort de quelqu'un de leur âge oblige les enfants à penser à leur propre mort et comme ils n'y sont pas habitués, ils adoptent souvent une stratégie de refus, pour se défendre. Mais *est-sse* un comportement *ssain* ? demande la femme. Oui, dans l'immédiat ; depuis combien de temps est mort le jeune cousin ? *Ssix* mois. Diable. Alors probablement, il fait étalage de son refus : en général, la mort d'un enfant provoque des souffrances terribles chez les adultes, et il a peut-être décidé de refuser le comportement stéréotypé qui l'entoure, qui peut lui apparaître comme la théâtralité de la douleur. Il perçoit peut-être le danger d'être phagocyté par tant de souffrance, de *mourir* lui aussi, et alors il ferme la porte. Et que faire pour que *ssa ssanze* ? Assurément madame, il ne faut pas insister pour en parler. Évitez de le questionner, de l'épier, de lui faire croire qu'il est obligé de souffrir. Il se sentirait envahi et se renfermerait encore plus. Votre tâche est d'être là, et de le lui signifier. Il ne faut pas oublier qu'il en a peut-être parlé avec un ou une camarade car à cet âge le groupe commence à compter davantage que les parents. C'est la période des hormones. Et si vous abordez quand même le sujet, utilisez la tournure « je me demande » : « Tu sais, *je me demande* comment ça se fait que tu n'aies jamais parlé de Francesco. Sache que je suis là si tu veux le faire. » Ce genre de formulation. Le *je me demande* est un message hypnotique, il arrive directement à l'inconscient. *Je me demande.* Nous devons lui montrer toute notre incertitude, toute notre imperfection pour qu'il ne croie pas qu'il n'est pas à la hauteur. L'inconscient de l'enfant, cette splendeur phénoménale qui est en lui, est encore ouvert, à tous les vents, et les sentiments le blessent. Il est logique que l'enfant se défende.

Et là, comme saisie d'une urgence soudaine, Rire Vulgaire qui, après avoir collecté les adresses mail, est revenue s'asseoir à ma table, se retourne pour écrire sur un cahier. Sauf que dans son mouvement pour se tourner vers la table, avant de pencher la tête sur son cahier, il me semble apercevoir sur son visage quelque chose qui ne va pas. Du sang. Le temps d'un éclair, parce qu'elle s'est penchée tout de suite et que maintenant je ne vois plus son visage, mais j'ai vraiment eu l'impression qu'elle saignait du nez. J'essaie de me baisser peu à peu pour introduire mon regard sous la masse ondulée de ses cheveux noirs et voir à nouveau son visage pendant qu'elle continue d'écrire – elle est en train d'écrire *message hypnotique* ; mais c'est un mouvement peu discret, et j'ai peur qu'on me remarque. Mais l'attention de la salle est concentrée sur les paroles de la conférencière – « il faut faire très attention à ce qu'on dit aux enfants car les enfants y croient » – il est par conséquent probable que personne ne me remarque et je continue à me baisser lentement. Sauf que, aussi soudainement qu'elle avait commencé, Rire Vulgaire cesse d'écrire et me tourne à nouveau le dos pour suivre la conférence – et à nouveau, le temps de son mouvement pour se retourner, il me semble apercevoir du sang sur son visage. Alors, je déplace un peu ma chaise, doucement, je remonte le périmètre de la table pour inclure son profil dans mon champ visuel mais quand j'arrive à le découvrir, elle se tourne vers moi et me regarde en souriant.

Nous y voici.

Elle a vraiment du sang sous la narine droite, du sang sombre, dense, déjà un peu séché, mais elle ne s'en est pas aperçue. Personne ne s'en est aperçu, nom de nom, pas même quand elle tourne à nouveau la tête vers la salle pour suivre la conférence. Maintenant, c'est une femme au premier rang qui a pris la parole pour expliquer qu'elle a le problème opposé : l'année dernière à la montagne, sa fille de sept ans a vécu de près la mort d'un enfant qui était dans leur hôtel, une véritable tragédie, qui a provoqué chez elle des questions à n'en plus finir. Où est allé l'enfant mort ? Est-ce qu'il nous voit ? Est-ce que je mourrai moi aussi ? Pourquoi ne mourons-nous pas tous ensemble ? Une autre femme intervient, à l'autre bout de la salle, en disant que sa fille de cinq ans aussi, depuis le décès de son grand-père, ne cesse de poser des questions sur la mort : pourquoi grand-père est-il mort ? Est-ce lui qui a décidé ? Reviendra-t-il ? A côté d'elle, une femme plus âgée, habillée de noir, qui lui ressemble d'une façon impressionnante, appuie toutes ses paroles d'un hochement de tête. Rire Vulgaire suit toujours attentivement sans s'occuper de moi : à présent, je parviens à voir les trois quarts de son visage, le sang est toujours là, sous sa narine droite. J'ai même l'impression que son sang pourrait dégouliner sur ses genoux d'un instant à l'autre…

Il faut lui dire très clairement qu'on ne revient pas de la mort, répond la conférencière. Il faut reconnaître la peur et l'angoisse de l'enfant, lui demander de s'expliquer, l'écouter, lui permettre de raconter ce qui le tracasse et de donner un ordre lui-même, tout seul, au chaos qui l'habite…

« Madame », murmuré-je.

Il faut changer l'expression *avoir peur* par *être effrayé*.

Rire Vulgaire se retourne et me dévisage de ses yeux maléfiques de créature venue d'ailleurs qui vous laissent si peu de temps pour agir selon votre volonté.

Il faut demander à l'enfant ce qui l'effraie dans la mort.

« Votre nez », dis-je à mi-voix.

« Tu t'inquiètes pour grand-mère ? Tu es effrayée qu'elle puisse mourir ? Pourquoi ? »

La mère fronce les sourcils, elle ne comprend pas.

Si l'enfant pleure, laissez-le pleurer. Les larmes des enfants font plus de mal à nous qu'à eux.

« Vous saignez », dis-je dans un souffle ; et il se passe alors une chose épouvantable, provoquée par mon chuchotement : elle se regarde instinctivement l'aine – oh non, non ! – et alors, tout devient bien pire que je l'avais imaginé car ce quiproquo aura beau durer très peu, entre-temps, *ce ne sera pas un quiproquo*, en effet, ça ne l'est pas pendant qu'elle regarde entre ses jambes, et ça continue à ne pas l'être quand son regard fulminant revient se poser sur moi, empli maintenant à la fois d'indignation et de la satisfaction du démon qu'on a défié, et me transforme en un individu morbide, pervers, perdu, vampirisé qui a osé violer l'intimité de ses sécrétions vitales, se poisser les mains de son sang menstruel. Bien sûr, ça ne dure qu'un instant, à peine plus qu'un battement de paupières, mais pendant cet instant, réduit en cendres par ses yeux, corrompu par son sang, je suis traversé d'une douleur aiguë, une douleur physique au ventre, à la tête, partout, et en même temps je vois éclater sur son visage ensanglanté le triomphe du mal absolu – qui d'ailleurs, je m'en rends compte, n'est qu'une autre de mes listes, instantanée et effrayante, la liste de ce que, au cours de mon existence, mes yeux et mon esprit ont vu et où manquait à l'évidence le souffle de l'âme : le rictus des têtes de mort, l'œil vitreux des requins, la peau grise des zombies, les tas de cadavres des camps d'extermination, le vomi vert de *L'Exorciste*, la pyramide de chaises de *Poltergeist*, l'abrutissement de Frankenstein, la page de *It* qui explique ce qu'est It, la description physique de monsieur Hyde, Opale qui bourre l'estropié de coups de pied, le taureau qui tue le torero, Pinocchio pendu au grand chêne, Belphégor, Dracula, Moby Dick, les loups-garous, ce Morganti qui me caresse le visage avec un épi, la propriétaire de la Brick de Lugano qui coule comme une masse, maman allongée dans son cercueil et son gilet gris qui semble vide, le corps désarticulé de Lara entouré de tranches de melon...

Soudain, le coup de bol : l'électricité est coupée et le fait de ne plus rien voir me requinque aussitôt. La conférencière continue de parler dans une obscurité complète – faites-le dessiner, dit-elle, faites-lui représenter sa peur – et ça aussi, ça me remonte. Et au bout de quelques jours, dit-elle, demandez-lui de dessiner sa peur qui va mieux. Oui, ça va mieux. La douleur est partie. Ça va beaucoup mieux. Boum bada boum.

19

La honte. Colossale, incommensurable. Mais enfin, qu'est-ce qui m'a pris ? Le cheeseburger : oignons, cornichon, mayonnaise, ketchup et puis les frites – ça faisait un bout de temps que je ne mangeais pas un truc aussi lourd le soir. Ce doit être le cheeseburger. Mais quand même... on ne peut pas dire que je me sente mal, je n'ai pas vomi et même maintenant, je ne me sens pas l'estomac encombré ni rien de ce genre. Ma pommette. Ma pommette me fait mal, ça oui, mais pas l'estomac. Alors, si ce n'est pas le cheeseburger, c'est quoi ? C'est vraiment la honte. J'ai quitté mon bel appart de la via Durini, dans ma grosse voiture noire pilotée par un GPS à deux mille euros pour aller jusqu'à Gorgonzola m'évanouir – *m'évanouir* – au beau milieu d'une conférence dont un tas de braves gens attendaient des conseils utiles pour affronter la mort avec leurs enfants. J'ai interrompu cette conférence, pire je l'ai sabotée – « Bien, mes amis, je crois qu'il vaut mieux que nous nous arrêtions ici ». C'est pas rattrapable, un truc de ce genre. Mieux vaut tout oublier le plus vite possible et continuer comme s'il ne s'était rien passé. De toute façon, personne ne me connaissait et je n'y retournerai plus jamais. *Liste des endroits où je ne retournerai jamais : les rendez-vous de Parents Ensemble.* Mieux encore : je n'ai jamais mis les pieds dans cet endroit. Défoncer le disque dur à coups de marteau, *delete all.* Demain je dirai à Barbara-ou-Beatrice que, hélas, je n'ai pas pu y aller parce que j'ai eu un petit accident dans ma cuisine – « je me suis cogné la pommette contre la porte du frigo, ici, tu vois ? » ; et si elle participe à un autre de ces rendez-vous, peut-être celui du mois prochain sur les grands-parents, elle qui a encore ses deux parents, et son mari aussi ai-je cru comprendre à sa façon de toujours parler de ses beaux-parents, « mes beaux-parents », « chez mes beaux-parents », et peut donc se demander si les grands-parents sont *une aide ou un problème,* même si elle entend parler du mystérieux crétin qui, la fois précédente, s'est évanoui au milieu de la conférence et, une fois revenu à lui, a pris ses cliques et ses claques en refusant comme un bourricot toutes les propositions d'aide – prendre un café, appeler un médecin ou, comme insistait cette oiselle de malheur avec un cheveu sur la langue, carrément le *ssamu* – elle ne pensera pas à moi. Pourquoi le devrait-elle ? Rien ne me relie à cet individu puisque je n'étais pas là. Elle ne pensera pas à moi. Les gens pensent à nous bien moins que nous le croyons. Ils n'y pensent presque jamais, voilà la vérité.

Mais quand même… C'est arrivé : pourquoi ? Pourquoi ai-je perdu connaissance ? En conduisant dans la nuit tiède, je n'ai que cette question en tête, et c'est étrange mais, maintenant que j'ai mis plus d'un million de personnes entre cette salle et moi, que je suis rassuré par la ville qui est redevenue familière, j'ai l'impression de connaître la réponse, mais elle m'échappe, une lueur fugitive, aussitôt envolée sans que j'aie pu l'attraper. C'est une sensation très étrange, comme lorsqu'on est sur le point de se souvenir de quelque chose et que l'acte même de s'en souvenir la chasse. Je ne dois pas être assez concentré, alors je vais me garer. Où sommes-nous ? Piazzale Loreto. Bien. J'allume une cigarette. Je veux juste comprendre pourquoi je me suis évanoui. Nom de Dieu. En somme, mon esprit a disjoncté d'un coup, il a abandonné mon corps comme s'il entendait s'en débarrasser, et ça m'est arrivé ce soir, tout à l'heure, à un moment précis dans ma vie (mais du reste, les moments dans la vie sont toujours précis) : il doit bien y avoir une raison. Il suffit de se concentrer et de réfléchir. On l'a dit, le cheeseburger peut être en cause. Ou bien une façon un peu brutale de me sentir fatigué. Carlo, ce matin, m'a parlé d'un évanouissement, il me l'a décrit, il y a peut-être eu de la suggestion, de la *sympathie*. Ou bien l'effet de cette diablesse, la vue de son sang, le quiproquo épouvantable qui en a découlé… J'ai la réponse, je la sens en moi, mais elle traverse trop vite mon esprit : je n'arrive pas à l'arrêter, je n'arrive même pas à la freiner – bon Dieu, c'est insupportable. Que puis-je faire ? Ce qui est sûr, c'est qu'il me faut inventer quelque chose parce que je ne me sens pas bien du tout, je sens monter une angoisse terrible et je ne peux en aucun cas rentrer dans cet état : à la maison, il y a Claudia et nous transférons nos émotions sur nos enfants – on vient de me l'expliquer, n'est-ce pas ? Bon, bon, il y a peut-être une façon : où est mon carnet ? Où l'ai-je fourré ? Je l'avais mis dans la boîte à gants, pourquoi n'y est-il plus ? Je commence à fouiller, mais ma cigarette me tombe des lèvres ; je recule vivement pour ne pas brûler mes vêtements et la cigarette tombe sur le siège en cuir ; sous le choc, la braise se sépare de la cigarette qui roule sur le tapis de sol, restant sur le siège ; j'essaie de la balayer de la main, mais cette saloperie a déjà brûlé le cuir, il n'y a qu'à sentir l'odeur, elle s'y est comme incrustée ; alors, je prends l'étui d'un CD, j'appuie pour l'éteindre, et bon, je l'éteins ; mais naturellement, le siège a un trou, et en plus l'odeur de brûlé n'est pas du tout partie, au contraire, j'ai l'impression qu'elle s'accentue ; et en effet, de la fumée monte du tapis de sol à mes pieds, et elle ne vient pas du tapis, bon Dieu, elle vient directement *de mes pieds*, ou plutôt de mon pantalon, oui, du revers de mon pantalon, il y a de la braise là aussi, bordel, elle n'était pas toute restée collée sur le siège, il y en avait encore sur la cigarette qui est tombée pile dans le revers de mon pantalon, j'y crois pas, pile poil, et je soulève la jambe pour la faire tomber mais pas moyen, je secoue la jambe, je la tape contre le volant, je suis trop à l'étroit alors j'ouvre ma portière, je sors ma jambe et je donne des coups de pied dans le vide, je secoue le revers de mon pantalon avec ma main et enfin la cigarette tombe par terre dans une gerbe d'étincelles, et enfin je l'écrase sous mon pied, oui, je l'écrase, je la désintègre, je la pulvérise ; oui, c'est fini, maintenant tout est éteint ; non, plus rien ne brûle ; et je contemple les dégâts, c'était à parier, un pantalon en coton, un trou grand comme un doigt ; et puis le trou dans le siège avec tout ce – et que se passe-t-il encore, c'est quoi ce klaxon. C'est quoi ces appels de phares éblouissants ? Oh ! je me suis arrêté sur un emplacement de taxi, rien moins, merci de me l'avoir corné aux oreilles, ô jeune chauffeur de taxi qui roules sans doute avec un pistolet sous ton siège, raison pour laquelle je m'abstiendrai de te faire remarquer, petit con, qu'il existe d'autres manières beaucoup moins sauvages pour – j'ai compris, va chier, je dégage. Un vrombissement, mes pneus qui crissent, le dos collé contre le siège, un bond de malade au milieu de la chaussée, d'un seul coup, je me sens remonté comme un coucou suisse et j'ai envie d'écraser l'accélérateur au plancher, de foncer, de faire des embardées, de hurler, je pousse la première comme si je voulais défoncer le moteur, ça fait des nœuds dans mon ventre, je mets la deuxième, et si je n'arrête pas tout de suite, ça veut dire que je suis devenu fou et alors ça craint : du calme, bordel ! C'est quoi cette hystérie ? Du calme ! Je ralentis. Roule doucement, bon Dieu. C'est ce que dit précisément la chanson que diffuse la chaîne en ce moment : « *Hey, man, slow down, slow down.* » Respire. Réfléchis. Qu'est-ce qui m'a pris ? Que m'arrive-t-il ce soir ? « *Idiot, slow down, slow down* »... Idiot, oui. Quel idiot. Et si un gamin avait traversé la rue pendant que je m'illustrais dans mon départ style Grand Prix ? Ou même un chien, un chat, une saloperie de pigeon ? « *Where the hell I'm going, at a thousand feet per second ?* » Exact. Je vais où comme ça ? Il faut que je fasse bougrement attention, y a pas à tortiller : j'ai déjà fait assez de conneries ce soir, il manquerait plus qu'un accident. Je boucle ma ceinture de sécurité. En fait, il ne s'est presque rien passé ; un léger évanouissement, un petit trou dans le siège, un pantalon à mettre au panier : de la bricole. Du calme. Il n'y a pas péril en la demeure. Du calme. Ce taxi avait raison, je ne pouvais pas stationner là, j'étais en tort. C'était le mauvais endroit, pour moi aussi, pour ce que je voulais y faire, indépendamment de l'interdiction : il était trop *quelconque.* Ce taxi ne voulait que m'aider, c'est comme ça que je dois le voir : ses manières ne comptent pas, il voulait juste me signifier que j'étais au mauvais endroit, il voulait juste me pousser vers le bon endroit – l'endroit où m'arrêter pour m'éclaircir les idées et recouvrer mon calme pour rentrer. Et il y est arrivé, c'est ça le plus beau, *il m'a aidé,* car soudain je sais exactement où aller, et j'y vais, en roulant pépère, à trente à l'heure, et je me sens beaucoup mieux. Mais c'est bien sûr. C'est à côté, et surtout, c'est sur ma route : il n'y a pas de circulation, j'y serai en cinq minutes. C'est tout près, comment n'y ai-je pas pensé plus tôt ? Je vais aller là-bas, finir de me calmer, me détendre, me tranquilliser, et après, je rentre à la maison…

Voilà, je suis arrivé.

C'est *cet* endroit.

J'ouvre ma portière mais je ne descends pas de voiture. L'école sombre est une masse imposante, romantique. Je ne l'ai jamais vue ainsi : elle a un aspect inutile et désolé, on dirait un jouet cassé comme tout ce qui appartient aux enfants et que les enfants délaissent. Elle tient debout, c'est tout, pur produit de forces vectorielles, comme avalant le temps qui la sépare de sa gloire diurne. Tout semble la soutenir dans son effort silencieux pour arriver à demain : l'absurde tranquillité estivale de cette nuit d'octobre, les arbres, le square, la rue, les immeubles en face, les voitures garées – sur lesquelles règne la C3 blessée que personne ne réclame. Je respire profondément, plusieurs fois, et j'ai beau me trouver dans le centre de Milan, j'ai l'impression que c'est de l'air pur qui remplit mes poumons, pur et parfumé. Je respire, je parcours du regard le contour des choses, adouci par l'obscurité, j'écoute les bruits qui proviennent de l'avenue : tout est si familier, réconfortant, rassurant… Ici, c'est vraiment un endroit formidable, un coin du monde qui déborde de forces apotropaïques : ici, les Lombards ont dû venir honorer leurs dieux rustauds, une jeune chrétienne subir le supplice qui l'a sanctifiée, un jeune Mérovingien se métamorphoser en cerf par amour…

C'est *cet* endroit.

Donc, la raison pour laquelle je suis venu. La façon de la saisir, de l'identifier, de la mentionner…

Et à nouveau, la chanson que diffuse ma stéréo annule les distances qui la retenaient en arrière-plan, elle bondit au premier plan avec une phrase qui me transperce car elle me semble directement adressée : « *And now that you find it*, dit-elle, *it's gone. And now that you feel it, you don't. I'm not afraid.* » Parce que c'est exactement ce que j'éprouve en ce moment : c'est la même sensation que tout à l'heure, la même perception sub-corticale d'une lumière qui s'allume et s'éteint en même temps, sauf que ce n'est plus gênant et que je n'ai plus peur. Parce que c'était de la peur, avant. Et quand je me suis évanoui aussi, c'était de la peur. Et maintenant, elle est partie. Et je m'aperçois même que ça ne m'intéresse plus. Pourquoi me suis-je évanoui ? Peur de quoi ? Quelle importance ? C'est juste une question à laquelle je ne sais pas donner de réponse, une de plus, parmi tant d'autres. Pourquoi la mer est-elle salée quand les glaciers, les fleuves et la pluie ne le sont pas ? Pourquoi au tennis compte-t-on les points en 15, 30 et 40 et pas en 45 ? Pourquoi les indicatifs téléphoniques sont-ils devenus obligatoires pour les communications locales ? Que se passe-t-il si au guichet automatique je tape 250 € et qu'il n'en sort que 150 ? A quoi ressemble un moteur *Common Rail* ? Le refrain encore : « *And now that you find it*, répète-t-il, *it's gone. And now that you feel it, you don't. I'm not afraid.* » Je ne comprends pas le reste, et c'est la fin de la chanson.

Ça commence à m'intéresser ce phénomène avec ma stéréo. Ou plutôt, pas avec ma stéréo, mais avec le disque de Radiohead de Lara que j'ai retrouvé dans ma voiture et que je n'arrête pas d'écouter – je n'écoute pour ainsi dire que ça. La plupart du temps, je n'y prête pas attention, et encore moins aux paroles ; mais il y a des moments, comme tout à l'heure, ou avant, quand je conduisais, et aussi les jours derniers, maintenant que j'y pense, un bon nombre de fois, où une phrase ou bien tout un refrain me sautent littéralement aux oreilles, d'emblée compréhensibles, comme si l'anglais était ma langue maternelle ; et quand ça se passe, on dirait toujours que les paroles en question me sont directement adressées, et elles sont toujours sages, appropriées, parfaites. Comme si ce disque me voyait et essayait de me parler, de me conseiller.

Je cherche la pochette. Et pour cause : le moment est peut-être venu de prendre un peu plus au sérieux ce legs de Lara et si la pochette contient les textes des chansons, je trouverai peut-être là déjà écrit ce que – la voici ; mais il ne s'agit hélas pas d'un disque original, mais d'une compilation, et la couverture porte seulement « *Radiohead. Pour tendre vers ce ciel d'où je viens* » – pas mal, c'est de qui, Pétrarque ? – dans l'écriture ronde, sensuelle, de Lara. Ou bien de Marta ? Elles ont toujours eu presque la même écriture. Hé oui, Marta. Maintenant je me rappelle, une fois ça s'est même passé dans sa voiture. Ici même, après que j'avais embouti la C3 pour dégager la chaussée, tandis qu'elle finissait son strip-tease. Je me rappelle ce que disait le disque : « Nous ne sommes que des accidents qui vont se produire. » Je parie que c'était le même disque, est-ce Marta qui l'a copié et l'a offert à Lara, ou le contraire ?

La chanson est finie, on entend les applaudissements, les cris. Le chanteur dit quelque chose, mais je ne comprends pas quoi – je comprends seulement « *old selection* ». Il doit annoncer le titre de la chanson suivante, parce qu'il dit « *It's called* » quelque chose, soulevant une ovation, et alors s'élève un solo de guitare très triste, sur plusieurs mesures. Puis la voix commence à chanter, lente, langoureuse.

« *This is the place* », dit-elle. Je le jure.

« *Remember me ?* »

Ah ! Je me souviens de toi, oui...

« *We've been trying to reach you...* »

En effet. Difficile de ne pas s'en apercevoir, chanson. Dis-moi...

« *This is the place. It won't hurt, it will not hurt.* »

C'est vrai, chanson : ça ne me fait pas mal, je ne sens aucune douleur : surtout dans cet endroit. Et laisse-moi te dire une chose : c'est fantastique de dialoguer avec toi. Dis-moi : comment vois-tu cette vie étrange qui est la mienne ? Selon toi, que devrais-je faire d'une façon générale ? Mais voilà que je ne comprends plus rien : le chanteur mange les mots, et la musique reprend le dessus. Belle, certes, langoureuse et tout et tout, mais moi, c'est le texte qui m'intéressait. « *Recognition* », « *face* », « *empty* », je ne saisis que des mots isolés, des bribes : « *to go home* », « *at the bottom of the ocean* », à nouveau « *face* »… Dieu sait ce que tu es en train de me dire d'important, chanson, et que je ne comprends pas. Du reste, je m'aperçois que si je pouvais tout comprendre, ce serait trop facile : les oracles de Delphes aussi étaient hermétiques, et il fallait les interpréter. Sans compter que d'habitude, dans ce genre d'histoires, il y a un côté obscur, des choses funestes, trop compliquées, qu'il vaut mieux ne pas savoir. Et puis je ne comprends peut-être que les phrases qui me sont adressées, ça marche peut-être ainsi. Pourquoi pas ? Je ne suis pas le seul à écouter ces chansons.

« *'Cause it's time to go home.* »

Voilà par exemple, là je comprends tout et en effet, c'est vrai : c'est l'heure de rentrer. Les dernières phrases en revanche, non, la chanson finit et, oui, tout à fait d'accord, je rentre. Le joli bruit gratifiant de la portière super-renforcée qui se referme – clonk – le dit lui aussi : c'est l'heure de rentrer. Merci, chanson ; merci aussi pour ces applaudissements que tu m'adresses maintenant, longs, sincères, passionnés : je n'en ai jamais reçu, tu sais, de toute ma vie. Pas une fois. Alors que de temps en temps, se faire applaudir est exactement ce qu'il faut pour rentrer serein chez soi, le cœur plein de chaos et de calme…

20

Je le sens tout de suite, dès que je mets le pied dans la maison. On a dû allumer des antimoustiques : avec la chaleur, il y a encore des moustiques. Ou bien un bâtonnet d'encens, Lara en avait une provision, ou bien ces grandes bougies parfumées qui sont devenues à la mode. J'avance dans le couloir, la maison est sombre et silencieuse, seule la lumière bleutée de la télévision au salon, où l'odeur est très forte. Je laisse errer mon regard dans la pénombre de la pièce et un instant, je ne sais pourquoi, j'ai l'impression de me trouver sur le lieu d'un suicide – d'être une de ces personnes qui rentrent un jour chez elles et trouvent leur père pendu au crochet du lampadaire, ou leur fils, ou leur frère. Pas une mort accidentelle, je connais cette sensation ; vraiment un suicide : comme une touche glaciale, terrible, qui me fait frissonner, avant que mes yeux repèrent Carlo assis sur le divan – vivant, bien sûr –, un tube argenté planté dans la bouche, qui s'escrime avec un briquet et du papier alu. Le voici qui chauffe le morceau d'aluminium et avec le tube aspire la fumée dégagée par cette opération. Il avale la fumée comme si c'était une bouchée, s'appuie contre le dossier du divan et me regarde, avec une expression de sphinx. Je hume cette odeur étrange, douce, pénétrante, qui n'est pas du haschisch, ni de la marijuana…

« Opium », précise Carlo.

J'inspecte du regard toute la pièce, pris d'une frayeur soudaine, grosse comme une montagne, la télévision est allumée sur MTV, sans le son ; le faux aquarium luit dans la bibliothèque avec ses poissons peints ; sur la table, les restes d'une partie de Yahtzee ; *Claudia n'est pas là*, mais je sens quand même monter en moi une colère homérique que je maîtrise à grand-peine – mais il est préférable de ne pas la laisser exploser. Je ne peux toutefois pas m'empêcher de penser que mon frère est débile total : le voilà, la première fois de sa vie où il passe une soirée avec une enfant, avachi sur le divan à se défoncer à l'opium au nom de son sempiternel mythe du —

« Pas de panique : elle est couchée », me dit-il.

Je me retiens toujours, mais j'enrage et sans rien dire, je tourne les talons et me dirige vers la chambre de Claudia. La voix de Carlo me frappe dans le dos.

« Elle dort comme un loir… »

En effet, Claudia dort à poings fermés. Je me suis toujours demandé comment les enfants peuvent aussi bien dormir quand, sous leur toit, les adultes font tout et n'importe quoi : les parents se quittent, les baby-sitters baisent avec leurs petits copains, les oncles se droguent, et eux, tranquilles : ils dorment comme Claudia maintenant, mouillée de chaud et paisible. Je la contemple avec dévotion, abandonnée sous la lueur d'albâtre des dinosaures fluorescents alignés sur son bureau ; je caresse sa peau lumineuse, et le geste paternel que je suis en train d'accomplir me rappelle mon père, dans l'engueulade historique qui marqua le départ de Carlo de chez nous, via Giotto. Papa et maman rentrèrent à l'improviste un samedi soir où ils auraient dû dormir à la mer, et ils trouvèrent Carlo qui fumait de l'herbe dans une pipe à eau avec ses copains. Papa vit rouge, il engueula toute l'équipe et flanqua à la porte les copains de Carlo, dans une de ces colères subites et redoutables qui pouvaient secouer son existence pacifique, tandis que Carlo, raide défoncé, lui riait au nez sans retenue et clamait : « Tes sermons et ton insigne, tu ne sors pas de là. » Ça aurait pu n'être qu'une engueulade parmi tant d'autres (elles étaient incessantes à cette époque, entre eux deux), en réalité, elle fut définitive, et pas tant à cause de la marijuana que de la grandiose incapacité de notre père à accepter la réalité comme elle était – et comme, ce soir-là, elle avait dû lui apparaître dans tout ce qu'elle avait d'inacceptable : Carlo vivrait toujours comme il l'entendait ; Carlo ne tiendrait aucun compte de ses attentes ; Carlo n'avait pas besoin de son aide ; Carlo abandonnerait l'université pour s'installer à Londres. Maintenant que je suis père moi aussi, je ne doute pas que papa ne se soit repenti ce soir-là d'avoir déversé toute sa colère devant cette pipe fumante, poussant son fils à fuir pour toujours loin de lui ; Carlo n'avait que vingt-deux ans, et tout effronté qu'il était, il était encore tendre comme une pousse de bambou. Maintenant que je suis père, je suis pris de la même colère, contre la même personne et devant le même outrage – *de la drogue chez moi* – comme si j'avais reçu ce rôle en héritage. Et ça ne va pas : c'est une comédie, une énième représentation du vieux cirque familial – d'une famille qui, de surcroît, n'existe plus. Et pourtant, je continue à me sentir furieux contre Carlo, furieux et indigné, comme papa. Heureusement, je continue aussi à caresser le front moite de Claudia, et c'est comme si ma main était posée sur une pierre aux vertus curatives, car sa quiétude passe en moi par vagues chaudes et apaisantes, et m'aide à y voir clair. Pour commencer, me dis-je, *ce n'est pas* de la comédie, et mon frère est ce qu'il est, et surtout je ne suis pas mon père, et moi aussi j'ai fumé de la marijuana via Giotto, dans la pipe à eau, y compris après qu'il est parti, et ensuite Carlo n'est qu'un riche drogué, désormais il ne le fait plus pour frimer, pour provoquer, pour contester, mais parce qu'il en a besoin, et comme c'est un drogué, il lui faut sa dose tous les jours, il ne peut pas en sauter un seul, et comme ce soir il est chez moi, il faut qu'il se drogue chez moi, mais il n'a commencé à fumer son opium qu'une fois Claudia endormie, avant, il s'est bien occupé d'elle, il l'a emmenée au restaurant japonais, l'a ramenée à la maison, a joué au Yahtzee avec elle, l'a couchée et lui a peut-être raconté une histoire extravagante pendant qu'elle s'endormait, et Claudia l'adore littéralement, et tout est là : Claudia l'adore et ne voudrait jamais que lui et moi nous disputions, pour aucune raison au monde, sans compter qu'un jour ou l'autre, elle aussi fumera des joints, peut-être même ici dans cette maison, et je m'en apercevrai peut-être, et ce jour-là, je ne devrai pas faire comme mon père, je devrai me contrôler, comprendre, me souvenir, je devrai être prêt à avoir la bonne réaction, et maintenant ma colère de tout à l'heure me semble factice, ridicule, *plus à moi*, et j'ai de moins en moins de mal à la dominer, de moins en moins

– jusqu'au moment où je m'aperçois que, voilà, cette colère est partie…

Quand j'éloigne ma main du visage de ma fille et que je sors très vite pour ne pas laisser entrer la fumée d'opium, j'ai l'impression d'avoir évité un piège mortel. Tout, maintenant, mais pas d'engueulade avec mon frère.

« Tu en veux ? » me demande Carlo d'emblée quand je pénètre dans le salon.

Il veut dire de l'opium, si je veux de l'opium.

Merde, je ne m'y attendais pas. Et maintenant ? Je dis quoi, « non » ? Ai-je à ma disposition un air pour répondre « non, merci » avec le même naturel que lui m'a posé sa question ? Et puis, que va-t-il se passer ? Je vais aller me coucher et lui va rester ici tout seul à fumer ? De l'opium, en plus. J'en ai fumé il y a des années, quand j'étais à l'université et que je bûchais avec un certain Beppe Caramella qui, on ne sait pas comment, avait toujours de l'opium. J'aimais bien : c'était une drogue littéraire, épique, glorieuse, qui donnait une très chouette sensation de distance et de froideur – la sensation, voilà, de *ne plus être concerné* par ce qui me concernait – et après, je n'étais pas mal. Du moins, dans mon souvenir. Depuis cette époque, je n'ai plus jamais fumé.

Carlo aspire une autre longue bouffée et me regarde.

Et c'est bon. Au diable. Un peu d'opium ne peut pas me faire de mal.

« Donne-moi ça.

— Assieds-toi », dit mon expert de frangin.

Je m'assieds sur le divan et il me passe la feuille d'alu. Même si je suis tombé dans les pommes pas plus tard que tout à l'heure, bon sang de bois, ça ne peut pas me faire de mal.

« Fais gaffe », me dit-il. Et il me montre comment incliner la feuille d'aluminium au milieu de laquelle se trouve une boule marron de la grosseur d'un ongle.

« Je sais, je sais », dis-je, même si je ne sais rien du tout. Avec Beppe Caramella, on fumait l'opium dans une espèce de pipe, c'était lui qui s'occupait de tout, je n'avais plus qu'à tirer. Carlo allume le briquet sous la feuille d'aluminium et la boule d'opium fond aussitôt en dégageant de la fumée. Elle glisse, lisse comme une boule de mercure le long des pliures de la feuille, laissant derrière elle un fin sillage marron, et déjà la manœuvrer et la regarder est quelque chose de —

« Allez, aspire », dit Carlo.

Je porte le tube à ma bouche, j'aspire.

« Tout, dit Carlo, aspire tout. »

Je regarde Carlo et j'acquiesce : il veut vraiment que je me drogue, il y tient. En effet, ma première bouffée a été plutôt timide : j'ai moins absorbé de fumée que je n'en ai laissé flottant dans l'air. Carlo allume à nouveau le briquet, et j'aspire dès que la fumée commence à monter, et cette fois, je n'en gaspille pas une miette : tout dans ma bouche, avec son goût surprenant d'étable, de résine, de pain, de fruit, de blé, de lait, de papier et d'encens – bon, mais limite écœurant ; et de la bouche ça descend, chaud, dans les poumons, mais surtout ça monte, froid, au cerveau. Carlo me passe le briquet, m'invitant à continuer tout seul. La feuille dans la main droite, le briquet dans la gauche et le tube dans la bouche, j'allume à nouveau et je manœuvre la boule qui roule et j'aspire la fumée pour la troisième fois, profondément – au diable –, jusqu'au bout ; je recommence l'opération encore une fois, puis je recule, je lui passe tout le matos et je me carre dans le divan. Alors, il recommence à fumer et pendant qu'il fume, je le regarde dans la pénombre qui devient vitreuse – ou plutôt granuleuse – ou plutôt crayeuse : il montre une grande habileté à rouler la boule dans les plis de la feuille et à la suivre avec le tube dans la bouche, il trahit une maestria que je lui envie presque malgré ce qu'elle signifie. Il tire quelques longues bouffées, puis se cale en arrière lui aussi, sourit – ses fossettes malicieuses – et voici que c'est à nouveau mon tour, alors j'aspire une, deux fois, avec, je dois reconnaître, une espèce d'acharnement, de gnaque, de volonté de compétition, lui encore, et puis moi, et puis lui, eh oui, la malédiction d'être frères, moitié chacun, une fois chacun, d'abord l'un et puis l'autre, comme quand nous étions petits, sur le poney au jardin public, ou sur les soucoupes volantes au parc d'attractions de l'Eur, à côté de papa, et jamais nous n'avons gagné, jamais, parfois il arrivait que nous restions en l'air jusqu'à la fin mais après, dans le duel final, nous étions toujours abattus, et j'ai gardé ce traumatisme de l'un-contre-un pendant des années, je ne plaisante pas, j'ai toujours eu peur des duels, j'ai toujours pensé que j'allais les perdre et par conséquent, je les ai toujours évités, pas seulement sur les manèges, je veux dire, dans la vie, j'ai toujours évité soigneu-sement, les duels, les tête-à-tête, autant que possible, jusqu'à trois ans en arrière, jusqu'à cette merveilleuse épiphanie à la fête foraine de La Pescaia, quand, Clau-dia insistant pour que je l'emmène sur les soucoupes volantes, je me suis fait violence et je suis monté avec elle, souffrant déjà de l'humiliation que j'allais bientôt éprouver quand un connard de papounet avec son gros lard de fiston nous abattrait sans pitié, et sans aucun mérite surtout, parce que vous n'allez pas me dire que ces soucoupes volantes tirent pour de bon – *et quoi*, d'abord ? –, c'est la bonne femme de la caisse qui décide de tout, c'est elle qui décide des vainqueurs et des perdants, même si j'ignore comment au juste, si elle a un bouton ou autre chose, je ne l'ai jamais compris, bref nous montons dans la soucoupe volante et je pense déjà à comment me justifier quand nous aurons perdu une, deux, trois, quatre fois, quand Claudia commencera à ne pas trouver drôle de toujours perdre, et au contraire, nous gagnons, oui, les autres tombent peu à peu, nous restons seuls avec une autre soucoupe, à nous tirer dessus très longtemps et à la fin, c'est nous qui gagnons, incroyable, nous gagnons le duel final aussi, ils descendent et nous restons en haut, et non seulement nous gagnons ce duel, mais ensuite nous continuons à gagner et nous n'arrêtons plus, nous restons les derniers en haut, toujours, nous gagnons toujours, contre n'importe quel adversaire, personne n'est épargné, et c'est franchement génial de gagner de cette façon, il n'y a rien de mieux, vaincre sans se battre, sans mérite, et *sans fin*, car on gagne un tour gratuit et la femme de la caisse ce soir nous a choisis, elle a décidé de nous faire entrer dans le cercle magique victoire-tour gratuit-nouvelle victoire-nouveau tour gratuit, et ces moments ont peut-être été les plus beaux de ma vie, oui, les moments où j'ai été le plus heureux, ce soir-là, à la fête foraine de Castiglion della Pescaia, quand le dernier adversaire qui a osé nous tenir tête sombre dans l'abîme et que nous restons seuls en haut, Claudia et moi, baignant dans les lumières de la côte qui constellent le noir de la mer et caressés par la brise nocturne qui joue dans nos cheveux, convaincus tous les deux désormais – sensation inégalable – que bientôt ça se reproduira, et puis encore et encore et encore, elle parce qu'elle est persuadée que son père est imbattable, moi parce que je sais qu'il s'agit d'une espèce de miracle, que nous avons été *choisis*. A la fin, Claudia s'est lassée ; je le jure : au bout de dix, ou peut-être quinze victoires de suite, elle en a eu assez et elle a voulu aller aux autos tamponneuses, et nous avons donné notre tour gratuit à un autre couple père-enfant, quittant invaincus le terrain, comme Rocky Marciano...

Carlo me regarde, sourit, me passe à nouveau l'opium. Un drogué. Je le savais, ce n'est pas que je ne le savais pas, sauf que le voir de mes yeux me fait un certain effet. Carlo est un drogué. Dans ma tête, tout est froid, maintenant, congelé. Le mot *drogué* est congelé, et je suis de nouveau mon père, je suis mon père dans le froid arctique du mot *père*, qui avait raison, alors – une raison glacée – parce que c'était vrai, ça a toujours été vrai, la consommation des drogues légères conduit à celle des drogues dures, c'est tout simple, nom de nom, comment mes fils – regardez-les, le rebelle et l'autre, le faux cul – comment, nom de Dieu, ces deux petits cons pouvaient-ils soutenir le contraire ? Tu sais quels ont été les plus beaux moments de ma vie ? Comment ? Je dis : tu sais quels ont été les plus beaux moments de la mienne de vie, *à moi* ? Stop, on ne bouge plus : c'est de la télépathie, comment Carlo a-t-il bien pu – Tu te souviens quand maman nous emmenait dans les jardins de Villa Celimontana ? Tu te souviens quand je montais sur la balançoire et que tu tordais les cordes ? Maman ne voulait pas mais nous attendions qu'elle soit distraite, et alors tu les tordais, et je devais baisser la tête et rester courbé en attendant que tu aies fini de les tordre, et que tu relâches tout. Les cordes se déroulaient et moi sur la balançoire, je me mettais à tourner, et je tournais, tournais, de plus en plus vite, de plus en plus fort, tu te souviens ? Et quand maman s'en apercevait, c'était trop tard, elle ne pouvait pas arrêter ce tourbillon et, arrivé un moment, les cordes avaient fini de se dérouler, mais alors je tournais si vite qu'après une espèce de soubresaut, elles s'enroulaient de l'autre côté, et puis elles se déroulaient à nouveau, et se ré-enroulaient de l'autre, et ainsi de suite jusqu'à ce que la balançoire s'arrête et que maman se fâche et nous emmène. Voilà, c'était à la fin du premier déroulement, le plus rapide, quand il y avait le soubresaut, avant que les cordes commencent à s'enrouler de l'autre côté : c'était ça le moment fantastique. Je n'ai plus jamais vécu de tels moments, il y avait tout ce que je désire dans la vie : une force immense et irrésistible, la vitesse, la peur et par conséquent aussi le courage, l'adrénaline, l'étourdissement, parce qu'à force de tourner j'étais complètement déboussolé ; et au moment du soubresaut, tout ça était très intense, tu comprends ? Si intense que je me sentais grand, très grand, pour réussir à l'éprouver, à le *contenir*. J'ai essayé des centaines de fois de reproduire cet instant : en surf, en parachute, en saut à l'élastique, en prenant des drogues, et j'ai eu beau m'en approcher – car il y avait les forces, l'adrénaline, l'étourdissement, la trouille – il manquait toujours quelque chose. Tu vas me dire qu'il manquait l'enfance, mais je t'assure que ce n'est pas ça, je t'assure que quand tu te jettes d'un avion dans le vide ou quand tu te défonces pour la première fois avec une drogue puissante que tu ne connais pas, tu *es* un enfant. Non, ce n'est pas ça. Ce qui manque, c'est ce qui n'est plus là. Toi, tu me manques, maman me manque.

Silence.

Eh, minute ! Pourquoi Carlo me raconte-t-il tout ça ? Et comment a-t-il fait pour lire dans mes pensées ? Silence. Un silence – je ne saurais comment le définir autrement – important. C'est bizarre, soudain je n'arrive plus à distinguer entre lui et moi. Fichtre, Carlo, quelle sensation, quel instant : j'ai quasiment l'impression d'être toi. Tout le reste est distinct, la télévision, le divan, la bibliothèque, mais je ne parviens pas à me distinguer de toi. C'est l'opium. Non, ne sois pas superficiel, ne sois pas *aride* : c'est un de ces moments, l'opium n'a rien à y voir. C'est l'opium, je te dis. L'opium, à d'autres : tu crois toi qu'une crotte marron peut tout changer à ce point, provoquer tout ce bordel ? Et si tout était déjà différent et le bordel déjà là ? Mais de quel bordel parles-tu ? Comment ça, quel bordel, *ce* bordel : une tête qui en contient deux. Tous les muscles du visage qui se relâchent et tombent. Regard sous-marin, sueur, paroles nues, grise capitulation. Le bac, Dylan Thomas, les ardentes misères de la jeunesse. Comment, quel bordel. Et c'est pas fini, pour tout dire, maintenant j'ai l'impression de n'être ni toi ni moi ; d'être, disons, cette mouche. Justement : c'est l'opium. Et tout à l'heure, alors ? Tout à l'heure, tu as lu dans mes pensées, au cas où tu ne t'en serais pas aperçu. Depuis quand l'opium fait-il lire dans les pensées ? Et cette tache d'humidité en forme de Corse au plafond ? Pourquoi ne l'avais-je jamais remarquée ? En forme de Corse, avec son espèce de doigt, et le doigt est pointé vers la bibliothèque, il indique quelque chose. L'aquarium-jouet sur l'étagère, pour me souvenir de l'éteindre sinon les piles se vident ? La télévision allumée sans le son ? Cette mouche qui fait la navette entre l'écran et moi – si tant est que je sois moi, bien entendu, et pas elle ? Regarde : je la chasse, elle va sur l'écran ; elle reste quelques secondes sur l'écran et la revoici ; je la chasse à nouveau et elle revient sur l'écran, toujours au même endroit. Elle essaie de me dire quelque chose. Qu'est-ce qui est écrit en surimpression ? Radiohead. *Radiohead !* Hé ! Où est la télécommande ? Vite, il faut remettre le son, où est la télécommande ? Tu es assis dessus. Où ? La voici. On peut dire que tu t'es pris une bonne – Tais-toi, et écoute : que dit-il ? Celui-là, celui qui louche, là, et qui tient le micro comme si c'était un poussin mort, que dit-il ? « *I am up in the clouds / And I can't and I can't come down.* » C'est ce qu'il a dit : j'ai très bien compris. Je suis dans les nuages, et je ne peux pas, je ne peux pas descendre. C'est ce qu'il a dit, n'est-ce pas ? Bon, il faut que je te confie une chose très importante, Carlo, dont je me suis aperçu ce soir : Lara communique avec moi à travers les chansons de ce groupe. C'était elle. Ne rigole pas, merde, c'est sérieux. Tu les entends ? « *I can watch but not take part / Where I end and where you start.* » Il a dit ça, oui ou non ? Je peux regarder mais pas participer, là où je finis et où tu commences. C'est elle. Ne me demande pas comment c'est possible, je n'en ai pas la moindre idée, mais ce type bigleux doit être une espèce de médium. Regarde comme il se tortille, regarde comme il souffre. Écoute-le. Lara me parle à travers lui. Maintenant, on ne comprend plus rien parce que, de temps en temps, il mange ses mots – *mais uniquement ceux qui ne me sont pas adressés*, tu comprends ? Quand ils me concernent, soudain il ne les mange plus, et on comprend très bien. Quand je roule trop vite en voiture, il me dit de ralentir, je t'assure que je le comprends très bien. Et quand je comprends, c'est toujours quand il dit quelque chose en rapport avec ce que je suis en train de faire : comment t'expliques ça ? T'as vu : tu as un trou dans ton pantalon. Je sais ; et le disque, c'est Lara qui l'a laissé dans ma voiture, peut-être parce qu'une voyante lui avait prédit qu'elle mourrait bientôt, et elle a écrit sur la pochette une phrase très poétique, genre je vais au ciel, je m'approche du ciel. C'est sa façon de continuer à me parler, je l'ai enfin compris. Écoute, pourquoi tu n'arrêtes pas de rigoler ? Tu veux une autre preuve ? C'est un concert retransmis, d'accord ? On va faire un autre essai. On va écouter le morceau suivant, attentivement. Voilà, ça commence : écoute et tu verras. Tôt ou tard, on comprendra quelque chose, et cette chose me sera adressée. Ce sera Lara qui me parlera. A présent le bigleux mange les mots mais – Chut ! Non, je disais juste que – Chut ! Celle-là ne t'est pas adressée à toi, frangin, mais à moi. Comment, adressée à toi. Chut ! Laisse-moi l'écouter *en entier*. D'accord, écoutons-la en entier. Celle-ci, on ne comprend absolument rien, comme par hasard, mais si monsieur veut l'écouter en entier, allons-y. Rien, il mange *tous* les mots. Voilà, elle est finie. On peut parler maintenant ? C'était *Pyramid Song*, frangin. Tu la connais ? Je la sais presque par cœur. Ah oui ? Et de quoi ça parle ? Ça parle d'une fille qui se jette dans la rivière et pendant qu'elle se noie, elle voit la lune et le ciel plein d'étoiles et des anges noirs descendent vers elle, et elle revit tout ce qu'elle a fait et retrouve tous ses amants perdus. Et pourquoi t'était-elle adressée, à toi ? Parce qu'une fille avec qui j'étais s'est jetée dans la Tamise, il y a vingt ans. Waouh, c'est génial. Je veux dire : Lara n'est pas la seule, tous les morts parlent aux vivants à travers ces types. Elle s'est laissée tomber, plouf, et elle est partie. Et dis-moi une chose : tu ne pensais pas à elle par hasard, quand je suis arrivé ? Si. Ha ! Tu vois que j'ai raison. Écoute un peu : premier point, tu as repensé à cette fille ce soir après toutes ces années, et elle s'est tout de suite manifestée, à travers *eux*. Je pensais à elle comme chaque soir depuis vingt ans. Ah. Chaque soir et chaque jour. Maintenant, la mouche va sur lui, et il la laisse faire, il la laisse se promener sur son visage comme les enfants africains qui meurent de faim. De sorte que cette coïncidence te laisse froid. Oui. Juste parce que tu penses à elle à chaque moment de ta vie depuis vingt ans, ça te laisse froid ? C'est pour ça ? Oui. Bon, alors voyons si ça aussi, ça va te laisser froid : deuxième point, tout à l'heure, quand je suis entré dans la maison et que tu pensais à cette fille, un instant j'ai eu l'impression que quelqu'un s'était tué. Je te jure. J'ai senti le froid d'un suicide, comment tu l'expliques ? Je te dis que c'est l'opium. Tu as la tête dure. Raisonne un peu : quand je suis entré, *je n'avais pas encore fumé*. Aucune importance, l'opium a un effet rétroactif, il change le passé, c'est pour ça que j'en fume. Qu'est-ce que tu me racontes avec ton effet rétroactif, je te dis que l'opium n'a rien à y voir – j'en suis d'autant plus sûr, soit dit entre parenthèses, qu'il ne me fait aucun effet. Tu peux rigoler, si je te le dis, c'est qu'il ne me fait aucun effet. D'accord, mes muscles n'ont plus de tonus, je transpire, l'air est comme solidifié, soudain je me rappelle toutes les épreuves de mon bac dans les moindres détails, j'ai l'impression de parler sans ouvrir la bouche, et *vice versa*, j'ai dans la tête un énorme bloc de glace, et *vice versa* ; mais à part ça, je t'assure que ton opium ne me fait aucun effet. Rien. Vas-y, rigole, n'empêche qu'on t'a refilé de l'opium naze. Tu t'es fait arnaquer. Et si j'étais toi – parce qu'il y a encore cette possibilité démentielle, qui expliquerait la télépathie par exemple, autrement inexplicable – alors je me serais fait arnaquer, et je ne trouverais pas ça drôle. Le vieux Rudy n'arnaque personne, frangin. Inexplicable, entendons-nous, tant qu'on avance dans l'obscurité épaisse de l'expérience humaine avec, à la main, le faible lumignon de la raison en prétendant que tout ce qui se passe en dehors de son cône de lumière tremblotant n'est qu'une coïncidence, ou l'effet d'une substance, ou n'a carrément pas lieu. La vérité est que le monde est une balle magique, mon pote, et c'est la seule raison pour laquelle l'eau ne sort pas des océans pendant que la terre tourne. Ah oui ? Je ne le savais pas. Hé oui : moi je le sais parce que Dylan Thomas l'a dit, et j'avais Dylan Thomas au programme du bac et pour une raison que j'ignore, mes épreuves de bac sont la chose de toute ma vie dont là tout de suite je me souviens le mieux. On m'a dit : raisonne avec le cœur ; mais le cœur, comme la tête, est un guide inutile. On m'a dit : raisonne avec la poigne ; et ainsi de suite, à partir de là, je ne m'en souviens plus, mais je ne m'en souvenais pas davantage à l'examen – mais je me souviens de la fin : la balle que j'ai lancée en jouant dans le parc n'est pas encore redescendue. La balle. La balle magique. Enfoncé, l'opium. Chapeau. Moi, par cœur, je connais une chiée de répliques de *La Guerre des étoiles 2 – L'attaque des clones*. Je vends des bâtons de la mort, ça t'intéresse ? Tu ne vends pas de bâtons de la mort. Je ne vends pas de bâtons de la mort. Tu vas rentrer chez toi et réfléchir à ton avenir. Je vais rentrer chez moi et réfléchir à mon avenir. Bon, au moins maintenant c'est clair : moi, je n'ai jamais aimé l'attaque des clones, je me suis ennuyé à mourir et il ne m'est jamais passé par la tête d'apprendre des répliques par cœur. La vie semble plus facile quand tu arrives à caler un truc. Maintenant au moins, nous savons que l'attaque des clones, c'est Carlo, et alors moi, je dois être moi. Vous me demandez d'être rationnel, mais c'est une chose que je ne peux pas faire. Il est celui qui souffre, et moi celui qui ne souffre pas. Quand je suis près de vous, mon esprit ne m'appartient plus. Voilà, lui c'est Carlo, et moi, je suis moi. Il y a un étrange printemps entre nous, une espèce de dégel. Il s'est peut-être passé quelque chose d'unique, et même sans le peut-être : il s'est passé quelque chose d'unique. Carlo m'a parlé. Même si je me suis entêté à chicaner – c'est d'ailleurs la seule chose que je sache faire avec lui, chicaner – mon frère, ce soir, m'a parlé. Il m'a dit pourquoi il souffre. La différence entre sagesse et savoir, Obi-Wan : la différence entre sagesse et savoir. Je le regarde avec intensité, avidité ; je n'ai jamais regardé personne aussi *fort* que ça. Il est beau, il est riche, il est célèbre, il est *cool*, mais c'est aussi une de ces personnes désespérément compliquées qui ont besoin de plein de cadeaux de la vie pour réussir à la supporter. Et il souffre. La mouche bourdonne toujours autour de lui, se pose ici et là sur son visage en sueur, et il la tolère toujours avec une patience africaine ; mais soudain – je n'en crois pas mes yeux – il lui file une claque qui la terrasse. En plein vol, comme ça. A le voir faire, on dirait que rien n'est plus facile, mais c'est presque surhumain, comme pêcher avec les mains. La mouche n'est pas morte, elle est là qui se débat sur le tapis, étourdie, sonnée. Carlo la ramasse, la regarde. Maître Windu, lui dit-il, vous avez combattu héroïquement. Vous méritez une reconnaissance dans les archives de l'ordre des Jedi. Mais c'est fini. Et il l'écrase – beurk – entre ses doigts.

Oui, Carlo souffre et il m'a parlé – mais ça *vaut*, de parler comme ça ? Je ne m'en suis même pas aperçu sur le moment. On se droguait : ça vaut ? Ça vaut même si demain j'ai tout oublié ? Je suis déjà en train d'oublier, je le sens : oh pourquoi ne m'en suis-je pas aperçu avant ? Au secours, Carlo, répète-moi ces choses. Je m'endors, je m'évanouis à nouveau, je glisse : répète-les-moi, vite. Reparle-moi de cette fille qui s'est noyée dans la Tamise et t'a brisé le cœur. Tu es vraiment sûr qu'elle s'est tuée, que ça n'était pas un accident ? Tu penses vraiment à elle tous les jours depuis vingt ans ? Elle te manque tant ? Comment s'appelait-elle ? Et vraiment, je te manque, quand tu te drogues ? Oui. Oui. Tracy. Oui…

21

Maintenant ça va mieux, mais ce matin…

Ce matin, avant l'aube, quand je me suis réveillé sur le divan, Carlo n'était plus là, et avec lui avaient disparu l'opium et le nécessaire pour le fumer. Je me suis levé pour aller dans ma chambre mais je me suis aperçu que je n'étais pas bien du tout et j'ai dû courir vomir dans la salle de bains. Et pendant que je vomissais en enlaçant la cuvette des W.-C., j'ai vu Dylan qui me regardait par la porte entrouverte – consterné, aurait-on dit. Ça n'a duré qu'un instant, Dylan a tout de suite disparu, mais pendant cet instant, j'ai eu honte comme jamais dans ma vie et il m'a semblé littéralement impossible de vivre avec toute cette honte. Je me suis senti tellement sale, à ce moment-là, et stupide, et indigne même de la pitié d'un chien, que j'aurais préféré plonger tête la première dans mon vomi et m'enfoncer dans la canalisation comme dans la scène de *Trainspotting* plutôt que de sortir de la salle de bains et de croiser le regard de Mac, la nounou de Claudia qui se lève toujours avant l'aube et qui est une personne au cœur pur. Réveiller Claudia, petit déjeuner avec elle, l'emmener à l'école et rester ici à l'attendre toute la journée m'a soudain semblé un paradis perdu. Tout était très clair à ce

272

moment-là : je n'étais pas digne de m'occuper de ma fille ; tôt ou tard, cette vérité allait éclater ; tôt ou tard, j'allais commettre quelque chose de terrible.

Puis, comme ça arrive, cette sensation a diminué, est devenue moins nette, j'ai arrêté de vomir et quand je me suis levé, je me suis aperçu que je tenais sur mes jambes et qu'il y avait encore un avenir pour moi. J'ai tiré la chasse et le vomi a disparu dans un tourbillon verdâtre ; je me suis surpris à penser que j'allais pouvoir m'en sortir. J'ai fermé la porte à clé, j'ai rempli la baignoire d'eau chaude, je me suis déshabillé, je me suis plongé dans la baignoire et je me suis lavé avec acharnement, en utilisant tous les produits qui me tombaient sous la main. Puis je me suis séché dans le peignoir doux, je me suis rasé avec soin, j'ai mis des sous-vêtements et une chemise propres, un complet gris impeccablement repassé, des chaussures cirées, ma plus belle cravate, et ainsi, en m'appuyant sur ce dont je peux disposer de mieux, j'ai trouvé le courage de continuer. C'était une espèce de leurre, bien sûr, mais ça marchait : l'habit *faisait* le moine. Entre-temps, le soleil était sorti – un soleil violent, absurde pour octobre avancé. J'ai regardé par la fenêtre du salon, dans la rue, les gens qui se hâtaient pour aller travailler, et je me suis senti pire qu'eux tous, oui, mais pas au point de ne plus pouvoir me mêler à eux. J'ai sorti Dylan, je l'ai observé faire sa crotte dans la pose tremblante et ridicule que prennent les chiens quand ils crottent, et pendant que je ramassais son caca sur le trottoir, j'ai pensé qu'en fait d'attitudes inconvenantes ce n'était pas lui qui pouvait me faire la morale. De retour à la maison, j'ai affronté Mac dans la cuisine, et son silence légendaire m'a aidé à croire qu'elle n'avait rien remarqué : pas un mot, juste un geste protecteur, empreint de pitié féminine, quand sa main a arrangé le col de ma veste qui faisait un pli sous la nuque. Je me suis alors senti capable d'aller réveiller Claudia, et tout s'est enchaîné à merveille, comme d'habitude. Nous avons petit-déjeuné, elle m'a raconté le dîner avec son oncle – au chinois, parce que le restaurant japonais était fermé –, nous sommes partis tôt pour jouer à *Malheureusement* avec le GPS et, devant l'école, nous avons vu arriver tous les autres, comme toujours, jusqu'au moment où la cloche a canalisé les enfants vers les classes, nous laissant, nous les parents, bavarder dehors au chaud. A ce moment-là, il était impensable que, la veille au soir, j'aie pu accumuler autant de conneries, ce qui ne voulait pas dire que je ne les avais pas accumulées, mais ça me requinquait : c'était un peu comme garder la monnaie de cinquante euros quand on n'en a donné que cinq, je m'en rends compte, mais comparé à ce que j'avais éprouvé quand j'enlaçais ma cuvette de W.-C., à peine trois heures plus tôt, il s'agissait d'une honte résolument supportable. Je me rachèterai, ai-je pensé.

Puis Carlo est arrivé. En taxi, vers onze heures et demie, sur le chemin pour l'aéroport, il s'est arrêté pour me dire au revoir et me laisser un paquet pour Claudia. Il était serein, décontracté. J'exclus qu'il ait dû se démener comme moi pour se rendre présentable : il doit avoir l'habitude de certains réveils. Nous ne nous sommes pas dit grand-chose, mais nous nous sommes embrassés, fort et longtemps. J'avais beaucoup peiné pour prendre de la distance par rapport à ce qu'il s'était passé pendant la nuit, mais cela ne signifiait pas que je ne m'en souvenais pas : nous nous

274

étions drogués ensemble, et il m'avait raconté combien cette fille noyée dans la Tamise lui manquait, combien maman lui manquait, *combien je lui manquais, moi.* Non, nous ne nous sommes pas parlé mais ce moment a été le plus tendre entre nous depuis… euh, depuis toujours, ai-je envie de dire : depuis toujours. Il y avait aussi Jolanda, elle est arrivée avec Nebbia et elle m'a salué pile quand je serrais Carlo dans mes bras, et quand Carlo est parti, nous sommes restés un moment à parler du temps. Il devait faire déjà plus de trente degrés et elle a dit qu'elle avait entendu à la radio que la température minimale de la nuit avait été de vingt-quatre degrés – record absolu pour cette période de l'année. Elle portait le jean Barrie d'hier, et un tee-shirt jaune avec l'inscription *gravity always wins* à hauteur de ses seins ; j'ai trouvé la formule très drôle, impertinente mais aussi désespérée après tout, car cette fille est encore jeune, bien sûr, mais en y pensant bien le nombre des années qui la séparent de cette vérité que pour l'heure sa poitrine dément avec tant de hardiesse, n'est pas si grand, et je me suis senti autorisé à la commenter :

« Sages paroles.

— C'est une chanson.

— Ah oui, et de qui ?

— De Radiohead. »

Et elle est partie chercher je ne sais quel certificat à l'état civil.

Je suis resté seul à l'ombre, avec mes pensées, et j'y suis encore. Mes pensées qui ne tournent plus autour de ce que j'ai fait cette nuit et de la façon de me racheter – et c'est pourquoi je dis que ça va résolument mieux ; mais autour de cette énième coïncidence. Il n'y a peut-être rien du tout à comprendre, ce n'est peut-être qu'un coup aveugle du hasard, mais c'est assurément étrange : on dirait que Radiohead me poursuit. Alors je monte dans la voiture, je prends la pochette du disque de Lara et je parcours tous les titres pour voir s'il y en a un qui parle de gravité : mais non. Dans la voiture, la chaleur est infernale, alors je sors, et à ma propre surprise, j'appelle Marta avec mon portable : si j'avais dû pour cela chercher son numéro dans un répertoire et aller dans une cabine téléphonique, je ne l'aurais sûrement pas fait, mais là il s'agit d'appuyer sur deux touches et le temps que je m'en rende compte, Marta m'a déjà répondu.

« Allô ?

— Salut, Marta. Comment ça va ?

— Bien. Et toi ?

— Bien moi aussi. Où es-tu ?

— Chez la gynéco.

— Chez la gynéco ? Ah oui, bien sûr... Tout va bien ?

— Oui, tout va bien.

— Écoute, je voulais te demander une chose, mais si je te dérange, je te rappellerai plus tard.

— Non, vas-y ; j'attends mon tour. Que veux-tu savoir ?

— Voilà, j'ai trouvé dans ma voiture un disque de Radiohead, mais ce n'est pas un disque du commerce, c'est une compilation. Sur la couverture, les titres des chansons semblent écrits par Lara, mais comme elle et toi avez toujours eu la même écriture, je me demandais qui de vous deux l'avait enregistrée : elle ou toi ?

— Moi.

276

— Ah. Tu es sûre ?

— Bien sûr.

— Mais c'est elle qui te l'avait demandé, ou bien c'était une idée à toi ?

— C'était une idée à moi. Pourquoi me le demandes-tu ?

— Non, comme ça. Et cette phrase sur la couverture, *pour tendre vers ce ciel d'où je viens* : c'est elle qui l'a écrite, ou toi ?

— C'est moi.

— En effet, c'est le même feutre. Et comment t'est-elle venue ?

— C'est un vers de Michel-Ange. Quand j'ai enregistré le disque, je venais de faire une lecture de ses sonnets, à Vigevano, et il m'était resté en mémoire.

— Ah. Je comprends.

— Pourquoi me demandes-tu tout ça ?

— Comme ça, pour savoir.

— Pour savoir quoi ?

— Mais rien, par curiosité. Comme j'aime bien ce disque, je me demandais d'où il venait. C'est tout.

— C'est tout ?

— C'est tout. Plutôt, quand venez-vous dîner, les enfants et toi ?

— Je ne sais pas…

— Vous êtes libres demain soir ?

— Oui…

— Alors venez demain soir.

— …

— Entendu ?

— D'accord. Merci…

— Mais de rien. A demain, alors.

— Pietro ?

277

— Oui ?

— Ce coup de fil est bizarre.

— Bizarre ? Pourquoi ?

— Je ne sais pas, mais il est bizarre.

— Mais pas du tout. Il est normal.

— Oh, c'est à moi. Il faut que j'y aille.

— Allez, va. On se voit demain. Bye.

— A demain. Ciao »

Je raccroche. En effet, Marta a raison, ce coup de fil était bizarre ; mais il a aussi été décisif parce que si ce n'est pas Lara qui a enregistré le disque, si c'est Marta qui l'a fait, alors cette débauche de coïncidences ne veut vraiment rien dire. Quel sens auraient-elles ? Je veux bien abandonner la logique mais si les choses sont ainsi, Lara n'a rien à voir avec ces chansons : elle les a juste déposées dans ma voiture, elle a été un intermédiaire entre Marta et moi. Et on ne voit pas pourquoi une morte devrait servir d'intermédiaire pour qu'à leur tour les chansons d'un groupe servent d'intermédiaire entre deux personnes vivantes qui pourraient communiquer par le —

« Monsieur ! »

Je me retourne d'instinct. Mais personne, pas âme qui vive.

« Monsieur ! Là, en haut ! »

Je lève les yeux et je vois un petit homme qui gesticule à une fenêtre de l'immeuble d'en face. Agé, me semble-t-il. Il gesticule et hoche la tête en souriant : c'est bien à moi qu'il s'adresse ; et maintenant qu'il est sûr d'avoir accroché mon regard, il me fait un geste de la main ; un geste que je distingue à peine, mais qui, même entrevu, revêt en Italie une signification précise, sans équivoque aucune...

« Ça vous dit ? » demande le petit bonhomme.

… ça signifie *des spaghettis*. Le petit homme effectue une rotation de la main, vers le bas, avec le majeur et l'index tendus en V ; il m'invite à manger *des spaghettis*.

« Tomate et basilic ! crie-t-il. Je vais les faire cuire. Montez ! »

C'est surprenant – non ? – la quantité de choses qui se passent quand on se plante devant une école. Un inconnu vous invite à déjeuner de sa fenêtre. Et il va sans dire que j'accepte parce que, même si cette invitation peut sembler absurde, elle ne l'est pas davantage que la théorie de la métempsycose que ma belle-sœur vient de démonter, ni que les coïncidences têtues qui m'ont poussé à la formuler pour leur donner un sens, ni que les conditions mêmes où je l'ai formulée, cette nuit, en fumant de l'opium avec mon frère sur le divan de mon salon ; au contraire : comparée à tout ça, on peut dire que c'est encore la moins absurde. Par conséquent je remercie et j'accepte, oui ; le petit homme me fait signe de monter au deuxième étage (cet index et ce majeur en V qui tout à l'heure signifiaient les dents de la fourchette, sont devenus le chiffre deux) et voici que je traverse la rue, je franchis une porte en aluminium et je monte un escalier sans grâce où toutes les odeurs de friture de Milan se sont donné rendez-vous. Premier étage : un chien hystérique aboie dans un appartement. Deuxième étage : le petit homme est sur le pas de sa porte, la main tendue et un large sourire aux lèvres. Ce n'est pas un petit homme d'ailleurs : il est plus costaud que moi.

« Venez, monsieur, dit-il en me serrant la main. Je

m'appelle Cesare Taramanni, je suis romain comme vous. »

Il referme la porte d'entrée et il me précède dans un couloir lugubre couleur prune, encombré de cartons, jusqu'à une pièce en revanche vaste et lumineuse, avec deux grandes fenêtres sur la rue. Sauf que cette pièce aussi est envahie de cartons, meubles démontés, fauteuils emballés, objets sous cellophane…

« Excusez le désordre, mais demain je déménage. Je rentre à Rome, vous savez, au bout de trente-six ans… »

Il se dirige vers une table dressée pour deux, près d'une fenêtre, en face de laquelle campe la masse blanche de l'école.

« Venez, monsieur, prenez place. D'ici, on voit très bien l'école. »

De la fenêtre, je vois ce coin du monde où je passe mes journées, pour la première fois sans en faire partie. Ma voiture, la porte d'entrée de l'école, le square : vu d'ici, on dirait un endroit comme un autre.

« Excusez-moi, dit l'homme. Je vais surveiller ma sauce. »

Et il disparaît derrière une porte, de l'autre côté de la pièce. Maintenant il est évident que plusieurs questions se pressent dans mon esprit (Qui est cet homme ? Pourquoi m'a-t-il invité à déjeuner ? Que sait-il de moi ?, etc.), mais cette vie en pièces détachées partout autour est si saisissante qu'elle étouffe toute question dans l'œuf. J'ai beaucoup déménagé, mais c'étaient *mes* déménagements : je n'avais jamais eu l'occasion de me retrouver au milieu du déménagement d'un inconnu. Ça fait froid dans le dos. Malgré le soin avec lequel ils sont emballés, beaucoup d'objets sont reconnaissables à travers la cellophane ou sous le papier journal – queues de casserole, manches, pieds de lampe – et il y a quelque chose de suppliant dans leur façon de dépasser des cartons comme s'ils appelaient à l'aide pour s'échapper. La trace désolée des tableaux sur la tapisserie, les marques de coins de meuble inconnus dans le mur, la brutale suspension de la sollicitude domestique qui, des années durant, a dû rendre cette salle de séjour accueillante, contribuent à donner l'impression qu'on se trouve soudain *ailleurs*, dans un espace imaginaire truffé de symboles à interpréter, comme dans les rêves ; une impression que la table soigneusement dressée au milieu des cartons accentue encore – nappe blanche, couverts brillants, verres pour l'eau et pour le vin –, une de ces images-symboles qu'en général on voit en rêve, et dont on cherche ensuite la signification pendant des mois chez son psychanalyste : *j'étais là, bien habillé, au milieu de ces cartons de déménagement et un inconnu me préparait des spaghettis ; par la fenêtre, on voyait la fenêtre de la salle de classe de ma fille ; on était en octobre mais il faisait chaud comme en août ; la chose la plus incongrue toutefois était la table dressée qui trônait au centre de la scène. Que symbolise-t-elle, docteur ? La normalité qui perdure dans ma vie bouleversée ? La chaleur domestique qui survit dans le froid glacial du changement ? Le calme chaos qui m'habite ?*

Le revoici, une fiasque à la main. Des années que je n'en voyais plus.

« Veuillez m'excuser si j'ai été cavalier, mais je souhaitais vous inviter depuis longtemps, sauf que c'est le dernier jour. Ce n'est pas bon pour vous de ne manger que des sandwiches, vous savez ? Une belle assiette de pâtes *al dente*, avec de la tomate fraîche et un filet d'huile, est beaucoup plus indiquée pour la santé. »

Il remplit les deux verres de vin, à ras bord, comme à la campagne.

« Goûtez-moi ça. Ce n'est pas un grand cru, mais c'est un bon petit vin pas trafiqué. »

Il me tend un verre, prend le sien, le lève.

« Santé. »

Il boit une gorgée franche, décidée, et vide la moitié de son vin. J'en bois moins. C'est un de ces vins forts, âpres dont on ne comprend pas s'ils le sont par hasard ou de façon délibérée.

« Il vous plaît ?

— Oui. Il est bon.

— Frascati. C'est ma sœur qui me l'envoie, de Velletri. Qui me l'envoyait : dorénavant, j'irai le chercher moi-même. Asseyez-vous. Si votre fille se met à la fenêtre, d'ici on voit bien. »

Je m'efforce de ne pas laisser transparaître trop de curiosité sur mon visage, voire d'étonnement ou d'effarement. Allez savoir si j'y réussis.

« En fait, je voulais faire votre connaissance avant de partir. Je voulais aussi vous présenter mes sincères condoléances : je suis désolé pour votre femme.

— Merci.

— Je sais ce que ça signifie, croyez-moi parce que ma femme aussi a disparu, il y a deux ans. Moi aussi, je me suis retrouvé seul du jour au lendemain. Je sais ce que ça signifie… »

Il hoche la tête, sourit. Il doit avoir la soixantaine. Cheveux gris encore abondants, un beau visage d'homme du peuple, aux traits pasoliniens qui contrastent avec son absence d'accent. Des dents jaunies de fumeur, même si je ne vois aucun cendrier – il a dû arrêter.

« Parce que veuf, c'est vite dit, les choses sont plus compliquées. » Il prend une deuxième gorgée qui assèche son verre. « Le deuil est une chose compliquée. Il faut du temps. Et il faut quelque chose sur quoi se concentrer. Heureusement pour vous, vous avez cette merveilleuse petite fille qui remplit votre vie, mais nous, par exemple, Rita et moi, nous n'avions pas d'enfant. Et puis, j'étais déjà à la retraite, je n'avais rien pour m'occuper. Nous étions seuls, le temps qui devait passer et moi. Si je vous disais que, pendant un an, je n'ai pratiquement fait que balayer. Je balayais l'appartement comme un fou, quinze, vingt fois par jour. J'étais obsédé par la poussière, j'avais décidé qu'il ne devait pas en rester un seul grain, et je tenais le coup comme ça, vous comprenez ? Je balayais… »

… Et ses yeux fatigués, désertifiés, fixaient un point précis de la pièce, sur une pile de cartons, où ils semblaient voir quelque chose que je ne voyais pas – là était peut-être le divan d'où il regardait la télévision avec sa femme –, mais avant de s'abandonner complètement à l'opium du souvenir, ils revenaient se poser sur moi…

« N'ayez pas peur, je n'ai pas l'intention de vous raconter ma vie. C'était juste pour vous dire que je crois savoir comment vous vous sentez. Et que je comprends parfaitement pourquoi vous restez là à longueur de journée. Mais maintenant, je vais surveiller les spaghettis, si vous permettez : je ne voudrais pas les rater. »

Et il repart en cuisine d'un pas agile, léger.

« Ah ah ! Ça y est ! crie-t-il à travers la porte. Trente

secondes de plus et ils n'étaient plus du tout *al dente* ! »

Par la porte arrive le bruit des opérations qu'il accomplit, si net et précis qu'il me semble voir la scène : les spaghettis qui tombent dans la passoire, la casserole posée dans l'évier, les spaghettis bien égouttés, transvasés dans la poêle avec la sauce et repassés sur le feu resté allumé. Et il y a maintenant un fumet de sauce tomate qui arrive de la cuisine, me chatouille les narines et sort par la fenêtre, si intense et si délicieux qu'il me semble le voir lui aussi – sous forme d'épais nuage comme dans un dessin animé.

« Vous voulez du parmesan, du piment ? » toujours à travers la porte. J'hésite, je ne sais que dire, mais il sort aussitôt de la cuisine, la poêle à la main remplie de spaghettis fumants et il la dépose au milieu de la table.

« Moi, je n'en mets pas, ni de l'un ni de l'autre, mais beaucoup de gens aiment. Si vous voulez, en voici. »

Comme par magie, il fait apparaître deux ramequins en verre qu'il pose aussi sur la table : l'un contient le piment, et l'autre le fromage râpé.

« Non, je n'en mets pas, moi non plus.

— Et vous faites bien. Car la tomate a une saveur délicate et si on rajoute du piment, c'est fini : on ne sent plus que ça… »

Il remplit les assiettes : d'abord la mienne, une portion énorme, puis la sienne, une portion énorme. Je sais ce qu'il en est : le culte bien romain de l'abondance, la quantité qui devient qualité. Les Milanais s'en abstiennent : ils y voient de la vulgarité.

« … Le parmesan, lui, ne tue pas la saveur des

tomates, mais il la modifie. Et quand ce sont des tomates fraîches et crues, juste un peu ébouillantées, et pelées bien sûr, ébouillantées et pelées, et que ce sont des bonnes, du jardin, comme celles-ci, eh bien à mon avis, elles ne pourront jamais avoir meilleur goût qu'elles n'ont déjà, donc tout ce qu'on rajoute est un pas en arrière… »

Et tandis que le veuf remplissait nos assiettes, la sauce tomate coulait de la grande fourchette, tachant de rouge la nappe blanche. Elle symbolise le sang, n'est-ce pas, docteur ? Mais le sang de qui ?

« Moi, je mets juste un filet d'huile. Vous en voulez ?
— Oui, merci. »

Je lui tends l'assiette qu'il vient de me donner, il y dessine un C avec l'huile, ainsi que sur la sienne, s'assied et glisse une serviette dans le col de sa chemise.

« Eh bien, bon appétit, dit-il.
— Merci, de même. »

Il attaque ses spaghettis bille en tête, à croire que son temps est compté. Il ne les enroule pas : il les fourre dans sa bouche comme si c'était du foin, et avec sa fourchette, il se contente de les accompagner au fur et à mesure qu'ils montent. Ça aussi c'est romain, une saine façon de manger populaire – incarnée par Alberto Sordi aux prises avec des *macaronis* – qu'ici à Milan on prend pour une absence de bonnes manières.

« Et alors demain, vous rentrez à Rome ? » dis-je, histoire de parler, mais juste au moment où lui me demande si ses spaghettis sont à mon goût, de sorte que nos deux questions se télescopent. Il s'ensuit un moment d'embarras pendant lequel on ne sait plus qui doit parler. Et comme les spaghettis sont délicieux, alors, pour dénouer la situation, je prends la parole.

« Ils sont excellents, vraiment.

— Merci. Jusqu'à l'année dernière, je n'aurais pas su les préparer comme ça. Puis, je me suis inscrit à un cours de cuisine… »

Et c'est tout, sa phrase s'arrête là. Je ne dis rien, parce que en principe ce serait à lui de répondre à ma question de tout à l'heure, mais il continue à enfourner ses spaghettis, et alors je me limite à manger moi aussi, à la romaine moi aussi, comme lui, en silence comme lui – ce silence qui d'habitude à table est rompu par quelqu'un qui dit « écoutez ce silence : ça veut dire que c'est bon ». Et en effet, ses spaghettis sont fabuleux : on dirait qu'il y a une pointe d'orange, entre la tomate et le basilic, qui m'a tout l'air d'être un secret appris à son cours de cuisine. J'ai beau avoir été servi plus qu'abondamment, je crois que je mangerai tout. Oui, et puis je lui demanderai de m'apprendre la recette, et il m'expliquera, il me révélera son secret, au nom du respect immense qu'il me porte, ce sera son cadeau d'adieu avant de rentrer à Rome, je le transmettrai à Mac et elle nous en cuisinera toutes les fois que nous voudrons, et ils seront comme ça, exactement comme ça…

Vous comprenez ? Je mangeais cette montagne de spaghettis et je ne pensais plus à rien d'autre. Juste combien ils étaient bons et comment faire pour en manger encore et encore. Qu'est-ce que ça signifie ?

Mais soudain, tout change à nouveau. Par la fenêtre, mon regard tombe dans la rue juste au moment où Matteo et sa mère passent à côté de ma voiture – par surprise, ce n'est pas leur heure. L'enfant regarde la voiture sans se douter le moins du monde qu'aujourd'hui elle ne peut pas le saluer, et même quand il l'a dépassée et que la voiture ne l'a pas salué, il continue à marcher la tête tournée en arrière, alors que sa mère le tire par la main, dans l'attente du bip de l'antivol. Oui, soudain, tout change à nouveau car, à cause de cet enfant et de la confiance inébranlable qu'il nourrit désormais envers ce signe de salut (c'est-à-dire envers moi, envers ma capacité à le déclencher), je me sens lamentablement déplacé : je devrais être là-bas en bas, nom d'une pipe, pas ici, j'aurais déjà dû accomplir le devoir quotidien que je me suis imposé avec lui, et on n'en a rien à cirer que ce ne soit pas son heure : suis-je ou ne suis-je pas l'homme qui passe toute sa journée devant l'école ? Et alors ? Qu'est-ce que ça fait si la personne passe à neuf heures ou à treize heures ? Je devrais être là... Je sors mon porte-clés de ma poche et j'appuie sur le bouton de l'antivol : ça marche peut-être d'ici. Rien. J'appuie à nouveau, une, deux fois, sous le regard interrogateur de l'homme qui, surpris, arrête de mâcher. Allez, antivol : c'est important, *marche* ! Tu as encore le temps, l'enfant y croit encore ; il est un peu troublé, d'accord, il s'arrête, infligeant une secousse sèche au bras de sa mère, il se tourne vers elle qui toutefois ne peut pas l'aider car elle ne partage pas une miette de sa foi, elle n'a que des tracas, des soucis, des rendez-vous, mais après, il se retourne à nouveau vers ma voiture – tu vois ? – avec cette lenteur qui pour lui est de la rapidité, et il recommence à marcher, retourné en arrière, parce qu'il y croit encore... Je me penche par la fenêtre, nom de Dieu, je vise et j'appuie sur le bouton et je le tiens appuyé, fort, à fond – et enfin : *bip*, l'antivol marche. L'enfant ne semble pas réagir, mais ce n'est que de la lenteur, il réagit complètement, et en effet le voilà qui lève la main et fait ciao de la main à son amie la voiture, puis il se retourne vers sa mère qui s'est arrêtée. Maintenant, c'est elle qui semble perdue, puisqu'elle ne me voit pas dans les parages : elle se tourne et se retourne, regarde vers le square, vers l'école, sans comprendre. Je la connais peu, presque pas, mais j'ai la sensation de savoir ce qu'elle pense : elle doit se demander comment je peux bien vouloir jouer à cache-cache, moi, ici, à cette heure-ci, et *avec elle* qui réussit à ne pas éclater en sanglots à toute heure du jour seulement parce que, de toutes ses forces, elle diffère ses larmes au moment suivant...

Le veuf me regardait de plus en plus étonné, presque incrédule.

Je bafouille :

« Ce n'est rien, excusez-moi : j'avais laissé ma voiture ouverte. »

Mais notre déjeuner est désormais fini parce que, tandis que mère et fils disparaissent vers l'avenue, voici une Twingo bleue toute cabossée qui se gare à côté de ma voiture. Est-ce la voiture de Marta ? Oui, c'est la voiture de Marta, et d'ailleurs Marta en sort, habillée comme une ado – minijupe, tee-shirt, bottes – assurément pas comme une femme enceinte. Elle regarde d'un côté, puis de l'autre, puis vers le square, puis dans ma voiture, puis vers la terrasse du bar où l'autre jour nous avons pris un cappuccino après son accès de panique, puis de nouveau vers le square, perturbée elle aussi comme la mère de Matteo de ne me voir nulle part – plus, même : comme Matteo, quand la voiture ne le saluait pas...

« Marta ! » Je me penche à la fenêtre, je siffle. « Je suis ici ! »

Marta lève les yeux, les protège de sa main en visière sur son front. Je ne crois pas qu'elle puisse me voir, à contre-jour comme ça. Mais elle peut m'entendre.

« Je suis ici ! J'arrive ! »

Et puis, docteur, arrivait ma belle-sœur et je laissais tout tomber ; je laissais ce veuf, les spaghettis délicieux, la maison envahie de cartons, j'inventais une excuse, je remerciais et je sortais à toute vitesse, et pendant que je descendais l'escalier en courant, je comprenais une chose que je savais déjà, à savoir que la seule raison pour laquelle personne ne me considérait comme fou, même si je restais toute la journée devant une école, était que les autres pensaient que j'y restais tout le temps, cloué par la souffrance à cet endroit du monde, et c'était devenu une des rares certitudes de leur vie, peut-être la seule, et d'une certaine façon, étrangement, ça les rassurait, et c'est pourquoi, quand ils venaient me voir, ils trouvaient le courage d'affronter aussi la leur, de souffrance, de l'admettre avant tout, et puis de la toucher, de la raconter et de s'en libérer un moment en la déversant sur moi, en m'inondant de la matière secrète et pourrie qui la composait, car à cet endroit que d'après eux j'avais choisi pour souffrir, nous étions tous mystérieusement forts ; mais si je commençais à y être tantôt oui tantôt non, si je manifestais moi aussi l'exigence de me déplacer, de m'absenter, de me droguer, de manger des spaghettis, c'est-à-dire si je commençais à me comporter comme eux et qu'il arrivait qu'ils viennent me voir sans me trouver, alors nous étions tous faibles, eux se sentaient perdus et moi je n'étais plus qu'un déséquilibré qui ne savait pas accepter la réalité, et ça, docteur, je crois comprendre tout seul ce que ça signifie, car si quelqu'un décide de rester dans un endroit, alors il doit vraiment y rester, tou-jours, sans demi-mesure, bref le rêve finissait sur moi qui ressortais dans la rue, le soleil m'éblouissait, la chaleur d'octobre me faisait fondre, j'éprouvais un immense amour pour tout ce qui rentrait dans mon champ de vision et je décidais que je ne m'éloignerais jamais plus, jamais plus, jamais plus.

22

« Où étais-tu ?

— Chez quelqu'un qui habite en face.

— Tu as un ami qui habite juste ici ? Veinard !

— Non, j'ai fait sa connaissance aujourd'hui. Toi, plutôt : que fais-tu ici ?

— Rien, je passais…

— …

— Bon, ça va, je suis venue à cause de ton coup de fil de tout à l'heure. Je voudrais savoir pourquoi tu m'as posé ces questions.

— A propos du disque ?

— Oui, à propos du disque.

— Je te l'ai dit, c'était une bêtise, une curiosité. Ça ne méritait pas que tu —

— Ce n'était pas une bêtise. Ne cherche pas à m'embobiner : je suis une sorcière, tu sais.

— Et puis quoi encore, Marta…

— Tu m'as téléphoné pour une raison précise qui concerne ce disque, et puis, pour noyer le poisson, tu m'as inventé ce dîner avec les gamins. Si tu ne veux pas me le dire, d'accord, mais ne nie pas que tu m'as téléphoné pour une raison précise.

— D'accord, je ne le nie pas.

— Et quelle est cette raison ?

— Et si ça ne te regardait pas ?

— Si ça ne me regardait pas, tu ne m'aurais pas téléphoné.

— Écoute, allons au moins à l'ombre. Ici on crève de chaud.

— Ça alors, la voiture qu'on a emboutie : elle est restée là tout ce temps ?

— Oui. Personne ne s'est manifesté. Tu vois ? Il y a encore ma carte de visite sur la lunette arrière.

— Mais elle est presque neuve... Fais voir la plaque. 2004 : elle est neuve.

— Oui. Maintenant, on ne voit pas à cause du reflet, mais elle n'a que mille quatre cents kilomètres.

— C'est peut-être une voiture volée.

— J'ai pensé ça, moi aussi, mais je ne crois pas.

— Crois-moi : elle est volée.

— Eh non. Parce qu'elle est fermée. Tu vois ?

— En effet.

— Un voleur ne ferme pas à clé la voiture qu'il a volée quand il l'abandonne. L'antivol est mis. Tu vois le témoin lumineux ?

— Oui. C'est bizarre.

— C'est très bizarre, en effet. Bonjour !

— Bonjour !

— Qui était-ce ?

— La prof d'anglais de Claudia. Viens, allons à l'ombre là-bas. Je suis en nage.

— Je veux bien croire, habillé comme ça.

— Je m'habille toujours comme ça. C'est mon uniforme.

— Non, aujourd'hui tu es plus élégant que d'habitude. Voici une autre chose qui doit avoir une raison précise ; mais ça oui, ça ne me regarde pas.

— En effet. Voilà, ici c'est mieux.

— Attends, fais-moi voir...

— Quoi ?

— Tu as une tache de sang sur ta chemise. Deux, trois.

— ...

— Quatre. Mais qu'est-ce que tu as fabriqué ?

— Oh... ce n'est pas du sang. C'est de la sauce tomate.

— De la sauce tomate ? Et où as-tu mangé de la sauce tomate ?

— Chez ce type.

— Vous... *déjeuniez* ?

— Non, nous avions fini.

— Une minute. Viens là. Je ne vais pas te manger.

— Que fais-tu ?

— Je te les enlève. Ne bouge pas. Et qui est ce type qui t'invite à déjeuner pile dans le quartier ?

— C'est un type, très gentil. Il m'a servi des spaghettis qui étaient excellents. Mais demain il déménage. Tu es sûre que tu n'es pas en train d'aggraver les choses ?

— Ben si... C'est pire maintenant.

— Et voilà...

— Excuse-moi. C'est-à-dire que les vertus domestiques et moi, ça fait deux.

— Justement : je ne t'avais pas demandé de...

— Regarde ce que j'ai fabriqué. Et maintenant ? Attends, j'ai de l'eau minérale dans mon sac...

— C'est bon, ne t'acharne pas à présent. Je la garde comme ça.

— Écoute, je ne peux pas faire pire. C'est ton portable qui sonne ?

— Oui.

— …

— C'est Carlo. Excuse-moi, je dois répondre.

— Réponds, en attendant je cherche une solution.

— Tu sais, ce n'est pas grave. Il suffit que je garde ma veste boutonnée.

— Laisse-moi faire. Allez, réponds.

— Allô ?

— Salut, frangin.

— Salut. Tu es déjà arrivé ?

— Oui. Tu sais combien il fait à Rome ?

— Non. Combien ?

— Trente-quatre degrés. C'est irrespirable.

— Oh, ici non plus, ce n'est pas triste.

— Écoute, j'ai oublié de te dire un truc super que Claudia m'a dit hier soir.

— Ça y est, elles sont presque parties.

— Ah oui ? Bien.

— Bien, quoi ?

— Excuse-moi, je parlais à Marta.

— Il fallait beaucoup d'eau.

— Marta est là ? Donne-lui le bonjour.

— Un bonjour de Carlo.

— Salut Carlo !

— Elle te donne le bonjour elle aussi.

— Oui, j'ai entendu. Comment va-t-elle ?

— Elle va bien. Excuse-moi un instant : je pense que ça suffit, tu sais. C'est la douche maintenant…

— De toute façon, avec cette chaleur, ça sèche tout de suite.

— Oui, mais maintenant, ça suffit ; on verra après. Excuse-moi Carlo : tu disais ?

— Je disais qu'hier Claudia m'a dit un truc super.

— Ah, oui ? Et que t'a-t-elle dit ?

— Nous étions au restaurant chinois parce que le japonais était fermé et je lui ai proposé de prendre le canard impérial, celui qui est croquant et qu'ils ne servent qu'à partir de deux personnes minimum. Et tu sais ce qu'elle m'a dit ?

— Non. Que t'a-t-elle dit ?

— *Qu'elle ne mange pas de viande de Looney Tunes.*

— Elle ne mange pas de viande de quoi ?

— De Looney Tunes. Les dessins animés : Daffy Duck, Bugs Bunny, Vil Coyote…

— Sans blague ?

— Tu l'ignorais, hein ? Elle m'a dit que c'est un secret.

— Je savais qu'elle ne mangeait pas de lapin, mais en effet je ne lui avais jamais demandé pourquoi.

— Eh bien, sache que ta fille ne mange pas de lapin, *ni de canard, ni de coyote, ni de canari* à cause de Looney Tunes : pour ne pas manger leur viande. C'est pas super ?

— Oui, c'est génial.

— Je voulais te le dire, même si elle m'a demandé de garder le secret.

— Tu as bien fait. C'est un chouette truc.

— Elle est extra cette gamine, vraiment. Il suffit de passer une demi-heure avec elle, et on a envie d'être elle.

— Hé oui.

— Et tu es un père génial, Pietro.

— N'en jetez plus.

— Hier, je me suis trompé, ce que tu fais est juste. Tiens bon, et si tu as besoin, appelle-moi : peu importe où je serai, je saute dans un avion et j'arrive.

— Merci, Carlo, mais tu l'as vu : on s'en sort très bien.

— En effet. Vous êtes tip top. Je disais ça juste en cas d'urgence.

— Espérons qu'il n'y en ait pas.

— Bien sûr. De toute façon, je vais revenir bientôt. J'ai envie de rester un peu avec vous.

— Quand tu veux, nous sommes là.

— Et à Noël, on pourrait aller tous ensemble à la montagne. Ça te va ?

— Ce serait bien, oui.

— C'est moi qui vous invite. Cortina, tiens. Non, mieux : Saint-Moritz.

— Exact, Saint-Moritz c'est mieux.

— Bon, salut Pietro. On se rappelle vite.

— Oui, à bientôt.

— …

— …

— Il reste une auréole, mais bon, par rapport à avant…

— Tu as bien travaillé, Marta. Merci.

— …

— …

— Qu'as-tu ?

— Rien. Ce coup de fil aussi était bizarre.

— Pourquoi ?

— Lui aussi avait une raison précise, et il a parlé d'autre chose.

— Et tu as compris quelle était cette raison ?

— Peut-être.

— Et maintenant, tu me dis la tienne, de raison ? Pourquoi m'as-tu posé ces questions ?

— Alors, tu ne veux pas en démordre, je t'assure que... Oh ! et puis zut. Je n'en ai pas honte.

— C'est quelque chose qui concerne Lara, n'est-ce pas ?

— Évidemment. Lara et ce disque. Vois-tu, depuis que je suis devant l'école, je l'écoute et, à un moment, il m'avait semblé que...

— ...

— ...

— Il t'avait semblé que quoi ?

— Ben, considère que je n'avais jamais entendu Radiohead et il m'a déjà semblé étrange de trouver leur disque dans ma stéréo. J'ai tout de suite pensé que c'était Lara qui avait dû l'y mettre, à la mer, quand elle a utilisé ma voiture parce qu'elle avait perdu la plaque d'immatriculation de la sienne, ou qu'on la lui avait volée, tu te souviens ? Tu étais encore là, non ? Ou bien tu étais déjà repartie ?

— Je m'en souviens.

— Et d'ailleurs maintenant que j'y pense, il faudra que je m'en occupe un de ces jours parce que sa voiture est encore là-bas, sans plaque, et il faut faire une déclaration au service des cartes grises de Grosseto, et ce sera sûrement le bazar parce que la voiture est à son nom... Bref, j'ai trouvé ce disque dans ma stéréo et j'ai pensé que c'était Lara qui l'avait mis là. Et je ne l'ai pas enlevé, tu comprends ? Je l'ai laissé là, il se mettait en marche chaque fois que je démarrais et je l'entendais, sans doute distraitement, mais je l'entendais. C'est-à-dire quand j'étais déjà ici : parce que avant, franchement, je ne l'avais pas remarqué, ni quand nous sommes rentrés à Milan derrière le corbillard, ni les premiers jours, avec toute cette agitation, même si le disque devait déjà y être. Non, c'est ici, le matin tôt en venant, et puis au fur et à mesure que j'ai commencé à passer mes journées ici : c'est ici que j'ai remarqué ce disque. Et que je l'ai écouté.

— Il te plaît ?

— Oui, je le trouve très bien. Mais le fait est qu'à partir d'un certain moment, je me suis mis à comprendre les paroles ; jamais une chanson entière, soyons clairs : des mots isolés, des phrases éparses, mais sans me forcer. Je connais assez bien l'anglais, mais d'habitude si on me demande ce que raconte une chanson, comme ça, juste à l'oreille, sans déchiffrer sur les lèvres, je n'y comprends rien. Et en plus ce chanteur mange ses mots, même en s'appliquant, on ne comprend pas ce qu'il dit. Et pourtant, de temps en temps, je comprenais certains vers sans effort. De nouveau, sur le moment, je n'y ai pas prêté attention : je les comprenais, et ils me frappaient parce qu'ils étaient beaux, et ça n'allait pas plus loin. Mais au bout d'un moment, j'ai bien été obligé de constater que, toutes les fois que je comprenais, c'était quelque chose qui avait un rapport avec ce que j'étais en train de faire. Que te dire, genre *ralentis, idiot* alors que je roulais trop vite, ou —

— *The Tourist…*

— Que dis-tu ?

— Je dis que *idiot, slow down* est un vers de *The Tourist*. La chanson. Le titre de la chanson.

— Ah. De toute façon, ça s'est passé plusieurs fois, et ça continue : je fais quelque chose et la chanson en parle au même moment. Parfois, ces bribes que je comprends sont tellement pertinentes qu'on dirait des commentaires, ou des conseils concernant ce que je fais. Et puis, il y a ce vers sur la pochette, celui de Michel-Ange. C'est comment déjà ?

— Pour tendre vers ce ciel d'où je viens.

— Voilà.

— Et alors ?

— Et alors, mais comme ça, une idée, j'ai pensé que... que ce pourrait être plus que des coïncidences.

— A savoir ?

— Vu que Lara est morte, je veux dire. Comme si...

— Comme si ?

— Bref, c'est clair, ce que je veux dire, non ? Comme si Lara...

— Comme si Lara te parlait à travers ces chansons ? C'est ça que tu as pensé ?

— J'ai eu un doute.

— Quel doute ?

— Le doute que, dans la multitude innombrable de phénomènes que rationnellement nous tendons à considérer comme impossibles, il peut s'en trouver quelques-uns qui au contraire ne le sont pas, et parmi ces derniers peut-être quelque forme mystérieuse de communication, disons, extracorporelle, entre les vivants et les morts.

— A travers Radiohead ?

— Bref, que la raison n'est pas tout.

— *Toi*, tu soupçonnes que Lara continue à te parler de l'au-delà, au moyen des chansons de Radiohead ?

— Écoute, tu as voulu savoir pourquoi je t'avais posé ces questions et je te l'ai dit. Maintenant, ne commence pas à jouer les cyniques, toi qui crois à n'importe quoi. En quoi le moyen compte-t-il ? Et de toute façon maintenant, je n'ai plus ce doute, alors…

— Comment ça, tu ne l'as plus ?

— Parce que ce n'est pas elle qui a fait ce disque, voilà pourquoi.

— Excuse-moi, mais je ne vois pas le rapport.

— Si c'était Lara qui avait fait ce disque et qu'elle me l'avait laissé dans la stéréo quand elle est morte, surtout en écrivant dessus ce truc de tendre vers le ciel, j'aurais pu réussir à concevoir, comme ça, de façon absurde, qu'il avait un lien avec ce qui m'arrive quand je l'écoute. Mais c'est toi qui as compilé ce disque, alors…

— Alors quoi ?

— Alors, ce lien n'existe pas, tout cela n'a aucun sens.

— Mais c'est elle qui t'a laissé le disque, Pietro. Dans ta voiture.

— Elle ne me l'a pas laissé. Elle l'y a mis quand elle a utilisé ma voiture parce que la sienne était inutilisable.

— Et alors ? Qu'aurait-elle dû faire, le préciser dans son testament ?

— C'est elle qui l'écoutait. C'était une histoire entre elle et toi, à la limite : toi qui l'as compilé et elle qui l'écoutait. Je n'ai rien à voir là-dedans.

— Ah non ? Alors pourquoi tu le passes en boucle depuis un mois et demi ?

— Écoute, l'affaire est close. N'en parlons plus.

— Attends, j'aimerais bien comprendre : tu as l'intuition que ta femme morte peut communiquer avec toi à travers les chansons de Radiohead (intuition qui, entre parenthèses, apporte un éclairage *irréfutable* sur leur musique, et celle qui te le dit, la connaît par cœur et n'avait jamais réussi à comprendre d'où venait son énergie mystérieuse), et puis, au meilleur moment, quand cette intuition est sur le point de faire de toi un élu, un privilégié, tu jettes tout par-dessus bord ? Juste parce que l'appareil qui a enregistré ce CD n'appartenait pas à Lara, mais à moi ? Tu te rends compte ? Tu as pu découvrir une chose hyper importante, maintenant il suffirait que tu y croies, il suffirait que tu croies à ce que tu as toi-même conçu, et que fais-tu au contraire ? Tu cherches une excuse et tu recules ?

— J'ai été bien inspiré de t'en parler...

— Tu viens de dire que la raison n'est pas tout. Et alors, qu'importent les passages que la raison n'arrive pas à expliquer ? Le doute ne t'effleure pas que tu ne t'expliques pas certaines choses simplement parce que tu ne les sais pas ?

— Mais quelles choses ? Qu'y a-t-il à savoir ?

— Bon, bon, ça va, commençons par la plaque minéralogique puisque tu en as parlé.

— Qu'est-ce que cette plaque vient faire là ?

— Elle vient faire que Lara ne l'a pas perdue et qu'on ne la lui a pas volée. C'est moi qui l'ai dévissée.

— Tu as fait quoi ?

— Je l'ai dévissée. J'ai bien été obligée puisqu'elle ne se décidait pas. La veille de mon départ, je l'ai dévissée et je l'ai jetée dans le ruisseau qui passe près de chez vous.

— Tu as jeté sa plaque dans le Tonfone ?

— Oui.

— Mais ça va pas la tête ! Et pourquoi ?

— Pour l'aider à se libérer de son obsession.

— Quelle obsession ?

— Lara ne t'a jamais dit que cette plaque l'obsédait, n'est-ce pas ?

— Mais que dis-tu ?

— Je dis que Lara était obsédée, angoissée, terrorisée par la plaque de sa voiture. Les derniers temps, elle n'en dormait plus. Et pourtant, elle n'avait jamais trouvé le courage de s'en débarrasser. Elle était comme piégée par cette plaque.

— Je ne peux pas le croire. Tu as jeté sa plaque dans le Tonfone...

— Tu t'en souviens, au moins, de sa plaque ?

— Mais pas du tout, pourquoi je m'en souviendrais ?

— C'était la plaque de la voiture de ta femme, après tout.

— Justement je ne me souviens pas de la mienne, alors la sienne...

— AT666AL. C'était ça, sa plaque d'immatriculation.

— Et alors ?

— Tu sais ce que signifie le triple 6, n'est-ce pas ?

— Bien sûr que je le sais. Mais tu ne veux pas —

— Et tu sais aussi que les messages sataniques sont toujours écrits à l'envers, n'est-ce pas ?

— Les messages sataniques ? Mais de quoi parles-tu ?

— Je veux dire qu'il faut lire cette plaque à l'envers. Vas-y...

302

— Je t'ai dit que je ne me la rappelle pas.

— AT666AL. Lis-la à l'envers.

— LA666TA. Et alors ?

— Interprète-la.

— Mais interpréter *quoi*, Marta ?

— Imagine que tu es Lara. Imagine que tu t'appelles Lara et efforce-toi d'interpréter cette plaque lue à l'envers : LA666TA.

— Écoute, Lara n'était pas obs —

— LARA L'ANTÉCHRIST T'ATTEND.

— …

— …

— Tu plaisantes, c'est ça ?

— Tu n'y crois pas ?

— Allez, dis-moi que tu plaisantes.

— Mais le fait que tu n'y croies pas ne veut pas dire que ça n'existe pas.

— Allez, dis-moi que ce n'est pas toi qui as dévissé cette plaque et que tu ne l'as pas jetée dans le Tonfone.

— Je regrette, mais je l'ai fait.

— O.K., tu l'as fait, *pour plaisanter*. Il n'y a aucun mal au fond, tu ne pouvais pas savoir que Lara allait mourir : tu voulais seulement me faire passer un après-midi plaisant, à fouiller ce dépotoir pour la retrouver. Dis-le.

— Tu es un peu déphasé, Pietro. Tu t'en rends compte ?

— Ah, c'est *moi* qui suis déphasé ?

— Oui, toi. Il y a deux heures, tu étais sur le point de croire que Lara te parlait à travers les chansons de Radiohead : si seulement elle avait compilé ce disque, ou même si seulement *je t'avais dit* qu'elle l'avait compilé, tu y aurais cru et maintenant tu prends à la rigolade un signe aussi évident. Explique-moi ta logique : Radiohead, oui, et Satan, non ?

— Satan, non, et Radiohead, non, voilà la logique. Et j'ai été bien bête de te parler de —

— Évident et dangereux. Indépendamment de ce que ça signifie, parce que, je te le concède, si on *n'y croit pas*, hein, comme toi, on peut n'en tenir aucun compte ; mais le danger qu'elle courait, qu'en fais-tu ? Il y a des gens qui font un tas de choses très moches au nom du triple six, il n'y a qu'à lire les journaux : tu reconnaîtras que ce n'est pas le top de se balader avec ce signe aux fesses, un appel que le premier salaud de sataniste venu reçoit cinq sur cinq et du coup, il vous suit, vous aborde et vous emmène à une de leurs assemblées…

— Assemblées ? Mais de quoi parles-tu ?

— Messes noires. Cobayes astraux. Sacrifices humains. Voilà de quoi je parle. Ça aurait pu se passer à tout moment avec cette plaque, tu t'en rends compte ? "Excuse-moi, j'ai vu ta plaque et je n'ai pas pu éviter de remarquer que…" et hop. Tu ne t'es jamais demandé comment certaines choses commencent ?

— Non, tu es vraiment folle à lier. Et maintenant, tu vas encore te mettre à poil et il faudra que je te couvre de ma veste.

— …

— Je regrette, Marta.

— Tu es trop con.

— Excuse-moi. Je ne voulais pas te vexer.

— Laisse-moi.

— Allez, excuse-moi. C'était une phrase en l'air, je ne voulais pas…

— Je ne te dis que ça, Pietro : si tu avais la plus petite idée de ce que signifie lutter tous les jours contre certaines forces, si tu réussissais ne serait-ce qu'à imaginer ce qu'est une nuit peuplée de démons, d'esprits, d'âmes en peine qui te harcèlent, tu ne ferais pas tant ton malin.

— Écoute, je suis désolé, ça va ? Je te demande pardon.

— C'est bien ça le problème : tu ne te rends pas compte. Avec Lara non plus, *tu ne te rendais pas compte...*

— Marta, écoute-moi. Je t'aime fort, très fort. Tu vas – laisse-moi parler s'il te plaît : tu vas avoir un autre enfant d'un autre homme qui ne s'occupera pas de vous, même pas une minute, comme pour les deux premiers. Et maintenant que Lara est morte, tu te sens seule. Alors, souviens-toi bien de ce que je te dis : tu n'es pas seule, tant que je serai là. Tu peux compter sur moi, toujours. Je ne plaisante pas, écoute : tu peux m'appeler, même en pleine nuit si tu es réveillée par la peur des satanistes, des vampires, des zombies : je te protégerai. Je ne ferai plus jamais mon malin. Et quand tu te sentiras perdue, faible, moche, seule et désespérée, tu n'auras qu'à m'appeler ; je viendrai et je te raconterai comment tous les hommes qui te voyaient, quand je t'ai connue, tombaient amoureux de toi sur-le-champ, bing, le coup de foudre ; je te montrerai cette fameuse photo devant la boutique Krizia et puis je t'emmènerai devant une glace et je t'obligerai à constater que tu es aussi belle qu'à cette époque-là, prodigieusement belle, oserais-je dire, parce qu'on dirait que pour toi, le temps n'a pas passé. Et si tu tombes en panne de machine à laver, de voiture, d'ordinateur, de téléphone portable et que la simple idée de devoir t'agiter pour les faire réparer te sape le moral à la base, ne t'inquiète pas : appelle-moi et je m'en occuperai. Je prendrai soin de toi toutes les fois où tu en auras besoin, chaque jour de l'année, chaque année qui viendra jusqu'au jour où tu rencontreras un homme merveilleux qui t'aimera pour le reste de ta vie et alors, c'est lui qui le fera, beaucoup mieux que moi. Je ferai tout ça, Marta, je te le jure, je serai *fier* de le faire ; mais, je t'en prie, n'aborde plus le sujet Lara avec moi. Tu as compris ? Plus jamais.

— …

— Allez, arrête de pleurer…

— Mais comment fais-tu pour ne pas te sentir coupable ?

— Coupable de quoi ?

— Tu n'as jamais dit des choses pareilles à Lara.

— Je ne les lui ai peut-être pas dites, mais je les faisais. Je les faisais tous les jours.

— Non, Pietro. Tu ne les faisais pas.

— Je m'occupais de Lara.

— Pas suffisamment.

— Je t'en prie, Marta. On ne va pas recommencer.

— Sa vie était pleine de mal…

— N'en parlons plus…

— Pleine de mal…

— N'en parlons plus…

— Comme la mienne… »

23

Liste de mes déménagements :
De Viale Bruno Buozzi à Via Giotto (Rome)
De Via Giotto à Via di Monserrato (Rome)
De Via di Monserrato à Piazza G. Miani (Milan)
De Piazza G. Miani à Via R. Bonghi (Milan)
De Via R. Bonghi à Via A. Catalani (Milan)
De Via A. Catalani à Piazza G. Amendola (Milan)
De Piazza G. Amendola à Via Buonarroti (Milan)
De Via Buonarroti à Via Durini (Milan)

« On peut savoir ce que tu écris ? »

Enoch est de ces personnes qui ne devraient jamais faire de jogging. Dans son cas, et même s'il les porte avec un rare négligé, veste et cravate devraient être obligatoires ; il est presque monstrueux dans cet état, écarlate et le sweat-shirt trempé de sueur, le souffle court et les lunettes embuées.

« Tu ne travailles pas aujourd'hui ?

— Non, j'ai pris un jour de congé.

— Bonne idée. Mais si tu continues, tu vas rester sur le carreau. »

Il a un petit rire.

« Quarante minutes sous le soleil, sans m'arrêter.

— Alors viens t'asseoir. »

Enoch s'assied. Il halète. Il enlève ses lunettes, et le temps de nettoyer la buée, il devient *cet autre* – le méchant qui louche ; puis il les chausse à nouveau et redevient lui-même, mais les verres se recouvrent aussitôt de buée.

« Ce temps est vraiment incroyable, dit-il. Qu'est-ce que ça cache ?

— Du point de vue effet de serre et compagnie ?

— Oui. Ou même fléau divin.

— Ma foi, comme fléau, je dirais qu'il y a pire.

— Attends. Ce n'est peut-être que le début. Il pourrait nous rôtir à petit feu. »

Il doit à nouveau enlever ses lunettes, les essuyer, les remettre.

« Dieu est patience », ajoute-t-il.

Tiens, à propos : qu'en a-t-il été de ce juron, l'a-t-il finalement digéré – pas à ce qu'il semble, s'il parle de fléaux divins.

« Je suis venu te dire trois choses, dit-il en changeant soudain de ton. Première chose, Piquet dit du mal de toi.

— Piquet ?

— Ou plutôt : il parle de toi sans arrêt, depuis des semaines, à chaque occasion, même en réunion, même quand ça n'a rien à voir, il parle de toi, encore de toi, toujours de toi. Il est comme obsédé par toi, et il a fini par contaminer les autres, comme Tardioli et Basler : sérieusement, tu es de loin le principal sujet de conversation dans la boîte, à cause de Piquet qui ne parle que de toi… Sauf que, depuis quelques jours, il parle de toi en mal.

— Ah bon ? Et que dit-il ? »

Je l'ai demandé parce que j'imagine que je devais le faire, mais je m'en soucie comme de ma première chemise. Je n'aurais pas cru.

« Il dit que tu es un petit malin. Attends, comment il dit ? Un *faux jeton*, voilà : il dit que tu es un faux jeton de première. Il dit qu'avec cette combine de rester ici devant l'école, tu vas tous les mettre dans ta poche, l'un après l'autre. Il dit que tu as un plan.

— Sans blague ? Et pour arriver où ?

— A prendre la place de Jean-Claude, selon lui. C'est de la paranoïa à l'état pur, je sais, et je ne t'en aurais même pas parlé s'il ne venait pas te voir tout le temps, et il t'arrive peut-être de lui faire des confidences, que sais-je, de lui dire quelque chose qu'il pourrait retourner contre toi. Et puis, je me sens un peu responsable de ça, tu sais, parce qu'il nourrit cette obsession de plan depuis que je lui ai dit que Thierry est venu ici, le jour où j'y étais aussi. Ça ne me semblait pas un secret et je ne pensais pas que ça ferait des vagues : en fait, on parlait de toi car je te l'ai dit, désormais, on ne parle de rien d'autre et Piquet s'est demandé comment Thierry réagirait s'il apprenait que tu restes devant l'école, et alors je lui ai dit que Thierry est au courant car je l'avais vu de mes yeux venir te rendre visite ici. Mais c'est venu naturellement, comme une chose tout à fait normale, parce que je l'avais trouvée tout à fait normale. Vous êtes amis. Eh bien, peu de temps après, Piquet a commencé à dire que tu es faux jeton, que tu veux prendre la place de Jean-Claude, que tu joues les types au bout du rouleau mais qu'en réalité tu manipules Thierry pour devenir président. C'est pour ça que je te l'ai dit : pour t'avertir que tu ne dois pas te fier à lui, voilà. »

Enoch a l'air épuisé, et pas seulement à cause du jogging. Il rame à un niveau vraiment inférieur du jeu vidéo, où les informations qui arrivent sont déformées, fausses, incomplètes, mais maintenant il donne aussi l'impression de l'avoir désormais compris et d'en avoir sa claque. Au bout du compte, cette première chose qu'il avait à me dire, y compris la touche de culpabilité dont il entendait se libérer, n'intéresse ni lui ni moi. Raison pour laquelle je ne ferai aucun commentaire, par exemple je n'expliquerai pas que Piquet ne vient pas *toujours* ici, qu'il n'est venu qu'une fois, je ne lui rappellerai pas davantage qu'il m'a déjà manifesté cette hostilité quand il était jaloux de ma nomination comme directeur et qu'il avait répandu le bruit que j'allais être débarqué – le type au bout du rouleau, ça remonte là – et surtout je ne lui dirai pas qu'au fond, guidé par sa paranoïa flamboyante, Piquet est arrivé tout près de la vérité – puisqu'on m'a en effet offert le fauteuil de Jean-Claude. Rien de tout cela n'a d'importance pour moi actuellement, alors pour Enoch, n'en parlons pas. Je me limite à dire :

« Eh bien, merci.

— J'ai pensé qu'il valait mieux que tu le saches. Comme ça, tu pourras faire le tri.

— C'est ça, je ferai le tri. »

Je baisse soudain les yeux sur ma montre – trois heures vingt-cinq –, et Enoch le remarque. Il ne faudrait jamais regarder sa montre quand on parle avec quelqu'un.

« Tu es occupé ? demande-t-il.

— Non, non. Claudia sort dans une heure. Je t'écoute. »

310

Alors Enoch lève la tête et regarde en haut, vers le feuillage de ces arbres qui semble encore fourni et foisonnant même si un épais tapis de feuilles mortes jonche déjà le sol puisque nous sommes en automne, *en automne*. Il reste ainsi un instant, comme s'il cherchait là-haut un appui, pour ne pas dire une inspiration.

« La deuxième chose que je voulais te dire est que cette fusion est un suicide pur et simple. Une énorme erreur. Mais pas seulement pour les raisons que j'ai cherché à expliquer dans ce, je ne sais pas comment l'appeler, ce *document* que je t'ai montré l'autre fois. Indépendamment de ces raisons qu'on retrouve dans toutes les fusions, je te dis que *cette* fusion, telle qu'elle est conçue, est une gigantesque erreur. Veux-tu savoir pourquoi ?

— Oui.

— Alors, écoute mon raisonnement. Nous avons deux grands groupes industriels, exact ? L'un européen et l'autre américain, qui ont décidé de fusionner. Le groupe européen appartient à un certain nombre de banques, de sociétés et d'investisseurs individuels et c'est Boesson qui le contrôle ; le groupe américain appartient à une seule famille, avec à sa tête Isaac Steiner. Cette intention de fusionner présuppose l'existence d'un avantage commun, on suppose que les deux groupes, celui de Boesson que désormais j'appellerai *Nous*, et celui de Steiner que j'appellerai *Eux*, seront gagnants à la fin du processus. Ce que j'ai écrit l'autre jour, et que tu as lu, réfute précisément ce présupposé, c'est-à-dire que je soutiens que la richesse générée par la fusion, compte tenu de tous les facteurs, sera inférieure à celle que généraient les deux groupes au départ ; mais désormais, la fusion aura lieu et donc le problème n'est pas là. Le problème est que, quand deux colosses comme Eux et Nous se font face, même si c'est pour fusionner dans le mirage d'un profit commun, un des deux finit par prendre le dessus. On a beau déployer beaucoup d'énergie de part et d'autre pour l'éviter, la notion d'Eux et de Nous reste, et ne s'effacera jamais complètement. Elle pourra s'effacer à notre niveau, mais elle ne s'efface pas au niveau de Boesson et de Steiner : eux deux ne pourront jamais fusionner, eux deux resteront toujours *Lui* et *Moi*. Tu me suis ?

— Oui.

— En pratique, c'est de là que provient l'expression, *remporter* une fusion : bien que dépourvue de sens d'un point de vue technique, cette expression est justifiée car nous sommes en présence de deux êtres humains animés d'une ambition démesurée et que, au bout du compte, un des deux contrôlera l'autre. Même de peu, même à des hauteurs vertigineuses, *l'un sera en dessous et l'autre au-dessus*. Bien. Or, on sait que dans notre cas, pour utiliser cette expression absurde, c'est Nous qui remporterons la fusion. Vrai ou faux ? C'est ton avis aussi, n'est-ce pas ?

— Oui.

— Bien. Cela signifie qu'indépendamment de ce qui arrivera aux deux cent mille et des poussières salariés du groupe final, à la fin Boesson devra être au-dessus de Steiner. Je veux dire, *de façon effective*. Eh bien, on peut toujours courir. J'ai pu étudier les détails de cette fusion, ces documents qui depuis des mois sont négociés, discutés, peaufinés, approuvés, remis en question, renégociés, approuvés à nouveau et ainsi de suite pour aboutir à ce qui sera la structure finale, et je te dis qu'il n'en ira pas ainsi. Ce n'est pas Nous qui l'emporterons, mais Eux. Même si, pour finir, les fonctions les plus importantes seront assurées par Boesson, c'est Steiner qui l'emportera, et tu sais pourquoi ? A cause du canon qui a été retenu, Pietro : à cause de son modèle structural. »

Enoch doit se rendre compte que là son propos se complique car il marque une pause. Puis, constatant que je ne lui pose aucune question, il enchaîne.

« Tu vois, il se trouve que Boesson et Steiner sont connus pour leurs convictions religieuses : Boesson, catholique, Steiner, juif ; on connaît de Boesson sa vie extrêmement réglée, son observance quotidienne très stricte, la messe tous les matins, le jeûne le vendredi, etc. – je ne t'apprends rien ; et de Steiner, son engagement historique dans la bataille pour la restitution des biens volés aux juifs sous le nazisme, ce qui ne l'empêche pas, par ailleurs, de mener une vie dissolue. Chacun à sa façon, donc, les deux grands chefs sont les champions de leurs religions respectives. Deux religions *différentes*, je m'explique ? Chacune avec son propre canon : hiérarchique et immuable, du côté hébraïque, élastique et complexe, du côté catholique. Bien, d'après toi, duquel de ces deux modèles s'inspire la fusion ? »

Il s'arrête, me regarde, mais il est clair qu'il n'attend pas ma réponse. Il me titille juste un peu avant d'abattre son atout.

« Du canon hébraïque, Pietro, pas du canon catholique. Quand Boesson sera Dieu sur la Terre, le *pédégé* du plus grand groupe de télécommunications mondial, il sera le Dieu de son ennemi. Et alors, il aura perdu. Pour remporter réellement cette fusion, il fallait la

313

structurer différemment, il fallait suivre le canon catholique.

— A savoir ? »

Enoch s'éclaire, satisfait de la réponse qu'il va donner. Puis il rapproche ses index et les déplace pour dessiner dans l'air un triangle.

« *La Trinité*, Pietro : Père, Fils et Saint-Esprit. »

Il touche de la pointe de son index droit les trois sommets du triangle et maintenant, on dirait que le triangle est devant nous, suspendu par ces points de contact.

« Il ne devait pas prévoir pour lui-même le siège le plus haut de tous, celui du vieux Dieu solitaire des juifs. Il devait prévoir trois sièges à la même hauteur : un pour le Saint-Esprit, divinité neutre et sans pouvoir, qui ne compte pas ; puis un pour le Père et un pour le Fils. Or nous savons tous comment ça tourne pour le Fils – ici Enoch écarte les bras et incline la tête de côté, mimant la langueur d'une crucifixion –, au lieu de prévoir sa propre omnipuissance, Boesson aurait dû prévoir la rivalité avec Steiner pour le rôle du Père. Une rivalité qui se jouerait au jour le jour, dans la patience, l'humilité, la discipline, laissant à Steiner la conviction de pouvoir l'emporter, mais sans lui en donner le temps : parce que Steiner a soixante-dix ans, trois pontages, qu'il aime l'alcool, les femmes et les cigares tandis que Boesson a quarante-cinq ans, ne boit pas et jouit d'une santé de fer. Il suffisait de s'asseoir à côté de lui, Pietro. Pas au-dessus : *à côté*. Attendre un peu, et un beau jour à la place de Steiner, se serait assis le fils de Steiner. Le Fils, justement… »

De nouveau, il écarte les bras et mime une crucifixion, mais beaucoup plus rapide que tout à l'heure. Puis, il laisse retomber ses bras et sourit.

« Alors là oui, il l'aurait emporté. »

Enoch est assouvi : assouvi et sonné, comme si arriver jusqu'au bout de ce raisonnement lui avait coûté un immense effort. Ses paroles m'ont vraiment impressionné, et je sens sur mon visage une expression sonnée semblable à la sienne, une espèce de stupeur plastique : je croyais que cette fusion ne m'importait en rien, mais présentée sous cet angle, je découvre qu'en réalité elle m'importe.

« C'est très intéressant, Paolo, dis-je. C'est de très loin le raisonnement le plus sensé que j'aie entendu sur cette histoire. Pourquoi ne l'exposes-tu pas à un de tes chefs ?

— Je te l'ai exposé pour que *toi*, tu l'exposes à un de tes chefs. A Thierry par exemple, puisque vous êtes amis.

— Non, en quoi ça me concerne ? Je n'aurais jamais pu penser ce genre de chose. Non, c'est toi qui dois le dire à Thierry. Il ne s'agit pas ici d'amitié ou pas. Je ne crois pas que Boesson ait jamais pensé à poser la question dans ces termes, et si quelqu'un lui soumettait ce que tu viens de —

— Et puis, il y a la troisième chose », m'interrompt-il en tirant de la poche arrière de son pantalon de jogging un papier plié en quatre, chiffonné et moite de sueur. Il me le tend et il me faut le prendre même si je préférerais éviter : c'est de la sueur lombo-sacrée, la plus dégoûtante. Il me faut le prendre, le déplier et le lire parce qu'il est clair que la troisième chose qu'Enoch veut me dire y est écrite. Et pendant que je l'ouvre, je dois me retenir de rire à la pensée de tomber sur un nouveau juron en police Arial.

Par la présente, j'entends présenter ma démission de mon poste de responsable des ressources humaines dans cette société. Ma démission est irrévocable et son effet immédiat.
Le soussigné,
Paolo Enoch

Je relève les yeux et je le regarde. Ce qu'il écrit me surprend toujours.

« Tu l'as déjà envoyée ?

— Non. Je l'enverrai ce soir.

— Il est inutile que j'essaie de t'en dissuader, je suppose ?

— En effet. Ma décision est prise.

— O.K. Mais alors, ne t'y prends pas *comme ça*.

— Que veux-tu dire ?

— Pas avec cette lettre. Parles-en avant.

— Ah oui, et avec qui ? La personne avec qui les gens viennent parler de leur démission, c'est moi. Il en vient trois ou quatre par jour. Jean-Claude n'est plus là, et le nouveau président n'a pas encore été nommé.

— Avec Thierry. Va à Paris, et parles-en avec lui. Explique-lui tes raisons, au moins, et fais-lui part de ces réflexions sur la fusion. C'est un moment critique, et si tu t'en vas de but en blanc, tu risques de causer du… »

Mais qu'est-ce que je raconte ? Qu'ai-je à défendre ? Thierry est un traître, le moment est exactement tel que Boesson et lui l'ont voulu, et Enoch ne peut causer de tort à personne. Il compte pour rien. Comme

moi, comme nous tous. Nous ne sommes que des vire-
ments automatiques mensuels. Pour eux, plus il y a de
démissions, mieux c'est.

Enoch sourit, savoure tout le silence où je me suis
embourbé. Puis il regarde à nouveau vers le haut, les
cimes des arbres, le ciel, en hochant la tête.

« Vendredi matin à l'aube, je pars pour le Zimbabwe, dit-il. Si tout va bien, lundi soir je devrais être
à la mission de mon frère, dans un village sans nom
sur le Zambèze, le long de la frontière avec la Zambie.
Pense donc, ils sont inondés six mois sur douze, mais
l'eau n'est pas potable, elle est infestée de microbes.
Il faut en apporter des chutes Victoria, à plus de deux
cents kilomètres. Sauf que le camion du village a rendu
l'âme et qu'il n'y a plus moyen de le réparer. Alors
j'ai vendu des actions et j'ai acheté un camion-citerne
neuf pour les pompiers de Côme, chez qui j'avais fait
mon service militaire. En échange, je leur ai demandé
leur vieux et je l'ai envoyé à Harare, qui est la capitale
du Zimbabwe. Il devrait arriver aujourd'hui ou demain.
Vendredi soir, j'arrive moi aussi à Harare et samedi
matin, je monte dans le camion-citerne et je repars en
compagnie d'un jeune prêtre portugais appelé José, un
ami de mon frère. Jusqu'au village, il y a environ mille
kilomètres de route, la plupart du temps non goudron-
née, mais si nous ne rencontrons pas d'éboulements ou
de déviations, en trois jours et deux nuits, nous
devrions être arrivés à bon port. »

D'un seul coup, l'image d'Enoch en chemise kaki,
sandales et bermuda, au volant d'un camion-citerne
dans le cœur poussiéreux de l'Afrique noire, balaie
tout. Voilà, me dis-je, des vêtements dans lesquels il

resplendirait – dans lesquels il *resplendira*. Enfoncé, le veston-cravate. Je bredouille :

« Je ne sais que te dire, Paolo. J'imagine que tu as bien réfléchi.

— Oui, Pietro. Je voulais franchir le pas depuis très longtemps. Je ne suis pas adapté à cette vie : je devais mentir tous les jours, je ne faisais que des choses auxquelles je ne croyais pas, je gagnais trop. Ce juron m'a ouvert les yeux. Pour moi, ce sera une renaissance.

— Et ta femme ?

— Elle voit les choses comme moi. Elle me rejoindra dans quelques semaines, après avoir réglé la vente de notre appartement qui est à son nom. Nous ne reviendrons pas. As-tu par hasard besoin d'un téléphone portable qui fait vidéo ? »

Avec un petit rire, il sort de sa poche un téléphone portable argenté, et me le montre.

« Non, hein ? Alors, regarde ce que nous allons faire. Je pourrais le fracasser, j'en ai vraiment très envie, le jeter par terre et le voir voler en morceaux, mais j'ai une meilleure idée. »

Il se lève, traverse le square et arrive à la hauteur de la poubelle. Mais au lieu de l'y jeter, il le dépose délicatement sur le couvercle et le laisse là, qui brille au soleil. Puis il revient s'asseoir à côté de moi.

« On va le laisser là. Je parie qu'avant que ta fille sorte de l'école, quelqu'un le verra, s'arrêtera, regardera autour de lui l'air de rien, et le glissera dans sa poche en douce, convaincu d'avoir bénéficié d'un coup de chance. Je resterais volontiers profiter du spectacle avec toi, mais malheureusement, j'ai un rendez-vous dans vingt minutes et il faut que je me sauve.

J'ai donné ma voiture à notre concierge, et il faut que j'aille déclarer le changement de propriétaire. »

Il prononce cette dernière phrase avec un enthousiasme mutin, le même avec lequel beaucoup d'hommes de son âge vous confient qu'ils ont loué un studio pour leur maîtresse. Appartement, actions, voiture, téléphone portable : l'homme occidental spolié. Voilà ce que c'était : Enoch semblait las, usé, épuisé même, et en réalité il était simplement libre... Je regarde à nouveau le papier, ces quatre lignes bâclées – écrites, dirait-on, déjà du Zimbabwe, d'une Babel de langues primitives et mal maîtrisées.

« C'est sans importance, dis-je, mais il y a une répétition : tu l'as vue ? »

Enoch tend le cou comme un dromadaire, pour regarder son papier.

« "Par la *présente*, j'entends *présenter*"...

— En effet. Tu as un stylo ? »

Je lui donne mon stylo et il barre « présenter ». Puis il écrit au-dessus « remettre », me rend le stylo et replie le papier en quatre.

« Merci », me dit-il, et il fourre son papier dans sa poche. Puis il se lève, m'obligeant à l'imiter.

« Bon, j'y vais. Sinon, je serai en retard. »

Je le regarde : c'est sans doute la dernière fois que je le vois, par conséquent je devrais le serrer dans mes bras, mais toute cette sueur et cette chair flasque me répugnent et je me limite à lui tendre la main. Il la serre mollement.

« Tu as été un collègue loyal, Pietro.

— Toi aussi. Donne de tes nouvelles quand tu seras là-bas.

— Par lettre. C'est la seule façon de communiquer. C'est quoi ton adresse ?

— 3, Via Durini. Je te l'écris ?

— Non, je m'en souviendrai. » Il se touche la tempe. « J'ai plein de place qui s'est libérée sur mon disque dur. »

Une femme passe à côté du téléphone posé sur la poubelle. Elle le voit, marque un temps, puis continue et nous ne saurons jamais quelle a été son envie de le prendre.

« Sauvée », dis-je.

Mais Enoch ne semble pas s'y fier et il la suit du regard jusqu'à ce qu'elle disparaisse dans la contre-allée. Puis il me regarde et sourit.

« Tu sais, dit-il, depuis que j'ai pris cette décision, je me sens soudain sage, c'est pourquoi je voudrais te donner un bon conseil, si tu me le permets. »

J'ignore comment ça s'est fait, mais nous sommes désormais trop près l'un de l'autre – je sens son odeur, celui de son haleine, ça ne va pas – et je dois reculer d'un pas.

« Bien sûr.

— Comme ça, même si tu n'en as pas besoin.

— On a toujours besoin d'un bon conseil.

— Eh bien, le voici. » Il avance à nouveau et à nouveau nous sommes trop proches. « Dès que tu sens que tu n'y arrives pas, laisse tomber. Toujours, en toute situation, lâche prise. Ne résiste à rien, jamais. »

Enoch, l'homme qu'un juron propulsa en Afrique. Il reste quelques secondes, me fixant du regard, toujours de trop près et empestant, il faut bien le dire, comme s'il voulait appuyer ses paroles par cette violation d'espace – et savourer, peut-être, mon embarras ; puis il recule, hausse les épaules et s'en va. Il marche vite, c'est vrai, mais il ne court pas. Il passe à côté de son téléphone portable sans le regarder, traverse la rue, devient une petite boule grise flottant au-delà de la ligne de voitures en stationnement, et enfin disparaît dans la contre-allée lui aussi, comme la femme qui, tout à l'heure, n'a pas pris son téléphone portable.

Pour toujours, dirais-je.

24

Ça ne va pas : je suis au gymnase, dans mon temple zen, où tout est application, enfance, légèreté, harmonie, mouvement, espace et temps en proportion parfaite, et les petites s'entraînent à la poutre, qui est à la fois le lieu physique et le symbole de l'équilibre, et pourtant, je suis décentré comme – Oooh ! Claudia est sortie sur un saut périlleux mais en restant trop près de la poutre *qu'elle a effleurée de la tête*. Gaia, l'enseignante, le lui fait remarquer, mais très calme, en hochant la tête sans la moindre appréhension – « Plus loin ! » –, comme s'il s'agissait d'une erreur banale et que Claudia n'avait pas risqué de se fracasser le crâne. En réalité, elle n'a peut-être pas du tout risqué de s'éclater la tête ; elle est peut-être passée à cinquante centimètres de la poutre ; c'est peut-être moi qui aujourd'hui, comme je disais, ne réussis pas à vider mon esprit, à chasser mes pensées, contrairement à mon habitude. Une surtout : je ne fais pas assez pour Claudia. Je ne fais *rien* pour elle, ai-je envie de dire. Carlo a plus fait pour elle en une soirée que moi pendant toutes ces semaines. Il l'a fait rêver, et moi je ne la fais pas rêver. Je suis jaloux, voilà la vérité. Les imaginer tous les deux sur un petit nuage doré au restaurant chinois me file le bourdon : elle qui l'interroge sur ses défilés, les collections, Hollywood, les actrices célèbres, et lui qui répond avec son flegme rassurant, la traitant déjà comme la jeune fille qu'elle deviendra dans quelques années et lui laissant entendre que ce monde qui la captive s'ouvrira devant elle au simple son de ce mot magique – *oncle* ; cette idée me file le bourdon. Je souffre de l'entente qui s'installe entre eux deux qui ne se voient jamais, parce qu'ils ne se voient jamais, raison pour laquelle Carlo finit par devenir à ses yeux à elle un bien inestimable tandis que la vérité, banale comme toutes les vérités, est que Carlo ne pense à elle que les rares fois où il la voit, s'appliquant à se montrer sous son meilleur jour, comme l'oncle mythique, l'oncle-époux, l'oncle-avec-qui-on-peut-parler-de-tout, l'adulte par excellence, qui a grandi en restant intérieurement un enfant – et le reste du temps, il ne pense plus à elle ; il cesse de penser à elle dès qu'elle s'endort pour se consacrer à nouveau à lui-même – le seul vrai grand amour de sa vie –, à ses souffrances, à sa drogue. Je suis jaloux de lui, nom de nom. Ça m'énerve de penser que jour après jour, pendant des années, je ferai tout le travail, je suivrai son travail à l'école, ses activités sportives, je l'accompagnerai partout pour la rassurer et qu'elle sente le moins possible le vide laissé par sa maman, et puis elle ira chercher son avenir auprès de lui. La joie, l'émotion de se sentir grande, celle de confier un secret, l'espoir de réaliser ce qui la passionne dans la vie, elle ira les chercher auprès de lui. Pas auprès de son père : auprès de son oncle.

Il lui a offert un téléphone portable, le brigand. C'était ça le paquet qu'il m'a laissé pour elle ce matin

quand il est venu me saluer avant de partir : un téléphone portable. Il ne m'a pas demandé mon avis, il a
considéré mon accord comme acquis – or il se trouve
qu'au contraire je ne suis pas d'accord et qu'on ne
devrait pas offrir un téléphone portable à une gamine
de dix ans sans l'autorisation de ses parents. Un téléphone portable de riches, avec une caméra : *le même
que le sien*, a dit Claudia en ouvrant le paquet (émue,
oui, mais pas surprise car, à l'évidence, ils en avaient
parlé au dîner hier soir, ils s'étaient mis d'accord),
comme ça, ils pourront se voir même à distance ; le
même qu'Enoch, dis-je ; et ce n'est pas par hasard si
j'ai vu Enoch s'en débarrasser de cette façon exemplaire, que j'ai surveillé la poubelle sur laquelle il
l'avait déposé jusqu'à ce que, selon sa prophétie,
moins d'un quart d'heure plus tard, une autre femme
passe et le voie, et cette fois le prenne et le glisse dans
son sac, convaincue qu'aujourd'hui est son jour de
chance – une *femme*, ça m'a frappé, pas une ado : une
femme banale, entre deux âges, ni belle ni laide, repré-
sentative de toutes les femmes et de tous les hommes
de cette ville, en tête à tête avec un objet mis là pour
représenter tout le mal du monde ; il n'est sans doute
pas dépourvu de signification, disais-je, que j'aie
assisté d'abord à cette disparition et que tout de suite
après, j'aie vu réapparaître pratiquement le même téléphone dans les mains de ma fille. Pour une personne
qui s'en est libérée sous mes yeux, deux autres sous
mes yeux s'y sont assujetties, l'une d'elles étant ma
fille, et je n'ai rien su faire pour l'empêcher. Le voilà,
le problème : je n'électrise pas ma fille comme Carlo
en lui parlant de mode et de jet-set, et je ne me la
concilie pas en lui offrant un téléphone portable de

dernière génération, mais je ne réussis pas non plus à la protéger de l'attraction que ce genre de choses exerce sur elle. C'est pour ça que je dis que je ne fais rien pour elle. Je suis sans relief. Ce que je fais pour Claudia, c'est ce que pourraient faire une nounou ou un grand-père particulièrement scrupuleux, tandis que ce que fait Carlo, les trois ou quatre fois par an où il se souvient qu'il a une nièce, il n'y a que lui qui puisse le faire, *son oncle*. Et je suis jaloux parce que, vu que je ne réussis pas à la préserver de la mode, du glamour et des téléphones portables, autant que ce soit moi qui la fasse rêver avec tout ça, et pas lui. Mais il ne m'était jamais passé par la tête de lui acheter un téléphone portable vidéo tandis que Carlo s'est réveillé dans les dernières vapeurs d'une défonce à l'opium et le plus naturellement du monde, avant de prendre un avion qui emportera au loin son personnage de légende pendant quelques mois – Londres, Berlin, New York –, il a conçu et réalisé ce dessein. Oui, je suis jaloux de lui, et j'en ai honte, et je ne sais comment parer à la chose car, quand on est jaloux de son frère, la cause évidemment est toujours la même, et je n'ai plus l'opportunité de l'affronter vu que notre mère est morte…

« Claudia a beaucoup progressé, c'est net. »

La mère de Benedetta. Barbara-ou-Beatrice. On ne l'avait pas vue à l'école, ni ce matin, ni à la sortie et, au début de la séance, elle n'était apparue que le temps de confier sa fille à la prof, repartant tout de suite après. J'espérais l'avoir évitée et la voilà qui s'assied à côté de moi…

« Oui. Il me semble aussi.

— Benedetta, elle, a beaucoup de mal. D'après moi, elle n'est pas douée. »

La voilà Benedetta, dans le groupe des plus faibles, attendant son tour pour le saut au cheval d'arçon. C'est justement à elle : elle prend son élan, frappe des deux pieds réunis sur la planche d'appel et tant bien que mal boucle son affaire, mais en atterrissant sur les fesses. La prof – Giusy, il me semble que c'est son nom, encore plus acerbe que celle de Claudia – secoue aussitôt la tête.

« Ce derrière, croasse-t-elle. Tu ne pourrais pas le tenir droit un peu ? »

Elle effectue un mouvement du bassin vulgaire, moqueur, qui grossit à l'extrême le défaut. Benedetta acquiesce et reste à attendre la suite au cas où Giusy aurait l'intention de l'humilier encore un peu plus ; mais l'enseignante se limite à la renvoyer à sa place d'un signe de tête.

« Pour finir, tu es allé à cette réunion à Gorgonzola, hier soir ? me demande Barbara-ou-Beatrice.

— Non, je n'ai pas pu.

— Dommage. Mais si c'était pour Claudia, tu pouvais me la laisser, je te l'avais dit.

— Non, mon frère est venu nous voir, alors…

— Ton frère, celui de la Barrie ?

— Oui.

— Eh bien, la prochaine fois que tu le vois, tu peux lui dire qu'il est mon idole. »

Elle se lève et dans un mouvement type french cancan, elle me fourre ses fesses sous le nez – des fesses fermes et nerveuses, comme elle tout entière est ferme et nerveuse – pour que je lise la marque magique apposée sur la poche de son jean : *Barrie.*

« Tu vois ? »

Et si maintenant je lui mettais la main au cul ? Et même les deux ? Qui pourrait me donner tort ?

« Je vois. »

Elle se rassied sur les gradins, satisfaite, elle hausse les épaules.

« Lorenzo se moque de moi, mais je tiens bon. »

Lorenzo, c'est son mari : un petit tyran à l'air terriblement pédant, vaniteux, efféminé, suffisant et pourri de fric, qui enseigne je ne sais quoi à la fac et travaille comme consultant pour je ne sais quelle multinationale de produits de beauté. L'année dernière, il a été cité par *Class* dans un article sur les principaux consultants industriels italiens et pour fêter ça, il avait organisé un dîner où Lara et moi avions été invités. Le journaliste qui avait écrit l'article était aussi au nombre des convives.

« Conditionnement hertzien, c'est sa définition, mais il n'y est pas du tout parce que, la télé, je ne la regarde jamais. Les vêtements de ton frère me plaisent vraiment, *j'en raffole*, et si Jennifer Lopez en porte aussi, je n'y peux rien. Tu peux lui dire : je suis disposée à divorcer pour lui. »

Elle plaisante, c'est évident : elle rit, bien sûr, en montrant ses dents pointues et éclatantes de blancheur dont on ne voudrait pas qu'elles vous mordent ; mais en attendant elle a prononcé le verbe, et c'est le verbe qui vient tout de suite à l'esprit quand on connaît son mari. Et puis, maintenant que je la regarde mieux, habillée – mais il serait plus juste de dire déshabillée – comme une ado de quinze ans, avec un jean de mon frère, va encore, à taille basse avec le string qui dépasse de la ceinture, va encore, moulant, décoloré, déchiré et orné d'une inscription « Llevanta » sur la cuisse, va encore, mais aussi un tee-shirt riquiqui qui ne lui couvre pas la moitié du ventre – *Barrie*, lui aussi ? non, elle me l'aurait dit, elle m'aurait aussi fourré ses seins sous le nez –, une vingtaine de bracelets en caoutchouc noir au poignet qui ressemblent – et qui en sont peut-être – à des joints de pommeau de douche, et des Converse violettes aux pieds – bref si j'étais son mari, je formulerais moi aussi quelque commentaire sarcastique.

« La prochaine fois qu'il vient nous voir, je t'invite à dîner, comme ça tu le lui diras toi-même. »

Mais je ne suis pas son mari, et sa façon de s'habiller est le cadet de mes soucis.

« Non ? Tu parles sérieusement ? »

Et puis, elle n'est assurément pas la seule à s'habiller ainsi à son âge, surtout en été – ou pendant les inexplicables retours d'été en plein automne comme celui que nous vivons ces jours-ci : et même plus, si toutes les femmes de son âge ne se comportaient pas à peu près comme elle, et les trentenaires comme Marta, et les filles de vingt-cinq comme Jolanda, si Barbara-ou-Beatrice n'était qu'un cas isolé et que la cible de la *Barrie* n'était vraiment que les gamines qui regardent la télé, Carlo pourrait toujours courir pour vendre autant qu'il en vend des jeans à cent vingt ou cent cinquante euros pièce.

« Bien sûr que je parle sérieusement. »

Son téléphone portable sonne en claironnant une rumba : elle fouille dans le bordel de son sac Freitag en bâche de camion recyclée (je le sais parce que Annalisa, ma secrétaire, a le même), le trouve, regarde qui appelle, grimace une excuse, répond, se lève, s'éloigne pour parler, cherche un coin avec plus de réseau… Mais Lara n'était pas comme ça. Lara n'était pas toujours collée à son téléphone et elle n'aurait jamais pris celui d'Enoch si elle l'avait trouvé sur une poubelle. Lara s'habillait sobrement et ne se laissait pas embobiner par Carlo – au contraire, quelque chose entre eux ne passait pas : ils se craignaient, s'impressionnaient l'un l'autre, ils n'avaient aucune intimité. C'était assez facile pour moi de me trouver au milieu parce que je n'étais jamais dépassé, en aucune circonstance. Claudia, elle, ne jure que par son oncle, elle l'adore indépendamment de moi, et c'est plus difficile à accepter. Mon frère, son oncle. La confidence qu'elle m'a faite quelques jours après la mort de sa mère : « Tu sais ce qui m'avait le plus troublée dans toute ma vie ? C'est quand j'ai découvert que *ma* mamie était aussi *ta* maman »…

Mais je ne dois pas penser, voilà le truc. Ici, je dois regarder, c'est tout. Je dois respirer, me détendre, faire le vide et regarder ma fille qui s'entraîne à la poutre. Stop. La voici qui se prépare à nouveau pour la sortie de la poutre. Elle est immobile, tendue comme un arc. Ses pieds en légère ouverture exploitent toute la surface possible sur une largeur aussi exiguë. Les bras en l'air, les mains qui semblent suspendues aux poignets, le dos arqué, élastique, chargée d'énergie cinétique prête à jaillir. Elle cherche la concentration. Elle doit faire quelque chose de *difficile*, que peu de fillettes au monde réussissent et elle doit le faire à la perfection, sinon elle s'attirera des remontrances. Elle attend le bon moment pour sauter, l'instant où elle aura le plein contrôle de toutes ses forces et capacités. Elle se concentre, elle attend. Mais elle sait qu'elle ne peut attendre que quelques secondes, quatre, cinq, pas plus, et qu'après, elle devra sauter de toute façon. Moi, je suis ici en haut et je ne peux pas l'aider. Ou si ? Bien sûr que je le peux, petite fleur. Je peux t'aider si tu m'entends. Tu m'entends ? Tu te rappelles ce poster dans ta classe, en CP ? On y voyait un enfant qui essayait de soulever un gros caillou devant sa mère ; il essaie plusieurs fois, avec acharnement, de toutes ses forces, mais en vain ; alors il dit à sa mère : « Maman, je n'y arrive pas », et sa maman lui dit : « Utilise toutes les forces que tu as à ta disposition et tu verras que tu réussiras. » Et l'enfant lui dit qu'il l'a déjà fait, qu'il a déjà mis toutes ses forces, et sa mère lui répond : « Non, mon chéri, tu ne les as pas encore toutes mises. Tu ne m'as pas encore demandé de t'aider. » Je repense à ce poster, petite fleur, et avant de bondir, regarde en haut, regarde-moi. Juste un instant, sans te distraire : regarde-moi comme si je faisais partie de ton exercice, et prends mes forces en plus des tiennes. Si je survis en toi au moment où il n'existe plus que ton corps et les mouvements que tu dois accomplir, alors je peux t'aider, et comment ! Et ta mère aussi survivra, alors, elle survivra en même temps que moi, et elle aussi pourra t'aider. Allez, petite fleur, regarde en haut. Livrons-nous au jeu romantique qu'il ne faudrait jamais tenter dans la vie (mais tu te souviens quand, à l'école maternelle, on t'avait demandé de qualifier ton papa, et toutes tes camarades avaient dit « grand », « bon », « beau », « important », et toi tu avais sidéré les maîtresses en disant « romantique » ? Tu ne savais même pas ce que ça voulait dire, tu pensais que ça avait un rapport avec Rome, la ville dont je parlais toujours, où j'étais né et où je t'emmenais tous les Noëls, mais tu m'avais défini ainsi, « romantique », et depuis ce jour-là, les institutrices m'avaient regardé d'un autre air…), le jeu que fait Newland avec Ellen dans *Le Temps de l'innocence*, quand il la voit de dos, appuyée à la balustrade, sous le pavillon au bout du ponton en bois, absorbée dans la contemplation de la baie de Newport au crépuscule, pendant qu'un voilier passe lentement devant elle et que Newland prie pour qu'Ellen *sente* sa présence derrière elle et se retourne, mais Ellen ne se retourne pas et alors il se dit « si elle ne se tourne pas vers moi avant que ce voilier double le phare, je m'en irai », et le voilier double le phare, et Ellen ne se retourne pas, et Newland s'en va… Essayons nous aussi, petite fleur, risquons le tout pour le tout *maintenant*. Si, avant de sauter, tu ne regardes pas en haut, tu ne réussiras pas. Si, avant de sauter, tu ne regardes pas en haut, je serai toujours jaloux de ton oncle. Si, avant de sauter, tu ne regardes pas en haut, ce sera vrai que je ne fais rien pour toi. Allez, regarde en haut. Regarde en haut. Regarde en haut… Et voilà, tu m'as regardé : un regard parfait, laisse-moi te le dire : tout en bulbes, sans renverser la tête, foudroyant, intense, romantique justement, que personne d'autre n'a pu intercepter ; un regard très pur d'enfant à parent, encore exempt de la fêlure que pourtant, un jour, la culpabilité et l'incompréhension viendront lui infliger, quand pour la première fois, pour une connerie, je t'aurai blessée, ou tu m'auras blessé ; mais aussi, un regard inoubliable de femme à homme, débordant de tension érotique, le même exactement que tu auras le jour où tu perdras ta virginité, sous ce plaid, dans le froid d'une maison de campagne vide et inconnue, quand, toute ramassée en ton corps comme maintenant, tu lèveras les yeux de la même façon vers ceux du garçon tremblant qui entrera en toi, et si tu les trouves fermés, tu sauras que tu ne t'es pas trompée, et tu fermeras les tiens à ton tour ; mais surtout, un regard très courageux car si à ce moment il n'avait pas rencontré le mien, s'il était tombé dans le vide parce que, mettons, j'aurais été derrière à téléphoner comme la mère de ta meilleure amie, ou même assis ici, mais occupé à bavarder avec elle au lieu de te regarder, eh bien toi au lieu de trouver de la force, tu en aurais perdu. Mais tu en as trouvé parce que tu as eu confiance en moi et voici que tu exploses d'une puissance que tu ne sembles pas posséder, frêle et menue comme tu l'es, et tu bondis en haut et en avant comme une sauterelle – bien plus loin que l'extrémité de la poutre ; ton saut périlleux est large, ample, dessiné sur toute sa trajectoire ronde par ta queue-de-cheval qui en est comme le pinceau, et ta réception est parfaite, bien droite sur le matelas, sans bavure, sans recul ni hésitation. Voilà qui est fait. Tu es debout, étonnée, tu me regardes à nouveau : bravo, petite fleur, tu l'as réussi, à la perfection, et notre jeu aussi est réussi, il en sera ainsi de notre vie, alors : ce sera une vie réussie. Gemma, ta camarade plus âgée, ton idéal de jeune fille et de gymnaste, te prend dans ses bras, heureuse elle aussi, même si pour la première fois elle a dû sentir un craquement en elle, la première ombre d'un doute qui dorénavant l'accompagnera, le doute qu'à l'avenir sa suprématie en ce lieu ne soit plus aussi totale, que tu puisses un jour ou l'autre la dépasser…

Gaia aussi, la prof, semble satisfaite cette fois. Tu la regardes comme un chiot, dans l'attente du compliment qui te revient.

« Très bien, te dit-elle. Mais ne regarde pas ton papa avant de sauter. Regarde-le après. »

25

Voilà, c'est fini : ils démontent l'élévateur. Avant, quand nous sommes arrivés, ils étaient encore en train de descendre les affaires, et Claudia et moi sommes restés plantés devant à regarder le plateau qui descendait chargé de cartons puis remontait vide. En effet, il y a quelque chose d'intéressant dans le fonctionnement de cette machine : elle a beau être simple – un monte-charge qui glisse le long d'une échelle – elle transmet une idée très rassurante de progrès et de prospérité définitivement acquis, grâce à tout l'effort qu'elle épargne et que personne ne fera jamais plus. Les déménageurs, deux jeunes Slaves et un Italien plus âgé, probablement le patron, avaient des mouvements synchronisés de travail à la chaîne – charger, descendre doucement, décharger, mettre dans le camion, renvoyer à vide – et on aurait dit les rouages d'une machine plus grande, quelque chose au-dessus d'eux de puissant, d'infatigable. C'est du moins ce que je me plaisais à penser en les regardant ; Dieu sait à quoi, de son côté, pensait Claudia.

Puis je l'ai accompagnée dans le hall, j'ai attendu la sonnerie avec elle, je me suis attardé à parler avec le père d'une de ses camarades, et maintenant que je suis ressorti, le travail est fini. Le camion a encore les portières ouvertes, les deux jeunes démontent l'éléva-teur et le chargent, le patron et le veuf franchissent ensemble la porte de l'immeuble en discutant – ils se donnent probablement rendez-vous au péage d'auto-route de Rome Nord, dans sept ou huit heures ; puis le patron rejoint ses employés et le veuf s'approche de moi.

« Ça y est », dit-il.

Je souris, j'acquiesce, je ne sais que dire. Mais tout est beaucoup moins triste qu'hier, beaucoup plus léger, beaucoup moins embarrassant et soudain j'ai l'impres-sion de comprendre la raison de cette évolution : hier, devant cet homme, il y avait encore le passé, ligoté et bâillonné, qui lui infligeait ses plaintes sinistres ; et maintenant, il y a l'avenir, et c'était ça la grande machine dont les déménageurs étaient les engrenages : l'avenir, son avenir. Un avenir qui bannit toute lassi-tude de ses yeux bruns car il contient un retour chez soi, après trente-six ans, la vieillesse près de sa sœur qui lui expédiait des caisses de frascati, les fabuleuses sauces tomate préparées avec le secret appris au cours de cuisine, l'aigreur du veuvage qui s'atténue déjà dans la langue de l'enfance retrouvée (d'ailleurs, il a déjà repris son accent romain) et l'acceptation sereine de tout ce qui viendra, comme ça viendra, à laquelle cet homme se sent finalement prêt grâce à cette unique et peut-être dernière condition posée à sa vie : *plus-jamais-ici*. J'accepterai tout, même la solitude, même la maladie, même l'agonie, mais à Rome, pas à Milan où j'ai vécu seulement parce qu'elle y était, et quand elle n'a plus été là, je me suis retrouvé à balayer la maison comme un fou, dans l'effort immense de faire passer le temps. Parce qu'il y a des gens qui émigrent pour toujours et des gens qui s'en vont et ensuite reviennent, et moi je suis de ceux-là, je pars et puis je rentre.

Je projette ? Je me projette sur lui, je lui attribue ce que j'éprouve ? Je ne crois pas : je ne risque pas de devenir fou parce que ma femme est morte – je ne souffre même pas ; et je n'ai pas besoin d'un avenir ailleurs parce que je l'ai déjà, pas dans un autre lieu, mais dans une autre personne. J'ai Claudia, et c'est elle qui porte mon avenir.

Il me serre la main :

« Je vous dis au revoir. Je regrette de ne pas vous avoir invité plus tôt, mais je suis timide.

— Bonne chance. Et saluez Rome pour moi.

— Je vous enverrai une carte postale de temps en temps si vous me donnez votre adresse. Rien que de très classique : le Colisée, Saint-Pierre, les Forums impériaux…

— 3, Via Durini. Je vous l'écris ?

— Non, pas besoin… »

Et là, il fait une chose surprenante. Il sort un feutre de sa poche, sans doute celui avec lequel il a écrit ses indications sur les derniers cartons fermés ce matin, et il écrit mon adresse sur le dos de sa main, comme une gamine. Puis il me regarde en souriant.

« Et souvenez-vous, me dit-il, c'est le noir pendant un an. Nos anciens avaient raison : douze mois de deuil. Une fois passés, vous verrez que ça s'éclaircira. »

Non, ce n'est pas moi qui projette : c'est lui. Il a souffert comme une bête, et il pense que je souffre comme une bête. Il a dû me regarder avec Dieu sait quelle compassion chaque jour, de sa fenêtre, depuis que le tam-tam du quartier l'a informé de ce qui était arrivé à ma femme ; il a dû deviner chez moi Dieu sait quelle souffrance à chacun de mes gestes, pendant les heures que je passais ici sans en éprouver aucune. Il a dû parler de moi Dieu sait combien de fois avec son seul ami, peut-être le marchand de journaux, ou le patron du bar, en lui racontant par le menu ce que j'éprouvais et combien de temps ça durerait...

« Merci, lui dis-je. Au revoir.

— Au revoir. Et tenez bon. »

Il tourne les talons et se dirige vers le déménageur le plus âgé qui l'attend devant la portière ouverte du camion. Je reste un moment à le regarder, en pensant combien les choses, dont nous nous sentons sûrs, peuvent être fausses. Ça m'arrive à moi aussi ? Et pour quoi ? Puis j'entends un psst, je me retourne brusquement et me retrouve nez à nez avec Piquet.

« Bonjour. Tu rêvais ?

— Oh ! Depuis quand es-tu là ?

— Cinq minutes. Mais tu parlais avec cet homme... Qui est-ce ?

— Un type qui habitait ici. Il repart à Rome. »

La portière du camion se referme, le moteur démarre et le veuf rentre dans son appartement vidé qui fleure le désespoir. Encore une demi-heure dans cet antre, peut-être vingt minutes seulement, et tout sera fini. Il m'adresse un dernier signe de la tête auquel je réponds de même.

« Ça te dit, un café ? me demande Piquet, en désignant du menton le petit bar où en effet à cette heure, j'ai l'habitude de prendre un café.

— D'accord.

— Quel temps, hein ? A la radio, ils ont dit qu'aujourd'hui il fera encore plus — »

Mais il n'a pas le temps de finir sa phrase car derrière nous, on entend un choc brutal et une série de bruits de ferraille sinistres. Nous nous retournons tous les deux d'un bond. Le camion. En marche arrière. Il a mal calculé son coup et percuté une voiture en stationnement.

Je n'y crois pas.

Il a embouti pile *cette* voiture en stationnement.

Je me précipite sur le lieu de l'accident, en abandonnant Piquet – sans remords, vu qu'il dit du mal de moi. L'arrière du camion s'est encastré dans l'arrière de la C3, la pliant en deux vers l'intérieur et brisant la lunette. Il y a un grand remue-ménage : le déménageur le plus âgé est descendu voir et n'en revient pas – à ce qu'il paraît, c'était lui qui était au volant –, tout de suite rejoint par d'autres personnes, dont le veuf et l'agent de police qui me garde une place tous les matins : tous réunis pour observer les conséquences de cet accrochage, mais dans la compréhension absolument grossière et primordiale qu'ils peuvent en avoir. L'économie de leurs mouvements trahit la certitude d'être devant un fait très simple où il n'y a pas grand-chose à comprendre ; personne ne semble soupçonner qu'un piège puisse se cacher derrière tant de simplicité. Personne, par exemple, qui confère son importance à la carte de visite dont la blancheur ressort parmi les débris de la lunette explosée tombés dans le coffre ; personne qui semble même vaguement déceler l'aspect exceptionnel de l'événement auquel il a assisté, sa stupéfiante incongruité statistique ; tous convaincus d'avoir vu un camion de déménagement amocher sérieusement une C3 presque neuve. Et pourtant, du moins tant que le camion y restera encastré de cette façon, il serait encore facile de reconstituer l'arabesque dessinée par le destin sur son infortunée carcasse car le dégât que je lui ai infligé il y a plus de deux semaines est visiblement incompatible avec le nouveau, et avec la marche arrière malheureuse qui l'a provoqué. Mince alors, comment se fait-il que personne ne le voit ? En heurtant la voiture comme il l'a fait, le camion *ne peut pas* avoir défoncé tout le côté – qu'en effet j'ai défoncé moi. C'est sous leurs yeux : il suffit de s'en apercevoir. Il n'en sera plus de même quand on déplacera le camion pour dégager la chaussée – ce qui paraît imminent, vu l'embouteillage en formation ; mais même là, nom d'une pipe, quelqu'un devrait s'en apercevoir. Mais on dirait que personne ne s'en aperçoit : non, pour eux, tout s'est passé il y a quelques minutes. Je regarde le veuf en conversation avec le déménageur le plus âgé : lui *sait* peut-être ; quand j'ai embouti la C3 pour libérer le passage, il me regardait peut-être de sa fenêtre – en admettant qu'il connaissait déjà mon histoire, toutefois, et ce n'est pas dit ; et puis, il pleuvait, il faisait froid, ce n'était pas l'été comme aujourd'hui, il n'avait aucune raison de rester assis à sa fenêtre ; mais ça avait quand même fait un ramdam de tous les diables, et il était peut-être accouru à sa fenêtre à cause de ça, et avait eu le temps de voir que j'en étais la cause…

Voilà, le temps est écoulé : les voitures bloquées se mettent à klaxonner et l'agent ne peut plus les retenir. Le déménageur est rodé à ce genre de situations – c'est un gêneur professionnel – et il comprend que le moment est venu de déplacer son camion. Il s'excuse, remonte, démarre, pendant que le cercle des curieux se disperse, libérant la rue, et que l'agent rétablit la circulation. De toute façon, la dynamique de l'accident est claire…

Je suis encore immobile à côté de la C3, pris d'un soulagement joyeux, enfantin. Personne ne me regarde, personne ne s'occupe de moi – comme quand je sortais de l'eau le jour où Lara est morte, que je venais de sauver cette femme et que là non plus, personne ne s'en rendait compte. Je pourrais tendre le bras dans le coffre, récupérer ma carte de visite, et le tour serait joué.

Qui s'en apercevrait ?

Piquet peut-être me verrait. Il est resté là, et il me regarde : lui me verrait. Mais ce ne serait pas un problème, même lui n'est pas assez paranoïaque pour interpréter ce qu'il aurait vu. Pourquoi as-tu passé la main dans le trou de la lunette arrière ? Pour enlever un morceau de verre qui était tombé sur la tranche. Ah… non : le problème, c'est le veuf. Lui pourrait savoir. Le voici qui revient, s'approche de moi, écarte les bras, dit « ça commence bien, hein ? » – avec mon adresse écrite sur sa main. Mais, s'il le savait, il devrait le dire alors et me donner la possibilité de sauver la face : pour être exact, il devrait dire, en s'adressant éventuellement à l'agent de police qui représente l'autorité : le dommage causé par mon déménageur n'est que là au milieu, tandis que le phare et, tout autour, sur le pare-chocs jusqu'au garde-boue arraché et le vilain froissement de tôles contre la roue qui en résulte, c'est ce monsieur ici qui en est responsable, il y a quelques jours, n'est-ce pas ? Et alors, je dirais oui, c'est vrai, c'est une coïncidence très bizarre, c'est moi qui ai fait ça avec la voiture de ma belle-sœur, et j'avais même laissé mes coordonnées pour le dédommagement, les voici, vous voyez, au milieu des éclats de la lunette brisée ? C'est ma carte de visite : je l'ai glissée sous l'essuie-glace, avec mes numéros de téléphone et tout, mais le propriétaire ne s'est jamais manifesté, et la voiture est restée ici sans bouger... Mais il ne dit rien et il ne me lance pas non plus de clins d'œil entendus pour me faire comprendre qu'il sait mais qu'il se garde bien de me dénoncer : pas un geste, il s'éloigne à nouveau, pour lui c'est bien comme ça. Et l'agent aussi : qu'on le veuille ou pas, il a eu tous les matins sous les yeux pendant plus de deux semaines l'arrière enfoncé de cette voiture, et pourtant il ne s'en aperçoit pas, ou ne s'en souvient pas, ou fait mine de rien. Et, surtout, le déménageur, qui a garé son camion devant une sortie de garage pour revenir aussitôt ici vérifier, toucher, expliquer que la vitesse lui a échappé : lui non plus ne semble pas se rendre compte que le choc ne peut pas avoir provoqué tous ces dégâts, qu'ils devaient être là avant – chose déjà moins évidente, soit dit en passant, maintenant que le camion est parti. Non : le seul élément qui continue à relier cette voiture avec ce qui lui est vraiment arrivé – la fameuse *vérité* – est ma carte de visite ; si celle-ci disparaît, la voiture aura simplement été emboutie par un camion de déménagement qui manœuvrait – comme tout le monde ici est prêt à en témoigner.

Que faire ?

Je compte jusqu'à dix : si, d'ici là, personne ne dit rien, je reprends ma carte, et ni vu ni connu.

Un. Deux. Trois.

D'ailleurs, en fin de compte, ça ne change rien pour le déménageur. Il a bien provoqué un dégât, son assurance lui appliquera de toute façon le malus, et par une de ces nombreuses bizarreries des polices d'assurance, la valeur du malus n'est pas proportionnelle à l'ampleur du dégât causé, par conséquent...

Quatre. Cinq. Six.

Ça ne change rien pour personne, voilà la vérité. La vérité est que cette voiture n'importe à personne parce *qu'elle n'appartient à personne.*

Sept. Huit.

Et personne ne me regarde.

Neuf.

Et voler une assurance n'est pas voler.

Dix.

C'est fait.

Et aujourd'hui il fera encore plus chaud qu'hier, a dit la radio. Je l'ai entendu, moi aussi.

26

« Les piscines à bord surélevé sont des piscines de beauf. »

L'homme-casoar a avalé son café d'une seule gorgée, il a sorti de sa poche un carnet tout froissé où il a lu cette phrase étrange. J'allais lui demander pourquoi il a recommencé à dire du mal de moi, mais il m'a pris de court.

« Que dis-tu ?

— Voilà, bravo, répond-il, satisfait. C'est exactement ce qu'a dit aussi Nicky : "Que dis-tu ?" Nicky est un de nos amis, et il nous montrait la piscine qu'il a construite dans son jardin et dont naturellement le bord est surélevé. "Que dis-tu ?" Et la réponse a été... – il lit dans son carnet – "Je dis qu'il me suffit de voir une piscine pour me sentir bien." »

Il prend une cigarette dans le paquet sur la table du bar, la place entre ses lèvres, mais ne l'allume pas. Il me dévisage.

« Francesca ?

— Et qui veux-tu que ce soit ? me répond-il d'une voix trop haute. Elle est dans une espèce de phase aiguë, écoute : – il lit dans son carnet – "Une fille qui se coiffe avec une queue-de-cheval a les cheveux sales." Nous venions d'entrer chez Hi-Tech, samedi après-midi, et la vendeuse nous avait demandé ce qu'elle pouvait pour nous. Naturellement, elle avait une queue-de-cheval.

— Et qu'a-t-elle dit ?

— Qui, la vendeuse ? »

Il palpe toutes ses poches, à la recherche d'un briquet qui ne s'y trouve pas. Je lui passe le mien et il allume sa cigarette. Il aspire profondément, et parle en rejetant la fumée.

« Que veux-tu qu'elle dise ? Ce que nous aurions dit toi et moi : "Pardon ?"

— Et Francesca ?

— Francesca a dit – il lit à nouveau dans son carnet – "Non, merci. Nous sommes venus voir ce que vous aviez." »

Il tire une longue bouffée de sa cigarette avec une expression attentive, d'expectative, difficile à déchiffrer.

« Au moins, vous vous êtes remis ensemble, dis-je. J'en étais resté qu'elle partait de chez vous. »

Et voilà : comme évoquée par mes paroles, une paranoïa féroce envahit ses yeux. Nous voici à nouveau dans la savane, entourés de périls de toute sorte.

« Elle est revenue parce que je l'ai suppliée à genoux de revenir, Pietro, murmure-t-il. *Je lui ai demandé pardon*, tu comprends ? Moi à elle, et je lui ai promis que je n'aborderai plus jamais ce sujet. Voilà pourquoi elle est revenue.

— Et tu as tenu ta promesse ?

— Bien sûr. Si je me risquais à en reparler, elle s'en irait pour ne plus revenir. Mais j'écris tout. »

Il serre entre ses mains le carnet noir – ce qui semble

le tranquilliser un peu. J'aurais peut-être encore le temps de couper court et de lui demander pourquoi il vient s'épancher ici, pour après, au bureau, me traiter de faux jeton. Mais la vérité est que les agissements de sa Francesca m'intéressent beaucoup plus, et son visage terreux, défiguré par l'appréhension, me dit qu'il va m'en raconter des pas tristes.

« Je suis en train de l'étudier, Pietro, et c'est un mécanisme parfait, dans sa simplicité. Désormais, elle peut dire n'importe quoi, et pour finir tout le monde croit avoir compris de travers... »

Il referme son carnet, jette sa cigarette.

« Le secret est qu'*elle ne s'en aperçoit pas*. C'est la raison pour laquelle ça marche : cette raison et sa beauté ; parce que Francesca est *belle*, et la beauté impressionne. Tu te souviens d'elle, n'est-ce pas ?

— Oui.

— Tu vois la super nana ? »

Aïe aïe aïe. Elle est belle, oui, mais pas autant qu'il le pense. Bref, elle a quelques défauts. Les dents de devant trop longues par exemple, ce que les orthodontistes appellent « morsure profonde ». Je l'ai remarqué parce que Claudia l'a aussi et en effet, dans un an ou deux, elle devra porter un appareil.

« Oui.

— Et tu arrives à l'imaginer ? Je veux dire, à imaginer son visage, son expression pendant qu'elle dit certaines choses ?

— Oui.

— *La sienne* exactement, je veux dire. La façon qu'elle a de sourire en retroussant les lèvres, la lumière qui brille dans ses yeux... »

J'ai compris : il veut que je dise non.

« Ah ça, non. Je ne l'ai vue que deux ou trois fois. »

Il hoche la tête, amer, en regardant par terre.

« Eh... Alors tu ne peux pas comprendre. Tu ne peux pas te rendre compte. »

Mais ensuite il porte à nouveau son regard sur moi et à son changement d'expression, on voit bien qu'il vient d'avoir une idée.

« Mais tu peux imaginer une autre femme, dit-il, soudain enthousiaste. Essayons ainsi : pense à une fille très belle que tu connais bien.

— Pourquoi ?

— Pour te rendre compte.

— Mais je me rends compte.

— Pietro, pour toi, cette histoire de Francesca, ce ne sont que des mots. Tandis que moi, je voudrais que tu la *voies*, si possible. Sinon, tu ne pourras jamais comprendre ce qui se passe. Allez, pense à une super nana que tu connais... »

Il continue à me dévisager de son regard survolté, la pupille dilatée qui envahit presque tout l'iris. Il se shoote peut-être à la cocaïne. Il en a peut-être pris ce matin, il y a une demi-heure, avant de venir ici.

« Allez, me presse-t-il, qu'est-ce que ça te coûte ? »

Au diable, il a raison : qu'est-ce que ça me coûte ? Il est clair qu'on n'abordera plus la raison pour laquelle il a recommencé à dire du mal de moi.

« Je dois penser à une belle fille que je connais ?

— Oui. Mais vraiment belle.

— C'est fait.

— Comment s'appelle-t-elle ? »

Ah non, ça n'a rien à voir. Quelle curiosité de singe le pousse à me poser cette question ?

« C'est juste pour lui donner un nom pendant que

je te décris la situation – ajoute-t-il parce que j'ai dû me crisper. Tu n'as pas besoin de me dire qui c'est. Juste son nom.

— Marta.

— O.K. Marta. Maintenant imagine la scène. La situation est la suivante : cette Marta est au restaurant avec des amis. Le restaurant a ouvert depuis peu et il appartient à un ami de ses amis qui, pour la petite histoire, est un homosexuel notoire, détail qui a son importance. Le restaurateur s'approche de leur table et demande comment est le saucisson au sorbet de parmesan qu'on vient de leur servir : il le demande à tout le monde mais il se trouve qu'en posant la question, son regard tombe sur elle qui, du coup, se sent obligée de répondre. Et elle répond – il regarde dans son carnet – "C'est délicieux, compliments." Mais le propriétaire ne comprend pas : "Pardon ?" dit-il. "C'est délicieux, répète Marta, compliments." Ça va ? Tu imagines la scène ?

— Oui.

— Tu réussis à visualiser l'expression du visage de Marta pendant qu'elle dit ça ? Le ton de sa voix, ses yeux, tout ?

— Oui.

— Concentre-toi au maximum, s'il te plaît. Ne sous-estime pas le pouvoir qu'a un esprit concentré de construire une image vraiment complète. Marta, avons-nous dit : efforce-toi de *la voir*. Son visage, sa façon de sourire, de bouger les mains. Elle est très belle, élégante. Des boucles d'oreilles, maquillée… »

Tout cela est ridicule : soudain Piquet me fixe dans les yeux et me parle lentement, en scandant les mots, comme s'il voulait m'hypnotiser.

« Ferme les yeux, tu verras tout ce qui va t'apparaître… »

Voilà, justement. Et c'est encore plus ridicule que je ferme les yeux pour de bon, ici, assis à cette terrasse près de l'école, sous la houlette d'un paranoïaque cyclothymique qui ressemble à un casoar ; mais surtout, il est ridicule qu'à la fin de cette farce il réussisse à mettre mon imagination en branle. Voilà Marta, assise au restaurant : elle s'est apprêtée, ses cheveux retombant en nuage sur son front, sa bouche rouge et douce avec un soupçon de brillant à lèvres, ses épaules nues, lumineuses, son décolleté coquin, ses yeux troublants couleur noisette, à peine soulignés ; elle éclate de rire, elle boit du vin rouge à petites gorgées, elle se penche légèrement en avant pour glisser une remarque à mi-voix…

« Le restaurateur arrive, demande comment est le saucisson au sorbet, et elle dit "C'est délicieux, compliments"… »

Sauf que – je m'en aperçois – je ne l'imagine pas du tout, je me la *rappelle* : oui, le souvenir du jour où je l'ai emmenée dîner dans ce restaurant près de la Torre Velasca, voilà treize ans, juste après le bout d'essai que je lui avais obtenu pour Canale 5, quand elle ne savait pas encore qu'elle l'avait réussi haut la main et c'est pour ça qu'elle était aussi séduisante avec moi, aussi excitée et disponible, parce que je l'avais piquée dans l'ambition la plus secrète et la plus brûlante cachée par le brouillard de ses dix-neuf ans – faire de la télévision, devenir célèbre, être désirée et admirée – et désormais, elle se sentait à deux pas de la réaliser…

« Tu m'entends ? »

… Et deux heures plus tard, alors, la voilà qui danse nue *Dance Hall Gays* des Wang Chung dans ma tanière de la via Bonghi, un peu partie mais complètement maîtresse d'elle-même, dans un mélange redoutable de malice et d'ingénuité, déterminée à pointer sur moi, *auteur de télévision*, toute sa beauté explosive pour ne pas rater la cible qu'elle ignore avoir déjà touchée dans le mille. La voilà qui s'approche, tourne autour de moi, m'effleure l'oreille de ses lèvres, et d'un coup plante ses dents dans mon cou comme si elle voulait sucer mon sang – cette morsure inaugurale que j'ai ensuite laissée tant de fois, sur le cou de toutes les autres femmes que j'ai tenues entre mes bras, mais que, hélas, je n'ai plus jamais reçue…

« Pietro, tu m'entends ?

— Oui, oui.

— Bien. Maintenant tu n'as plus qu'à changer la réplique de ta Marta. Tout ce que tu viens d'imaginer reste pareil sauf sa première réplique qui n'est plus : "C'est délicieux, compliments." Sa première réplique, celle qu'elle prononce juste après que le restaurateur l'a regardée en disant : "Qu'en pensez-vous ?" devient maintenant… »

Mais ça n'a aucun sens de se rappeler tout cela. Marta est folle d'une folie complètement physique, sexuelle – beaucoup plus dangereuse. Marta ne dit pas des choses sans s'en rendre compte ; sans s'en rendre compte, Marta se déshabille ; sans s'en rendre compte, elle va au lit avec un type et tombe enceinte. Il faut que j'arrête de penser à elle. Il faut que j'arrête tout de suite.

« "Vous servez des portions de pédé." »

Je rouvre les yeux.

« Tu comprends, maintenant ? »

En effet. Piquet est pâle comme un linge ; on dirait qu'il est resté accroché à la question qu'il vient de poser, et il faudrait juste que je dise quelque chose. N'importe quoi, sur cette Francesca qui l'a mis dans un tel état. Pas sur Marta, Marta n'a rien à voir là-dedans. Nous parlons de Francesca.

« Mais tu sais, elle n'a pas tous les torts, dis-je. Les piscines à ras le sol sont plus belles que les piscines à bord surélevé ; quand les femmes se coiffent avec une queue-de-cheval, elles ont presque toujours les cheveux sales ; et dans les restaurants les portions sont de plus en plus petites. J'ai l'impression que c'est plutôt de la sagesse, tu sais : un rien brutale, peut-être mais je ne m'inquiéterais pas autant. »

Je sais exactement le type de sourire que je m'efforce d'afficher – rassurant, ironique, averti – et au jugé, je dirais qu'il est assez réussi ; mais c'est inutile car soudain nous ne sommes plus dans le cabinet de l'hypnotiseur, nous sommes revenus dans la savane, où l'ironie n'a pas droit de cité et où un guépard a même dû apparaître parce que le casoar se voûte et me regarde à nouveau avec des yeux fous.

« Ah non ? s'insurge-t-il. Alors écoute ça. Mardi soir, au vernissage de l'exposition de photos sur l'apartheid au Studio Elle – il baisse la voix – "Il paraît que les Noirs n'ont pas une plus grosse queue que les Blancs" – il l'élève à nouveau – tu veux savoir de quelle couleur était la main qu'elle serrait ? Tu veux savoir *à qui* elle appartenait ? »

C'est sûr que ce syndrome est formidable. *S'il est vrai*, il est formidable.

« A qui appartenait-elle ?

— Au consul sud-africain, venu spécialement à Rome pour inaugurer l'exposition.

— Et toi, qu'as-tu fait ?

— Ah, j'ai décampé. J'ai envoyé un grand bonjour au hasard, comme si j'avais vu quelqu'un que je connaissais et je l'ai laissée en plan. Je suis resté cinq minutes de l'autre côté de la salle, à fixer le mur de briques peint en blanc et puis, quand j'ai trouvé le courage de la regarder, j'ai vu qu'elle papotait toute contente avec une de ses amies, et le consul avait disparu.

— Et elle ne s'est aperçue de rien.

— Naturellement.

— Et par conséquent, nous ne saurons jamais ce qu'elle avait cru dire. »

Il me saisit le bras.

« Pietro, le problème n'est pas ce qu'elle croit dire, mais ce qu'elle dit. Et en réalité c'est *mon* problème, pas le sien. Parce que finalement, j'ai compris, tu sais ? J'ai tout compris. »

Nous y voilà. Tôt ou tard le paranoïaque comprend tout. Sinon, il ne serait pas paranoïaque.

« Qu'as-tu compris ?

— Ceci, justement : que c'est mon problème et pas le sien. »

Il lâche mon bras, heureusement, et baisse à nouveau la voix – sage précaution : les arbres pourraient être truffés de micros.

« Suis mon raisonnement : à qui balance-t-elle ses énormités, en réalité ? Avec qui parle-t-elle quand elle dit ces horreurs ? Pas avec elle-même, puisqu'elle ne s'en aperçoit même pas. Les gens à qui elle adresse ces phrases changent chaque fois : amis, vendeuses, serveurs, consuls… Tu noteras que même maintenant, où c'est beaucoup plus fréquent, ce n'est jamais deux fois avec la même personne. Jamais. Non, une seule personne est toujours présente, qui ne peut croire qu'elle a mal compris, qui *sait* : et cette personne, c'est moi. C'est à moi qu'elle s'adresse. »

En effet. Les choses qui arrivent autour de lui ont un seul et unique centre, c'est pourquoi toutes lui arrivent toujours à lui, même quand elles arrivent aux autres ; et il est le seul qui puisse les comprendre.

« Et en plus, maintenant elle joue sur du velours, continue-t-il, puisque pour la faire revenir, je lui ai promis de ne plus en parler. Maintenant, elle sait qu'elle peut se déchaîner, et d'ailleurs elle s'est déchaînée. Écoute ça – il se remet à lire dans son carnet – "Si je ne vais pas pisser, j'explose." "Ma virginité, je l'ai perdue avec un ami de mon père." "Cette béchamel a des allures de foutre"… »

Génial.

« … Toute la semaine dernière, Pietro, et toutes devant des gens différents ; la seule constante était ma présence.

— D'accord, mais comment peux-tu savoir si elle ne le fait pas aussi devant d'autres personnes, quand tu n'es pas là ?

— Je te dis que c'est à moi qu'elle s'adresse : c'est à moi qu'elle dit tout ça. La psychologue de mon fils le pense aussi.

— Quelle psychologue ?

— La psychologue qui suit mon fils. J'ai dû te le dire, non ? Saverio a plein de problèmes depuis que sa mère et moi sommes séparés : tics, bégaiement, allergies. Maintenant, il compte au lieu de parler, et nous l'avons emmené chez une psychologue.

— Comment ça, il compte ?

— Au lieu de parler, il compte. Alors, on l'a emmené chez cette psychologue mais naturellement c'est surtout avec nous deux qu'elle veut parler, puisque Saverio, lui, ne parle plus. Bref, l'autre fois, j'ai raconté à la psychologue cette histoire avec Francesca et elle m'a —

— Attends. » J'élève un peu la voix moi aussi et j'espère qu'il comprend *pourquoi*.

« Comment ça, ton fils compte au lieu de parler ?

— Écoute, c'est quelque chose de déchirant, j'ai envie de pleurer rien que d'y penser. Au lieu de parler, il compte. "Saverio, comment ça s'est passé à l'école ? – Sept mille six cent seize, sept mille six cent dix-sept, sept mille six cent dix-huit..." *Théâtralisation du refus*, comme l'a appelé la psychologue. »

Théâtralisation : si ça se trouve c'est la même psychologue que celle devant qui je me suis évanoui l'autre soir...

« Et il ne dit pas un seul mot ?

— Saverio ? Non.

— Mais il fait ça avec tout le monde ?

— Oui.

— Même à l'école ?

— Oui.

— Mais depuis quand ?

— Depuis deux semaines environ.

— C'est-à-dire, une seule série de nombres qui se poursuit depuis deux semaines ?

— Je crois que oui. Hier soir au téléphone, il m'a sorti des nombres très grands, dans les cent mille. »

Je suis abasourdi : il a dit que c'est déchirant, qu'il a envie de pleurer rien que d'y penser, mais en réalité, il en parle avec un détachement expéditif, comme s'il s'agissait d'un aphte ou d'une crise d'acétonurie.

« Et que dit la psychologue ?

— Que veux-tu qu'elle dise ? Elle dit de laisser faire, de ne pas le culpabiliser et de modérer le conflit entre nous, les parents, parce que, à son avis, c'est cela qu'il refuse. C'est pour ça qu'elle veut nous parler, ensemble et aussi séparément. Et bref, je te disais que l'autre jour, justement, quand j'étais seul avec elle, je lui ai raconté pour Francesca ; pour qu'elle se rende compte de ma situation à moi aussi et pour lui demander ce que signifie sa... »

Non. Rien à faire : *Piquet veut parler de Francesca.* J'aurai beau m'efforcer de diriger la conversation sur l'enfant, il trouvera toujours un canal pour la reporter sur Francesca. Ce pauvre Saverio peut compter jusqu'à un milliard, il ne capturera pas l'attention de ce type...

« ... c'est à moi qu'elle dit toutes ces choses. Elle a inventé cette façon de me révéler son agressivité cachée, celle qui l'effraie, qu'elle n'accepte pas, qu'elle réprime, pour voir si moi, au moins, je l'accepte.

— Tu veux dire Francesca ?

— Oui.

— Et pourquoi ?

— Pour me mettre à l'épreuve. Pour voir si je l'aime vraiment. »

Soudain, sans même avoir regardé sa montre, il a dû décider qu'il était tard car il prend le ticket de caisse, lui jette un regard rapide et met deux pièces de deux euros sur la table.

« C'est un sentiment d'insécurité, ajoute-t-il. C'est la peur de me perdre.

— C'est la psychologue qui l'a dit ?

— Oui. Enfin, non, à vrai dire, elle posait ses questions et écoutait. Mais c'est en répondant à ses questions que je l'ai compris : elle me met à l'épreuve, tu comprends ? Elle veut voir si j'accepte cette part d'elle qu'elle refuse. Je l'ai compris, je l'ai dit à la psychologue et elle n'a rien objecté, par conséquent... »

Il se recoiffe d'un air las et se lève dans un concert de craquements d'articulations. Je me lève aussi tandis qu'il se dirige déjà vers l'école.

« Oh, ton carnet », dis-je.

Il s'arrête net, me regarde, puis regarde le carnet noir qui est resté sur la table.

« Oups », dit-il et, en deux bonds, il vient le récupérer. La serveuse arrive, ramasse l'argent et débarrasse la table. Il l'ignore, tandis que moi je lui dis bonjour car désormais nous nous connaissons. Elle s'appelle Claudia elle aussi. Une fois, elle m'a demandé si je connaissais une bonne école de théâtre.

« Il ne manquerait plus que je le perde, dit Piquet en glissant le carnet dans la poche postérieure de son jean.

— C'est la psychologue qui t'a conseillé de noter tout ce qu'elle dit ?

— Non, c'est une idée à moi.

— Et pourquoi ? »

Il se remet en marche et moi derrière lui.

« Pietro, Francesca est malade, dit-il d'un ton grave. Pour le moment, elle ne veut même pas en entendre parler, mais tôt ou tard il faudra qu'elle se soigne : et quand elle acceptera de se soigner, le fait que j'aie tout noté aura son utilité. »

Devant l'école, il n'y a personne. Les déménageurs sont partis ainsi que l'agent de police. Je regarde la fenêtre du veuf, elle est fermée. Seule la C3 est restée, luisante sous le soleil – deux fois accidentée, avec des dégâts attribués à un seul responsable.

« Pourquoi je ne me résigne pas ? » Piquet revient à l'attaque. « Elle me met à l'épreuve, et je ne veux pas perdre Francesca juste parce que je ne serais pas assez fort pour l'affronter. Je *suis* assez fort. Je ferai mine de rien, elle continuera à sortir ses horreurs et je ne cillerai pas : "Tu es une merde", "que dis-tu ?", "tu es en forme" : ce n'est pas grand-chose. Maintenant, je sais comment ça marche. C'est une maladie après tout, c'est comme si elle était incontinente : mais je l'aime, je ne peux pas me passer d'elle, et si elle était incontinente et qu'elle refuse de l'admettre, j'apprendrais à la changer de culotte sans qu'elle… » Il s'embrouille dans la négation : « … et elle n'y verrait que du feu. »

Il s'arrête et actionne la télécommande de son anti-vol de voiture. Un énorme 4 × 4 Mercedes garé devant le square répond par un bip – très différent du mien, plus strident et fugace. Allez savoir ce qu'en penserait Matteo.

« Et en attendant qu'elle accepte de se soigner, conclut Piquet, je resterai à ses côtés, et je la protégerai, oui, je la *couvrirai* quand elle sortira ses énormités devant les autres : je ferai mine de rien, je sourirai comme elle, et les gens en face d'elle seront obligés de croire qu'ils ont mal compris. Il suffit de pas grand-chose. »

Il me regarde, sourit. Je vois son visage s'éclairer d'un soulagement élémentaire, chaud et réconfortant, comme si la formulation de cette dernière résolution avait supprimé son problème. Hop ! Il s'est enfoncé pendant une demi-heure devant moi sous le poids d'une pression insupportable, et maintenant il a tout réglé, simplement en décidant de la supporter.

« Hein ? Il suffit de pas grand-chose, répète-t-il.

— Presque rien. » Sans compter qu'à mon avis, Francesca ne sera pas enchantée de ce revirement.

« Bon, il faut que j'y aille. J'ai acheté un ordinateur portable du tonnerre, directement à Taiwan, mais je dois aller le chercher parce que ces crétins de DHL me l'ont livré chez moi : je leur avais écrit de me livrer au bureau, je l'avais bien spécifié sur le bon de commande, vu que je ne suis jamais chez moi, mais cause toujours : ils me l'ont envoyé à mon domicile. Du coup, le colis est reparti et maintenant, il faut que j'aille le chercher. »

Je me demande ce que je peux pour lui. Si j'étais cette psychologue, je pourrais le convaincre de commencer une thérapie. Si j'étais sa femme, je pourrais demander une expertise médicale au juge ou une injonction de soins. Si j'étais Enoch, je pourrais l'emmener en Afrique avec moi...

« Au moins, ça m'évite d'aller au bureau ce matin. Moins j'y passe de temps, dans cet asile de fous, mieux je me porte. C'est de pire en pire là-dedans. De pire en pire... »

Et si j'étais son président, si j'avais accepté l'offre puante de Thierry et que, tout en continuant à rester ici, j'étais déjà en fonction, je pourrais le licencier, oui, en lui assurant une prime confortable, suffisante

je crois pour qu'il ait le loisir de craquer complètement, puis de remonter peu à peu, sans avoir risqué
entre-temps un licenciement pour faute grave qui
l'aurait précipité dans la misère.

« Au revoir, Pietro. » Il me serre la main. « Merci
de tes conseils. »

Quels conseils ?

« Au revoir. »

Mais je suis moi : c'est-à-dire le type au bout du
rouleau, le faux jeton qui embobine son monde ; et
tout ce que je pourrais tenter pour le dissuader, lui
paraîtrait aussitôt une manœuvre de ma part. Le voilà
qui démarre en faisant ronfler son moteur – vroum
vroum –, il baisse sa vitre, me salue à nouveau de la
main et sort du parking en frôlant la poubelle. Non, je
ne peux rien. Le voilà qui met son clignotant et prend
la contre-allée. Dieu sait à quel nombre son fils est
arrivé.

27

Et elle pleure, cette femme, elle sanglote, pendue à moi…

Jolanda nous regarde, intriguée, du banc d'à côté. Quelque chose l'y autorise. Sans doute le fait qu'elle m'a déjà vu étreindre une quantité statistiquement improbable de gens – Jean-Claude, Marta, Carlo, Enoch, Thierry : qui est donc, doit-elle se demander, cet *Homme des Étreintes* ? Mais c'est peut-être moi qui l'y autorise, par mon attitude. En effet : une femme pleure contre mon épaule et je reste planté comme une statue. Aucun geste naturel ne me vient…

La femme continue à sangloter.

Et dire que, tout d'abord, je ne l'avais même pas reconnue. Ça semblera moche mais quand, en m'entendant appeler par mes nom et prénom, j'ai levé les yeux de mon carnet et l'ai trouvée plantée là, debout, devant moi assis sur mon banc, je n'ai vu que ses seins : ils gonflaient sa veste si impérieusement qu'on aurait dit que c'étaient eux qui m'avaient appelé. Ce n'est qu'en me levant, en dégageant mon champ visuel de la dictature de sa poitrine, que j'ai remarqué l'émotion violente qui débordait de ses yeux – et alors je l'ai reconnue : yeux d'un bleu que j'avais cru ne jamais revoir car je pensais qu'il n'en existait d'aussi alangui et aqueux qu'au moment où l'on meurt noyé devant ses propres enfants un matin de fin d'été, alors qu'à l'évidence c'est leur couleur naturelle. Immédiatement après, sans que j'aie pu dire un mot, elle s'est jetée sur moi en sanglotant, et elle y est restée. Voilà comment ça s'est passé. Voilà pourquoi je ne trouve aucun geste naturel. Mais l'absence de geste ne l'est pas davantage : c'est peut-être même la chose la moins naturelle et, si cette femme ne me lâche pas au plus vite, il faudra bien que je réagisse.

Elle ne décramponne pas. Jolanda continue à nous regarder, et cette femme ne me lâche pas…

Alors, je la caresse, mais d'une main légère, en veillant à maintenir une posture qui limite au maximum le contact physique parce que je ne peux pas ne pas me souvenir de ce qui m'est arrivé la dernière fois que je l'ai touchée. Donc, pas sur le cou, ni sur les cheveux, ni sur le dos ou autres parties de son corps douces et éventuellement dénudées, où l'abondance maternelle et un peu molle de sa chair pourrait à nouveau produire ses effets. Ses épaules. Car elles ne sont pas nues ; elles sont dures et je les effleure à peine, juste pour faire acte de présence. Impossible de toucher moins une femme. Et je respire doucement, pour limiter au maximum l'effet de son parfum – de mer, de genévrier, presque de curry – dont je comprends, malgré la très faible dose à laquelle il m'arrive, qu'il est dangereux lui aussi. Malgré tout, alors qu'elle continue à pleurer ferme comme si elle trouvait dans les larmes elles-mêmes l'énergie pour les alimenter, que je pense que toutes ces larmes sont un peu exagérées – d'accord, je lui ai sauvé la vie et au moment où je la lui sauvais, ma femme perdait la sienne, chose qui, selon la version romantique accréditée par Carlo dans ses récits mondains, a déterminé mon incapacité ensuite à bouger d'ici, et je comprends que tout cela puisse sembler émouvant, mais bon, pas *aussi* émouvant – et que surtout me transperce soudain, comme lancée par une sarbacane, une révélation lancinante au sujet de Carlo justement, qui associe la noyade d'une inconnue, évitée grâce à lui voilà deux mois, à celle qu'au contraire il n'a pas pu empêcher, dans la Tamise, voilà vingt ans, de cette jeune fille appelée Tracy à laquelle il n'a pas cessé depuis de penser et qui jette une lumière nouvelle sur l'élan avec lequel je me souviens qu'il s'était jeté à l'eau pour sauver ces baigneuses – m'entraînant moi aussi car c'est la vérité, on a beau dire, il a été le moteur de ce sauvetage, moi je l'ai simplement suivi –, et maintenant je comprends pourquoi il l'a fait, aujourd'hui je comprends pourquoi il s'est ainsi élancé dans l'eau, moi je l'ai fait parce qu'il le faisait, mais maintenant il est clair que lui le faisait parce que personne dans le monde ne devra plus mourir noyé, plus jamais, nulle part, mon pauvre frère – malgré tout, disais-je, alors que je pense à toutes ces choses qui pourraient me propulser loin de l'impact charnel par ailleurs minimal de cette étreinte, *malgré tout*, voilà que ça recommence. Une érection, à nouveau. A nouveau puissante, sauvage. A nouveau provoquée par le contact avec cette femme comme si ma testostérone lui appartenait depuis toujours.

Je tourne le regard pour chercher Jolanda, au cas où elle me regarderait encore, mais par chance elle ne regarde plus par ici : elle tourne en rond, comme ramassée autour de son téléphone portable, les épaules courbées, la tête basse, les cheveux en rideau devant le visage, et elle parle comme si elle racontait un secret. En revanche, Nebbia me regarde, sans doute averti par son sixième sens de la manifestation d'animalité qui en ce moment nous rapproche. Il faut que je reprenne à tout prix la situation en main.

Je me dégage de l'étreinte avec autant de délicatesse que possible. La femme se laisse repousser, ôte ses mains de ma personne et baisse aussitôt la tête en continuant à sangloter, le nez par terre. Elle a de beaux cheveux d'un châtain clair naturel, fins et brillants. Elle est bien habillée, en noir, sans tee-shirt, ni jean moulant, ni nombril à l'air : pantalon et veste légère, d'Armani probablement, comme toute femme riche de quarante ans devrait en porter par cette chaleur ; elle est plutôt petite et, en dessous de la taille, carrément déformée ; et surtout, nous ne nous touchons plus ; mais mon érection ne fait pas pour autant mine de vouloir mollir. Ses seins, bon sang. Ils sont un tel abus de pouvoir que je n'arrive pas à ne pas les regarder. Ils sont refaits, c'est la seule explication, une telle consistance à l'âge où la nature, pour généreuse qu'elle ait pu être par le passé, reprend ce qu'elle avait donné…

Et voici que son visage se relève, lentement, timidement, encore secoué de sanglots : il est lumineux, large, constellé de taches de rousseur, de cette beauté médicéenne que certaines femmes n'atteignent que lorsqu'elles sont vraiment riches.

« Je… », balbutie-t-elle.

Le nez un peu écrasé – ça, je m'en souvenais bien ; les yeux liquides et rougis, gonflés de larmes ; un rang de perles autour du cou, deux pendants d'oreilles chargés de brillants qui capturent la lumière et scintillent.

« Je… »

Et voici que je me livre à un geste fou, que je n'ai en rien décidé d'accomplir – conçu, dirait-on, non par mon cerveau mais par mon membre emballé, avec toute la banalité inévitable qu'il comporte : je pose mon index sur ses lèvres (*mon* index, *ses* lèvres) dans un geste d'une sensualité douce et hardie, prélude parfait à ce que je crains d'avoir alors l'intention d'accomplir aussitôt après, devenu à ce stade possible, proche, naturel même (je voulais la nature, me voilà servi), à savoir empoigner ses fesses plantureuses, la coller contre moi de façon à ce qu'elle sente mon érection sur son ventre et l'embrasser jusqu'à lui couper le souffle. C'est bien ce qu'espère voir mon frère animal, Nebbia, mais elle aussi s'attend peut-être à quelque chose de ce genre, congestionnée comme elle l'est, d'humeurs et d'émotions, le souffle déjà coupé, visiblement prisonnière de la bulle érogène qui s'est créée autour de nous.

Mais je ne suis pas un animal, il faut le dire. J'ai honte.

Allez, on enlève le doigt.

« Chut… dis-je. Ne dites rien. »

Erreur. La vouvoyer s'avère encore plus érogène. Bon sang de bon sang. D'ailleurs quand on bande si fort que les poils tirent à faire mal, *tout* devient érogène.

« Asseyez-vous », dis-je. En changeant de position, peut-être…

Elle s'assied, docile, et moi à côté d'elle.

« Ne pleurez pas. »

Elle acquiesce. Ses mains fouillent dans son sac et en sortent un mouchoir immaculé, avec lequel elle s'essuie les yeux. Elle a cessé de pleurer, mais des hoquets font encore danser ses seins.

« Ça me fait plaisir de vous revoir, dis-je. Comment allez-vous ? »

Elle prend sa respiration mais, au lieu de répondre, recommence à pleurer : plus fort à présent comme si le fait de ne plus être accrochée à moi augmentait l'intensité de son émotion. Jolanda se retourne de nouveau pour nous regarder, mais cette fois, dès qu'elle croise mon regard, elle détourne le sien. Nebbia en revanche continue à nous dévisager, déçu.

Un concert de klaxons monte de la rue, détournant notre attention à tous. Une longue queue s'est formée derrière un encombrement. Il y a un agent de police – un autre, pas l'habituel – mais les conducteurs du bout de la queue ne le voient pas et klaxonnent comme des malades. Au milieu de la rue, une dépanneuse bloque la circulation. L'agent explique aux automobilistes qu'il leur faut prendre leur mal en patience. *La dépanneuse est en train de charger la C3 emboutie* – tonnerre, pile maintenant. L'agent remonte la queue pour essayer de calmer les plus enragés, mais le vacarme ne faiblit pas et finit par dégonfler l'émotion de la femme qui soudain s'apaise.

Malgré les efforts de l'agent, le boucan augmente en même temps que la queue qui s'est allongée jusqu'à la contre-allée. Je voudrais me lever pour voir si le propriétaire de la voiture a décidé de se montrer, découvrir enfin de qui il s'agit ; mais je ne peux pas, non, car bien que mon érection reste au garde-à-vous, depuis que nous sommes assis, ça va plutôt en s'améliorant et, si je me relevais, elle pourrait en faire autant, avec retour à la case départ...

Pour finir, la dépanneuse embarque la C3 et repart dans un nuage d'anhydride de carbone, entraînant toute la queue à sa suite. Partie. Je ne saurai jamais à qui est cette voiture.

Le silence revient. La femme a profité de cette interruption pour jouer du mouchoir et reprendre contenance : maintenant, elle a les traits gonflés et sensuels – on n'en sort pas – qu'ont toutes les femmes après avoir pleuré, mais elle semble avoir récupéré son self-control, elle respire de façon régulière et me regarde avec une certaine fierté. Elle est peut-être même en mesure de parler. Je m'informe :

« Ça va mieux ? »

Son front se plisse : je connais ces rides, elles sont synonymes de compassion. Je les ai vues se former sur divers fronts ces derniers temps parce que, pour certaines choses, les êtres humains sont tous pareils.

« Écoutez, dit-elle. J'ai tout appris hier et je ne sais vous dire combien cela m'a... » Va-t-elle encore pleurer ? Non, elle résiste. Mais pour résister, elle doit se taire. Elle déglutit.

« ... bouleversée, conclut-elle.

— Laissez, ne dites rien. »

Elle plisse les yeux, elle serre les mâchoires, comme rassemblant toutes ses forces.

« Je le sais, ça ne sert à rien de vous remercier maintenant, insiste-t-elle, mais je veux au moins que vous sachiez que si je ne l'ai pas fait avant, c'est seulement parce que… » Sa voix se brise à nouveau et, à nouveau, elle s'arrête pour ne pas pleurer. Ce doit être très dur.

« C'est sans importance, je vous assure. »

L'effort traverse tout son visage, qui semble subir une de ces retouches électroniques pour photos digitales, comme si quelqu'un avait cliqué sur la commande « durcir ».

« Je ne savais pas que c'était vous qui étiez venu me chercher. Vous me croyez ?

— Bien sûr que je vous crois.

— Je ne me souviens de rien de ce matin-là, et mon amie non plus. Nous avons cru ce qu'on nous a dit quand nous avons repris connaissance. Et personne ne nous a dit que c'était votre frère et vous qui nous aviez ramenées à terre.

— Il faut dire que c'était un peu la panique. Et personne ne connaissait nos noms. »

Un autre petit coup de durcisseur et voilà que ses traits perdent tous les signes de faiblesse humaine montrés jusque-là. Incroyable comme il a fallu peu de temps. Maintenant personne ne dirait jamais que cinq minutes plus tôt elle pleurait comme une fontaine.

« Non, dit-elle d'une voix sèche. La panique n'explique rien. On ne nous a pas parlé du tout de vous deux. Sinon, nous vous aurions recherchés, même sans savoir vos noms, et nous vous aurions retrouvés. »

C'est extraordinaire comme elle s'est transformée : maintenant, elle *n'est tout simplement plus* la femme qui un instant plus tôt sanglotait sur mon épaule.

« Vous avez une maison là-bas, vous aussi, n'est-ce pas ?

— Oui.

— Justement. »

Certes, à en croire ce qu'a dit Carlo, il s'agit d'Eleonora Simoncini, l'industrielle du chocolat, bien plus habituée à donner des ordres et à présider des conseils d'administration qu'à crier « Ne me lâche pas ! » ou à éclater en sanglots intarissables ; et la Mercedes S 500, dont je ne remarque que maintenant la présence de l'autre côté de la rue, garée en double file, feux de détresse allumés, est sûrement la sienne, et au volant doit se trouver un chauffeur de toute confiance, qui note les appels urgents arrivant sur son portable…

« Écoutez, souffle-t-elle. Je dois à présent vous poser une question très importante. Accepteriez-vous de répondre ? »

C'est sans doute ainsi que les gens la connaissent : froide, autoritaire, maîtresse d'elle-même. On ne peut certes pas s'étonner qu'elle soit dotée d'une certaine personnalité, mais la rapidité avec laquelle elle l'a récupérée reste prodigieuse : niveau Superman dans sa cabine téléphonique.

« Tout à fait. »

Elle range le mouchoir dans son sac et me regarde droit dans les yeux, le front toujours barré de la ride de compassion.

« Que s'est-il passé exactement quand votre frère et vous êtes entrés dans l'eau pour venir nous récupérer ? »

Pour la petite histoire, je bande encore ; mais il s'agit d'un phénomène désormais résiduel.

« C'est-à-dire ?

— Les personnes qui étaient là ne vous ont rien dit ?

— Non.

— Vous n'avez parlé avec personne ? Vous vous êtes jetés à l'eau comme ça ?

— Oui. Nous nous sommes jetés à l'eau comme ça. »

Son expression durcit encore, même la ride disparaît.

« Personne n'a essayé de vous arrêter ?

— De nous arrêter ? Ah, vous voulez peut-être dire ce crétin qui nous a — »

Oh non. Je viens de comprendre. Une bouffée de chaleur me monte aux tempes tandis que mon cœur cogne dans ma poitrine. Voilà pourquoi elle pleurait tant. Je viens de tout comprendre, *un instant avant* qu'elle tire de son sac la photo qui me le confirme.

« *Ce* crétin ? »

Oh non. C'était son mari. C'est vraiment énorme. J'ai le cœur qui bat comme un fou. L'asperge aux cheveux roux qui nous a dit de ne pas aller les sauver *était son mari*. Voyez-moi ça – la photo de mariage, carrément – en frac, maigre et long comme un jour sans pain, le regard international derrière la main avec laquelle il essaie de se protéger de la pluie de riz, son long bras aristocratique passé autour de la taille de la mariée dans une pose aux relents protecteurs – hum –, et elle, à dire la vérité, qui ne lui accorde pas un regard, son sourire lumineux tourné dans une autre direction, son regard ardent mais distant aussi, comme voilé d'une réminiscence, deux tailles de moins qu'aujourd'hui et donc époustouflante dans sa superbe robe courte couleur crème aux broderies prodigieuses, qui néanmoins

– ça saute aux yeux – ne s'accorde en rien avec l'habit prétentieux où lui est engoncé, à croire qu'elle a été cousue pour un autre mariage.

Je lève les yeux de la photo. La même personne qui là croyait encore dans l'avenir me dévisage avec une dureté glaciale, et n'y croit plus.

L'érection, est-il besoin de le dire, est passée par profits et pertes.

« Je vous en prie, répondez-moi par oui ou par non. » C'est un ordre, cette fois.

« Quand votre frère et vous, vous êtes jetés à l'eau pour venir nous chercher, cet homme a-t-il essayé de vous en dissuader ? »

Nous y voici. Et moi maintenant j'ai plusieurs réponses possibles, trop pour trouver la bonne. Je pourrais par exemple ne plus être aussi sûr de ce que nous a dit ce paltoquet, ou bien je pourrais considérer l'éventualité que la corde qu'il lançait vers les deux femmes n'était après tout pas aussi courte que dans mon souvenir, qu'elle avait pu *me sembler* courte, voilà, et cela parce qu'il avait décidé d'adopter une méthode de sauvetage différente de la nôtre, moins héroïque certes, moins spectaculaire mais, si la corde avait été assez longue, sans aucun doute plus sûre et plus sensée, si l'on considère le danger d'y laisser notre peau que Carlo et moi avons couru en effet, car contrairement à nous qui voulions effectuer un sauve-tage de manière inconsciente, freudienne, lui dans la nécessité légitime de briser la chaîne des noyades qui semblait le poursuivre et moi, comme je l'ai dit, pour ne pas rester à sa traîne, contrairement à nous, disais-je, cet homme pourrait avoir agi dans une plus vaste intelligence des choses, en se souciant de son épouse mais aussi de ses enfants par exemple, pour les protéger au moins du danger de perdre leurs deux parents d'un seul coup… Mais si je plonge dans un tel sac de nœuds, comme m'y porte une redoutable inclination historique, je suis sûr de ne plus en sortir, ou de toute façon pas avec la réponse claire et immédiate – *oui ou non* – à laquelle cette femme prétend. Et alors, très peu pour moi : j'en ai ma claque d'être comme ça, je n'en peux plus, j'ai passé ma vie à miser sur le numéro perdant du raisonnement, de la réflexion approfondie, de cette putain de médiation, sans même me souvenir du moment où j'en ai décidé ainsi, ni pourquoi, et même si désormais je ne peux pas revenir en arrière et faire comme mon frère – envoyer balader sans états d'âme ceux qui vous barrent le chemin –, je peux toujours changer, hé oui, il y a des gens qui changent à quarante ans, pourquoi pas, et même si ce n'était pas un vrai changement, profond, définitif, même s'il s'agissait de ne changer que temporairement, ici, maintenant, en répondant à cette femme comme lui répondrait admettons Carlo, avec l'inconséquence, la clarté, l'insolence, le courage, la certitude, la sincérité, la fatuité et le risque assumé d'avoir tort que je lui ai toujours enviés – eh bien, je m'en tape : ça me représenterait quand même beaucoup plus que de continuer à couper les poils de cul en quatre.

« Oui. »

Et même, Carlo, disons ça : disons que je suis toi, comme l'autre nuit pendant ce long moment génial, pendant qu'on se droguait, et ainsi, tirons le maximum de cette histoire. Le monosyllabe que je viens de prononcer est déjà un sacré pavé dans la mare mais en

réalité, je n'en reçois aucun bénéfice, n'est-ce pas ?
Alors qu'il y a là une occasion juteuse. Je me trompe ?
Alors admettons que je l'accompagne d'un de tes
regards durs et concupiscents, sans aucune retenue ;
elle le soutient, tu vois ? Elle vient d'obtenir la
preuve que son mari a tenté de l'occire, tu imagines
les boules qu'elle peut avoir : et pourtant ce regard
insolent ne lui échappe pas car au fond c'est un formidable compliment à son ego, un compliment précieux à sa beauté déclinante. Tu vois, Carlo ? Ça
marche. Ça marche avec moi aussi. C'est une femme,
après tout. Et – tu vois ? –, revoici l'érection, et cette
fois, elle n'a rien de surprenant, d'illogique ou
d'inouï ; au contraire, c'est la conséquence naturelle
de la satisfaction flattée que nous lisons au fond de
ses yeux – et nous nous moquons qu'elle y soit vraiment ou pas, exact ? Ça nous arrange de lire cette
satisfaction flattée, et nous la lisons, tandis que notre
regard lui dit "Tu sais que tu me fais bander comme
un fou ?", c'est-à-dire ce que nous avons décrété être
la seule chose en mesure de la consoler dans la situation de merde où elle se trouve, et nous pouvons
nous le permettre, attention, nous sommes irrépréhen-
sibles, inattaquables, *innocents*, nous seuls dans le
monde entier, car nous sommes ceux-qui-pendant-que-
son-mari-la-laissait-se-noyer-comme-un-rat-lui-avons-
sauvé-la-vie-en-risquant-la-nôtre-et-tout-de-suite-après-
avons-perdu-notre-femme-et-souffrons-en-silence-en-
nous-consacrant-corps-et-âme-à-notre-fille-au-point-de-
rester-toute-la-journée-devant-son-école, et par conséquent, merde, si nous le faisons – ça marche comme
ça, hein ? –, *si nous nous le permettons*, ça veut dire
que c'est juste.

But atteint : Eleonora Simoncini baisse les yeux et son geste prouve que oui, ça marche en effet comme ça. Mais bien sûr. Quel soulagement pour une fois de ne pas être seulement spectateur. Comme c'est bon d'être pour une fois le dominant hostile qui, putain, prend le meilleur morceau. Quelle libération d'être, cette fois, le gros connard.

Ce qu'il se passe maintenant est un secret, Carlo, mais sérieux. Jolanda voit tout, d'accord, mais de là où elle est, *que* voit-elle ? Elle voit une dondon qui, après toutes ces pleurnicheries, s'éloigne de quelques pas et soudain s'arrête, se penche, regarde par terre, puis relève la tête pour vérifier si l'homme des étreintes la regarde, et en effet c'est le cas, l'homme des étreintes la regarde, alors elle baisse à nouveau la tête et touche le sol de la main, délicatement, de façon insensée. Puis elle se redresse et revient vers lui.

Voilà ce qu'elle voit – c'est-à-dire, *rien*.

Et maintenant moi, je vais te dire ce qu'il se passe en réalité, Carlo, et que personne d'autre ne saura jamais, qui est un secret entre elle et nous. Il se passe qu'Eleonora Simoncini élève ses mains de femme riche jusqu'à hauteur de nos yeux, sa main droite retire lentement son alliance de son annulaire gauche et dans ses yeux le bien et le mal se bousculent – pas seulement le mal, Carlo : et le bien, c'est nous qui venons de l'y mettre. Et puis, il se passe qu'elle se retourne et on dirait qu'elle s'en va, mais au bout de quelques pas, elle s'arrête parce que par terre il y a une grille d'égout, un peu enterrée, tu sais, avec une belle plaque rouillée couverte de feuilles mortes, et il se passe qu'elle s'arrête et se penche, qu'elle regarde ce noir indicible qu'on aperçoit à travers les fentes, et puis elle nous regarde, nous, et sourit, et en souriant, elle baisse la main jusqu'à la grille, et on dirait qu'elle la touche mais non, elle ne la touche pas parce que ce n'est pas nécessaire et, en souriant, elle laisse tomber son alliance dans l'égout.

28

Au bout du compte, on me l'a dit : « Va voir un médecin. »

Mais oui ; c'était un poids qui pesait sur toutes les rencontres, tous les contacts, toutes les conversations ou même les simples bonjour bonsoir que j'ai échangés ces deux derniers mois : mon comportement était anormal, et je devais me faire soigner. Pour finir, on me l'a dit, et c'est Marta qui s'y est collée ; c'est-à-dire l'individu le plus faible de la horde, le plus instable et qui aurait le plus besoin d'être elle-même soignée.

Elle est venue dîner, comme je l'avais invitée, avec les enfants, et nous avons mangé dans la joie, avec Mac qui avait préparé un risotto sensationnel et un hachis tout aussi exquis ; et nous avons observé la nouvelle dynamique post-traumatique s'installer dans la relation entre nos enfants, beaucoup plus nuancée et mûre qu'avant : Claudia qui n'exerçait plus sa tyran-nie sur ses jeunes cousins et eux deux qui se soumet-taient à elle de toute façon, sans opposer de résistance, de sorte que la hiérarchie restait la seule possible – Claudia qui domine, Giovanni en dessous d'elle et Giacomo en dessous de Giovanni – mais sans plus l'ombre d'un conflit. Il s'agit de menus faits, de petits détails – Claudia qui accorde la priorité à ses cousins pour la Play Station, eux deux qui se la cèdent mutuellement en gentlemen –, mais éloquents comme seules savent l'être les petites choses qui concernent les enfants. Lara n'a jamais été nommée, mais ils lui ont adressé un hommage évident en se comportant de la façon dont elle les priait toujours, en vain, de se comporter quand ils étaient ensemble. Et nous deux, Marta et moi, avons observé tout ça et nous nous sommes dit que c'était bien et même émouvant de voir comment la réaction des enfants à la mort de Lara était de *lui obéir*. Puis Marta a informé Mac de sa nouvelle grossesse et lui a montré son ventre nu, lisse, à peine bombé, que Mac a examiné avec une attention chamanique en prophétisant que ce sera encore un garçon ; bref : tout semblait serein, pour autant que la situation le permettait, tout semblait aller pour le mieux ; et nous avons même décidé d'aller à la mer ensemble, le week-end prochain, pour voir si nous devons abandonner cette maison après ce qu'il s'y est passé, ou pas – il est évident que la réaction de Claudia sera décisive, et la mienne aussi, puisque c'est *notre* maison, où est morte celle qui était pour *nous* une maman, une épouse, et où nous sommes peut-être incapables de vivre désormais un seul instant de bonheur ; mais le fait que Marta se soit impliquée avec ses enfants et nous ait proposé son renfort dans ces retrouvailles délicates avec les lieux, m'a paru très généreux de sa part, très protecteur – et pour être franc je ne m'attendais pas à me sentir protégé, moi, par elle. Et puis, Marta était belle : simplement, normalement, *familièrement*, comme parfois cela lui arrive à elle aussi, une belle femme dans une belle maison, à l'aise au milieu des enfants, du vin, des restes du repas, sans rien qui la tourmente. On aurait dit un de ces rares moments d'ordre et de paix qui de temps en temps parviennent à s'imposer même dans les existences les plus chaotiques, et l'impression qui s'en dégageait était qu'alors nous allions réussir, tous les deux, à élever nos enfants sans marque de malheur au fond de leurs yeux, en nous aidant l'un l'autre à maintenir dans leurs vies cette idée chaude de famille qui, pour des raisons différentes, avait disparu de la nôtre. S'il est vrai que Marta a autant besoin de l'énergie des sourires pour aller de l'avant, eh bien, c'était là une belle occasion d'en faire provision.

Mais voilà que soudain, au milieu de ce joli tableau réconfortant, Marta se met à me parler du docteur Ficola. Un psychanalyste, ne lésinons pas : excellent, m'a-t-elle dit, freudien, *sérieux*, *traditionnel* – en insistant sur ces deux derniers adjectifs pour me garantir que, même si c'était elle qui me le conseillait, il ne s'agissait pas d'un vampire ni d'un samouraï, c'est-à-dire que je ne devais pas craindre de me retrouver hors des sentiers battus de l'aristotélisme poussif où, à ce qu'il paraît, je patauge. Elle m'a expliqué qu'elle ne le connaît pas et que, par conséquent, nous respections la règle qui interdit de prendre pour thérapeute un praticien qui a ou a eu comme client, ou même connaît, quelqu'un de vos amis ou de votre famille. Elle a juste dit qu'il lui avait été indiqué par une de ses amies psychothérapeutes, et elle m'a tendu un papier avec son nom et son numéro de téléphone. La raison pour laquelle je devrais aller chez ce docteur Ficola a été donnée pour évidente avec le plus grand aplomb. Après quoi, il a soudain été tard, les enfants étaient fatigués, depuis quelques jours ils sont en retard de sommeil, Marta elle-même avec cette chaleur a du mal à dormir, demain matin elle a une audition, elle devait essayer de se reposer pour ne pas avoir une tête de monstre, bref, en cinq minutes elle a plié bagage et elle est repartie chez elle, en me laissant en plan ici, son papier à la main. Mission accomplie. « Va consulter » : pour finir, on me l'a dit sans même me le dire…

Du coup, pendant la demi-heure qui a suivi, j'ai peiné à me concentrer sur les aventures de Pizzano Pizza – que, dans ma grandeur d'âme, je continue de lire à Claudia, un chapitre chaque soir, bien que son auteur déjanté, paranoïaque et drogué jusqu'à la moelle, ami en secret de Lara, me taxe de *petit con de yuppie* alors qu'il ne me connaît ni d'Eve ni d'Adam ; je m'efforçais de glisser sur ces pages insipides mais j'étais en rogne et je n'attendais qu'une chose : que Claudia s'endorme pour donner libre cours à ma colère. Résultat : Claudia ne s'est pas endormie. D'habitude, elle s'endort pile à la fin du chapitre – il faut reconnaître une chose à ce cinglé : il sait calibrer les chapitres des livres pour enfants – mais cette fois, raté : fraîche comme une rose. Malgré la ventrée de risotto et de hachis de son dîner, elle a déclaré qu'elle avait faim, alors je l'ai emmenée à la cuisine prendre du lait et des biscuits, et puis sur le divan du salon regarder un moment les dessins animés : les rares autres fois où elle a eu du mal à s'endormir, ça a toujours marché, et cette fois, raté là aussi. Samouraï Jack. Spiderman. Scooby-Doo. Maintenant ça s'éternise : Claudia qui continue à ne pas dormir et moi à ronger mon frein. Certes, je comprends que la cause de sa nervosité est *ma propre* nervosité : je le comprends mais l'intervention de Marta, lâchement suivie d'une fuite immédiate, m'a révolté et je n'arrive pas à retrouver mon calme en regardant un danois peureux sauter dans les bras de son maître. Je pense que Marta est gonflée de me proposer un disséqueur de cerveaux comme si c'était moi qui pétais un câble en plein créneau ; mais je suis sûr qu'elle n'est pas la seule à estimer que je dois me soigner, que tous ceux qui m'entourent doivent partager ce sentiment et que la pression ambiante, disons, provoquée par cette opinion collective a eu raison de la plus faible, la poussant à exécuter les basses œuvres d'un vaste gang de commanditaires incapables d'accepter la façon dont je passe mes journées – ou, en deuxième chef, de s'occuper de leurs fesses. La Bande de la Ride sur le Front : mon frère ; Thierry ; Barbara-ou-Beatrice ; Annalisa, ma secrétaire ; Gloria et Paolina, les deux institutrices ; Maria, la gardienne de l'école ; Enoch ; le veuf ; et même mon père, sur son petit nuage d'artériosclérose, même Eleonora Simoncini rescapée de l'uxoricide et, allez savoir, peut-être même Jolanda dont je découvrirai un jour qu'elle a été chargée de guetter l'évolution de ma maladie. Mais après, je pense qu'il me faut toujours justifier Marta, l'absoudre, toujours, même au prix de tomber dans la paranoïa, et je suis encore plus en rogne, vu que cette indulgence que je dois professer à son égard me cloue à mes responsabilités bien davantage que son agressivité envers moi ; parce qu'il est quand même vrai qu'après avoir couché avec elle cette première nuit, j'avais disparu de la circulation, optant pour *la fuite* – à l'époque c'était facile, il n'y avait pas de téléphones portables –, l'abandonnant comme un steak au milieu d'un banc de piranhas, mais il est vrai aussi que, à la différence de tous ceux qui marchèrent sur mes traces, y compris les pères de ses bientôt *trois* enfants, moi, au lieu de prendre mes cliques et mes claques et de m'évanouir dans un monde assez vaste pour qu'elle n'ait plus jamais à me revoir, je me suis mis avec sa sœur, eh oui, et sa sœur, non seulement je ne l'ai pas larguée, mais je l'ai épousée ou tout comme, et je lui ai fait un enfant, et j'ai construit une famille, sous ses yeux, et si une femme m'avait fait ça à moi, il me semble, si elle m'avait jeté comme une vieille chaussette et tout de suite après avait épousé Carlo et était restée pour toujours avec lui, eh bien, il me semble que j'aurais considéré cette femme responsable à jamais de tous les maux de la terre, dont les miens, y compris bien sûr l'anévrisme fatal qui, un jour, aurait emporté son pauvre petit mari sans défense ; et ce n'est pas tout – vu qu'il faut bien expliquer les choses, nom d'une pipe, les gens n'agissent pas sans raison –, alors j'aurais pensé aussi, et je continuerais à penser que cette femme a toujours été amoureuse de moi mais qu'un grave dérangement mental l'a poussée à préférer m'humilier plutôt qu'essayer de me rendre heureux, raison pour laquelle, à la première occasion, je lui aurais conseillé, et plutôt dix fois qu'une, d'aller voir un psychanalyste, et un bon, ne fût-ce que pour la vexer, au moins, et l'empêcher de dormir, ne fût-ce bon sang qu'une toute petite nuit…

Merde. C'est impressionnant le nombre de choses dont on peut m'accuser.

Et Claudia qui ne dort pas. Elle veut revoir le dessin animé de Samouraï Jack qu'elle a déjà vu tout à l'heure, et elle me demande si elle peut passer sur la chaîne + 1, celle qui diffuse les émissions en différé d'une heure : bien sûr que tu peux, petite fleur, même si tu ne comprendras jamais combien pour moi, cette possibilité est exceptionnelle. Avant tout parce que enfant on ne m'autorisait pas à rester debout à cette heure, et si je n'arrivais pas à m'endormir, c'était mon problème, il fallait que je reste quand même au lit, bien sage, à compter les moutons ; et puis parce que tout simplement, *il n'y avait pas* de dessins animés à la télévision, encore moins à une heure pareille, il n'en passait que le samedi à l'heure du déjeuner (« Aujourd'hui Dessins Animés ») et parfois le dimanche après-midi, et c'étaient de toute façon toujours les dessins animés à la noix du socialisme réel, genre Gustavo ou le professeur Balthazar ; mais surtout parce que maintenant on a les chaînes spéciales dessins animés qui, en plus, repassent tout deux fois, à une heure d'écart, c'est une véritable nouveauté, d'ailleurs notre groupe ne la propose que depuis deux ans, depuis l'arrivée des Français, et pour être sincère, j'étais contre, figure-toi, je trouvais que c'était exagéré, pervers, je n'arrivais pas à croire qu'un enfant, dans le chaos de sa vie tout au présent, se soucie de voir une rediffusion si, pour une raison ou pour une autre, il manquait son dessin animé préféré, ni qu'il puisse avoir envie de voir deux fois le même dessin animé à distance d'une heure, ni que ses parents le lui permettent – et pour tout dire, moi qui suis dans la partie, je voyais mal par quel tour de passe-passe Disney, Fox ou Cartoon Network arriveraient à faire du bénéfice quand ils doivent débourser des milliards pour une deuxième chaîne de satellite sans toucher à leur grille de programmes ni au prix de l'abonnement. Et c'est ça, petite fleur, le plus incroyable, le plus anormal, car au bout du compte, ils font un bénéfice, et confortable, ils *perdent de l'argent*, mais ils font un bénéfice, et ça, ce n'est pas normal, comme ce n'est pas normal d'aller au McDo et de découvrir que le menu hamburger + frites + boisson est moins cher que le hamburger et boisson seuls, *sans* les frites – c'est-à-dire qu'on prend les frites, on les jette direct à la poubelle, et on dépense un euro cinquante de moins que si on n'en prend pas. Maintenant je ne peux pas t'expliquer en quoi cela, ou les chaînes + 1, est anormal, je peux faire semblant que c'est normal comme ça l'est pour toi, te caresser et espérer que tu t'endormes bientôt ; mais *ce n'est pas normal*, merde, au moins autant qu'il est anormal que ta mère ne soit pas ici maintenant avec toi, sauf que la première anormalité est commune à tous les gamins occidentaux, pas la seconde...

Samouraï Jack répète ses gestes de tout à l'heure, taciturne et invincible, dans le même avenir noir où les forces du mal l'ont projeté : il rencontre le même cyborg écossais logorrhéique au milieu du même interminable pont suspendu et comme tout à l'heure, il refuse de le laisser passer. Tu observes avec la même attention le combat acharné qui s'ensuit, tendue et frémissante de tout ton petit corps comme si c'était la première fois ; épuisés et incapables de l'emporter, les deux adversaires découvriront qu'ils ont été tous les deux maudits par le même sombre seigneur – et que par conséquent, ils sont en réalité amis...

Désormais, c'est le monde, petite fleur, qui n'est pas normal. Polymères, hormones, téléphones portables, benzodiazépine, dettes, chariots de supermarché, commandes au restaurant, magasins d'optique, A aime B mais B n'aime pas A, l'argent finit toujours volé, toute mort a un coupable. Voilà ce qu'est le monde. *Il n'est plus* normal. Et c'est moi qui dois aller chez le docteur Ficola...

29

Oh, la sonnerie tragique du téléphone retentissant au cœur de la nuit...

Oh, la chaleur de ce baiser...

Je m'étais endormi.

Le téléphone sonne. Les dessins animés. Claudia dort sur le divan. Elle est vivante, elle respire. Oh, ce baiser. Le téléphone continue à sonner. Deux heures cinq. A tous les coups quelque chose de grave. Mon père. Carlo. Marta. Quel baiser ?

« Allô ? »

Un bourdonnement, un crépitement. Une musique dans l'écouteur. Les enfants de Marta. Le baiser du rêve, je rêvais. Je bande...

« Pietro ? »

La voix de Jean-Claude.

Silence.

Le bruit du décompte rapide des unités d'un appel intercontinental.

Dans l'écouteur, une chanson d'Elton John.

« Oui ? »

Silence. Les unités qui défilent.

Ce baiser formidable.

La chanson est *Sacrifice*.

« Comment ça va ?

— Bien. Et toi ? »

Deux heures cinq *du matin*. Maintenant Jean-Claude va s'excuser de m'avoir réveillé – quelle heure est-il là-bas ? Moins huit : six heures du soir –, et me communiquer une mauvaise nouvelle.

Je coupe le son de la télévision.

Je suis prêt.

Silence.

Unités.

Sacrifice.

« Allô ? Jean-Claude ? »

Silence. Unités. *Sacrifice.*

Ce baiser dans l'obscurité, dans le linge sale de l'hôtel.

« Oui ?

— Tout va bien ? Tu es à Aspen ? »

Silence.

Maintenant, il va s'excuser pour l'heure et me l'annoncer.

Quel hôtel ?

Silence.

Il ne sait pas comment s'y prendre. C'est sûrement grave.

Le vide penché…

« Oui. »

Silence. *Sacrifice.*

Oui, il est à Aspen, ou oui, tout va bien ?

Unités.

Ou les deux ?

Dans mon rêve, je me trouvais dans un bâtiment sans fin.

« Jean-Claude, tu m'entends ? »

Unités. Silence. *Sacrifice.*

Un bâtiment sans fin, oui. Une espèce de ville couverte.

« Oui. »

Silence.

Claudia bouge, se tourne sur le côté. Peut-elle tomber du divan ? Dans mon rêve, je la cherchais dans ce bâtiment infini et j'étais dévoré d'angoisse. Non, elle ne peut pas tomber. Mais pourquoi Jean-Claude ne parle-t-il pas ? Comme si c'était moi qui l'avais appelé, et pas lui ?

« Allô, Jean-Claude. Que se passe-t-il ? »

Silence. Le volume de la musique baisse. *Sacrifice* n'est plus qu'une mélodie inarticulée. Que se passe-t-il ?

« Mon père était pilote d'avion. » Toussotement. Ou sanglot ? « Tu le savais ? »

Il est saoul, voilà ce qu'il se passe.

« Oui. »

Silence. Unités. Mélodie inarticulée.

« Et il travaillait peut-être pour les services secrets. »

Saoul comme une barrique. Mon Dieu.

« *Peut-être.* »

Jean-Claude a eu des problèmes avec l'alcool, il y a des années. Mais il en était sorti. Du moins, c'est ce qu'il disait.

« Tu le savais aussi ?

— Oui. C'est toi qui me l'as dit. »

Dans le rêve, mon angoisse était que Lara ait enlevé Claudia.

« C'est pour ça qu'il ne venait jamais me chercher à l'école. »

Silence. Unités. Mélodie inarticulée.

« Il ne pouvait pas, tu comprends ? »

Silence.

« Mais il m'aimait. »

Clic.

Silence. Plus d'unités, plus de mélodie.

« Allô ? »

Il a raccroché.

Et maintenant ? Que va-t-il faire ? Me rappellera-t-il ? Appellera-t-il quelqu'un d'autre ? Dois-je le rappeler ?

J'ai le blues, j'en ai même plusieurs : le blues du réveil, le blues du rêve qui remonte, le blues de ce baiser, le blues de l'érection, le blues du malheur qui flotte encore autour de cet appel téléphonique. Qu'a-t-il bien pu se passer ? Claudia se retourne à nouveau sur le divan, elle bredouille quelques mots incompréhensibles – « sarapin », « parestime »... Mais ensuite elle dit « Trois ! », et cette fois d'une voix haute, claire et péremptoire comme si c'était un ordre. Puis, plus rien. Trois quoi ? De quoi rêve-t-elle ?

Dans le mien, de rêve, elle était en danger, et le danger, c'était Lara.

Je la prends dans mes bras. Elle est toute légère, comme à son habitude. Et à son habitude, elle ne s'abandonne pas, molle, contre moi, mais elle reste raide, droite, les jambes tendues comme des gressins. Genre assistante de prestidigitateur pendant un numéro de lévitation. Comme si sa prof était là pour la tourmenter avec la perfection, même quand elle dort.

Dans mon rêve, Lara n'était pas morte. Nous avions divorcé et Claudia m'avait été confiée. Je me trouvais dans cet immense bâtiment/ville et j'étais fou d'angoisse parce que j'avais peur que Lara l'ait emmenée. Ils étaient tous là, dans ce bâtiment, ce n'était même plus une ville, c'était le monde entier, un monde couvert. Je parcourais en long et en large ce bâtiment/monde et je demandais des nouvelles de Claudia à tous les gens que je rencontrais, mais personne ne pouvait rien me dire. Ils me regardaient, la ride du chagrin sur le front, les yeux embués de compassion. Personne ne confirmait mon soupçon qu'elle ait été enlevée par Lara, et pourtant, j'en étais de plus en plus convaincu et mon angoisse grandissait… C'était ça, mon rêve ; alors, où est le baiser ? Où est le vide penché ? Pourquoi je bande ?

Je dépose Claudia sur son lit avec précaution, pour ne pas la réveiller, je la couvre de son drap bien qu'il fasse vraiment chaud. Je la regarde un moment, comme toujours, mais en tendant l'oreille pour entendre le téléphone du séjour au cas où Jean-Claude rappellerait. Que lui dire, s'il rappelle ? Et que faire s'il ne rappelle pas ? M'inquiéter ? Téléphoner au 911 du Colorado ? D'ici, à huit mille kilomètres de distance ? Ça marche ?

Ce vide, ce baiser. Où ont-ils disparu ?

J'éteins l'étoile Ikea et je me faufile à nouveau dans le séjour pour attendre au cas où Jean-Claude rappellerait. Il a peut-être juste pris une bonne cuite pour passer un cap difficile. Il voulait peut-être s'épancher, mais ensuite il a eu honte. C'est un homme fort. Un milliardaire. Il a une fille de trois ans, une épouse indienne, noble et de toute beauté. Il pourra se récupérer de mille façons. Si je le rappelais, il pourrait se sentir humilié. Je ne peux qu'attendre qu'il me rappelle. Les dessins animés défilent toujours, sans le son.

Le chien Mendoza. Ils ont meilleur compte à les dif-
fuser vingt-quatre heures sur vingt-quatre qu'à arrêter
les émissions pour les reprendre ensuite. Combien
d'enfants regardent le chien Mendoza en ce moment ?
Combien d'adultes, en plus de moi ? Et parmi ces
adultes, combien d'hommes en érection ?

Sur la table, il y a le papier avec le numéro de
téléphone du docteur Ficola. C'est vrai. « Va voir un
médecin… »

A un moment, je me trouvais dans le hall d'un grand
hôtel, où se pressaient des gens très élégants qui
allaient à une fête. Il y avait un petit pavillon en bois
au milieu de ce hall, une espèce de guérite point
d'information d'où sortait une femme que toutefois je
ne voyais pas car je regardais par terre ; je ne voyais
que ses bottes, le genre à la mode quand j'étais jeune :
marron, en cuir, moulant le mollet, avec une fermeture
Éclair, sans la pointe de gnome des bottes actuelles.
Je n'avais pas le temps de voir cette femme parce que
sa main m'attrapait par un bras et avec une force
immense, surhumaine mais aussi naturelle – une force
qui répondait à une loi –, elle m'entraînait au-delà
d'une porte de sécurité en débloquant la poignée
d'urgence d'un coup de kung-fu. A nouveau, je ne
voyais que sa botte années soixante-dix qui claquait
dans l'air comme un coup de fouet ; à nouveau, je
n'avais pas le temps de la voir car maintenant nous
avions franchi la porte et derrière la porte, c'était tout
noir – et, ce qui est pire, le vide…

C'est vrai, *ce* vide.

Jean-Claude ne rappelle pas. Là-bas, chez lui, il est
dix-huit heures quinze. Aspen hors saison doit être
redoutable, comme tous les endroits à la mode hors

saison. Si son père était mort aujourd'hui, dans quelque hôpital de Marseille, et qu'il vienne de l'apprendre, et qu'il ait bu trois ou quatre whiskys d'affilée devant la cheminée en se sentant coupable de l'avoir laissé mourir seul, et qu'il ait eu envie de s'épancher auprès de moi, comme ça, parce que c'est un moment où les amis qui lui restent se comptent sur les doigts de la main, son coup de fil ne serait pas si bizarre…

Ce vide. Ce vide n'est pas le vide absolu, barométrique : c'est un vide solide, pour ainsi dire, pneumatique, élastique et surtout – nous y sommes – il est *penché* ; comme ça, même si la terre soudain manque sous nos pieds, la femme et moi ne tombons pas, nous glissons plutôt dans l'air, en diagonale, à toute vitesse, shootés à l'adrénaline comme au parc aquatique. C'est une émotion du tonnerre, à vous couper le souffle : nous descendons comme des flèches, propulsés dans ce boyau d'air noir – un air qui nous soutient et en même temps, nous attire vers le bas, qui freine notre course mais aussi l'accélère, qui est sans consistance mais en a une quand même –, et la femme me tient toujours par le bras, et maintenant son étreinte *me parle*, fais-moi confiance, me dit-elle, n'aie pas peur, ne me résiste pas, ne résiste à rien, jamais…

Mais le père de Jean-Claude est mort quand il avait vingt ans et sa mère aussi est décédée depuis un certain temps. Alors pourquoi m'a-t-il appelé ? Pourquoi ne me rappelle-t-il pas ? Quel malheur est arrivé ?

Notre chute à pic finit quand elle doit finir, un instant avant que mon cœur n'éclate dans ma poitrine, par un long atterrissage moelleux dans une mer de linge, et la main qui m'étreint me dit qu'il s'agit du tas de linge sale de l'hôtel au-dessus de nous – l'hôtel/

ville, l'hôtel/monde. Il fait toujours un noir d'encre, et maintenant la femme bottée m'aide à me lever même si désormais il n'y a plus ni haut ni bas, et plutôt que nous lever, en réalité, nous nageons dans ce placenta de linge sale qui nous avale et nous soutient, et nous sommes debout mais nous sommes allongés, nous sommes les astronautes flottant dans le cosmos, nous respirons l'intime odeur du monde, l'odeur âcre, pénétrante et pourtant rassurante en même temps, de toutes les culottes, taies, chaussettes, tee-shirts, nappes, combinaisons et draps sales du monde. Et maintenant, la femme me serre dans ses bras, elle est liquide et chaude comme du mercure, et moi aussi je me sens ainsi, je me sens comme elle, je me sens *elle*, et le baiser que nous échangeons – le voilà – est l'évolution naturelle de cette consubstantialité. Terminal, oxhydrique, définitif, c'est le baiser absolu, le *baiser-matrice* qui nous dissout et nous coule l'un dans l'autre, et nous répand dans la beauté chaotique de l'univers...

Waouh, quel rêve. Allez savoir si demain je m'en serais souvenu sans le coup de fil de Jean-Claude. Dans l'encadrement de la fenêtre, la lune presque pleine resplendit de son large visage béotien. Non : je ne me souviens jamais de mes rêves. Cette nuit, Jean-Claude a fait quelque chose pour moi : il m'a réveillé, m'a permis de me souvenir pour toujours de ce vide penché, de ce baiser fou. Mais moi, je n'ai rien fait pour lui. Il est là-bas, orphelin, vaincu, qui écoute Elton John et même si c'était maintenant le moment solennel, le moment où il monte sur le tabouret de la salle de bains, passe la tête dans le nœud coulant en fil électrique, je suis ici, sur mon divan, le zob au garde-à-vous, à regarder le chien Mendoza, et je ne peux rien faire pour l'empêcher. Voilà la vérité. Oh, docteur Ficola, pourquoi puis-je toujours aussi peu pour les autres ? Qui était cette femme ? Pourquoi je continue à bander au lieu de souffrir ?

30

« Allô ?

— Salut, frangin.

— Oh, salut Carlo.

— Comment ça va ?

— Bien. Et toi ?

— Un peu flapi, mais ça va.

— Où es-tu ?

— A Rome, la métropole équatoriale.

— C'est vrai, ce soir tu vas à la remise des prix de MTV. J'ai lu l'interview dans *Repubblica*.

— Quelle interview ?

— Comment, quelle interview ? L'interview dans *Repubblica* d'aujourd'hui. Où on te définit comme l'outsider of the inside.

— Je n'ai donné aucune interview.

— Parfait. Alors ils l'ont inventée de toutes pièces.

— A moins que… Dans *Repubblica*, tu dis ?

— Oui.

— Pas dans le *Corriere della Sera* ?

— Dans *Repubblica*.

— Tu es sûr ?

— Sûr et certain.

— Non, parce que beaucoup de gens mélangent *Repubblica* et *Corriere della Sera*.

— Qu'est-ce que tu racontes ? Je ne les mélange pas.

— Moi si. Il me semblait avoir parlé au téléphone avec une journaliste du *Corriere della Sera*, pas de *Repubblica*. Et je n'avais pas compris qu'il s'agissait d'une interview.

— Bref, tu ne l'as pas vue.

— Non. Je n'ai pas lu les journaux.

— Mais tu as bien un service de presse qui te fait une revue tous les jours, non ?

— En théorie, mais aujourd'hui c'est samedi et il n'y a personne au bureau.

— En effet. Je n'y avais pas pensé.

— De toute façon, ça n'a aucune importance. Plutôt, comment va Claudia ? Je l'ai appelée sur son téléphone portable, mais il est éteint.

— Elle va bien. Elle est ici, sur la plage, avec moi.

— Sur la plage ?

— Oui. Nous sommes à Roccamare.

— Sans blague ? Et depuis quand ?

— Nous sommes arrivés cette nuit.

— Tout seuls ?

— Marta et les enfants devaient venir, puis au dernier moment, elle n'a pas pu.

— Et du coup, vous vous retrouvez tous les deux…

— Et Dylan.

— Ah. Et c'est comment ?

— Super. On se croirait en juillet. Nous sommes sur la plage, et pas tout seuls. On se baigne, l'eau est chaude et —

— Non, je disais quel effet ça vous fait d'être là-bas ? C'est la première fois que vous y retournez, non, depuis…

— Tout va bien.

— Claudia aussi ?

— Oui. Elle est là qui joue au bord de l'eau avec une autre gamine.

— Oui, mais dans la maison ? Comment elle a réagi ?

— Tranquille. Comme si rien ne s'était jamais passé.

— Mais comment est-ce possible ? Quand même, c'est la maison où sa mère…

— Je ne sais pas comment c'est possible. Mais c'est ainsi.

— Tu es sûr ? Ce n'est pas un peu irréfléchi d'aller là-bas tout seuls ?

— Je te l'ai dit : Marta devait venir aussi, puis au dernier moment, elle n'a pas pu.

— J'ai compris, mais vous n'étiez pas obligés —

— Oui, petite fleur ! J'ai vu ! Super !

— …

— Pardon, je parlais à Claudia. Elles font sauter Dylan à travers un cerceau. Et voilà, super !… Si tu voyais les sauts de Dylan : il est tout excité parce qu'en été nous ne l'emmenons jamais à la plage, c'est interdit. En théorie, c'est interdit maintenant aussi, mais comme on est en octobre, les règles sont un peu entre parenthèses, et tout le monde a amené son chien…

— …

— Et puis, de toute façon, tôt ou tard, il fallait.

— Il fallait quoi ?

394

— Venir ici. Pour voir l'effet que ça nous fait, à tous les deux. Il vaut mieux venir par trente degrés et en pouvant profiter de la plage et se baigner comme si on était en été.

— Oui, mais pas tout seuls.

— Ne t'inquiète pas : si je sens que ça coince, je prends la voiture et je rentre.

— Tu pourrais ne pas le sentir, et elle oui.

— C'est quoi, ça ? Tu me crois débile maintenant ?

— Hum, Pietro, je ne sais que te dire. Je n'aime pas penser que vous êtes tous les deux là-bas tout seuls, voilà. Et si je vous rejoignais ?

— Super. Et la remise des prix MTV ?

— Rien à cirer des MTV.

— Tu dois récompenser le meilleur artiste alternatif.

— Eh bien, figure-toi qu'à la place je viens vous rejoindre.

— Une récompense que, d'après l'interview, tu aimerais beaucoup remettre à Björk sauf que tu es sûr qu'elle ira à Franz Ferdinand. A propos, c'est qui ce Franz Ferdinand ?

— C'est un groupe. *Les* Franz Ferdinand.

— Ah. Et pourquoi es-tu si sûr qu'ils l'emporteront ? Les prix MTV sont truqués ?

— Pietro, je parle sérieusement. Ça me tracasse que vous soyez seuls là-bas, dans cette maison.

— Je te crois. Mais ça n'empêche que tu ne peux pas venir. Maintenant tu es dans l'engrenage.

— A trois heures, j'ai un rendez-vous, mais dès que j'ai fini, je saute dans la voiture et je viens.

— Ils viendront te récupérer. Maintenant tu es sur le navire.

— A sept heures, je suis là.

— A sept heures, tu dois aller jouer les outsiders de l'inside.

— T'as fini ! On ira manger des crustacés chez Anna.

— Et les autres viendront te chercher chez Anna. Ils ont des commandos, des hélicoptères, des satellites espions. Et puis, c'est fermé chez Anna.

— Ou alors... C'est vrai ça, pourquoi vous ne venez pas ? Il vous faut deux heures. Vous arriveriez à temps pour le concert au Colisée.

— Carlo, tu n'imagines pas comme on est bien ici.

— Mais si, venez ! J'ai autant de places que je veux. Et à la cérémonie de remise des prix aussi, et puis à la fête. Pense à Claudia, comme elle va être contente. Il y a même Britney Spears.

— Justement. Moins elle la voit, mieux c'est.

— Oh, ça va ! Tu te souviens qui tu écoutais à son âge ?

— Moi ? J'écoutais Pino Daniele.

— Plus tard, oui. Je veux dire à son âge. Tu ne t'en souviens pas, hein ?

— Les Abba ?

— Non ! Pire ! Tu écoutais les Abba quand on habitait déjà via Giotto, donc tu avais au moins douze ans. Non, à neuf ans.

— Note que Claudia a dix ans et demi.

— A dix ans et demi, d'accord. Tu ne te rappelles plus qui tu écoutais ?

— Je n'écoutais personne à dix ans et demi. Je jouais aux legos, ça me suffisait.

— Tu ne te souviens pas de la fête du Rotary,

quand Pippo Baudo t'avait fait monter sur scène pour participer au jeu des questions.

— J'ignore de quoi tu parles.

— Et tu avais gagné. Tu avais reçu un livre, *Les Aventures du Corsaire rouge*. Tu ne te rappelles pas ce que tu avais répondu quand Pippo Baudo t'avait demandé qui était ton chanteur préféré ?

— Faux : je n'ai jamais été interviewé par Pippo Baudo.

— Il y a même une photo, mon coco : c'est moi qui l'ai dans l'album de famille. Toi, ton livre à la main et, devant la bouche, le micro tendu d'une main professionnelle par Pippo Baudo. Tu ne te rappelles pas ce que tu lui avais répondu ?

— J'ai refoulé.

— *I Ricchi e Poveri*, voilà ce que tu lui avais répondu.

— Tu parles. J'avais dû dire ça comme ça, pour brouiller les pistes.

— Quand tu avais l'âge de Claudia, tes chanteurs préférés étaient I Ricchi e Poveri. Tu mesures ?

— Et toi, alors ? Dans ta chambre, tu avais le poster de Gabriella Ferri.

— Rien à voir, je me faisais des pognes sur Gabriella Ferri.

— Des pognes ?

— Ben oui, des pognes. Elle me faisait bander, c'est rien de le dire, avec cette voix rauque. Je mettais *Rosamunda* sur le tourne-disque, je regardais le poster et je me faisais une pogne. C'était génial.

— Tu es bien le seul type au monde qui se soit fait des pognes sur Gabriella Ferri.

— Ça, c'est toi qui le dis. Cucca, par exemple, était accro aussi.

— Vous faisiez la paire, Cucca et toi !

— C'était notre idéal de femme. Énergique.

— Elle est morte récemment, ou je me trompe ?

— Oui, elle s'est tuée. Et ça m'a vraiment fait quelque chose. Je venais de la revoir à la télévision, après toutes ces années – dans l'émission de Pippo Baudo, entre autres : géante, bourrée de médocs, au-delà du bien et du mal. Magnifique. Je te jure, ça m'avait donné envie de la connaître. De lui téléphoner et de lui dire : "Madame Ferri, quand on était ados, Cucca et moi, on se faisait des pognes en pensant à vous."

— Belle consolation.

— Toujours mieux que rien. Je ne dis pas que ça aurait changé quelque chose, mais —

— Oui, d'accord ! J'arrive ! Dylan… ici ! Excuse-moi, Carlo, Claudia veut retourner se baigner et je dois attacher Dylan, sinon il la suit. Viens ici, mon beau. Ici. Non, non, non : pas de baignade. Ici. Tu restes ici, bien sage. Voilà. Comme ça.

— Pietro ? Tu es là ?

— Oui.

— Je parle sérieusement, pourquoi vous ne viendriez pas ?

— Maintenant on est ici, Carlo.

— Raison de plus. Vous n'êtes pas loin. Descendez. Ça vaut mieux.

— Ce n'est pas possible. On a Dylan. Il faudrait le caser. Et puis Claudia s'est déjà organisée pour ce soir avec les petites copines qu'elle a trouvées ici. C'est

Halloween, elles vont faire le tour des maisons pour récolter des bonbons.

— Laisse-la décider. Passe-la-moi.

— Elle se baigne.

— Je rappelle dans un moment.

— Allez, n'insiste pas. Tout va bien, crois-moi.

— Non, Pietro. Cette maison, ça ne va pas…

— Écoute, tôt ou tard il fallait tester. On ne —

— Et Halloween non plus, ça ne va pas, si tu veux savoir. Il faut que tu y retournes pile à la fête des morts ?

— Halloween n'est pas la fête des morts.

— C'est la fête des morts, des sorcières et des fantômes.

— C'est Samain, l'ancien jour de l'An celte. Cette fête est un exorcisme contre l'hiver et les famines, et plus tard les Irlandais émigrés en Amérique l'ont combinée avec la légende de la lanterne de citrouille, les masques et les farces.

— Quel pédant ! Maintenant pour parler d'Halloween, il faut être diplômé en anthropologie.

— Je le sais parce que c'est écrit dans le journal d'aujourd'hui, juste à côté de ton interview. Et de toute façon, ça n'a aucune importance parce que ce n'est pas comme ça qu'il faut voir l'affaire.

— Quelle affaire ?

— Que ce soir, Claudia et moi fêterons Halloween ici.

— Et comment faut-il la voir ?

— Que ça s'est trouvé comme ça, c'est tout. C'est un passage délicat, c'est vrai, et il n'était pas prévu que nous soyons seuls, mais ça s'est trouvé comme ça. Qu'on soit le 31 octobre est une pure coïncidence. Ça s'est trouvé comme ça. Il faut aussi faire confiance à la pente que prend le monde, de temps en temps, non ? Oui, petite fleur, j'arrive ! Écoute, Claudia m'attend dans l'eau, elle veut que je la fasse plonger. Avec les sauts périlleux qu'elle a appris, elle épate tout le monde...

— Je l'ai vue, cet été. Veille plutôt à ce qu'elle ne s'assomme pas. Je connais des gens qui après un plongeon, se sont retrouvés —

— Minute, qu'est-ce qui te prend ? Tu invoques l'album photos familial, tu as peur des fantômes, tu prédis des malheurs : on dirait tante Jenny.

— Je ne sais pas, Pietro. Ça ne me plaît pas de vous savoir seuls là-bas, je te l'ai dit. Cette maison, je pensais même te proposer de la vendre, alors tu vois...

— On avisera. Voyons comment Claudia réagit.

— On peut en acheter une autre ailleurs. En Sardaigne. En Ligurie. En Grèce. Et plus belle.

— Bien sûr, mais pas de précipitation. Nous sommes tous attachés à cette maison. Si on peut la sauver, c'est mieux. On aura toujours le temps de la vendre.

— Bon, de toute façon, ne te mets pas martel en tête. Pour moi, on peut la vendre dès demain.

— Merci. Nous verrons ce qui vaut mieux. Bon, il faut que j'y aille, Claudia m'attend.

— Oh, fais-lui un bisou de ma part.

— Bien sûr.

— Et dis-lui d'allumer son téléphone portable. Je lui ai envoyé quelque chose.

— D'accord, je lui dirai.

— C'est un secret entre elle et moi.

— Ah. Bon, d'accord. On s'appelle demain.

— Oui. Demain.

— Et ne t'inquiète pas, tout est sous contrôle.

— O.K. Amusez-vous bien.

— Toi aussi. Et donne le bonjour à Björk de ma part.

— Salut Pietro.

— Salut. Voilà ! J'arrive ! »

31

Je n'ai pas tout dit à mon frère. Non…

Oui, c'est vrai, Marta s'est désistée au dernier moment dans un coup de téléphone lapidaire, en me laissant comme alternative d'aller à la mer tout seul ou de ne pas y aller du tout ; et c'est vrai que c'était un peu risqué de décider de venir – seuls, ici, Claudia et moi, dans la maison où Lara s'est écroulée sous ses yeux (j'ai de nombreuses fois essayé d'imaginer cette scène, mais sans jamais pouvoir dépasser l'instant où Lara s'affaisse et où le plat de jambon cru et de melon se fracasse au sol ; la réaction de Claudia, son cri de frayeur probable, son mouvement pour courir s'agenouiller en répétant « maman, maman » au mannequin inanimé que Lara était devenue, et surtout le sentiment d'abandon qu'elle a dû éprouver en constatant que je n'étais pas là, que j'étais encore à la plage et que je ne répondais même pas au téléphone… non, ça, je n'arriverai jamais à l'imaginer). Et c'est vrai qu'on se croirait en juillet, c'est vrai qu'on est très bien, c'est vrai que Claudia est sereine ici et qu'après dîner, elle a sillonné la pinède, masquée, avec une bande d'enfants, à la chasse aux bonbons ; c'est vrai que Maria Rosa, la dame qui vient du village pour s'occuper de la maison, a pieusement éliminé toutes les traces de Lara en stockant ses vêtements dans la malle, en lavant tout le linge, en désodorisant les placards, en enlevant de la circulation tous les produits et les objets qui renvoient à Lara, des crackers diététiques dont elle était la seule consommatrice jusqu'aux crèmes hydratantes et à la cire à épiler. Tout ça est vrai ; et au fond c'est vrai qu'en venant ici, comme je l'ai dit à Carlo, j'ai suivi la pente du monde, en laissant les circonstances décider à ma place ; mais je n'ai pas spécifié la circonstance décisive, le coup de pouce qui m'a fait atterrir ici. Je ne l'ai pas dit à Carlo, ça non…

Le fait est que je n'ai pas hésité longtemps à venir ou pas, et la raison pour laquelle je me suis décidé si vite n'a rien à voir avec Claudia, et c'est la même raison pour laquelle je n'aurais jamais permis à Carlo de nous rejoindre et que je n'ai pas une seconde pris en considération l'idée, qui n'avait rien de farfelu, de sauter dans la voiture et d'emmener Claudia à Rome, s'étourdir de MTV. Le fait est que, sur le banc du square devant l'école, juste après l'appel de Marta me disant qu'elle ne pouvait pas venir à la mer, j'ai reçu une visite. Eh oui. Eleonora Simoncini. Vêtue de clair, cette fois, d'une élégance beaucoup plus agressive, presque guerrière, un décolleté fascinant sous sa veste, une jupe scandaleusement serrée sur ses deux fesses rebondies et une paire de bottes couleur crème, très différentes de celles de la femme de mon rêve, mais pour moi tout aussi hypnotiques, et même d'une vulgarité surprenante. Elle portait ses cheveux enroulés dans une espèce de turban châtain, d'où retombaient sur son visage des mèches rebelles qui semblaient avoir été étudiées avec soin pour renforcer l'impression d'une terrible tension intérieure. C'était fatal, qu'elle revienne : sa venue ne m'a certes pas surpris comme deux jours plus tôt, toutefois elle m'a encore plus troublé parce qu'elle exprimait quelque chose d'obscène, vraiment, c'était une espèce de rugissement libre et sauvage, contre toutes les raisons qui auraient dû la confiner au registre des apparitions dignes et plus ou moins dolentes dont, depuis deux mois, mes journées devant l'école sont émaillées.

Eleonora Simoncini est venue et elle m'a parlé avec une intimité embarrassante. Elle m'a informé qu'elle a mis le salaud (ce sont ses propres mots) à la porte et, pendant qu'elle le disait, elle était à des années-lumière de la solennité avec laquelle, deux jours plus tôt, je l'avais vue jeter son alliance dans l'égout : elle était légère, au contraire, et l'énergie jaillissait de tous ses pores, comme si elle avait découvert, pendant ces quarante-huit heures, qu'elle n'avait jamais désiré autre chose qu'échapper à un uxoricide pour pouvoir se débarrasser de son mari avec les meilleures raisons ; et c'était une énergie totalement physique, comme si le contrecoup de cette découverte s'était répercuté dans sa chair, l'affranchissant d'une mortification ancienne. Elle m'a raconté qu'elle a présenté au salaud une proposition d'accord pour une séparation à l'amiable, rédigée par ses avocats suisses, dans laquelle elle garderait maison et enfants et, en qualité de conjoint plus aisé, lui verserait la somme ridicule de 1032,91 euros mensuels, équivalant au salaire net perçu par le marin appelé Oreste qui s'occupe du yacht qu'elle lui a offert à l'occasion de leur quinzième anniversaire de mariage, et qui représente son bien personnel le plus conséquent ; elle m'a joyeusement énuméré tous les vices coûteux

404

que dorénavant le salaud ne pourra plus se permettre (de la collection d'art moderne à la sponsorisation d'une écurie de motonautique) et aussi les étapes de la ruine totale – économique et surtout juridique – qui s'abattrait sur lui s'il se hasardait à refuser sa proposition. Mais ensuite, comme si c'était en rapport avec sa vengeance et sans que j'aie le moins du monde évoqué la question, elle m'a dit qu'elle irait passer le week-end dans sa maison de Roccamare, et que si, par hasard, j'y allais moi aussi, nous pourrions nous voir. Toute son énergie, tournée jusque-là contre son mari, s'est alors concentrée sur moi, créant avec quelques éléments primitifs – le parfum, le regard savamment baissé, la tenue prédatrice et, donc, cette simple phrase au conditionnel – un formidable champ de force sexuelle qui faisait d'elle une espèce de chèque en blanc glissé dans la poche de ma veste. Tiens, remplis et encaisse. C'est ça, la pente du monde…

Et donc, me voici ici, en tee-shirt, fumant dans la véranda de la maison où, voilà tout juste deux mois ma femme est morte, sous la lune pleine qui brille dans une chaleur tropicale tandis que le vent tiède agite la cime des pins, prêt à envoyer un SMS comme le premier crétin d'ado venu. Le voici, ce message, qui brille sur l'écran de mon téléphone portable avec toute sa famélique, hormonale absurdité : *Voie libre*. Mais je ne l'envoie pas encore. Je le garde pour le moment sous le coude, et je ne l'envoie pas. Je ne suis pas du tout indécis en réalité : je sais bien qu'au bout du compte j'appuierai sur la touche et que le message partira, mais en même temps, je m'efforce de le bannir un instant de mon esprit et de me penser de la façon dont Carlo me pense, perdu comme un solo de trompette dans cette nuit merveilleuse, mélancolique, bon, concentré sur ma souffrance et sur le devoir de la tenir le plus loin possible du lit où ma fille dort – tout au plus tenté de m'enquiller deux ou trois verres de rhum pour alléger le fardeau qui pèse sur mes épaules. Le cinéma américain pullule de ce genre de héros. Gregory Peck. James Stewart. Henry Fonda. Kevin Costner. Après tout, jusqu'ici, je pourrais encore être ce héros. Je n'ai encore rien fait qu'ils n'auraient fait, et si la souffrance m'assaillait, ici, maintenant, si elle cessait de me tourner autour, tapie dans la vie des autres et me plantait une bonne fois ses crocs recourbés dans l'estomac, je pourrais le devenir vraiment. Je suis prêt pour ça, ça fait deux mois que je suis prêt, que j'attends de souffrir…

Voie libre.

Je repasse le disque de Radiohead dans la chaîne que j'ai transportée ici. Désormais, il ne me parle plus à l'improviste, je connais toutes les chansons par cœur et c'est moi qui décide de les interroger. Numéro deux. *Pyramid Song*. Voici la plainte du piano, le déchirement de la voix qui gémit avant de commencer à chanter : *Jumped in the river what did I see / Black-eyed angels swam with me…* Combien de soirs Carlo a dû passer à souffrir en écoutant cette chanson ? En pensant à tout ce qu'il aurait pu faire avec cette fille si elle ne s'était pas jetée dans le fleuve ? Jusqu'à n'en plus pouvoir, jusqu'à se livrer pour toujours aux doses, aux seringues, aux rouleaux de billets de banque et aux feuilles de papier aluminium ?

Voie libre.

Numéro 17, maintenant. *Big Ideas*. La chanson que j'ai tout de suite consultée, l'autre matin, après le départ d'Eleonora Simoncini parce que je me souvenais qu'elle comportait des paroles liquides, sages, très appropriées à moi, et que j'ai écoutée et réécoutée pendant le voyage, la nuit dernière, en descendant de Milan, avec Claudia endormie sur la banquette arrière, et puis aussi ce soir, tandis qu'elle fêtait Halloween au clair de lune avant de rentrer avec un plein sac de Mars, KitKat, œufs en chocolat et autres cochonneries, fatiguée, sale et prête à dormir. J'ai dû l'entendre cent fois, désormais, reconnaissant à chaque fois l'absolue vérité de ce qu'elle dit et toutefois sans jamais cesser de penser à mon chèque en blanc. La voici : *She kisses you with tongue / And pulls you to the bed / Don't go you'll only want to come back again.* C'est vrai, chanson. Tu as raison. Ça se passerait ainsi. *So don't get any big ideas / They're not gonna happen / You'll go to hell for what your dirty mind is thinking.* C'est vrai. Ça se passera ainsi…

Je me lève, rentre dans la maison. Claudia dort à poings fermés dans sa chambre. Carlo lui a envoyé sur son téléphone portable l'image d'une courge qui claque des dents de peur. Ça l'a emballée, ça oui, mais elle me l'a tout de suite montrée – ce n'est donc pas un secret. Je retourne dans la véranda. La Golf de Lara resplendit dans l'allée sous les rayons de la lune. Ainsi privée de sa plaque d'immatriculation, elle a un air sinistre, spectral. Au fond, Carlo avait raison, Halloween *est* la fête des morts. A en croire l'article dans le journal, les Celtes craignaient que le premier novembre, les esprits des défunts puissent retrouver le monde des vivants, provoquant ainsi la dissolution temporaire des lois du temps et de l'espace : tout alors aurait pu arriver, même que les morts reviennent de l'au-delà, pour se mêler aux vivants et fêter avec eux.

Voie libre.

Voilà, je l'ai envoyé. La pente du monde n'a rien à y voir, j'ai agi de mon plein gré.

Je ne serai jamais ce héros.

32

Pommette, commissure de la bouche, lèvres, lobe de l'oreille, boucle d'oreille…

Je suis en train d'embrasser des détails.

Je garde les yeux ouverts, je veux voir ce que j'embrasse : ce sont des détails d'une blancheur émouvante, des parties du corps marginales, hors échelle, parce que désormais cette femme ne tient plus tout entière dans mes yeux : comme si elle était devenue infinie, imaginaire…

Et je respire fort avec le nez, j'aspire tout le parfum dont elle s'est aspergée, mais aussi l'odeur humaine qui est dessous et qui peu à peu grandira, par induction, sécrétion, friction, jusqu'à dominer sur le parfum quand je serai en elle. Car ça se passera et c'est une certitude : maintenant on peut douter de tout sauf du fait que bientôt je serai en elle, et son odeur naturelle de mammifère prévaudra sur la délicate essence marine dont elle l'a recouverte. C'est cette certitude qui m'exalte, même si je n'ai encore rien fait, même si je n'ai rien commencé – oh, c'est un moment totalement grisant : ça valait la peine de mentir, de feindre, d'envoyer des SMS, cette peau est grisante, cette bouche est grisante, les cheveux, le cou, ce cou est grisant – ou plutôt : les différentes parties de ce cou, le tendon, la veine, la tendre cavité à la naissance de l'épaule sont grisants comme est grisante la promesse contenue dans tout ce corps que j'étreins, dans ces hanches que je me limite à caresser doucement, dans ces seins que je n'ai même pas encore effleurés mais qui appuient avec insistance contre ma poitrine ; et en dehors d'elle aussi, il y a la même promesse, dans l'odeur de l'herbe, de la terre, de la nuit chaude, dans l'obscurité resplendissante de lune, dans la rumeur du vent, dans ces putains de rossignols qui lancent leurs trilles, dans la nature en folie qui nous entoure, car nous sommes le 31 octobre, ne l'oublions pas, et il ne devrait pas en être ainsi…

Je presse avec le menton sur sa peau, la barbe d'un jour est comme un courant électrique sur les parties sensibles et en effet elle s'agrippe à mes épaules, halète, s'abandonne, et voilà, voilà, sa tête est inclinée sur le côté, ses cheveux tombent en arrière, je suis maître de son cou – c'est le moment. J'ouvre la bouche et je la remplis de sa chair, je mets toutes mes dents en contact avec sa peau, je suce pour trouver une parfaite adhérence ; elle ne sait pas encore pourquoi, elle ne l'imagine pas, elle geint et soupire comme s'il ne s'agissait que de ça, mais il ne s'agit pas que de ça – elle n'imagine pas la morsure que je vais lui infliger. Tandis que moi, je le sais parce que je l'ai éprouvée une fois et que, depuis ce moment-là, je n'ai plus jamais touché une femme sans penser à Marta. L'amour n'a rien à voir, c'est vraiment un geste de vampire : un jour, elle m'a mordu ainsi et moi depuis je répète ce geste chaque fois que je peux. Voici, en effet : j'y vais. J'enfonce mes dents, oui, je commence à serrer, et je sens tout de suite le frisson qui parcourt sa chair, le muscle qui se tend, les nerfs qui se délitent et le souffle de ses soupirs monte en un long « aaahh » empli de stupeur. Oui, de la stupeur. Car je ne la mords pas avec mes incisives, mais avec *mes canines*, ce sont elles qui plongent avec force, exactement comme si elles devaient percer la jugulaire pour lui soutirer son sang – et il est étrange qu'on n'y soit jamais préparé : malgré tous les films de Dracula, on n'imagine jamais que quelqu'un puisse nous mordre ainsi, ni combien c'est bon…

La morsure s'accentue – « aaahh » –, mais sans faire mal, je le sais, parce que le plaisir qu'elle procure a quelque chose d'anesthésiant. C'est la peur qui la raidit, pas la douleur : peur que les mâchoires ne s'arrêtent plus – je la connais, je l'ai éprouvée –, qu'elles continuent à serrer jusqu'à détacher une bouchée de chair. Et alors, j'arrête d'enfoncer. Je serre toujours mais je n'augmente plus parce que je ne veux pas lui faire mal, je veux la tenir entre mes dents et la sentir gémir, inerte, gémir, gémir et se livrer, dans un abandon légendaire, dramatique, lumineux, fou : l'abandon des affamés qui perdent connaissance, des proies étourdies qui pendent de la gueule du léopard – l'abandon de la jeune fille qui se noyait, qui a lutté contre Nosferatu venu à son secours, qui a préféré mourir qu'être sauvée par lui, qui a tenté de l'entraîner sous l'eau avec elle, mais en vain, qui alors s'est rendue, s'est laissé prendre, sauver, embrasser et sucer tout le sang…

« *Aaaahhh* »…

Voilà qui est fait : je commence à lâcher prise. Eleonora Simoncini a éprouvé un plaisir qu'elle n'oubliera plus et qui, à lui seul, lui permettrait de rentrer chez elle comblée, sans besoin d'en éprouver d'autre. Pourtant, comme c'était évident, dès que je détache ma bouche de son cou, elle prend l'initiative, on dirait qu'elle veut racheter la passivité morphinique où ma morsure l'a plongée, et elle se met à m'embrasser avec fougue, à m'étreindre, à me lécher, et sa main descend soudain, précise comme une prise de karaté jusqu'à me saisir à travers ma braguette – geste que j'ai toujours beaucoup apprécié en vérité, parce que dans son insolence il garde quelque chose de pudique, d'adolescent et il a pour moi une saveur d'années soixante-dix, de Patrizia Pescosolido, ma première nana, des flirts exténuants avec elle dans la mansarde de Gianni Albonetti dit "Futur", dans la lumière sourde des ampoules rouges et bleues, entre ces quatre murs tapissés d'emballages d'œufs, avec ce disque de Brian Eno que le tourne-disque ressassait jusqu'à l'écœurement… De la même façon, pendant qu'elle presse ma queue contre la toile de mon pantalon, et la serre de plus en plus fort comme si elle voulait la cueillir et l'emporter, je peux enfin me consacrer à ses nichons, et je les palpe à deux mains comme j'en ai le désir depuis le premier moment où je l'ai vue, l'autre jour devant l'école ; mais moi aussi, par une sorte de symétrie obligée, romantique, je me limite à un contact extérieur, sans violer le voile de tissu qui les enveloppe. Et au fond, c'est aussi un moment grisant parce que Eleonora Simoncini ne porte pas de soutien-gorge, non, telle Patrizia Pescosolido à seize ans, preuve ultime que ses seins sont refaits, et en effet ils réagissent avec une élasticité inhumaine – *chbong* : on dirait qu'ils sont à ressort –, une espèce de sourde obéissance de cyborg à l'ordre de rester toujours hauts, gros et fermes quoi qu'il arrive, et ainsi, les nombreux plaisirs engendrés par le contact avec ce prodige s'augmentent de celui, chaud et pervers, de revenir sur une opinion, puisque j'ai toujours réprouvé cette pratique de gonfler au silicone une poitrine de femme dans le but de *l'améliorer* mais, si tel est le résultat, je vais vite faire amende honorable…

Bien sûr nous continuons à nous embrasser, mais désormais ce sont des baisers sans saveur, un dérivatif, nous avons l'esprit ailleurs. Nous ne faisons plus un, comme tout à l'heure pendant que je la mordais ; il n'y a plus cet abandon végétal, nous sommes redevenus deux individus distincts qui pompent de l'adrénaline dans les sombres cavernes de leur moi et s'agitent l'un sur l'autre dans la tentative d'apaiser la fringale qui en découle – presque en compétition l'un avec l'autre, oui, presque en lutte. Et c'est elle qui élève le niveau de cette compétition, en franchissant le pas que Patrizia Pescosolido avait employé un long hiver à franchir, à savoir passer de l'extérieur à l'intérieur de la braguette. Je sens sa main forcer sur les boutons, les arracher presque, glisser dans le slip pour empoigner ma queue comme un marteau. Et moi alors, toujours par symétrie, je soulève son tee-shirt jusqu'au cou, dévoilant le blanc absolu de ses seins, et je les empoigne aussi, oui, je m'en remplis les mains, je les presse, je les sens déborder de mes doigts – je les *utilise*, on peut bien le dire, dans le but ultime pour lequel ils ont été réalisés. Je m'en rassasie, c'est indéniable, mais maintenant quelque chose de mécanique marque la correspondance qui s'est établie entre sa main et les miennes, si elle me griffe le pubis, aussitôt je serre son téton plus fort, comme si le dialogue qui ne s'est jamais instauré entre nous se présentait soudain sous cette forme teigneuse et primitive, sans aucune tendresse, aucune liberté. Et comme cette femme n'est pas Patrizia Pescosolido, que nous n'avons pas seize ans, que nous ne sommes pas dans la mansarde de Gianni Albonetti dit « Futur » et que nous ne pouvons pas passer la nuit à la façon dont, en revanche, nous adorions passer des après-midi entiers, à nous embrasser et à palucher nos parties nobles, voici que je ne suis déjà plus assouvi, et que se manifeste une intuition basse – géniale, s'il s'agissait d'une compétition, mais aride et désolante, il faut le reconnaître, si l'on pense que ce devrait au contraire être une union –, puisque cette fois, c'est moi qui fais le pas suivant, en me jetant avec la bouche sur ses tétons, en les suçant, d'abord l'un, puis l'autre, puis *tous les deux en même temps* (parce qu'on peut carrément l'entasser, cette chair armée en une masse critique d'une hauteur impressionnante) avec une avidité impudemment tactique parce qu'on ne peut pas dire que ce soit mieux ainsi – au contraire, c'est pire, les distances sont à nouveau annulées et la vision mythique des seins épanouis au-dessous du tee-shirt roulé a disparu – sauf que, dans le mécanisme qui nous gouverne, elle ne peut répondre à mon geste que d'une seule et unique façon. Oh, je sais, Eleonora Simoncini : je connais la règle qui régit ces choses entre les bourgeois que nous sommes, je sais que la première fois on ne la prend jamais dans la bouche ; je ne dis pas que je l'approuve, car pour ma part je la trouve inutile, absurde et plutôt hypocrite, mais je sais qu'elle a cours et je t'assure que, dans le passé, je l'ai toujours respectée, si ça peut avoir une importance, ou je l'ai peut-être subie, mais en tout cas, je l'ai acceptée ; mais cette nuit, c'est différent et maintenant je désire l'enfreindre, cette nuit est une exception à toutes les règles et maintenant je désire que tu me suces la queue, et la fougue canine avec laquelle je te suce les tétons n'est rien d'autre que l'ordre de passer à l'action. Tu n'as pas le choix, mesure-le : je suce ce que tout à l'heure je tenais dans mes mains ; tu tiens ma queue dans ta main, alors c'est à toi maintenant de sucer : logique imparable, non ?

Et elle passe à l'action. Ni soumise ni hésitante, sans donner du tout l'impression de subir une quelconque coercition : au contraire, maîtresse de ses gestes et même contente de les accomplir, à en juger au regard réjoui qu'elle me lance avant de descendre le long de mon ventre ; voilà qu'elle soulève mon tee-shirt et commence une tortueuse marche d'approche en baisers et suçotements, le long de ma poitrine jusqu'aux poils autour du nombril, puis directement sur le nombril – mais il ne faudrait pas qu'elle insiste trop car il s'agit d'une espèce de torture, et il y a des femmes qui ne se rendent pas compte comme ça peut devenir insupportable... Mais non, elle n'insiste pas trop, elle continue sa descente et quand elle se retrouve avec ma queue pointée vers sa gorge, elle l'interprète correctement comme le signal de fin de course et cesse de me tourmenter. Nous y sommes : elle se met à genoux, finit de déboutonner mon pantalon, le baisse tant qu'elle peut, baisse mon slip de la même façon, le tout avec la solennité nécessaire car elle est bien consciente de l'afflux de sérotonine que ce cérémonial provoque dans un cerveau masculin. Mais ensuite, elle a un geste étrange auquel je ne m'attendais pas : elle prend ma queue à la base et la soulève, en l'air comme si elle savait aussi combien il est agréable de la sentir effleurée par la brise de cette nuit marocaine et elle reste quelques secondes immobile à la regarder – à l'oxygéner, ai-je envie de dire, comme le bon vin avant de le boire ; puis elle souffle sur les boucles de cheveux qui tombent devant ses yeux et fourre mon outil dans sa bouche.

Oh, *le début* d'une pipe — Oh. Chaque fois, je m'étonne qu'une chose aussi simple soit aussi infaillible. Une bouche qui s'ouvre, et en route : un minimum de moyens. N'importe qui peut le faire. Et pourquoi ça n'arrive pas plus souvent ? Pourquoi en faisons-nous une marchandise si rare ? Nous sommes fous, tous.

Je ferme les yeux : tout est parfait, léger, étranger, et dans ma vie, je ne suis qu'un visiteur, un extraterrestre tombé du ciel d'une civilisation supérieure jusque dans la bouche chaude de cette femme. Oh, c'est merveilleux de rester ainsi, sans penser à rien, flottant dans un présent si pur et si absolu que je n'arrive même pas à être dedans...

... Mais hélas, comme rappelés par cette absence de contrariété, voilà que les occupants de mon cerveau pointent leur nez, surpris, dérangés, *envieux*, chacun avec son commentaire à la con. Lara : « Comment peux-tu ? » ; Marta : « Tu as vu ? Tu es un porc » ; Carlo : « Tu as vu ? Tu as menti » ; Piquet : « Tu as vu ? Tu es un faux jeton » ; la fiancée de Piquet : « Moi, je les fais mieux » ; le fils de Piquet : « Sept millions huit cent soixante-trois mille six cent quatorze »...

Je rouvre les yeux et la foule se disperse. Voyons : je ne fais rien, c'est cette femme agenouillée dans l'herbe qui agit. Je ne suis qu'un mets consommé avec soin, mon état est fluide, je suis une idole qu'on vénère – pure inertie sensible, innocence, inconscience, dépendance... mais en gardant les yeux ouverts, *je vois*, et ce que je vois est pure pornographie – la tête qui ondoie entre mes jambes, les seins qui s'écrasent contre mes cuisses, les joues creusées par la succion –, qui excite à nouveau le démon de la compétition, de l'insatisfaction, me filant une formidable envie de... de...

Oh, comment tout ça bascule-t-il si vite ? Si je ferme les yeux, tout se réduit à une fantaisie sexuelle grouillante, si je les garde ouverts, je suis de nouveau saisi du désir de m'emparer, de posséder, de donner du plaisir au lieu d'en recevoir. *Donner du plaisir* : ridicule. J'ai déjà fait beaucoup plus – il faut que je raisonne, nom de Dieu –, je lui ai sauvé la vie : sans moi, elle serait cendres dans une urne, alors le plaisir... – pleurée, incinérée et ensevelie aux côtés de son papa adoré dans le caveau de famille de quelque rutilant cimetière suisse, et le patrimoine fabuleux qu'il lui a laissé, ainsi que les postes auxquels elle lui a succédé dans les sociétés du groupe (chocolat Brick, d'abord, lait en poudre et préparations pour flan en ce qui concerne les produits sucrés, leur branche historique, ainsi bien sûr que toutes les holdings, les sociétés financières et les fiduciaires qui escamotent l'argent, mais aussi les récentes acquisitions issues de la foire d'empoigne de la globalisation, genre appareils de fitness, il me semble, et même structures gonflables pour parcs d'attractions), tout ça serait tombé aux mains de son salaud de mari ; raison pour laquelle, c'est pas compliqué, cette pipe, je la *mérite*, et elle est la première à le reconnaître, sinon elle n'y mettrait pas une telle dévotion... une telle —

Quoi ? elle arrête ?

Non, elle n'arrête pas, elle m'embrasse les couilles. Et voici de nouveau la brise, waouh qui à présent, toutefois, sur la peau humide de salive, paraît beaucoup plus fraîche, je frissonne...

« Je voudrais la garder toute la nuit dans ma bouche », déclare Eleonora Simoncini à voix haute, en serrant ma queue à un centimètre de ses lèvres, comme un micro. Et c'est magnifique à entendre : magnifique et déterminant, car c'est comme si elle m'avait invité à me laisser aller en arrière, en posture de shavasana, sur l'herbe, le regard dans les cimes des pins s'il s'avère que je ne peux pas fermer les yeux, et les étoiles floues, et la lune ardente, pendant qu'elle continue à poursuivre son idéal de vertu récompensée. Mais le sens de ses paroles a beau être rassurant, quelque chose dans leur *son* m'a bouleversé, quelque chose d'abrasif, oui, d'effilé, comme une espèce de coup de fouet sacré, lancinant qui m'a traversé le corps dans toute sa longueur – la sensation physique la plus dérangeante que j'aie éprouvée dans ma vie. C'est passé maintenant, ça n'a duré qu'un instant et elle a recommencé à me sucer, concrète, productive, dans l'intention désormais manifeste de me faire jouir dans sa bouche ; mais la découverte qu'on peut éprouver *ça* déséquilibre et remet tout en question. Je m'entends lui ordonner :

« Répète-le. »

Eleonora Simoncini s'arrête à nouveau, dégage ma queue de sa bouche, envoie ses cheveux en arrière d'un mouvement de tête superbe, et me regarde, amusée. Puis elle réitère le petit jeu du micro, maintenant de façon ostentatoire, en prenant ma queue dans ses deux mains et en parlant au-dessus les yeux fermés, comme font les chanteurs de charme qui doivent lui plaire.

« Je voudrais te la sucer toute la nuit », répète-t-elle.

Cette fois, c'est encore plus fort, presque insupportable. La vibration, oui, la vibration que sa voix émet à un millimètre de mon chibre, le « ou » et le « i » surtout, leur vibration : comme un coup tranchant qui pénètre le symbole même de la pénétration, une fréquence d'ongles crissant sur un tableau noir, et puis l'écho caverneux d'une plainte mortelle qui résonne au plus profond de mes reins, la réverbération d'une douleur lointaine et désespérée – c'est quoi cette espèce de mantra maléfique qui produit l'effet opposé de sa signification ? Car je ne me contrôle plus, c'est évident ; raté, le shavasana : la situation m'a échappé et je suis devenu une force aveugle, recrudescente, je lutte même pour plier la valeureuse résistance avec laquelle cette bouche refuse de se décoller de moi, naturellement je l'emporte, je me redresse, voilà, sur les genoux, je la relève elle aussi, de force, gâchant une pipe assurée en échange de quoi ? De ce nœud d'impératifs, de ce chaos ? L'embrasser, en reprenant du début, l'étreindre, la palper, la langue sur le cou, la langue sur les pôles de l'aimant, de la pile, de la prise électrique, les charges opposées s'attirent, les charges égales se repoussent, si votre adversaire au tennis vous attaque en coupant sa balle répondez en lift car la rotation de la balle reste la même, *l'empoi-gner*, oui, la différence entre subversion et rébellion, le claquement de la vague sur le rocher, le craquement de l'œuf qui éclôt, et puis la retourner, bien sûr que comme ça, c'est pire mais justement je veux que ce soit pire, je veux le pire, oui, le satanisme, iuo, erip el xuev ej, *la retourner*, la grande résistance des gens à admettre qu'ils se masturbent et la piètre figure que font ceux qui l'admettent volontiers, bref, elle ne veut pas se retourner, mais le sexe est manipulation, surtout pendant les vagues de chaleur exceptionnelles, et alors, l'immobiliser, Keanu Reeves arrête les balles en pleine trajectoire, au fond, j'ai déjà dû le faire pour la sauver, au fond qu'est le monosyllabe om sinon une vibration très puissante, pas besoin d'une vie antérieure, on voit chaque jour tant de visages que, lorsqu'on rencontre quelqu'un et qu'on a l'impression de l'avoir déjà vu, on *l'a* très probablement déjà vu, voilà, comme ça, l'immobiliser, puis la retourner, je sais, chanson, tu me l'avais dit, tu auras juste envie de rentrer chez toi, hé oui, les trois stades de l'aliénation, je suis au travail et je rêve d'être à la mer, je suis à la mer et je rêve d'être au travail, *je suis à la mer et je rêve d'être à la mer*, hé oui, la mer, la mer agitée, la bloquer avec un seul bras, maintenant, libérer l'autre, on remonte cette jupe, on baisse ce slip...

« Non, non. Je ne peux pas. »

Quoi ?

« Je ne peux pas... »

Oh non, non, non. J'ai dit, on baisse ce sl —.

« Je ne peux pas... »

Alors j'ai dû offenser gravement quelque puissante divinité lunaire parce que ce n'est pas possible que toutes les fois, nom de Dieu, *toutes les fois*, ce soit toujours la même histoire : je ne me souviens pour ainsi dire de rien d'autre, depuis l'époque de Patrizia Pescosolido et de notre perte d'innocence simultanée, dans l'appartement de la via Severano resté vide à la mort de sa tante, toujours le même intarissable flot de sang boueux qui me repousse dans mon effort de remonter jusqu'à la chatte (*liste des filles qui, la première fois, ne pouvaient pas : Patrizia ; la campeuse allemande de Palinuro ; machine, là, qui était arrivée troisième à Miss Punta Ala, Barbara Bottai ; la nana de Rete 4 avec ce nom à coucher dehors, Luisa Pesce-Delfino ; Lara, cela va sans dire ; et même deux des quatre femmes avec lesquelles je l'ai trompée, Gabriella Parigi et la Française chargée de relations publiques avec un piercing à la langue qui ressemblait à Isabelle Adjani et qui est incontestablement la plus belle fille que mes mains aient touchée*). Et maintenant ? Ces mots m'ont paralysé, ma main est devenue de marbre alors que je serre sa cuisse comme celle de Pluton dans l'*Enlèvement de Proserpine*, les baisers sont transformés en cailloux – voilà pourquoi elle l'a prise en toute impudeur dans sa bouche – voilà pourquoi elle voulait la sucer toute la nuit – *elle ne pouvait rien faire d'autre* – elle avait cette pipe en projet dès son arrivée – mais je l'ai désamorcée – et maintenant, comment continuer ? Car il est impossible de revenir en arrière, cette pipe désormais est irrécupérable, elle est partie, c'est le ticket d'autoroute qui s'envole par la vitre, la balle de ping-pong qui tombe de la terrasse – *comment continuer ?* La baiser quand même, inenvisageable, c'est une cochonnerie qu'on ne peut faire qu'avec la femme qu'on aime vraiment (*liste des*

femmes que j'ai vraiment aimées : Patrizia Pescoso-
lido, Lara), bon, ça va, d'accord : aussi avec les Fran-
çaises chargées de relations publiques qui ressemblent
à Isabelle Adjani, mais de façon tout à fait exceptionnelle et surtout quand il est manifeste qu'il ne se pré-
sentera jamais de seconde fois ; se rendre alors, lever
les bras et tout arrêter là : ce serait sage, bien sûr, mais
c'est sans compter avec cette érection, toujours la
même, l'érection permanente qui, à ce qu'il semble,
accompagne chaque minute passée à proximité d'Eleonora Simoncini, devenue de granit au cours des événements des dernières minutes et pas du tout émoussée
par ceux des dernières secondes – il faudrait que je la
contrarie, mais comment ? En me concentrant sur des
choses dégoûtantes : les boutons, les verrues, le pus,
les ampoules aux pieds, Berlusconi qui montre un
micro espion pour laisser entendre qu'il a été espionné,
la gueule de Previti quand il jure fidélité à la Consti-
tution, la tête de casoar de Piquet, la sueur d'Enoch,
le scandale Oil for food, l'essence qui augmente même
quand le pétrole baisse, les agents financiers qui ven-
dent des bons argentins aux retraités, Enron, Parmalat,
Alitalia, Fiat, Telecom, les offres tarifaires de téléphonie, Tim Vodafone Wind Tre la reconduite à la frontière des sans-papiers le pont sur le détroit de Messine
les fusions de groupes qui devraient être en concur-
rence l'autorité antitrust qui les avalise la façon dont
Jean-Claude a été éliminé la proposition que m'a faite
Thierry de prendre sa place le salaire de malade que
je continue à empocher sans rien foutre – mais en vain,
au contraire : tout cela agit à l'inverse, me durcit et
m'exaspère de plus en plus, augmente ma force et bien
que, selon toute logique, un bon laps de temps ait dû

s'écouler, ne serait-ce qu'au vu de la quantité de choses qui m'a traversé la tête depuis qu'elle a dit je ne peux pas, en réalité il en est passé très peu, presque pas, je ne comprends pas comment mais c'est ainsi, elle *vient de* le dire, et je n'ai même pas commencé à hésiter, c'est une espèce de prodige, comme dans le jeu vidéo de Samouraï Jack sur la Play Station quand vous avez fait le plein d'énergie zen et que vous gardez le bouton R2 appuyé, modalité d'attaque Sakaï, ça s'appelle, ça ralentit de cinq fois le temps d'action de vos adversaires tout en ne diminuant le vôtre que de moitié, ce qui vous confère une supériorité écrasante, à la Einstein, et en effet revoici la même sensation d'inviolabilité que pendant le sauvetage, en même temps que l'étonnement, l'effort, la colère et la peur – de quoi ? –, voici que revient cette conscience passionnante que j'y arriverai – à faire quoi ? – car il y a tout le temps et tout l'espace pour y arriver et je suis infaillible, et l'inconscient est une sacrée mécanique de précision, merde alors, vous avez vu comment la scène du sauvetage s'est répétée, à ne pas y croire, y compris la position qui est exactement la même, devant, son corps désuni, débordant de chair, qui s'échappe dans toutes les directions, et derrière, le mien, digne, compact, porteur d'ordre et de maîtrise, qui le contient et le gouverne au moyen d'une érection tambourinant sur son fessier laiteux…

J'y suis, Eleonora Simoncini : j'ai trouvé comment continuer. Touche R2, le temps est presque immobile : je baisse ton slip qui était resté à mi-chemin et je t'enfile mon majeur dans le cul. Bien sûr, tu te raidis – un doigt dans le cul à un moment comme celui-ci, c'est sans équivoque –, et tu gémis, mais tu ne répètes pas non, tu ne dis pas je ne peux pas, et je parie que ton cœur bat très fort, boum boum boum parce que soudain tu penses que tu vas éprouver de la douleur et tu n'étais pas préparée à la douleur, mais que veux-tu, nous sommes les premiers à le faire, nous sommes dans la préhistoire – à l'air libre, comme tu le vois, sans même une grotte où nous abriter –, deux frustes créatures sylvestres en butte à l'hostilité du dieu de la Lune, deux Cro-Magnon frais émoulus du bond en avant biologique qui nous portera à la conquête du monde, mais loin encore des milliers d'années du raffinement consistant à utiliser baumes et huiles pour rendre cet acte moins cruel – par conséquent, c'est vrai, tu auras un peu mal. Voilà, mon doigt a pénétré tout entier. Tu vois, une fois, il y a plusieurs années, Lara et Marta allèrent chez un avocat de Bellagio – Alessio Romano, c'était son nom – pour un litige qu'elles avaient hérité de leurs parents, concernant la maison au bord du lac qu'ils possédaient dans le coin. L'avocat écouta l'exposé de leur conflit de voisinage, dit qu'il serait heureux de se mettre à leur service mais déclara que, pour ce faire, il avait besoin de les enculer, d'abord l'une, puis l'autre, et le mieux était là tout de suite sur le petit divan de son cabinet. Comme Lara et Marta étaient encore sous le coup de la mort rapprochée de leurs parents, je les avais persuadées de l'oublier et de me laisser agir ; ensuite, avant de porter plainte, j'avais décidé de l'affronter en face à face, j'avais pris rendez-vous et quand je m'étais retrouvé devant lui, en rien intimidé par son imposante corpulence d'ours des Abruzzes, je lui avais demandé avec pas mal de hargne des comptes sur son comportement envers ma femme et ma belle-sœur, mais il m'avait laissé comme deux ronds de flan en affirmant qu'il voulait m'enculer moi aussi. Le fait était, me dit-il alors, que pour des raisons trop longues à expliquer, mais historiques et indiscutables, la sodomie était l'unique instrument en mesure de consolider et pérenniser une relation, formant ainsi cet *unicum* inexpugnable qu'il appelait « union symbiotique » en face de laquelle tout adversaire était destiné à succomber ; et comme il aimait gagner les affaires, même modestes comme celle que nous lui avions soumise, cet acte devenait nécessaire – sinon, selon son habitude, il ne pourrait pas se charger de ce dossier. J'amorce un retrait de mon doigt. Le vieil Alessio Romano ne sut pas me convaincre, mais sorti de son cabinet, dans l'aveuglante placidité de la rive du lac, j'étais tellement abasourdi par sa folie que j'avais décidé de laisser au client suivant la tâche ingrate de porter plainte contre lui. Je m'étais limité à le tenir à l'œil, grâce à la discrète sollicitude de mon ami Enrico Valiani, avocat du barreau de Milan, qui d'ailleurs possède la maison voisine, juste de l'autre côté de la haie, à qui j'avais demandé le service de prendre des renseignements sur lui et de contrôler de temps en temps s'il était par hasard radié de l'ordre ; et – c'est là le plus beau – *personne ne l'a jamais dénoncé*. J'ai appris que c'est un homme très bizarre, fils d'un fasciste fusillé par les résistants, ex-militant monarchiste, qui a rallié dans les années quatre-vingt-dix une communauté luddite perdue dans la Valbrona, où l'on vit comme au début du dix-neuvième siècle et dont il est devenu un des principaux chefs, au point de la représenter devant les caméras de télévision pour une émission d'été d'*Uno Mattina*, mais il n'existe contre lui aucune plainte, ni procédure, ni mesure disciplinaire d'aucune sorte auprès d'un parquet ou d'un ordre professionnel de Lombardie, loin s'en faut. Depuis le jour où il a théorisé la nécessité de m'enculer en même temps que ma famille, Alessio Romano a continué à exercer sa profession auprès des juridictions de Côme et de Lecco, surtout pour défendre les petits propriétaires terriens du triangle entre les deux bras du lac, dans leurs démêlés avec le Domaine et l'administration – remportant un nombre enviable de succès. Tu comprends ce que ça signifie ? Car de deux choses l'une : ou il ne l'a fait qu'avec nous, pour quelque raison qui ne peut pas ne pas avoir trait à nous, et alors j'aimerais bien savoir laquelle, ou bien un nombre indéterminé d'habitants de ce coin de lac a trouvé tout à fait sensé de se faire enculer par son avocat dans le but de gagner son procès ; ce qui, tu l'admettras, serait un phénomène assez intéressant, y compris si on considère la contiguïté socio-géographique entre ce coin d'Italie et le Tessin, ta terre natale. Maintenant mon doigt est presque ressorti mais – je te le concède – je l'enfile une deuxième fois pour te permettre de mieux te préparer, pour que tu sois prête, regarde comme tu es raide, encore, effrayée, mais tu gémis et tu continues à ne pas dire non, par conséquent je continue, toujours en mode Sakaï, vers l'union symbiotique qui, à l'évidence, appartenait à notre destin depuis le début, depuis que je t'ai sauvé la vie à coups de zob contre le cul, et plus encore si on pense que toi et moi *fusionnons*, y compris publiquement ; hé oui, moi dans le ventre de la Baleine Française avec mon petit bureau high-tech, mon salaire de yuppie et ma secrétaire pas gâtée, toi dans celui du Requin Juif avec tout ton empire de produits de bouche, minuscule par rapport au sien mais resté entier et indépendant parce que Steiner, contrairement à ce qu'il a fait avec tous ses autres partenaires, t'a avalée sans te mâcher, et cela au nom d'une amitié entre vous qui a suscité bien des commérages, auxquels par principe je n'ai accordé aucun poids mais qui, maintenant que j'ai eu un avant-goût de ta conception de la gratitude, revêtent, je dois le dire, une crédibilité évocatrice, bref nous étions de toute façon en train de fusionner, tu comprends, et si on en croit les nouvelles qui filtrent sur l'issue des négociations de fusion, il semble que je t'aurais enculée de toute façon, voilà, par conséquent je renfile mon doigt une troisième fois, plus profond maintenant, plus agressif, et je le bouge, je le tourne et le retourne et à ce stade, il est impossible que tu ne te souviennes pas du moment où je t'ai sauvée, et surtout de *comment* je t'ai sauvée, tu n'en es peut-être pas consciente mais il est hors de doute que tu gardes quelque part en toi un souvenir indélébile de chacun des instants de cette matinée, sinon en ce moment tu ne dirais pas oh Pietro oh Pietro, tu ne m'invoquerais pas en m'appelant par mon nom et tu n'accepterais jamais d'être enculée comme il est clair que je m'apprête à t'enculer, sur l'herbe, comme une chèvre, quelque chose te bloque-rait – la crainte de la douleur, peut-être, ou la honte pour cette inévitable senteur de merde qui s'affirme sur ton parfum désormais éventé, ou même l'idée que Claudia puisse se réveiller et venir me chercher, car je t'ai dit qu'elle dort dans sa chambre, et même si elle a la malchance d'être ma fille et que, comme tu peux le constater, je suis un père satanique, un truc à aller récupérer la plaque d'immatriculation de Lara dans le Tonfone et me la clouer sur le front, *tu es une mère*, vingt dieux, j'ai vu de mes yeux tes enfants s'accroupir à côté de toi après que je suis ressorti des enfers pour te rendre à eux, et c'est une honte, laissez que le diable en personne le dise, c'est une honte que toi, mère de deux enfants, ne ressente pas le moindre instinct protecteur à l'égard d'une pauvre fillette orpheline et innocente qui pourrait sortir dans le jardin à tout moment, égarée, effrayée et nous voir, voilà, j'enlève mon doigt pour la troisième fois, et la prochaine fois, ce ne sera plus le doigt, tu le sais, et ça fera beaucoup plus mal, tu le sais, et pourtant tu ne te sauves pas, tu n'opposes même pas de résistance, juste ton oh Pietro répété au clair de lune comme le hurlement d'un loup et qui signifie alors que tu es pire que moi ou, comme dit Marta, que tu es *comme* moi, ça signifie que ce qui nous est arrivé il y a deux mois a réveillé en toi quelque chose de refoulé et d'inavouable comme pour moi, que ça t'a choquée, excitée, rendue insensible à tout le reste comme moi, et que ça restera pour toujours une des plus terribles et en même temps des plus formidables expériences de toute ta vie, parce que ce ne sont pas des choses qu'on peut choisir, tout comme on ne peut pas choisir les personnes avec qui les partager, ce serait chouette mais ça ne marche pas comme ça, ce sont elles qui nous choisissent, et à partir de ce moment-là, elles ne demandent qu'à être répétées, substituées, revécues, et ainsi, elles nous enchaînent à ce que nous sommes capables d'accomplir de pire, nous rendant dangereux, oui, nous réduisant à des accidents qui vont se produire.

Nous y voilà, Eleonora Simoncini. Il est clair que maintenant ce n'est plus mon doigt qui presse contre ton cul. Et il est clair que je n'exerce aucune violence, même si selon toute probabilité, je vais te le défoncer, ni plus ni moins. Il est clair que nous le voulons tous les deux et la raison aussi en est claire. Tout est clair. Du reste, c'est ce qui est bien dans le mode d'attaque Sakaï : tout devient clair. Mais maintenant il faut relâcher le bouton R2, le moment est venu que le temps reprenne son cours normal pour célébrer ce rite absurde si saturé de destin – notre fusion, dans la nuit des spectres, notre union symbiotique : *plug-in* branché...

TROISIÈME PARTIE

33

Pas d'automne, cette année. La gangrène de l'hiver s'est installée sans transition avec une tempête historique qui a inondé toutes les caves d'Europe et son cortège de froid, brouillard et humidité qui a duré des semaines, effaçant le souvenir même du fantastique été indien dont nous sortons. Un message très clair : « Hep, c'est fini la belle vie » ; peut-être un peu rude, mais sans aucun phénomène catastrophique, contrairement à ce que la permanence de cette chaleur exceptionnelle avait donné à penser. C'était un cadeau, cette météo, rien d'autre : tout le monde l'a compris maintenant.

Avec le changement de saison, les habitudes des gens ont changé. Je n'avais jamais remarqué combien nous calons nos habitudes sur les conditions climatiques : nos horaires, nos trajets, nos pauses, tout. Ces contrées si familières, où je me serais déplacé les yeux fermés, sont devenues nouvelles, presque inconnues. Certaines personnes ont carrément disparu – le laveur de pare-brise pakistanais, par exemple –, d'autres ont changé d'horaire et de comportement mais sans donner l'impression d'improviser : comme s'ils avaient sorti leurs habitudes d'hiver en même temps que les vêtements chauds. L'autre temps, Chronos, a été touché et il s'est réorganisé. Pour moi qui reste ici sans bouger toute la journée, c'est très net : avant, une succession d'allées et venues apparemment fortuites suivait en réalité un schéma rigoureux qu'on pouvait traduire en formule mathématique (par exemple : Matteo et sa mère allant à la séance de kiné + un vieux sortant de l'immeuble, allumant une cigarette et s'éloignant + une naine passant avec ses paquets – départ de l'agent de police + arrivée de la camionnette de la voirie – Matteo et sa mère sortant de chez le kiné + les deux premières employées de l'agence de voyages prenant leur pause-café – départ de la camionnette de la voirie + les deux autres employées de l'agence de voyages en pause-café = arrivée de Jolanda et de Nebbia) ; c'est resté le cas, mais selon une combinaison d'éléments nouveaux ou modifiés. Et, par conséquent, la révision du rôle de Jolanda qui ne s'arrête plus au square et se limite à passer frigorifiée en tenant Nebbia en laisse (ce sont deux créatures clairement estivales), la disparition de la naine et la transformation de la pause-café des employées en l'apparition fugace d'une d'entre elles, à tour de rôle, pour commander leurs quatre cafés au bar et les emporter au bureau, semblent d'une certaine façon liées à l'importance accrue du vieux fumeur : désormais il ne disparaît plus aussitôt après avoir allumé sa cigarette mais il a pris l'habitude de s'attarder sous l'auvent du kiosque à journaux, exposé à l'humidité qui ne doit pas être très bonne pour sa santé, s'efforçant d'entraîner le marchand dans des conversations qui toutefois languissent. Matteo et sa mère ne passent qu'un jour sur deux et ils ont changé d'horaire : leur passage se situe maintenant entre le départ de l'agent de police et l'arrivée de la camionnette de la voirie. Presque tous les figurants à bicyclette ont disparu et les personnes immobiles devant les magasins à fumer une cigarette sont beaucoup plus nombreuses. Ce sont des détails, je le sais, mais pas aussi insignifiants que je le pensais, car la vie de tout ce petit monde, moi compris, semble dépendre aussi de l'ordre que nous réussissons à leur donner. La plupart du temps, le seul ordre que nous concevions est la répétition à outrance des mêmes gestes, accomplis de la même façon, au même endroit et à la même heure ; seules des contraintes extérieures nous obligent à changer, mais nous nous adaptons au changement et nous recommençons à nous répéter dans nos nouveaux gestes. Prenons mon exemple : maintenant, je reste dans ma voiture, chauffage allumé, les vitres couvertes de buée, mais quand je vois arriver le minibus qui apporte les repas à l'école, je sors et je vais au bar, et cela pour éviter de rencontrer l'institutrice de Claudia qui sort peu après (Gloria les lundi, mercredi et vendredi, Paolina, les mardi et jeudi) ; et quand je reviens après avoir mangé un sandwich (poulet salade), bu un verre d'eau, pris un café et lu de fond en comble la *Gazzetta dello Sport* en l'étalant sur le congélateur à glaces, Claudia se montre presque chaque fois à la fenêtre en revenant de la cantine, me voit et me fait coucou. Et s'il arrive qu'un jour elle ne vienne pas à la fenêtre, ou quand je suis déjà remonté dans la voiture, j'ai la sensation que quelque chose est allé de travers, et mon humeur s'en ressent.

Avec l'hiver, beaucoup d'autres choses sont arrivées, et en premier lieu, un coup de téléphone de Jean-Claude qui m'a rassuré sur son état : il m'a posé une foule de questions, sur Claudia et sur moi, mais aussi sur la situation dans l'entreprise, à croire que je suis resté sa seule source d'information. Je lui ai raconté que Thierry m'a offert son poste et il a commenté « typique » ; mais je ne lui ai pas parlé des accusations qu'on déverse sur lui, parce qu'il les connaît sûrement déjà. Le concernant, il m'a seulement dit qu'il profite d'Aspen hors saison, qu'il est serein et lit *Coriolan*. Pas un mot de son appel en pleine nuit qui m'avait inquiété : comme s'il n'avait pas eu lieu.

Puis sont arrivées les cartes postales, d'Enoch, du Zimbabwe, et du veuf, de Rome – et, chose curieuse, elles sont arrivées le même jour. Celle d'Enoch était compartimentée en plusieurs vues (les chutes Victoria, un majestueux éléphant africain, un troupeau de gazelles) et un plan du Victoria Falls National Park où, à l'extrémité est, on avait tracé une flèche au feutre et écrit en français : « Nous sommes par là » tandis que le texte disait simplement « Bien affectueusement ». Celle du veuf en revanche était une vue classique de Saint-Pierre dans la perspective de la Via della Conciliazione, et le texte un tout aussi classique « Bonjour de Rome ».

Et naturellement, les gens sont arrivés, mais eux aussi ont changé, comme a changé ma façon de les recevoir. Avant, Piquet, Enoch, Marta, Carlo ; maintenant, ma secrétaire, Basler, Tardioli. Avant, on bavardait assis sur le banc, ou à la terrasse du bar, ou debout à l'ombre d'un platane ; maintenant, on doit rester enfermés dans ma voiture, et tout semble beaucoup plus forcé, y compris le fait que je sois ici. Avec les gens nouveaux, sont arrivés aussi des problèmes nouveaux, des histoires nouvelles, des douleurs nouvelles, qui toutefois me voient beaucoup plus distant qu'avant, ce qui alimente le quiproquo sur ma souffrance présumée – ou, selon les points de vue, mon attitude présumée de faux jeton. Annalisa ma secrétaire qui, par beau temps, ne venait jamais et qui, pour me transmettre les documents à signer, m'envoyait force coursiers, s'est mise à venir avec une certaine régularité, y compris pour des affaires banales, révélant d'après moi cette fragilité hivernale dont souffrent certaines femmes, qui les pousse à sortir et défier la pluie plutôt que rester seules dans une pièce manquant de lumière et sans personne pour les regarder. D'autre part, elle n'a toujours pas de fiancé, allez savoir pourquoi. En parlant avec elle, j'ai compris que mon refus de devenir président s'est ébruité, au moins sous forme de rumeur – et là, de deux choses l'une : ou ça part de Thierry, ou ça part de Jean-Claude –, mais je me suis bien gardé de confirmer ou de démentir, ce qui, je crois, l'a déçue. En revanche Basler, le directeur du service de presse, est venu me voir un jour pour me signaler que l'heure du bilan avait sonné et que ça tournait vinaigre pour les hommes proches de Jean-Claude. Il a dit que les Français s'étaient mis à chercher des poux dans la tête de façon stratégique, systématique ; et il m'a parlé aussi d'Elisabetta Oberti, une autre protégée de Jean-Claude, littéralement persécutée sous une série de prétextes concernant le magazine de cinéma dont elle s'occupe – à propos de décisions qui, à l'époque, avaient toutes émané de Jean-Claude en personne, genre la police et la taille des sous-titres ou l'utilisation du jump-cut pour couper les interviews au montage –, jusqu'au moment où, à bout de résistance, elle s'est rebellée, dit-il, contre les deux sicaires envoyés de Paris pour contrôler les parties déjà montées et les a envoyés se faire voir au cri de « Vous prétendez nous donner des leçons, petits cons de Gaulois, mais vous étiez encore à l'âge des cavernes quand nous, on était déjà pédés ! » Malgré tous ses efforts pour se montrer sympathique et complice, Basler puait comme un baril de sardines : comme par hasard, lui qui se trouve au carrefour des flux d'informations, à l'intérieur comme à l'extérieur de l'entreprise, n'a pas évoqué une seconde mon refus de prendre la place de Jean-Claude, comme s'il n'était pas au courant – ce qui est impossible, puisque même Annalisa le savait. Mon sentiment a été qu'il accomplissait une espèce de mission, même si je ne vois pas pour qui et dans quel but ; par conséquent, je n'ai pas soufflé mot, je n'ai pas exprimé la moindre opinion, jouant à fond le rôle du veuf hébété. Mais une chose est vraie : avec l'hiver, sont arrivés les temps shakespeariens dont parlait Jean-Claude, ceux de la trahison et de la paranoïa, qui dépouilleront l'entreprise de ce qui lui restait d'humanité et, pour finir, donneront raison au juron fatidique d'Enoch.

Et alors même que je commençais à me demander, à propos de paranoïa, pourquoi Piquet ne se manifestait pas, Tardioli est arrivé avec l'histoire de sa spectaculaire sortie de scène – l'histoire de l'homme-casoar et du porte-canette rétractable. Il dit que Piquet avait acheté un ordinateur portable sur Internet, directement au constructeur taïwanais – ce que je savais car il devait aller le chercher un matin où il était venu ici ; et il dit que c'était le top du top, genre cent soixante gigas de mémoire, écran ultraplat, connexion sans fil, processeur Centrino, tout quoi : un joujou de trois mille dollars, au bas mot. Il dit que Piquet était comme un fou parce que, entre autres, ce portable avait un porte-canette rétractable, chose qui, à voir comme il en parlait sans arrêt, semblait l'enthousiasmer plus que tout. D'après lui, ce truc glorifiait la grandeur de notre ère décadente où on projette un accessoire aussi raffiné juste pour ne pas laisser de rond sur son bureau. Accessoire que toutefois personne n'avait pu voir – on en entendait parler, c'est tout – car Piquet n'apportait pas son portable au bureau, il le laissait chez lui. Sauf que ce porte-canette rétractable lui a presque tout de suite créé des problèmes : d'abord il n'avait pas les bonnes dimensions, ensuite il rentrait à l'improviste en renversant la canette jusqu'au jour où Piquet débarque au bureau dans tous ses états, demande de l'aide aux uns et aux autres car il doit écrire un mail en anglais au centre d'assistance de Taipei – l'anglais et lui, ça fait deux – pour signaler que son porte-canette rétractable est cassé : une heure et demie perdue pour trouver comment on dit « porte-canette rétractable » en anglais, tout le deuxième étage paralysé. Pour commencer, la formulation en anglais : « cup-holder », « can-holder », « bottle-holder » ? Heidi, la secrétaire de Tardioli est allemande mais elle parle couramment anglais parce que sa mère est australienne et elle penchait sans hésitation pour « cup-holder », mais Piquet ne démordait pas de sa canette et insistait pour « can-holder » jusqu'à ce que Gianni, le type qui s'occupe des droits pour le sport, soit descendu au garage contrôler sur le mode d'emploi de sa Pontiac, qui regorge de porte-canette, et mette un point final au débat : « cup-holder ». Puis se posait le problème de l'adjectif « rétractable », aussi parce que personne n'avait tout à fait compris comment ça marchait : mais pour finir, Piquet a tracé un croquis sur le tableau de la salle de réunions et alors on a compris qu'il s'agissait d'une espèce de support profilé qui entrait et sortait sur le côté de l'ordinateur, et alors Heidi a décrété qu'en anglais on devait le qualifier de « sliding » – « sliding cup-holder ». Et comme ça Piquet a envoyé son mail au sujet de son sliding cup-holder défectueux à ce service d'assistance en ligne taïwanais qui devrait répondre en temps réel, mais comme là-bas il faisait nuit, la réponse n'est arrivée que le lendemain – et c'était : « Quel sliding cup-holder ? » Il dit qu'alors Piquet a vu rouge, qu'il a balancé un coup de pied dans le distributeur d'eau fraîche en jurant contre les gus du service on-line taïwanais qui ne connaissaient même pas les accessoires des ordinateurs dont ils auraient dû assurer la maintenance ; et qu'on aurait dû comprendre à ce moment-là que Piquet avait bouffé la feuille car sa réaction avait été vraiment disproportionnée, de neurasthénique complet ; mais il dit que désormais tout le monde était trop pris par cette histoire de porte-canette rétractable, qu'on l'a calmé et que Heidi est allée dans son bureau à côté de lui pour échanger des mails en anglais avec ces Chinois, afin de tout bien leur expliquer comme il faut. Piquet et elle écrivent : « Le sliding cup-holder qui est fourni avec votre ordinateur portable untel » ; et les Chinois répondent : « Selon nous, ce modèle n'est pas équipé d'un tel accessoire. » Piquet et elle : « Et pourtant vous venez de m'en vendre un, mais le sliding cup-holder s'est tout de suite cassé, sans compter que le diamètre des canettes pour lequel il est prévu ne correspond pas au standard occidental » ; et alors, les Chinois intrigués : « Où se trouve exactement ce sliding cup-holder ? » ; et eux (il dit qu'à ce stade, tout le monde était massé derrière Piquet et Heidi, tout le deuxième étage) : « Il se trouve sur le côté gauche de l'appareil » ; et les Chinois, toujours en temps réel de Taipei : « A quel endroit exactement, par rapport au lecteur CD/DVD qui, sur ce modèle, se trouve justement sur le côté gauche ? » Et là, il dit que Piquet a blêmi. Littéralement, dit-il, un fantôme. « Quel lecteur CD/DVD ? », a-t-il répondu. Il dit qu'un grand embarras s'est installé au fur et à mesure que tout le monde se rendait compte ; mais avant que personne puisse dire quoi que ce soit, Piquet s'est éclipsé et il dit que, depuis, personne n'a plus réussi à le joindre : téléphone portable éteint, répondeur du téléphone fixe débranché, plus rien.

Tardioli est revenu d'autres fois – beaucoup d'autres fois. C'est un type timide, qui manque d'assurance, visiblement enclin à la dépression mais lucide et créatif aussi, quelqu'un que, sur mon conseil, Jean-Claude a sorti de sa voie de garage – la promotion interne – pour lui confier la responsabilité des Grands Événements, ce qui le mettait en contact étroit avec Piquet : et pour délirant que cela puisse paraître, Piquet était resté pour lui le dernier point de repère dans cette boîte dévastée par la fusion, raison pour laquelle à présent il se sent seul et déboussolé. J'ai essayé de me mettre à sa place, et ce ne doit pas être facile : le directeur qui vous a valorisé est planté comme une souche devant une école primaire ; le président qui vous a accordé sa confiance est chassé sous l'accusation de malversations ; le chef du service du personnel avec qui vous parliez de vos problèmes est parti en

Afrique jouer les missionnaires laïques ; votre collègue le plus expérimenté s'est évanoui dans la nature après avoir confondu un lecteur CD avec un porte-canettes. Il y a de quoi se sentir découragé. Et comme je lui fais confiance parce qu'il n'est pas en mission et qu'il ne vient ici que parce qu'il a besoin de *normalité*, je lui ai parlé. Je n'ai pas fait de grands discours, certes, mais j'ai répondu à sa question, à savoir si c'était vrai qu'on m'avait offert le fauteuil de Jean-Claude et que je l'avais refusé et je lui ai donné le conseil dont il me semblait avoir besoin : accepter l'indemnité qui sera proposée à tout le monde après la fusion et trouver un autre emploi. Mais là aussi, un quiproquo a surgi parce que je lui ai donné ce conseil en pensant exclusivement à son bien tandis qu'il a dû penser que j'étais au courant de Dieu sait quelles informations réservées concernant les futurs projets du groupe, et il a pris peur. Il a beau avoir confiance en moi en effet, il est probable qu'il ne m'ait pas cru quand je lui ai dit que la fusion est le cadet de mes soucis et que j'ai refusé la présidence uniquement par égard pour Jean-Claude ; au contraire, le fait même qu'on m'ait proposé ce fauteuil doit clignoter dans son esprit comme le voyant qui indique mon implication profonde dans les manœuvres liées à la fusion – signal que confirme le privilège absurde dont je jouis, de pouvoir rester ici à m'occuper de mes petites affaires au lieu de me bouffer le foie au bureau comme tous les autres. Par conséquent, à la fin, je crois qu'il a surtout pris mon conseil comme un préavis de licenciement, et ça me désole ; mais je n'ai aucun doute sur le fait qu'un gars comme Tardioli ferait mieux de changer d'air, ça n'a donc guère d'importance qu'il ait pris mon conseil pour une menace : l'important est qu'il se démène pour trouver un autre job et se dégage le plus vite possible de toute cette histoire. D'un autre côté, je suis sûr aussi que j'aurais eu beau essayer de lui expliquer réellement ma situation, en lui parlant en toute sincérité de la confusion que provoque en moi la souffrance qui continue à ne pas arriver, je n'aurais réussi qu'à renforcer le quiproquo, comme dans le film *Bienvenue mister Chance*, quand le personnage répète qu'il est jardinier et que tout le monde en déduit que c'est vraiment une éminence grise redoutable. Désormais, les choses ont pris cette tournure et il n'y a rien à faire : Tardioli lui-même me confirme que là-bas on parle plus de moi que de la fusion et que, de toute façon, les deux sujets sont considérés comme étroitement liés, l'histoire de mon refus d'être président étant devenue le centre de toutes les discussions, la clé de toutes les conjectures, l'objet d'interprétations quotidiennes, byzantines.

Mais, autant que possible, j'essaie avec lui de parler de Piquet : je lui demande toujours s'il s'est manifesté ou si on a de ses nouvelles, comme si j'étais inquiet pour lui, mais en réalité c'est de Francesca, sa compagne, et de son fils Saverio que je désire avoir des nouvelles. Je savais que Piquet allait péter un plomb et, franchement, ça me laisse plutôt indifférent, mais je ne me résigne pas à voir disparaître en même temps que lui ces deux géants dont je voudrais au contraire entendre parler encore : je voudrais surtout savoir s'ils sont vraiment tels que je les imagine tous les jours, flottant dans leur bulle psychotique, l'une sortant quelque énormité à son concierge, l'autre conduisant sans répit le troupeau infini des nombres naturels ou si – et j'ai envie de dire, malheureusement –, Piquet n'a pas tout inventé et que la splendeur qui les découpe sur le fond noir de leur souffrance n'est qu'un tribut d'amour conçu par son esprit dérangé. Mais Tardioli est un garçon réservé, il ne se laisse pas aller aux confidences, et j'ai dû me montrer de plus en plus explicite, arrivant à lui demander s'il avait pensé à appeler la fiancée de Piquet, au moins, ou son épouse, juste pour ne pas être en souci, et il a répondu qu'il y avait bien pensé mais qu'il n'avait pas pu car il ne connaît pas le nom de famille de la fiancée, et l'épouse, il ne la connaît ni d'Eve ni d'Adam. Moi aussi j'ignore le nom de famille de Francesca, mais je lui ai donné le nom du cabinet de design où elle travaille parce que je le sais – c'est le Studio Elle, à Corso Lodi –, et Tardioli m'a assuré qu'il l'appellera là-bas. J'ai aussi essayé de le faire parler d'elle, je lui ai demandé depuis combien de temps il la connaît, quel genre de femme c'est, et il m'a dit qu'il ne l'a vue qu'une fois, quand il a dîné chez eux, l'été dernier : « Une belle femme, a-t-il dit, très sympathique, et tout et tout. » Pas un mot de plus. Il ne m'a donné aucun motif de croire que ce « et tout et tout » contienne le souvenir d'elle demandant à Piquet de jeter la pile de linge par la fenêtre.

Et puis Eleonora Simoncini est venue. Avec elle aussi, tout a changé, mais pas à cause du changement de saison. Certes, les vêtements d'hiver la rendent moins attirante, mais ce n'est pas pour cette raison qu'elle ne me fait plus le même effet bœuf. Force est de constater que la théorie de maître Romano s'est révélée inexacte : entre nous, aucune union symbiotique ne s'est installée, mais en revanche un embarrassant sentiment de culpabilité partagée pour ce qui a été indubitablement l'acte le plus sauvage et le plus inconscient accompli dans nos deux existences. C'est apparu très clairement quand elle est revenue ici, quelques jours plus tard, tandis qu'éclatait un orage fracassant, et qu'aucun de nous ne savait que dire. Nous sommes restés enfermés dans la voiture tandis que le monde était caché par un épais rideau de pluie et que les décharges des éclairs déclenchaient les alarmes des voitures, je suis sûr que si nous avions dû écrire cette scène pour un film, elle aurait été intense, sensuelle et même romantique ; mais nous devions la vivre, et c'était une autre paire de manches. Nous pouvions littéralement voir nos pensées s'amonceler autour de cet unique point crucial : nous avions fait une chose sale, c'était ridicule d'essayer de la balayer sous le tapis pour la transformer en une relation, parce que nous l'avions faite avec un quart de siècle de retard, là était le hic, et si à vingt ans il peut être valeureux et même constructif de s'enculer dans son jardin en courant le risque que vos parents vous surprennent, ça devient niais et presque criminel de le faire à quarante-cinq en courant le risque que vos enfants vous surprennent ; et même si j'en avais été le principal responsable – c'était dans ma maison, à mon initiative, près de ma fille –, elle avait été partie prenante au même titre que moi : comme moi, elle s'était montrée disposée à parier sur le sommeil d'une gamine, et comme moi elle avait encore des croûtes aux genoux qui en témoignaient. Maintenant, et c'était juste, nous nous retrouvions là, dans la grisaille de cet habitacle résonnant sous la pluie, sans aucune promesse à échanger, aucun mot à prononcer, aucun avenir, et même nous regarder était pénible. Raide, assise au bord du siège, ses yeux altiers voilés par l'humiliation, elle aussi comprenait qu'il n'y avait rien à faire parce que jamais, entre un homme et une femme, une relation n'avait été aussi finie. « Et maintenant ? a-t-elle demandé. Quels sont tes plans ? » Il était évident qu'aucune ironie n'était en mesure de redresser la situation, mais je crois qu'à ce moment-là, on ne pouvait rien dire de mieux et le silence était dur à supporter. Il me semble avoir souri tout en désignant du menton, au-delà de cette espèce de station de lavage naturelle qui nous engloutissait, la masse noire de l'école. « Les voici », ai-je dit ; et l'idée m'a traversé d'une histoire à lui raconter, quelque chose qui m'est arrivé il y a longtemps, qui illustrait bien l'état où je me trouvais. Mais c'était trop long, et pour nous, le temps était écoulé. « Au revoir », a-t-elle dit, et elle est sortie, se trempant des pieds à la tête pour arriver à sa Mercedes sous les trombes que le ciel en furie déversait sans pitié.

34

Une fois, il y a presque vingt ans, en revenant en Italie de mon premier voyage aux États-Unis, dans l'avion, il m'est arrivé un drôle de truc. J'avais une place près du hublot dans la dernière rangée, là où les sièges sont par deux seulement, et à la fin de l'embarquement, la place à côté de la mienne était toujours vide ; je me réjouissais déjà à l'idée de voyager tout à mon aise quand j'avais vu arriver un steward poussant un fauteuil roulant où se trouvait une femme tétraplégique. La place que je croyais libre lui avait été assignée et le steward me demanda de lui céder la mienne, près du hublot, parce que évidemment elle ne pourrait pas se lever pour me laisser passer si je devais aller, mettons, aux toilettes. Je n'avais pas le loisir de refuser et ainsi cette femme fut transportée à bras-le-corps sur mon siège, près du hublot, et moi je me décalai sur celui d'à côté. Elle était américaine, elle avait à peu près l'âge que j'ai aujourd'hui – ce qui à l'époque faisait d'elle une vieille à mes yeux –, et ses jambes pendaient de façon lugubre pendant son transfert du fauteuil roulant au siège : c'est tout ce que je sais d'elle parce que pendant tout le voyage, j'évitai de croiser son regard, et quand c'était impossible, je m'arrangeais pour que le contact visuel ne dure que le strict nécessaire, c'est-à-dire une seconde ou deux. Si on y tient, on peut dire que je l'ignorais. Bref, le moment arriva de décoller, de manger, me lever pour aller aux toilettes. Puis il y eut le film. De temps en temps, une hôtesse venait lui demander si elle avait besoin de quelque chose mais elle n'avait jamais besoin de rien jusqu'au moment où, dans l'avion, tout le monde s'endormit et que l'hôtesse cessa de venir. J'essayai différentes postures pour m'endormir mais c'était difficile parce qu'elle monopolisait l'accoudoir commun ; puis, je ne sais comment, en lui tournant le dos et en m'appuyant sur l'autre accoudoir, je finis par trouver le sommeil. Je dormis une petite heure et j'aurais pu dormir encore, mais elle me réveilla. Elle le fit en douceur, d'une légère pression sur l'épaule, exactement comme ma mère le matin à cette époque. Et, comme ma mère, cette femme *était debout*. Elle devait aller aux toilettes. Je me levai pour la laisser passer – « Thank you », me dit-elle –, et je l'observai faire les dix pas nécessaires pour atteindre les toilettes : impeccables, comme n'importe qui. Je regardai autour de moi, dans ce ventre de baleine baignant dans une semi-obscurité, mais personne n'avait rien vu : tout le monde blotti dans le sommeil, et pas l'ombre d'une hôtesse. La femme resta aux toilettes un bon moment, puis elle sortit, fit ses dix pas pour retrouver son siège, je me levai à nouveau pour la laisser passer, et elle se rassit. « Thank you », répéta-t-elle. Puis elle appuya la tête sur son oreiller et ferma aussitôt les yeux. Je fus incapable de retrouver la position dans laquelle je m'étais endormi, et je ne réussis plus à fermer l'œil ; elle en revanche dormit comme une masse jusqu'au moment où on ralluma les lumières pour le petit déjeuner et que reprit le ballet des hôtesses qui venaient lui demander si elle avait besoin de quelque chose. Elle mangea tout son petit déjeuner, redemanda du café, puis se plongea dans un livre le reste du vol et, pendant l'atterrissage, ses mains empoignèrent avec force les accoudoirs parce qu'elle devait avoir peur. Maintenant, je pouvais la regarder à ma guise parce que c'était elle qui évitait mon regard ; et je ne m'en privais pas : je la regardais sans interruption, mais je ne regardais rien de précis d'elle, à tel point que, comme je l'ai dit, je ne saurais pas dire si elle était blonde ou brune, belle ou laide ; j'essayais juste de lui faire sentir tout le poids de mes yeux, je voulais la mettre dans l'embarras – mais si j'y parvins, elle ne le laissa pas paraître. Puis quand l'avion s'arrêta au terminal, on nous demanda au haut-parleur de rester assis. Tout de suite après arriva un steward avec un fauteuil roulant (un autre, pas le même), et le transfert de la femme fut répété en sens contraire. Quand le steward la souleva dans ses bras, je gardai les yeux sur ses jambes : elles semblaient vraiment molles et inanimées, dépourvues de muscles – des jambes de marionnette, et quand il manœuvra le fauteuil en marche arrière avec elle dedans, elle ne put éviter davantage mon regard et fut obligée de me sourire et de me saluer de la main.

Voilà, Eleonora Simoncini : j'aurais voulu te dire que je me sentais en face de toi comme devait se sentir cette femme en face de moi.

35

« Allô ?

— …

— Allô ?

— Bonjour. Pourrais-je parler à Pietro Paladini, s'il vous plaît ?

— Bonjour, papa. Comment vas-tu ?

— Pietro ? C'est toi ?

— Bien sûr que c'est moi.

— Ce n'est pas ta voix.

— Je t'assure que c'est moi.

— Pas du tout. C'est une autre voix.

— Et pourtant, c'est bien moi. Comment vas-tu ?

— Non, ce n'est pas possible. Vous n'êtes pas mon fils.

— Allez, papa. Tu as appelé mon portable. C'est forcément moi.

— Ça n'a rien à voir. Je connais la voix de mon fils. Vous êtes quelqu'un d'autre.

— Je t'ai reconnu tout de suite, non ? Comment aurais-je fait, d'après toi, si j'étais un autre ?

— Vous avez vu s'afficher "papa", voilà tout. Maintenant je vous prie de me passer mon fils, s'il vous plaît.

— C'est "numéro inconnu" qui s'est affiché parce que tu es en Suisse et que tu as un numéro confidentiel.

— Écoutez, je ne sais pas qui vous êtes et je ne comprends pas pourquoi vous voulez me faire croire que vous êtes mon fils, mais je vous prie de me le passer tout de suite, sinon je m'adresse à la police.

— Bon, je vous le passe.

— …

— Allô ?

— Pietro. Qui avait répondu ?

— Un collègue.

— Tu lui avais permis de répondre sur ton téléphone ?

— Mais oui. Comment ça va ?

— Méfie-toi, parce que ce type a essayé de se faire passer pour toi.

— Ah bon ? Merci de me l'avoir dit. Comment vas-tu ?

— Bien. Claudia ?

— Bien, elle aussi.

— Et toi ?

— Très bien.

— Tu restes toujours devant cette école ?

— Oui.

— Habille-toi bien, il fait froid.

— Je suis dans la voiture, papa.

— C'est bien… Écoute, qu'est-ce que je voulais te dire ? Ah oui, je voulais vous inviter à déjeuner. Maman a très envie de vous voir.

— Qui ?

— Maman.

— …

— Moi aussi, bien sûr. Mais elle, tu sais comment elle est, ça l'attriste de vous voir si peu. Alors, je lui dis que vous venez ?

— Oui…

— Elle a dit qu'elle vous fera des lasagnes aux aubergines. Et un hachis.

— Super. Tu peux me passer Chantal un moment, s'il te plaît ?

— Qui ? Oh, Chantal. Bien sûr. Chantal ! Carlo veut te parler. Pourquoi veux-tu lui parler ?

— J'ai un truc à lui demander à propos d'une douleur que j'ai dans le dos.

— Ah. Un tour de reins ?

— Non, non. Juste une petite douleur.

— Tant mieux. Le lumbago, c'est pas marrant, tu peux me croire. Alors qu'est-ce que je dis à la maman ? Que vous venez ?

— Oui, bien sûr.

— Parfait. Alors à bientôt.

— A bientôt, papa.

— Voici Chantal, je te la passe. C'est Carlo. Au revoir.

— Allô ?

— Chantal ?

— Carlo ?

— Non, je suis Pietro.

— Ah. Je me disais aussi.

— Vous pouvez parler ?

— Oui. Il est reparti dans la pièce d'à côté. Comment allez-vous ?

— Nous, bien, mais lui, il me semble…

— Lui, quoi ?

— Eh bien, il vient de m'affirmer que maman veut nous préparer des lasagnes.

— Oh, oui. Ça lui arrive de temps en temps. Je veux dire, de voir votre mère, de lui parler. Mais le médecin dit qu'il n'y a pas lieu de s'inquiéter.

— Et il m'a pris pour Carlo. Et avant, il m'a appelé sur mon portable et il ne m'a pas reconnu. Il m'a obligé à admettre que j'étais quelqu'un d'autre.

— Obligé : le terme est un peu exagéré.

— Oui, enfin, il s'est braqué, il répétait que ce n'était pas moi. Et moi, pour couper court, j'ai dû —

— Et vous avez bien fait. Il n'y a aucune raison au monde qui vaille la peine qu'on le contrarie.

— En effet. Mais je me demandais si, vous savez, si cette dégénérescence constante ne peut pas l'amener à...

— A quoi ?

— Euh, je ne sais pas, à quelque *bizarrerie*. Qui peut savoir ce qui lui passe par la tête ?

— Moi, je le sais. Votre père a besoin que de temps en temps la réalité soit différente de ce qu'elle est, rien de plus. Exactement comme ça nous arrive, à vous et à moi. Sauf que lui, par rapport à nous, a beaucoup plus de possibilités de la modifier.

— C'est une façon de dire les choses. Une autre façon serait de dire qu'il a complètement perdu la tête. Excusez-moi d'être brutal.

— Votre père n'a pas perdu la tête, Pietro. Il est malade, mais il n'est pas fou. Je vous assure que la plupart du temps il se comporte de façon parfaitement normale. C'est juste qu'il se bat pour survivre et si on ne s'acharne pas à lui répéter que sa femme est morte ou qu'un de ses fils ne veut plus le voir, il y réussit très bien.

— Alors disons que, quand il m'invite à déjeuner de la part de maman, je m'inquiète et que quand vous me dites que je ne dois pas me faire de souci, ça me tranquillise.

— Si cela vous fait plaisir, mais au bout du compte, soyez tranquille. Votre père va bien.

— S'est-il enfin résigné à installer le lave-vaisselle ?

— Non. Il l'a donné à la Croix-Rouge.

— Le lave-vaisselle ? Ils vont en faire quoi, à la Croix-Rouge ?

— Oh, là-bas, ils prennent tout.

— C'est-à-dire, je disais ça parce qu'il me semble avoir compris qu'il serait content si Claudia et moi venions déjeuner, un de ces dimanches, mais ça m'embête qu'après vous deviez laver la vaisselle à la main. Ça me paraît tellement absurde.

— Excusez-moi de vous dire ça, mais en quoi ma façon de laver la vaisselle vous regarde ? Venez déjeuner et ne vous compliquez pas l'existence.

— D'accord, vous avez raison. Alors, je pense que nous pourrions venir dimanche prochain. Pas celui-ci, mais le suivant. Ça va, pour vous ?

— Tout à fait.

— Il est toujours convaincu que Lara est morte dans un accident de voiture ?

— Il n'en a plus parlé, mais je crois que oui.

— Alors je vous demanderais de bien vouloir m'aider à changer de conversation si nous devions en parler devant Claudia.

— Ne vous faites pas de souci. Je suis spécialiste pour ce qui est de changer de conversation.

— Je ne voudrais pas que ça perturbe la petite, vous comprenez ?

— Bien sûr. Comment va Claudia ? Elle souffre beaucoup ?

— Non, justement. Elle est tranquille. Je ne sais pas comment ça se fait, mais elle est tranquille.

— Regardez ses cheveux.

— Quoi ?

— Regardez ses cheveux. Vérifiez qu'elle n'en prend pas des blancs.

— A dix ans et demi ?

— Oui.

— Pourquoi ?

— Faites-moi confiance. Vérifiez, et si vous lui en trouvez même un seul, dites-le-moi.

— Des cheveux blancs. D'accord.

— Alors, on se voit dimanche.

— Oui, à dimanche.

— …

— …

— Chantal ?

— Oui ?

— Je peux vous demander quelque chose ?

— Oui.

— Je vous préviens, c'est un peu indiscret.

— Me voilà prévenue. Je vous écoute.

— Pourquoi faites-vous ça ?

— Ça, quoi ?

— Pourquoi consacrez-vous votre vie à mon père ?

— Drôle de question…

— Je vous avais dit qu'elle était indiscrète. Si vous ne voulez pas me répondre, ça ne fait rien.

— Parce que je l'aime, Pietro. Il n'y a rien d'autre à dire.

— …

— Qu'y a-t-il ? Vous ne me croyez pas ?

— Non, je vous crois. C'est juste que, enfin, il ne doit pas être facile à aimer en ce moment.

— Au contraire : votre père est un homme merveilleux, même malade. Et l'aimer est un privilège.

— Je parlais de son caractère. Et le besoin de soins constants, et son obsession d'économiser…

— J'aime être près de lui et, puisque je suis près de lui, je prends aussi soin de lui. J'ai été infirmière pendant trente-deux ans, pour moi, c'est normal. Et, de toute façon, votre père se porte beaucoup mieux que vous n'en avez l'impression.

— Merci à vous.

— Non, Pietro. Personne ne peut vous procurer le bien-être si vous ne l'avez pas déjà en vous. Ça, je l'ai appris.

— C'est vrai. Alors, on se voit dimanche prochain.

— Au revoir, Pietro.

— Au revoir. »

*
* *

« Allô ?

— Bonjour. Comment vas-tu ?

— Bonjour, Marta. Bien. Et chez toi ?

— Giacomino a un peu de fièvre.

— En effet, il y en a pas mal en ce moment. Et le ventre ?

— Ah ça, il grossit.

— On sait si c'est un garçon ou une fille ?

— C'est encore un garçon.

— Waouh ! Félicitations.

— Merci. Mais, j'aurais préféré une fille.

— Ah bon ? Et pourquoi ?

— Devine.

— Parce que tu as déjà deux garçons ? Quel rapport ?

— Disons que s'il est du même acabit que les deux premiers, il faudra m'hospitaliser.

— Tu exagères, ils sont gentils comme tout.

— Hum. Deux petits anges.

— Eh non, c'est bien que tu aies un autre garçon, tu sais ? Tu as choisi le prénom ?

— J'ai pensé à Aldo.

— Quoi ? Tu plaisantes ?

— Pourquoi ? Ce n'est pas super beau, mais c'est le nom de mon père, et il me semble que —

— Marta, *tu ne peux pas* l'appeler Aldo.

— Comment ça, je ne peux pas ?

— Tu ne peux pas appeler tes trois enfants Aldo, Giovanni et Giacomo. Comme le trio de comiques !

— Oh, je n'y avais pas pensé ! En effet, Aldo, Giovanni et Giacomo… Encore que, dans mon cas, ce serait Giovanni, Giacomo et Aldo…

— Attends, écoute-moi : ce n'est pas possible.

— …

— …

— Non, en effet, ce n'est pas possible.

— Ah voilà !

— …

— …

— Je m'y étais presque habituée, bon Dieu. Tu gâches toujours tout.

— Ben voyons. Maintenant, c'est de ma faute.

— Mais pourquoi ? Nom de Dieu, *pourquoi* tout est toujours si compliqué ? On ne peut même pas donner à son fils le prénom de son père, pourquoi ? Pourquoi c'est toujours comme ça ?

— Ce n'est pas toujours comme ça, Marta. C'est comme ça, cette fois-ci.

— Dans ma vie, ça a toujours été comme ça. Ce que les autres font du matin jusqu'au soir, je ne peux jamais le faire, pour des raisons débiles.

— Tu ne vas pas jouer les victimes, maintenant ?

— Je voulais juste l'appeler Aldo. J'y tenais. Eh bien, c'est raté. Tu peux me dire pourquoi ?

— Ce n'est peut-être pas son prénom. Tout simplement.

— C'était le prénom de mon père, merde. C'est un prénom que j'ai aimé. Je pourrais avoir le droit de le donner à mon fils, non ?

— Alors, tu aurais pu appeler Aldo un des deux autres. Pourquoi tu ne l'as pas fait ?

— Quel rapport ? Quand ils sont nés, papa était encore en vie.

— Justement. C'est quoi, tu avais peur de lui faire ce plaisir ?

— …

— Allô ?

— Tu es vraiment con, tu le sais ?

— Allez, excuse-moi. Je ne voulais pas dire ça.

— Et tu es encore plus con quand tu t'excuses.

— Je suis sérieux.

— Justement. Ceux qui s'aperçoivent de leur conne-rie dans la seconde qui suit, sont les plus cons.

— Vu. La prochaine fois, je laisserai passer deux ou trois jours.

— Et les plus cons de tous sont ceux qui, après s'être excusés, font de l'humour.

— Marta, je n'ai pas envie qu'on se chamaille. C'est juste que je ne supporte pas de t'entendre jouer les victimes.

— Oh, alors c'est moi qui dois m'excuser. Je t'ai fait très mal ?

— Écoute, je retire ce que j'ai dit : appelle-le Aldo et envoie balader tout le monde.

— …

— Après tout, qu'est-ce que tu risques ? "Mignons, ils sont tous à vous ? — Oui. — Et comment s'appel-lent-ils ? — Aldo, Giovanni et Giacomo. — Vrai-ment ? Comme le trio de comiques. — Oui, comme le trio de comiques." Fin du débat.

— …

— Appelle-le Aldo.

— C'est comme si c'était fait.

— Merde alors, les vrais problèmes sont ailleurs. Je n'ai pas raison ?

— Si, tu as raison. Au fait, je voulais te demander quelque chose.

— Dis-moi.

— Finalement, tu l'as appelé, ce psychanalyste ?

— Non. Je ne l'ai pas appelé.

— Mais tu as l'intention de le faire ?

— Non, je n'ai pas l'intention de le faire.

— Donc, tu n'as pas l'intention de commencer une analyse avec lui.

— Marta, je ne crois pas que je —

— Alors, je peux y aller ?

— Que dis-tu ?

— Je dis que, si tu n'as pas l'intention d'y aller, alors moi j'irai. J'ai envie de reprendre une analyse.

— Mais ce n'est pas une amie qui t'a donné son numéro ?

— Si.

— Et cet analyste n'est pas du genre rigoureux ?

— Si. Et alors ?

— Mais ce n'est pas interdit de consulter un ami d'une amie ?

— Mon amie n'est pas son amie, c'est une de ses collègues. Elle me l'a seulement conseillé. Il est interdit de faire une analyse avec une amie, c'est pour ça que je ne vais pas chez elle ; et prendre le même analyste que sa belle-sœur est interdit aussi, voilà pourquoi je te dis d'y réfléchir à deux fois car, si j'y vais, tu ne pourras pas y aller.

— Marta, je n'ai pas besoin de réfléchir. Fais une thérapie avec lui, ça ne m'intéresse pas.

— Analyse. Pas thérapie, analyse.

— O.K., analyse.

— Alors, je l'appelle ?

— Oui.

— Parfait, merci.

— De rien.

— Alors à bientôt.

— Marta ?

— Oui ?

— …

— …

— Non, rien. A bientôt.

— Salut.

— Salut. »

*

* *

« Allô ?

— Il neige !

— Où es-tu ?

— A Rome ! Et il neige !

— Ici, il pleut.

— Eh bien ici il tombe de gros flocons. Ah, il neige sur moi juste en ce moment, tu veux que je te commente la situation en direct ?

— Non, merci. Mais ça tient ?

— Je veux. La ville est paralysée. Aéroports fermés, autobus en travers des rues, tout le monde dehors à faire des batailles de boules de neige comme en 1986.

— Et qu'est-ce que tu en sais ? En 1986, tu étais à Londres.

— C'est ce que tout le monde dit : "Comme en 1986, comme en 1986"... Il en est tant tombé en 1986 ?

— Pas mal, oui.

— C'est super. Personne ne travaille plus.

— J'imagine. Veinard.

— Allez, peut-être que demain il neigera aussi chez vous.

— Mais ici, ce n'est pas pareil. Tout est paralysé, d'accord, mais les gens s'énervent.

— Tu t'obstines à rester à Milan, toi seul sais pourquoi.

— J'y travaille.

— D'accord, mais ne me dis pas que tu ne trouverais pas un job à Rome. Écoute, j'ai un plan pour toi : vends ton espèce de maison de poupée et achète-toi un bel appartement ici à la Garbatella, où les prix ont malheureusement flambé par rapport à il y a dix ans, mais qui reste quand même un des quartiers les plus avantageux de Rome, sans compter que c'est le plus chouette. Et on serait voisins.

— C'est tout ?

— Oui.

— Et le travail ?

— Tu travailles avec moi. J'ai un vague projet de radio. Tu pourrais la diriger.

— Dis plutôt que c'est un projet que tu viens d'inventer à l'instant.

— D'accord, mais il est quand même excellent. Radio Barrie : pas mal, non ?

— Arrête : à quoi te sert une radio ?

— Musique. Communauté. Image. Je parle sérieusement, Pietro.

— As-tu par hasard une idée du prix que coûte une fréquence ?

— Écoute, je suis richissime. Je ne sais plus quoi faire de mon fric, plus j'essaie de m'en débarrasser, plus il me rapporte. Je serais même capable d'en gagner avec cette radio.

— Si tu veux être sûr de ne pas en gagner, tu n'as qu'à bannir la publicité.

— Ça marche. Radio Barrie : la seule radio au monde sans publicité. Alors, tu acceptes ?

— Oui.

— Quand commence-t-on ?

— Samedi, quand tu montes.

— Oh, à propos : je ne peux pas venir. Ce week-end, je dois aller à Londres, je suis désolé.

— Dommage.

— Mais dimanche prochain, j'ai une escale à l'aéroport de Malpensa, je pourrais prendre une correspondance plus tard, et on pourrait déjeuner ensemble.

— Dimanche en quinze ?

— Oui. Avec Claudia, n'est-ce pas ? Comment va-t-elle ?

— Bien. Mais ce dimanche-là, nous ne pourrons pas. Nous allons déjeuner chez papa.

— Chez papa ? Comment ça se fait ?

— Il nous a invités.

— Ah. Et comment va-t-il ? Bien ?

— Bof, il débloque sérieux. Chantal dit qu'il va bien, mais je ne sais pas, parfois elle me paraît folle elle aussi.

— Moi, je l'ai toujours dit : la folle, c'est elle, pas lui.

— Pourquoi tu ne viens pas, toi aussi ?

— *Où ?*

— Chez papa. Puisque tu passes par ici.

— Ne dis pas de bêtises.

— Mais tu sais, ça le tracasse. L'autre jour, au téléphone, il m'a pris pour toi.

— Ne revenons pas là-dessus, s'il te plaît.

— Allez, on peut savoir ce qu'il t'a fait ?

— Pietro, s'il te plaît.

— Il est vieux, il est malade. Il dit qu'il parle avec

maman, qu'il la voit… moi, il m'a dit que maman nous fera des lasagnes, tu te rends compte ? Comment peux-tu être aussi dur ?

— Dur, moi ? Il s'est contrefoutu de ce qui pouvait m'arriver pendant vingt ans et si je n'étais pas revenu vers lui quand maman est tombée malade, il aurait continué à s'en foutre et contrefoutre.

— Mais après, vous aviez fait la paix.

— La paix, mon œil. Tu sais ce qu'il m'a dit le jour où maman est morte ? On ne l'avait même pas encore mise dans son cercueil et tu sais ce qu'il m'a dit ?

— Qu'est-ce qu'il t'a dit ?

— Il m'a dit : "Eh bien maintenant, nous voilà les deux vieux garçons de la famille." C'était sa façon de faire la paix.

— Il n'a jamais eu de tact, tu le sais. C'était une gaffe.

— Une gaffe ? Et se mettre avec l'infirmière qui soignait maman, c'était quoi, une autre gaffe ? Pour ta gouverne, sache qu'ils étaient ensemble avant la mort de maman.

— Et alors ? Tu crois que c'est le seul qui ait trompé sa femme ?

— A soixante-dix ans ? Sous ses yeux pendant qu'elle meurt d'un cancer ? Avec son infirmière ? Tu as raison, le monde est plein d'hommes qui font ça…

— Ce n'était pas sous ses yeux. Maman ne s'en rendait pas compte.

— *Elle ne s'en rendait pas compte…* Mais comment peux-tu parler ainsi ? Comment peux-tu aller déjeuner chez ces deux-là ?

— Non, toi, comment fais-tu pour le détester autant ? C'est ton père, nom de Dieu.

— Et justement parce que c'était mon — Écoute, n'en parlons plus, tu veux bien ? Merde, comment on en est arrivés à parler de lui ? Nous étions d'accord : on ne parle pas de lui, on se l'était dit clairement. Après, tu fais comme bon te semble, et moi comme bon me semble : mais n'en parlons pas, je te le demande, s'il te plaît.

— O.K., O.K. N'en parlons plus.

— …

— …

— Plutôt, elle s'est manifestée, la nana que tu as sauvée ? Un message, un coup de fil, un remerciement…

— …

— Allô ?

— Oui. Tu disais ?

— Je te demandais si la nana que tu as sauvée s'était manifestée. Vu qu'elles étaient très copines avec la mienne, je pensais qu'elle t'avait contacté.

— Oh, non. Silence radio.

— Quelle époque. Bon, à bientôt. Les boules de neige m'attendent.

— Amuse-toi bien.

— Salut, Pietro.

— Salut. »

*
* *

« Oui ?

— Salut, Pietro.

— Salut. Comment va ?

— Bien, et toi ?

— Bien. Du neuf ?

— Oui. Ils sont arrivés.

— Qui ?

— Les dieux.

— Quels dieux ?

— Boesson et Steiner.

— Ils sont arrivés où ?

— A Milan.

— Ah oui ? Et pourquoi ?

— Comment, pourquoi ? Pour signer.

— Signer quoi ?

— La fusion. Ne me dis pas que tu ne le savais pas.

— Que je savais quoi ?

— Pietro, tu te fous de moi ?

— Non. Je ne sais pas de quoi tu parles.

— Tu ne savais pas qu'ils ont décidé de venir à Milan signer les papiers de la fusion ?

— Non.

— Mais tout le monde le savait ici.

— Moi, je ne suis pas là-bas. Tu es le seul qui me dis des choses, et ça, tu ne me l'as pas dit.

— Je croyais que tu le savais.

— Eh bien, ce n'était pas le cas.

— Ils ont décidé de signer ici.

— Ici ? Et pourquoi ça ?

— Pour être un peu à l'écart, ne pas trop attirer l'attention.

— Quoi ? Ils créent le plus grand groupe mondial et ils ne veulent pas attirer l'attention ?

— Je ne peux pas mieux te dire, Pietro. Ils signent ici. Ils sont déjà arrivés.

— Boesson et Steiner…

— Oui. Avec femme et enfants. Boesson est descendu au Principe di Savoia et il paraît que Steiner est au bord du lac, au Villa d'Este. Ils feront un peu de shopping pendant le week-end et mardi soir, ils iront tous ensemble à l'ouverture de la Scala, mais entre-temps, lundi, pendant le pont de la Saint-Ambroise, quand les bureaux sont fermés, ils viendront ici et ils signeront. Excuse-moi, mais j'étais sûr que tu le savais.

— Ça n'a pas d'importance, ce n'est pas grave.

— Tu pourrais peut-être faire un saut au bureau.

— Moi ? Et pourquoi ?

— Comme ça. Pour te montrer. Maintènant ici, c'est plein de larbins que personne n'avait jamais vus, français et américains. Nous sommes envahis physiquement.

— Justement. Je m'épargne ça.

— Ils ont occupé la salle de réunions. Ils commandent des pizzas toutes les demi-heures et font assaut d'histoires drôles. On entend leurs éclats de rire d'ici. Et ils fourrent leur nez partout.

— Ça passera.

— Et Basler est vraiment une pute.

— C'est son métier de l'être.

— Et ici tout le monde est complètement azimuté.

— Mais ils le sont pour des raisons à eux, tout ça n'est qu'un prétexte pour se laisser aller. Résiste à la contagion. Plutôt : à propos d'individus azimutés, tu as essayé finalement de joindre la fiancée de Piquet ?

— Oui. Je lui ai parlé au téléphone.

— Et alors ?

— Ils ont rompu.

— Sans blague ! Et elle ne t'a pas dit où il est, ce qu'il fait ?

— Non. Elle dit qu'elle ne le voit plus depuis un mois.

— Depuis l'époque du porte-canette.

— En effet.

— Et comment tu l'as trouvée ?

— Elle ? Normale. Comme aurait-elle dû être ?

— Je ne sais pas, il y a plusieurs façons de dire les choses. Que t'a-t-elle dit exactement ?

— Elle m'a dit qu'ils se sont quittés et que depuis elle n'a plus de nouvelles de lui.

— J'ai compris, mais elle disait ça sur un ton agressif ? Elle était triste ?

— Pietro, qu'est-ce que j'en sais ? Nous étions au téléphone.

— Elle t'a posé des questions ?

— Des questions ? Elle, à moi ? Non…

— Elle se souvenait de toi ?

— Pourquoi, elle aurait dû ?

— Ben, tu as dîné chez eux.

— Oui, mais je ne le lui ai pas dit. C'était déjà embarrassant de demander des nouvelles de Piquet. Tu sais que je ne me souvenais même pas de son prénom.

— De Piquet ? Federico.

— Oui, mais je ne m'en souvenais pas. Ici, on l'appelait toujours par son nom de famille ; j'ai dû lui demander si elle était la fiancée de monsieur Piquet…

— Tu lui as dit au moins qu'il a disparu ?

— Non, je n'ai pas eu le courage…

468

— Ah, ben alors c'est évident qu'elle ne t'a rien dit. Tu as été trop impersonnel.

— Elle m'a dit qu'ils se sont quittés, que pouvait-elle me dire d'autre ? Qu'est-ce que ça veut dire : trop impersonnel ?

— Trop impersonnel. Elle sait peut-être des choses, mais elle ne te les a pas dites parce que tu as été trop impersonnel. Elle sait peut-être où il est. Pourquoi tu ne la rappelles pas et tu lui dis que tu es Marco Tardioli, que vous vous connaissez parce que tu as dîné chez eux et —

— Écoute, je ne la rappellerai pas. Je ne savais déjà pas où me mettre.

— Je comprends. Admettons que je n'ai rien dit.

— Pourquoi tu ne l'appelles pas, toi ? Surtout que moi je ne pourrais pas même si je voulais : elle s'apercevrait que je suis la même personne qui a déjà appelé et elle aurait des doutes. Même si je ne comprends pas pourquoi elle devrait nous cacher quelque chose.

— Tu as raison. Je l'appellerai. Tu l'as trouvée au Studio Elle ?

— Oui. Là, je n'ai pas le numéro, mais il est sur l'annuaire. Hé, tiens-moi au courant...

— Bien sûr.

— Et donc, tu ne viens pas au bureau.

— Je n'y pense pas une seconde.

— Même pas demain, quand vient Boesson ?

— Surtout pas demain.

— Mais tu n'as pas peur qu'ils te jettent ?

— S'ils doivent me jeter, ils me jetteront. Que je vienne ou pas ne change rien.

— Ça aussi, c'est vrai. C'est juste que je ne comprends pas comment tu peux être aussi décontract.

— Décontract, c'est toi qui le dis.

— On dirait que tu n'en as rien à cirer.

— Tu sais ce que disent les Américains ? *Keep cool*.

— Oui, c'est vite dit.

— Justement. Ça ne coûte rien.

— Oui, mais tu sembles — Bon, excuse-moi, ça ne me regarde pas.

— Tu n'as pas à t'excuser. Bref, ils signent lundi ?

— Lundi, oui.

— Bon, tu verras qu'après ça ira mieux.

— Espérons. Je te tiendrai au courant.

— Merci. Et demain, donne le bonjour à Dieu de ma part.

— Amen. »

36

Je fais du vélo de spinning.

La sonnerie du portable de Jolanda arrive à point nommé : ça l'oblige à s'éloigner de quelques pas pour répondre, et je peux récapituler, essayer de mieux comprendre ce qu'elle vient de me dire – parce que même le néant peut être vertigineux. *Je fais du vélo de spinning.* Donc. Tout à l'heure, alors qu'elle passait avec Nebbia pour sa fugace apparition hivernale, j'ai entamé la conversation. Je ne sais pas pourquoi, et surtout je ne sais pas pourquoi ce matin, mais j'ai ressenti l'envie de rompre le schéma ; je l'ai arrêtée et pratiquement obligée à bavarder un peu. Deux phrases sur le froid, deux sur le ciel qui aujourd'hui semble promettre la neige, puis sur nos chiens – et jusque-là, rien de nouveau, ce sont les sujets dont nous avons toujours parlé ; mais après, pour la première fois, j'ai poussé plus loin et je lui ai fait remarquer son changement d'habitudes : avant, des demi-heures entières dans le square, et maintenant, une seule apparition rapide juste pour le pipi de son chien. Je ne lui en ai pas demandé les raisons (c'est évident : parce qu'il fait froid), mais il a suffi que je le remarque pour susciter en retour l'observation qu'en revanche, moi, je n'ai pas changé, je suis toujours ici, même sans chien ; et à ce stade, la distance entre nos curiosités inassouvies et nous, qui est restée constante au cours des mois passés, était comme réduite à zéro : nous étions enfin autorisés à nous demander l'un l'autre ce que nous désirions savoir. C'est elle qui a commencé : pourquoi suis-je ici tous les jours, même sans Dylan, même par mauvais temps ? Je n'ai pas voulu vérifier si elle connaissait déjà la réponse, du moins la version communément reçue dans le quartier ; au fond, peu importait. Je lui ai répondu la vérité, mais en deux temps : d'abord en lui disant que c'est la panique dans l'entreprise où je travaille à cause d'une fusion et que je préfère du coup rester ici, devant l'école de ma fille, en attendant que la mayonnaise retombe ; puis, comme je me rendais compte que c'était un peu court et que surtout ça n'expliquait pas toutes ces étreintes, j'ai ajouté que j'ai pris cette habitude de rester ici au lieu de, disons rentrer chez moi ou aller jouer au tennis, ou faire quoi que ce soit d'autre, parce que la petite – et j'ai désigné toute l'école en une synecdoque non dépourvue de signification – a récemment perdu sa mère. Tout de suite après, je l'ai observée attentive-ment, et j'ai vu sa beauté fougueuse s'adoucir en un sourire triste, compréhensif, et pourtant, peut-être à cause de cette beauté, encore assez énigmatique. C'est toujours si difficile d'imaginer à quoi pensent les belles femmes. Comprenait-elle ? Et si oui, *que* com-prenait-elle ? A ce stade, il devenait intéressant de découvrir ce qu'elle allait dire ; et après une courte pause, voilà ce qu'elle a dit : « Chapeau. Quel père ! » En même temps qu'une chaude et violente bouffée d'autosatisfaction, en soi assez hypocrite (l'aurait-elle dit sur le même ton si elle m'avait vu, il y a un mois, à Roccamare, à quatre pattes dans l'herbe en compagnie d'Eleonora Simoncini, veiller de cette façon sur le sommeil de ma fillette ?), son commentaire a provoqué une accélération soudaine de ma curiosité. Je me suis souvenu du moment où Carlo, ici au square, l'a complimentée sur son prénom et qu'elle a répondu qu'elle le trouvait moche : tu manques de respect à ton nom, ai-je pensé, et tu en as peut-être manqué à ton père. Peut-être Jolanda avait-elle des problèmes avec le sien ? Alors, quand je lui ai demandé « Et toi, que fais-tu ? », j'espérais très fort une réponse qui, le cas échéant, mette en jeu son père. Et je me suis dit aussi que ce devait être le cas car elle aurait pu me répondre, par exemple, « Je travaille avec mon père » – notaire, mettons, qui embauche dans son étude sa fille belle et désœuvrée et l'exhibe au milieu des gros volumes reliés, naturellement à mi-temps et pour un salaire symbolique qui constitue tout de même son seul revenu, façon de lui tenir la bride sur le cou, plus serrée qu'elle ne tient Nebbia en laisse ; mais je ne m'attendais pas du tout à la réponse que, avec une innocence ahurissante, Jolanda m'a en effet donnée : « je fais du vélo de spinning ». Je l'ai regardée, sidéré : elle doit avoir vingt-sept ans, elle est belle, manifestement riche – son chien vaut très cher –, et dans la vie, elle fait du vélo de spinning. A ce moment-là, son portable a sonné, elle s'est éloignée de quelques mètres pour répondre, et elle est encore là, à une vingtaine de pas de moi, parlant avec animation dans son portable, tête penchée, pendant que je me demande : elle a dû vouloir dire qu'elle *donne des cours* de spinning ? Ancienne volleyeuse ? Étudiante au CREPS sans réussir à décrocher son diplôme ? Des cours dans la salle de sports d'un ami ? Ce serait possible, elle a le physique pour. Mais, d'un autre côté, si je voulais une accusation contre son père, à quelle meilleure réponse pouvais-je prétendre ? C'est comme si elle m'avait dit : regarde-moi, regarde le potentiel qu'on devine chez moi : la beauté, bien sûr, mais aussi la réalisation de désirs, la réussite sociale, le travail, l'argent, l'amour ; et en réalité, tout ce que je fais dans la vie, à part sortir mon chien et téléphoner, c'est du vélo d'appartement. Et j'ai un nom moche, et faut-il le préciser je suis stupide et bientôt un type me mettra enceinte, et même si nous nous marions, nous nous séparerons tout de suite, et ce sera la croix et la bannière pour remplir mon rôle de maman, et je devrai demander à mes parents de m'aider, et tout le monde aura la confirmation que je suis bonne à rien et devine de qui tout ça est la faute…

Voilà, elle a rempoché son portable et elle se dirige vers moi. Dans cinq secondes, elle sera à nouveau ici. Que lui dire ? *Je fais du vélo de spinning* : si elle m'avait dit qu'elle avait la leucémie, j'aurais peut-être trouvé quelque chose à répondre, mais là, je suis sans voix. Mieux vaut alors me taire, mieux vaut refermer tout de suite cette porte ; du reste, sa réponse a été un point, et l'interruption par le téléphone, le retour à la ligne. Salut, à la prochaine, et zou ; mais maintenant c'est elle qui prend une expression ébahie, et elle effectue les derniers pas vers moi en me regardant bouche bée, carrément, comme si j'étais la chose la plus surprenante sur laquelle ses yeux se soient jamais posés ; et c'est impossible, puisque je suis désormais une des visions les plus prévisibles de ce coin de ville.

En effet, maintenant qu'elle m'a rejoint, son regard stupéfait me traverse, parce que ce n'est pas sur moi qu'il est dirigé, mais sur quelque chose derrière moi. Elle m'invite d'un signe du menton à me retourner, et je me retourne, et à mon tour je reste bouche bée devant ce que je vois : deux énormes bagnoles avec plaque diplomatique se sont arrêtées en double file, l'une derrière l'autre, devant le square. Une Mercedes 400 CDI et, excusez du peu, une Maybach – jusqu'à présent je n'en avais vu que sur Internet, jamais en vrai –, tellement belle, spacieuse et resplendissante que les autres voitures tout autour semblent floues soudain. Les deux jeunes types baraqués qui sont descendus de la Mercedes sont en train d'ouvrir la portière de la Maybach, d'où sort un homme âgé, énorme lui aussi, qui se dirige vers nous.

« Et ça, c'est qui, Marlon Brando ? » me glisse Jolanda parce que en effet c'est à lui qu'on pense. Mais il s'agit d'Isaac Steiner. Je le reconnais tout de suite car il est de ces hommes qu'on voit une fois en photo et qu'on n'oublie plus. Oui, il n'y a pas l'ombre d'un doute : c'est bien lui, le dieu boiteux de notre sacrée fusion. Il a même une canne. C'est évident, c'est absurde – le voici – il est venu me voir.

« Monsieur Paladini ? dit-il en anglais.

— Oui.

— Steiner, enchanté. »

Il me tend une main étonnamment maigre, aux doigts fuselés, on ne peut plus inadaptée à sa silhouette massive de catcheur. Je la lui serre, et elle est douce, lisse, ce qui réussit à m'étonner encore davantage.

« Mes condoléances.

— Merci. »

Nebbia lui renifle les jambes – de façon très aristocratique, dois-je dire, comme s'il savait qu'il s'agit de l'homme le plus riche et le plus puissant qu'il ait jamais eu l'occasion de renifler. Steiner affecte de ne rien voir.

« Je vous dérange ? demande-t-il en lançant à Jolanda un regard très discret qui suffit toutefois à la faire fuir.

— Oh non », bredouille-t-elle, et elle fuit littéralement, en entraînant Nebbia derrière elle. Allez savoir, elle a peut-être redouté un instant d'être mêlée aux présentations et obligée peut-être de répéter à Steiner, en anglais de surcroît, son occupation dans la vie : *I do spinning…*

« J'espère que je n'interromps rien d'important.

— Non, en aucun cas. Rien d'important.

— Vous me comprenez si je parle anglais ?

— Oui. »

Il désigne ma voiture d'un imperceptible signe de sa canne.

« C'est votre voiture ?

— Oui.

— Pourrions-nous nous y asseoir ? » En effet, il commence à neiger : de gros flocons, épars et lourds comme du coton.

« Je voudrais vous parler, ajoute-t-il.

— Oui, bien sûr. »

Nous montons dans ma voiture. Steiner se laisse tomber sur le siège et les suspensions grincent sous son poids. Soudain, l'habitacle s'est resserré comme si mon Audi était devenue une Panda. Steiner se carre, installe sa canne entre ses jambes, et pousse un soupir bruyant tandis que je sens l'étrange désir de le toucher car sa présence ici est irréelle, disproportionnée dans tous les sens du terme. Sérieux, je suis peut-être en train de rêver. Je mets le moteur en marche pour le chauffage et Radiohead est du même avis, car la chanson, avant que j'éteigne la stéréo, a le temps de dire : « *oui, tu le sens, mais ce n'est pas là pour autant* ». Exact. Et les choses ne doivent pas seulement être là, elles doivent aussi avoir une signification : laquelle a-t-il, lui, ici ?

« Bien… » fait-il.

Soudain, je comprends : Eleonora Simoncini. Mais bien sûr. Ils se sont vus, elle lui a raconté Dieu sait quoi, il a pris ça très mal, il est venu me faire ma fête et c'est moi qui vais l'avoir dans le cul. Il va me dire un mot gentil, puis me livrer à ses nervis qui me mettront la tête au carré…

« Beaucoup de gens disent que cette fusion est le premier échec de ma vie, déclare-t-il, toujours en anglais. Mais ce n'est pas vrai. »

Il ne me regarde même pas en face : il regarde par terre, le tapis de sol crasseux. Je suis débile. Je *savais* qu'elle était sa maîtresse, tout le monde le sait…

« Tout d'abord, continue-t-il, ce n'est pas un échec. Pas nécessairement. Le Français n'a gagné que le premier round. »

Round… La neige tombe dru maintenant, elle recouvre le pare-brise. La seule défense que je parviens à concevoir est d'actionner mes essuie-glaces, de redevenir visible ; mais c'est pire car les deux portions de vitre nettoyée me révèlent ses janissaires, plantés devant ma voiture. Dans leurs mains, les parapluies ont des allures d'accessoires pour poupée Barbie.

« Au contraire, il n'a gagné que le tirage au sort pour le choix du terrain… Et de toute façon, même si à la fin ça s'avérait un échec, ce ne serait pas le premier, ni le plus grave. »

Il lève les yeux, me dévisage. Nous y sommes. Peut-être va-t-il me frapper lui-même, me casser le nez d'un coup de canne, ici même. C'est un self-made-man : jeune, il a dû faire les quatre cents coups…

« Je suis venu vous raconter la fois où j'ai vraiment perdu. »

Et pourtant, il n'est pas menaçant. Dans ses yeux gris, il n'y a pas trace de colère, et son visage légendaire n'exprime aucune agressivité. Sa voix est ferme, chaude, et il me semble même qu'il parle plus lentement que la normale, en scandant les mots dans une prononciation limpide, scolaire, pour me permettre de tout comprendre. Et en effet, jusqu'ici, je n'en ai pas perdu une miette.

« Etes-vous au courant de l'affaire de l'indemnisation des victimes de la Shoah ? me demande-t-il. Savez-vous comment ça a fini ? »

D'un autre côté, que sais-je de sa façon de parler habituelle ?

« Il me semble que la Suisse a dû verser une grosse somme », dis-je.

Steiner regarde à nouveau le tapis de sol.

« Mille deux cent cinquante millions de dollars. Pas la Suisse : les banques suisses – ce n'est pas la même chose. Et comme il est de notoriété publique que j'ai passé ma vie à m'occuper de ce dossier, quand les banques ont accepté de payer une somme aussi élevée, on m'a considéré comme un des acteurs de cette victoire. Mais c'est tout le contraire. J'étais le perdant. »

Il hoche la tête, toujours en regardant par terre. Non, il ne semble pas avoir de comptes à régler avec moi, il m'ignore presque – ce qui, tout en me tranquillisant, entoure son apparition du mystère le plus absolu.

« Voyez-vous, continue-t-il, je suis canadien, pas américain. Mes parents ont émigré à Toronto, et je suis né là-bas. Je suis né juif canadien. Dans les affaires, j'ai appris à ne pas accorder trop de poids à cette distinction, mais dans les questions de conscience, elle est cruciale : car les Canadiens ont une conscience, et pas les Américains. Et c'est justement à cause de cette conscience reçue en partage, que j'ai perdu... »

En prononçant cette dernière phrase, il lève à nouveau les yeux vers moi, et son visage est empli d'une fierté lumineuse, qui s'attarde pendant le silence qui suit. On dirait un énorme ado vieilli, à présent, et Jolanda a vu juste, il ressemble vraiment à Marlon Brando : mêmes cheveux blancs en bataille, même mélange inhumain de magnétisme animal et de masse corporelle. La neige a de nouveau recouvert le pare-brise, mais je n'éprouve plus aucun besoin de l'enlever : je me trompe peut-être, mais je n'ai plus peur de rester enfermé ici avec lui.

« Il y a huit ans, reprend-il, quand le sous-secrétaire américain Stuart Eizenstat publia le rapport qui porte son nom, il ne fit qu'officialiser des faits connus depuis longtemps : les banques suisses détenaient toujours de l'or et des fonds provenant du pillage nazi des biens des juifs allemands, et ce rapport les clouait définitivement à leurs responsabilités. Mais du moment qu'on fixait à mille deux cent cinquante millions de dollars le montant de l'indemnité due aux héritiers des victimes, j'ai trouvé que ça sentait mauvais : il s'agissait d'une somme déraisonnable, plus du double des estimations les plus larges effectuées jusque-là, et j'ai compris qu'une bonne partie de cet argent finirait dans les poches de gens qui n'avaient rien à voir avec la Shoah. »

Maintenant, peut-être, sa voix a un léger tremblement de colère. Mais ça ne me concerne pas, ça me semble clair.

« D'un autre côté, tant que la déclaration de guerre de l'Allemagne ne vint pas l'empêcher, le commerce de l'or de provenance douteuse fut une politique officielle des États-Unis, comme en témoignent de nombreux autres rapports, avant et après celui d'Eizenstat. Le montant réclamé donc avait tout l'air aussi de faire porter les responsabilités américaines sur les épaules des banques suisses. Qui, de leur côté, avaient effectué une vérification historique dont il ressortait que la valeur des comptes suisses inactifs depuis la fin de la Seconde Guerre mondiale et appartenant à des victimes de l'Holocauste, s'élevait en tout à dix millions de dollars ; par conséquent, c'était la somme qu'elles proposaient. Compris ? Dix contre mille deux cent cinquante. D'un côté, l'offre des banques suisses niait de fait que des dizaines de milliers de juifs allemands avaient été spoliés outre qu'exterminés tandis que de l'autre, la requête des Américains était une espèce d'appel tribal pour les spéculateurs, et constituait aussi une *solution finale* de leur rapport avec la disparition de l'or des juifs. Nous avions travaillé quarante ans pour quoi ? Pour indemniser les victimes ? Non. Pour faire une autre guerre, pour affirmer une nouvelle fois la raison du plus fort ; et les Suisses avaient beau se montrer durs – et ils le furent –, cette fois, nous étions les plus forts : nous avions de notre côté le gouvernement des États-Unis, le gouvernement israélien, des associations juives, des multinationales, des magnats, des diplomates, des historiens, des stars du cinéma et toute la presse du monde libre. Si les conclusions du rapport Eizenstat n'avaient pas été acceptées, un plan de boycott total était déjà prêt : non seulement de leurs banques, mais aussi de tous les produits suisses – chocolat, lait, montres : tout ce que la Suisse produit. »

Il se cure le nez. D'un geste hyper rapide, et non sans une certaine élégance due surtout à la grâce de sa main de tailleur de diamant : mais il se cure le nez. Puis il camoufle son geste en se frottant le menton avec le dos de la main, et prend un air vague, mais entre le pouce et l'index, il tient quelque chose. Je suis curieux de voir où il va coller ça…

« Mais tout le monde n'était pas d'accord. Je n'étais pas le seul à penser qu'il s'agissait d'un chantage pur et simple dans lequel disparaissait la raison d'être même de tous nos efforts – à savoir : indemniser les victimes de la Shoah. Je pourrais vous citer les noms des juifs qui pensaient comme moi, mais ils ne vous diraient probablement rien, même s'il s'agit d'hommes très influents – israéliens, canadiens, européens. Nous étions une minorité, bien sûr, mais une minorité dont on ne pouvait pas ne pas tenir compte. »

Et hop : sur le côté du siège. Classique.

« C'est pourquoi j'ai décidé de m'exposer personnellement. C'était mon rôle. Je sus convaincre le gouvernement israélien qu'avec le rapport Eizenstat, on courait le risque d'un bras de fer légal interminable, et j'obtins un mandat. Pour négocier. »

Il se cure encore le nez. Non, cette fois, il se limite à le gratter.

« Il fut décidé que, si je réussissais à obtenir quatre cents millions, on bouclerait le dossier là : quarante fois plus que ce qu'on nous offrait et un tiers seulement de ce que nous demandions. C'était dur, mais faisable. J'avais une certaine influence en Suisse, les activités de mon groupe passaient par beaucoup de ces banques. En outre, j'étais très ami d'un grand monsieur qui hélas n'est plus de ce monde, Enrico Simoncini, dont je crois que vous connaissez la fille… »

Nous y voici. Il relève les yeux et me transperce d'un regard oblique, terrible. Désormais, j'avais baissé la garde, et surtout j'étais dans l'illusion qu'il était apparu ici sans motif, *par miracle*, comme la Vierge ; en réalité, voilà la raison et d'ailleurs, ce ne pouvait être que celle-ci. Ses petits yeux sont rivés sur moi et soudain je ne peux plus rien faire parce que je suis faible, lent, lourd : comme si c'était lui maintenant qui utilisait la modalité Sakai. Que sait-il ? Que veut-il *me faire* ?

« Enrico n'était pas seulement un puissant industriel de la confiserie, reprend-il en regardant à nouveau par terre, il jouissait aussi d'un certain ascendant sur plusieurs membres du gouvernement fédéral suisse qui, à leur tour, pouvaient faire pression sur les banquiers… Bref, c'était une partie difficile, mais pas désespérée. En tout cas pas autant que la situation des Suisses s'ils avaient refusé ma médiation. »

Je donne un autre coup d'essuie-glaces et les gorilles sont toujours là, noirs, immobiles, sous la neige ; mais sans ces yeux sur moi, je me sens libre de me défendre et aussi de m'expliquer, si nécessaire.

« Je consacrai de nombreux mois à préparer le terrain. Le plus difficile était de réussir à apparaître aux yeux des Suisses – moi, Isaac Steiner, *le Requin Juif* – pour ce que, en la circonstance, j'étais en effet, à savoir un homme juste. Et les difficultés augmentèrent quand mon ami mourut de cette façon délirante. Savez-vous comment est mort Enrico ? »

Pas de regard, cette fois. Pas de modalité Sakai. C'est juste une question.

« Non.

— Décapité sur l'autoroute par une table de ping-pong tombée de la camionnette qui roulait devant lui. »

Il se tait, pour que je me pénètre bien de cette absurdité supplémentaire. Je vais en rêver de cette table de ping-pong : je vais en rêver à tous les coups.

« Bref, c'était très difficile, reprend-il, mais pas impossible. C'est ainsi qu'un jour, voilà sept ans, j'atterris à Zurich, à huit heures du matin. Pendant le voyage, je n'avais pas fermé l'œil. Je regardais l'océan noir, et les étoiles. Je me sentais invulnérable parce que je faisais une chose juste. Je travaillais pour les autres. Pour les morts. Et quand je me suis retrouvé devant les Suisses, j'ai tenu les propos les plus importants de ma vie. Je n'ai même pas évoqué le risque qu'ils couraient en cas de rupture et l'embargo financier qui en découlerait pour des sommes équivalant à trois fois et demie le budget de leur pays. C'était sans doute l'argument le plus convaincant dont je disposais, mais je ne l'ai pas utilisé : je ne m'étais pas déplacé en Suisse pour exercer un chantage. J'ai clairement dit que je ne partageais pas la ligne ultra-agressive adoptée par les Américains, raison pour laquelle on devait considérer que ma médiation en était vraiment une ;

et que tout autre individu en face de qui ils se retrouveraient après moi, serait bien pire. J'ai donné les chiffres et je me suis concentré sur l'argument décisif, à savoir que, pour les juifs riches, l'Holocauste avait été un double anéantissement des personnes *et* des biens. C'étaient des propos difficiles à tenir en tout autre endroit, mais devant les plus avides manipulateurs d'argent du monde, j'y étais bien autorisé : dans la Shoah, les juifs pauvres ont perdu la vie et tous ceux qui leur étaient chers, mais les riches ont perdu la vie, tous ceux qui leur étaient chers et leurs biens. Ils ont subi un abus supplémentaire et nous avions le devoir d'indemniser au moins celui-ci. C'était la seule possibilité restante de redresser le monde... »

Pause. Bien que je ne le voie que de profil, parce que heureusement il s'obstine à regarder le tapis de sol, il me semble que son expression devient plus pensive, davantage empreinte de souvenirs.

« Ce fut la prise de parole la plus importante de ma vie, la plus belle, la plus inspirée, et quand je fus au bout, j'avais aussi l'impression qu'ils étaient convaincus. Je ne sais pas pourquoi. Certes je ne m'attendais pas à ce qu'ils me signent un chèque séance tenante, mais je croyais avoir donné le coup de boutoir nécessaire pour les convaincre d'ajouter au moins un zéro à leur proposition. Et j'ai bien dit les *convaincre*, pas les *contraindre*. Du reste, pour eux, c'était la seule voie de salut : céder, oui, pas au chantage qui viendrait après moi, mais bien aux raisons du juste, en économisant au passage huit cent cinquante millions de dollars. Ce n'était pas difficile à comprendre, et je pensais qu'ils l'avaient compris. »

J'actionne à nouveau les essuie-glaces – c'est ma seule façon d'agir – et lui cette fois lève les yeux, et regarde tomber la neige qui, à coup sûr, en ce même moment, électrise Claudia et tous les enfants de l'école : il semble étonné, comme s'il ne la voyait que maintenant.

« Maintenant, dit-il, si on m'offrait de revivre mon existence depuis le début, je refuserais, uniquement pour ne pas revivre les cinq minutes qui ont suivi ma déclaration... »

Mais en fait, non, ce n'était pas de l'étonnement : c'était du chagrin. Et il ne voit pas la neige tomber : dans ce tourbillon blanc rythmé par les essuie-glaces, il voit ce qu'il va me raconter, si intensément que c'est comme s'il le projetait, et en effet je le vois moi aussi : des rideaux bien tirés, une énorme table en palissandre, des fauteuils en cuir, des plantes vertes, un téléviseur à écran plat jamais utilisé, quatre ou cinq gardes du corps, la cinquantaine, vêtus de sombre, et lui en face d'eux, dans un complet en lin et affichant la même fierté d'adolescent que je lui ai vue tout à l'heure – énorme, immensément riche et puissant, et pourtant jamais aussi exposé, vulnérable, sans défense...

« L'un d'eux, je crois que ce n'était même pas le président, a pris la parole et m'a complimenté pour mon intervention, m'a assuré de la profonde estime personnelle dont je jouissais auprès de tous ses collègues, insistant surtout sur mes qualités morales, à la suite de quoi, il a déclaré que néanmoins leur offre de dix millions de dollars devait être considérée comme définitive et non négociable, parce qu'elle découlait de leur putain de vérification historique. »

Il se retourne, me regarde.

« Compris ? Ils ne m'ont rien donné. L'affaire la plus importante à laquelle je m'étais consacré dans ma vie ne rapportait pas même un centime. Dix millions avant, dix millions après. L'avion qui m'attendait sur la piste m'en avait coûté sept. Les salauds. »

Voilà, maintenant il souffre vraiment : au bout du compte lui aussi, comme tous les autres qui sont venus ici, étale devant moi un formidable flot de souffrance. Cet endroit est prodigieux : un mur des lamentations, sans le mur. Milan est une ville sainte, et personne ne le sait…

« De retour à New York, j'ai démissionné séance tenante du Congrès juif mondial, mais les mêmes amis non américains qui m'avaient aidé dans ma tentative me prièrent de retirer ma démission, et j'ai obtempéré. Désormais, j'étais de la cire entre leurs mains. On me pria aussi de ne plus m'occuper de cette affaire, de ne prendre aucune initiative en la matière et de n'en parler à personne. En échange, ils garderaient un silence complet sur mon échec, au point que dorénavant il fallait considérer ma tentative de médiation comme *n'ayant jamais eu lieu…* »

Il me regarde à nouveau.

« De sorte que si, demain, vous décidiez de vendre cette histoire à un journal, je pourrais vous attaquer en justice, le journal et vous, et je gagnerais, et je m'emparerais du journal, et de vous aussi. »

Évidemment, c'est une menace, et pas mince, mais cette fois, elle ne m'effraie pas du tout. Primo, parce que je ne suis pas le genre à vendre des histoires aux journaux ; secundo, parce que pour lui, après autant de bonté, c'est une attitude forcée, une espèce de sas de décompression pour redevenir *le Requin Juif* : s'il avait refait surface tel quel, il aurait risqué l'embolie.

« Un an après cette tentative qui n'a jamais existé, les banques cédèrent à la médiation Eizenstat et acceptèrent de payer les mille deux cent cinquante millions. Un grand cabinet d'avocats new-yorkais fut chargé de leur répartition et au cours de ces six années, il a distribué aux titulaires des comptes cent vingt-cinq millions de dollars. D'autres juifs survivants ont touché environ deux cents millions. Cent quarante-cinq sont allés aux organisations juives et aux avocats. En tout, jusqu'à aujourd'hui, quatre cent soixante-treize millions de dollars – c'est-à-dire, nette des taxes professionnelles, la somme pour laquelle je m'étais battu. Mais cela représente moins de la moitié de ce qui a été déboursé : le reste de cet argent n'a pas encore été distribué, et on ne sait pas où il finira. »

Il pousse un profond soupir.

« C'est tout », dit-il.

Et il reste ainsi, immobile, à regarder le générique de fin de son histoire défiler sur mon pare-brise. Puis il se tourne vers moi, me dit « so long », me serre la main, ouvre la portière et entame les laborieuses opérations nécessaires pour s'extraire de ma voiture ; ce n'est que maintenant, en voyant combien il peine, que je me rends compte des égards immenses qu'il m'a accordés en s'enfilant dans cette guimbarde au lieu de m'ordonner de le rejoindre dans sa Maybach. Voilà, il y est arrivé, il est dehors. Un gorille l'abrite aussitôt sous son parapluie, mais un tel corps est impossible à abriter sous un seul parapluie : l'autre doit intervenir aussi – et ainsi, escorté par deux gorilles et s'abritant sous deux parapluies, Steiner boitille jusqu'à sa voiture, en s'appuyant sur sa canne beaucoup plus que tout à l'heure. La Maybach l'engloutit comme s'il était un enfant – le monde reprend son échelle – et quand la portière de ce prodige se referme, elle produit un des plus beaux bruits que j'aie jamais entendus.

Pourquoi est-il venu ici ? Pourquoi m'a-t-il raconté cette histoire ? A-t-il vraiment été l'amant d'Eleonora Simoncini ? L'est-il encore ? Que sait-il d'elle et de moi ?

Les voitures partent, laissant au sol deux rectangles noirs si nets et si précis qu'on dirait des symboles votifs. Celui qu'a laissé la Maybach est énorme, et son énormité est la preuve qu'un dieu était là à l'instant ; mais la neige l'efface déjà et moi, fasciné par la perfection de cette scène, je ne sais rien faire d'autre que le regarder disparaître, s'effacer, s'évanouir...

Mon portable sonne. C'est Annalisa.

« Allô ?

— Monsieur. » Sa voix est électrique, excitée. « Vous ne devinerez jamais qui vient vous voir ! »

Au contraire, au point où j'en suis, c'est facile : ça tombe sous le sens.

« Boesson », lui dis-je. Le mystère engendre le mystère.

37

*Dans les zones sauvages de l'Illinois, entre les prés d'herbe haute et les anciennes pistes des cerfs, montent les hurlements des loups. Des prédateurs anciens se tapissent dans la nuit sombre pour agresser leurs proies ou pour échapper à leurs prédateurs. Ce ne sont pas les lumières scintillantes de Chicago, c'est plutôt quelque chose de primordial, quelque chose qui a résisté de façon presque immuable pendant des milliers d'années. Une chasse sans fin. Une chasse où, d'un moment à l'autre, le chasseur peut se transformer en gibier. Nichée au cœur de ce **calme chaos**, se trouve la petite ville de Tuscola, habitée par des créatures obscures qui luttent pour survivre dans cette vieille bataille.*

Vous savez ces choses qu'on commence en sachant qu'on sera bientôt interrompu ? Et puis, en définitive, on n'est pas interrompu ? Et alors on continue, et ça commence à devenir intéressant ? Voilà, c'est ce qui m'est arrivé.

Je viens de trouver sur Internet que 2 180 sites contiennent « quiet chaos ». J'ai essayé d'en ouvrir quelques-uns, mais ils étaient tous trop lourds pour mon téléphone portable. Le seul que j'aie réussi à ouvrir est celui-ci, et maintenant j'ai une définition de calme chaos : une chasse sans fin, une chasse où, d'un moment à l'autre, le chasseur peut se transformer en gibier. Quel rapport avec ma vie ? Ce peut être intéressant d'y réfléchir. Mais avant, il peut être intéressant de réfléchir à la façon dont j'y suis arrivé.

Boesson doit venir, n'est-ce pas ? Alors, pour tuer le temps en attendant son arrivée, j'ai eu envie de faire une chose : je me suis connecté à Internet avec mon téléphone portable, je suis allé sur Google et j'ai tapé « Isaac Steiner » : j'ai obtenu 54 800 occurrences. Puis j'ai tapé « Patrick Boesson », et j'en ai trouvé 53 600. C'est juste, ai-je pensé : pour autant que cela compte, ces deux divinités qui, dans trois jours, fusionneront leurs empires ont presque le même poids sur la Toile. *Presque*, en effet : et il ne faut pas sous-estimer la différence en faveur de celui qui sera dessous. Si Boesson était arrivé à ce moment-là, ça n'aurait été qu'une pensée à avoir en tête tout en lui serrant la main. Mais il n'est pas arrivé, alors j'ai continué à interroger Google. J'ai tapé « Jean-Claude Sanchez » et les occurrences sont tombées à 317 : c'est juste là aussi, Jean-Claude a toujours aimé rester dans l'ombre. « Thierry Larivière » et on est remonté à 19 600. « Pietro Paladini » : 111. Parfait. La pensée à garder en tête en serrant la main de Boesson s'était encore améliorée. Mais Boesson n'arrivait toujours pas, et j'ai continué. C'est devenu une espèce de jeu, et d'ailleurs j'ai recopié les résultats dans mon carnet. Carlo Paladini : 185 000. Barrie : 4 470 000. Giorgio Armani : 1 050 000. Federico Piquet : 113 (deux de plus que moi, dans un mouchoir). Paolo Enoch : 9. Eleonora Simoncini : 207. Enrico Simoncini : 493. Marta Siciliano (ma belle-sœur) : 101. Lara Siciliano (ma femme) : 0. Radiohead : 571 000. Elton John : 2 160 000. Silvio Berlusconi : 571 000 (comme Radiohead). Coca-Cola : 9 240 000. Pepsi-Cola : 1 110 000. Mafia : 4 280 000. Bill Gates : 7 100 000. *William* Gates : 51 100. *Bil* Gates : 5770. Bill *Gathes : 92. Brill* Gates : 142. Bill *Grates :* 242. Bill *Gaites :* 159. Bill *Gatse :* 450. Bill *Ggates :* 24. Bill *Gsate :* « essayez avec l'orthographe *Bill Gates* ». George Bush : 7 510 000. George W. Bush : 15 900 000. Ben Laden : 5 290 000. Saddam Hussein : 17 000 000. Devil : 30 400 000. God : 63 900 000. Death : 115 000 000. Sex : 183 000 000…

C'est à ce moment-là que j'ai eu l'idée de taper « quiet chaos » – et le jeu est entré dans une phase nouvelle. Je ne m'attendais vraiment pas à 2 180 occurrences. Je croyais que je l'avais inventé, le calme chaos, je m'explique ? Je croyais qu'il *n'existait pas*. Je m'attendais à trouver quelque chose parce que je sais qu'on n'invente jamais rien : mais 2 180 sites qui emploient cette expression, ça m'a estomaqué. J'ai essayé en italien et en espagnol : 8. En français : 9. En anglais : 2 180. C'est donc quelque chose d'anglo-saxon, très probablement d'américain. Et j'ai eu envie d'aller voir ces sites, de lire quel rapport ils avaient avec le calme chaos – et surtout, *ce que c'est*. Mais mon téléphone portable n'ouvre presque aucun de ces sites car ils sont trop lourds. Le seul où j'ai pu arriver est celui-ci, intitulé *Tuscola : Destins Enfouis*. Il doit y avoir une illustration, quelque chose de graphique que mon écran toutefois n'affiche pas, et puis ce court texte : forces obscures ; créatures primordiales ; vieille bataille ; chasseurs qui deviennent gibier ; et, « *nestled in the center of this quiet chaos* » – ce qui signifie que le calme chaos serait cet ensemble de choses –, une petite ville de l'Illinois. Puis il y a l'icône pour entrer dans le site, mais peine perdue, mon téléphone n'y arrive pas, quand on vous les vend, on vous dit que vous pouvez naviguer sur Internet mais après vous découvrez que tout est toujours trop —

Le voilà. Boesson. Il est arrivé. A pied. Seul. Il monte par la contre-allée, il *apparaît* – au sens où chacun de ses pas dévoile un nouveau morceau de son corps. On dirait un jeune homme. Il monte à un bon rythme, sans craindre de glisser sur le trottoir couvert de neige. Il ne neige plus, mais la tempête a tout blanchi, et les voitures peinent dans la petite montée qui conduit à l'école. Pas Boesson : il marche d'un pas alerte comme si la neige était de l'herbe. Il est vêtu de noir, dans un manteau cintré qui lui arrive au genou. Il me voit et, à distance, me fait même un petit signe. Nous nous sommes rencontrés une fois, au festival de Cannes, en mai dernier, à un dîner de quatre cents personnes : une parmi les milliers de mains serrées à contrecœur au cours d'une des dizaines d'occasions mondaines auxquelles il a participé à contrecœur, parce qu'il paraît qu'il est phobique ; comment a-t-il pu me reconnaître ? Je le salue à mon tour, je me dirige vers lui, et nous nous rencontrons à la hauteur du square.

« Bonjour », me dit-il en souriant et il me tend la main. Il est effroyablement jeune pour être un dieu.

« Bonjour. »

La poignée est détendue, amicale. Il est souriant, décontracté. La peau lisse, pâle, sans une ride. Les cheveux très noirs.

« Comment vas-tu ? »

Il me tutoie. Je vais devoir en faire autant. Allez savoir l'effet.

« Bien ? Et toi ? »

Ça passe sans problème.

« J'ai fait une belle promenade, dit-il. Quand il neige, je ne résiste pas, il faut que je sorte marcher. Depuis que je suis gosse. »

On est frappé par la perfection de son italien, sans le moindre accent. Il roule même les *r*. Seuls les espions d'habitude apprennent les langues aussi bien.

« Alors, c'est ici que tu es basé. »

Ses chaussures sont trempées. Il en a même une de délacée.

« Oui. »

Il lève les yeux vers les arbres couverts de neige, il les englobe d'un regard approbateur.

« Tu fais bien. Je ferais pareil à ta place. Et à *la mienne* peut-être aussi, mais avec le problème que mes quatre enfants vont dans trois établissements différents. Donc je ne pourrais pas. Je pourrais rester à tour de rôle devant les trois, mais ce ne serait pas la même chose. »

Et il sourit, entouré de la vapeur de son haleine. Certes, quelle situation : il n'y avait qu'un seul homme au monde qui comptait plus que celui qui est venu ici il y a deux heures, et maintenant il est là lui aussi, et il me parle de ses enfants comme un vieux condisciple d'université, et je ne suis même pas surpris. Comment aurais-je pu provoquer tout ça, si je l'avais voulu ?

« Steiner, tu le connais bien ? me demande-t-il à brûle-pourpoint. C'est un ami ? »

Oh non. Voilà pourquoi il est venu. Mais bien sûr : *il sait*. Quelle déception. Ce n'est pas vrai que le mystère engendre le mystère, ce n'est que de la pacotille romantique. Le mystère engendre des conséquences logiques, comme tout.

« C'était la première fois que je le voyais.

— Vraiment ? Et qu'est-il venu faire ? », toujours en souriant. Aucune menace, aucune autorité. Il semble curieux, rien de plus : jeune, décontracté et curieux.

« Il est venu me raconter une histoire. »

Maintenant il voudra que je lui dise laquelle, nom de nom. Et je devrai décider si je lui donne satisfaction ou pas, parce que sa douceur même me dit que je n'y suis pas obligé, que je peux choisir ; et c'est sûrement un choix important parce que entre lui dire et ne pas lui dire, il y a une sacrée différence – mais le fait est que je n'ai aucune idée de ce qui se joue, ni un seul critère pour décider.

« Une histoire ? Quelle histoire ?

— Une histoire très intime. Mais je peux te dire tout de suite que ça n'a rien à voir avec la fusion.

— Hum », murmure-t-il, intrigué. Il se tait. Il semble réfléchir. Je regarde autour de moi, désorienté, comme interrogeant cet endroit pour me déterminer. Aide-moi, endroit. Mais il est désert, toute cette neige a effacé les présences. Non, un instant : du bar, sort l'employée de l'agence de voyages, portant ses cafés dans des gobelets en carton. C'est donc l'heure où Matteo et sa mère sortent de chez le kiné – en admettant qu'ils soient venus. Quel jour est-on aujourd'hui ? Vendredi. Donc ils ont dû venir. Je ne les ai pas vus arriver, mais il y a deux heures, j'étais bouclé dans ma voiture avec Steiner, et il neigeait dru – et alors, disons comme ça : s'ils sortent, c'est-à-dire si même aujourd'hui ils sont venus à la séance, malgré les bus paralysés et le métro bondé, alors ils vont bientôt sortir de l'immeuble, et je ne dirai rien à Boesson. Si en revanche ils ne sortent pas, parce que la mère a vu le temps et qu'elle a décidé de rester à la maison alors qu'on lui a recommandé de ne pas sauter de séance, surtout maintenant qu'elles ont diminué de moitié, bref si aujourd'hui cette femme a lâché prise, alors je lâcherai prise moi aussi, et je raconterai à Boesson ce que m'a dit Steiner. C'est un critère comme un autre.

« Et tu ne l'avais jamais vu, dit Boesson, et il sourit à nouveau.

— Non. »

Son immobilité est impressionnante : planté là comme un cyprès. Pas seulement le corps : la tête, les jambes, les bras, les mains : tout est immobile. Par exemple maintenant, il a bougé les yeux, il les a baissés un instant et puis les a relevés, mais il n'a bougé que ça. Je ne crois pas qu'on puisse spontanément rester aussi immobile, pas avec ce froid. Il se contrôle.

La porte de l'immeuble où se trouve le cabinet du kiné est fermée.

« Tu vois, dit-il, dans *La Richesse des nations*, Adam Smith soutient que les capitalistes se rencontrent rarement, même pour des réjouissances et que, de toute façon, leurs conversations tournent toujours au complot.

— Mais je ne suis pas un capitaliste.

— En effet, acquiesce Boesson, qui semble amusé. Toutefois... »

Il sort de sa poche un billet qu'il me lit.

« De dix heures vingt-deux à dix heures quarante-six… » Il relève les yeux, sourit. « … un des plus grands capitalistes du monde s'est enfermé avec toi dans ta voiture. Et il t'a raconté une histoire. Sans t'avoir jamais vu avant. » Il hoche la tête. « C'est bizarre, tu ne trouves pas ?

— Oui. C'est bizarre. »

Eh bien non, ce n'est pas bizarre. Steiner est venu ici souffrir, comme tous les autres, parce que cet endroit attire la souffrance. Point. La porte de l'immeuble est toujours fermée.

« Oh, bien sûr, ce n'est pas toi qu'on surveillait », dit Boesson et il rempoche son billet.

Dieu est patient, a dit Enoch : jusqu'où le sera Boesson ? Vais-je pouvoir différer encore longtemps ? Dans combien de temps pourra-t-on dire que Matteo et sa mère ne sont pas venus ?

« Cela signifie qu'en ce moment il te fait surveiller ? » dis-je.

Boesson rit, mais tout en riant il regarde autour de lui – d'abord à droite, puis à gauche.

« C'est possible. Va savoir… »

Il incline la tête et reste ainsi, les yeux baissés, dans une pose qui serait très sensuelle s'il était une femme. C'est net, quelle différence entre Steiner et lui : autant le premier étale sa grandeur, autant lui la dissimule. *La tête inclinée, devant moi…*

« Tu sais, Pietro, dit-il et il me regarde. Je suis comme le lieutenant Columbo : quand les gens se comportent bizarrement, des questions me trottent dans le cerveau et n'en sortent pas tant qu'elles n'ont pas trouvé de réponse. Et maintenant la question qui me trotte par la tête est : pourquoi Steiner est-il venu jusqu'ici te raconter une histoire ? »

Les voici. La mère sort en premier : elle regarde le ciel, s'aperçoit qu'il ne neige plus, puis elle fait sortir Matteo, tout emmitouflé. Et maintenant, voyons si tu as des couilles, Pietro Paladini…

« Je n'en ai pas la moindre idée. »

Matteo chausse des après-ski rouges incroyables qui ressortent comme du sang sur la neige. Sa mère tient un grand parapluie noir. Ils viennent dans notre direction, ils traversent la rue.

« Si tu me disais quelle histoire il t'a racontée, nous pourrions peut-être le comprendre. »

Quand ils sont arrivés sur le trottoir, la mère saisit le parapluie par le bout, Matteo s'accroche au manche et se fait traîner comme sur un tire-fesses, glissant avec ses après-ski sur le trottoir enneigé. Au naturel avec lequel tout cela se met en place, sans aucun préliminaire, aucun échange, on dirait l'accomplissement d'un pacte précis : « Allez, Matteo, si tu viens, je te ferai le tire-fesses… »

« Non, crois-moi, dis-je, nous ne le comprendrions pas. »

La mère maintenant marche à reculons, en traînant Matteo accroché au parapluie. Et Matteo se débrouille comme un chef, il glisse sans perdre l'équilibre, dans une position gauche mais stable, le derrière en arrière et les épaules en avant pour compenser. Le voici qui voit ma voiture, garée à sa place habituelle – à mi-chemin désormais entre eux et nous. Je mets la main dans ma poche et je presse le bouton de la télécommande.

Bip.

« Tu as peut-être raison, fait Boesson. Mais en attendant, tu pourrais me la raconter. »

Matteo reçoit le salut mais ne se risque pas à répondre de la main comme à son habitude car il est déjà entièrement mobilisé. Maintenant Boesson aussi le regarde : au lieu de s'énerver, il regarde le gamin avec un intérêt authentique et continue à le regarder un certain temps, avant de tourner à nouveau les yeux vers moi, souriant. Sauf que maintenant je sais ce que je dois faire et, avec son humilité de moine, il me facilite la tâche.

« Je préférerais pas », dis-je.

Boesson ne cille pas, comme s'il était normal pour lui de s'entendre dire non par un employé d'un employé d'un de ses employés – et il ne perd même pas le sourire.

« Pourquoi ? » se limite-t-il à dire de la façon la plus pacifique qui soit.

Eh oui, pourquoi. Parce que cette femme qui maintenant répond à mon salut est héroïque, voilà pourquoi : elle est encore sortie ce matin, sous la neige, pour emmener son fils à une séance de kiné qui ne le rendra jamais semblable aux autres enfants, mais qui toutefois lui est bénéfique, et maintenant elle le traîne derrière elle, lentement, *littéralement*, pas comme un poids mais comme un être humain à qui, avec un peu plus d'effort, de patience et d'attention, on peut donner la possibilité de s'amuser plus que tous les autres. Voilà pourquoi je ne te le dirai pas, il n'existe pas d'explication logique.

« Salut, Matteo, dis-je tandis que le gamin glisse à côté de nous.

— Salut », me répond-il de sa voix nasale. Il est aux anges. Boesson ne s'aperçoit sans doute que maintenant qu'il est trisomique parce que son sourire devient vivant, tout étonné.

« Vous êtes champions, tous les deux », dis-je, et Matteo ferme les yeux comme Dylan quand je le caresse sous la gorge. Le femme me lance un regard empli de gratitude pour l'avoir englobée dans le compliment et ainsi, toujours en marchant à reculons, avec son fils qui continue à glisser sur la neige pendu au manche du parapluie, elle se dirige vers la contre-allée accompagnée par nos sourires : dans la théorie de Marta, elle s'est approvisionnée en énergie. Sauf que maintenant là pente est plus forte, on voit qu'elle n'a pas confiance et elle s'arrête, décrétant la fin du jeu du tire-fesses. Matteo ne semble pas protester : il lâche le manche du parapluie et ainsi, tenant sa mère par la main comme toujours, il disparaît à l'horizon, un pas après l'autre derrière le dos-d'âne, exactement comme tout à l'heure Boesson y est apparu. Boesson qui maintenant me regarde à nouveau, doux, conciliant, immobile, *normal*.

« Hum, Pietro ? Pourquoi ne veux-tu pas me la raconter ? »

Et il sourit toujours, en personne exquise, parfaitement courtoise et humble. Si Claudia maintenant se montrait à la fenêtre, elle me verrait en compagnie d'un ami. Mais Jean-Claude dit qu'il est mégalomane et paranoïaque et je le crois. Je ne dois pas me laisser abuser par ce que je vois : cet homme n'est pas ce qu'il semble. Il n'est pas humble, il est arrogant. C'est un de ces individus qui prétendent que tout ce qui se passe les concerne – comme Piquet : sauf que Piquet est un minable et qu'il confond un lecteur CD avec un porte-canette tandis que Boesson est un roi de la finance et qu'il veut conquérir le monde.

« Parce que ça ne concerne pas la fusion, je te l'ai dit. Ça ne concerne rien. C'était une confidence dépourvue de signification. »

Il se croit tout-puissant, et toutefois, il ne pourra pas savoir ce qu'il veut savoir : la raison pour laquelle Steiner est venu ici. Et puisque, à ce qu'il semble, j'ai les couilles pour lui dire non, il ne saura même pas la raison pour laquelle je refuse de la lui dire. Non mais. J'ai l'impression qu'il s'est trop rabaissé. La mise en scène du pouvoir n'est pas inutile, loin de là : les grosses voitures, le luxe, les chauffeurs, les gardes du corps, le sale caractère – ce n'est pas inutile. Ce n'est pas un hasard si, alors qu'il se tait, réfléchissant probablement au fait qu'il est tard désormais pour m'ordonner ce que jusqu'ici il s'est contenté de me demander avec affabilité, je pense une chose qui valait aussi pour Steiner, pareil, mais qui, devant Steiner, ne m'a pas effleuré : je pense qu'avec tout son pouvoir, il ne sait même pas la raison pour laquelle il est luimême ici. Si Lara n'était pas morte, me dis-je, il ne serait pas ici. Si elle n'était pas morte pendant que je sauvais Eleonora Simoncini, il ne serait pas ici. Si le premier matin, je n'avais pas dit à Claudia pour plaisanter que je l'attendrais dehors jusqu'à l'heure de la sortie, et si ensuite je n'avais pas décidé de le faire pour de bon, et si le lendemain je n'avais pas décidé de le redire et de le refaire, et si en le refaisant je ne m'étais pas senti aussi bien, maintenant il ne serait pas là. Et il ne serait pas là non plus si, il y a six ans, nous avions inscrit Claudia à l'école privée où elle a fait sa maternelle et où en effet elle aurait été inscrite si, en l'espace de six mois, les parents de Lara n'avaient pas été emportés par la même forme rare de tumeur glandulaire – puisque c'est eux, partisans acharnés de l'école privée, qui en cadeau pour leur petite-fille bien-aimée, payaient les frais, et qu'il aurait été impossible de l'inscrire dans une école publique sans provoquer des tiraillements. Et si, après la mort des parents de Lara, nous l'avions inscrite à l'autre école publique qui nous plaisait, Rossari-Castiglioni, plus pratique parce que plus proche de la maison et parce que Marta y avait déjà inscrit Giovanninno, mais, semble-t-il, selon des avis recueillis çà et là et jamais vraiment vérifiés, beaucoup plus agitée que celle-ci, raison pour laquelle nous avons hésité jusqu'au dernier jour ; et si, à la fin, Lara ne m'avait pas dit, tu n'as qu'à décider, et si pour décider je n'avais pas fait une chose que je ne lui ai jamais avouée, c'est-à-dire aller voir Annalisa, ma secrétaire, sans rien lui expliquer, « lequel de ces deux noms préfères-tu, Cernuschi ou Rossari-Castiglioni ? », et si Annalisa ce matin-là, sans avoir la moindre idée de ce dont il s'agissait, n'avait pas répondu « Cernuschi » avec sa sempiternelle expression effrayée, *maintenant, il ne serait pas ici...*

« Écoute, Pietro, reprend-il sans avoir perdu un atome de patience. Je comprends ta discrétion, et je l'apprécie aussi. Mais laisse-moi t'exposer mon point de vue. Lundi, Steiner et moi devons arrêter la plus grande fusion du monde – parce que c'est de ça qu'il s'agit : la plus grande fusion du monde. Les négociations ont duré neuf mois et pour finir, l'accord prévoit que je serai président et lui vice-président. Maintenant regarde-moi, s'il te plaît. Regarde-moi... »

Il lève les bras et tourne sur lui-même, voluptueusement, tout content de l'humilité qu'il s'obstine à afficher et qui, en ce moment, lui joue un mauvais tour.

« Tu vois que je ne suis pas comme lui ? Tu vois que je suis comme toi ? En effet, je pourrais être toi. » Et là, un gallicisme lui échappe, *infatto* au lieu de *infatti*, ce qui, pour un espion, pourrait signifier la mort.

« Quel métier faisait ton père ? me demande-t-il.

— Avocat.

— C'est vrai ? Le mien aussi, vois-tu, était avocat. Nous sommes pareils. Et à partir de lundi, moi, c'est-à-dire toi, je serai un degré au-dessus de Steiner. C'est *le Requin Juif*, Pietro, et il l'était déjà quand nous étions encore en culottes courtes. Il appartient à la race des patrons. Il n'a jamais été second nulle part : jamais, de toute sa vie. Mais cette fois, il n'a pas eu le dessus et il a dû accepter de rester dessous. »

Il marque une pause qui me permet d'observer ceci : le surnom de Steiner ne peut pas ne pas évoquer le film de Spielberg, *Les Dents de la mer* dont le titre en Italie est justement *Le Requin*. Amusant, quand on sait que Steiner n'a pas seulement vu ce film, comme tout le monde : *lui, il l'a produit.*

« Tu vois, reprend-il, je ne sais pas toi, mais moi je suis né dans une petite ville de treize mille habitants. Une toute petite ville où tout le monde se connaissait. Et quand mon père m'emmenait à la fête du quatorze juillet, je regardais le maire, sur l'estrade, et je pensais que c'était la personne la plus soucieuse du monde. Je pensais qu'il devait avoir au minimum treize mille soucis, un pour chacun de nous. Notre fusion concerne environ deux cent dix mille salariés, et moi je serai comme ce maire pour eux. A partir de lundi, tous, depuis le plus humble garçon de courses de notre siège de Bangalore, auront le droit de compter au nombre de mes préoccupations. Je devrai me soucier que chacun reçoive l'énergie produite par cette fusion, qu'il soit optimiste, qu'il espère améliorer sa situation. Je devrai me soucier qu'il travaille et qu'il produise, mais aussi qu'il tende vers un objectif personnel précis. Et je le ferai parce que je serai un bon maire. »

Il se tait, sourit. Qu'essaie-t-il de me dire ? Je connais la musique, nom de nom, je l'ai déjà entendue : je suis un bon chef, vous pouvez avoir confiance, l'énergie, la compréhension, si une voiture renverse mon chien, c'est de ma faute... C'est comme ça qu'il a embobiné un vieux roublard comme Thierry ? C'est comme ça qu'il l'a convaincu de vendre son âme, avec son couplet sur le bon petit maire de province ?

« Et ainsi chaque salarié exercera une pression sur ses supérieurs immédiats, tu comprends ? Il les poussera avec une force que ceux-ci recueilleront pour la déverser à leur tour sur leurs propres supérieurs, et ainsi de suite, en remontant d'un niveau à l'autre, d'une société à l'autre à l'intérieur du groupe, jusqu'au sommet. Tous seront traversés par ce flux d'énergie positive, et toi aussi : quelqu'un qui est au-dessous de toi espérera prendre ta place, pendant que toi, tu espéreras prendre celle de celui qui est au-dessus de toi. Je parle de choses très simples, Pietro, très humaines : se confronter à des tâches plus importantes, s'acheter une plus grosse voiture, déménager dans un appartement plus grand ou dans un quartier plus élégant... Maintenant, essaie d'imaginer la pression qui sera générée : essaie d'imaginer cette convergence de deux cent dix mille aspirations individuelles en une unique tension collective, du bas vers le haut : ce sera cette tension qui donnera notre vraie stature, et moi, je sais comment la provoquer. »

Mais oui, il l'a convaincu comme ça. Ce n'est pas ce qu'on dit, qui compte, mais la personne qui le dit. Et c'est comme ça qu'il nous convaincra nous aussi, la piétaille des cadres, au congrès qui sera organisé dans quelques mois à Biarritz ou à Palma de Majorque. Nous arriverons sombres, pessimistes, taraudés de doutes sur notre avenir devenu soudain incertain, et dans cette espèce de luxe automatique des hôtels cinq étoiles, il nous roulera tous dans la farine en déployant la démagogie du sain capitalisme d'autrefois qui, dans son discours, deviendra doux et engageant comme un tapis de roses. Et nous ne pourrons que le croire, bien sûr, parce que nous verrons de nos yeux qu'il y croit lui-même, que Steiner et Thierry y croient tandis que le seul qui n'y a pas cru, s'est révélé un voleur et un escroc. Mais il y a une chose que je ne comprends pas : comment peut-il penser me convaincre, maintenant, ici ? Et de quoi surtout ?

« Sauf que, dans tout ça, je serai le seul qui ne pourra rien décharger sur celui qui est au-dessus de lui, car au-dessus de moi, il n'y aura personne. Alors qu'au-dessous de moi il y aura Steiner, qui n'a jamais été au-dessous de personne ; et Steiner aussi, comme tous les autres, pourra exploiter la grande pression collective qui s'exercera sur lui pour essayer d'améliorer sa propre position, à savoir : prendre *ma* place. »

Ah, voilà, il y est arrivé. Il a peur. Et ça se comprend : il a bien dû voir lui aussi que sur Internet le nom de Steiner revient plus souvent que le sien ; il a bien dû éprouver lui aussi l'impressionnant pouvoir d'intimidation que Steiner dégage rien que par son apparition – pouvoir d'intimidation auquel n'ont su échapper que de stupides banquiers suisses, frappés ensuite des fléaux de grêle et de moisissure. Si on creuse un peu, lui aussi est venu ici pour souffrir : bienvenue, Boesson, au royaume de la souffrance.

« Tu comprends maintenant pourquoi tout ce que Steiner fait ou dit est important ? Surtout si c'est étrange ? »

En effet, ce site où j'ai pu aller tout à l'heure le disait aussi : la chasse continue, le chasseur devient gibier ; et, au milieu de ce calme chaos, un petit homme vêtu de noir incapable d'obtenir qu'on lui raconte une chose qui n'a aucun sens.

Il s'est trop rabaissé, voilà.

« Je comprends, dis-je. Mais ce que Steiner m'a dit n'a aucun rapport avec cette histoire. Considère qu'il m'a fait une scène de jalousie.

— Ne disons pas de bêtises », me lance-t-il en se retournant brusquement. C'est le premier geste d'impatience qui lui échappe quand, dans la même situation, quelqu'un comme Steiner m'aurait déjà passé sous les roues de sa Maybach. Et dire que la scène de jalousie n'est pas aussi absurde qu'il le pense. J'insiste :

« C'est juste un exemple. Je comprends tes doutes, mais je t'assure que la venue de Steiner ici est un mystère. Un mystère, crois-moi comme il en existe de par le monde, qu'il faut savoir accepter. »

Le sourire de Boesson se colore de sarcasme.

« J'oubliais, les mystères : l'Immaculée Conception ; la très Sainte Trinité ; Steiner qui vient ici te raconter une histoire… »

Enoch ! Ici, il y a un mois : il m'a dit de dire à nos gros bonnets cette chose superbe ! Boesson est le chef des gros bonnets…

« A propos, dis-je. Puis-je changer de sujet et te dire quelque chose au sujet de la fusion ?

— Bien sûr.

— Comme ça, en toute sincérité ? Comme si j'étais un de tes amis ?

— *Tu es* un de mes amis, Pietro. Les amis de mes amis sont mes amis. »

Là, ça sent la manip à plein nez.

« Parce que tu as raison. C'est vrai : à partir de lundi, tout reposera sur toi et tu ne pourras te décharger de rien. Et Steiner ne pensera pas une minute à jouer son rôle de numéro deux, c'est logique, et il essaiera de t'éliminer. Mais c'est la structure même que vous avez donnée à la fusion qui contient ça en germe ; c'est là – excuse-moi de te le dire – qu'il y a erreur. »

Mon Dieu, quel mot a employé Enoch ? Il n'a pas dit *structure*, il a employé un autre terme…

« Quelle erreur ? »

Modèle. Il a dit modèle.

« C'est une question de modèle. Le modèle que vous avez adopté.

— On n'a pas trente-six mille modèles pour une fusion comme celle-ci.

— Trente-six mille, non, mais deux, oui. Je parle de modèles de pouvoir. De hiérarchie du pouvoir.

— C'est le modèle le plus avantageux, Pietro.

— C'est sans doute le plus avantageux en théorie, je ne le discute pas ; mais quand on parle de Steiner et de toi, en tant que personnes, alors ce n'est plus le cas. Tu viens de me le démontrer toi-même. »

Je l'ai surpris. On surprend toujours les gens quand on utilise leurs propres arguments.

« Tu es croyant et pratiquant à ce qu'on dit.

— Je ne sais pas ce qu'on dit, mais je suis croyant et pratiquant.

— On dit que tu vas à la messe tous les matins. Que tu pries. Que tu passes tes vacances dans les monastères, à méditer.

— Oui, c'est vrai.

— Alors, tu vas comprendre, j'en suis sûr. Car, vois-tu, Steiner aussi est lié à sa religion, à commencer par son surnom : certes, lui ne pratique pas – loin s'en faut. Mais il est perçu comme juif exactement dans la même mesure où tu es perçu comme catholique. C'est vrai ou pas ?

— C'est vrai.

— Alors essaie d'imaginer si, au lieu de faire fusionner vos deux groupes, vous deviez faire fusionner vos deux religions. Dans ce cas aussi, vous auriez beau veiller à faire les choses avec équité, à la fin l'une serait au-dessus et l'autre serait au-dessous. Ce serait inévitable. Ou le Christ existe, ou il n'existe pas, exact ? Eh bien, si le judaïsme et le catholicisme fusionnaient comme nous fusionnons avec Steiner, ce serait la fin du Christ. Ce modèle, le modèle que vous avez choisi pour la fusion est sans Christ. »

Il est troublé. Il continue de sourire mais son sourire s'est comme figé d'horreur.

« Parce que c'est le modèle juif, Patrick... » *Patrick :* je l'ai appelé par son prénom. « Je ne suis pas très féru en la matière, mais je sais une chose : le Dieu-monade qui voit et pourvoit, dans une tension toute verticale avec son peuple, est le Dieu des Juifs.

Il est rigide, pesant, totalement dépourvu des amortisseurs mis au point par le christianisme qui, ce n'est pas un hasard, est beaucoup plus récent, plus moderne... »

Zut, je pontifie : où est cette grâce qu'y mettait Enoch ? Cette légèreté ? Je poursuis :

« Le Dieu des juifs est unique, comme tu le seras à partir de lundi. Mais justement, il est Dieu, et il s'en sort comme ça. Mais toi, tu es un être humain et aucun être humain ne peut résister à la pression qui a été conçue pour Dieu. C'est pourquoi ce que tu as dit est vrai, et ta vie à partir de lundi sera un enfer : le doute angoissant, quotidien de ne pas avoir été assez prudent, ou habile, ou prévoyant, ou rapide, à chacune des manœuvres qu'accomplira Steiner... »

Et pourtant, Boesson semble ne pas perdre une miette de ce que je dis. Il écoute attentivement, presque avec inquiétude, et son sourire n'est plus qu'une ombre – le souvenir d'un sourire.

« Mais maintenant essaie de penser la fusion dans l'hypothèse où tu lui aurais imposé le modèle chrétien. »

Il essaie, ah, il s'applique, mais pour le moment, *il ne voit pas*. On dirait un cercopithèque contemplant de ses yeux qui louchent le mystère de l'évolution de l'homme...

« Tu l'as citée tout à l'heure : *la Trinité*... »

Et là, il convient de dessiner le triangle en l'air, lentement, en marquant bien les sommets, comme a fait Enoch, plus ou moins au même endroit que lui d'ailleurs, car nous étions justement ici, devant le square. Enoch qui, en ce moment, remplit son camion-citerne.

« Père, Fils et Saint-Esprit. » Et il faut le prononcer solennellement, avec le regard lumineux qui accompagne les vraies révélations. « Pas un seul et unique sommet, ni même deux, mais *trois*. Car en même temps que le Christ, apparaît aussi cette formidable invention qu'est la troisième divinité et qui n'existe que chez nous, les chrétiens : neutre, abstraite, sans pouvoir, elle est là, sans influence et pourtant nécessaire, garante du rapport entre les deux autres. Et comme tout le monde sait quel est le destin du Fils… »

Ici il faut marquer une pause et mimer la crucifixion en ouvrant les bras et en inclinant la tête sur le côté – voilà, comme ça. Peu importe que le résultat soit infiniment moins beau et alangui que lorsque Enoch la mimait, j'en suis sûr.

« … Steiner et toi pourriez combattre à armes égales pour conquérir le rôle du Père. Ce serait stressant aussi, évidemment, mais jamais autant que de l'autre façon, et surtout ce serait stressant pour vous deux. Steiner : soixante-dix ans sonnés. Toi : quarante ?… »

Là, je l'ai époustouflé. Littéralement. Malgré mon manque de talent, il est tombé en plein dans le panneau.

« Quarante-cinq…, murmure-t-il.

— Toi, quarante-cinq : combien de temps ça pourrait durer ? Combien de temps avant qu'à la place de Steiner arrive *le fils* de Steiner, ce petit morveux ? »

Oui, je l'ai époustouflé. Sauf que, je m'en aperçois, je suis époustouflé à mon tour qu'il soit époustouflé. Je m'en aperçois soudain, en le regardant dans les yeux tout de suite après m'être tu : il voit quelque chose de lumineux dans mes paroles, c'est évident, *mais il tient*

aussi pour évident que le Saint-Esprit de la situation,
ce serait moi…

« C'est la chose la plus intelligente que j'aie entendue de toute mon existence », dit-il.

Oui – c'est incroyable –, dans ces petits yeux ébahis, se lit la certitude que moi, Pietro Paladini, je viens de me proposer pour jouer le rôle de troisième sommet du triangle. Mais bien sûr : ce sont les yeux de quelqu'un qui vient de s'entendre faire la plus inattendue, la plus culottée, la plus folle – et la plus intelligente, bien sûr, et même la plus providentielle pour lui, à ce stade – des propositions : fais de moi un dieu et tu seras sauvé.

« Tu es un génie », décrète-t-il.

Ah. Rien moins que ça. Il n'a plus besoin de se rabaisser, maintenant : soudain, je suis devenu un génie. Voilà ce qu'il avait derrière la tête, est-il en train de penser, voilà pourquoi il a refusé la présidence et extorqué à Thierry l'autorisation de rester ici… Oui, rien à faire, désormais *c'est ainsi* : peu importe que j'aie répété comme un perroquet l'analyse d'un autre et il importe encore moins que, pendant que je la débitais, l'idée ne m'ait pas effleuré une minute que ce que je disais pouvait me concerner directement. Je lui ai suggéré la solution de son problème et en échange, j'ai demandé un tiers du butin : quoi d'étonnant ? C'est complètement sensé pour un homme comme lui : c'est la seule chose qu'il puisse penser. Je suis un putain de génie, et je demande la rétribution que je mérite. Faux jeton, c'est peu dire : je suis le Roi des faux jetons… Et maintenant difficile de ne pas penser à ce que *cela* signifie, et en effet, je ne peux m'en empêcher et je pense : dommage de ne pas le lui avoir dit avant, quand il était encore temps. Si j'avais su qu'il accrocherait comme ça…

« Merci, dis-je. Même si hélas c'est trop tard pour —

— Ce n'est pas trop tard », réplique-t-il d'un ton décidé.

Mon Dieu…

« Tu veux dire que tu pourrais encore changer ? Non, ce n'est pas vrai ? Tu ne peux plus rien changer maintenant…

— Je peux tout faire » martèle-t-il, concentré.

Mon Dieu, il est en train d'y réfléchir. C'est à ne pas y croire. Il est en train de réfléchir à tout envoyer promener et à me bombarder à la place du Saint-Esprit. Un truc de fous : moi un titan, un dieu. Sans pouvoir certes, un super-homme de paille, une coquille vide, un pantin manipulé, mais rien à taper, en attendant ma vie deviendrait un conte de fées. Comme ça, hop, du jour au lendemain. Tu sais la nouvelle, petite fleur ? Nous partons vivre à Paris. Avion privé, Maybach, chauffeur, une pluie inattendue d'abondance princière. La couverture de *Fortune* : Pietro Paladini, le nouvel astre de la finance mondiale. Romain, quarante-trois ans. Signe zodiacal : Cancer. Veuf, père de Claudia, onze ans, jeune championne de gymnastique artistique, fils d'un grand avocat de la capitale, frère du célèbre couturier fondateur de la *Barrie* – ce qu'on appelle une famille qui réussit. Maîtrise en philosophie à l'université La Sapienza avec mention très bien. Master à Harvard. Douze ans de terrain dans la production télévisée, puis le grand saut dans la haute finance et maintenant, il siège à côté d'Isaac Steiner et de Patrick Boesson à la tête du plus grand groupe de télécommunications du monde. C'est un excentrique : il paraît qu'à Davos, durant le dernier forum économique, il a passé son temps à skier avec sa fille. Autres hobbies : chevaux, surf et voile. De combien de mètres était le voilier qui a défilé devant moi quand Thierry m'a proposé la présidence ? Vingt-deux mètres ? Bagatelle. *Cinquante* mètres : une goélette, trois mâts, un équipage de quinze personnes. Claudia ! Claudia ! CLAUDIA ! Rien à faire, elle ne m'entend pas, ce fichu voilier est trop long, il faut que j'installe un interphone…

Soudain, c'est de cela que nous parlons. Ce à quoi Boesson est en train de réfléchir signifie *cela*.

« Mais bien sûr, dit-il et il rit. Tu as raison. Cette opération manquait de grâce. » Il en parle déjà au passé. « Et le Saint-Esprit *est* la grâce… »

Enfoncé Willi qui joue au baccara : je pourrais vraiment produire *Les Dernières Cartes*. En Amérique, bon Dieu, à Hollywood. Annalisa, appelle-moi Spielberg, s'il te plaît. Allô, Steve ? Hello, je suis Pietro Paladini. Très bien, merci, et toi ? Génial. Écoute, nous avons un projet pour toi. Je me disais que nous pourrions le faire ensemble, DreamWorks et nous, cinquante cinquante. *Les Dernières Cartes* de Schnitzler : tu connais, n'est-ce pas ? Je sais, je sais… Hum, disons que je suis bien informé. Super, oui… Un coup d'épée droit dans le cœur, oui… Maintenant les droits sont à nous et… Pardon ? Stanley ? Ah, oui, bien sûr : non, je ne l'ai pas connu, mais ça ne m'étonne pas que ce soit lui qui te l'ait fait lire. Au fond, *Eyes Wide Shut* était tiré de la *Nouvelle rêvée*…

« Mais bien sûr, répète-t-il, et il me regarde, il rit, il réfléchit. *Maintenant l'esprit a droit de cité parmi nous et nous accorde une vision plus claire de lui-même… »*

Je pourrais entretenir dans l'aisance Matteo et sa mère – parce qu'on voit qu'elle tire le diable par la queue. Anonymement, ça va de soi : le bienfaiteur inconnu…

« Ici, il ne s'agira donc de l'Esprit Saint que dans l'économie divine. L'Esprit Saint est à l'œuvre avec le Père et le Fils, du commencement à la consommation du dessein de notre salut… »

Je pourrais aussi subvenir aux besoins de Marta et de ses trois enfants, comme ça elle pourrait continuer à jouer sans rien gagner et elle serait moins stressée. Elle guérirait peut-être…

« La plus grande fusion du monde, inspirée par le catéchisme de l'Église catholique. Imagine le Requin, la tête… »

Je pourrais me retirer des affaires dans cinq ou six ans, une fois la sainte mission accomplie, et vivre de mes rentes…

« Bien sûr, il faudrait que je puisse faire une confiance aveugle à ce Saint-Esprit », dit Boesson d'une voix différente, plus tranchante. Je le regarde : le pays de cocagne que j'avais sous les yeux s'évanouit en un fondu enchaîné sur les traits de son visage, si ordinaires, si simples et néanmoins tirés maintenant, et non plus lisses et détendus comme quand il est arrivé.

« Logique, dis-je. Mais tu n'as qu'à prendre un homme normal, réservé, et assez intelligent, et tu en fais un dieu : il n'aura pas d'autre choix que de t'être fidèle. »

Mon intention était de le rassurer mais au contraire, son regard s'assombrit brusquement, comme traversé par un vol de corbeaux.

« C'est Steiner qui t'a soufflé cette histoire de la Trinité ? C'est pour ça qu'il est venu ici ? »

Soudain la nuit est tombée. Maintenant il ressemble tout à fait à l'homme-casoar au milieu de la savane. Je proteste :

« Allez, ne sois pas parano. De cette façon, tu lui dames le pion : pourquoi diable devrait-il te suggérer comment t'y prendre ?

— Je lui dame le pion si le Saint-Esprit est avec moi. S'il est avec lui, c'est à moi qu'on dame le pion.

— Non, explique-moi : tu fais d'un homme quelconque une espèce de dieu, et ce type s'allie avec ton ennemi ?

— Ça dépend de sa nature... »

Et voilà qu'il sort de son immobilité et me tourne autour lentement, en me dévisageant, sans plus sourire.

« Puis-je te faire confiance ? Puis-je te faire confiance ? Puis-je te faire confiance ? »

Il scande cette triple question et s'arrête, en continuant à me dévisager avec des yeux de fou.

Il fait un peu peur, comme ça.

Mais ensuite son sourire habituel décrispe son visage et il reprend théâtralement son aplomb pour marquer qu'il jouait un rôle : mais j'ai l'impression que c'est maintenant qu'il joue, et qu'il a joué tout le temps, sauf à l'instant. C'est bien lui qui parlait de véritable nature ?

« Tu te rappelles qui dit ça ? » me demande-t-il.

Euh. C'est sans doute encore une citation de la Bible : la sainteté du trois, justement, le coq qui chante trois fois...

« Jésus ? »

Il secoue la tête avec un petit rire.

« Robert De Niro, dans *Casino*. Il dit ça à sa femme, Sharon Stone, qu'il a ramassée sur le trottoir et dont il a fait une reine, quand elle lui demande vingt-cinq mille dollars mais sans lui dire pourquoi. Tu as vu *Casino* ? Tu te souviens de cette scène ? »

Il continue à rire doucement, satisfait. Il ne s'est même pas aperçu qu'il m'a insulté.

« Oui, je l'ai vu. Mais je ne me souviens pas de cette scène.

— Pourtant c'est la scène la plus importante. Il lui pose la question des questions, celle dont toute sa vie dépend. Et c'est pour ça qu'il la répète trois fois.

— Et que répond-elle ?

— Elle répond "Oui".

— Et il la croit ?

— Il lui dit : "Alors dis-moi à quoi te servent ces vingt-cinq mille dollars."

— Et elle le lui dit ? »

Il change d'expression à nouveau : maintenant il est rêveur, plongé dans un souvenir. Là, il a vraiment perdu le contrôle.

« C'est étrange, dit-il, mais je ne m'en souviens pas. Ce qui se passe après est si tragique que j'ai dû le refouler.

— Et la tragédie est provoquée par ce qu'elle lui répond ? »

Touché. Parce que entre-temps je me suis souvenu du film ; un film sur la paranoïa, justement : tragique dans tous les cas, quoi que chacun dise, et à quiconque. Tragique *de naissance*.

« Dis-moi ce que t'a dit Steiner », m'intime-t-il.

Et puis quoi encore : en avant marche ! Va te faire voir. C'est trop tard maintenant, pour me donner des ordres. Et garde-la pour ta femme, la comparaison avec une putain ramassée sur le trottoir.

« Non. »

Boesson fronce les sourcils, méprisant. Il n'est pas humble, il n'est pas conciliant, il n'est pas comme moi. Il est mégalomane et paranoïaque, comme dit Jean-Claude. C'est notre mauvaise conscience, à nous tous réunis. *C'est l'homme qui est en train de tout gâcher.*

« C'est dommage, Pietro. » Il hoche la tête, sourit et force son jeu, tout comme Robert De Niro. « C'est bien dommage. Tu as dit des choses géniales, et je te prendrais volontiers avec moi, mais si tu agis ainsi... »

Et il me regarde. Je connais ce regard, il signifie : « cède, c'est mieux pour toi ». Mon père aussi m'a regardé comme ça quand j'étais jeune et que je voulais quitter l'université pour aller en Amérique, et j'ai cédé, je ne suis allé en Amérique qu'après ma maîtrise et j'ai toujours pensé qu'en effet c'était mieux pour moi. Mais quand c'est Carlo qu'il a regardé ainsi, et que lui n'a pas cédé, et qu'il a quitté l'université pour partir à Londres, on ne peut pas dire qu'il ait perdu au change – et maintenant, pour dire les choses crûment, du moins pour les internautes, mon frère est environ cent quatre-vingts fois plus important que moi. Et on ne peut pas dire non plus qu'il y ait perdu son âme, bien au contraire : il est encore capable de souffrir pour une droguée qui s'est suicidée voilà vingt ans, tandis que moi je ne souffre pas pour une épouse morte voilà trois mois. Mais cette fois, je ne céderai pas. Tu crois que je ne suis que l'être avide que tu viens de voir écarquiller les yeux devant un trésor, mais je suis aussi autre chose. Tu es convaincu que je t'ai exposé tout ça pour en tirer profit, et en réalité c'était un hasard. Je ne raisonne pas comme toi. Par exemple, je continue à voir tout un tas de bonnes raisons pour rester à l'écart de ton délire actuel. Primo, le génie, ce n'est pas moi, mais Enoch : un homme qui a passé la dernière année de sa vie à rassurer les gens déstabilisés par ton ambition, et en a conçu un tel dégoût qu'en ce moment il remplit des camions-citernes au nord du Zimbabwe ; c'est lui le Saint-Esprit, moi je suis un épouvantable matérialiste, un athée, un subversif, et le Saint-Esprit dans ma bouche n'est qu'une insulte. Secundo, je ne veux pas m'emmerder à culpabiliser : or être récompensé de cette façon, pour un mérite que vous n'avez même pas, par un boa qui a réduit vos amis en chair à pâté et, de surcroît, au faîte d'une période où vous n'avez même pas souffert pour la mort de votre femme advenue pendant que vous sauviez la vie d'une inconnue avec laquelle par la suite vous avez eu un rapport sexuel sauvage en courant le risque de traumatiser votre propre fille – eh bien, tu en penseras ce que tu voudras, mais je n'ai pas l'impression que ça augure beaucoup de sérénité. Tertio, cette fusion échouera, comme toutes les autres : Jean-Claude le sait, Enoch le sait et je le sais moi aussi – alors de quoi sommes-nous en train de parler ?

« Fais-toi une raison, dis-je durement. Je ne te le dirai jamais. »

Demande-moi encore pourquoi, maintenant. Allez, demande-le-moi. Quarto, je m'étais dit que, si ce gamin sortait de cet immeuble, je ne te raconterais rien : il est sorti, donc je ne te raconte rien. Point.

C'est la raison que tu mérites, et il est inutile d'en invoquer d'autres.

« O.K., dit-il. Comme tu veux. »

Tu peux y compter. Vas-y, hoche la tête, plisse le front, continue à en faire des tonnes : en attendant, je t'ai ôté le sourire des lèvres.

« A bientôt.

— Bye. »

C'est ça, tends-moi la main et tourne les talons, ça vaut mieux. Rentre au bureau – fais tes six kilomètres par étape. Et licencie-moi si tu veux. Tu viens de me traiter de génie : vas-y, licencie-moi. Il pullule de génies, ton mégagroupe de merde. Et lundi, va signer ces papiers et fais-toi bouffer par le requin : de toute façon, ça finira comme ça. Et lace donc ta chaussure.

Voilà, il est parti. Et si quelque chose de pourri en moi devait s'en aller – parce qu'il y a, il y a toujours eu en moi quelque chose de pourri, et je l'ai toujours su –, alors c'est parti avec lui, maintenant. Je n'ai pas saisi mon occasion, je ne chevaucherai pas au côté des hommes puissants, mais aujourd'hui, je me suis fabriqué un souvenir phénoménal. Quelque chose de si grand que je ne pourrai en parler à personne. Je me souviendrai pendant des années de ce moment – la neige entassée le long des trottoirs, l'odeur d'humidité dans l'air, l'haleine qu'on voit sortir de la bouche. Puis, un jour, si je deviens un homme bon, je l'oublierai.

38

Il neige à nouveau. La ville est paralysée. Nous sommes coincés dans un embouteillage. Claudia est assise à côté de moi, fatiguée, échauffée. Elle est trempée parce qu'à la sortie de l'école ils ont fait une bataille de boules de neige – filles contre garçons. Je l'ai laissée faire, même si demain et après-demain, elle a des compétitions et qu'elle aurait pu se faire mal ; et je l'ai aussi laissée s'asseoir dans la voiture toute mouillée : tant pis si ça abîme le revêtement de cuir. Pour elle, ça a tout l'air d'être un moment magique, une régression dans cette enfance qu'elle s'apprête à quitter : agir sans penser, éprouver de la joie, des émotions, du plaisir, sans se soucier une minute de l'après : ce serait un crime de le lui gâcher. Elle s'en souviendra probablement quand elle sera devenue la femme qu'il est encore si difficile d'imaginer en elle : *ce jour où il avait neigé, quand j'étais encore à l'école primaire et qu'à la sortie on a fait une bataille de boules de neige contre les garçons*. Mais, surtout, j'ai pensé que la rappeler à la réalité quand elle s'enivrait ainsi du présent – lui demander de se soucier *maintenant* des compétitions, du risque de prendre froid ou, pire, du cuir de mes sièges –, aurait pratiquement été comme lui rappeler que sa mère est morte. Par conséquent, je l'ai laissée faire, je la laisse faire : elle est dans une bulle, cette enfant, et tout ce que je peux faire pour elle est d'éviter qu'elle n'éclate. Je dois m'efforcer d'être léger comme elle. Par exemple : je ne dois pas penser à la journée de fous que je viens de vivre, je ne dois pas penser que j'ai sans doute perdu mon boulot, et pile le jour où j'aurais pu devenir – justement : je ne dois pas y penser. Je dois me mettre au diapason de son essoufflement si pur, de son épuisement sans passé ni futur. Je dois m'efforcer de rester moi aussi dans la bulle. Neige. Hormones. Émotion. Silence. Mais, je ne sais pas pourquoi, je n'arrive pas à supporter le silence. Il faut que je parle.

« Vous avez fait une sacrée bataille.

— Oui, mais tu as vu ce qu'a fait ce con de Mirko ? »

Je ne dois pas la reprendre sur les gros mots : Lara le faisait toujours.

« Celui qui a mis de la neige dans le cou de Benedetta ?

— Il l'a fait pleurer, *la meschina*. »

Pour plaindre sa copine, elle a employé le mot *meschina*... Ça, on peut en parler ;

« *Meschina* ? Où as-tu appris ce mot ?

— Pourquoi ? C'est vulgaire ?

— Non. Au contraire, si on est sicilien, c'est très recherché.

— Roxanna l'emploie toujours. » Elle se tourne vers moi en souriant. « En effet, Roxanna est sicilienne ! »

Attention : Roxanna est une gamine qui vit dans une famille d'accueil. Elle n'est pas orpheline, mais son père et sa mère sont dans un centre de désintoxication. Sujet à éviter. Et Lara, de nom de famille, s'appelait Siciliano. Changeons de cap tout de suite :

« En romain, on dirait *porella*.

— *Porella ?*

— Oui. *Poverella*, pauvre petite, *porella*.

— Et en milanais, comment on dit ?

— En milanais ? Je ne sais pas : *pora stella.* »

Elle me regarde, réfléchit :

« Genre pauvre petite fleur. »

Aujourd'hui, tout va de travers. La pauvre petite fleur, ce serait elle...

« Je ne sais pas. Je n'ai jamais appris le milanais. » Et je clame avec l'accent de Rome : *« Rooomain, et fier de l'être ! »*

Je hausse la voix, je klaxonne, je sors le bras par la vitre et je fais les cornes – ce qui dans cet embouteillage donne de moi l'image du neurasthénique qui pète un câble, quand en réalité ça m'est parfaitement égal de faire la queue : ce n'était qu'une petite comédie pour faire rire Claudia. Et Claudia rit.

« Plutôt, dis-je. Après les compétitions, lundi, pourquoi on n'irait pas à l'aquarium de Gênes, puisque c'est un week-end prolongé ? »

Au lieu de continuer à sourire, Claudia se renfrogne.

« Mais, et oncle Carlo ? Il ne reste pas jusqu'à mardi ? »

Merde.

« Finalement, oncle Carlo ne vient pas, petite fleur.

— Mais il avait dit qu'il venait aujourd'hui et qu'il restait tout le pont de la Saint-Ambroise.

— Oui, mais il ne peut pas. Il doit aller à Londres.

— Pour faire quoi ?

— Ben, j'imagine qu'il doit aller rassurer une star capricieuse. Elizabeth Hurley. Britney Spears. Tu sais ce que c'est, elles sont si fragiles…

— Bon, il va là-bas, mais il fait quoi pour les rassurer ?

— Je disais ça comme ça, petite fleur. Je ne lui ai pas demandé. Il faut peut-être qu'il assiste à une soirée de gala. Ou qu'il remette un chèque pour sauver deux cents chiens. Ou alors il a gagné un prix… »

Elle est déçue, très déçue. Mais ça, je ne pouvais pas le lui épargner. Il faut qu'elle l'encaisse.

« C'est sûrement pour quelque chose d'important, petite fleur. Ton oncle est un personnage public. Il doit payer la rançon de son succès. »

La sirène d'une ambulance s'élève derrière nous, dans l'avenue totalement paralysée. Je me demande comment elle va passer. Je continue :

« De toute façon, à Noël, on va à la montagne avec lui. Il me l'a promis, même si le monde devait s'écrouler. A Saint-Moritz. »

Elle me regarde par en dessous, méfiante. Je lui souris.

« Ce sera un beau Noël, tu verras. Ton oncle, toi et moi à la neige. »

C'est sûr. Si la bulle n'a pas éclaté.

« D'ailleurs puisqu'on en parle, tu pourrais me dire quel cadeau tu veux.

— Pour Noël ? Maintenant ?

— Ben, ce n'est plus si loin. Il y a déjà les décorations. Qu'est-ce qui te ferait plaisir ?

— Je n'y ai pas encore pensé.

— Il n'y a rien que tu aimerais ? »

Claudia baisse la tête, regarde par terre, et se met

à réfléchir. Elle deviendra une de ces femmes sensuelles qui regardent par terre quand elles réfléchissent.

« Une Bratz, dit-elle.

— Une quoi ?

— Une de ces poupées à qui on change les pieds au lieu de changer les chaussures. Les Bratz.

— Petite fleur, je pensais à quelque chose de plus important. Une chose que tu aimerais vraiment avoir, une chose importante.

— Un sac à dos Eastpack ?

— Non, pas ce genre de choses. Ce sont des cadeaux ordinaires.

— Tu sais, un sac Eastpack, ça coûte super cher.

— Je sais, mais tout le monde en a un. Je pensais à quelque chose d'unique. Quelque chose que tu aimerais avoir, toi. Vraiment. Un désir profond. »

Claudia baisse de nouveau la tête, et reste immobile un moment. Je ne comprends pas comment, mais l'ambulance s'est rapprochée : le hurlement de la sirène est plus fort.

« Je n'en ai pas.

— Je n'y crois pas. On désire toujours quelque chose. Je suis sûr que, si tu y penses mieux, ça te viendra à l'esprit. Allez, réfléchis… »

Mais ne vaudrait-il pas mieux laisser tomber, plutôt ? La laisser tranquille ? Mais le fait est qu'aujourd'hui, je ne supporte pas le silence, il m'angoisse. Maintenant plus que tout à l'heure, avec cette sirène qui le déchire. Je reviens à l'attaque :

« Je ne pense pas forcément à quelque chose qui s'achète. »

Claudia prend sa respiration, comme si elle voulait me dire quelque chose, mais ensuite elle se tourne sur le côté, appuie le front contre la vitre et reste silencieuse. On dirait qu'elle a soudain besoin de regarder dehors, de se remplir les yeux de vitrines, de marchandises, de gens, de feux tricolores, d'immeubles et de voitures embouteillées. Il ne neige plus et il y a une lumière triste – une non-lumière, pourrait-on dire, ou peut-être un pas-encore-nuit.

« Quelque chose que tu désirerais voir arriver… »

Et stop ! Pourquoi je continue à la harceler ? En faisant ainsi, je la pousse tout droit vers le seul désir qui ne pourra jamais être exaucé. C'est quoi, ça, je me suis si bien habitué à voir souffrir les gens que je veux la voir souffrir elle aussi ?

Me taire. Il faut que je me taise.

Le hurlement de la sirène se rapproche de plus en plus, devient dramatique.

Me taire.

Me taire.

« Eh bien, il y aurait une chose, dit Claudia sans décoller son front de la vitre.

— Ah, tu vois ? Et c'est quoi ?

— C'est une espèce de — »

Et soudain l'ambulance est derrière nous. Claudia s'interrompt car maintenant le hurlement de la sirène est très fort, déchirant, insupportable, et c'est moi qui dois la laisser passer ; oui, mais comment ? Pendant quelques secondes, il ne se passe rien, je n'ai pas le premier centimètre à ma disposition pour manœuvrer dans aucune direction, et la sirène continue à nous lacérer les tympans ; mais ensuite la masse des voitures devant moi se fend comme une plaque de glace,

524

ouvrant une longue crevasse praticable, et maintenant il y aurait la place pour passer, mais je ne peux pas encore dégager le passage, l'ambulance est toujours immobile derrière moi, sa ridicule inscription à l'envers remise dans le bon sens par mon rétroviseur, et le hurlement de sa sirène est devenu un acte d'accusation précis adressé à moi personnellement, à nous, pour nous imputer la faute de ce qui se passera si on ne se pousse pas. Il ne me reste plus qu'à avancer moi-même dans ce fjord qui s'est ouvert au milieu des voitures, et c'est ce que je fais, je traverse cette mer Rouge de tôle, talonné par l'ambulance hurlante, j'avance mais je continue à ne pas trouver le moindre espace pour la laisser passer et alors j'accélère et je l'entraîne dans mon sillage, je lui ouvre littéralement la voie, je fais corps avec son urgence en ajoutant mon klaxon à sa sirène – et c'est le pire de tout, car maintenant c'est comme si nous étions une de ces voitures désespérées qu'on voit parfois rouler, klaxon bloqué, agrippées aux ambulances – derrière elles, d'habitude, c'est vrai, pas devant –, et tout le monde comprend pourquoi, et leur course est plus tragique que celle de l'ambulance même, parce qu'elle n'a rien de lucide ou de professionnel et qu'elle ne transmet que de l'angoisse. C'est ce que nous sommes maintenant : un nœud d'angoisse qui escorte à l'hôpital une personne aimée qui peut-être en cet instant précis est en train de mourir…

Nous arrivons enfin à un feu. Il est rouge, mais je le franchis pour m'avancer au milieu du carrefour, qui est relativement dégagé, de façon à pouvoir me ranger sur le côté et m'arrêter. L'ambulance nous dépasse en trombe, plongeant dans l'embouteillage de l'autre côté du feu et l'entamant à grand renfort de sirène. Elle est engloutie, elle avance doucement, en forçant comme un brise-glace, et l'épreuve dont nous venons de sortir recommence pour quelqu'un d'autre. Je tourne à droite, au hasard. Je devrais aller tout droit, mais je veux marquer clairement que nous n'avons rien à voir avec ce drame. Je veux le marquer pour moi, et surtout pour Claudia : cette tragédie ne nous concerne pas. Nous nous sommes trouvés sur son chemin, c'est tout. Nous, on parlait de cadeaux et de désirs : nous étions sereins – nous *sommes* sereins. Non ?

Je regarde Claudia. Elle est tranquille, impassible : comme si, avant aujourd'hui, aucune tragédie ni ambulance ne l'avaient concernée. Elle ne fait aucun commentaire. Elle ne me demande pas pourquoi j'ai tourné au lieu d'aller tout droit. Elle ne dit rien. Elle est assise plus confortablement que tout à l'heure, appuyée contre le dossier, les pieds qui ne touchent pas encore par terre. Elle semble prête à reprendre la conversation où nous l'avons laissée. J'amorce :

« Tu disais. Une espèce de… ? »

Elle me regarde en souriant. Puis elle regarde à nouveau devant, par le pare-brise, cette rue qu'elle n'a jamais vue parce qu'elle ne conduit pas à la maison, mais où au moins on roule un peu mieux. On entend encore le bruit de la sirène, mais loin à nouveau.

« Papa, tu te rappelles ce dont la maîtresse nous a parlé le premier jour d'école ?

— Non. De quoi vous a-t-elle parlé ?

— De la réversibilité. Tu te souviens ? Ta bête te bat… »

Aïe, quelque chose m'alerte dans ces paroles, et dans le ton grave avec lequel Claudia les a prononcées.

« Oui, je me souviens.

526

— La maîtresse nous a parlé de ça, et tout de suite après tu as commencé à rester devant l'école. J'ai pensé que ces deux choses étaient liées. Que tu voulais me donner un exemple de chose réversible. Une chose bien qui se passe pendant un certain temps, et puis qui ne se passe plus. Parce qu'elle est réversible : on ne peut pas toujours rester là-devant, non ? »

Aïe…

« En effet.

— Chaque jour, je me préparais, je me disais : aujourd'hui, il va me dire qu'il doit retourner au bureau, et je lui montrerai que je m'y attendais. Mais tu ne me le disais jamais, tu restais ce jour-là aussi, et j'étais contente, tu sais, j'étais très contente. Sauf que… »

Aïe…

« Sauf que ? »

Claudia regarde par terre mais pas pour réfléchir. Elle sait parfaitement ce qu'elle doit dire, elle mobilise juste la force pour le dire.

« Eh bien, en classe, les autres ont commencé à se moquer un peu de moi, voilà. »

Oh non, dieux du ciel, non…

« Tu sais comment sont les enfants, ajoute-t-elle. Cruels. »

Elle le dit comme si elle n'en était plus une, d'enfant, et qu'elle se limitait à comprendre cette cruauté. Je bredouille :

« Bizarre. Je parle toujours avec tes institutrices et elles ne m'ont rien dit…

— Mais elles ne s'en aperçoivent pas. Les autres ne se moquent pas de moi devant elles. Ils sont plus malins.

— Plus *malins*… Par exemple ?

— Par exemple ils ont écrit "*Claudia Paladini meschina*" sur la porte des toilettes.

— Au moins, on sait qui l'a écrit.

— Oui, mais tu vois, rétorque-t-elle, Roxanna le dit ouvertement parce qu'elle vit dans une famille d'accueil et qu'elle est toujours en colère, mais elle n'est pas la seule. Quand je te fais coucou à la fenêtre, après je me retourne brusquement et j'en vois d'autres qui rigolent. »

Oh, non, dieux du ciel, non : *pendant tout ce temps, j'ai été un problème…*

« Ah oui ? Et de qui s'agit-il ?

— Nilowfer, Giuditta. Lucilla. Toutes, plus ou moins. Et même les garçons.

— Même Benedetta ?

— Une fois, je l'ai vue rire elle aussi. Mais pas par méchanceté, tu comprends, ou parce qu'elle ne serait pas mon amie. C'est juste parce que maintenant pour eux, c'est devenu une espèce d'habitude : quand nous deux on se fait coucou, ils ont envie de rire, voilà. Et alors, vu que c'est ainsi, je pensais que… »

Elle s'interrompt, charitable. Je tends la main vers sa bouche, je l'effleure. Je murmure :

« Ça suffit comme ça, petite fleur, n'en dis pas plus. »

Il faut pas pousser. L'obliger à dire – *papa, il faut que tu te barres* – ça quand même non… je répète :

« N'en dis pas plus, non. »

Je suis abasourdi, assommé de honte. Je continue à lui effleurer la bouche, je me sens indigne, puis je lui caresse aussi les yeux, le front, ses cheveux mouillés

– je la caresse toute. Elle s'appuie contre moi, se blot-
tit.

« T'es embêté ? » demande-t-elle.

Embêté est peu dire, petite fleur : je suis effondré.
Groggy, oui, je me sens comme les champions de
catch, ceux que tu préfères – ceux qui perdent, ceux
qui pleurent. Comment ai-je pu être aussi stupide ?

« Mais non, tu as raison. Je ne pouvais pas rester
là devant toute l'année. J'ai profité de la situation, du
chaos qui s'est créé autour de cette sacrée fusion ; mais
c'était un chaos réversible justement. A partir de mercredi la fusion sera achevée et j'aurais dû retourner au
bureau de toute façon.

— Oh, alors j'aurais mieux fait de ne rien dire.

— Non, pourquoi ? Il faut dire les choses. »

Bien sûr qu'il faut dire : si elle ne l'avait pas fait,
je n'y aurais pas pensé, comme un imbécile. Tout seul,
je n'aurais rien compris. Je m'étais installé dans le
ventre de la baleine, qui aurait pu m'en extirper ? Je
lui murmure :

« Tu as bien fait. Fais-le toujours. Dis les choses,
toujours. »

Voilà le résultat. Voilà ce que j'ai été capable de
provoquer. Je n'arrive même pas à la regarder, tellement j'ai honte : elle, la cible des moqueries, par ma
faute…

Mais maintenant que j'ai senti le mal et que j'ai
éprouvé la honte, dans ce qui se révèle l'apogée d'un
long échec – redouté, et peut-être recherché, mais
maintenant affronté ouvertement – un soulagement se
profile. Nous continuons à nous caresser en silence, et
maintenant le silence ne m'angoisse plus parce qu'il
ne contient plus les paroles qu'elle gardait pour elle.

Quelle gamine extraordinaire, pensé-je, quel être humain magnifique ! Et quelle leçon elle m'a donnée, quelle façon magistrale elle a trouvée pour me dire de dégager. Pas comme l'ambulance tout à l'heure, avec son hurlement sauvage, son accusation humiliante – « Dégage le plancher, pauvre type, du balai, ouste ! » –, non, elle a soufflé une métaphore. Ta bête te bat. Ah. *Ta bête te bat.* 335 8448533. 3358448 533. Le numéro de Jolanda. Allô ? Jolanda ? Bonjour, je suis l'Homme des Étreintes. Excuse-moi, mais j'ai vu ton numéro sur la médaille de Nebbia et il m'est resté en mémoire – car c'est un palindrome, tu comprends, lu à l'envers, il reste le même, une fois suffit et on ne l'oublie plus. Je t'ai appelée pour te dire adieu, Jolanda. Nous ne nous verrons plus. Ma fille a raison : ma place n'est pas devant le square, ma place est au bureau, où selon toute probabilité, depuis aujourd'hui, je n'ai plus de place. Je voulais prendre congé. Excuse-moi, maintenant, tu pourrais me passer mon frère, j'ai un truc à lui dire. Allô, Carlo ? Tu sais que tu as dit une chose très juste à propos de Claudia ? Tu sais que tu as saisi le secret de sa beauté ? *On a envie d'être elle*, as-tu dit, et c'est vraiment ça. Et tu sais, ce n'est pas vrai qu'elle ne souffre pas : sa mère est morte et elle est obligée de comprendre plein de choses toute seule, de les vivre à ses dépens, de me dire ce que je dois faire, et ça, *c'est* souffrir. Et moi aussi je vais mal, tu avais raison. Depuis que Lara est morte, je me suis planté devant cette école et je n'en ai plus décollé, et j'ai laissé les autres souffrir dans mon giron, et ma vie s'est annulée – et ça, à l'évidence, c'est ma façon de souffrir. Si je ne souffre pas plus profondément, si je ne suis pas démoli ou désespéré, c'est juste parce

que je suis quelqu'un de superficiel, et les gens super-
ficiels ne peuvent pas avoir d'expériences profondes.
Je suis comme notre père, Carlo, et d'ailleurs vois-tu,
contrairement à toi, j'arrive encore à l'aimer, j'arrive
encore à lui pardonner. C'est parce que je suis comme
lui, voilà la vérité, et à sa place, je crois que j'aurais
fait comme lui. Oui, et il y a plus, mais je voudrais le
dire à Marta, si c'est possible : tu me la passes, s'il te
plaît ? Salut, Marta. Il y a plus, disais-je, à savoir que
je crois que c'est toi qui as raison, je n'aimais pas ta
sœur. Je crois que cette voyante avait raison : elle *ne
m'avait pas*. Mais – je te le dis sincèrement, je n'ai
jamais été plus sincère que maintenant – je ne crois
pas qu'elle soit morte pour ça. Elle était peut-être mal,
comme tu dis, je l'ai peut-être fait souffrir, et tu l'as
peut-être fait souffrir toi aussi, comme tu le dis, mais
la souffrance ne tue pas, Marta – pas de cette façon.
Je te le dis parce que j'ai l'impression que tu culpabilises un peu trop, sérieusement, de la mort de Lara ;
tu culpabilises aussi en face de moi alors que, dans
cette histoire, nous ne sommes coupables ni toi ni moi.
Nous sommes coupables de certaines choses, Marta :
pas de *toutes*. Vu ? Tu me passes Jean-Claude, maintenant ? Jean-Claude ? Quel temps fait-il à Aspen ?
Vraiment ? Ici en revanche, il neige, tu te rends
compte ? Une seule chose : ne t'attendris pas trop sur
ma loyauté. J'ai fait ce qui était juste, ce qui m'arran-
geait le mieux : je n'ai fait qu'éviter un énorme piège.
Je suis ton ami, c'est vrai, je t'admire, je suis de ton
côté et tout et tout, mais si les occasions qu'on m'a
offertes n'avaient pas été pourries jusqu'à l'os, et si
tout n'avait pas été destiné à s'écrouler rapidement, je
ne crois pas que j'y aurais renoncé au seul motif de

ne pas te trahir. Je crois que j'aurais pris ta place, tu sais, s'il n'avait pas été aussi clair que bientôt tout se cassera la gueule. Je l'aurais prise et je me serais acheté un voilier. Voilà, c'est tout. Ah, autre chose : le type brillant, parmi tes hommes, celui qui était vraiment intelligent et génial, ce n'était pas moi : c'était Enoch. Enoch, tu sais, ce grand type un peu dans la lune, qui ressemble à un pasteur anglican, le directeur du personnel. C'était lui le meilleur, oui. De très loin. Et maintenant, s'il te plaît, tu me passes l'ex-mari d'Eleonora Simoncini ? Non, pas elle : passe-moi son ex-mari, le grand roux qui tient une corde à la main. Oui, lui, merci. Allô ? Bonsoir. Je voulais vous dire une chose, pour autant qu'elle ait de l'importance. Je voulais vous dire que si votre ex-épouse venait me voir maintenant, avec cette photo de votre mariage, pour me poser cette question, je lui répondrais « je ne me souviens pas ». Parce que, voyez-vous, cette corde que vous tenez dans votre main continue à sembler trop courte, ridiculement courte pour l'usage que vous projetiez, mais la vérité est que je ne l'ai pas mesurée, donc je ne peux pas dire avec certitude que vous laissiez mourir votre femme. Bref, vu que pour finir elle n'est pas morte, je crois que le mieux aurait été de ne pas m'en mêler – du moins de ne pas répondre ce « oui », si péremptoire, si arrogant. Mais la vérité est que votre ex-épouse me faisait bander et que je voulais me l'envoyer, j'ai donc agi avec une certaine légèreté. Voilà, je l'ai dit. Entendons-nous, je reste convaincu que vous êtes un salaud fini et que vous vouliez l'éliminer pour empocher le fric des chocolats, mais je viens d'avoir la preuve que mes convictions peuvent m'emmener très loin de la vérité. Pensez que je suis resté trois mois devant l'école de ma fille, fermement persuadé de lui faire du bien, tandis que c'était à moi que je faisais du bien et qu'à cause de ça on se moquait d'elle, *meschina*. Pensez que j'aurais continué à m'éterniser là devant, content de moi, surtout maintenant que j'ai perdu mon boulot, hé oui, vu que j'ai envoyé se faire voir dieu sur Terre et qu'il me le fera payer, et bref, pour finir, c'est ma fille qui a dû me le dire elle-même, vous pensez, une gamine de dix ans et demi qui vient de perdre sa mère : *elle a dû me prier de m'en aller*. Oui, ce retournement paradoxal, contre nature, a été nécessaire parce que, comme je l'ai dit tout à l'heure à mon frère – tu es encore là, Carlo ? O.K., reste là, et tous les autres aussi, écoutez, s'il vous plaît, de toute façon, j'ai presque fini –, parce que, donc, je suis superficiel, les choses sont sous mon nez et je ne les vois pas – ou bien, comme dans le cas qui vous concerne, elles n'y sont pas, mais je pense les voir. J'avais besoin de quelqu'un qui m'ouvre les yeux, vous comprenez ? C'est ma fille qui me les a ouverts. Elle a dû s'y résoudre en désespoir de cause, parce que tel que j'étais, je constituais un vrai problème. Il a fallu qu'elle me dise ce que je n'arrivais pas à comprendre tout seul. Papa, m'a-t-elle dit, il faut que tu retournes travailler ; et si tu as perdu ton travail d'avant, m'a-t-elle dit, il faut que tu en cherches un autre. Tu dois penser à notre avenir, papa. Tu dois t'occuper de la voiture de maman, tu dois déclarer la perte de la plaque minéralogique et la ramener. Tu dois arrêter d'être jaloux d'oncle Carlo. Tu dois m'empêcher de transpirer et de me tremper quand il fait froid, tu dois me protéger. Tu dois mettre de l'ordre dans ta vie, lui donner une direction, un sens, car le chaos qui gouverne celle des enfants, c'est bien, d'accord, mais toi, tu es un adulte. Et tu ne dois pas craindre de rompre la bulle parce que la bulle est déjà rompue. Voilà ce qu'elle m'a dit. Ma fille, une gamine. Mais maintenant, je dois ajouter une chose importante : vous êtes encore tous là ? Après, je vous promets que je me tairai car le silence ne me fait plus peur, mais maintenant je vous demande de prêter attention à ce que j'ai à vous dire. C'est une chose décisive que je viens de comprendre et qui vous concerne aussi. Jolanda, écoute-moi, car ça te concerne sûrement. Mais ça te concerne aussi, Marta, toi qui n'arrives pas à trouver la paix, et toi aussi, Carlo, avec ton obsession de Peter Pan. Et peut-être toi aussi, Jean-Claude. Ça nous concerne peut-être vraiment tous. Écoutez-moi bien, alors : le ballon que nous avons lancé en jouant dans le parc est retombé depuis un bout de temps. Nous devons cesser de l'attendre.

Et maintenant vous voulez bien me passer Lara ?

REMERCIEMENTS

Je remercie du fond du cœur Sergio Perroni pour l'attention vigilante qu'il a exercée sur le manuscrit, chapitre par chapitre, durant les quatre ans et demi qui ont été nécessaires à sa rédaction : indépendamment de sa valeur, il n'aurait jamais existé sans son aide. Je remercie mon père et ma mère pour la confiance silencieuse en l'avenir qu'ils m'ont transmise. Je remercie mon éditeur, et en particulier Elisabetta Sgarbi, pour avoir attendu patiemment. Je remercie Francesca d'Aloja pour le soutien qu'elle m'a apporté. Et je remercie aussi toutes les personnes qui m'ont aidé de différentes façons, en me fournissant des informations, des suggestions, des histoires, des remarques ou même simplement en m'écoutant et en m'encourageant à continuer. Elles sont nombreuses : Juan Cueto, Edoardo Nesi, Giovanni Martini, Massimiliano Governi, mon frère Giovanni, Marco Risi, Nanni Moretti, Bruno Restuccia, Umberto Falaschi, Paolo Carbonati, Leopoldo Fabiani, Elisabetta Arnaboldi, Andrea Garello, Philippine Leroy, Pierluigi Ferrandini, Michel Thoulouze, Ivan Nabokov, Piero Crispino, Nicola Alvau, Carla Cavalluzzi, Simona Cagnasso, Sonia Locatelli, Heidi Kennedy, Laura Paolucci, Luca Buoncristiano, Claudio Scotto, Edoardo Gabbriellini, Michele Forlani, Rosaria

Carpinelli, Emmanuel Goût, Chiara Tagliaferri, Stefano Toti, Stefano Ciambellotti, Violante Placido, Lanfranco Marra, Domenico Procacci, Filippo Bologna, Silvia Pacetti, Manuele Innocenti.

Et après, on vous dit que les gens qui écrivent sont seuls.

www.livredepoche.com

- le **catalogue** en ligne et les dernières parutions
- des **suggestions de lecture** par des libraires
- une **actualité éditoriale permanente** : interviews d'auteurs, extraits audio et vidéo, dépêches…
- **votre carnet de lecture** personnalisable
- des **espaces professionnels** dédiés aux journalistes, aux enseignants et aux documentalistes

Composition réalisée par PCA

———————

Achevé d'imprimer en mars 2010, en France sur Presse Offset par
Maury-Imprimeur - 45330 Malesherbes
N° d'imprimeur : 154205
Dépôt légal 1re publication : février 2010
Édition 02 - mars 2010
LIBRAIRIE GÉNÉRALE FRANÇAISE - 31, rue de Fleurus - 75278 Paris Cedex 06